원본

삼국지

三國全圖

羌

蜀

○서량

량주

○가정   옹주

장안

× 오장원

○정군산 ○한중

▲기산

○면죽
■성도

백

長江

익주

교

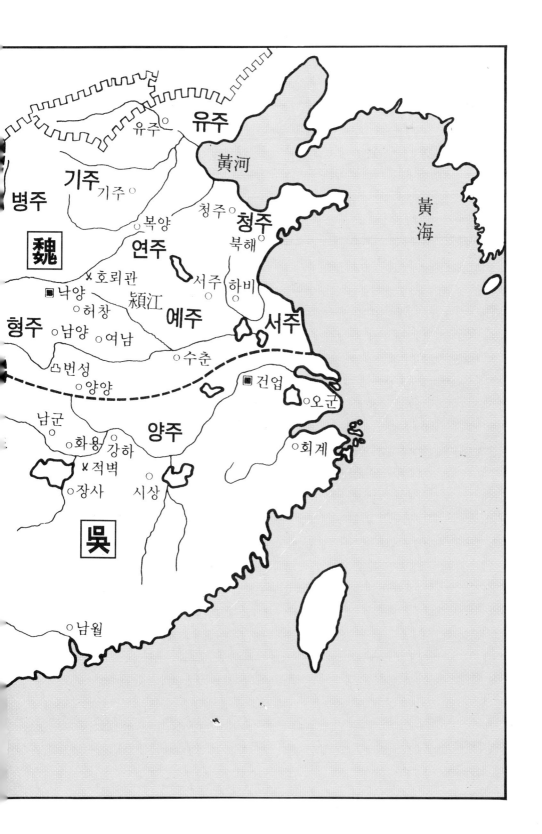

제갈량에 감복 ▶ 남방 사람들은 공명의 은혜에 감복하여 사철 제사를 지내며 그를 '자부'라고 불렀다…
(본문 90회)

제갈량의 거문고 소리 ▶ 공명의 거문고〔玄琴〕소리에 물러간 15만의 위군…(본문 95회)

原本 三國志

나관중 지음
황병국 옮김

천하통일 편

차 례

주요 인물 | 4

《貫華堂三國志演義》에서

제갈량(諸葛亮)

자는 공명(孔明). 촉의 군사령관. 와룡강에 은거해 있었으나 현덕의 삼고(三顧)의 예(禮)에 감격하여 천하 삼분의 계략을 세운다. 천문·지리·작전에 정통하고 지모(智謀)는 초인적이다. 현덕이 제위(帝位)에 오르자 재상이 된다.

현덕이 죽은 후에 어린 임금 유선을 섬겨 남만을 평정한 후, 북으로 쳐올라가 위와 싸운다. 모두 여섯 번 출정하나 결국 오장원의 진중에서 죽는다.

《繡像全圖三國演義》에서

관우 (關羽)

자는 운장(雲長). 현덕에게 가장 충실한, 지조와 충성의 인물.
천하무적의 호걸로 의리는 강하나 인정에 약하다. 오의 기습으로
죽지만, 혼령으로 나타나 여몽을 죽게 한다. 작품에서 신격화되었을
뿐 아니라 민간에서도 신으로 모신다.

유비 (劉備)

자는 현덕(玄德). 한(漢) 왕실의 혈통을 이어받아 유 황숙이라고 일컫
는다.
의형제인 관우·장비·명참모 제갈량의 도움을 받아 군웅들 사이에
서 세력을 확장하여, 장강의 중류와 상류 지역을 점령한다.
한중왕(漢中王)이 되었다가 촉의 황제가 되었으나, 천하통일과 한 왕
실의 부흥의 뜻을 이루지 못하고, 죽은 관우·장비의 복수를 위해
동분서주하다 죽는다.
시호 소열제(昭烈帝).

장비 (張飛)

자는 익덕(翼德). 현덕·운장과 의형제로, 호탕한 인물.
성급하고 화를 잘 내며, 결국 부하들에게 죽는다.

조운(趙雲)
자는 자룡(子龍).
공손찬을 섬겼으나,
유비를 알게 되어
서로 몹시 흠모하게 된다.
공손찬이 죽은 후에
현덕의 부하가 되어
현덕을 위기에서
구한다.

《貫華堂三國志演義》에서

조조(曹操)
자는 맹덕(孟德).
난세의 교활한 영웅.
산동 일대를 평정.
허창에 도읍을 정하고
천자를 받들어 재상이 되어
조정의 실권을 장악한다.
후에 하북의 원소를 멸망시켜
황하 유역을 완전히 장악하고
장강 유역에 세력을 확장하여
촉 · 오와 싸운다.
위나라 왕이 된다.
시호 무제(武帝).

《貫華堂三國志演義》에서

사마의(司馬懿)
자는 중달(仲達).
위에서 지모가 가장 뛰어난 인물.
제갈량과 대결하며 후에
위의 정권을 잡는다.
시호 선제(宣帝).

《貫華堂三國志演義》에서

손권(孫權)
자는 중모(仲謀). 손책의 동생.
부친과 형의 유업을 이어받아
강동 일대를 차지하고
위·촉과 대항한다.
후에 위와 화의를 맺고
오의 왕이 되며,
다시 황제의 자리에 오른다.
재위 24년. 시호 대제(大帝).

《貫華堂三國志演義》에서

주유(周瑜)
자는 공근(公瑾).
손책의 친우로, 재지(才智)가 뛰어나다.
적벽 싸움에서 조조의 대군을 대파한다.
언제나 제갈공명의 존재를 의식한다.
위와 싸우다 36세에 죽는다.

《貫華堂三國志演義》에서

가후(賈詡) 조조의 참모. 동탁에 이어 이각·곽사, 장수 그리고 나중에 유표의 참모였다가 조조가 유엽을 보내어 권하자 조조에게 귀순한다. 마초와 한수를 이간시켜 마초를 패하게 한다.

간옹(簡雍) 유비의 수하 장수로 자는 헌화(憲和). 여포가 유비를 치려 할 때 조조와의 사이에서 연락을 취했다.

감녕(甘寧) 손권의 용장. 자는 흥패(興霸). 본래 장강의 해적. 황조의 부하였으나 손권에게 항복한다. 조조와 유수구에서 싸울 때 백 명의 기병으로 위의 진중을 무인지경으로 휩쓸었다. 남만의 사마가가 쏜 화살에 맞아 죽었다.

감부인(甘夫人)과 미부인(糜夫人) 유비의 두 부인. 미부인은 당양파의 싸움에서 아두를 조운에게 부탁하고 우물에 뛰어들어 자결했다. 그 후 감부인 혼자 유비를 받들다 유비가 형주를 차지하고 있는 사이 세상을 떠났다.

감택(甘澤) 손권의 모사. 회계 산음 사람으로 자는 덕윤(德潤). 적벽대전에서 거짓 항복문서를 가지고 왕복하였다. 벼슬이 태자태부에 이르렀으며 병으로 죽었다.

강유(姜維) 제갈무후의 계승자. 자는 백약(伯約). 본래 위의 무장이나 촉에 항복한다. 공명의 병법을 전수받고, 공명의 뒤를 이어 여러 차례 중원을 도모하였으나 환관의 농간 등으로 성공하지 못한다. 후주의 항복 후 모반을 일으켜 한실을 부흥시키려 했으나 실패하자 위의 장졸을 무수히 죽이고 죽었다.

고옹(顧雍) 손권 막하의 중신. 오군 사람으로 자를 원탄(元嘆)이라 하고, 중랑장 채옹의 제자. 유비가 유장의 부름을 받고 서촉으로 진군하였을 때 형주를 칠 것을 건의하기도 했다.

공손연(公孫淵) 요동의 주인. 공손도의 손자이며 공손강의 아들. 위(魏)에 충성하였으나 세력이 커지자 자칭 연왕(燕王)이라 하며 반기를 들었다. 위의 사마의의 공격에 항복하였으나 처형당했다.

공손찬(公孫瓚) 북해 태수. 유비와 함께 노식에게서 동문수학하였고, 동탁 토벌군을 일으켰을 때 제14진으로 참전하여 공을 세웠다.

곽가(郭嘉) 조조의 참모. 오환 정벌에서 38세의 젊은 나이로 아깝게 병들어 죽는다.

곽도(郭圖) 원소의 모사. 원소의 사후 아들들이 갈려 싸울 때 큰아들 원담을 도왔다. 남피성 밖에서 조조의 장수 악진의 화살을 맞아 죽었다.

곽회(郭淮) 위의 용장. 자는 백제(伯濟). 사마의 부장으로 제갈량과 맞서 싸우다가 많은 괴로움을 당하였다. 철롱산에서 강유와 맞섰을 때 빈 활만 가지고 달리는 강유를 급히 쫓아가며 그가 쏜 화살을 강유가 손으로 잡아 되쏜 것이 이마에 맞아 진에 돌아와 죽었다.

관색(關索) 관우의 아들. 형주가 함락된 뒤 상처를 치료하며 숨어 있다가 제갈량이 남만을 토벌할 때 전부선봉(前部先鋒)을 했다 한다.

관평(關平) 관우의 양자. 얼굴은 희고 수염이 없었다 한다. 관우가 오관참장하고 유비를 찾아 나설 때 신세를 진 관정의 작은아들. 형주 함락 후 죽임을 당하였다.

관흥(關興) 관우의 아들. 아버지의 원수를 갚는 싸움에 나서면서부터 많은 공을 세운다.

교국로(喬國老) 절세미인인 대교(大喬), 소교(小喬)의 아버지. 딸들이 각기 손책과 주유의 부인이 되었기 때문에 손권과는 인척 관계이다. 유비와 손 부인의 혼인 성사에 도움을 주었다.

극정(郤正) 촉한의 신하. 강유가 내시 황호 때문에 위험에 처하자 답중(畓中)에 나가 둔전(屯田)하여 위험을 피하고 앞일에 대비할 것을 권했다.

길태(吉太) 낙양 사람으로 태의였다. 자는 칭평(稱平)으로 흔히 길평으로 불리었다. 동승과 서약을 맺고 조조에게 독을 먹여 죽이기로 하였으나, 사전에 탄로되어 죽는다.

노숙(魯肅) 손권 수하의 명장. 자는 자경(子敬). 주유를 도왔으며, 주유의 사후에는 오의 병권을 장악하였으나 병들어 죽는다.

누자백(婁子伯) 조조가 동관에서 마초를 맞아 고전할 때 나타난 도사. 토성을 쌓아 물을 부어 얼려 성을 쌓는 방법을 알려 주었다.

대교(大喬) 오나라 교공(喬公)의 딸로서 손책의 부인이다.

도겸(陶謙) 서주 태수. 자는 공조. 조숭 일행이 호위를 붙인 장개의 손에 죽는 바람에 조조의 대군을 맞아 싸우게 되었다. 노병을 이유로 유비에게 서주를 맡으라 당부하고 세상을 떠났다.

동궐(董厥) 촉한의 구신. 자는 공습. 매사에 성실하며 거짓이 없었다. 벼슬이 보국대장 군에 이르렀고, 촉한이 망할 때 검각을 지켰다. 촉이 망한 뒤로 사마씨의 진에 벼슬하 다 병들어 죽었다.

동 귀비(董貴妃) 헌제의 후궁. 오라버니 동승이 의대조를 받아 조조를 치려던 계획이 탄로나 임신 5개월의 몸으로 조조에게 죽는다.

동승(董承) 동 귀비의 오라버니. 한 왕실의 충신. 천자로부터 비밀 특명을 받고 조조의 암살을 기도했으나 실패하고 죽는다.

동탁(董卓) 황건적의 반란과 궁정 안팎의 세력 분쟁에 편승하여 조정의 권력을 잡는다. 장안으로 수도를 옮겨 악랄한 정치를 펴다가 왕윤의 계략에 빠져 심복 부하이자 양아 들인 여포에게 배신을 당하여 죽는다.

등애(鄧艾) 위의 무장. 아들 등충과 함께 마천령을 넘어 촉의 성도를 습격하여 함락시 킨다.

등지(鄧芝) 촉한의 문신. 의양 신야 사람으로 자는 백묘(伯苗). 후한의 명장 등우의 자 손. 강직하고 식견이 뛰어났다. 동오에 사신으로 자주 다니며 우호 관계를 유지시켰다. 20년 간이나 대장군으로 있다가 천수를 다하고 죽었다.

등충(鄧忠) 사마씨의 대장. 아버지인 등애를 좇아 출전하여 강유와 싸워 무예를 겨루었 다. 성도를 함락시킨 후 부자가 소환돼 붙잡혀 가던 도중 난군 속에서 죽었다.

마대(馬岱) 촉의 대장. 마등의 형의 아들. 뒤에 사촌 마초를 도와 숙부의 원수를 갚으 려 여러 차례 싸웠다. 제갈양의 유언에 따라 그가 죽은 후 거짓으로 위연과 행동을 같 이하다가 살해하여 반란을 막았다.

마초(馬超) 자는 맹기(孟起). 서량 태수 마등의 아들. 오호 대장의 하나. 부친이 조조 에 의해 죽자 원수를 갚으려고 조조를 추격하지만, 뜻을 이루지 못하고 후에 현덕에게 귀순한다.

맹달(孟達) 유비 수하의 장수. 자는 자경(子慶). 익주 유장의 수하였으나 유장의 우유부 단함을 한탄하고 장송, 법정과 함께 유비에게 익주를 넘기기로 모의하였다. 관우가 형 주에서 패해 지원을 구했으나 이를 거부하였고 후에 추궁을 피해 조조에 투항하였다.

맹절(孟節) 남만왕 맹획의 형. 만안계에 살던 은자. 제갈공명의 군대가 독천을 마셨을 때 그를 찾아가 약을 얻어 먹고 나았다.

맹획(孟獲) 남만왕. 촉에 침입하였으나, 공명에게 일곱 번 잡혔다 일곱 번 풀려난 후 진심으로 항복한다.

문빙(文聘) 조조의 장수. 자는 중업(仲業). 유표의 장수로 있다가 유종이 조조에게 항 복하자 뜻을 잃고 강개하였다가, 조조의 부름으로 강하 태수가 되었다. 적벽에서도 싸우다 부상하였고, 동작대에서 활 재주도 과시하였다. 벼슬이 후장군에 이르렀고 병으로 죽었다.

문앙(文鴦) 위의 장수 문흠의 아들. 사마사의 황제 폐립에 반대해 문흠이 군사를 일으켰을 때 18세의 나이로 용맹스럽게 싸웠다. 후에 진(晋)의 장군이 되었다.

문흠(文欽) 위의 장수. 사마사가 폐립을 감행하였을 때 조정을 무시한 행동을 분히 여겨 군대를 일으켜 그를 쳤다. 그러나 사마사에 패해 동오로 달아났다.

미축(糜竺) 유비의 수하 장수. 자는 자중. 서주태수 도겸의 별가종사로 있다가 도겸의 부탁으로 유비를 지성껏 섬겼다.

방덕(龐德) 원래 마초의 부하였다가 뒤에 조조의 휘하로 들어갔다. 조조는 그의 용맹을 아껴 장노의 모사 양송을 뇌물로 매수하여 그를 얻었다. 방덕은 관우와 형주, 양양성을 놓고 싸울 때 자원하여 관을 지고 나가 전투에 임하다 죽었다.

방통(龐統) 자는 사원(士元). 호는 봉추(鳳雛) 선생. 처음에 강동에 살았으며, 적벽 싸움 때 연환(連環)의 계략으로 조조를 기만했으나, 후에 손권이 그를 중용(重用)할 줄 모르자 현덕에게 와서 부군사가 된다. 서천 공략시 낙성을 치다 36세의 나이로 죽는다.

보정(普淨) 관우의 오관참장 때 기수관에서 가까운 진국사에 있던 승려. 관우와 동향으로 변희의 계략을 귀뜸하여 위기를 모면하게 해준다. 관우의 영혼이 옥천산에서 울부짖을 때, 그의 영혼을 제도하였다.

복완(伏完) 복 황후(伏皇后)의 부친. 조조를 없애려고 모의하다 탄로나 일가족이 몰살당한다.

복황후(伏皇后) 헌제의 황후. 조조의 안하무인 태도에 격분해 친정 아버지 복완과 함께 조조를 제거하려 했지만 일이 발각되어 죽임을 당한다.

사마사(司馬師) 사마의의 장남. 강유와 국산에서 싸웠고, 후에 동오와 싸우다 혹을 뗀 자리가 터져 죽는다. 시호 경제(景帝).

사마소(司馬昭) 사마의의 차남. 형이 죽자 정권을 인수한다. 촉을 멸한 후 진의 왕위에 오른다. 시호 문제(文帝).

사마염(司馬炎) 진(晋)의 초대 황제. 사마소의 장자이며 사마의의 손자. 위(魏)의 제위를 빼앗아 황제가 되고 촉과 오를 쳐서 천하를 통일한 후 국호를 대진(大晋)이라 하였다. 처음에는 정사를 잘하였으나 점차 방종과 사치에 흘렀다.

사마휘(司馬徽) 유비가 유표에게 의지하여 신야에 있을 때 만난 은사. 자를 덕조(德操)라 하고 흔히 수경선생이라 불렸다.

서서(徐庶) 영천 사람으로 자는 원직(元直). 유비에게 있다가 조조의 꾐에 빠져 그의 아래 있게 되었으나 재주를 발휘하지 않고 아까운 재주를 썩힌다. 처음에는 단복(單福)이라 불렸다.

서황(徐晃) 조조의 무장. 본래 양봉의 참모. 설득되어 조조의 부하가 되어 공을 세운다. 사마의를 따라 맹달을 치다 화살에 맞아 죽었다.

소교(小喬) 오나라 교공의 딸. 절세미인으로 언니는 손책의 부인되고 자신은 주유의 아내가 되었다.

손건(孫乾) 현덕의 종사가 되어, 연락관으로 외교활동에 분주하였다.

손견(孫堅) 자는 문대(文臺). 강동의 호랑이라고 불리고, 동탁 타도의 선봉에 서서 활약한다. 낙양의 우물에서 옥새를 얻는다. 유표와 싸우다 현산에서 화살을 맞아 37세에 죽는다. 시호 무열황제(武烈皇帝).

손 부인(孫夫人) 손권의 여동생. 오빠의 책략으로 촉의 유비와 결혼하지만 후에 강동으로 귀환한다. 유비가 죽었다는 소문을 듣고 자결한다.

손준(孫峻) 동오의 권신. 손권의 생존시 총애를 받아 어림군을 맡았다. 제갈각이 소원하게 대하자 그를 죽이고 승상이 되어 권력을 잡은 뒤 세상을 어지럽혔다.

손책(孫策) 손견의 장남. 부친이 죽은 후에 강동 지방을 평정한다. 선인(仙人)을 죽인 뒤 그 환영에 시달려 죽는다.

손침(孫綝) 동오의 권신. 손준의 종제로 손준이 죽은 뒤 권신들을 제거하고 권력을 휘둘렀다. 황제 손양이 자신을 없애려는 것을 알아내고는 이를 폐하고 손휴를 즉위시켰으나 정봉에 의해 죽임을 당했다.

손휴(孫休) 동오의 삼대 황제. 손권의 여섯째 아들. 정봉을 움직여 손침과 그의 형제들을 죽여버리고 손준의 무덤을 파서 부관참시했다.

순욱(荀彧) 조조의 참모. 조조 스스로 위공이 되려 하자 반대한 탓으로 조조의 노여움을 사게 되어 자살한다.

심배(審配) 원소 막하의 모사. 관도 싸움에서 조조를 괴롭혔고 원소가 죽은 뒤에는 원상을 도왔다. 기주성 싸움에서 조조에게 붙잡힌 뒤 북쪽을 향해 앉아 칼을 받았다.

악진(樂進) 조조의 무장. 조조가 진류에서 의거했을 때 맨먼저 참여했다. 적벽대전 후 동오와 싸울 때 공을 세운다.

양송(楊松) 한중 장노의 모사. 뇌물을 좋아하는 것으로 유명하다. 유현덕과 조조는 양송에게 뇌물을 써 각기 마초와 방통을 얻었다.

양의(楊儀) 촉한의 문신. 자는 위공(威公). 제갈량의 출정중에는 측근으로 일하였다. 제갈량의 임종 유언에 따라 위연이 모반하였을 때 이를 물리칠 수 있는 계교를 전하였다.

엄안(嚴顏) 유비의 용장. 원래 유장의 장수였다. 장비에게 잡혔지만 그의 의기에 감동한 장비가 결박을 풀어 주고 우대하자 장비와 한편이 되어 싸웠다. 후에 역시 노장인 황충과 함께 정군산에서 싸움을 승리로 이끌었다.

여개(呂凱) 촉한의 대장. 자는 계평(季平). 남만왕 맹획이 옹개와 함께 반하였을 때 영창성을 지켜 항전하였고, 제갈량이 당도하자 평소 준비하였던 평만지장도를 바치고 향도가 되어 토벌군을 인도하였다.

여몽(呂蒙) 손권의 지장. 뛰어난 지모로 노숙의 뒤를 이었고, 관우가 지키고 있던 형주를 공략하여 그를 죽인다. 관우의 망령에 사로잡혀 죽는다.

여포(呂布) 검술이 뛰어난 호걸. 처음에 정원의 양자, 이어서 동탁의 양자가 되었지만 잇따라 양부를 살해한다. 후에 서주를 점령하지만 조조·현덕의 연합군에 의해 죽는다.

영제(靈帝) 후한의 천자. 재위 168~189년.

우금(于禁) 조인의 막하 수하 맹장.

원소(袁紹) 명문 출신으로, 동탁을 타도하는 연합군의 맹주가 된다. 동탁이 죽은 후 하북에 세력을 펴고 조조와 대립한다. 백마·관도·창정 등의 싸움에서 패하고 후계권을 두고 아들들이 다투는 가운데 죽는다.

원술(袁術) 원소의 종제. 손책에게서 옥새를 차지하고 회남 일대에 세력을 확장하여 천자가 될 것을 꿈꾸고 중앙 진출을 꾀했으나 유비에게 패하여 죽는다.

위연(魏延) 한현에게 충성하다가 현덕에게 귀순하여 참모가 되어 공을 세운다. 야심가로 제갈량이 죽자 반역하지만 제갈량이 남긴 그의 모반에 대비한 계책으로 마대의 손에 죽는다.

유선(劉禪) 현덕의 아들. 아명은 아두(阿斗). 현덕이 죽은 후에 제위에 오른다. 내시 황호에게 미혹되어 정사를 소홀히 하고 위에 항복한다. 재위 32년.

유장(劉璋) 촉중 서천의 영주로 한 왕실의 후손이다.

유표(劉表) 형주의 자사로 한 왕실의 후예. 손견과 원수가 되었고, 자기를 의지하려는 현덕의 인품에 감동하여 형주를 양도하려고 한다.

육손(陸遜) 오의 지장. 자는 백언(伯言). 젊은 나이로 뛰어난 지략을 지녀, 관우의 배후를 습격하여 그를 죽게 만들고, 유비의 복수전에서도 역으로 승리로 이끈다. 승상까지 지내다 병으로 죽는다.

이전(李典) 부장. 공부를 많이 했고 여러 싸움에서 많은 공을 세우고 벼슬이 파로 장군에 이른다.

장간(蔣幹) 조조의 막빈으로 자는 자익(子翼). 주유와 동문수학했기 때문에 주유를 염탐하는 임무를 띠고 파견되었다. 그러나 오히려 주유에게 역이용당해 연환계를 성공시키는 결과를 낳았다.

장송(張松) 익주 유장의 별가(別駕). 유장의 성격이 우둔하고 나약하기 때문에 조조를 찾았으나 그의 인간됨에 실망하여 유현덕에게로 가 익주를 치도록 하고 적극 협력하려

하였지만 형에게 들켜 온가족이 몰살당한다.

장요(張遼) 무장. 여포의 부하였으나, 여포와 함께 붙잡혔을 때 조조가 그 충성심을 인정하고, 투항하도록 한 후로 용맹을 떨친다.

장포(張苞) 장비의 아들. 관흥과 함께 여러 싸움에서 공을 세운다. 사마의의 선봉 곽회를 쫓다가 말과 함께 굴러 떨어져 머리를 다쳐 파상풍으로 죽었다.

장합(張郃) 무장. 원소의 부하였으나 조조에게 항복하여 중용(重用)되었다.

전위(典韋) 조조 수하의 무장. 천하장사. 조조가 완성에서 야습당할 때 수십 군데 상처를 입고 죽었다.

정보(程普) 오의 무장. 손견 때부터 3대에 걸쳐 충성을 한다.

정비(丁斐) 조조 수하의 현령. 동관 싸움시 조조가 마초에게 쫓기는 긴급한 상황에서 소와 말을 풀어 적군의 정신을 분산시켜 조조를 위험에서 구해주었다.

정욱(程昱) 조조의 참모. 원소 토벌에 공을 세운다.

제갈근(諸葛瑾) 손권의 참모. 자는 자유(子瑜). 제갈량의 형으로 형제가 대적한다.

제갈첨(諸葛瞻) 제갈량의 아들. 후주의 딸에게 장가들어 부마가 되고 아버지의 벼슬을 이어받았으나 환관 황호 때문에 나오지 않다가 촉이 위기에 처하자 나서서 위의 등애에 맞서 싸웠다. 그러나 동오에 요청한 구원병이 오지 않자 위의 진영으로 진격해 들어가 싸우고 스스로 목을 쳐서 죽었다.

제갈탄(諸葛誕) 위의 대장. 제갈량의 집안 동생으로 위에서 벼슬하였다. 처음에는 사마사를 도와 싸웠으나 사마소가 찬탈하려고 하자 그를 치려고 하였다. 그러나 휘하의 장수들이 포위군에 항복해 나가고 모사들도 그를 떠나자 죽음을 택했다.

조모(曹髦) 위의 제4대 황제. 조비의 손자. 사마사의 옹립을 받아 제위에 올랐다. 그러나 사마사가 방자하게 굴자 그를 치려다 오히려 죽음을 당했다.

조비(曹丕) 조조의 둘째 아들. 부친의 사후에 위나라 왕위에 오르고, 이어서 헌제를 폐하고 황제의 자리를 이어받는다. 국호를 대위(大魏)라 했다. 시호 문제(文帝).

조상(曹爽) 위의 권신. 조예가 위독하여 후계인으로 조방을 세우자 그의 보호인으로서 군권을 잡고 전횡하였다. 이를 경계한 사마의가 거짓 병으로 조상을 안심시킨 후 반란을 일으켜 조상은 사마의의 손에 죽었다.

조식(曹植) 조조의 셋째 아들. 영민하였으나 형 조비와 사이가 좋지 않았다.

조인(曹仁) 조조의 종제로 수하의 대장. 여러 번 공을 세운다.

조진(曹眞) 위의 대장. 조조의 집안 조카. 자는 자단(子丹). 용맹이 뛰어나 공을 많이 세웠다. 촉한을 치다가 패하고 생긴 병이 낫자 다시 출전하였으나 또 패군하고는 제갈량의 조롱하는 편지를 받고 병이 덧나 죽었다.

조홍(曺洪) 위의 무장. 조인의 동생. 조조를 위기에서 여러 번 구한다.

조휴(曺休) 조조의 조카이자 매우 아끼는 장수이다. 오의 손권을 쳤다가 주방의 거짓 항복에 속아 참패하고 이것이 이유가 되어 등창이 터져 죽었다.

종회(鍾會) 사마씨 휘하의 대장. 등애와 함께 촉한을 쳤는데 조정에서 자신을 치러 온다는 것을 알고 거짓 항복한 강유와 상의, 그의 권유로 모반을 꾀하다 죽임을 당했다.

좌자(左慈) 조조가 위왕이 되었을 때 나타난 도사. 온갖 재주와 도술로 조조를 놀라게 한 후 유현덕에게 투항할 것을 권하고 조조를 욕하며 사라졌다.

주환(朱桓) 손권의 막하 대장. 자는 휴목(休穆). 위가 조인을 보내 침공했을 때, 스물일곱의 나이로 선봉장 상조를 베어 그들을 패주하게 하였다. 사마의 남침 때도 위장 장보를 베어 승리로 이끌었다.

진궁(陳宮) 자는 공대(公臺). 초군 중모현령으로 있을 때, 조조를 구해 같이 도망치다 그의 인품에 실망하여 도중에 그를 떠난다. 후에 여포의 모사로 있다 조조의 손에 죽는다.

진등(陣登) 자는 원룡(元龍). 서주자사 도겸의 모사였으나 여포 밑에 있으면서 원술의 칠로군이 쳐들어오자 한섬을 찾아 대의를 들어 대응하도록 했다. 여포의 신임을 받아 놓고 안팎으로 교묘하게 주선하여 여포가 멸망하게 유도하였다.

진복(秦宓) 촉의 문신. 유비에게 성도를 내어주기 전 사자로 온 간옹의 거만한 태도를 꾸짖고 유장에게 투항할 것을 권했다. 후에 유현덕이 관우의 원수를 갚기 위해 오를 치려 할 때 반대하여 죽을 뻔하였다.

진임(陣琳) 후한의 문신. 자는 공장(公璋). 하진의 외부 군사 유입 계획을 반대하였다. 원소의 부름으로 조조를 치는 격문을 초하였다.

채중(蔡中) 유표의 처남이자 수군 대장이었던 채모의 사촌. 조조 수하로 들어가 적벽대전에 앞서 손권의 진을 염탐할 목적으로 파견되었다. 그러나 주유에게 역이용당한 후 죽임을 당하였다.

채화(蔡和) 채모의 사촌. 채중과 같은 목적으로 오나라로 파견되지만 주유에게 역이용만 당하다 주유 출전에 앞서 제물로 화한다.

태사자(太史慈) 무장. 처음에 유요의 부하였으나 손책에게 항복한다. 적벽 싸움 때 합비에서 화살을 맞고 죽는다.

하후돈(夏侯惇) 위의 무장. 조조와 원래 같은 일족. 전투에서 화살을 맞은 자기의 눈알을 먹는다. 여러 차례 용감하게 싸워 명성을 떨친다.

하후연(夏侯淵) 위의 무장. 하후돈의 사촌 동생. 촉과 싸우다 죽는다.

하후패(夏侯覇) 위의 용장. 하후연의 아들 4형제 중의 맏이. 사마의의 천거로 뽑혀 촉과의 대전에서 잘 싸웠다. 뒤에 모반하였다가 패하여 촉의 후주에 항복하였다. 동생으로 하후위, 하후혜, 하후화가 있다.

학소(郝昭) 위의 용장. 자는 백도(伯道). 사마의 신임이 두터웠다. 가정 싸움 뒤 동오를 치러 나간 사이 진창을 지키어 제갈량의 습격을 막았다. 불과 3천의 수병으로 제갈량의 운제, 충차, 갱도 파기 전술 등을 모두 쓸모없게 만들었다. 병이 들어 위독한 상태에서 촉병이 기습하여 불을 지르는 통에 죽었다.

허저(許褚) 위의 무장. 조조를 위기에서 구하고 신변을 보호한다.

헌제(獻帝) 협황자(協皇子). 진류왕(陳留王). 잠시 재위한 소제(少帝 : 변황자, 홍농왕)의 뒤를 이어 9세에 천자가 됨. 재위 189~220년.

화타(華佗) 유명한 의사. 신의(神醫)로 이름이 높아 동오의 주태가 상처입어 죽게 된 것을 치료해 살렸고 독화살에 맞은 관운장을 뼈를 긁어 치료하였다. 후에 조조가 두통으로 그를 부르자 골을 빠개는 치료법을 내놓았다가 그의 손에 죽었다.

황개(黃蓋) 오의 무장. 손견 때부터 공을 많이 세운다. 적벽 싸움에 고육계(苦肉計)를 써 승리로 이끈다.

황씨 부인(黃氏夫人) 제갈량의 부인. 황승언의 딸로 얼굴이 몹시 추했으나 천문·지리에 통달했고 육도삼략과 둔갑법에도 능통하였다.

황충(黃忠) 유비의 용장. 오호대장(五虎大將)의 하나로 활쏘기의 명수. 유표의 장수였으나 유비에게 투항했다. 한중에서 조조와 싸울 때 역시 노장인 엄안과 함께 정군산에서 위공을 세웠으며 위의 명장 하후연을 죽였다. 75세로 관우의 복수전에 자진하여 나섰다가 화살을 맞고 죽는다.

황호(黃晧) 촉의 환관이요 간신. 후주 유선의 눈과 귀를 가려 주변에 충신들이 접근하지 못하도록 하였다. 강유가 위와 싸워 연전연승하였을 때도 그를 소환토록 하였으며 위군의 침입까지도 속이고 알리지 않았다. 결국 유선이 위에 항복했을 때 사마소에게 능지처참을 당해 죽었다.

98. 진창성을 빼앗은 공명

추 한 군 왕 쌍 수 주
追漢軍王雙受誅

습 진 창 무 후 취 승
襲陳倉武侯取勝

촉군은 왕쌍을 추격하여 목을 베고, 진창성을 습격한 제갈량은 승리하여 성을 취한다. 한편 동오 손권은 황제의 위에 오른다.

공명의 계책을 꿰뚫어본 사마의

사마의가 조예에게 아뢰었다.

"신이 항상 폐하께 말씀드리기를, 공명이 반드시 진창으로 진격해올 것이라 했었습니다. 그래서 신은 이미 학소에게 명하여 진창을 철저히 지키도록 조치했사옵니다. 그런데 그 예상은 적중했습니다. 만일 제갈량이 진창으로 진격한다면 그 곳은 군량미 운반이 수월한 이점이 있습니다. 그런데 다행히 학소와 왕쌍이 그 곳을 지키고 있어 공명은 그 길로 감히 군량미를 운반하지 못할 것입니다. 물론 소로가 있기는 하지만 운반에 어려움이 많을 것입니다. 신이 생각하기로는 그들이 보유한 군량미로는 1개월밖에 버티지 못할 것이니 속전속결의 전법으로 나올 것입니다. 때문에 우리는 지구전을 펴는 게 유리할 것입니다. 폐하께서는 조서를 내리시어 조진에게 각처의 요새지를 지키되 나가 싸우지 말도록 영을 내리십시오. 그리하면 촉병은 1개월도 버티지 못하고 스스로 물러설 것입니다. 이 때 우리가 그들의 허점을

中達出暨韓送達仲

중달은 성 밖까지 나가 한기를 배웅하다. 《新鐫全像通俗演義》 三國志傳卷之十七

노려 공격한다면 능히 제갈량을 사로잡을 수 있을 것이옵니다."

조예는 흔쾌히 말했다.

"경이 이미 그러한 선견지명을 지녔으니 스스로 군사를 거느리고 나가는 것이 어떻겠소?"

사마의가 아뢰었다.

"신이 직접 나서지 아니함은 몸을 도사려서가 아니라 이 군사로 동오의 육손을 막기 위함입니다. 손권은 머지않은 장래에 스스로 천자라 자칭할 것이며 그럴 경우에 폐하가 정벌할 것이 두려워서 먼저 군사를 거느리고 쳐들어올 것입니다. 그래서 신은 그에 대비하고 있는 것입니다."

이 때 신하가 조예에게 아뢰었다.

"도독 조진이 표문을 올려 군정을 보고하러 왔습니다."

사마의가 조예에게 아뢰었다.

"이 기회를 이용해서 폐하께서는 조진에게 당부하십시오. 촉병을 추격할 때는 반드시 그들의 허실을 살펴 추격하되 적진 깊숙이 추격하다가는 제갈량의 계책에 빠질 것이니 경계하라고 하십시오."

조예는 즉시 조서를 작성하여 태상경(太常卿) 한기(韓暨) 편에 보내어 단단히 주의시켰다.

"절대로 나가 싸우지 말 것이며 오직 방어 임무에만 철저히 하라. 다만 촉병이 물러가기를 기다렸다 공격할 일이다."

한기가 조예의 조서를 받고 떠날 때 사마의는 직접 성문 밖까지 나가 한기에게 당부했다.

"이번에 승리하면 나는 그 공을 자단(조진)에게 돌리겠소. 하지만 이것이 내 뜻이라고 말하지 말고 천자가 그렇게 조서를 내리셨다고 전하되 특히 요새지는 잘 살펴 지키는 것이 상책임을 강조하더라 하오. 만일 적을 추격할 경우에는 자세히 적정을 파악한 후에 행하되 성급하게 서둘다가는 오히려 추격을 당한다고 전하오."

한기는 사마의에게 작별을 고하고 떠났다.

한편 조진이 장막 안에서 장수를 모아 대책을 협의하고 있을 때 천자께서 태상경 한기를 특사로 보냈다는 보고가 들어왔다. 조진은 친히 진지 밖까지 나가 한기를 맞이하고 천자의 조서를 받았다.

천자의 조서를 읽어본 조진은 곽회·손례 등을 별채로 불러 계책을 협의했다.

천자의 조서를 읽은 곽회는 껄껄껄 웃으며 말했다.

"이건 틀림없이 사마의의 뜻이오."

조진이 물었다.

"사마의의 소견을 어떻게 생각하오?"

"이건 제갈량의 병법을 꿰뚫어보고 취한 것입니다. 먼 훗날 촉군을 제어할 인물은 오직 중달뿐일 것입니다."

조진이 다시 물었다.

"만일 촉병이 물러가지 않는다면 그 때는 어찌하면 좋겠소?"

"은밀히 우리 장수 왕쌍에게 사람을 보내어 군마를 거느리고 소로를 순시하게 하면 촉병은 함부로 군량미를 운반하지 못할 것입니다. 적의 군량미가 떨어지는 것을 기다렸다가 여세를 몰아 촉병을 추격한다면 우리는 큰 승리를 거둘 수 있을 것입니다."

옆에 있던 손례가 말했다.

"제가 기산으로 가서 군량미를 운반하는 연극을 꾸미겠습니다. 군량미 운반 수레에다 마른 짚단과 풀을 잔뜩 싣고 거기에 유황과 초산을 준비해둔 후 농서에서 위군의 군량미가 운반되어 왔다고 헛소문을 퍼뜨리는 것입니다. 그러면 군량미가 떨어진 촉병은 이를 탈취하려고 덤벼들 것입니다. 이때 그들이 오는 것을 기다려 수레에 불을 지르고 주위에 복병을 숨겨두었다가 일시에 나타나 저들을 공략한다면 승리할 것입니다."

관심을 기울여 듣고 있던 조진은 무릎을 치며 기뻐했다.

"과연 멋진 생각이오."

조진은 즉시 손례에게 그 계책대로 실행하라는 영을 내렸다. 또 한 사람을 왕쌍에게 보내어 군사를 거느리고 나가 요소요소를 철저히 순시하게 하고 곽회에게 따로 군사를 주어 기곡·가정 등에 이르는 길목을 철저히 지키게 했다.

조진은 이어서 장요의 아들 장호(張虎)를 선봉장으로 삼고 악진의 아들 악침(樂綝)을 부선봉장으로 삼아 함께 본진을 지키되 절대 나가 싸우지 말라고 당부했다.

한편 기산(祁山)에 진지를 세우고 있던 공명은 매일 군사들에게 명하여 위군에게 싸움을 돋우라 했으나 위군은 전혀 응전하려고 하지 않았다.

공명은 강유를 불러 대책을 물었다.

"위군이 성을 굳게 지키며 나와 싸우지 않는 것은 분명 우리의 군량미가 떨어진 것을 알고 있기 때문이다. 이미 진창의 보급로는 끊겼으며 다른 소로를 통해서는 군량미를 운반할 수가 없다. 현재 우리가 보유한 군량미로는 1개월 이상 버틸 수 없으니 어찌하면 좋겠느냐?"

공명과 강유가 별 뾰족한 방법이 없어 군량미 문제로 궁리를 하고 있을 때 농서의 위군들이 손례의 지휘하에 1천여 대의 수레로 군량미를 기산 서쪽으로 운반하고 있다는 보고가 들어왔다.

제갈량의 계책에 빠진 조진

공명이 옆에 있는 사람들에게 물었다.

"손례는 어떤 인물이냐?"

투항한 위나라 군사가 대답했다.

"일찍이 위주(魏主)를 따라서 함께 대석산(大石山)으로 사냥을 나간 일이 있었습니다. 그 때 사나운 호랑이 한 마리가 갑자기 어전에 나타났는데 그 때 손례는 눈깜짝할 사이에 말에서 내려 단칼에 호랑이의 목을 베었습니다. 그 공로로 상장군이 되었으며 조진의 심복이 된 인물입니다."

설명을 듣고 공명은 빙그레 웃으며 말했다.

"그들이 군량미를 나르는 것은 우리가 군량미가 떨어진 것을 알고 계책을 쓰는 것이다. 그들이 수레에 싣고 가는 것은 분명 마른풀과 짚단 등 인화물임에 틀림없다. 평소에 화공법을 즐겨 썼던 내가 그들의 화공법에 말려들 까닭이 있겠느냐? 그들은 우리가 그 인화물을 잘못 알고 취하려고 하는 허를 찔러 우리의 진지를 빼앗으려는 수작이다. 나는 이를 역이용하는 계책을 쓰겠다."

공명은 곧 장수 마대를 불러 분부했다.

"너는 3천 군마를 거느리고 위병이 양곡을 쌓아둔 곳으로 질러가라. 절대로 진지 안으로는 들어가지 말고 바람이 부는 쪽에서 불을 질러라. 만일 수레에 불이 붙어 타오르면 저들은 그것을 군호로 하여 반드시 우리 진지로 몰려와 포위할 것이다."

공명은 이어서 마충과 장의를 불러 각기 5천 군마를 거느리고 나가 내외에서 협공하라는 영을 내렸다. 마대와 마충·장의 세 장수가 영을 받고 물러갔다.

이번에는 관흥과 장포를 불러 분부했다.

"위병의 진지는 사방이 통하는 곳에 자리잡고 있다. 오늘 저녁 서쪽 산 위에서 불길이 오르면 그들은 반드시 우리 진지를 기습할 것이다. 너희들은 적의 진지 좌우에 각기 매복해 있다가 그들이 빠져 나오면 즉시 적의 진지를 공격하라."

공명은 다시 오반과 오의를 불러 분부했다.

"너희 둘은 각기 일단의 군사를 거느리고 진지 밖으로 나가 매복해 있다가 위군이 도착하면 그들이 도망칠 퇴로를 끊어라."

使車燒火放岱馬

마대는 무기를 실은 수레에 불을 지르다. ≪新錄全像通俗演義≫ 三國志傳卷之十七

　　공명은 이렇게 각기 장군들에게 분부를 내리고 기산 높은 곳에 올라가
자리를 잡고 앉았다.
　　촉병들이 위병의 양곡 운반 수레를 빼앗으려 한다는 소문이 퍼지자 위병
들은 즉시 대장 손례에게 아뢰었다.
　　손례는 이런 정보를 재빨리 도독 조진에게 알렸다. 조진은 즉시 진지에
있던 장수 장호와 악침을 불러 분부했다.
　　"오늘 밤 서산에 불길이 오르면 촉병이 몰려올 것이니 군사를 거느리고
나가 싸워라."
　　손례는 이렇게 말하고 나서 귀엣말로 속삭였다. 장호와 악침은 영을 받
고 물러나와 군사들에게 불길이 치솟는 것을 잘 지켜 보라고 명했다.
　　한편 위의 장수 손례는 군사를 거느리고 기산 서쪽으로 가서 매복해 있
으면서 촉병이 나타나기를 초조하게 기다리고 있었다.
　　밤이 깊어 2경이 되자 촉장 마대가 3천 군마를 거느리고 나타났다. 군사
들은 모두 입을 봉하고 있었으며 심지어 군마까지도 재갈이 물려 있었다.
마대가 서산에 도착해 바라보니 많은 수레들이 첩첩이 배치되어 있었으며
수레에는 갖가지 깃발을 꽂아 많은 군사들이 있는 것처럼 위장하고 있는 것
이 보였다.

마침 서남풍이 세차게 불자 마대는 즉시 군사들에게 명하여 진지의 남쪽에 불을 질렀다. 불길은 삽시간에 하늘까지 치솟았다. 매복해 있던 위장 손례는, 치솟는 불길을 발견하고 그것이 촉병이 나타난 것을 알리는 군호라 생각하여 급히 군사를 몰아 물밀듯 달려갔다.

이 때였다. 배후에서 갑자기 고함 소리와 북 소리가 천지를 진동하더니 좌우에서 촉장 마충과 장의가 군사를 몰고 뛰어나와 위군은 완전히 포위되고 말았다. 어처구니없이 포위망에 갇힌 손례는 질겁하였다. 이 때 또 다른 함성이 들리더니 하늘을 삼킬 듯한 불빛에 촉장 마대가 일단의 군사를 거느리고 나오는 모습이 보였다.

내외 협공을 받은 손례의 위병은 거의 전멸하고 말았다. 이곳 저곳에 번진 불길이 점점 사나워지자 위군은 서로 먼저 도망치려고 아귀다툼을 하여, 죽는 자의 수는 헤아릴 수도 없었다. 크게 중상을 입은 손례도 겨우 불길을 뚫고 목숨을 구하여 도주했다.

한편 위군의 진지에 있던 위장 장호는 불길이 치솟는 것을 보고 영문을 열어 악침과 함께 군사를 거느리고 촉군의 진지에 물밀듯 몰려갔으나 촉의 진지에는 군사라곤 하나도 보이지 않았다. 진지가 텅 빈 것을 안 위장 장호와 악침은 벌컥 겁이나 피가 거꾸로 솟는 듯했다. 급히 말을 돌려 회군하려고 할 때, 촉장 오반과 오의는 좌우에서 군사를 거느리고 퇴각로를 모두 끊어 버렸다.

완전히 독에 갇힌 장호와 악침이 젖먹던 힘을 다하여 포위망을 뚫고 본진에 당도할 무렵 길 옆 토성에서 화살이 빗발쳤다. 이 때는 이미 관흥과 장포에 의해 위의 진지는 완전히 점거된 후였다.

장호와 악침이 거느린 위군은 크게 패하여 도독 조진의 진지로 도주했다. 겨우 조진의 진지에 당도할 무렵 웬 말발굽 소리가 들리더니 피투성이가 된 손례가 몇 명의 부하를 거느리고 힘없이 쫓겨오고 있었다. 이들은 함께 진지로 들어가 제갈량의 계책에 빠졌다고 조진에게 아뢰었다. 제갈량의 계책에 빠져 완전히 패했다는 보고를 받은 조진은 두려워서 감히 싸울 엄두도 못 내고 벌벌 떨기만 했다.

한편 크게 승리를 거둔 촉군들은 진지로 돌아가 공명에게 승전보를 알렸다. 승전보를 접한 공명은 위연에게 사람을 보내어 은밀한 계책을 내리고 진지를 거두어 일제히 군사를 회군하라고 했다.

왕쌍의 죽음

이 때 양의가 공명께 아뢰었다.

"이미 우리가 크게 승리를 거두어 적들은 예기가 꺾여 기가 죽었는데 어이하여 승상께서는 회군하려 하십니까?"

"우리는 군량미가 충분하지 않아 속전속결로 결과를 얻었다. 지금 그들이 나와 싸우지 않고 지연 전술을 쓰고 있는데 이에 말려들어 이익될 것은 하나도 없다. 비록 이번 싸움에는 잠시 그들이 패하였지만 아직도 중원에는 많은 적병이 있다. 만약 그들이 기병을 움직여 급히 달려와 우리의 보급로를 끊는다면 우리는 궁지에 몰려 돌아갈 수도 없게 된다. 나는 지금 그들이 패하여 정신 없는 틈을 타서 부득이 군사를 물리는 것이다. 그래도 만일의 경우를 생각해서 위연에게 일단의 군마를 주어 진창 입구에 진을 치고 있는 왕쌍을 막게 했으니 왕쌍은 감히 나서지 못할 것이다. 또한 나는 이미 은밀하게 계책을 써서 왕쌍의 목을 베어 위병들이 감히 뒤를 추격하지 못하게 조치를 취했고, 지금 선봉에 나선 군사를 후군에, 후군에 선 군사를 선봉에 배치하는 작전 명령도 이미 내렸다."

이 날 저녁 공명은 북을 치는 군악대만 진지에 남아 북을 치게 했다. 이렇게 완전히 위장하고 이 날 밤 공명은 완전히 진지를 철수했다.

한편 두 차례나 크게 패한 위의 도독 조진이 기가 죽어 수심에 잠겨 있을 때, 좌장군 장합이 군사를 거느리고 왔다는 보고가 들어왔다.

좌장군 장합이 당도했다는 말에 귀가 번쩍 뜨인 조진은 급히 장합을 장막 안으로 불러들였다.

장합이 들어와 아뢰었다.

"폐하의 성지를 받들어 달려왔습니다."

조진은 이 말에 낯을 붉히며 반문했다.

"혹시 중달을 만나고 온 것이 아니오?"

장합이 아뢰었다.

"뵙고 왔습니다. 원수께서 말씀하시기를 만일 우리가 승리하면 촉병은 물러가지 아니할 것이며, 우리 군사가 패하면 촉병은 즉시 회군할 것이라고 말씀하셨습니다. 우리 군사가 패한 후에 도독께서는 촉군의 동향을 살펴보셨는지요?"

조진은 대답했다.

"아직 못 했소."

조진이 장합의 권유에 따라 사람을 보내어 탐지한 결과 진지는 텅텅 비어 있었고 여기저기에 수십 개의 깃발만 나부끼고 있을 뿐, 촉의 군사는 이미 이틀 전에 성을 비우고 도망갔다는 것이었다. 보고를 받은 조진은 땅을 치며 후회했지만 어쩔 수 없었다.

한편 촉장 위연은 공명으로부터 은밀한 계책을 받고 그 날 밤 2경때쯤 군사를 거두어 급히 한중으로 향했다.

이런 사실들은 염탐꾼에 의해 낱낱이 왕쌍에게 보고되었다. 왕쌍은 급히 대병을 이끌고 뒤를 추격했다. 젖먹던 힘을 다하여 20여 리를 추격하면서 앞을 바라보니 위연이 거느린 촉병이 기치를 펄럭이며 도주하는 모습이 보였다.

왕쌍은 더욱 말에 박차를 가하여 뒤를 추격하며 소리쳤다.

"위연아 게 섰거라!"

그러나 촉병은 어느 한 사람 뒤돌아보는 자가 없었다. 왕쌍은 더욱 세차게 말을 몰아 추격했다.

이 때였다. 왕쌍을 뒤따르던 군사들이 큰 소리로 외쳤다.

"우리 성 밖 진지에서 불길이 치솟고 있습니다. 아무래도 계책에 빠진 듯합니다."

왕쌍이 급히 고개를 돌려 바라보니 과연 불길이 하늘을 삼킬듯이 치솟고 있었다. 왕쌍은 급히 말 머리를 돌려 회군하라는 영을 내렸다. 왕쌍이 막 산모퉁이를 돌아나오려는 순간 웬 장수 하나가 갑자기 숲 속에서 뛰어나오며 소리쳤다.

追漢軍王
雙受誅

한군을 쫓다가 왕쌍은 죽고. ≪繡像全圖三國演義≫에서

"이놈아, 위연이 여기 있다!"

왕쌍은 위연과 맞서 싸웠으나 도저히 위연의 적수가 되지 못했다. 왕쌍은 위연이 휘두르는 단칼에 목이 날아가 말 아래로 굴러떨어졌다. 왕쌍이 거느린 위군들은 주위에 복병이 있을까 두려워 사방으로 뿔뿔이 흩어져 도주했다.

이 때 위연이 거느린 군사는 겨우 30여 명에 불과했다. 위연은 곧 승리를 거두고 군사를 이끌어 유유히 한중으로 향했다.

후에 어느 시인은 이 승리를 이렇게 읊었다.

공명의 계책, 손빈·방연에 앞서니   孔明妙算勝孫龐
그 빛 밤하늘의 뚜렷한 별빛이어라.   耿若長星照一方

군사를 진격하고 물리는 법 귀신도 모르게   進退行兵神莫測
진창 어귀에서 왕쌍 목을 베었네.   陳倉道口斬王雙

위연이 왕쌍을 이긴 것은 공명의 은밀한 계책을 받아 미리 30여 군사를 왕쌍의 진지 옆에 매복시켰다가 왕쌍이 촉병을 추격하기 위해 진지에서 나가자마자 불을 질러 진지로 돌아오도록 유인하여 기습했기 때문이었다.

왕쌍의 목을 벤 위연이 군사를 거느리고 한중으로 돌아와 공명을 뵙고 군사를 인도하니 공명은 잔치를 베풀고 위연을 크게 치하했다.

황제의 위에 오른 동오의 손권

한편 위장 장합은 위연의 뒤를 추격했으나 더 이상 쫓지 못하고 군사를 거두어 진지로 돌아갔다. 장합이 진지에 당도하자 진창성 학소에게서 사람이 왔다. 위연의 손에 왕쌍이 죽었다는 보고였다.

보고를 받은 조진은 왕쌍이 죽었다는 말에 크게 상심하더니 급기야 병을 얻어 낙양으로 돌아갔다. 조진은 낙양으로 가면서 장수 곽회·손례·장합에게 장안에 이르는 모든 길목을 단단히 지키라는 엄명을 내렸다.

한편 동오의 손권이 문무백관을 모아 조회를 하고 있을 때 전령이 들어와 다급하게 아뢰었다.

"촉의 승상 제갈량이 두 차례의 출병으로 승리를 거두었으며 위의 도독 조진은 크게 패하여 많은 군사와 장수를 잃었다 합니다."

이 말을 들은 손권의 신하들은 이구동성으로 나서서 군사를 일으켜 위를 정벌하고 중원을 도모하라고 권유했다.

그러나 손권은 단안을 내리지 못하고 주저하고 있었다. 이 때 옆에서 장소가 손권에게 아뢰었다.

"근자에 들리는 소문에 의하면 무창 동쪽 산에는 봉황새가 깃들여 있고 강에는 황룡이 출현했다고 합니다. 주공의 덕은 당(唐) 우(虞)와 비길 수 있으며 밝기는 문왕(文王)·무왕(武王)과 같사오니 먼저 황제의 위에 오르신 후에 군사를 일으키시는 것이 좋겠습니다."

들고 있던 모든 문무백관들도 입을 모아 아뢰었다.

"자포의 말씀이 옳은가 합니다."

이리하여 이 해 여름 4월 병인(丙寅) 날에 무창 남쪽 교외에 단을 쌓고 여러 문무백관들이 손권을 단에 오르게 하여 황제의 위에 나가게 하였다. 이때 연호를 황무(黃武) 8년(서기 229년)에서 황룡(黃龍) 원년으로 바꿨다.

손권은 그의 죽은 부친 손견에게 무열황제라는 시호를 올리고 또한 모친 오씨에게는 무열황후의 시호를 올렸으며 죽은 형 손책을 장사(長沙) 환왕(桓王)에 봉했다. 뿐만 아니라 아들 손등을 황태자에 책봉하고 제갈근의 큰아들 제갈각과 장소의 차자 장휴에게는 좌우에서 태자를 보필하도록 했다.

제갈각의 자는 원손(元遜)으로 키는 7척이나 되었고 매우 총명했으며 말재간이 뛰어나 그를 당해낼 사람이 없었으므로 손권이 특히 사랑했다.

제갈각의 나이 여섯 살 때 아버지 제갈근을 따라 조정의 연회에 참석한 적이 있었다. 손권은 제갈근의 얼굴이 유난히 긴 것을 보고 사람을 시켜 노새 한 마리를 끌고 오게 하여, 노새의 얼굴에 분필로 '제갈 자유(諸葛子瑜)'라 쓰게 하였다. 그러자 모든 백관들이 이를 보고 웃어댔다.

이를 본 나이 어린 제갈각이 자리에서 벌떡 일어나 노새 앞으로 다가가서 분필을 들더니 '제갈 자유'라고 쓴 글자 밑에 두 자를 더 써 넣어 '제갈 자유지로(諸葛子瑜之驢)' 즉 '제갈 자유의 노새'라고 고쳤다. 이를 보고 연회에 참석했던 모든 사람들은 놀라지 않을 수 없었다. 손권은 어린 제갈각의 총명함에 놀라 크게 기뻐하며 그 노새를 하사했다.

또 어느 날 손권은 관료들을 모아 크게 잔치를 베푸는 자리에서 제갈각에게 술잔을 돌리게 한 적이 있었다. 술잔이 돌아 장소 앞에 이르렀는데 장소는 술잔을 받지 않고 사양하며

"노인에게 술을 억지로 권하는 것은 예가 아니다."

라고 하자 이를 지켜보던 손권이 제갈각에게 말했다.

"네가 자포에게 어떤 수단을 쓰든지 술을 들게 할 수 있겠느냐?"

제갈각은 손권의 명을 받고 장소에게 말했다.

"옛날에 강상보(姜尙父 : 강태공)는 나이 90에 이르러서도 철퇴를 휘둘러

노익장을 과시했다 합니다. 지금의 우리 주공께서는 싸움에 임했을 때는 선생을 뒤에 머물게 하셨으며 오늘 술좌석에서는 선생에게 먼저 들도록 하셨는데, 선생께서는 어찌 노인을 대접하는 예가 아니라 하십니까?"

장소는 더 이상 대답할 말이 없어 할 수 없이 술을 마셨다. 이 때부터 손권은 제갈각을 사랑하게 되었고 급기야는 태자를 보필하도록 영을 내렸던 것이다.

또한 장소는 오왕 즉 손권을 오래도록 보필해왔고 그 지위가 삼공(三公)의 위에 있었기 때문에 그의 아들 장휴에게도 바른 쪽에서 태자를 보필하도록 했던 것이다.

손권은 또 고옹을 승상에 봉하고 육손을 상장군에 임명하여 태자를 도와서 무창을 지키게 했다.

손권은 다시 건업(建業)으로 돌아와 여러 문무백관들을 불러 모아 위를 토벌할 대책을 협의했다.

진창성을 얻은 공명

먼저 장소가 황제 손권에게 아뢰었다.

"폐하께서는 황제의 위에 오르신 지 얼마 되지 않습니다. 함부로 군사를 움직이면 아니 됩니다. 먼저 문무를 기르고 닦으며 학교를 세워 백성들의 마음을 편안히 하셔야 합니다. 그렇게 한 연후에 사자를 서천으로 보내어 촉과 동맹을 맺고 천하를 반분할 계책을 서서히 도모하십시오."

손권은 장소의 진언대로 즉시 사자를 시켜 밤새도록 달려 서천으로 가서 촉의 후주(유선)를 뵙도록 영을 내렸다. 후주를 뵌 동오의 사자는 예를 올리고 손권의 뜻을 전했다. 후주는 곧 여러 대신들을 불러 대책을 논의했다.

모든 대신들이, 손권은 외람되게 스스로 황제라 칭하여 동맹을 맺자고 하니 단호히 이를 거절해야 한다고 입을 모았다. 그러자 지금까지 듣고만 있던 장완이 후주에게 아뢰었다.

"제갈 승상께 사람을 보내어 물어본 후에 처리하는 것이 좋겠습니다."

후주는 즉시 사자를 한중으로 보내어 승상 제갈량의 의견을 물었다.

공명의 대답은 이러했다.

"사자로 온 사람을 후히 대접하고 손권에게 치하의 말을 전하게 한 후, 육손을 시켜서 군사를 일으켜 위나라를 공격하라는 명을 내리게 하십시오. 그러면 위는 즉시 사마의를 내보내어 동오의 장수 육손을 맞아 싸우게 할 것입니다. 만일 위의 사마의가 남으로 내려가 동오를 막는다면 그 때 우리는 다시 군사를 거느려 기산으로 나가 장안을 손에 넣을 수 있을 것입니다."

후주는 공명의 진언에 따라 태위 진진에게 명하여 명마와 갖가지 금은보화를 가지고 동오로 들어가 손권을 치하하라고 했다. 동오에 도착한 진진은 손권을 뵙고 후주의 글월을 올렸다. 서촉 후주의 국서를 받은 손권은 크게 기뻐하며 진진을 위해 잔치를 베풀어 대접하고 다시 촉으로 보냈다.

손권은 즉시 육손을 불러서 촉과 동맹을 맺어 위나라를 정벌하기로 했다는 사실을 알렸다.

그러자 육손은 깜짝 놀라며 손권에게 아뢰었다.

"이는 공명이, 위의 사마의가 두려워 계책을 쓴 것입니다. 그러나 이미 동맹하기로 약속을 했으니 그에 따를 수밖에 별도리가 없습니다. 다만, 우리는 겉으로만 군사를 일으키는 체하고 서촉의 행위에 대응하는 것이 좋겠습니다. 그것은 공명이 위를 공격하는 것을 지켜보고 있다가 위가 곤경에 처하면 그 때 우리는 그 허점을 노려 중원을 취하는 것입니다."

육손의 진언에 따라 손권은 즉시 형주와 양양 등 각처에 훈련이 잘된 군사와 병마를 거두어 날을 잡아 기병하라는 명을 전령을 통하여 내렸다.

한편 한중에 도착한 진진은 공명을 찾아뵙고 자초지종을 이야기했다. 공명은 아직 함부로 군사를 움직여 진창으로 진격할 일이 아니라고 생각하고 먼저 염탐꾼을 보내어 적진을 살피게 했다.

적진을 살핀 군사가 돌아와 공명에게 아뢰었다.

"진창성을 지키는 학소가 지금 중병에 걸렸다고 합니다."

보고를 받은 공명은 무릎을 치며 좋아서 외쳤다.

"큰일이 성사되겠구나!"

그리고 나서 곧 위연과 강유를 불렀다.

"너희 둘은 즉시 군사 5천을 거느리고 밤새 진창성으로 달려가 불길이 치솟는 것을 군호로 하여 성을 공격하여라."

영을 받고 물러갔던 두 장수는 아무래도 미심쩍어 다시 달려와 아뢰었다.

"어느 날 떠나는 것이 좋겠습니까?"

공명이 말했다.

"사흘 이내에 만반의 준비를 갖추고 나를 만나볼 것도 없이 즉시 떠나라."

두 사람은 공명의 계책을 받고 물러갔다. 공명은 다시 관흥과 장포를 불러 귀엣말로 무언가 군령을 내렸다. 관흥·장포도 군령을 받고 물러갔다.

한편 위장 곽회는 학소가 중병을 앓고 있다는 말을 전해 듣고 장합을 불러 대책을 협의했다.

"학소가 지금 중병을 앓고 있다 하니 그대가 가서 임무를 대신하오. 나는 조정에 표문을 올린 후 별도로 알아서 처리하겠소."

장합은 즉시 군마 3천을 거느리고 학소가 있는 진창성으로 달려갔다. 학소는 정말 병으로 사경을 헤매고 있었다. 학소가 이처럼 신음하고 있을 때 촉병이 성 아래로 몰려오고 있다는 보고가 들어왔다. 학소는 즉시 성을 단단히 지키라는 영을 내렸다.

이 때였다. 갑자기 각 성문 위로 불길이 치솟더니 성 안은 삽시간에 수라장으로 변했다. 이 바람에 학소는 그만 기절하여 숨을 거두고 말았다. 그러자 촉병들은 일제히 성 안으로 물밀듯 쳐들어갔다.

이 때 위연과 강유가 군사를 거느리고 진창성 아래 도착하여 성 위를 바라보니 기치 창검은 물론 개미새끼 한 마리도 보이지 않았다. 위연·강유 두 장수는 의심이 번쩍 들어 감히 성을 공격할 수가 없었다.

이 때 사방팔방에서 포 소리가 요란하게 들리더니 성루 위 사면에 일제히 깃발이 올라 나부꼈다. 깃발 아래에는 윤건을 쓰고 손에는 백우선을 들었으며 도포에 학띠를 두른 사람이 불쑥 나타나더니 두 사람을 향해 큰 소리로 외쳤다.

孔明夜取陳倉城

공명은 밤중에 진창성을 취하다. ≪新錄全像通俗演義≫ 三國志傳卷之十七

"너희들은 왜 이리 늦게 오느냐!"

위연과 강유는 질겁하여 급히 말에서 내려와 땅에 엎드려 아뢰었다.

"과연 승상께서는 귀신 같은 계책을 쓰셨습니다!"

공명은 성문을 열라 하고 두 장수를 성 안으로 맞이하여 말했다.

"학소가 중병으로 사경을 헤매고 있는 것을 알고도 너희에게 사흘 이내에 이 진창성을 취하라 한 것은 그 소문이 적에게 들어가 학소로 하여금 미리 준비하지 못하게 하기 위함이었다. 그 후 나는 즉시 관흥과 장포를 불러 군사를 점검하고 야음을 틈타 아무도 모르게 한중을 빠져나가도록 영을 내렸다. 나는 곧 군사들을 변장시켜 진창성 아래에 당도하게 하고 적들이 함부로 군사를 이동하지 못하게 하는 한편, 성 안의 첩자들을 시켜 성 안에서 불길을 올리며 함성을 질러 협력하게 하니 위군들은 놀라서 당황하였던 것이다. 때문에 적장 학소가 자연히 기절하여 죽고 장수를 잃은 군사들은 자중지란에 빠졌을 것이 아니냐? 나는 이런 이치로 손바닥을 뒤집듯 쉽게 이 성을 공략했던 것이다. 병법에 이르기를 '예기치 않았을 때 나가고 방비가 없는 동안에 공격하라'고 했다. 바로 그 전법이 적중한 것이다."

공명의 신출귀몰한 재주에 감탄하여 위연과 강유는 땅에 엎드려 절했다.

공명은 학소의 죽음을 애석하게 여겨 비록 적장이기는 하지만 그의 처자들로 하여금 위나라로 운구하도록 하여 학소의 충의를 표하도록 했다.

기산으로 다시 간 공명

공명은 다시 위연과 강유를 불러 분부했다.

"너희 둘은 갑옷을 벗을 것 없이 당장 군사를 거느리고 나가서 산관(散關)을 공격하라. 파수 보던 적들이 우리 군사들을 보면 반드시 놀라 도망칠 것이다. 만약 우물거리고 늦게 도착한다면 그들의 구원군이 먼저 도착하므로 그 때는 공략하기 힘들게 된다."

위연과 강유는 공명의 명을 받고 군사를 거느려 산관을 향하여 샛길로 가로질러 갔다. 촉병이 산관에 도착하자마자 과연 파수 보던 위군들은 놀라 모두 도망쳤다.

성을 점거한 촉의 두 장수가 성 위에 올라가 갑옷과 투구를 벗고 멀리 성 아래를 내려다보니 뿌연 먼지를 일으키며 위군들이 몰려오고 있었다.

두 장수는 얼굴을 마주 보며 놀랐다.

"과연 승상의 기막힌 예상은 측량할 길이 없구려."

두 장수가 급히 성루 위로 올라가 바라보니 적장은 바로 장합이었다. 위연과 강유는 즉시 군사를 나누어 요새의 길목을 지키고 있었다. 달려오던 장합은 촉병이 요새지에서 지키고 있는 것을 발견하고 군사를 물려 도주하기 시작했다. 위연이 군사를 거느리고 뒤를 추격하여 시살하니 죽은 위군의 수는 헤아릴 수 없이 많았고 장합은 겨우 목숨을 구하여 도주했다.

산관에 되돌아온 위연은 사람을 공명에게 보내어 승전보를 전했다. 공명은 스스로 군사를 거느리고 진창의 야곡으로 나가 건위를 취하였다. 그 후 공명은 군사를 거느리고 계속 나아갔다.

한편 후주는 대장 진식으로 하여금 군사를 거느리고 나가 공명을 도우라 했다.

공명은 대군을 거느리고 다시 기산으로 나갔다.

진지를 구축한 후 공명은 여러 장수들을 불러모아 말했다.

"지난날 우리는 두 차례에 걸쳐 기산으로 나왔으나 별로 이득이 없었다. 이번에 내가 다시 군사를 거느리고 나왔으니 적들은 틀림없이 전번과 같이 유리한 지형지물을 의지하여 우리와 맞설 것이다. 적들은 우리가 옹주와 미주 두 고을을 취할 것이라 생각하고 철옹성 같이 지키며 우리와 대적할 것이다. 음평(陰平)과 무도(武都) 두 고을은 한수(漢水)와 접해 있다. 만일 우리가 이 두 고을을 손에 넣는다면 위군의 세력은 반드시 분산될 것이다. 누가 나가서 음평·무도를 공격하겠느냐?"

강유가 자원해 나섰다.

"제가 가겠습니다."

왕평도 역시 자원했다.

"저도 가겠습니다."

공명은 크게 기뻐하며 강유에게 1만 군사를 주어 무도를 취하게 하고 왕평에게도 역시 군사 1만을 주어 음평을 취하라 했다. 두 장수는 영을 받고 물러갔다.

다시 대도독이 된 사마의

한편 위장 장합은 패잔병을 거느리고 장안으로 돌아와 곽회·손례를 만나 그간의 일을 보고했다.

"진창은 이미 함락된 지 오래이며 학소는 죽었고 산관마저 촉군에게 빼앗겼습니다. 지금 공명은 다시 군사를 두 길로 나누어 기산 쪽으로 진군하고 있습니다."

곽회는 깜짝 놀라 말했다.

"사태가 이 지경에 이르렀다면 그들은 옹성과 미성을 취하려 하겠구나!"

곽회는 장합에게 장안을 지키라 하고 손례에게는 군사를 거느리고 나가 옹성을 지키라 명했다. 그는 친히 군사를 거느리고 밤을 도와 미성으로 향하는 한편 표문을 써 낙양으로 보냈다.

한편 낙양의 조예가 조회를 하고 있을 때 신하가 아뢰었다.

"진창은 이미 함락되었으며 학소가 죽은 이 마당에 제갈량이 다시 군사를 거느리고 기산에 나타나 산관마저 촉병의 손에 떨어졌다고 합니다."

조예의 실망은 이만저만이 아니었다. 이 때 또 만총 등이 표를 올리며 아뢰었다.

"동오의 손권이 스스로 황제라 칭하더니 촉과 동맹을 맺었다고 합니다. 또한 동오의 장수 육손은 무창에서 군사를 훈련시키며 명령만 떨어지기를 기다리고 있다 합니다. 그들이 머지않아 곧 침공할 것이 분명합니다."

양쪽의 적을 맞게 되었다는 보고를 접한 조예는 당황하여 어찌할 줄을 몰랐다. 이 때 조진은 병상에 누워 있었으므로, 조예는 대신 사마의를 불러 어찌하면 좋겠느냐고 대책을 물었다.

사마의가 조예에게 아뢰었다.

"신의 어리석은 생각인지는 몰라도 동오는 결코 군사를 일으키지 아니하리라 생각합니다."

조예는 귀가 번쩍 띄어 다급하게 물었다.

"어찌하여 경은 그렇게 생각하오?"

"공명은 늘 효정 싸움에서 패한 것을 설욕하겠다고 벼르고 있었으니 동오를 삼키려 하지는 아니할 것이며, 중원이 비어 있는 틈을 타서 공략할 생각으로 우선 임시 조치로 동오와 동맹을 맺었을 뿐이라고 생각합니다. 동오의 육손도 공명의 이런 속셈을 잘 알고 있기 때문에 괜히 군사를 훈련시키는 체하면서 실지로는 사태가 어떻게 되어가는지를 주시하고 있을 것입니다. 그러니 폐하께서는 동오를 방어할 걱정은 하지 않으셔도 됩니다. 오직 촉병만 막으면 그만입니다."

조예의 얼굴은 금세 밝아졌다.

"과연 경의 고견은 놀랄 만하오!"

조예는 곧 사마의를 대도독으로 삼아 농서의 여러 군사를 총지휘하게 하고 조진에게 사람을 보내어 군사를 총지휘할 장군의 도장을 받아오도록 영을 내렸다.

사마의는 조예가 사람을 보내는 것을 극구 만류했다.

"신이 직접 찾아뵙도록 하겠습니다."

曹眞授印與仲達

조진은 사마의에게 대장인을 내리다. ≪新鋟全像通俗演義≫ 三國志傳卷之十七

사마의는 조예에게 작별을 고하고 곧바로 조진의 부하(府下)로 찾아가 뵙기를 청했다.

사마의는 먼저 조진에게 병세를 물어보고 입을 열었다.

"동오와 서촉이 서로 동맹을 맺어 쳐들어올 준비를 갖추고 있습니다. 공명이 기산 아래에 진을 치고 있는 사실을 알고 계시는지요?"

조진은 깜짝 놀라며 말했다.

"내 병이 중하여 식구들이 일부러 알리지 않았구려. 나라가 이런 위급함에 처했는데 폐하께서 경에게 촉병을 물리치라 하시지 않던가요?"

사마의는 시치미를 떼고 대답했다.

"저같이 재주도 없고 아는 것도 없는 인물은 그 직을 맡을 수 없는 일입니다."

조진은 즉시 좌우에 명했다.

"빨리 대장의 도장을 가져와 중달에게 넘기도록 하라."

사마의는 사양하며 말했다.

"도독께서는 가히 염려 마십시오. 제가 비록 재주는 없지만 한 팔이 되어 돕겠습니다. 그러나 장군의 도장을 받을 수는 없습니다."

사마의가 대장인을 인수하지 않겠다고 말하자 조진은 병상에서 벌떡 일어나 말했다.

"중달이 이 임무를 맡지 아니하면 우리 중원은 큰 위기에 빠지오. 내 비록 병중이지만 친히 황제 폐하를 뵙고 말씀드리겠소."

사마의가 정중히 대답했다.

"이미 천자로부터 영을 받았습니다. 그러나 신은 그런 중임을 맡을 재목이 아니라고 생각합니다."

그제서야 조진은 만면에 웃음을 띄우며 말했다.

"중달이 그 임무를 맡는다면 능히 촉병을 물리칠 수 있을 것이오."

사마의는 수차에 걸쳐 대장인을 사양하다가 조진의 간곡한 권유에 비로소 받아들고 위주 조예를 작별한 다음 장안에 머물고 있는 군사를 거느리고 공명과 일대 격전을 벌이려고 진군했다.

오랜 전운을 견뎌낸 노군사(老軍師) 공명과 패기에 넘치는 사마의가 일대 격전을 벌이게 되었으니 과연 이 싸움은 어떻게 결판이 날 것인지…….

99. 40만 대군을 일으킨 위

제 갈 량 대 파 위 병   사 마 의 입 구 서 촉
諸葛亮大破魏兵   司馬懿入寇西蜀

제갈량이 왕평과 장익의 활약으로 위군을 대
파하자, 사마의는 조예를 부추겨 40만 대군
을 거느리고 서촉으로 쳐들어간다.

다시 승상의 대임을 맡은 공명

촉한 건흥 7년(서기 229년) 여름 4월, 공명은 군사를 거느리고 기산에 세 진지를 세워 주둔시킨 다음 위군이 도착하기만을 기다리고 있었다.

한편 군사를 거느리고 장안에 도착한 사마의는 장합을 불러 작전을 협의했다. 사마의는 장합을 선봉장에 세우고 대릉(戴凌)을 부장으로 삼아 10만 군사를 거느리고 기산 아래에 도착하여 위수의 남쪽에 진지를 세웠다.

곽회와 손례가 찾아와 예를 올리자 사마의가 물었다.

"너희들은 전에 촉병과 싸워본 일이 있느냐?"

곽회와 손례는 입을 모아 대답했다.

"아직 못 했습니다."

사마의가 설명했다.

"촉병은 천릿길을 달려왔으므로 속전속결의 전법으로 나갈 것이다. 그런데도 그들이 나와 싸우려 하지 않는 것은 분명 어떤 계책을 꾸미기 때문이

다. 너희들은 혹시 농서의 군사들에게서 어떤 소식을 듣지 못했느냐?"

곽회가 아뢰었다.

"지금까지 들어온 소식에 의하면 밤낮을 가리지 않고 주의해서 성을 굳게 지키고 있으며 별다른 일은 없다고 생각합니다. 아직 무도와 음평 두 곳에서만 회보가 오지 않습니다."

"나는 이미 공명에게 사람을 보내어 한판 승부를 겨루자고 제의했다. 너희 둘은 급히 지름길을 이용하여 무도와 음평 두 고을을 구하고 즉시 촉병의 배후를 기습하라. 그러면 촉병은 분명 자중지란에 빠져들 것이다."

두 장수는 사마의에게서 계책을 받고 무도와 음평을 구하고 촉의 배후를 공격하기 위하여 각기 5천 군마를 거느리고 농서의 지름길로 달려나갔다.

가는 도중에 곽회가 손례에게 물었다.

"중달은 공명에 비해 어떻다고 생각하시오?"

손례가 대답했다.

"공명이 중달보다야 훨씬 낫지요."

곽회가 다시 말했다.

"공명이 중달보다 낫다고는 하지만 이번에 중달이 세운 계책도 만만하지 않다고 생각하오. 촉병이 무도와 음평 두 고을을 공격하느라 여념이 없을 때 우리가 갑자기 뒤를 공격한다면 그들은 크게 자중지란에 빠질 것이 뻔하지 않소?"

이 때였다. 전령이 급히 말을 몰아 달려와 아뢰었다.

"음평은 이미 촉장 왕평의 손으로 넘어갔고 무도 역시 강유에 의해 공격을 당했다 합니다. 또한 바로 저 앞쪽에는 촉병이 진을 치고 있습니다."

손례가 곽회에게 말했다.

"촉병이 이미 성지를 점령했다고 하는데 촉병이 성 밖에 진을 치고 있다는 것은 이상하지 않소? 이는 분명 어떤 계책일 것이니 빨리 군사를 물려 후퇴합시다."

곽회는 할 수 없이 손례의 말에 따랐다.

이들이 군사들에게 후퇴 명령을 내리는 순간 포 소리가 요란하게 들리더니 산모퉁이에서 일단의 군사들이 번개처럼 말을 몰아 달려나오기 시작했다.

달려나오는 군사들의 깃발에는 '한 승상 제갈량(漢丞相諸葛亮)'이란 글자가 커다랗게 씌어 있었다. 그 기치 아래에 사륜거가 한 대 굴러 나오는데 사륜거 위에는 공명이 단정히 앉아 있었고 좌우에는 관흥과 장포가 호위하고 있었다. 이를 본 곽회와 손례는 기겁했다.

공명이 큰 소리로 웃으며 말했다.

"곽회와 손례는 게 섰거라. 네놈들은 내가 사마의 계책에 속아넘어갈 줄 알았느냐? 중달은 매일 사람을 보내어 앞에서 교전을 벌이고 뒤로는 우리 군을 기습하게 하였구나! 그리고 무도와 음평 두 고을은 내가 이미 빼앗은 지 오래다. 그러니 너희 둘은 빨리 항복을 하겠느냐, 아니면 군사를 몰아 나와 결전을 벌이겠느냐?"

공명의 말을 들은 손례와 곽회는 당황하여 어찌할 바를 몰랐다. 이 때 함성이 크게 울리더니 촉장 왕평과 강유가 군사를 거느리고 그들의 배후를 무찔러 들어오니, 앞에 있던 관흥과 장포 두 장수는 물밀듯 군사를 거느리고 시살해 들어갔다. 앞뒤의 협공을 받은 위군은 크게 패하고 말았다.

다급해진 곽회와 손례는 말을 버리고 산 속으로 도주했다. 이를 본 장포는 말을 몰아 뒤를 추격했다. 그러나 불행히도 장포가 탄 말의 발이 미끄러지면서 연못에 빠지는 바람에 장포와 말은 한꺼번에 연못 속으로 나뒹굴었다. 뒤쫓아오던 군사들이 급히 달려가 장포를 구했으나 이미 머리가 깨져 있었다. 공명은 장포를 성도로 후송시켜 치료하게 했다.

한편 곽회와 손례 두 위장은 가까스로 목숨을 부지하여 진지로 돌아가 사마의에게 아뢰었다.

"무도와 음평은 이미 촉병의 손에 넘어갔습니다. 또한 공명이 요로에 군사를 매복시켰다가 앞뒤에서 협공하는 바람에 크게 패하여 타고 있던 말까지 버리고 돌아오는 길입니다."

이들의 설명을 듣고 사마의가 말했다.

"그것은 너희들의 잘못이 아니라 공명의 지략이 나보다 앞섰기 때문이다. 다시 군사를 거느리고 나가 옹성과 미성을 지키되 절대로 나가 싸우지 말라. 나에게 따로 적을 격파할 계책이 있다."

손례·곽회가 명을 받고 물러가자 사마의는 장합과 대릉 두 장수를 불러 분부했다.

"공명이 이미 무도와 음평 두 고을을 손에 넣었지만 백성들의 마음을 안심시키기 위하여 진지에 머물러 있지는 아니할 것이다. 너희 둘은 오늘 밤 야음을 틈타 각기 정병 1만 명씩을 거느리고 나가 촉진(蜀陣)의 배후를 일시에 기습하라. 나는 군사를 거느리고 촉진 앞에 진을 치고 있다가 촉진의 형세가 어지러워지면 그 틈을 노려 군사를 몰아 쳐들어가겠다. 이렇게 우리가 양쪽에서 협공한다면 반드시 적진을 빼앗을 수 있을 것이다. 너희들도 그런 지형을 이용하여 공격하면 적을 격파할 수 있다는 생각이 들지 않느냐?"

장합과 대릉도 영을 받고 물러갔다. 대릉은 왼쪽 길로, 장합은 오른쪽 길로 각각 군사를 거느리고 지름길을 통하여 촉의 진지 후면으로 깊숙이 잠입했다. 3경이 지나서야 대로에서 마주친 장합과 대릉은 군대를 한데 모아 촉진을 향해 돌격해 들어갔다. 이들이 30여 리도 채 못 가서 선봉에 선 군사들이 더 이상 진격을 하지 못하고 멈춰서는 것이 아닌가?

장합과 대릉이 말을 세워 앞을 바라보니 짚단과 마른풀을 잔뜩 실은 수백 대의 수레가 길을 가로막고 있었다.

장합이 대릉에게 말했다.

"이것은 반드시 어떤 작전에 의해 수레로 길을 막아놓은 것이니 빨리 이곳을 빠져나가는 것이 좋겠소."

이들이 군사들에게 퇴군을 명할 무렵 주위의 산 이곳 저곳에서 불길이 대낮같이 솟아오르더니 북 소리가 하늘을 찌를 듯이 크게 들려오고 사방에서 복병들이 뛰어나와 일시에 이들을 포위했다.

기산 위에서 공명의 목소리가 크게 들려왔다.

"대릉과 장합은 내 말을 들으라. 너희들의 도독 사마의는 우리가 무도와 음평의 백성들을 위로하기 위해 진지를 벗어났을 것이라 생각하고 너희들을 보내어 우리 진지를 기습하도록 했지만, 너희들은 내 계책에 걸려들었다. 보잘것없는 장수들이기에 내가 죽이지는 아니할 것이니 빨리 말에서 내려 투항하라."

공명은 기산에 올라 장합을 꾸짖다. ≪新鋟全像通俗演義≫ 三國志傳卷之十七

위장 장합은 공명의 말을 듣고 크게 노하여 삿대질까지 하면서 공명에게
욕을 퍼부었다.

"너는 산골짜기에 묻혀 살던 일개 촌놈으로 우리 대국의 경계를 침범했
으면서 어찌 감히 그따위 말을 지껄이느냐? 만일 네놈을 사로잡는다면 내
기필코 박살내리라."

장합은 말도 끝맺지 않고 창을 비껴 들고 말을 몰아 공명이 있는 기산
위를 향하여 치달렸다. 산 위에서는 화살이 비오듯 쏟아졌다. 더 이상 산
위로는 올라갈 수 없다고 생각한 장합은 눈이 뒤집혔다. 창을 휘두르며 말
을 몰아 정신 없이 좌충우돌하며 겹겹의 포위를 뚫고 나가는데 아무도 그를
막을 수 없었다.

이 때 촉병들은 대릉을 완전히 포위하고 있었다. 장합이 다시 돌아와 살
펴봐도 이미 촉병에게 둘러싸여 대릉의 모습이 보이지 않자 사력을 다하여
촉의 진지를 뚫고 들어가 대릉을 구하여 도망쳤다.

산 위에서 적장 장합이 1만여 촉군들 속에서 좌충우돌하며 대릉을 구하
여 달아나는 용맹을 지켜보고 공명은 좌우를 둘러보며 말했다.

"나는 전에 장비가 적장 장합과 겨루는 것을 본 사람들이 모두 놀라고
두려워했다는 말을 들었었다. 오늘 내 눈으로 직접 살펴보니 과연 장합은

뛰어난 장수로구나! 장합이 살아 있는 한 우리 촉은 마음을 놓을 수가 없겠다. 내 기어이 장합을 제거하고 말겠다."

공명은 군사를 거느리고 진지로 돌아갔다.

한편 사마의는 군사를 거느리고 촉진 앞에 진을 치고 있으면서 촉진이 어지러워져 일제히 공격할 기회만을 기다리고 있었다. 이 때 장합과 대릉이 빈사 상태가 되어 숨을 헐떡이며 달려와 아뢰었다.

"공명이 이미 선수를 쳐 방비하고 있었기 때문에 우리는 크게 패하여 이렇게 돌아오는 길입니다."

사마의는 놀라 탄식했다.

"과연 공명을 당해낼 재간이 없구나! 빨리 후퇴하도록 하라."

이리하여 사마의는 즉시 영을 내려 대군을 거느리고 본진으로 돌아가 군게 성을 지키고만 있었다.

한편 크게 승리를 거둔 공명은 헤아릴 수 없이 많은 무기와 군사·병마 등 전리품을 거두어 대군을 거느리고 진지로 돌아갔다. 촉장 위연은 매일같이 군사를 거느리고 나가 위군에게 싸움을 돋우었으나 사마의는 전혀 나와서 싸우려 하지 않았다.

아무런 접전도 없이 보름이 흘렀다. 공명이 장 안에서 이 생각 저 생각에 잠겨 있을 때 천자의 사자로 비위가 조서를 가지고 왔다는 보고가 들어왔다.

공명은 비위를 맞이하여 향을 피워 예를 갖추고 천자의 조서를 받아 읽었다.

가정 싸움에서 패한 허물이 마속에게 있었건만 그대는 책임을 느껴 스스로 벼슬을 낮추었으니 이는 경의 뜻을 거절할 수 없어 그대로 윤허했던 것이다. 지난해에는 혁혁한 공을 세워 왕쌍의 목을 베더니 이번에는 정벌길에 나서서 곽회를 도망치게 했고 강병의 항복을 받아 두 고을을 다시 어우러 위용을 떨쳤으니 그 공훈 또한 큰 것이다. 그러나 아직도 천하는 시끄러운 중에 악의 뿌리를 완전히 뽑질 못하였으니 그대는 대임(大任)을 맡아 나라의 중요한 일을 처리하라. 오래도록 스스로를 겸손히 다루는 것은 옳은 길이 아니다. 그리하여 다시 그대에게 승상의 직을 맡기니 그대는 사양하지 말라.

조서를 다 읽은 공명이 비위에게 말했다.
"나는 아직 국사(國事)를 이루지 못한 몸인데 어찌 다시 승상의 직을 맡겠소?"
공명은 굳이 승상의 직을 사양했다.
비위가 공명에게 아뢰었다.
"만일 승상께서 직위를 받지 아니하신다면 이는 천자의 뜻을 어기는 것이요, 군사들의 마음을 무시하는 것이오니 받도록 하십시오."
공명이 할 수 없이 승상의 직위를 받아들이자 비위는 작별을 고하고 물러갔다.

왕평과 장익에게 패한 사마의

공명은 사마의가 아직도 나와 싸우려 하지 않자 문득 한 계책을 생각하고 각처의 군사들에게 진지를 거두어 일어나라고 영을 내렸다. 이를 염탐한 위의 첩자들은 사마의에게 달려가 촉군이 진지를 거두어 물러갔다고 아뢰었다.
보고를 받은 사마의가 말했다.
"공명이 계책을 쓰는 것이 분명하니 함부로 경거망동하게 행동하지 말라."
옆에 있던 장합이 아뢰었다.
"그들이 진지를 거두어 물러가는 것은 군량미가 떨어져 불가피하게 돌아가는 것 같은데 왜 뒤를 추격하지 않으십니까?"
"내 생각으로는 작년에 풍년이 들어 공명이 크게 수확을 거두었고 지금은 보리가 익어가는 계절이니 군량미는 풍족할 것이다. 비록 군량미 운반에 어려움이 있다고는 하지만 그들은 능히 6개월은 버틸 수 있을 것이다. 그들이 도망쳤다고 생각하면 큰 오산이다. 그들이 계속 싸움을 걸어왔지만 우리가 응하지 아니하자 그들은 계책을 써서 우리를 유혹하려는 것이다. 그러니 군사를 보내어 멀리까지 쫓아가 적을 살피도록 하라."

장합이 군사를 보내어 적진을 뒤쫓아가 살피라 하니 염탐꾼이 살피고 돌아와 사마의에게 아뢰었다.

"공명이 30리 밖에 진을 치고 있었습니다."

보고를 받은 사마의가 말했다.

"내 생각대로 공명은 멀리 가지 않았구나! 진지를 단단히 지키고 함부로 나가지 말라."

그럭저럭 열흘이 지났다. 그간에 이렇다 할 소식도 없었으며 촉병이 싸움을 걸어오지도 않았다.

사마의는 다시 사람을 보내어 촉진의 동정을 살피게 했다. 동정을 살피러 나갔던 군사가 돌아와 아뢰었다.

"촉병은 이미 진지를 거두어 철수했습니다."

그러나 사마의는 그 말이 믿어지지가 않았다. 사마의는 아무도 모르게 졸병의 옷으로 갈아입고 친히 군사들 틈에 끼여 살펴보았다. 촉병은 전에 진을 쳤던 곳으로부터 30리 밖에 다시 진을 치고 있었다.

적의 동정을 살핀 사마의는 자기 진으로 돌아와 장합에게 말했다.

"이것은 공명의 계책임에 틀림없다. 적의 뒤를 추격할 생각은 꿈에도 하지 말라."

또다시 열흘이 지났을 무렵 염탐꾼이 달려와 사마의에게 아뢰었다.

"촉병은 전에 있던 곳에서 30리 밖으로 물러가 다시 진을 치고 있습니다."

이 보고를 들은 장합이 사마의에게 말했다.

"공명은 서서히 군사를 물리는 전법을 써서 결국은 한중까지 도망치려는 것이 분명한데 도독께서는 무엇이 그렇게 의심스러워 그들의 뒤를 추격하지 않으십니까? 제가 직접 군사를 거느리고 나가 한번 싸워보겠습니다."

사마의는 그래도 만류했다.

"공명은 계책이 무궁무진한 인물이오. 함부로 나섰다가 잘못 실수한다면 우리 군사의 예기는 그만 꺾이고 마오. 절대로 함부로 나가지 마시오."

그러나 장합은 굽히려 하지 않았다.

"만일 제가 나가 싸우다가 패한다면 군법대로 처벌을 받겠습니다."

사마의는 더 이상 만류하지 않았다.

"정히 그대가 군사를 거느려 나가겠다면 절반만 거느려 가도록 하오. 먼저 군사를 거느리고 나가 싸우되 사력을 다하시오. 나는 뒤에서 원군을 거느리고 복병을 막겠소. 내일 장군께서 먼저 군사를 거느리고 나가되 중간에서 쉬도록 하시오. 그러면 그 다음날 적과 싸우는 데 힘이 부치지 아니할 것이오."

사마의는 군사를 절반으로 나누어 장합에게 주었다.

이튿날 장합과 대릉은 부장 수십 명과 함께 정병 3만을 거느리고 먼저 전진하다가 도중에 진지를 세웠다. 사마의는 많은 군사와 병마를 남겨 본진을 단단히 지키게 하고 친히 정병 5천을 거느려 장합과 대릉의 뒤를 따라갔다.

한편 공명은 사람을 보내어 위군의 동정을 살피게 하여 위군이 중간에서 진지를 세우고 주둔해 있다는 사실을 알아냈다.

이 날 밤이 깊어 어둠이 깔리자 공명은 여러 장수들을 불러 분부했다.

"위군이 우리의 뒤를 추격해왔으니 저들은 목숨을 걸고 사생결단을 내리려고 할 것이다. 너희들은 일당십(一當十)을 맞아 싸운다는 각오로 싸워야 한다. 너희들이 적을 맞아 싸우는 동안 나는 복병을 거느리고 적의 뒤를 끊겠다. 지모와 용맹을 겸비하지 아니한 장수는 저들을 막아 싸울 수 없다. 누가 선봉에 서겠느냐?"

이렇게 분부를 내린 공명은 위연을 바라보며 눈짓을 했다. 공명의 눈짓을 받은 위연은 고개만 몇 번 끄덕일 뿐 아무런 말이 없었다.

이 때 왕평이 자원해 나서며 말했다.

"제가 나가서 적과 겨루어보겠습니다."

공명은 왕평에게 다짐을 받았다.

"만일 네가 나가서 싸우다가 실패하면 어찌하겠느냐?"

왕평이 자신 있게 대답했다.

"그 때는 군법에 따라 어떤 처벌이라도 달게 받겠습니다."

공명이 감탄하며 말했다.

"왕평, 그대가 죽음을 무릅쓰고 나가 싸우겠다 하니 과연 충신이로다. 그러나 위군이 군사를 나누어 앞뒤에서 협공하여 우리 군사를 양분시켜 복병이 적의 포위망에 걸려든다면 아무리 지략과 용맹이 뛰어난 사람이라 하더라도 혼자서 양쪽 군사를 대할 수는 없지 않겠느냐? 이럴 때를 대비하여 누구든지 한 사람이 더 있어야 하겠는데 우리 군중에는 목숨을 내걸고 이 일을 당해낼 장수가 없으니 참으로 안타까운 일이구나!"

공명의 말이 채 끝나기도 전에 장수 한 사람이 크게 소리를 지르며 달려나왔다.

"제가 가겠습니다."

공명이 고개를 들어 바라보니 바로 장익이었다.

공명은 장익에게 말했다.

"위장 장합은 위군의 명장으로 혼자서 1만 군사를 당해낼 만한 용맹을 지닌 장수다. 너는 그의 적수가 되지 못한다."

그러나 장익은 자신만만하게 말했다.

"만일 제가 나가서 싸우다가 일을 그르친다면 제 머리를 승상의 장막 아래 바칠 각오로 싸우겠습니다."

"정히 네가 나가서 싸우겠다면 왕평과 함께 정병 1만을 거느리고 나가 산골짜기에 매복하도록 하라. 그러다가 위병이 우리 군사를 추격해오거든 적병이 다 지나간 뒤에 복병을 거느리고 적의 후면을 압살하라. 만일 사마의가 후군을 거느리고 적군의 뒤를 따라오거든 너희는 군사를 절반으로 나누어라. 장익은 적의 후군을 맡고 왕평은 전군을 막아 싸우되 죽기를 각오하고 싸워라. 그러는 동안에 내가 별도의 계책을 써서 너희를 도우리라."

장익과 왕평은 공명의 계책을 받고 나서 군사를 이끌고 나갔다.

그 다음으로 공명은 강유와 요화를 불러들여 분부했다.

"너희 둘에게는 비단주머니를 한 개 줄 것이니 정병 3천을 거느리고 가서, 결코 깃발을 펄럭이거나 북을 울리는 일이 없이 은밀히 앞 산봉우리 위에 올라가 매복하라. 그 곳에 매복해 있다가 왕평과 장익이 위군에게 포위

維姜付囊錦明孔

공명은 금낭을 강유에게 주다. ≪新鋟全像通俗演義≫ 三國志傳卷之十七

당하여 위급한 지경에 처하더라도 절대 나가서 구원하려고 생각지 말고 내
가 준 비단주머니를 열어보도록 하라. 그러면 거기에는 그 위기를 해결할
계책이 써 있을 것이다."

강유와 요화도 공명의 계책을 받고 군사를 거느리고 나갔다.

공명은 다시 오반·오의·마충·장의 등 네 장수를 불러 귀엣말로 조용
히 분부했다.

"내일 위군이 나타나면 그들은 예기가 등등할 것이니 절대로 정면으로
대결하지 말고 싸우다 도주하는 전법을 쓰면서 시간을 끌어라. 관흥이 군사
를 거느리고 나타나 적진을 공격하거든 너희들은 즉시 군사를 돌려 적을 역
습하라. 그러면 나도 뒤쫓아가 너희들을 돕겠다."

네 장수는 계책을 받고 군사를 거느리고 나갔다. 마지막으로 공명은 관
흥을 불러 분부했다.

"너는 따로 정병 5천을 거느리고 나가 산골짜기에 매복해 있다가 산 위
에서 붉은 깃발이 펄럭이는 것을 군호로 하여 즉시 군사를 거느려 시살해나
가라."

관흥도 계책을 받고 정병 5천을 거느리고 나갔다.

한편 위군의 장수 장합·대릉은 군사를 거느리고 비바람을 몰고 온 태풍

처럼 촉진 앞으로 몰려들었다.

그러자 촉진에서 마충·장의·오의·오반 등 네 장수가 일제히 달려나와 위의 장수와 맞섰다. 위장 장합은 크게 노하여 군사를 거느리고 말을 몰아 추격했다. 촉병은 싸우다 달아나고 달아났다가는 다시 싸우는 전법을 계속하였다. 위의 군사들은 20여 리까지 촉병의 뒤를 추격했다.

때마침 6월 염천이라 날씨는 찌는 듯 더웠다. 군사와 병마가 비오듯 땀을 흘렸으며 50리를 계속해서 촉병의 뒤를 추격하던 위군은 그만 기진맥진하여 지쳐버리고 말았다. 이를 지켜보고 있던 공명이 산 위에서 붉은 깃발을 흔들자 곧바로 관흥은 5천여 정병을 거느리고 물밀듯 시살해 들어갔다. 도주하던 마충 등 서촉의 장수들도 촉병의 함성을 듣고 일제히 말 머리를 돌려 위군을 역습했다. 위장 장합과 대릉은 죽음을 무릅쓰고 싸웠으며 결코 물러나지 않았다.

양쪽 군사가 진흙 속에서 어우러져 싸우고 있을 때, 갑자기 하늘이 떠나갈 듯한 함성이 울리더니 일시에 촉장 왕평과 장익이 양쪽에서 군사를 거느리고 나타나서 사력을 다하여 적의 뒤를 끊었다.

퇴로가 막혀버렸다는 것을 안 장합은 군사들에게 큰 소리로 외쳤다.

"너희들이 이 곳에 온 이상 죽음을 무릅쓰고 싸워라. 그렇지 않으면 어느 때를 기다려 싸우겠느냐!"

대장의 영이 떨어지자 위군들은 사력을 다하여 싸웠다. 그러나 이미 그들은 헤어날 수 없는 궁지에 몰려 있었다.

이 때 뒤에서 갑자기 하늘까지 크게 울리는 뿔피리 소리가 들려왔다. 위의 도독 사마의가 친히 정병을 거느리고 물밀듯 달려나왔다. 촉장 왕평과 장익은 사마의가 거느린 군사에 의해 완전히 독 안에 갇힌 쥐가 되었다. 장익은 군사들을 향하여 크게 외쳤다.

"승상은 정말 귀신 같은 분이시다. 지금 우리가 적군에 완전히 포위된 것도 분명히 어떤 계책일 것이니 우리는 죽음을 각오하고 힘껏 싸우자."

장익과 왕평은 공명의 계책대로 군사를 반분하였다. 왕평은 반분한 군사를 거느리고 장합·대릉과 맞섰으며 또한 장익은 나머지 군사를 거느리고 사력을 다하여 사마의가 거느린 군사와 싸웠다. 양쪽 군사들은 혈전을 벌여 칼과 창에 찔리고 말발굽에 짓밟혀 울부짖는 소리는 하늘까지 닿을 듯했다.

한편 강유와 요화는 산 위에서 군사를 매복시키고 이 싸움을 멀리서 지켜보다가 촉병이 위군의 세력에 밀려 급기야 위기에 빠지게 되자 강유가 요화에게 다급히 말했다.

"지금 촉군이 위태로운 지경에 놓였으니 비단주머니를 열어 계책을 읽어 봅시다."

두 장수는 곧 공명이 건네준 비단주머니를 열었다. 주머니 속에는 흰 종이가 한 장 들어 있었는데 다음과 같이 씌어 있었다.

만일 사마의가 군사를 거느리고 나타나 왕평과 장익이 사마의에게 포위당하여 위태로운 지경에 놓이면 너희는 곧 군사를 절반으로 나누어 양쪽에서 사마의의 진지를 공격하라. 그리하면 사마의는 진지를 구하려고 반드시 퇴각할 것이니 그 때 너희들은 적진이 어지러운 틈을 타서 공략하라. 그리한다면 적의 진지를 빼앗지는 못하더라도 크게 승리할 것이다.

강유와 요화는 크게 기뻐하며 곧 군사를 반으로 나누어 곧바로 내려가 사마의의 본진을 공격했다.

한편 사마의는 공명의 계책에 빠질까 두려워하여 미리 도로에 염탐꾼을 배치해놓고 있었다. 사마의가 촉병과 싸우고 있을 때 염탐꾼이 나는 듯이 말을 달려와 촉병이 지름길을 통하여 본부의 진지를 취하러 쳐들어온다고 알려왔다.

사마의는 대경실색하여 곧 여러 장수들을 불러모았다.

"내가 자칫하면 공명의 계책에 말려든다고 이미 말했는데 그대들은 내 말을 믿지 않고 촉병의 뒤만 추격했기 때문에 이런 궁지에 몰리게 되었다."

당황한 사마의가 즉시 군사를 물리려 하자 위군의 진지는 크게 어지러워졌다. 이 틈을 놓치지 않고 촉장 장익이 갑자기 시살해 들어갔으므로 위병은 크게 패하고 말았다. 크게 패한 사마의가 일진의 군마를 수습하여 진지에 당도하니 촉군은 이미 군사를 거두어 물러가고 없었다.

사마의는 패잔병을 수습한 후에 여러 장수들을 불러 크게 꾸짖었다.

"너희들은 병법도 모르면서 혈기만 믿고 만용을 부려 싸웠기 때문에 이처럼 패한 것이다. 이후로는 어떤 일이 있더라도 함부로 굴지 말라. 또다시 군령을 어기는 자는 군법에 의하여 엄히 다스리겠다."

여러 장수들은 부끄러워 고개를 들지 못하고 물러갔다. 이 싸움에서 위군은 많은 사상자를 냈으며 병마와 무기 또한 헤아릴 수 없이 많이 빼앗겼다.

장포의 죽음

한편 크게 승리를 거두고 군마를 거느려 진지로 돌아온 공명이 다시 군진을 가다듬어 진격하려고 할 때, 성도에서 사자가 달려와 장포가 죽었다고 알렸다. 이 보고를 들은 공명은 대성통곡하더니 입으로 피를 토하며 그만 기절하여 땅바닥에 쓰러졌다. 주위 사람들이 돌본 덕택에 정신은 차렸지만 이로 인하여 공명은 병을 얻어 자리에 눕게 되었다. 공명이 병으로 자리에 눕자 부하를 사랑하는 공명의 자애심에 감복하지 않는 장수가 없었다.

이를 두고 후세에 어느 시인은 이렇게 읊었다.

> 장포는 용맹을 떨쳐 공을 세우려 했지만   悍勇張苞欲建功
> 가련하게도 하늘은 영웅을 돕지 않았네.   可憐天不助英雄
> 제갈 무후도 서풍에 눈물을 뿌리나니   武侯淚向西風洒
> 자기를 보좌해줄 사람을 잃었음일세.   爲念無人佐鞠躬

공명은 자리에 누운 지 10일 만에 겨우 일어나 동궐과 번건 등을 장막 안으로 불러 분부했다.

"아무리 생각해도 정신이 혼미하여 일을 제대로 볼 수가 없구나! 한중으로 돌아가 병을 치료하면서 좋은 계책을 다시 생각해야겠다. 그러니 너희들은 이 사실을 절대 비밀로 하라. 내가 병을 얻어 한중으로 돌아가는 것을

蜀伐瞱劉問主魏

위주는 유엽에게 촉을 칠 일을 묻다. 《新錄全像通俗演義》 三國志傳卷之十七

사마의가 알게 되면 반드시 우리를 공격하려 들 것이다.”

공명은 곧 영을 내리고 야음을 틈타 진지를 거두어 한중으로 돌아갔다.

공명이 한중으로 돌아간 지 닷새 만에 겨우 소문을 들은 사마의는 길게 한숨을 쉬며 중얼거렸다.

“공명은 과연 신출귀몰하는 재주를 지닌 인물이라 나는 도저히 당해내지 못하겠구나!”

사마의는 여러 장수들에게 진지를 지키라 하고 각처에 군사들을 나누어 애구를 굳게 지키게 한 다음 참모들을 거느리고 장안으로 돌아갔다.

한편 공명이 대군을 한중에 주둔시키고 자신의 병을 치료하기 위하여 성도로 돌아가니, 모든 문무백관들이 성 밖까지 영접 나와 공명을 승상부로 모셨다. 후주도 손수 공명을 문병했으며 어의(御醫)에 명하여 공명을 치유하게 하니 공명의 병세는 점점 호전되었다.

건흥 8년(서기 230년) 가을 7월, 위의 도독 조진도 병이 호전되자 위주에게 표를 올렸다.

촉병이 수차에 걸쳐 국경을 침범하여 중원을 노리고 있으니 만일 그들을 제거하지 않으신다면 뒤에 반드시 근심스러운 일이 생길 것입니다.

지금은 가을철이고 그간 군사와 군마도 오래도록 쉬어 피로가 회복되었으니 지금은 정벌하기에 가장 적당한 때입니다. 바라건대 신은 사마의와 함께 대군을 거느리고 한중으로 들어가 간사한 무리들을 멸하여 변방을 깨끗이 하고자 합니다.

조진의 표를 받은 위주 조예는 크게 기뻐하며 시중(侍中) 유엽을 불러 물었다.

"자단이 짐에게 촉을 정벌하자고 권하는데 그대는 어찌 생각하오?"

유엽이 조예에게 진언했다.

"대장군의 말씀이 옳다고 생각합니다. 만약 지금 그들을 제거하지 아니하면 훗날 크게 우환이 될 것입니다. 폐하께서는 대장군의 말에 따르십시오."

유엽의 말에 위주 조예는 고개를 끄덕였다.

유엽이 위주 앞을 물러나와 집으로 돌아가니 여러 대신들이 유엽을 찾아가 물었다.

"들리는 소문에 의하면 천자께서는 공을 불러 촉을 정벌하는 문제를 협의하셨다고 하는데 어찌 되었습니까?"

유엽은 그에 대해서는 완전히 입을 다물었다.

"사실 무근입니다. 촉은 산세와 지형이 험하여 쉽게 일을 도모할 수 없는 곳입니다. 그러니 군마를 움직여봐야 공연히 헛수고만 할 뿐 나라에 이익될 것은 하나도 없습니다."

대신들은 유엽으로부터 의외의 말을 듣고 서로 얼굴만 바라볼 뿐 묵묵히 앉았다가 돌아갔다.

이 때 양기가 대궐로 들어가 위주께 아뢰었다.

"어제 들은 소문에 의하면 유엽이 폐하께 촉을 정벌하도록 진언했다는데, 오늘은 여러 대신들을 모아놓고 촉을 정벌하는 것이 불가한 일이라고 말했으니 이는 폐하를 기만한 것입니다. 그런데도 폐하께서는 어이하여 유엽을 불러 문초하지 않으십니까?"

양기의 진언을 들은 위주는 즉시 유엽을 궁 안으로 불러들여 물었다.

"경은, 짐에게는 서촉을 정벌하라고 권했으면서 오늘은 서촉을 정벌해서 는 안 된다고 했다 하는데 왜 그런 말을 했느냐?"

"신이 곰곰이 생각해보니 촉을 치는 것은 불가한 일인가 합니다."

유엽의 말을 들은 조예는 껄껄껄 웃었다. 조금 후에 양기가 나가자 유엽 이 다시 위주에게 아뢰었다.

"어제 신이 폐하께 촉을 정벌하시라고 아뢴 것은 국가의 중대사인데 어 찌 이를 누설할 수 있겠습니까? 장부란 입을 무겁게 놀려야 합니다. 중대한 일이란 실행에 옮기기 전까지는 반드시 비밀로 해야 하는 것입니다."

유엽의 설명을 들은 조예는 그 때서야 크게 깨달았다.

"경의 말이 옳소."

그 후부터 조예는 더욱 유엽을 존경했다.

40만 군사를 일으킨 조예

그 후, 10여 일이 지나 사마의가 입궐하자 조예는 조진이 올린 표에 대 하여 의견을 물었다.

사마의가 조예에게 아뢰었다.

"신은 동오가 감히 군사를 일으키지 못할 것이라 생각합니다. 이 때를 틈타 서촉을 정벌하는 것이 좋을까 합니다."

조예는 곧 조진을 대사마(大司馬) 정서대도독(征西大都督)에 임명하고 사 마의는 대장군(大將軍) 정서부도독에 임명했으며 유엽을 군사(軍師)에 임명 했다.

조진·사마의·유엽 세 사람은 위주 조예를 작별하고 즉시 40만 대군을 거느리고 먼저 장안에 도착하여 다시 군열을 가다듬은 후 검각을 거쳐 한중 을 취하러 나섰다. 이와 때를 같이하여 위장 곽회·손례도 각각 군사를 거 느리고 다른 길을 통하여 한중으로 향했다.

한편 한중의 전령은 위군이 몰려온다는 사실을 즉시 성도에 알렸다.

이 때 공명은 이미 병이 완쾌되어 매일 군사를 훈련시키고 있었으며 팔

蜀西寇入懿馬司

사마의는 서촉으로 침구해 가다. 《繡像全圖三國演義》에서

진법(八陣法)을 익히게 하여 모두 이에 통달하도록 하고 중원을 취할 날만
을 기다리고 있었다. 그런데 위병이 40만 대군을 거느리고 한중에 나타났다
는 보고를 받은 공명은 곧 장의와 왕평을 불러 분부했다.

"너희 두 사람은 1천 군마를 거느리고 먼저 나가서 진창을 지키며 위병
을 맞아 싸우도록 하라. 뒤에 내가 대병을 거느리고 가서 너희를 돕겠다."

두 장수가 공명에게 아뢰었다.

"소문에 의하면 위군은 40만 대군을 거느리고 오면서 80만 대군이라고
크게 허세를 부리는 판인데 어떻게 1천 군마로 애구를 지키라 하십니까? 만
일 위의 대군이 일시에 몰려온다면 어떻게 그들을 막아내겠습니까?"

"너희에게 많은 군사를 주고 싶으나 군사들에게 괜한 고생을 시키고 싶
지 않아 많이 보내지 않는 거다."

장의와 왕평은 서로 얼굴만 바라볼 뿐 감히 군사를 거느리고 나가지 못

하고 망설이고 있었다.

공명은 다시 이들에게 말했다.

"만일 너희가 진창을 잃는다 하더라도 너희를 문책하지는 않겠다. 주저하지 말고 빨리 군사를 거느리고 나가라."

장의와 왕평은 공명에게 애걸했다.

"승상께서 저희에게 1천 군사를 거느리고 적을 막으라 하는 것은 저희 둘을 죽이려 하심과 다름이 없습니다. 그럴 바에야 차라리 이 곳에서 죽지가지는 못하겠습니다."

공명이 빙그레 웃으며 설명했다.

"너희는 왜 그렇게 어리석으냐! 내가 너희더러 1천 군마만 거느리고 나가라 한 것은 다 뜻이 있어서다. 내가 어젯밤에 천기를 살피니 필성(畢星)이 태음(太陰 : 달) 안에 들어가 있었다. 이것은 이 달 안에 큰비가 내릴 조짐이다. 위군이 비록 40만 대군이라고 하지만 어찌 감히 험한 산 속으로 들어오겠느냐? 그러니 많은 군사는 필요하지 않고 설혹 그들이 들어온다 하더라도 큰 피해는 입지 아니할 것이다. 나는 한중에서 대군을 거느리고 한 달쯤 머물러 있다가 위군이 퇴각할 무렵 대군을 이끌고 나갈 예정이다. 이것은 편안히 앉아서 힘들이지 않고 적병을 맞아 싸우는 것으로 겨우 10만 군사로 40만 적병을 맞아 싸워 이기는 전법이다."

공명의 자세한 설명을 들은 장의와 왕평은 비로소 안심하고 공명에게 절하고 물러갔다. 뒤이어 공명은 대군을 거느리고 한중으로 나오면서 전령을 보내어 각처의 진입로마다 군사들이 한 달은 버틸 수 있는 말먹이풀과 군량미를 비축하여 장마에 대비하라고 영을 내렸으며 각 대장들에게 명하여, 군사들이 한 달 동안 입고 먹을 수 있을 군량미와 의복을 준비하여 출정할 날을 기다리라 하였다.

한편 위군의 도독 조진은 사마의와 함께 40만 대군을 거느리고 진창성 안에 도착했으나 방이라곤 한 칸도 구할 길이 없었다. 조진이 그 곳 백성을 불러 어인 일이냐고 묻자 공명이 지난날 퇴군하면서 모든 가옥을 전부 불태웠다고 아뢰었다.

조진이 계속 군사를 진창으로 진군시키려 하자 사마의가 만류했다.

"함부로 진군하시면 아니 됩니다. 제가 간밤에 천문을 보니 필성이 태음 속에 있었습니다. 이는 이 달 안에 장마가 질 징조입니다. 만약 깊숙이 들어갔다가 다행히 승리를 거둔다면 모르되 일이 잘못되면 군사들이 곤혹을 치르게 되며 퇴각할 때 어려움을 겪게 됩니다. 그러니 성에 남아서 군사들이 거처할 방을 만들면서 장마에 대비하는 것이 좋겠습니다."

조진은 사마의의 말에 따르기로 했다. 그로부터 약 보름이 지나자 비가 억수로 쏟아지기 시작했는데 좀처럼 멎질 않았다. 장마로 인하여 성 밖은, 물이 사람의 허리를 넘었으며 무기는 모두 물에 젖어버렸고 사람들은 오고 가지도 못했으며 밤낮 불안에 떨었다. 장마가 달포 동안 계속되니 미리 이에 대비하지 못한 위군은 말먹이풀과 군량미가 떨어져 굶어 죽는 사람이 속출했고 군사들의 불평은 끊일 날이 없었다.

이 소식은 낙양의 조예에게까지 전해졌다. 조예는 단을 쌓고 비를 그치게 해달라고 제를 지냈다. 이 때 황문시랑(黃門侍郎) 왕숙(王肅)이 조예에게 상소문을 올렸다.

옛 글에 이르기를 '천리 먼 곳에서 양곡을 운반하여 밥을 지어 먹으면 군사들의 얼굴에 궁색이 완연히 나타나며, 나무와 풀을 해다 취사하면 군대는 배불리 먹을 수 없다'라고 했습니다. 이는 평탄한 길을 행군해가는 군사에게 주의하도록 하는 가르침입니다. 하물며 길이 험한 산골짜기에 들어가 길을 뚫으며 행군하는 데는 말할 수 없는 어려움이 뒤따를 것입니다. 불행히도 장마철인 이 때 산은 험하고 미끄러워 군사들의 행군은 느릴 수밖에 없습니다. 설상가상으로 멀리서 양곡까지 보급해야 하는 어려움 중에 행군한다는 것은 위험천만한 일이 아닐 수 없습니다.

들리는 소문에 의하면 조진은 행군한 지 달포가 넘었는데 산길을 헤매다가 새로이 길을 뚫으며 진군하게 되어 군사들의 전력이 모두 거기에 소모되었다고 합니다. 이는 적에게 이일대로(以逸待勞 : 쉬면서 힘을 비축했다가 피로한 적군을 맞아 싸우다)케 하는 것이니 병가에서는 크게 꺼리는 바입니다. 역사에서 그 예를 찾아본다면 주(周) 무왕(武王)께서 주(紂)를 칠 때 장마를 만나 관(關) 밖까지 나갔다가 회군한 일이 있으며, 가까이는 한의 문왕(文王 : 조조)과 무왕(武王 : 조비)께서 손권을 치기 위하여 강 동까지 나가셨으나 건너지 아니한 예가 있습니다. 이것이 바로 하늘의 순리에 따르며 때를 알아 임기응변에 통한 것이 아니겠습니까?

바라옵건대 폐하께서는 우중에 고생하는 군사를 쉬게 하시어 뒤에 틈 을 타서 다시 용병하십시오. 이것이 이른바 위험을 무릅쓰는 것을 낙으 로 생각하면 백성들은 죽음을 잊는다는 것입니다.

왕숙의 상소문을 읽은 조예가 단안을 내리지 못하고 있는 중에 양부와 화흠이 계속하여 상소문을 올렸다.

위주 조예는 도독 조진과 부도독 사마의에게 입궐하라고 사자를 보냈다.

한편 장마에 지친 조진은 사마의를 불러 대책을 협의했다.

"달포 동안이나 장마가 계속되어 군사들은 전의를 상실하고 각자 돌아갈 궁리만 하고 있으니 어떻게 해야 이를 막을 수 있겠소?"

"회군하는 것이 좋겠습니다."

"만일에 공명이 뒤를 추격한다면 무슨 방법으로 물리치겠소?"

"일단의 군마를 두 갈래로 나누어 매복시키고 회군하면 됩니다."

이 때 황제 조예의 사자가 도착했다.

위주의 조서를 받은 조진과 사마의는 곧 전대(前隊)를 후군에, 후대를 전 군에 세우고 대군을 거느려 서서히 회군하기 시작했다.

한편 장마가 계속될 것을 미리 예상한 공명은 군사를 거느리고 성 밖 고 지대에 주둔해 있다가 군진을 적파(赤坡)로 옮기라고 전령을 통하여 영을 내렸다.

이어서 공명은 여러 장수들을 장막 안으로 불러들여 말했다.

"나는 위군이 달아났다고 생각한다. 위주가 조진과 사마의에게 회군하라 는 영을 내렸음에 틀림이 없다. 우리가 그들을 추격할 수도 있지만 적들은 이미 그에 대비했을 것이니 그대로 보내고 달리 대책을 강구하는 것이 좋겠 다."

이 때 왕평이 보낸 전령이 들어와 위군이 물러가고 있다는 보고를 올렸 다. 공명은 전령에게 절대로 위군을 추격하지 말고 지켜보고만 있으면 달리 위군을 격파할 계책을 말하겠다고 왕평에게 전하라 했다.

회군하는 위군은 뒤에 군사를 매복해두었으며 승상 공명은 벌써 이를 예견하고 뒤를 추격하지 못하게 했던 것이다.

과연 공명은 어떤 계책을 써서 위군을 격파할 것인가?

100. 무산된 공명의 천하통일

한 병 겁 채 파 조 진   무 후 투 진 욕 중 달
漢兵劫寨破曹眞   武侯鬪陳辱仲達

촉한의 군사들이 위군의 진지를 기습하자 조
진은 화병이 나서 죽고, 공명은 사마의를 진법
으로써 물리쳐 무색하게 한다.

사마의의 호언장담

공명이 회군하는 위군의 뒤를 추격하지 말라는 영을 내렸다는 말을 듣고
여러 장수들은 장막 안으로 들어가 공명에게 물었다.

"위병들이 장마를 견디지 못하여 고생하다가 회군한다는데 승상께서는
왜 이처럼 좋은 기회를 타서 쫓지 아니하시고 뒤를 추격하지 말라 하십니
까?"

공명이 말했다.

"사마의는 용병에 능한 인물이다. 설혹 군사를 물린다 하더라도 반드시
복병을 두었을 것이다. 우리가 그들을 추격했다가는 그들의 계책에 빠지고
만다. 그러니 그냥 달아나도록 놓아두고 우리는 군사를 나누어 지름길을 통
하여 야곡으로 나가 기산을 점거하여 위병이 이를 막지 못하게 하겠다."

여러 장수들이 다시 공명에게 물었다.

"장안을 취하려면 다른 길을 이용할 수도 있는데 승상께서는 왜 하필이

면 기산을 취하려고 하십니까?"

"기산은 장안의 머리와 같다. 농서 여러 고을의 군사가 움직이려면 반드시 기산을 경유하게 되어 있다. 뿐만 아니라 기산 앞에는 위수가 가로지르고 있고 뒤에는 야곡이 있어 좌우로만 출입이 가능하니 복병하기에 유리한 군사 기지다. 그래서 나는 먼저 지리적인 이점을 생각하여 기산을 점거하려고 한다."

듣고 있던 모든 장수들은 공명의 계책에 감복하여 입만 벌리고 있었다. 공명은 이어서 위연·장의·두경·진식 등 네 장수에게 군사를 거느리고 기곡으로 나가라고 영을 내렸으며, 마대·왕평·장익·마충에게는 야곡으로 나가 기산에서 모이라고 명했다. 이렇게 각기 장수에게 영을 내린 공명은 친히 대군을 거느리고 나갔다. 관흥과 요화를 선봉장에 세우고 자신은 후군을 거느려 뒤를 따랐다.

한편 군사를 거느리고 회군하던 조진과 사마의는 일단의 군사에게 진창에 이르는 옛 도로를 통하여 촉군의 동정을 살피게 했다. 촉병의 동정을 살피러 나갔던 군사들이 돌아와 촉병은 뒤를 추격하지 않는다고 보고했다.

그로부터 열흘이 지났다. 뒤에 남아서 복병하고 있던 장수가 돌아와 역시 촉병의 움직임이 전혀 없었다고 아뢰었다. 이 보고를 받고 조진은 의기양양하게 말했다.

"계속 내린 장마로 잔도(棧道 : 절벽과 절벽 사이에 걸쳐 놓은 다리)가 끊겼을 터이니 촉군이 우리들의 퇴군을 알 까닭이 없지 않겠소?"

옆에 있던 사마의가 말했다.

"촉군은 한참 후에 나타날 것입니다."

그러자 조진이 물었다.

"왜 그렇게 생각하오?"

"연일 비가 오지 아니하고 날이 개었음에도 불구하고 촉병이 우리의 뒤를 쫓지 않았던 것은 우리가 복병을 숨겨놓았다고 판단했기 때문입니다. 그들은 우리의 군사가 멀리 가기를 기다렸다가 그 때 기산을 점거하려는 속셈입니다."

그러나 조진은 사마의의 설명에 납득이 가지 않았다.

사마의는 여러 진영을 순시하다. 《新鍥全像通俗演義》 三國志傳卷之十七

사마의는 다시 조진에게 말했다.

"장군께서는 왜 제 말을 믿으려 하지 않으십니까? 저는 공명이 기곡과 야곡 두 곳으로 쫓아오리라 확신합니다. 장군과 제가 각기 군사를 거느리고 기곡과 야곡의 어귀를 지키고 있으면 열흘 이내에 반드시 그들은 몰려올 것입니다. 만일 촉병이 그간에 나타나지 아니한다면 대장부인 제가 얼굴에 분을 바르고 치마를 걸쳐 못난 계집으로 변장하여 장군 앞에 엎드려 죄를 빌겠습니다."

조진도 자신 있게 말했다.

"만일 촉병이 나타난다면 나는 천자에게서 하사받은 옥대(玉帶) 한 벌과 어마(御馬) 한 필을 공에게 주겠소."

조진과 사마의는 군사를 양쪽 길로 나누어 조진은 군사를 거느리고 기산 서쪽에 있는 야곡 어귀에 주둔하고, 사마의는 따로이 군사를 거느려 기산의 동쪽 기곡 어귀에 둔병했다.

진(陣)을 다 세운 사마의는 먼저 일지군마를 산골짜기에 매복시키고 나머지 군사는 각 요소에 배치하여 진을 세우게 했다. 사마의는 다시 사병의 옷으로 갈아입고 사병들 틈에 끼여 영문을 직접 살폈다.

진식과 위연의 봉변

사마의가 한 곳에 당도해보니 편장 하나가 하늘을 우러러보며 원망하고 있었다.

"장마에 진절머리가 났으면서도 회군할 생각은 아니하고 또다시 이런 곳에 진을 쳐 내기를 하고 있으니 세상에 관군을 이처럼 괴롭힐 수가 있단 말인가!"

이를 귀담아 들은 사마의는 곧장 진지로 돌아와 장막으로 들더니 여러 장수들을 불러모으고, 불평하던 편장을 장막 아래로 끌어내어 크게 꾸짖었다.

"조정에서 너희들을 3년 동안이나 훈련시키고 먹였던 것은 한 때에 유용히 쓰기 위함이었다. 그런데 너는 어찌하여 감히 불평을 늘어놓아 군심을 어지럽히려 하느냐?"

꾸중을 들은 편장은 이 사실을 인정하지 않았다. 그러자 사마의가 함께 갔던 군사를 증인으로 내세워 확인시키니 편장은 도무지 변명할래야 변명할 도리가 없었다.

사마의는 다시 편장을 꾸짖었다.

"나는 내기를 하는 것이 아니고 촉병을 이겨 너희들과 함께 공을 세워 돌아가자는 것이다. 네놈은 망령된 말을 지껄였으니 네 스스로 화를 자초한 것과 같다."

사마의는 무사에게 명하여 편장의 목을 베라고 했다. 무사들이 편장을 참하여 수급을 장막 아래에 바치니 숨을 죽여 지켜 보던 군사들은 갑자기 숙연해졌다. 다시 사마의는 여러 군사들에게 말했다.

"모든 장수들은 사력을 다하여 적병을 막아라. 그리고 진중에서 포 소리가 크게 울리거든 일제히 진격하라."

장수들은 영을 받고 물러갔다.

한편 촉장 위연·장의·진식·두경 등 네 장수는 1만 군사를 거느리고 기곡으로 진격해가다가 도중에 참모 등지를 만났다.

네 장수가 웬일로 여기에 왔느냐고 묻자 등지가 대답했다.

"승상의 영을 받고 왔습니다. 승상께서 말씀하시기를 기곡으로 나가면 적병이 매복하여 있을 터이니 경솔하게 진군하지 말라고 하셨습니다."

진식이 나서서 말했다.

"승상께서는 용병하시는 데 왜 그리 의심이 많으신지 모르겠소. 내 짐작으로는 위군들이 장마를 만나 옷과 갑옷 등이 모두 젖어 급히 돌아갔을 것이오. 그러한 그들이 매복해 있을 겨를이 어디 있었겠소? 지금 우리가 길을 급히 걸어가 진격한다면 크게 승리할 것인데 우리에게 진군하지 못하게 하는 까닭이 무엇이오?"

등지가 대답했다.

"승상께서 계책을 미처 생각해내지 못해서도 아니요, 또 지금까지 계책을 내어 성공하지 못한 것도 없소. 그대는 어이하여 감히 승상의 영을 거역하려 하오?"

진식이 껄껄껄 웃으며 말했다.

"승상께서 그처럼 꾀가 많으신데 어찌하여 가정에서는 패했단 말이오?"

옆에 있던 위연도 전날 공명이 자기의 계책을 따르지 아니했던 것을 불만스럽게 생각하고 역시 웃으며 입을 열었다.

"그 때 승상께서 내 말을 들으시고 자오곡으로 갔더라면 지금쯤 장안은 물론 낙양도 손에 넣었을 것이오. 지금 기산으로 나간들 무슨 이득이 있겠소? 뿐만 아니라 언제는 진군하라 하시고 지금은 진군하지 말라 하시니 어찌 된 영문인지 모르겠소."

진식이 말했다.

"좌우간 나는 5천 군마를 거느리고 기곡으로 질러가 먼저 기산에 도착하여 진을 치겠소. 그리하여 승상 자신의 잘못을 뉘우치는지의 여부를 지켜보겠소."

등지가 재삼 만류했으나 진식은 들은 체도 아니하고 5천 군사를 거느리고 지름길을 통하여 기곡으로 향했다. 등지는 이 사실을 부리나케 공명에게 알렸다.

한편 5천 군마를 거느리고 기산을 향해가던 진식은 도중에 포 소리와 함께 쏟아져 나온 위군의 복병을 만났다. 갑자기 복병을 만난 촉장 진식은 손 쓸 겨를도 없이 계곡 이곳 저곳에서 몰려나오는 위병에 의해 완전히 포위당 하고 말았다. 진식은 포위망을 뚫으려고 이리저리 치달리며 안간힘을 썼지 만 포위망을 빠져 나올 길이 없었다.

이 때 또 다른 함성이 들리더니 일단의 군사가 뿌연 먼지를 일으키며 물 밀듯 밀려왔다. 진식은 피가 거꾸로 치솟는 듯했다. 가까스로 정신을 차려 바라보니 뜻밖에도 촉장 위연이었다. 위연이 진식을 구하여 진지로 돌아오 는데 진식이 거느렸던 5천 명의 군사 중에 남은 군사는 겨우 4, 500명뿐이 었으며 그나마도 부상자가 대부분이었다. 뒤에서는 계속 위군이 추격해왔 다. 이를 보고 촉장 두경과 장의가 군사를 거느리고 맞서자 위병은 그 때서 야 퇴각했다.

진식과 위연 두 장수는 공명의 귀신 같은 선견지명을 그제서야 깨닫고 후회했으나 이미 소용없는 일이었다.

날벼락을 맞은 조진

한편 공명을 만난 등지는 공명에게 진식과 위연이 무례하게 굴었던 일들 을 낱낱이 아뢰었다.

공명이 껄껄껄 웃으며 말했다.

"위연이 평소 내 의견에 반대하는 줄 알면서 내가 그를 기용하는 것은 그의 용기 때문이다. 머지않아 그는 크게 우환거리가 될 인물이다."

이 때였다. 전령이 나는 듯이 달려와 공명에게 아뢰었다. 진식이 4천여 군사를 잃고 부상당한 4, 500명의 군사만을 거느리고 산골짜기에 진을 치고 있다는 내용이었다.

보고를 받은 공명은 다시 등지를 기곡으로 보내어 진식을 위로하고 용기 를 북돋아주라 명하고 곧 장수 마대와 왕평을 불러 분부했다.

"야곡에는 위군들이 지키고 있을 것이니 너희 두 사람은 본부 군사를 거 느리고 고개를 넘어가되 낮에는 숨어서 적진을 살피고 밤에만 어둠을 틈타 지름길을 이용하여 기산 좌측으로 가서 불길을 올려 신호하라."

공명은 다시 마충과 장익을 불러 분부했다.

"너희들도 산을 끼고 소로를 통하여 질러가되 낮엔 숨어 적진을 살피고 밤에만 행군하여 기산 우측에 당도해서, 불을 들어 군호로 하여 기산 좌측에 있는 마대 · 왕평과 함께 조진의 진지를 공격하라. 나도 군사를 거느리고 산골짜기를 통하여 공격할 것이니, 삼면에서 적을 공격한다면 위군을 쳐부술 수 있을 것이다."

마대 · 왕평 · 마충 · 장익 등 네 장수는 영을 받고 군사를 나누어 물러갔다.

공명은 다시 관흥과 요화를 불러 귀엣말로 무엇인가를 분부했다.

"잘 알겠느냐!"

두 장수가 계책을 받고 물러가자 공명도 군사를 거느리고 나갔다.

공명은 정병을 거느리고 갑절의 길을 걸어 진군하려다가 다시 오반과 오의를 불러 은밀히 계교를 일러주었다. 이들도 역시 군사를 거느리고 나갔다.

한편 조진은 촉병이 오지 아니할 것이라 생각하고 방비를 게을리했으며 군사들에게 편히 쉬도록 영을 내렸다. 앞으로 열흘간만 무사히 넘겨 사마의의 콧대를 꺾을 궁리만 하고 있었다.

그로부터 일주일이 지났다. 날이 저물 무렵 전령이 달려와 산골짜기에 소수의 촉병이 나타났다고 알려왔다. 조진은 부장 진량(秦良)을 불러 정병 5천을 거느리고 나가 경계를 철저히 하며 촉병이 얼씬도 못 하게 하라고 영을 내렸다. 영을 받은 진량이 군사를 거느리고 계곡 어귀에 이르렀을 때 촉병은 이미 서서히 물러가고 있는 중이었다.

진량이 급히 군사를 거느리고 뒤를 추격하여 60여 리를 따라갔으나 촉병은커녕 개미새끼 한 마리도 없었다. 진량은 내심 의심스럽게 생각하면서도 군사들에게 명하여 쉬게 했다. 이 때 전령이 달려와 큰 소리로 외쳤다.

"전면에 촉군이 복병해 있습니다."

진량이 급히 말에 올라 바라보니 뿌연 먼지가 솟아오르고 있었다. 진량은 급히 군사들에게 명하여 적을 막으라고 영을 내렸다. 순간 이곳 저곳에

한의 군사들은 영채를 급습하여 조진을 파하다. ≪繡像全圖三國演義≫에서

서 산이 떠나갈 듯한 함성이 들리더니 전면에서는 촉장 오반과 오의가 군사를 거느리고 시살해 들어왔고 배후에서는 관흥과 요화가 군사를 거느리고 물밀듯 몰려왔다.

진량은 좌우를 살펴 탈출구를 찾았으나 깎아지른 듯한 산이 병풍처럼 가로막고 있어 도망갈 길이라고는 한 군데도 없었다. 또한 옆에 있는 산 위에서는 촉병이 함성을 지르고 있었다.

"말에서 내려 투항하는 자는 살려주겠다!"

겁에 질린 위군들은 거의가 손을 들어 투항했다. 진량은 사력을 다하여 촉군과 맞서 싸웠지만 요화가 휘두르는 단칼에 목이 날아가 굴러떨어졌다.

공명은 투항한 위군을 후군으로 돌리고 그들의 옷과 갑옷을 촉병 5천에게 입혀 위군으로 가장시킨 다음 이어서 관흥·요화·오반·오의 등 네 장수에게 영을 내려 곧바로 조진의 진지를 기습하라고 하는 한편 붙잡혀온 위의 군사를 조진의 진지로 보내어 조진에게 보고하게 했다.

"촉병이 몇 놈 나타났지만 다 쫓아버렸습니다."

보고를 받은 조진은 크게 기뻐했다.

이 때 사마의가 심복을 보냈다는 보고가 들어왔다. 조진이 사마의의 심복을 맞아 웬일로 왔느냐고 묻자 심복이 아뢰었다.

"촉군이 복병의 병법을 써서 우리 군사를 4천여 명이나 죽였습니다. 사마 도독께서 말씀하시기를 장군께서는 내기한다는 생각은 버리시고 전력을 기울여 적을 막으시라고 전하라 하셨습니다."

조진은 어처구니없다는 듯 말했다.

"이 곳은 촉병이라고는 한 놈도 없다."

사마의의 심복은 불만스러운 듯 돌아갔다. 이 때 진량이 군사를 거느리고 진지로 돌아오고 있다는 보고가 들어왔다.

조진은 기뻐 어쩔 줄을 모르며 스스로 장막 밖으로 나가 개선하는 진량을 맞이하려 했다. 조진이 진지 앞에 당도하자 전령이 나는 듯이 달려와 앞뒤에서 불길이 치솟고 있다고 아뢰었다.

조진이 질겁하여 몸을 돌려 들어가려 할 때 촉장 관흥·요화·오반·오의 등 네 장수가 거느린 군사들이 물밀듯 조진의 진지로 밀려왔다. 배후에는 촉장 마대와 왕평이 군사를 이끌고 시살해 들어왔다.

조진이 혼비백산하여 도망치려고 하는데 갑자기 또 다른 함성이 크게 들리더니 일단의 군사들이 들이닥쳤다. 조진은 놀라 간이 떨어지는 듯했다. 경황중에도 고개를 들어 바라보니 일단의 군마를 거느리고 나타난 장수는 바로 사마의였다. 사마의가 나타나서 일단의 촉군을 물리쳤다. 조진은 부끄러워 몸둘 바를 몰랐다.

사마의가 조진에게 말했다.

"제갈량이 지세가 유리한 기산을 이미 탈취했으니 우리는 이 곳에 오래 머무를 수 없습니다. 곧 위빈(渭濱)으로 가서 진지를 세우고 다시 대책을 강구하는 것이 좋겠습니다."

조진이 물었다.

"중달은 내가 이렇게 패한 것을 어떻게 미리 알았소?"

이에 사마의가 대답했다.

"심복이 다녀와 내게 보고하기를 장군께서 이 곳에는 촉병이 한 놈도 나타나지 않았다고 말씀하셨다기에 공명이 몰래 진지를 빼앗겠구나 생각하여 군대를 이끌고 구원하러 왔더니 예상했던 대로 공명의 계략에 빠져 있었습니다. 지난날 우리가 내기했던 일은 모두 잊고 나라를 위해 함께 힘을 모아 싸웁시다."

사마의의 말을 듣고 조진은 미안함과 부끄러움에 어쩔 줄 모르더니 그것이 병이 되어 그만 자리에 눕고 말았다. 사마의는 군사를 이동하여 위빈에 둔병하면서 혹시 군심이 어지러워지지나 아니할까 하여 조진에게 군사를 거느리고 물러가라는 말을 차마 하지 못했다.

한편 공명은 군사를 거느리고 다시 기산으로 돌아갔다. 공명이 군사들의 노고를 치하하고 장막 안으로 들어오니 위연·진식·두경·장의 네 장수가 뒤따라 들어와 엎드려 벌을 받고자 했다.

공명이 물었다.

"군사를 잃게 된 것은 누구의 잘못 때문이냐?"

위연이 아뢰었다.

"진식이 군령을 어기고 깊숙한 산골짜기로 잠입했기 때문에 크게 패했습니다."

이 말을 듣고 진식이 아뢰었다.

"아닙니다. 위연이 시켜서 들어갔습니다."

듣고 있던 공명이 꾸짖었다.

"자기만 살겠다고 남을 끌어들이지 말라. 이미 군령을 어겼으니 더 이상 변명할 필요 없다."

공명은 곧 무사들에게 진식을 끌어내어 목을 베라고 영을 내렸다. 얼마 후 진식의 수급은 장막 앞에 바쳐져 여러 장수들에게 전시되었다. 이 때 공명이 위연을 참하지 않았던 것은 다음 기회에 기용할 것을 생각해서였다.

공명이 진식을 군법에 의해 참한 후 여러 장수들을 모아 진군할 것을 협의하고 있을 때, 조진이 병들어 기동을 못 하게 되었으며 현재 진지 안에서 치료를 받고 있다는 보고가 들어왔다.

보고를 받은 공명은 크게 기뻐하며 여러 장수들에게 말했다.

"만일 조진이 병으로 죽었다면 위군은 반드시 군사를 장안으로 물렸을 것이다. 지금 위군이 물러가지 않는 것은 조진이 중병에 걸렸기 때문이며 군중에서 치료하면서 군심을 안정시키자는 것이다. 내가 편지를 한 통 써서 항복한 진량의 부하들을 시켜 조진에게 보낸다면 조진은 반드시 죽고 말 것이다."

공명은 항복한 군사들을 장막 아래로 불러 물었다.

"너희들은 거의가 위군이므로 부모와 처자가 모두 중원에 계신다. 그러니 너희들은 촉에 오래 머물러 있지 못할 것이다. 내가 너희들을 놓아주어 집으로 보내려 하는데 어떻게 생각하느냐?"

공명의 말을 들은 위군들은 모두가 감사하여 눈물을 흘렸다.

공명이 다시 말을 이었다.

"조자단(조진)과 나는 약속한 바가 있다. 내가 그에게 편지 한 통을 써줄 것이니 너희들은 이것을 가지고 돌아가 자단에게 전하라. 그러면 너희들은 크게 상을 받을 것이다."

공명으로부터 편지를 받은 위군들은 돌아가서 공명의 편지를 조진에게 바쳤다.

조진은 병상에서 일어나 공명의 편지를 뜯어보았다.

한나라 승상 무향후 제갈량이 대사마 조자단에게 보내노라. 이른바 대장부는 거취를 분명히 해야 하며 유연함과 강직함을 갖춰야 하고 진퇴와 강약에 능해야 한다. 또한 태산처럼 무겁게 행동해야 하고 음양과 같이 헤아리기 어려워야 하며 천지와 같이 무궁해야 하고 태창(太倉 : 곡식을 저장하는 큰 곳집)처럼 충실해야 하며 바다처럼 마음이 넓어야 하고 해와 달과 별처럼 밝아야 한다. 뿐만 아니라 천문을 보아 한발과 홍수를 미리 알아야 하고 지리에 밝아 평탄함과 험함을 식별해야 한다. 진세를 구축할 때는 기회를 살펴야 하고 적과 맞설 때는 적의 장단점을 헤아릴 줄 알아야 한다.

무식한 후배가, 하늘의 뜻을 거역하여 황제의 위를 빼앗은 역적을 도와 낙양의 황제가 되게 하고, 군사를 거느리고 야곡까지 달려와 진창에

조진은 공명 때문에 분에 못이겨 죽다. ≪新鋟全像通俗演義≫ 三國志傳卷之十七

서 장마를 만났으니 참으로 동정할 일이로다. 물과 뭍에서 곤혹을 치른 군사와 병마는 미친 듯 갑옷과 투구를 버리고 들판 가득히 칼과 창 등 무기를 버렸도다! 도독은 가슴이 내려앉는 듯했을 것이고 장군들은 쥐새 끼처럼 도망치고 이리처럼 방황했도다! 그러한 그대가 무슨 낯으로 관중의 늙으신 부모를 뵈올 것이며, 무슨 염치로 상부(相府)에 나갈 수 있겠는가? 사관들은 붓을 들어 이를 기록할 것이고 백성들의 입에 널리 오르내릴 것이 아니냐? 중달은 상대가 진을 치고 있는 것만 보아도 벌벌 떨고 자단 그대는 바람만 불어도 달아나지 않았던가? 우리 군사들은 강하고 병마 또한 건장하며 대장은 범과 용처럼 억세다. 진천(秦川)을 평정하고 위국을 소탕하여 황폐케 하리라.

공명의 글월을 읽은 조진은 그만 분통을 참지 못하여 그 날 밤 군중에서 죽고 말았다.

공명과 사마의의 진법

사마의는 조진의 시체를 수레에 실어 낙양으로 옮겨 안장시키도록 했다. 위주 조예는 조진이 죽었다는 말을 듣고 사마의에게 조서를 내려 출병하라고 독촉했다. 사마의는 대군을 거느리고 공명에게 싸워보자는 글월을 보냈다.

도전장을 받은 공명은 여러 장수들에게 말했다.

"조진이 죽은 것이 틀림없다."

공명은 내일 한번 겨뤄보자는 답서를 사마의에게 보냈다.

공명은 그 날 밤 강유를 은밀히 불러 계책을 설명하고 군사를 주어 내보냈다. 공명은 다시 관흥을 불러 계책을 설명했다.

다음날 날이 밝자 기산에 둔병했던 모든 군사를 거느리고 위빈으로 나가니 한쪽은 강이 있고 다른 한쪽은 높은 산이 가로막고 있었으며 가운데 벌판은 넓어 장수들이 마음껏 싸우기에 적합한 장소였다.

양쪽 군사는 서로 마주 보고 각기 적당한 위치에 진을 쳤다. 북 소리가 크게 세 번 울림과 동시에 위군의 문기가 열리면서 사마의는 휘하 장수들을 거느리고 말을 달려 나타났다. 촉의 승상 공명도 사륜거 위에 단정히 앉아 백우선을 흔들며 나왔다.

사마의가 먼저 말했다.

"우리 주상께서 요순(堯舜)의 법통을 이어받아 두 황제로부터 제위를 물려받고 중원을 다스리면서도 그대들 촉과 오 두 나라에 대하여 관용을 베푸는 것은, 혹 백성들이 상할까 염려하는 관대하고 어지신 뜻을 가진 때문이다. 너는 남양에서 밭을 갈던 일개 촌부의 신분으로 하늘의 운수도 모르고 침략을 일삼고 있으니, 멸망할 것은 자명한 일이다. 그대가 지난날의 잘못을 뉘우치고 빨리 군사를 물려 각자의 경계를 지켜 서로 세 발 솥과 같은 형세를 유지한다면 백성들은 도탄에 빠지지 아니할 것이며 너희들도 모두 생명을 보존할 수 있을 것이다."

공명이 웃으며 답했다.

"나는 선제로부터 어린 태자를 돌보라는 중임을 맡았는데 어찌 마음을 기울이고 힘을 다하여 역적을 토벌하지 않겠느냐? 네가 섬기는 조씨는 곧 우리 한에게 망할 것이며 너의 조부와 부친은 대대로 한의 봉록까지 받았거늘 이에 대한 은혜에 보답할 생각은 아니하고 오히려 역적을 도우니 너는 부끄럽지도 않느냐?"

사마의는 부끄러워 얼굴이 벌겋게 되어 대답했다.

"나는 네놈과 기필코 자웅을 겨뤄보고 싶다. 만일 네가 이기면 나는 대장 노릇을 그만 둘 것이니 너도 나에게 패하면 일찌감치 고향으로 돌아가라. 그리하면 너를 해치지는 아니하겠다."

공명이 물었다.

"그렇다면 장수로 대적하고 싶으냐, 아니면 병사로 대적하고 싶으냐? 그렇지 않으면 진법(陣法)으로 겨뤄보겠느냐?"

사마의가 대답했다.

"먼저 진법으로 겨뤄보자."

공명이 말했다.

"그럼 내가 지켜볼 터이니 네가 먼저 진을 쳐라."

사마의는 장막 안으로 들어가 손에 황색 깃발을 들고 나와서 흔들더니 좌우의 군사를 벌려놓고 다시 말을 달려 진 앞으로 나와 물었다.

"너는 내 진법을 알겠느냐?"

공명이 껄껄껄 웃으며 답했다.

"우리 군사들은 비록 말장(末將)일지라도 그 따위 포진은 할 수 있다. 그 것은 '혼원일기진(混元一氣陣)'이라고 한다."

사마의가 말했다.

"이번에는 네가 진을 쳐봐라."

공명은 진으로 들어가 백우선을 한 번 흔들고 나서 진 앞으로 나와 사마의에게 물었다.

"내 진법을 알겠느냐?"

사마의는 자신만만한 듯 대답했다.

"그것이 '팔괘진(八卦陣)'이라는 것을 어찌 모르겠느냐!"

공명이 다시 물었다.

"네가 그것을 안다면 내가 진을 친 것을 부술 수 있겠느냐?"

"이미 진법을 알고 있는데 어찌 공격하지 못하겠느냐!"

"그럼 한번 공격해보아라!"

공명이 이렇게 말하자 사마의는 본진으로 돌아가 장수 대릉·장호·악침을 불러 분부했다.

"지금 공명이 휴(休)·생(生)·상(傷)·두(杜)·경(景)·사(死)·경(驚)·개(開)의 8문(八門)의 진을 쳤다. 너희 셋이 먼저 정동(正東)쪽의 생문(生門)으로 쳐들어가 서남(西南)쪽의 휴문(休門)으로 달려나갔다가 다시 정북(正北)쪽 개문(開門)으로 들이닥치면 적의 진을 깨뜨릴 수 있을 것이다. 각별히 주의해서 행동하라."

이리하여 대릉은 중앙에 서고 장호는 앞에 섰으며 악침은 뒤에 서서 각기 기병 30기를 거느리고 생문으로 쳐들어갔다. 지켜 보고 있던 양쪽의 군사는 함성을 지르며 서로 자기 군사를 응원했다.

세 위장이 촉진으로 쳐들어갔으나 그 안에는 성(城)이 연이어 있어 헛수고만 했을 뿐 빠져나갈 수가 없었다. 세 사람은 당황하여 기병을 거느리고 진각(陣脚)을 거쳐 남쪽으로 접어들었는데 촉병의 화살이 비오듯 쏟아져 뚫고 나갈 방도가 없었다. 그 속에는 또 작은 진이 연이어 있었는데 각 진마다 문이 있어 동서남북을 분간할 수가 없었다. 세 장수는 갈 길을 잃고 이리저리 부딪쳐 정신이 없는데다 설상가상으로 구름과 자욱한 안개가 눈을 가리는 것이었다.

이어 촉병의 함성이 크게 이는 곳마다 위군을 한 명씩 붙잡아 꽁꽁 묶어 군중으로 끌고 나오는 것이 아닌가!

장안에 높이 앉은 공명은 결박되어 끌려온 적장 장호·대릉·악침 등 세 장수와 90여 기병을 바라보고는 웃으며 말했다.

"내가 비록 너희들을 잡았지만 내놓고 자랑할 만한 것은 아니다. 너희들을 풀어줄 것이니 돌아가 사마의를 만나 다시 병법을 공부하고 진법을 익혀 도전해온다 하더라도 늦지는 않을 것이라고 전하여라. 비록 너희들의 목숨을 살려 보내주되 병마와 무기는 돌려주지 않겠다."

공명은 병사들을 시켜 그들의 옷을 벗기고 얼굴에 먹칠을 하여 걸어서 적진으로 돌아가게 했다.

유언비어에 무산된 천하통일

자기 군사들이 발가벗긴 채 먹칠을 당하여 나타나는 것을 본 사마의는 크게 노하여 여러 장수들을 돌아보며 호통쳤다.

"너희들이 그토록 예기를 꺾이고 무슨 낯으로 돌아가 중원의 대신들과 마주한단 말이냐!"

사마의는 곧 죽음을 각오하고 삼군을 휘동하여 촉진을 취하기 위해 나섰다. 손수 칼을 들고 날쌘 장수 100여 명을 이끌고 촉진으로 달려갔다.

촉군과 위군이 서로 어우러져 백병전을 벌이고 있을 때, 갑자기 뒤에서 북 소리와 뿔피리 소리가 들리더니 함성이 크게 일면서 일단의 군사들이 진 뒤 서남쪽에서 물밀듯 밀려오고 있었다. 이들을 거느린 장수는 촉장 관흥이었다.

사마의는 후군을 나누어 관흥과 대적하게 하고 다시 군사를 독촉하여 앞으로 나가려고 했으나 갑자기 위군이 어지러워지기 시작했다. 그것은 촉장 강유가 미리 군사를 거느리고 물밀듯 쳐들어가 그들의 앞길을 막았기 때문이었다.

이렇게 촉병으로부터 세 갈래 길로 협공을 당한 사마의는 크게 당황하여 급히 군사를 거느리고 물러갔다. 촉병이 사방을 에워싸고 물밀듯 쳐들어가니 사마의는 사력을 다하여 삼군을 거느리고 남쪽으로 도주했다. 그러나 죽고 상한 위병의 수는 열에 여섯, 일곱이나 되었다. 도망친 사마의는 위빈 남쪽 해안에 진을 치고 굳게 지키며 싸우러 나오지 않았다.

한편 크게 승리를 거둔 공명은 군사를 이끌고 기산으로 돌아갔다.

이 때 영안성(永安城)을 지키고 있던 이엄이 도위(都尉) 구안(苟安)을 시켜 군량미를 운반하게 하였다. 구안은 원래 술을 보면 사족을 못 쓰는 인물이라 도중에 태만하여 열흘씩이나 늦게 도착하였다.

공명은 크게 노하여 꾸짖었다.

"군중에서 가장 중히 여기는 것이 군량미다. 군량미는 사흘만 늦게 운송 되어도 참형에 처한다. 그런데 너는 열흘씩이나 늦었으니 그래도 할말이 있 느냐!"

공명은 구안을 끌어내 목을 베어 죽이라고 영을 내렸다.

그러자 옆에서 장사 양의가 아뢰었다.

"구안은 이엄이 기용한 인물인데다가 서천은 많은 양곡을 산출하는 곳입 니다. 만일 구안을 죽인다면 군량미를 운송할 만한 사람이 없습니다."

공명은 양의의 말을 듣고 구안의 결박을 풀어 곤장 80대를 때린 후 놓아 주었다. 크게 책망을 들은 구안은 공명에게 앙심을 품고 심복 군사 5, 6명 을 거느리고 야음을 틈타 곧바로 위군에 투항했다.

사마의 앞에 불려간 구안은 그간에 있었던 일을 사마의에게 보고했다. 그러나 사마의는 구안의 말을 믿으려 하지 않았다.

"너는 그렇게 말하지만 공명은 지모가 뛰어난 인물이니 네놈의 말을 믿 을 수 없다. 그러나 네가 우리를 위해 한 가지라도 공을 크게 세운다면 내 너를 천자에게 추천하여 상장(上將)에 임명하도록 하겠다."

구안이 말했다.

"어떤 어려움이 있더라도 해내겠습니다."

사마의는 구안에게 영을 내렸다.

"너는 몰래 서촉의 수도 성도로 숨어 들어가 유언비어를 퍼뜨리는데 '공 명이 후주를 원망하는 빛이 역력하니 이는 곧 황제의 자리를 빼앗으려는 징 조다'라고 말하여 후주가 공명을 소환하도록 한다면 너의 큰 공으로 인정하 겠다."

사마의의 밀령을 받은 구안은 그렇게 하겠다고 대답하고 곧 성도로 숨어 들어가 내관들을 만나 공명이 크게 공을 세운 것을 기화로 머지않아 황제의 자리를 빼앗으려 한다는 유언비어를 퍼뜨렸다.

이런 유언비어를 들은 내관은 크게 당황하여 곧바로 내전에 들어가 항간 의 소문을 낱낱이 후주에게 아뢰었다.

후주는 깜짝 놀라 물었다.

"사실이 그렇다면 어찌하면 좋겠느냐?"

내관이 아뢰었다.

"공명을 성도로 소환하여 병권을 박탈시켜 반역할 생각을 못하도록 하시는 것이 좋겠습니다."

후주는 공명에게 조서를 내려 회군하라고 하였다. 옆에 있던 장완이 천자께 아뢰었다.

"승상 공명께서 출사한 이래 계속하여 큰 공을 세웠는데 어이하여 성도로 돌아오라 하십니까?"

후주가 말했다.

"짐이 은밀히 다룰 일이 있어 승상과 의논하기 위해서다."

황제는 곧 사자를 보내어 그 날 밤으로 공명을 돌아오라고 했다.

후주의 조서를 지닌 사자는 기산에 도착하자마자 곧바로 진지로 들어가 공명에게 조서를 전했다. 후주의 조서를 받아 읽은 공명은 하늘을 우러러보며 길게 탄식했다.

"주상께서 연치가 어리시어 내관들의 농간에 넘어간 것이 분명하구나! 내가 크게 공을 세우려고 하는데 왜 돌아오라 하시는지! 하지만 내가 돌아가지 아니하면 주인을 거역하는 일이다. 지금 명을 받들어 물러간다면 다시는 이처럼 좋은 기회를 만나기 힘들 것이니 딱한 일이다."

옆에 있던 강유가 공명에게 물었다.

"만일 대군을 물린다면 사마의가 이 틈을 타서 시살해 들어올 것인데 어찌하면 좋겠습니까?"

공명이 말했다.

"군사를 다섯 길로 나누어 후퇴해야겠다. 오늘은 우선 천 명의 군사를 남겨 2천 개의 솥을 걸도록 하고 다음날은 3천 개의 솥을 걸도록 하겠다. 또 그 다음날에는 4천 개의 솥을 걸게 하여 매일 솥의 수를 늘리면서 군사를 물리겠다."

듣고 있던 양의가 물었다.

"옛날에 손빈(孫臏 : 전국시대 제나라의 병법가)은 방연(龐涓 : 전국시대 위나라의 병법가로 손빈과 싸워 마릉에서 패사[敗死]했음)을 사로잡을 때, 솥을 점

점 줄이면서 군사를 늘리는 첨병감조법(添兵減竈法)을 썼는데 어찌하여 승
상께서는 그 반대 방법으로 아궁이를 늘리려 하십니까?"

공명이 설명했다.

"사마의는 용병에 능한 인물이다. 우리가 군사를 물리는 것을 알면 반드
시 우리의 뒤를 추격할 것이다. 추격하면서도 복병이 있지 아니한가 의심하
여 영내(營內)의 아궁이 수를 세어볼 것이다. 아궁이가 매일 느는 것을 알
면 퇴병하는 것인지 안 하는 것인지 의심스러워 감히 추격하지 못할 것이
다. 그래서 나는 그 틈을 노려 서서히 군사를 물려 손실을 없애려는 것이
다."

곧 이어 전령을 통하여 퇴군하도록 영을 내렸다.

한편 사마의는 구안을 시켜 행한 계책이 적중하므로 촉병이 물러갈 때
일제히 시살할 것을 생각하고 있었다.

이 때 촉병은 이미 진지를 비우고 인마는 모두 물러갔다는 보고가 들어
왔다. 그러나 사마의는 공명이 지모가 많은 것을 알기 때문에 가벼이 뒤를
추격하지 않고 스스로 기병 100여 명을 거느리고 촉진으로 나가 군사들에게
아궁이 수를 살피라 하고 본진으로 돌아왔다.

그 다음날도 사마의는 군사를 보내어 다시 촉진의 아궁이 수를 헤아려오
도록 했다. 나갔던 군사들이 돌아와 사마의에게 아뢰었다.

"촉진의 아궁이 수를 헤아려보니 어제보다 더 늘어나 있었습니다."

사마의는 여러 장수들을 둘러보며 말했다.

"공명은 지모가 뛰어난 사람으로 군사의 수도 차츰 늘리고 아궁이 수도
점차 늘려가는 법을 쓰고 있으니 만일 우리가 뒤를 추격한다면 그의 계책에
빠지고 만다. 그러니 일단 후퇴하여 다시 병법을 모색하는 것이 좋겠다."

사마의는 결국 군사를 거두었으며 촉군의 뒤를 추격하지 않았다. 그리하
여 공명은 한 사람의 군사도 다치지 않고 무사히 성도로 물러갔다.

뒤에 천구(川口)에 살던 사람들이, 공명이 물러갈 때 군사의 증감 없이
단지 아궁이 수만 늘리는 전법을 썼다고 사마의에게 보고했다.

사마의는 하늘을 바라보며 길게 탄식했다.

"공명이 우후지법(虞詡之法 : 우후는 후한 사람. 군사들의 취사장 아궁이 수

사마의는 촉 진영의 아궁이를 살피다. ≪新鐫全像通俗演義≫ 三國志傳卷之十七

를 늘려 군사가 많은 것처럼 해놓고 대파했다)으로 나를 속였구나! 내가 어찌 그 계책을 알 수 있었으랴!"

　사마의는 곧 대군을 거느리고 낙양으로 향했다.

　만만치 아니한 두 적수가 만났으니 쉽게 승부가 나지 않는 것은 당연한 일이다. 후주의 오해 속에 군사를 물려 성도로 돌아간 공명은 과연 어떻게 될 것인지…….

101. 공명의 축지법

출 농 상 제 갈 장 신
出隴上諸葛妝神

분 검 각 장 합 중 계
奔劍閣張郃中計

농상에 이른 공명은 군사를 신병으로 분장시
켜 위군을 박살내며, 장합은 검각에서 공명
의 계교에 빠져 죽는다.

후주의 궁색한 변명

한편 공명은 아궁이 수만 늘려가며 점차 군사를 물리는 전법을 써서 무
사히 한중까지 퇴군했다. 그러나 사마의는 복병이 있을 것이라 생각하여 미
리 겁을 집어먹고 촉군을 추격하지 못하고, 군사를 거느려 장안으로 돌아갔
다. 그리하여 공명은 한 사람의 군사도 잃지 않았던 것이다.

공명은 삼군에게 크게 상을 내리고 성도로 돌아와 후주를 뵙고 아뢰었
다.

"이 늙은 신하는 군사를 거느리고 기산으로 나가 장안을 취하려고 했는
데 폐하께서 갑자기 조서를 내리시어 회군하라 하시니, 도대체 무슨 큰일이
있으신지 신은 알지 못하겠습니다."

후주는 아무런 대꾸도 못 하고 한참 동안 머뭇거리더니 입을 열었다.

"짐이 오랫동안 승상을 보지 못하여 보고 싶어서 특별히 회군하라고 했
을 뿐 특별한 일은 없었소."

공명은 촉으로 돌아와 후주를 뵙다. 《新錄全像通俗演義》 三國志傳卷之十七

그러자 공명이 말했다.

"그것은 폐하의 본심에서 우러난 말씀이 아닙니다. 간신들이 옆에서 신(臣)이 딴 생각을 품고 있다고 아뢰었기 때문일 것입니다."

후주는 묵묵히 듣고만 있을 뿐 말이 없었다.

공명이 다시 말했다.

"노신(老臣)은 선제로부터 받은 두터운 은혜에 목숨을 바쳐 보답하기로 맹세한 몸입니다. 이런 때에 그런 간사한 무리가 있다면 신이 어찌 안심하고 역적들을 토벌할 수 있겠습니까?"

후주는 잘못을 뉘우치고 사과했다.

"짐이 내관의 말을 너무 믿었기 때문에 승상을 부르게 된 것이오. 이제 어둡던 내 마음은 열렸지만 후회한들 소용이 없구려."

공명은 곧 여러 내관들을 불러 조사하여 구안이 유언비어를 퍼뜨렸기 때문이라는 것을 알아내자 급히 영을 내려 구안을 잡아오도록 했다. 그러나 그는 이미 위국으로 달아난 후였다.

공명은 후주에게 망령된 말을 아뢴 내관을 찾아내 법에 의해 처단하고 나머지 내관들은 모두 궁 밖으로 쫓아낸 후, 간사한 무리들을 미리 가려내지 못하고 천자께 올바른 말을 간하지 못했다고 하여 장완과 비위를 크게 문책했다. 장완·비위는 엎드려 거듭 사죄했다.

공명은 후주를 뵙고 다시 한중으로 나갔다. 한중에 도착한 공명은 즉시 이엄에게 격문을 보내어 군량미와 말먹이풀을 운반하게 하고 다시 장수들을 모아 출병할 것을 협의했다.

양의가 아뢰었다.

"앞서 여러 차례 군사를 일으켰으므로 병력은 피폐해 있고 군량미는 아직 도착되지 않고 있는 실정입니다. 그러니 이번에는 군사를 반으로 나누어, 3개월을 기한으로 20만 군사 중 10만 명만 기산으로 나가게 하고 3개월이 지나면 그 나머지 10만 명의 군사와 교대하는 것이 좋겠습니다. 이렇게 군사를 교대시킨다면 병력이 부족하게 되는 일은 없을 것입니다. 이런 후에 서서히 진격한다면 가히 중원을 차지할 수 있게 될 것입니다."

공명이 말했다.

"내 생각과 같은 말이다. 우리가 중원을 정벌한다는 것은 일조일석에 이루어질 수 없는 일이니 장구한 계책을 세워야 할 것이다."

공명은 즉시 군사를 두 반(班)으로 나누어 석 달을 기한으로 근무 교대하게 했으며 이 기한을 어기는 자는 군법에 의하여 처벌하겠다고 엄명했다.

공명의 속셈을 꿰뚫어본 사마의

건흥 9년(서기 231년) 봄 2월, 공명은 위를 토벌하기 위하여 다시 출사했다. 이 때는 위(魏)의 태화(太和) 5년에 해당한다.

위주 조예는 공명이 중원을 토벌하기 위하여 출사했다는 말을 듣고 즉시 사마의를 불러 대책을 협의했다.

사마의가 조예에게 아뢰었다.

"자단이 이미 죽었으니 신이 혼자서라도 힘을 다해 적도들을 제거하여 폐하의 은혜에 보답하겠습니다."

조예는 크게 기뻐하며 잔치를 베풀어 사마의를 격려했다.

다음날 촉병이 쳐들어왔다는 급보가 왔다. 조예는 즉시 사마의에게 출병하여 적을 막으라는 영을 내리고 친히 어가를 타고 성 밖까지 나가서 사마의를 전송했다. 사마의는 위주와 작별하고 장안에 당도하여 여러 장수들을 모아 촉병을 물리칠 계책을 협의했다.

먼저 장합이 아뢰었다.

"제가 일단의 군사를 거느리고 옹성과 미성 두 고을을 지키면서 촉병을 막겠습니다."

사마의가 말했다.

"전군(前軍)만 거느리고는 공명의 군사를 당하지 못할 것이며 군사를 전군과 후군으로 나눈다 해도 승산이 있다는 장담은 못 하오. 일단의 군사는 상규(上邽)에 머물러 있게 하고 나머지는 모두 기산으로 가도록 하겠는데 공이 선봉에 서지 않겠소?"

장합은 크게 기뻐하며 답했다.

"저는 평소부터 충의(忠義)를 품어 마음으로 보국코자 했으나 아직까지 알아주는 사람이 없었습니다. 이제 도독께서 그런 중임을 맡겨주시니 비록 만 번을 죽는다 하더라도 사양하지 않겠습니다."

이리하여 사마의는 장합을 선봉장에 세우고 곽회에게는 남아서 농서 제군(諸郡)을 지키라 했다. 남은 장수와 군사들은 각각 길을 나누어 전진하게 했다.

선봉에 서서 나갔던 초마(哨馬)가 달려와 아뢰었다.

"공명이 대군을 이끌고 기산을 향하여 진격해 나오는데 선봉장에는 왕평이 기용되었고, 장의는 진창을 출발하여 검각을 거쳐 산관을 지나 야곡으로 쳐들어오고 있습니다."

사마의는 장합을 불러 영을 내렸다.

"지금 공명이 크게 군사를 이끌고 나오는 것은 분명히 농서 여러 고을의 보리를 베어 군량미로 충당하려는 속셈 때문이오. 그대는 기산에 진지를 세우고 지키시오. 나는 곽회와 함께 천수(天水)의 여러 고을을 순시하며 촉병이 보리를 베는 것을 막겠소."

영을 받은 장합은 4만 군사를 거느리고 기산을 지키고 사마의는 대군을 이끌고 농서로 향했다.

한편 기산에 도착한 공명은 진지를 세우고 위빈에 있는 위군의 방비 상태를 살폈다. 공명은 여러 장수들을 불러 말했다.

"저건 분명 사마의가 진을 치고 있는 것일 게다. 지금 우리 영내에는 군량미가 부족하여 수차 이엄에게 조달하라고 독촉했으나 아직 도착하지 아니한 상태다. 지금쯤 농상 지방의 보리가 완전히 익었을 것이니 은밀히 그곳으로 군사를 이끌고 나가서 보리를 베어와야 겠다."

공명은 곧 왕평·장의·오반·오의 등 네 장수에게 기산의 진지를 지키게 하고, 자신은 강유·위연과 함께 군사를 거느리고 노성(鹵城)에 당도했다.

노성 태수는 평소부터 공명의 명성을 알고 있었으므로 황망히 성문을 열어 달려나와 투항하니 공명이 위로하며 안심시키고 물었다.

"지금 보리가 다 익은 지방은 어디어디인가?"

태수가 공명께 아뢰었다.

"농상 지방의 보리는 이미 다 익었습니다."

공명은 장익과 마충에게 명하여 노성을 지키게 하고 자신은 여러 장수들과 함께 삼군을 거느리고 농상 지방으로 나갔다.

선봉에 서서 나가던 군사가 달려와 아뢰었다.

"사마의가 군사를 거느리고 벌써 와 있습니다."

공명이 놀라며 말했다.

"그자는 이미 우리가 보리를 베러 올 것이라 짐작하고 있었구나!"

공명은 즉시 목욕하고 옷을 갈아입은 다음 타고 다니던 사륜거(四輪車)와 똑같은 수레를 세 대 더 밀고 와 똑같이 장식했다. 이들 수레는 촉에서 미리 만들어온 것이었다. 공명은 곧 강유에게 명하여 1천 명의 군사로 수레를 호위하게 하고 500명의 군사는 일제히 북을 울리며 상규 후방에 매복해 있게 했으며, 또 마대와 위연에게도 역시 각기 1천 명의 군사를 거느리고 좌우에서 수레를 호위하고 500명의 군사로는 북을 크게 울리게 했다.

그리고 24명의 군사로 하여금 검은 옷을 입고 맨발에다 머리를 산발한 채 칼을 들고 칠성조번(七星皀旛 : 북두칠성을 그린 검은 깃발. 깃발을 가로로 길게 하여 늘어뜨린 기)을 들어 좌우에서 각각의 수레를 이끌도록 했다. 세 장수는 각기 계책을 받고 군사를 거느려 수레를 밀고 나갔다.

공명은 또 3만의 군사에게는 모두 낫과 새끼줄을 준비시켜 보리를 벨 만반의 준비를 갖추었다. 수레를 끄는 24명의 군사는 특별히 건장한 군사를 엄선했으며, 그들은 공명이 일러준 대로 맨발에 검은 옷을 입고 머리를 풀고 칼을 짚어 사륜거를 옹위해나갔다.

또 관흥에게는 천봉(天蓬 : 천봉원사[天蓬元師]. 고대 신화 속의 천신)처럼 치장하고 손에는 칠성조번을 들고 수레 앞에 서서 걸어가라고 영을 내렸다. 그런 다음 공명은 수레 위에 단정히 앉아 위군의 진지를 향하여 나아갔다.

이를 목격한 위군의 염탐꾼은 크게 놀라 그게 귀신인지 사람인지도 분간하지 못하고 급히 사마의에게 달려가 보고했다. 보고를 받은 사마의가 직접 영문으로 나와 바라보니 과연 공명은 관을 쓰고 학창의에 백우선을 들고 사륜거 위에 단정히 앉아 있었다. 뿐만 아니라 좌우에는 24명의 건장한 젊은이들이 머리를 산발한 채 칼을 짚고 따르고, 수레 앞에는 웬 사람이 칠성조번을 들고 있는 것이 아닌가! 그야말로 사람인지 귀신인지 분간할 수가 없었다.

이를 지켜보던 사마의가 중얼거렸다.

"공명이 또 괴상한 짓을 하는구나!"

사마의는 즉시 군마 2천을 선발하여 분부했다.

"너희들은 빨리 달려나가 수레와 사람을 모조리 붙잡도록 하라."

위군은 사마의의 말을 듣고 일제히 달려나가 뒤를 추격했다.

공명은 위군이 추격하는 것을 보고 수레를 돌리라 하여 서서히 촉의 진지로 향했다. 위군은 말을 달려 뒤를 추격하다가 갑자기 음산한 바람과 서리 같은 안개에 휩싸이고 말았다. 그들은 사력을 다하여 뒤를 추격했으나 겨우 한 마장 정도밖에 나가지 못하였다.

더 이상 추격할 수가 없자 이들은 크게 놀라 말을 멈추고 서로의 얼굴을 바라보며 지껄였다.

"괴이한 일이다. 우리는 분명히 30리 정도를 추격한 것으로 아는데 바로 코앞만 맴돌았으니 이게 어찌 된 일인가?"

공명은 위병이 보이지 아니하자 다시 영을 내려 수레를 돌려 위병의 장

촉의 병사들은 농상의 보리를 베다. 《新錄全像通俗演義》 三國志傳卷之十七

막 앞으로 나왔다. 넋을 잃고 바라보던 위병들은 이내 말을 몰고 달려나왔다. 그러자 공명은 다시 수레를 몰아 서서히 돌아갔다. 위병은 다시 20여리를 추격하였으나, 바로 눈앞에 있는 수레가 잡힐 듯하면서 잡히지 않으니 모두 넋을 잃을 수밖에 없었다. 공명이 다시 수레를 돌려 위군 앞으로 끌고 가라 하자 위병은 또다시 공명을 추격했다. 뒤에는 사마의가 직접 일단의 군사를 거느리고 달려나왔다.

사마의는 전령을 보내어 군사들에게 명했다.

"공명은 팔문둔갑(八門遁甲)을 잘 알고 육정육갑지신(六丁六甲之神 ; 하느님을 호위한다는 여러 신)을 부릴 수 있는 인물이다. 이것은 바로 《육갑천서(六甲天書)》에서 설명한 '축지법(縮地法)'이다. 군사들은 더 이상 추격하지 말라."

명을 받은 위군들이 말을 돌려 회군하려고 할 때 왼쪽에서 갑자기 북 소리가 크게 울리며 일단의 군마가 물밀듯 달려나오자 사마의는 급히 군사들에게 맞서 싸우라고 영을 내렸다. 사마의가 밀려들어오는 촉병을 바라보고 있자니 촉병은 양편으로 갈라지고 뒤쪽에서 24인이 머리를 산발하고 칼을 짚고 검은 옷에 맨발로 사륜거를 끌고 나오고 있었다. 사륜거 위에는 역시 공명이 윤건을 쓴 채 학창의를 입고 백우선을 흔들며 단정히 앉아 있었다.

사마의는 겁이 덜컥 나서 여러 장수들을 돌아보며 말했다.

"저것은 필시 귀신의 군사일 것이다!"

모든 군사들은 겁에 질려 크게 어지러워져서 싸울 생각을 잃고 각자 뿔뿔이 흩어져 도주했다.

위군이 겨우 수습되어 행군해나가려 할 때 또 다른 북 소리가 크게 울리더니 또다시 일단의 군사가 몰려왔다. 앞에 사륜거가 한 대 나오는데 거기에도 역시 공명이 단정히 앉아 있었고, 전후좌우에는 전과 똑같이 검은 옷을 입은 맨발의 군사들이 호위하고 있었다. 이를 목격한 위병은 모두 놀라 벌벌 떨었다. 사마의는 앞에 나타난 공명이 사람인지 귀신인지도 분간할 수 없었으며 더구나 촉병의 수가 얼마나 되는지조차 알 수 없어 더욱 겁이 나서 급히 군사를 거느리고 상규로 들어가 성문을 굳게 닫고 나오지 않았다.

이 때 공명은 3만 정병에게 영을 내려 농상의 보리를 모두 베어 노성으로 운반하여 타작하도록 했다.

사마의는 상규성에 있으면서 사흘 동안이나 성문을 나서지 않다가 촉병이 물러간 것을 확인한 후에야 비로소 군사를 거느리고 나왔다.

위군이 길에서 촉병 한 명을 붙잡아 사마의 앞에 끌고 왔기에 문초하니 붙잡힌 촉병이 말했다.

"보리를 베고 있었는데 말을 잃는 바람에 붙잡혀 왔습니다."

사마의가 다시 물었다.

"전번에 나타난 군사는 어떤 신병(神兵)이냐?"

"3로에 복병해 있던 사람은 공명이 아니라, 강유와 마대 · 위연이 공명으로 변장한 것이었습니다. 그들은 제각기 1천 군마로 수레를 호송하게 했으며 500의 군사로 북을 크게 울렸었습니다. 먼저 나타나서 수레를 타고 진두지휘를 했던 사람이 바로 공명이었습니다."

사마의는 하늘을 우러러보며 탄식했다.

"과연 공명은 신출귀몰하는 기지를 지녔구나!"

공명의 신의에 감동한 촉병

이 때 부도독 곽회가 도착했다는 보고가 들어왔다. 곽회는 장막 안으로 들어와 예를 올리고 나서 말했다.

"제가 들은 소문으로는 촉병의 수는 많지 않다고 합니다. 지금 노성에서 보리를 타작하고 있다 하니 공격하는 것이 좋겠습니다."

사마의는 곽회에게 그간에 겪었던 일을 자세히 설명했다. 사마의의 설명을 귀담아 듣던 곽회가 껄껄껄 웃으며 말했다.

"한 번 정도는 속을 수도 있는 일입니다. 이제 그들의 계략을 꿰뚫어보고 있는데 주저할 게 뭐가 있습니까? 제가 일단의 군사를 거느리고 촉군의 후미를 공격할 것이니 도독께서는 일단의 군사를 거느리고 전면에서 맞서 싸우십시오. 그리하면 노성도 격파할 수 있으며 공명도 사로잡을 수 있을 것입니다."

사마의는 곽회의 말에 따라 군사를 양대로 나누어 거느리고 나갔다.

한편 공명은 군사를 거느리고 노성에서 보리를 타작하다가 갑자기 여러 장수들을 불러 영을 내렸다.

"오늘 밤 틀림없이 적이 공격해올 것이다. 이 곳 노성 동서편의 보리밭은 복병하기에 좋은 곳이다. 누구 나 대신 나가 싸울 장수는 없느냐?"

강유·위연·마충·마대 등 네 장수가 자원해 나섰다.

"저희가 가겠습니다."

공명은 크게 기뻐하며 강유와 위연에게 각각 2천 군마를 거느리고 동남쪽과 서북쪽에 복병하라 하고, 마대와 마충에게도 각기 2천 군사를 주어 서남쪽과 동북쪽에 각각 매복하게 했다.

"너희들은 포 소리가 들리거든 일제히 달려나오도록 하라."

공명이 이렇게 영을 내리자 네 장수는 계책을 받고 군사를 거느려 나갔다. 그들이 나간 후 공명은 친히 100여 군사를 거느리고 화포를 휴대하여 성 밖으로 나가 보리밭에 매복하였다.

한편 사마의가 군사를 거느리고 노성에 당도했을 때는 이미 날이 어두워졌다. 사마의는 여러 장수들을 불러 말했다.

"낮에 진군하면 성 안에서 대비를 할 것이니 야음을 틈타 공격하는 것이 좋겠군. 이 곳은 성이 낮고 성 주위에 파놓은 호도 깊지 않으니 공격하기 어렵지 아니할 것이다."

사마의는 곧 군사를 성 밖에 둔병시켰다. 밤이 깊어 초경에 이르자 부도독 곽회도 군사를 거느리고 뒤쫓아왔다.

사마의의 군사와 곽회가 거느린 군사는 합병하여 포 소리를 군호로 일시에 노성을 철통같이 포위했다. 그러나 성 위에서 촉군의 화살과 돌무더기가 비오듯 쏟아지니 위병은 더 이상 진군하지 못했다. 이 때 위군의 진 안에서 갑자기 포성이 들려오자 사마의의 삼군은 깜짝 놀라 당황했으며 어느 곳에서 촉군이 나타날지 몰라 안절부절했다.

곽회의 명에 따라 군사들이 보리밭을 수색하고 있을 때, 갑자기 사방에서 불길이 치솟더니 천지가 떠나갈 듯한 함성이 울리며 동서남북에서 촉병이 일제히 몰려나왔으며 노성의 4대문도 모두 활짝 열렸다. 성 안에 있던 촉병마저 일제히 밀려와 안팎으로 공격해 들어오니 죽은 위군의 수는 헤아릴 수도 없었다.

사마의는 패한 군사를 거느리고 사력을 다하여 촉군의 포위망을 뚫고 주위에 있는 산꼭대기로 올라갔으며 곽회도 역시 패잔병을 거느리고 산모퉁이로 도주했다.

위군이 모두 도주하자 공명은 성 안으로 들어가 네 장수에게 명하여 사각(四角)에 진지를 정하고 굳게 지키게 했다.

한편 곽회는 사마의를 찾아와 말했다.

"지금까지 오래도록 촉군과 대치해 있었지만 그들을 물리칠 방도가 없었으며 이번에 또다시 공격을 받아 3천여 군마가 죽고 부상당했습니다. 빨리 어떤 대책을 강구하지 아니하면 뒤에 가서는 그들을 물리치기가 더욱 힘들 것입니다."

사마의가 곽회에게 물었다.

"어떻게 했으면 좋겠소?"

"옹주와 양주 두 고을에 격문을 띄워 그들 군마의 힘을 빌려서 쳐들어가는 것이 좋겠습니다. 제가 군사를 거느리고 가서 검각을 기습하고 그들의 귀로를 끊어 보급로를 차단한다면 적의 삼군은 크게 어지러워질 것입니다. 이 때 여세를 몰아 적을 공격한다면 그들을 멸할 수 있을 것입니다."

사마의는 곽회의 말에 따라 즉각 옹주와 양주 두 고을에 격문을 보내어 군마를 징발해 보내라고 했다. 하루가 못 되어 대장 손례가 옹주와 양주 등 여러 고을의 군마를 거느리고 도착했다. 사마의는 곧 손례에게 영을 내려 곽회와 함께 검각을 기습하라고 했다.

한편 공명은 노성에서 오래도록 위군이 나타나기를 기다리고 있었으나 위군이 보이지 않자, 강유와 마대를 성 안으로 불러들여 영을 내렸다.

"지금 위군이 험한 산을 의지하고 있으면서도 우리와 싸우지 않는 것은 첫째 우리가 군량미로 비축한 보리가 떨어지기를 기다리기 때문이고, 둘째 그들이 군사를 거느리고 검각을 기습하여 우리의 보급로를 끊으려는 것이다. 너희 두 사람이 먼저 각기 1만 명의 군사를 거느리고 나가서 요새지에 진을 치고 기다리고 있기만 하면 위군은 자연히 물러갈 것이다."

두 장수가 군사를 거느리고 나갔다.

이 때 장사 양의가 장막 안으로 들어와 공명에게 아뢰었다.

"지난날 승상께서 대병(大兵)에게 영을 내리시기를 100일을 기한으로 교대하기로 하셨으므로 한중의 군사는 천구(川口)로 나와 교대될 날만을 기다리고 있습니다. 현재 8만의 군사 중에 4만 명을 교대해야 하겠습니다."

공명이 말했다.

"그렇게 영을 내렸다면 빨리 교대하도록 하라."

군사들은 공명의 말을 듣고 각기 출발 준비에 바빴다.

이 때 손례는 옹주와 양주의 군마 20만을 거느리고 위군을 돕기 위해 곽회와 함께 검각을 기습하러 떠났고, 사마의가 직접 군사를 거느리고 노성을 공격하러 온다는 급박한 보고가 전해졌다. 이 보고를 들은 촉병은 모두 놀랐다.

다시 양의가 들어와 공명에게 아뢰었다.

"위병이 쳐들어와 사태가 급박하게 되었으니 승상께서는 군사를 교대하는 것을 보류하시고 일단 적병을 물리친 후에 신병이 도착하기를 기다려 그 때 가서 교대하도록 하십시오."

양의의 진언을 듣고 공명이 말했다.

"그건 안 될 일이다. 나는 군사를 부리고 영을 내릴 때 신의를 근본으로 삼는 사람이다. 이미 영을 내렸는데 어찌 신의를 저버릴 수 있겠느냐? 또한 교대되어 돌아갈 군사는 모든 준비를 갖췄을 것이고 그들의 부모와 처자들은 사립문에 기대어 그들이 돌아오기를 기다릴 것이다. 그러니 비록 내가 극히 난처한 입장에 처하기는 했을망정 그들을 붙들지는 아니하겠다."

공명은 즉시 영을 내려, 교대하여 돌아가기로 한 군사는 당일로 귀가하라고 했다. 이 소식을 전해 들은 군사들이 크게 외쳤다.

"승상께서 이처럼 은혜를 베푸시는데 우리가 어찌 돌아갈 수 있겠는가! 비록 목숨이 끊어지는 한이 있더라도 위병을 크게 무찔러 승상의 은혜에 보답하자!"

공명이 군사들에게 말했다.

"너희들은 교대되어 돌아가도 좋은데 왜 남아서 싸우려 하느냐?"

모든 군사들이 입을 모아 돌아가지 않고 적과 싸우겠다고 외쳤다.

공명이 다시 말했다.

"너희들이 나와 함께 나가 싸우기를 원한다면 성 밖으로 나가 진을 치고 있다가 위병이 나타나기를 기다려 잠시도 여유를 주지 말고 곧바로 공격하라. 이것이 힘들이지 않고 적을 무찌르는 방법이다."

모든 군사들은 공명의 영을 받고 기꺼이 성 밖으로 나가 진을 치고 적병이 나타나기만을 기다렸다.

이엄이 보낸 의문의 편지

한편 서량의 군사들은 평소보다 두 배나 빠른 걸음으로 달려왔기 때문에 모두가 지쳐 있었다. 이들이 진지를 세우고 잠시 쉬려는 순간 일단의 촉병이 몰려왔다.

촉병 모두가 분발하여 용맹하게 싸우니, 비록 수가 많은 옹주와 양주의

옹주와 양주의 병사들은 대패하여 창을 버리고 도망치다. ≪新錄全像通俗演義≫ 三國志傳卷之十七

군사들일지라도 지치고 겁에 질려 촉병을 당해낼 수 없어 멀리 물러갔다. 촉병이 사력을 다하여 뒤를 추격하니 옹주와 양주 군사들의 시체는 벌판에 즐비했으며 흐르는 피는 내를 이루었다.

공명은 승리한 군사들을 거두어 성 안으로 들어가 후히 상을 내리고 군사들의 노고를 치하했다. 이 때 영안성의 이엄이 급한 편지를 보내왔다는 보고가 들어왔다.

공명은 놀라 편지를 뜯어보았다.

　　근자에 들리는 소문에 의하면 동오의 손권이 사람을 낙양으로 보내어 위와 화친을 맺었다 합니다. 위는 동오에게 촉을 취하라고 영을 내렸으나 다행히 동오는 아직 군사를 일으키지 않고 있다 합니다. 엄(嚴)이 이런 소식을 탐지하여 알리며 승상께서 훌륭한 계책을 하루 빨리 내리시길 엎드려 기다리고 있겠습니다.

이엄의 편지를 다 읽은 공명은 놀라면서도 한편으로 의아심이 생겨 여러 장수들을 불러들였다.

"만약 동오가 군사를 일으켜 촉을 공격한다면 우리는 속히 돌아갈 수밖에 없다."

공명은 곧 영을 내려 기산 진지에 있던 군사와 병마를 서천으로 물리라 하고 장수들을 모았다.

"사마의는 우리가 서천으로 회군한 것을 알아도 뒤를 추격하지 아니할 것이다."

공명은 왕평·장의·오반·오의에게 명하여 군사를 양쪽으로 나누어 서서히 서천으로 물러가게 했다. 위의 장수 장합은 촉병이 퇴군해가는 것을 목격하고도 그것이 행여 어떤 계책이 아닌가 생각하여 감히 뒤를 추격하지 못했다. 장합은 군사를 거느리고 사마의에게 달려가 물었다.

"지금 촉병이 퇴군하고 있는데 어찌하면 좋겠습니까?"

사마의가 말했다.

"공명은 꾀가 많은 인물이니 함부로 굴지 마오. 성을 굳게 지키고 있으면 군량미가 떨어져 자연히 퇴군하고 말 것이오."

대장 위평(魏平)이 앞으로 나오며 말했다.

"촉병이 기산의 진지를 거두어 퇴각한다면 마땅히 이 틈을 타서 뒤를 추격해야 합니다. 그럼에도 불구하고 도독께서 군사를 움직이지 않고 범을 만난 듯 두려워하고만 계신다면 천하의 웃음거리가 될 것입니다."

그러나 사마의는 고집을 꺾지 않았다.

한편 기산에 있던 군사가 돌아오자 공명은 곧 양의와 마충을 장막 안으로 들게 하여 은밀히 계책을 일러주고 우선 활을 잘 쏘는 군사 1만 명을 거느리고 검각으로 가서 목문도(木門道) 양 옆에 매복하도록 영을 내렸다. 그리하여 만약 위병이 뒤쫓아와 포 소리가 들리면 그것을 군호로 하여 급히 나무토막과 돌을 던져 퇴로를 끊고 양쪽에서 일제히 활을 쏘라고 했다. 양의와 마충은 군사를 거느리고 물러갔다.

공명은 다시 위연과 관흥을 불러 군사를 거느리고 나가 적병의 뒤를 끊고 성 위의 사면에 깃발을 꽂은 다음 성 안에는 마른 풀을 넣어놓고 불이 난 것처럼 꾸미라고 영을 내렸다. 나머지 군사들은 모두 목문도를 향하여 나갔다.

이를 목격한 위의 순시병이 즉각 사마의에게 보고했다.

"촉병은 이미 물러갔습니다. 성 안에 몇 명이나 남았는지는 알 수 없습
니다."

사마의가 직접 나와서 촉성을 올려다보니 성 주위에는 깃발이 나부끼고
있었으며 성 안에서는 연기가 오르고 있었다.

사마의가 빙그레 웃더니 입을 열었다.

"이 곳은 빈 성이다."

사마의는 군사에게 명하여 자세히 탐문한 결과 과연 성은 텅텅 비어 있
었다. 사마의는 크게 기뻐하며 말했다.

"공명이 물러가고 있는데 누가 뒤를 추격하겠느냐?"

선봉장 장합이 자원해 나섰다.

"제가 가겠습니다."

"공은 성미가 급하니 가지 말라."

장합은 불만스러운 듯 말했다.

"관문을 나설 때는 도독께서 저를 선봉장에 세우시더니 공을 세울 만한
차제에 이르러서는 저를 기용하지 않는 까닭이 무엇입니까?"

사마의는 더 이상 만류하지 못하고 그 대신 장합에게 단단히 주의를 주
었다.

"촉병은 물러갔지만 분명히 요새지에 복병을 숨겨놨을 것이오. 그러니
더욱 자세히 살펴서 뒤를 추격하오."

장합은 아니꼽다는 듯 말했다.

"나도 이미 알고 있으니 염려하지 마십시오."

"공이 간다고 우겨서 보내기는 하지만 뒤를 추격한 것을 곧 후회할 것이
오."

"대장부가 나라를 위하여 몸을 바치는데 설혹 만 번을 죽은들 무슨 여한
이 있겠소?"

사마의가 말했다.

"공이 고집을 부려 가겠다면 먼저 5천 군사를 거느리고 나가시오. 위평
에게 명하여 2만 보병을 거느리고 뒤를 따라 복병을 막으라 하겠소. 나는
따로 3천 군마를 거느리고 뒤에서 접응하겠소."

장합의 죽음

영을 받은 장합은 곧 군사를 거느려 촉병을 추격했다.

장합이 30여 리를 뒤쫓아갔을 때 갑자기 배후에서 함성이 크게 울리더니 숲 속에서 일단의 군사들이 번개처럼 달려나왔다. 대장인 듯한 장수가 칼을 휘두르고 말을 달려나오면서 큰 소리로 외쳤다.

"이놈, 적장아! 군사를 거느리고 어디로 가느냐!"

장합이 힐끗 고개를 돌려 바라보니 촉장 위연이었다. 장합은 크게 노하여 말 머리를 돌려 위연과 맞섰다. 10여 차례를 싸우다가 위연은 패한 체하며 도주했다. 장합이 30여 리를 계속 추격하며 좌우를 살폈지만 촉병의 복병은 한 사람도 나타나지 않았다. 신명이 난 장합은 계속 말을 몰아 위연을 추격했다. 추격하던 장합이 막 산모퉁이를 돌아선 순간 갑자기 산이 쩌렁쩌렁 울리도록 함성이 크게 나더니 또 다른 일단의 군마가 나타났다. 바로 촉장 관흥이었다.

관흥은 칼을 휘두르고 말을 달려 장합의 앞을 막으며 소리쳤다.

"장합은 게 섰거라. 관흥이 여기 왔다!"

젊은 촉장 관흥의 외치는 소리를 들은 장합은 화가 머리끝까지 올라 말을 달려 칼을 휘두르며 맞섰다. 관흥은 장합과 10여 합을 겨루다가 역시 패한 체하고 말을 달려 도주했다. 장합은 계속 관흥을 추격했다.

관흥을 추격하던 장합은 어느덧 나무가 빽빽히 들어찬 숲 속에 이르게 되었다. 장합은 복병이 숨어 있지나 아니할까 하여 네 명의 군사에게 주위를 샅샅이 수색하라 했다. 그러나 복병은 한 사람도 발견할 수가 없었다. 장합은 안심하고 관흥을 추격했다.

그런데 생각지도 아니한 위연이 다시 나타나 앞을 가로막자 장합은 촉장 위연과 10여 차례나 싸웠다. 위연은 또 패한 시늉을 하며 도주했다. 그야말로 화가 머리끝까지 치민 장합은 계속 위연을 추격했다. 또다시 관흥이 장합의 앞을 가로막았다. 더욱 화가 난 장합은 말을 몰아 관흥과 접전을 벌였다.

촉병은 장합과 10여 차례를 겨루다가 도주했는데 길에는 촉병이 버린 투구며 갑옷·무기들이 수없이 널려 있었다. 위군들은 모두 말에서 내려 길가에 널린 촉군의 전리품을 주웠다.

이 때 위연과 관흥 두 장수가 교대로 나타나 싸움을 걸었다. 더욱 울화가 치민 장합은 계속 위연과 관흥을 추격했다. 날이 어둡도록 촉장을 추격하던 장합은 어느덧 촉군의 목문도 앞까지 이르게 되었다. 그가 말 머리를 돌리려 하는데 촉장 위연의 꾸짖는 소리가 크게 들려왔다.

"역적 장합아, 나는 너와 겨루지 않으려 했으나 네놈이 계속 나를 추격하니 너와 일전을 겨뤄야겠다."

화가 치민 장합은 위연을 취하려고 창을 비껴 들고 말을 몰았다. 위연도 칼을 휘두르며 응전했다. 불과 10여 합도 못 되어 위연은 크게 패하여 갑옷이며 투구·병마 등을 버리고 패잔병을 이끌어 목문도를 향해 도주했다. 성미가 급한 장합은 달아나는 위연의 뒤를 계속 추격했다.

이 때는 이미 어둠이 짙어지고 있었다. 이 어둠 속에서 갑자기 포 소리가 요란하게 들리더니 주위의 산 위에서 불길이 하늘까지 치솟고 커다란 돌덩이와 나무토막이 쏟아져 앞길을 막았다.

장합은 크게 놀랐다.

"내가 계책에 빠졌구나!"

이렇게 생각하고 급히 말을 돌리려는 순간 또 뒤에서 나무토막과 돌덩이가 떨어져 퇴로를 끊었다. 꼼짝없이 갇히게 된 장합은 좌우를 살폈지만 험한 암벽이 병풍처럼 가로막혀 있어 진퇴양난에 빠지고 말았다.

이 때 딱딱이 소리가 들리더니 양쪽 절벽 위에서 1만여 개의 화살과 쇠뇌가 비오듯 쏟아지니 장합은 물론 그가 거느린 100여 명의 장수들은 떼죽음을 당했다.

후에 위군의 죽음을 이렇게 읊었다.

숨어서 쏘는 화살, 1만 살별 같더니	伏弩齊飛萬點星
목문도 위에서 위군을 몰살했네.	木門道上射雄兵
지금 검각을 지나치는 길손들	至今劍閣行人過

木門道射死張郃

위연은 목문도에서 장합을 쏘아 죽이다. ≪新鋟全像通俗演義≫ 三國志傳卷之十七

　　아직도 제갈량의 이름을 되새기네.　　　　　　猶說軍師舊日名

　　한편 장합이 죽은 후에 뒤를 따라오던 위병들은 도로가 막힌 것을 목격하고는 장합이 계책에 빠졌음을 알고 모두 말 머리를 돌려 급히 물러가려고 했다. 이 때 산 위에서 크게 외치는 소리가 들렸다.
　　"승상 제갈량이 여기 있다!"
　　위군들이 놀라 눈을 들어 바라보니 화광 사이에 공명이 의젓하게 서서 위군을 가리키며 소리쳤다.
　　"오늘 내가 사냥을 나와 말(사마의를 가리킴)을 쏘려다가 잘못하여 노루(장합을 가리킴)를 잡았다. 너희들은 살려 보내줄 것이니 안심하고 돌아가서 사마중달에게 내가 조만간 붙잡겠다 하더라고 전하라."
　　위군들은 사마의에게 돌아가 장합이 패한 이야기와 공명이 말한 내용을 자세히 설명했다. 장합이 죽었다는 말을 들은 사마의는 슬픔을 가누지 못하고 하늘을 보며 탄식했다.
　　"내가 장합을 죽게 했구나!"
　　이리하여 사마의는 할 수 없이 위군을 거느리고 낙양으로 돌아갔다.
　　위주 조예는 장합의 전사 소식을 듣고 눈물을 흘리며 탄식하더니 시신을 거두어 후히 장사지내라고 영을 내렸다.

유배당한 이엄

한편 공명이 군사를 거느리고 한중으로 들어갔다가 성도로 돌아와 후주를 뵈려고 하자 도호 이엄이 후주에게 엉뚱한 말을 아뢰었다.

"신이 군량미를 준비하여 승상이 계시는 곳으로 운반하려고 했더니 승상께서 회군하셨습니다. 그 까닭을 모르겠습니다."

보고를 받은 후주는 즉시 상서 비위를 한중으로 보내어 공명을 만나서 왜 군사를 물리려 하는지를 알아보라고 했다.

비위는 한중의 공명에게 달려가 후주의 말을 전했다.

공명은 깜짝 놀라 말했다.

"이엄이 급히 나에게 서신을 보내어 아뢰기를, 동오가 군사를 일으켜 서천을 공격하려고 한다기에 회군하려 했던 것이오."

비위가 말했다.

"이엄이 후주께 아뢰기를, 군량미를 준비하고 있던 중 무슨 까닭인지 승상께서 회군하려 하신다고 했기 때문에 천자께서는 신을 보내어 그 까닭을 알아 오라고 하셨습니다."

공명은 크게 노하여 사람을 보내어 이엄을 뒷조사하도록 하니, 이엄은 군량미를 충분히 준비하지 못하여 승상으로부터 문책당하는 것이 두려워서 공명에게는 성도로 돌아가게 하고 천자에게는 엉뚱한 말을 고하여 자신의 허물을 위장하려 했음이 백일하에 들어났다.

공명은 크게 노하여 말했다.

"일개 필부가 자신을 위하여 국가 대사를 망치려 들다니!"

공명은 이엄을 불러들여 참형에 처하라고 영을 내렸다.

옆에서 비위가 만류했다.

"승상은 선제의 탁고[託孤 : 임금이 죽기 전에 어린 황태자를 부탁하는 일]의 뜻을 살피시어 관대히 용서하십시오."

공명은 비위의 만류에 따랐다.

천자에게 돌아간 비위는 그간의 일을 자세히 기록한 표문을 올렸다. 비위의 표문을 읽은 후주는 크게 노하여 당장 이엄을 끌어내어 참수하라고 영을 내렸다. 이 때 참군 장완이 후주께 아뢰었다.

"이엄은 선제께서 탁고하신 신하입니다. 성은을 베푸시어 관대히 용서하시기 바랍니다."

후주는 장완의 말에 따라 이엄의 벼슬을 거두어 서민으로 강등시키고 재동군(梓潼郡)으로 유배시켜 한가로이 지내게 했다.

성도로 돌아온 공명은 이엄의 아들 이풍(李豊)을 장사로 기용하고 군량미와 말먹이풀을 비축하는 한편 군사들에게 진을 치는 법과 무법(武法)을 익히게 하였으며 각종 무기를 정비하고 군사들의 어려운 사정을 돌보며 3년 후에 출정할 것에 대비했다. 서천의 군사와 백성들은 모두 공명의 은덕을 추앙했다.

어느덧 3년이란 세월이 흘러 건흥 13년(서기 235년) 봄 2월이 되었다.

공명은 조정에 들어와 천자께 아뢰었다.

"신이 군사를 돌본 지 어언 3년이 지났습니다. 군량미와 말먹이풀은 풍족하며 무기도 완비되었고 군사들의 사기도 충만하니 위를 정벌할 만합니다. 이번 기회에 간사한 무리들을 소탕하여 중원을 회복하지 못한다면 맹세컨대 폐하를 뵙지 아니할 것입니다."

후주가 말했다.

"지금 천하는 솥의 세 발과 같은 형세를 이루어 동오와 위가 감히 침범하지 못할 것이거늘 상부 승상께서는 왜 이 태평성대를 누리지 않고 출사하려고 하십니까?"

공명이 답했다.

"신은 선제께서 스스로 찾아주신 은혜를 입은 몸으로, 자나깨나 위를 토벌할 계책을 생각해보지 아니한 적이 없습니다. 힘이 다하여 쇠잔할 때까지 오직 충성으로 폐하를 위하고, 중원을 다스려 한실을 다시 일으키는 것만이 신의 소원입니다."

공명의 말이 끝나기도 전에 옆에서 누군가가 나와 아뢰었다.

"승상께서 군사를 일으키심은 불가한가 합니다."

모두 눈을 들어 바라보니 태사(太史) 초주라는 인물이었다. 공명은 장래를 걱정하여 군사를 일으켜 충성을 다하려고 하지만 태사가 천문(天文)을 들어 반대하는구나!

초주는 왜 승상 공명의 출사를 반대하는 것일까?

102. 사마의와 공명의 재대결

대군을 거느린 공명과 사마의가 북원 위교에서
맞서자, 공명은 신무기 목우 유마로 사마의를
곤경에 처하게 한다.

관흥의 죽음

태사로 봉직하고 있는 초주는 천문에 밝은 사람이었다.

공명이 다시 출사하고자 하니 초주가 후주께 아뢰었다.

"신(臣)은 천문을 관장하는 사람으로 인간의 화복(禍福)에 대하여 말씀드
리지 않을 수 없습니다. 근래에 수만 마리의 새들이 남쪽에서 날아와 한수
에 빠져 죽는 불길한 징조가 나타나고 있습니다. 신이 또한 천문을 보니 규
성(奎星)이 태백성(太白星)에 걸쳐 있어 왕성한 기운이 북쪽에 있으니 위를
정벌한다는 것은 불리합니다. 또한 성도의 백성들은 모두 밤마다 잣나무가
우는 소리를 들었다고 합니다. 이렇게 여러 가지 기이한 재난이 일어나니
승상께서는 근신하시고 가벼이 움직여서는 아니 될 줄로 알고 있습니다."

공명은 초주를 꾸짖었다.

"나는 선제로부터 후주를 보필하라는 중임을 맡은 몸으로 이 몸을 바쳐
역적들을 토벌하려고 하는데 그대는 왜 허망하고 요사스런 말을 지껄여 국

공명은 선주의 사당에 제물을 배설하다. ≪新鑴全像通俗演義≫ 三國志傳卷之十七

가 대사를 그르치려고 하는가?"

공명은 곧 유사(有司 : 관리)에게 명하여 태뢰(太牢 : 나라의 제사에 통째로 바치는 세 가지 제물로 소·양·돼지)를 준비하여 소열황제(昭烈皇帝 : 유현덕을 일컬음)의 사당에 제물을 배설하도록 하고 눈물을 흘리며 아뢰었다.

"신 제갈량이 다섯 차례나 기산에 나갔으나 아직 한 치의 땅도 빼앗지 못했으니 지은 죄 이루 말할 수 없습니다. 지금 신은 다시 전군을 통솔하여 기산으로 나가, 죽을 때까지 한적을 멸하고 중원을 회복할 것을 맹세하나이다."

제를 마친 공명은 밤새 말을 달려 한중에 도착하여 여러 장수들을 모아 출사할 문제를 협의했다. 이 때 관운장의 아들 관흥이 죽었다는 보고가 들어오자 공명은 방성대곡했다. 그는 정신을 잃고 땅에 쓰러졌다가 반나절 만에 겨우 깨어났다. 주위의 여러 장수들이 공명에게 마음을 안정하라고 수차에 걸쳐 권유했다.

공명은 관흥의 죽음을 한탄했다.

"가련하게도 하늘이 충신의 목숨을 거두어갔구나! 이제 출사하는 마당에 또 한 사람의 장수를 잃다니!"

후세 사람은 관흥의 죽음을 시로 이렇게 애도했다.

죽고 사는 일은 인간의 상리거늘	生死人常理
하루살이 같은 일생 허무하구나!	蜉蝣一樣空
사람은 가도 충효 정절은 남는 것	但存忠孝節
어찌 그것이 교송 같은 목숨이겠는가?	何必壽喬松

공명은 34만 군사를 다섯 길로 나누어 나갔다. 강유와 위연을 선봉장에 세워 기산으로 나가 제(齊)를 취하라 하고, 이회를 따로 불러 군량미와 말 먹이풀을 야곡에 이르는 길목으로 운반하라고 영을 내렸다.

한편 위나라는 지난해에 마파정(摩坡井)에서 청룡이 나왔다 해서 연호를 청룡(青龍) 원년으로 바꿨다. 때는 바로 위의 청룡 2년(서기 234년) 봄 2월이었다.

사마의, 대군을 거느리고 기산으로

위의 신하가 조예에게 말했다.

"변방에서 올린 공문서에 의하면 30여만 명의 촉병이 다섯 길로 나뉘어 다시 기산으로 오고 있다고 합니다."

위주 조예는 깜짝 놀라 급히 사마의를 불러 물었다.

"3년 동안 촉병의 움직임이 없더니 이제 제갈량이 또 기산으로 나왔다고 하오. 어찌하면 좋겠소?"

사마의가 아뢰었다.

"신이 밤에 천문을 살피니 중원에 왕성한 기운이 서려 있고 규성이 태백을 범하고 있으니 서천에 유리할 것이 없습니다. 이제 공명이 자신의 재주만 믿고 하늘의 뜻을 거역하니 이는 패망을 자초하는 격입니다. 신은 폐하의 넓으신 은덕에 의지하여 적을 격파하겠습니다. 신을 보필하도록 네 사람의 동행인을 윤허하여 주십시오."

조예가 반기며 물었다.

"경을 보필할 사람은 누구요?"

사마의가 아뢰었다.

"하후연은 네 자제를 두고 있습니다. 장자는 하후패(夏侯覇)로 자를 중권(仲權)이라 하고 차자는 하후위(夏侯威)로 자를 계권(季權)이라 합니다. 또한 삼자(三子)는 하후혜(夏侯惠)라 하며 자를 아권(雅權)이라 하며 막내는 하후화(夏侯和)로 자를 의권(義權)이라 합니다. 장자 패와 차자 위는 활쏘기와 말타기에 능하며, 혜와 화는 육도삼략(六韜三略)을 훤히 알고 있습니다. 이 4형제는 항상 자기 아버지 하후연의 원수를 갚을 것만 생각하고 있습니다. 신은 이들 중 하후패와 하후위를 좌우 선봉장으로 삼고 하후혜와 하후화를 행군사마에 임명하여 함께 군사를 거느리고 나가 촉병을 물리치겠습니다."

조예가 말했다.

"지난날 하후무 부마가 군율을 어겨 많은 군사를 잃었던 일은 지금도 돌이켜보고 싶지 아니한 수치스러운 일이오. 그래 하후연의 네 아들도 혹 그와 같은 인물은 아니오?"

"하후연의 네 아들은 하후무에게 비할 바가 아닙니다."

조예는 사마의의 청에 따라 그를 대도독에 임명하고 기타 장수는 사마의의 재량에 일임하였으며 각처의 군마에 대한 조달권도 역시 사마의에게 맡긴다고 영을 내렸다.

영을 받은 사마의가 위주 조예를 하직하고 성을 나서려 하자 조예는 사마의에게 조서를 내렸다.

경은 위빈에 도착하거든 성을 굳게 지키고 나가 싸우지 말라. 촉병은 그들이 계획했던 바가 성공하지 못하면 물러가는 체하며 유혹할 것이니 경은 경솔히 뒤를 추격하지 말고 자숙하라. 그들의 군량미가 다 떨어지기까지 기다리고 있으면 틀림없이 그들 스스로 도망칠 것이니 이 때 여세를 몰아 공격한다면 군사들의 노고를 빌지 않고도 쉽게 승리할 수 있을 것이다. 이것이 최선의 양책인가 하노라.

조예의 조서를 받은 사마의는 그 날로 장안으로 가서 각처의 군마를 소집하니 그 수는 40만에 이르렀다. 사마의는 이들을 거느리고 위빈으로 가서 진지를 세운 다음 5만 군사를 차출하여 위수 위에 아홉 개의 부교(浮橋)를 가설하게 하고, 하후패와 하후위를 선봉에 세워 위수 상류에 진을 치고 지키라 영을 내린 후 본진 뒤쪽의 동쪽 언덕에 성을 쌓아 불의의 공격에 대비했다.

사마의가 여러 장수들을 불러 작전을 협의하고 있을 때 곽회와 손례가 찾아왔다는 보고가 들어왔다.

두 사람은 들어와 사마의에게 예를 올렸다.

곽회가 말하였다.

"지금 촉병이 기산에 둔병하고 있으면서 북산에 연결된 위(渭)를 넘어 북원에 올라 농서에 이르는 길을 끊는 다면 크게 우려할 만한 일이 될 것입니다."

사마의가 말했다.

"옳은 말이오. 공은 농서의 군마를 거느리고 북원에 진을 친 후 도랑을 깊게 파고 보루를 높이 쌓아 군사를 움직이지 말고 적병의 양곡이 떨어지는 때를 기다려 공격하는 것이 좋겠소."

곽회와 손례는 영을 받고 군사를 거느리고 나가 진지를 세웠다.

한편 다시 기산으로 나간 공명은 다섯 개의 커다란 진지를 동·서·남·북·중앙에 세운 후, 다시 야곡과 검각 사이에 열네 개의 진지를 세워 군사를 나누어서 둔병시키고 별도의 지시가 내려질 때까지 매일 보초를 잘 서라고 영을 내렸다.

이 때 곽회와 손례가 농서의 군사를 거느리고 북원에 진지를 세우고 둔병해 있다는 보고가 들어왔다.

공명은 여러 장수들을 불러 영을 내렸다.

"위군들이 북원에 진지를 세운 것은 우리가 이 길을 끊어 농서와의 교통이 두절될까 두려워서다. 나는 북원을 공격하는 체하면서 위빈을 취할 작정이다. 너희들은 군사들에게 명하여 뗏목 100여 척을 준비하여 그 위에 풀을 잔뜩 싣고 노를 잘 젓는 5천 명을 태워 나가게 하여라. 내가 한밤중에 북원을 공격하면 사마의는 반드시 군사를 거느리고 구원하러 올 것이다. 그들이 우리를 보고 주춤거리는 순간 나는 재빨리 후군을 거느리고 위수 강변으로 달려가 선봉대를 뗏목에 실어 물살을 타고 나가게 하여 부교를 불태우게 한 후에 적군을 공격하겠다. 그리고 일단의 군마를 거느리고 앞에 있는 적의 진지를 빼앗겠다. 우리가 위주의 남쪽을 손에 넣는다면 군사를 거느리고 진격하기가 수월할 것이다.”

여러 장수들은 공명의 영을 받고 물러갔다.

이러한 촉군의 정보는 위군의 염탐꾼에 의해 모두 사마의에게 보고되었다. 사마의는 곧 여러 장수들을 불러모았다.

“공명이 그렇게 작전을 세운 것은 분명 어떤 속임수를 쓰려는 것이다. 공명은 북원을 취하는 것처럼 하면서도 물살을 타고 와서 우리의 부교를 불살라 우리의 어지러운 틈을 타서 앞길을 공격하자는 것일 게다.”

사마의는 즉시 하후패와 하후위에게 영을 내렸다.

“만일 북원에서 함성이 크게 들리면 군사를 거느리고 위수의 남쪽에 숨었다가 촉병이 도착하기를 기다려 공격하라.”

사마의는 또 장호와 악침에게 영을 내려 2천의 궁노수를 거느리고 위수의 부교가 설치된 북쪽 해안으로 가게 했다.

“만일 촉병이 뗏목을 타고 물살을 따라 부교 가까이 오면 일제히 활을 쏘아 부교에 얼씬도 못 하게 하라.”

사마의는 다시 곽회와 손례에게 명령했다.

“공명이 북원에 도착하여 비밀리에 위수를 건너거든 너희들은 새로이 진지를 세우고 길 가운데에 매복하라. 촉군은 오후가 되어서야 위수를 건너기 시작하여 해질 무렵에는 분명히 너희를 공격할 것이다. 그 때 너희가 거짓 패한 체하여 도주하면 촉병은 틀림없이 너희의 뒤를 추격할 것이다. 그 때 너희들은 일제히 활을 쏘아라. 나는 수륙 양로를 통하여 진격하겠다. 만일 촉병이 많이 몰려오면 그 때 내가 지휘하여 진격하게 하리라.”

사마의는 이렇게 각처의 장수들에게 영을 내리고 두 아들 사마사와 사마소에게 군사를 거느리고 전영(前營)을 구원하라 하고 자신은 직접 일단의 군마를 거느리고 북원으로 나갔다.

한편 공명은 위연과 마대에게는 군사를 거느리고 위수를 건너 북원을 공

사마의는 북원의 위교에서 전투를 벌이다. ≪繡像全圖三國演義≫에서

격하라고 영을 내렸으며 오반과 오의에게는 군사를 이끌어 뗏목을 타고 가서 부교를 불사르라 했다.

또한 왕평과 장의에게는 전대(前隊)를 거느리게 하고 강유와 마충에게는 중대(中隊)를, 요화와 장익에게는 후대를 거느리게 하여 군사를 세 갈래로 나누어 위수를 건너가 진을 세우라 했다.

이 날 오전, 촉군은 본진을 떠나 위수를 건너 서서히 진군해 들어갔다. 위연과 마대가 북원 가까이 이르렀을 때는 이미 날이 저물었다. 위의 장수 손례는 동정을 살피다가 촉병이 진군해오자 진지를 버리고 도주하기 시작했다.

진군해오던 촉장 위연은 손례가 도망치는 것이 계교임을 알고 급히 퇴군하려고 말 머리를 돌리려는 순간, 사방에서 함성이 크게 울리더니 사마의와 곽회가 좌우에서 협공해 들어왔다.

위연과 마대는 사력을 다하여 포위망을 뚫으려고 했으나 군사의 태반이 위수에 빠져 죽고, 나머지 군사들은 도주하려고 발버둥쳤으나 도망갈 길이 없었다. 이 때 촉장 오의가 군사를 거느리고 달려와 촉병의 패잔병을 구하고 강 언덕으로 몸을 피했다.

오반이 군사를 나누어 뗏목을 타고 적의 부교를 불사르기 위하여 물살을 따라 다가가자 위장 장호와 악침이 언덕 위에서 활을 비오듯 쏘아 오반은 화살에 맞아 물 속에 떨어져 죽었다. 오반이 죽자 나머지 촉병은 물살을 거슬러 헤엄쳐 도망쳤고 촉군이 버리고 간 뗏목은 모두 위군이 거두어갔다.

이 때 왕평과 장의는 북원에서 촉군이 패한 것도 모르고 2경이 지날 무렵 위군의 진지를 빼앗으려고 당도했는데 사방에서 크게 함성이 울렸다.

왕평이 장의에게 말했다.

"마군(馬軍)이 북원을 공략하기로 되어 있는데 어떻게 되었는지 알 수 없소. 우리가 위남(渭南)의 적진 앞에까지 이르렀지만 적은 한 놈도 보이지 않으니 이게 웬일이오? 아마 사마의가 우리의 계획을 알고 미리 대비한 것 같소. 우리는 부교가 불살라지는 때를 기다려 진병하는 것이 좋겠소."

두 사람이 말을 세우고 이런 대화를 나누고 있을 때 배후에서 군사 하나가 급히 말을 타고 달려와 아뢰었다.

"승상께서 급히 군사를 돌리라 하셨습니다. 북원을 공략하려던 군사와 부교를 불사르려던 군사도 실패했다고 합니다."

왕평과 장의가 깜짝 놀라 급히 군사를 물리려 할 때, 등뒤에서 포 소리가 크게 울리더니 위군들이 일제히 뛰어나오고 불길은 하늘까지 치솟았다. 왕평과 장의가 군사를 거느리고 나가 위군과 맞서니 일대 혼전이 벌어졌다. 왕평과 장의는 사력을 다하여 적의 포위망을 뚫어 목숨은 건졌으나 촉군의 반수 이상이 죽거나 부상을 당했다.

공명이 기산의 진지에 도착하여 패잔병을 수습하고 점검해보니 죽은 군사가 1만여 명에 이르러 마음이 몹시 괴로웠다.

이 때 비위가 성도에서 승상 공명을 만나러 왔다.

공명은 비위를 장막 안에 들게 하였다. 그가 예를 갖춰 인사를 올리자 공명이 말했다.

"내가 편지를 써서 동오로 보내고자 하는데 공이 그 일을 맡을 수 있겠소?"

"제가 승상의 명을 어찌 감히 거절할 수 있겠습니까?"

비위는 서신을 가지고 동오로 가다. ≪新鐭全像通俗演義≫ 三國志傳卷之十七

공명은 즉시 편지를 써서 비위 편에 동오로 보냈다. 공명의 친필을 지닌 비위는 곧 건업으로 달려가 오주 손권을 만나 공명의 편지를 전했다. 손권은 편지를 읽었다.

불행하게도 한실은 왕통의 기강을 잃어 역적 조조의 무리에게 황제의 위를 빼앗겨 오늘에 이르고 있사옵니다. 신 양(亮)은 소열황제의 막중한 부탁을 받은 몸이니 어찌 감히 힘을 다하여 충성하지 아니할 수 있겠습니까? 이제 대군을 거느리고 기산으로 나왔으니 날뛰는 적도들은 장차 위수에서 망하게 될 것입니다. 엎드려 바라옵건대 동맹을 맺으셨던 의를 생각하시어 장수들에게 북정(北征)을 명하시어 함께 중원을 취하고 천하를 나누도록 합시다. 글로써는 다 표현할 길이 없으며 성덕을 간절히 바라옵니다.

공명의 글월을 다 읽은 손권은 크게 기뻐하며 비위에게 말했다.
"짐이 오래 전부터 군사를 일으키려고 생각했었으나 지금까지 공명과 화합할 기회가 없었소. 이제 공명의 이러한 글월을 받았으니 오늘이라도 짐은 친히 정벌길에 나서서 적의 소굴로 들어가 위의 신성(新城)을 취하고, 다시 육손과 제갈근 등을 강하·면구에 둔병하게 하여 양양을 취하라 하겠소. 또한 손소와 장승 등을 광릉에 출병하게 하여 회양 등을 취하게 한 후에 세 곳의 군사를 일제히 진군시켜 30만 군사로 곧 기병하게 하겠소."

비위는 절하고 말했다.

"참으로 그렇게만 된다면 중원은 며칠 못 가서 스스로 패하고 말 것입니다."

손권은 크게 잔치를 베풀어 비위를 대접했다.

연회 중에 손권이 비위에게 물었다.

"승상이 거느린 군사 중에 선봉에 서서 적을 격파할 만한 장수는 누구요?"

비위가 대답했다.

"위연이란 장수가 있습니다."

위연이란 말을 듣자 손권은 빙그레 웃으며 말했다.

"그는 용맹은 갖추었지만 믿을 만한 인물은 못 되오. 그는 공명이 한나절만 비워도 화근을 일으킬 것이오. 공명은 그걸 모르고 있소?"

비위가 말했다.

"폐하의 말씀은 당연하다고 생각합니다. 신이 돌아가면 즉시 공명께 폐하의 말씀을 전하겠습니다."

비위는 손권과 작별하고 기산으로 돌아와 공명을 뵙고, 동오의 손권이 30만 대군을 친히 거느리고 군사를 세 길로 나누어 진군하겠다고 한다는 말을 전했다.

공명이 비위에게 물었다.

"오주가 달리 하신 말씀은 없었느냐?"

비위는 손권이 위연에 대해서 말한 것을 전했다. 그러자 공명은 탄복하며 말했다.

"참으로 총명한 주군이구나! 나도 위연의 인물됨을 모르는 것은 아니지만 그의 용맹을 아껴 기용했던 것이다."

"승상께서는 일찍 조처하도록 하십시오."

공명은 오랜 침묵 끝에 입을 열었다.

"내게 따로 생각이 있다."

비위는 공명에게 작별을 고하고 성도로 돌아갔다.

누설된 사마의의 속임수

공명이 여러 장수들을 불러모아 진군할 대책을 협의하고 있을 때 위장한 사람이 투항해왔다는 보고가 들어왔다. 공명은 투항한 장수를 장막 안으로 불러들여 어떻게 투항하게 되었느냐고 심문했다. 투항한 적장이 대답했다.

"저는 위국의 편장군 정문(鄭文)입니다. 얼마 전에 저는 진랑(秦朗)과 함께 군사를 거느리고 사마의의 명을 받게 되었는데 사마의는 사적으로 일을 처리하여 진랑을 선봉장에 세우고 저는 초개처럼 생각했습니다. 이것이 불만스러워 저는 승상께 투항해온 것입니다. 부디 거두어주신다면 촉을 위하여 일하고 녹을 받겠습니다."

정문의 말이 채 끝나기도 전에 위장 진랑이 군사를 이끌고 진지 밖에 나타나 정문에게 싸움을 걸어왔다는 보고가 들어왔다.

공명은 정문에게 물었다.

"진랑의 무예는 너에 비하여 어떠하냐?"

정문이 자신 있게 대답했다.

"제가 나가서 목을 베어 바치겠습니다."

공명이 정문에게 말했다.

"네가 만일 뛰어나가 진랑을 목베어 죽인다면 나는 너를 의심하지 않겠다."

정문은 흔쾌히 말을 타고 영을 빠져나가 진랑과 맞섰으며 공명도 친히 진지 밖으로 나가 정문이 싸우는 것을 지켜보았다.

적장이 창을 비껴 들고 정문에게 덤비며 크게 욕을 퍼부었다.

"이 역적놈아, 내가 너를 잡으러 왔다. 빨리 나에게 투항하여 돌아오라."

진랑의 말이 끝나자마자 정문은 진랑을 취하려고 말을 몰고 나갔다.

칼을 휘두르며 말을 달린 정문이 단칼에 진랑의 목을 베자 위군은 뿔뿔이 흩어져 도망쳤고 정문은 진랑의 수급을 거두어 진 안으로 돌아왔다. 먼저 진지에 돌아온 공명은 정문을 불러들여 크게 꾸짖더니 좌우에 명하여 정문의 목을 베라고 영을 내렸다.

정문은 영문을 몰라 어리둥절하여 소리쳤다.

"저는 아무 죄도 없습니다."

공명은 정문을 꾸짖었다.

"나는 평소부터 진랑을 알고 있었다. 네가 목을 베어 죽인 사람은 진랑이 아니다. 네가 어찌 감히 나를 속이려 하느냐!"

정문은 땅에 엎드려 실토했다.

"죽을 죄를 졌습니다. 실은 진랑이 아니고 진랑의 아우 진명(秦明)이었습니다."

공명은 껄껄껄 웃으며 말했다.

"사마의가 너를 거짓 투항시켜 이런 일을 꾸몄지만, 내가 그 속임수에 넘어갈 줄 알았더냐? 네가 사실을 말하지 아니했으면 너를 참수했을 것이다."

정문은 거짓 투항해왔던 사실 등을 낱낱이 아뢰고 눈물을 흘리며 살려달라고 애걸했다.

공명이 정문에게 말했다.

"네가 사마의에게 친히 편지를 써서 군사를 거느리고 진지를 탈취하라고 전하면 너의 목숨은 살려주겠다. 만약 사마의를 사로잡게 된다면 그것을 너의 공으로 여겨 돌아가면 큰 벼슬을 내리리라."

정문이 편지를 써서 공명에게 바치니 공명은 장수들에게 명하여 정문을 감옥에 넣도록 했다.

옆에서 번건(樊建)이 공명에게 물었다.

"승상께서는 어떻게 정문이 거짓 투항한 사실을 아셨습니까?"

공명이 설명했다.

"사마의는 사람을 가볍게 기용하는 인물이 아니다. 만일 진랑을 선봉장에 세웠다면 진랑은 분명 무예가 출중한 인물임에 틀림없을 것이다. 그런데 정문이 그와 맞서 단칼에 목을 베었으니 그가 진랑이 아님이 분명치 않느냐? 그래서 정문이 거짓 투항한 것이라 생각했다.”

모두 공명의 뛰어난 판단력에 감복했다.

공명은 말을 잘하는 군사 하나를 뽑아 은밀히 분부를 내렸다. 공명의 영을 받은 군사는 공명이 내준 편지를 지니고 곧장 위군의 진지로 달려가 사마의에게 뵙기를 청했다. 사마의는 그를 장막 안으로 불러들여 글월을 받고 물었다.

“너는 누구냐?”

“저는 원래 중원 사람인데 잘못하여 촉중에 있게 되었습니다. 저는 정문과 동향 사람이기도 합니다. 이번에 공명은 정문이 진랑을 죽인 공으로 정문을 선봉장에 세웠습니다. 정문은 특히 저에게 글월을 맡겨 도독께 바치게 하면서 내일 저녁 불길을 올려 군호를 보낸다고 하였습니다. 도독께서 대군을 거느리고 진지로 전진해오시면 정문은 안에서 내응하겠다고 하였습니다.”

사마의는 요리조리 힐문하더니 촉병이 올린 서신의 필적을 살펴 정문의 필적임을 확인했다.

사마의는 촉의 군사에게 술과 음식을 대접하고 분부했다.

“오늘 2경을 기하여 내가 직접 촉의 진지를 탈취하겠다. 만일 크게 성공한다면 너를 필히 중용토록 하겠다.”

사마의와 작별하고 본진으로 돌아온 촉병은 공명에게 사마의를 만났던 일을 자세히 보고했다. 공명은 칼을 짚고 기도를 올린 후에 왕평과 장의를 불러 은밀히 분부를 내렸다. 또 마충과 마대를 불러 따로 분부를 내렸으며 위연에게도 분부를 내렸다. 이렇게 각 장수에게 영을 내린 공명은 친히 수십 명의 군사를 거느리고 높은 산으로 올라가 군사들을 지휘했다.

한편 정문의 편지를 읽은 사마의는 곧 두 아들을 불러 대군을 거느리고 나가서 촉의 진지를 탈취하라고 영을 내렸다.

큰아들 사마사가 아뢰었다.

“아버님께서 그까짓 편지를 읽고 친히 군사를 이끌고 적진으로 들어갔다가 만일 일을 그르치시면 그 때는 어찌하시렵니까? 따로이 장수를 먼저 보내신 후에 아버님께서 후응하시는 것이 좋겠습니다."

사마의는 아들의 말에 따라 곧 진랑에게 1만 군사를 거느리고 촉의 진지를 탈취하라고 영을 내리고 자신은 친히 군사를 거느리고 뒤에서 접응키로 했다.

이 날 초저녁은 유난히도 바람이 잠잠했으며 달도 밝았다. 밤이 깊어 2경에 접어들자 갑자기 음습한 구름이 사방에서 모여들더니 검은 기운이 하늘에 가득하여 앞에 있는 사람의 얼굴조차 구별할 수 없을 정도로 어두웠다.

사마의는 회심의 미소를 지으며 혼자 중얼거렸다.

"하늘이 나를 돕는구나!"

사마의는 군사들에게 명하여 입을 봉하게 하고 말에게도 재갈을 물려 촉의 진지를 향하여 대군을 이끌고 나아갔다.

진랑은 선봉에 서서 1만 군사를 거느리고 촉의 진지로 뛰어들었으나 촉군의 그림자도 볼 수 없었다. 진랑은 그제서야 계책에 빠진 것을 깨닫고 크게 소리쳐 군사들에게 퇴군을 명했다. 이 때 사방에서 불길이 일제히 치솟더니 천지를 진동하는 듯한 함성이 들려왔다. 이윽고 좌측에서 왕평과 장의가, 우측에서는 마충과 마대가 각기 군사를 거느리고 물밀듯 쏟아져 나왔다. 진랑은 죽을 힘을 다하여 촉병과 싸웠으나 포위망을 빠져나갈 수는 없었다.

뒤에 있던 사마의는 촉의 진지에서 불길이 하늘까지 치솟으며 함성이 끊이지 않고 들려오는 것으로 보아 위병이 위기에 처했음을 직감하고 구원병을 재촉하여 불빛을 향해 진격하였다. 이 때 갑자기 함성이 크게 울리더니 북 소리가 하늘을 무너뜨릴 듯 크게 들려왔고 포 소리는 땅이 꺼질 듯 들려왔다. 이어서 좌측에서는 위연이 그리고 우측에서는 강유가 군사를 거느리고 달려나왔다.

위군은 대패하여 십중팔구가 크게 부상당하고 사방으로 뿔뿔이 흩어져 도망쳤으며, 이 때 1만 군사를 거느렸다가 촉병의 포위망에 빠진 진랑은 비오듯 쏟아지는 촉군의 화살에 맞아 전사하고 말았다. 사마의는 패잔병을 이끌고 분주히 도주하여 위군의 본진으로 돌아갔다. 3경이 지나 다시 하늘은 맑아졌다. 이처럼 천기가 갑자기 어두워졌다 밝아졌다 한 것은 공명이 육정 육갑을 부려 구름을 모았다 흩어지게 하였기 때문이었다.

크게 승리를 거둔 공명은 진지로 돌아와 장수들에게 명하여 정문을 참형에 처하라는 영을 내린 후, 다시 장수들을 모아 위남(渭南)을 공략할 대책을 협의했다.

공명은 매일 군사를 위군의 진지로 보내어 싸움을 돋웠으나 위군은 나와 싸우지 아니했다.

공명의 목우 유마

공명은 친히 작은 수레를 타고 기산 앞으로 나와 위수의 동서를 다니면서 현지의 지형을 살폈다. 그러다가 공명은 우연히 어떤 계곡에 이르렀는데 그 계곡의 모양은 마치 호리병과 같이 생겨서 그 안에 1천여 명의 군사를 주둔시킬 만했다.

그 양 옆의 산에도 4, 500명은 능히 수용할 수 있었으며 뒤에는 산이 병풍처럼 둘러쳐 있었는데, 겨우 한 사람의 군사가 빠져나갈 수 있는 좁은 길이 나 있었다.

이것을 눈여겨 살펴보던 공명은 내심 크게 기뻐하며 향도관에게 물었다.

"이 곳의 지명이 무엇이냐?"

"여기는 상방곡(上方谷)이라 하며 또 호로곡(葫蘆谷)이라고도 부릅니다."

장막 안으로 돌아온 공명은 곧 비장(裨將) 두예(杜叡)와 호충(胡忠) 두 사람을 불러 은밀히 계책을 일러주었다.

공명은 다시 재주있는 군사 1천여 명을 선발하여 호로곡으로 들어와 '목우 유마(木牛流馬)'를 만들도록 하고, 다시 마대에게 영을 내려 500명의 군사를 거느리고 호로곡 입구를 지키라 했다.

공명은 마대에게 당부했다.

"목우 유마를 만드는 군사들의 외출을 막고 또한 외부 사람도 일체 그

목공들은 목우 유마를 제작하다. ≪新鋟全像通俗演義≫ 三國志傳卷之十七

안에 들어가지 못하게 하라. 내가 불시에 나타나서 근무 상황을 점검하겠
다. 사마의를 사로잡는 계책은 바로 이 일에 달려 있다. 절대 비밀이 누설
되지 않도록 각별히 주의하라."

　마대는 영을 받고 물러갔다. 두예와 호충 두 사람은 호로곡에서 일을 감
독하며 설계도에 의해 '목우 유마'를 제작하였으며, 공명은 매일 현장에 나
가 직접 작업을 지시했다.

　그러던 어느 날, 장사 양의가 공명에게 아뢰었다.

　"지금 군량미는 모두 검각에 있는데 인부와 우마(牛馬)로는 운반이 불편
하니 어찌하면 좋겠습니까?"

　공명이 빙그레 웃으며 말했다.

　"나도 여러 가지로 생각한 지 이미 오래다. 전에 두었던 목재와 서천에
서 사들인 큰 나무를 이용하여 목우 유마를 만들라 했으니 그것으로 군량미
를 운반한다면 아주 편리할 것이다. 나무로 만든 소와 말은 물과 먹이를 주
지 않아도 되니 주야를 가리지 않고도 양곡을 운반할 수 있을 게 아니냐."

　주위의 모든 사람들이 놀라 물었다.

　"고금을 통하여 나무로 만든 소와 말로 양곡을 운반했다는 말은 들은 적
이 없습니다. 승상께서 어떤 묘법으로 그런 물건을 만들고 계시는지 저희들

은 도무지 모르겠습니다."

공명이 말했다.

"이미 사람을 시켜 제조하도록 했으나 아직 완성하지는 못했다. 내가 목우 유마를 만드는 법을 우선 설명해줄 것이니 여러분은 그 크기와 길이, 넓이 등을 눈여겨보도록 하라."

모든 사람들이 크게 기뻐하니 공명은 손수 그린 그림 한 장을 여러 장수들 앞에 펼쳐보였다. 장수들은 둥그렇게 둘러서서 도면을 바라보았다.

먼저 목우(木牛)를 제작하는 방법이 설명되어 있었다.

배는 네모이고 정강이는 굽어 있고 배에는 발 네개가 달렸다. 머리는 목 안으로 들어갈 수 있고 혀는 배에 붙었다. 많은 물건을 실을 수 있으나 속력이 느리다. 혼자서 가면 수십 리, 여럿이 간다면 30리는 갈 수 있다. 굽은 것은 소의 머리요, 쌍으로 뻗어 나온 것은 소의 발이다. 누운 것은 소의 목이고 굴러갈 수 있는 것은 소의 다리다. 덮인 것은 소의 등이요, 네모난 것은 소의 배다. 늘어진 것이 소의 혀요, 굽은 것이 소의 갈비다. 새겨져 있는 것은 소의 이빨이요, 위로 솟은 것은 소의 뿔이다. 가늘게 만들어놓은 것은 소의 가슴걸이요, 끼여 있는 것은 소의 껑거리끈(길마를 얹을 때 필요한 도구)이다. 소는 쌍으로 된 멍에로 몬다. 사람이 6척으로 가는 것을 소는 네 걸음으로 간다. 그러니 사람은 힘이 들지 아니하여 좋고 소는 먹이지 않아도 되어 좋다.

유마(流馬)의 제작법은 이러했다.

갈비의 길이는 3자 5치, 넓이는 3치, 두께는 2치 5푼으로 좌우는 같고 전축(前軸)은 4치에 검은 구멍이 있고 구멍의 직경은 2치다. 앞다리는 4치 5푼에 검은 구멍이 나 있는데 전체의 길이는 1치 5푼, 넓이는 1치다. 앞의 횡목의 구멍은 앞다리구멍 있는 데서 먹으로 2치 7푼을 나눠놓았고 구멍의 길이는 2치요, 넓이는 1치다. 후축의 검은 구멍과 전강의 검은 구멍은 1자 5치로 대소가 똑같으며, 뒤의 횡목에도 구멍이 나 있고 뒷다리에 먹으로 1치 2푼을 나눠놓았으며 뒤의 횡목에는 4치 5푼마다 검은색으로 나눠놓았다. 앞의 횡목의 길이는 1자 8치요, 넓이는 2치, 두께는 1치 5푼이다. 뒤의 횡목도 역시 마찬가지다. 그 외에 네모진 판자가 두 장이 있는데 두께는 8푼이요, 길이는 2자 7치, 높이는 1자 6치 5푼이요, 넓이는 1자 6치인데 각기 판자마다 쌀 두 가마 서 말을 실을 수 있다. 횡목에서 갈비까지의 길이는 7치로 앞뒤가 동일하다. 윗횡목에서 아랫횡목까지 구멍을 먹으로 1자 3치를 구분해놓았으며, 구멍의 길이는 1치 5푼이요, 넓이는 7푼이다. 구멍은 모두 여덟 개이고 모두가 동일하다. 앞뒤로 네 개의 다리가 있는데 넓이는 2치, 두께는 1치 5푼이다. 형상은 코끼리 같고 간(軒)의 길이는 4치, 곧은 면은 4치 3푼이다. 공경(孔徑)에는 3각(三脚)의 강이 있는데 길이는 2자 1치, 넓이는 1치 5푼, 두께는 1치 4푼이다.

도면을 살펴본 장수들은 크게 감복하여 모두 땅에 엎드려 공명에게 말했다.

"승상께서는 과연 신(神)과 같으신 분입니다!"

이로부터 며칠이 지나자 목우 유마는 모두 완성되었는데 살아있는 것과 똑같았다. 산을 기어오르기도 했고 고개를 내려가기도 하니 편리하기 이를 데 없었다. 지켜보던 장수들과 군사들은 모두 기뻐하는 한편 놀라지 않을 수가 없었다.

공명은 우장군 고상(高翔)에게 명하여 1천 군마를 거느리고 목우 유마를 이끌어 검각에서 기산의 진지까지 왕래하며 군량미와 말먹이풀을 운반하게 하여 촉병의 군량미를 공급하게 했다.

후에 어느 시인은 이렇게 시를 지어 공명을 칭찬했다.

검각의 험준한 길로 유마를 몰고	劍閣險峻驅流馬
험한 야곡에서 목우를 끌었네	斜谷崎嶇駕木牛
후세에 이것을 능히 이용한다면	後世若能行此法
싣고 나르는 데 근심할 게 뭐 있으리?	轉輸安得使人愁

목우 유마의 위력

한편 싸움에 패한 위의 도독 사마의가 근심에 잠겨 있을 때 전령이 숨을 헐떡이며 달려와 아뢰었다.

"촉병들이 목우 유마를 이용하여 군량미를 운반하고 있는데, 사람들은 크게 힘들어 하지도 아니하고 목우 유마는 먹이지 아니해도 일을 한답니다."

사마의는 깜짝 놀라며 말했다.

"내가 성을 지키고 나가 싸우지 않은 것은 저들이 군량미가 떨어져 스스로 패하여 물러가기를 기다렸던 것이다. 만일 그들이 그런 비법을 써서 장구한 계책을 세웠다면 물러가지 아니할 것이니 어찌하면 좋다는 말인가!"

그는 곧 장호와 악침 두 장수를 불러 명령했다.

"너희 두 사람은 각기 500명의 군사를 거느리고 야곡으로 이르는 소로를 찾아 촉병이 목우 유마를 이끌고 그리로 지나가거든 일제히 공격하라. 많이는 필요 없으니 목우 유마 서너 대만 빼앗아 돌아오라."

두 사람은 영을 받고 각기 촉병으로 변장한 군사를 거느리고 야음을 틈타 소로를 통하여 계곡에 잠복해 있었다. 과연 촉장 고상이 군사를 이끌고 목우 유마를 운반하는 모습이 보였다. 목우 유마를 거느린 장수가 앞을 통과하자 양쪽 계곡에 매복해 있던 위군은 일제히 북을 울리며 뛰어나갔다. 갑자기 기습을 당한 촉병은 손을 쓸 여유가 없어 목우 유마 여러 필을 버리고 도주했다.

촉군의 목우 유마를 약탈한 장호와 악침은 희색이 만면하여 이를 끌고 진지로 돌아갔다. 사마의가 빼앗은 목우 유마를 살펴보니 참으로 편리하기 이를 데 없이 되어 있었다.

사마의는 득의만면하여 말했다.

"그들이 이러한 방법을 쓰는데 나라고 못 쓸 이유가 어디 있겠느냐!"

그는 곧 목수 100여 명에게 명하여 목우 유마를 분해하여 일일이 그 길이·넓이·두께·높이 등을 조사하게 하고, 그와 똑같은 목우 유마를 만들

馬牛木送兵甲遁

둔갑병들은 목우 유마로 군량을 나르다. ≪新錄全像通俗演義≫ 三國志傳卷之十七

라고 했다. 불과 보름이 못 되어 2천여 대를 만들었는데 공명이 만든 것과 똑같은 성능을 가졌다.

　사마의는 곧 진원장군 잠위(岑威)에게 1천 군마를 거느려 목우 유마를 이끌고 농서로 가서 군량미와 말먹이풀을 쉬지 않고 운반하라고 명했다. 위의 장수들도 모두 기뻐 날뛰었다.

　한편 고상은 진지로 돌아가 공명을 뵙고 위병들에게 목우 유마를 빼앗긴 사실을 보고했다.

　"나도 빼앗길 것을 미리 짐작하고 있었다. 비록 몇 필의 목우 유마를 빼앗겼지만 머지않아 우리는 많은 물자를 얻을 수 있을 것이다."

　옆에 있던 장수들이 의아해 하며 물었다.

　"승상께서는 왜 그런 말씀을 하십니까?"

　"사마의가 우리의 목우 유마를 가져갔으니 반드시 그 제조 방법을 모방하여 똑같이 만들 것이다. 이 때를 대비하여 나는 따로 계책을 생각하고 있었다."

　그로부터 수일 후에 위병들이 목우 유마를 만들어 농서를 왕래하며 군량미와 말먹이풀을 운반하고 있다는 보고가 들어왔다.

　공명은 크게 기뻐하며 말했다.

"내 예측이 어긋나지 않았구나!"

공명은 왕평을 불러 분부했다.

"너는 2천 명의 군사를 위군으로 분장시켜 야음을 틈타서 북원으로 나가라. 그들을 만나거든 양곡의 운반을 순시하는 순량군(巡糧軍)이라 핑계대고 군량미를 운반하는 운반군의 틈에 끼여 군량미를 운반하는 체하면서 그들을 죽여버리고 목우 유마를 끌고 곧장 북원으로 돌아오라. 북원에 이르게 되면 분명히 위군의 추격을 받게 될 것이니 이 때 너는 목우 유마의 혀를 비틀어라. 그러면 목우 유마는 꼼짝도 못 할 것이니 그 때는 목우 유마를 버리고 그냥 도주해도 된다. 뒤를 추격하던 위병들이 목우 유마를 끌고 가려다가 움직이지 않는 것을 보고 꼼짝도 못 하고 당황해 할 때 내가 별도로 군사를 보내주겠다. 이 때 너희들은 다시 몸을 돌려 적이 버리고 간 목우 유마의 혀를 돌려 끌고 가면 위병들은 그저 의아스럽게 생각할 것이다."

왕평은 공명으로부터 계책을 받고 군사를 거느려 나갔다.

공명은 다시 장의를 불러 분부했다.

"너는 500명의 군사를 거느리고 육정육갑(六丁六甲) 신장(神將)으로 분장시키되 머리는 귀신처럼 꾸미고 몸은 짐승처럼 여러 가지 물감을 칠해서 도깨비 같은 형상으로 만들어라. 한 손에는 각각 깃발을 들고 다른 손에는 칼을 든 다음 몸에는 호리병을 다는데 병 속에는 화약을 담고 길가에 매복해 있어라. 그러다가 목우 유마가 도착하면 일제히 연기와 불을 일으키며 목우 유마를 끌고 가라. 너희들이 목우 유마를 끌고 가면 위군들은 혹시 귀신이 아닌가 의심하여 감히 뒤를 추격하지 못할 것이다."

장의도 공명의 계책을 받고 군사를 거느려 나갔다. 공명은 다시 위연과 강유를 불러 분부했다.

"너희 두 사람은 1만 군사를 이끌고 북원의 진 입구로 나가 목우 유마를 지키며 적군과 접전하라."

공명은 다시 요화와 장익을 불러 분부했다.

"너희 두 사람은 5천 군마를 거느리고 나가 사마의가 쫓아오는 길을 막아라."

마지막으로 마충과 마대를 불러 명령했다.

"너희 두 사람은 2천 군사를 거느리고 위남으로 가서 적에게 싸움을 걸어라."

이렇게 촉의 여러 장수는 각각 공명의 영을 받고 나갔다.

이 때 위군 쪽에서는 장수 잠위가 군사를 거느리고 목우 유마로 군량미와 말먹이풀을 운반하고 있었다. 가는 도중 잠위는 전면에 순량군이 나타났다는 보고를 받았다. 잠위는 염탐꾼을 보내어 사실 여부를 알아보도록 한 결과 위군이 틀림없다는 보고를 받고 안심하여 목우 유마를 이끌고 나갔다.

잠위가 거느린 위군과 순량군으로 변장한 양쪽 군사가 만나는 순간, 갑자기 함성이 크게 울리더니 촉병들이 달려와 크게 소리쳤다.

"촉의 대장 왕평이 여기 왔다!"

갑자기 당한 일이라 위병들은 손쓸 겨를도 없었으며 절반 이상이 다치거나 죽었다. 위장 잠위는 패잔병을 이끌고 도망치려다가 왕평이 휘두르는 단칼에 목이 달아나 죽었다. 대장을 잃은 위병들은 모두 뿔뿔이 흩어져 도주했다. 왕평은 군사를 지휘하여 위군의 목우 유마를 모조리 빼앗아 돌아갔다.

패한 위병들은 나는 듯이 북원에 있는 자기들의 진지로 돌아갔다. 군량미를 빼앗겼다는 보고를 받은 곽회는 황급히 구원군을 이끌고 달려나갔다.

왕평은 군사들에게 명하여 목우 유마의 혀를 돌려놓도록 하고 길거리에 버린 다음 한편으로는 싸우고 다른 한편으로는 도주하는 작전을 썼다.

뒤를 추격한 곽회가 군사들에게 목우 유마를 끌고 가라고 영을 내리자 위군들이 일제히 달려들어 목우 유마를 끌려고 안간힘을 썼으나 목우 유마는 꼼짝도 하지 않는 것이 아닌가? 곽회가 웬일인가 하고 움직이지 않는 목우 유마를 살피고 있을 때, 갑자기 천지가 진동하는 듯한 북 소리가 들리더니 사방에서 일제히 함성이 크게 들려왔다.

양쪽 길에서 위연과 강유가 촉병을 거느리고 물밀듯 나타난 것이다. 함성을 듣고 왕평도 역시 군사를 돌려 3로(路)에서 위군을 협공하자 위장 곽회는 크게 패하여 도주했다. 왕평은 다시 군사에게 명하여 목우 유마의 혀를 돌리게 하고 군량미를 가득 실은 목우 유마를 끌고 갔다.

이를 멀리서 바라보던 곽회가 다시 군사를 이끌고 뒤를 추격하려고 할 때 산모퉁이에서 갑자기 검은 연기가 치솟고 일단의 귀신 같은 군사들이 손에 깃발과 칼을 든 채 괴이한 모습으로 나타나더니 목우 유마를 옹호하여 바람과 같이 끌고 갔다. 이것을 본 곽회는 크게 놀라 탄식했다.

"저것은 필시 귀신이 촉병을 돕는 것이다!"

모든 위병들은 그것을 보고 그저 놀랍고 두려워서 어느 누구 한 사람 뒤를 추격하지 못했다.

한편 위의 도독 사마의는 북원의 군사가 패하였다는 소식을 듣고 급히 구원군을 거느리고 달려갔다. 위군들이 북원의 절반쯤에 이르렀을 때 갑자기 포성이 크게 울리더니 험준한 산골짜기에서 촉병이 일제히 함성을 지르며 밀려나왔다.

깃발 위에는 커다란 글씨로 '한장(漢將) 장익(張翼)·요화(寥化)'라고 씌어 있었다.

이를 지켜본 사마의는 크게 놀랐고 촉군을 목격한 위군은 모두 쥐새끼처럼 뿔뿔이 흩어져 도망쳤다.

갑자기 신병(神兵)이 나타나는 바람에 운반하던 군량미를 빼앗기고 다른 한편으로는 촉병의 기습을 받아 목숨이 경각에 처한 사마의는 과연 어떤 방법으로 촉병에게 대항할 것인지…….

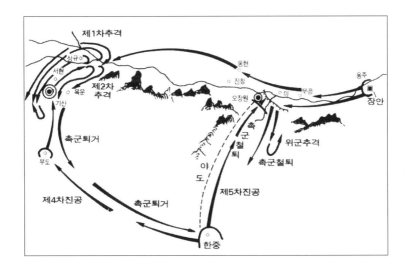

103. 죽음을 예견한 공명

상 방 곡 사 마 수 곤　　　오 장 원 제 갈 양 성

上方谷司馬受困　　　五丈原諸葛禳星

사마의는 상방곡에서 공명으로부터 크게 위
협을 받고, 공명은 오장원에서 자신의 명을
알고 기도드리나 허사가 된다.

대군을 일으킨 동오의 손권

한편 장익과 요화에게 패한 사마의는 급한 김에 필마단창(匹馬單槍)으로 빽빽한 밀림을 향하여 도주했다. 촉장 장익이 뒤에 서고 요화가 선봉에 서서 그 뒤를 추격했다. 다급해진 사마의는 커다란 나무를 돌면서 피했다.

순간 요화가 칼을 내리쳤으나 빗나가 나무에 꽂혔다. 요화가 나무에 꽂힌 칼을 뽑아 들었을 때 사마의는 이미 멀리 산림을 벗어나 도망치고 있었다.

요화가 계속 뒤를 추격했으나 사마의의 모습은 보이지 않고 금빛 투구 하나만 떨어져 있었다. 요화는 금빛 투구를 집어 들고 말안장에 맨 다음 동쪽을 향하여 계속 사마의를 추격했다. 사마의는 동쪽으로 달아난 것처럼 위장하기 위하여 투구를 동쪽길에 던지고는 서쪽으로 도주했던 것이다.

얼마 동안을 추격하던 요화는 사마의의 모습이 보이지 아니하자 급히 계곡을 빠져 나오다가 강유를 만났다. 요화와 강유는 함께 진지로 돌아가 공명을 뵈었다.

사마의는 나무 둘레를 빙빙 돌며 목숨만 겨우 건져 도망치다. ≪新錄全像通俗演義≫ 三國志傳卷之十八

얼마 안 되어 장의가 목우 유마를 거느리고 진지에 도착하여 위군으로부터 빼앗은 양곡을 점검하니 1만여 석에 달했다.

요화는 사마의의 금투구를 공명에게 바쳐 가장 큰 공을 세웠다는 칭찬을 받았다. 위연은 1만여 석의 양곡을 빼앗았어도 제일 큰 공으로 인정받지 못한 것에 대하여 심히 불만스러운 듯 투덜거렸으나 공명은 못 들은 체했다.

한편 진지로 돌아간 사마의가 괴로워 고민하고 있을 때 사자가 위주의 조서를 가지고 왔다는 보고가 들어왔다. 조서의 내용은 동오의 군사가 3로로 쳐들어와서 조정에서 장수를 보내어 막도록 조치를 취했으니, 진지를 굳게 지키고 나가 싸우지 말라는 것이었다. 위주의 명을 받은 사마의는 진지 둘레에 호를 깊이 파고 대를 높이 쌓아 진지를 굳게 지키며 나가서 싸우지 않았다.

이 때 위주 조예는 동오의 손권이 군사를 세 갈래 길로 나누어 쳐들어온다는 말을 듣고 군사를 일으켜 3로로 나가 적을 막도록 하고, 유소(劉劭)에게 명하여 강하를 구원하도록 하고 전예(田豫)에게는 군사를 거느리고 양양을 구원하라 하였으며, 조예는 만총과 함께 친히 대군을 거느리고 합비를 구하러 나갔다.

만총이 일단의 군사를 거느리고 소호(巢湖) 어귀에 나가 살펴보니 멀리 동쪽 강변에 전선(戰船)이 무수히 떠 있고 깃발이 정연히 꽂혀 있었다.

만총은 곧 군중(軍中)으로 돌아가 위주 조예에게 아뢰었다.

"동오의 군사들이 우리를 가볍게 보고 멀리서 왔으니 준비가 제대로 갖춰지지 아니했을 것입니다. 오늘 저녁 적의 허술한 틈을 타서 적의 수중 진지를 공격한다면 반드시 크게 승리할 것입니다."

위주가 만총에게 말했다.

"장군의 말은 짐의 뜻과 일치하는도다!"

조예는 곧 날랜 장수 장구(張球)로 하여금 5천 군사를 거느리고 화구(火具)를 갖추어 강어귀를 공격하라고 하였다. 만총도 5천 군사를 거느리고 역시 동쪽 해안을 공격했다.

어느덧 밤은 깊어 2경이 되었다. 위장 장구와 만총은 각기 군사를 거느리고 살금살금 강어귀로 진격해 들어갔다. 동오의 수중 진지에 당도한 위군은 일제히 함성을 지르면서 무찔러 들어갔다. 동오의 군사는 크게 혼란에 빠져 제대로 싸우지도 못하고 도망쳤다. 위군들이 사방에서 불을 지르자 동오의 배 위에 실은 많은 군량미와 말먹이풀·무기 등이 불에 타 그 수를 헤아릴 수 없을 정도였다.

동오의 제갈근은 패잔병을 이끌고 면구로 도망쳤으며 위군은 크게 승리를 거두고 돌아갔다.

다음날 동오의 초군(哨軍)이 이러한 사실을 육손에게 아뢰었다.

육손은 여러 장수들을 모아 말했다.

"내가 주상께 표를 올려 신성을 포위하고 있는 군사를 철수시켜 위군이 돌아가는 길을 끊으라 하고, 나는 따로 군사를 거느리고 위군의 전면을 공격한다면 적은 앞뒤로 공격을 받게 되니 우리가 쉽게 적을 격파할 수 있을 것이다."

동오의 모든 장수들은 육손의 말에 감복했다. 육손은 즉시 표를 써서 은밀히 부장에게 주어 신성에 있는 손권에게 전하라고 했다. 부장은 육손의 영을 받고 강을 건너가려고 강어귀에 나왔다가 매복해 있던 위군에게 붙잡혀 포박당해 위주 조예의 군중으로 끌려갔다.

조예는 부장의 몸을 뒤져 육손이 손권에게 올린 표문을 발견하고 읽더니 탄식하며 말했다.

"동오의 육손은 예사 인물이 아니로구나!"

조예는 곧 동오의 군사를 옥에 가두라 영을 내리고 장수 유소에게 명하여 손권의 후군을 막으라 했다. 한편 제갈근이 거느렸던 군사는 크게 패했으며 날씨마저 찌는 듯한 여름철이라 많은 인마가 병에 걸렸다. 그리하여 제갈근은 편지를 써서 육손에게 보내어 군사를 거두어 돌아가겠다는 의사를 밝혔다.

제갈근의 편지를 받은 육손은 편지를 가져온 군사에게 말했다.

"상장군 제갈근에게 가서 내게 따로 생각이 있다고 전하라."

돌아온 전령을 맞은 제갈근이 물었다.

"육 장군은 어떤 거동을 취할 것 같더냐?"

전령이 대답했다.

"육 장군께서는 군사들을 재촉하여 영문 밖에 있는 땅을 갈아 콩과 팥을 심게 하고 자신은 여러 장수들과 어울려 원문에서 활쏘기를 즐기고 계셨습니다."

보고를 받은 제갈근은 깜짝 놀라 친히 육손이 머물고 있는 진지로 찾아가 육손을 만났다.

"지금 위의 조예가 친히 군사를 이끌고 와 병세(兵勢)가 대단한데 도독께서는 어떠한 방법으로 이를 막으려 하십니까?"

육손이 대답했다.

"나는 일전에 주상께 표문을 올리려고 사람을 보냈는데 뜻밖에도 전령이 적에게 붙잡히고 말았소. 이미 비밀이 누설되었으니 적들은 분명히 만반의 대비를 하고 있을 것이오. 그러니 그들과 싸워봤자 승산이 없을 것 같아 물러가려는 중이오. 나는 이미 인편을 통하여 주상께 서서히 군사를 물리겠다는 표문을 올렸소."

그러자 제갈근이 다시 물었다.

"도독의 뜻이 그러시다면 왜 속히 군사를 물리지 아니하시고 그처럼 머물러 계십니까?"

"군사를 물리되 서서히 움직이라는 뜻이오. 만일 우리가 성급히 서둘러서 퇴군한다면 위군은 반드시 우리를 추격할 것이니 이는 패배를 자초하는 길이오. 장군께서는 먼저 배를 독촉하여 적과 대항하여 싸우는 체하십시오. 나는 군사를 거느리고 양양으로 진격하는 것처럼 행동하여 적들을 의심케 한 후에 군사를 거느리고 강동으로 돌아간다면 위병들은 감히 뒤를 추격하지 못할 것이오."

육손의 계획을 들은 제갈근은 육손과 작별하고 자기의 진지로 돌아가 군선을 정돈하고 떠날 준비를 갖췄다.

공명의 또 다른 계책

이 때 육손은 군사를 정비하여 성세(聲勢)를 떠벌리며 양양을 향해 진격해갔다.

이러한 사실들을 미리 파악한 염탐꾼은 위주 조예에게 동오의 군사가 움직였으니 제방을 단단히 쌓아 방비하라고 했다. 위의 장수들이 이런 소문을 듣고 나가 싸우려 하니 조예는 평소부터 동오의 도독 육손의 재간을 알고 있었기에 여러 장수들의 주장을 묵살했다.

"육손은 지모가 뛰어난 인물이라 우리를 유혹하려는 계책일지도 모른다. 함부로 가볍게 나갈 일이 아니다."

모든 장수들은 할 수 없이 나가 싸우려는 것을 중지했다.

그로부터 며칠이 지난 어느 날, 파수 보던 군사가 달려와 아뢰었다.

"동오의 군사들이 3로로 나뉘어 퇴군하고 있습니다."

보고를 받은 위주 조예가 그 정보를 믿을 수 없어서 다시 사람을 보내어 사실 여부를 확인하게 했으나 대답은 역시 동오의 군사가 물러가고 있다는 것이었다.

조예는 혼자 중얼거렸다.

"육손의 용병술은 손자(孫子)나 오자(吳子)에 뒤지지 않으니 동남을 평정하기는 어렵겠구나!"

조예는 곧 여러 장수에게 각자의 요새지를 굳게 지키라 하고 친히 대군을 거느리고 합비에 둔병해 있으면서 사태가 변하기만을 기다리고 있었다.

한편 기산의 공명은 그 곳에 오래도록 둔병해 있을 작정으로 군사들에게 영을 내려 위의 백성들과 함께 농사를 지으라 했다. 군사 하나에 백성 두 사람의 비율로 서로 침범하는 일 없이 농사를 짓게 하니 위의 백성들은 그 제야 안심하고 기쁜 마음으로 열심히 농사에 임했다.

반면에 위군에서는 사마사가 그의 부친 사마의에게 아뢰었다.

"촉병들이 우리에게서 많은 양곡을 탈취하더니 이제 또다시 위빈에서 우리 백성들과 함께 농사일을 돌보고 있습니다. 이는 오래 머물러 있자는 계획으로 우리 나라의 장래를 위하여 큰 우환거리가 아닐 수 없습니다. 아버님께서는 왜 공명과 함께 자웅을 겨루지 아니하십니까?"

사마의가 대답했다.

"나는 굳게 지키라는 후주의 엄명을 받았으니 가볍게 군사를 움직일 수 없을 뿐이다."

이 때 촉장 위연이 전에 사마의가 잃은 금투구를 들고 나타나 싸움을 걸어왔다는 급박한 보고가 들어왔다.

위의 장수들은 노기충천하여 맞아 싸우려고 발버둥쳤다. 그러나 사마의는 빙그레 웃으며 말했다.

"옛날 성인이 말씀하시기를, '작은 일을 이겨내지 못하면 크게 어지러운 일이 생긴다'고 했다. 굳게 지키는 것이 상책이다."

여러 장수들은 머리를 긁적이며 물러갔다.

촉장 위연은 한동안 욕설을 퍼붓다가 위군이 나와 싸우지 않으므로 돌아갔다. 공명은 사마의가 나와서 싸우지 않는다는 보고를 받고 마대에게 은밀히 영을 내려 나무로 진을 치고 진 안에 깊은 굴을 파서 그 속에 마른 짚단과 풀 등 인화물질을 쌓도록 지시한 후, 주위의 산 위에는 짚단으로 가건물을 만들게 하고 거기에 지뢰를 매설하라고 했다.

이런 준비가 모두 끝나자 공명은 다시 마대를 불러 귀엣말로 분부했다.

"호로곡의 뒷길을 끊고 계곡에 몰래 군사를 매복시켰다가 사마의가 군사를 거느리고 골짜기로 들어오면 일제히 지뢰를 폭발시켜라."

공명은 다시 군사들에게 명하여 낮에는 칠성기(七星旗)를 계곡 어귀에 걸

촉병은 호로곡에 계책을 마련해 놓다. 《新鋟全像通俗演義》 三國志傳卷之十八

도록 하고 밤에는 산 위에 일곱 개의 등을 달아 군호로 삼으라 했다. 마대
는 공명의 영을 받고 군사를 거느리고 나갔다.

공명은 다시 위연을 불러 분부했다.

"그대는 500명의 군사를 거느리고 위의 진지로 가서 사마의로 하여금 나
와 싸우게 하라. 애써 승리하려고 하지 말고 거짓 패한 체하라. 그러면 틀
림없이 사마의가 추격할 것이니 그 때 칠성기가 나부끼는 곳으로 들어가되
만일 그 때가 밤이거든 일곱 개의 등불이 켜 있는 곳을 향하여 도주하라.
사마의가 호로곡으로만 들어선다면 내가 따로이 계책을 세워 사마의를 사
로잡겠다."

위연도 계책을 받고 군사를 거느려 물러갔다.

공명은 다시 고상을 불러 분부했다.

"너는 목우 유마 2, 30대를 한 무리로 하거나 4, 50대를 한 무리로 하여
끌고 나가라. 그 위에는 각각 군량미를 가득 실어 산길을 왔다갔다 하여라.
만일 위병들이 나타나 목우 유마를 빼앗아간다면 그것을 너의 공으로 생각
하겠다."

계책을 받은 고상은 목우 유마를 이끌고 나갔다. 이어서 공명은 기산에
있는 군사를 일일이 점검하여 보내고 농사일을 담당한 군사들만 모아 분부

했다.

"별도의 위병이 싸움을 걸어오거든 거짓 패한 체하며 도망쳐라. 만일 사마의가 친히 진격해온다면 너희들은 모두 위남을 공격하여 그들의 귀로를 끊어라."

이렇게 각기 장수와 군사들에게 영을 내린 후 공명은 친히 일단의 군사를 거느리고 상방곡 가까이까지 나가 진지를 세웠다.

한편 하후혜와 하후화 형제는 진지로 들어가 사마의에게 아뢰었다.

"지금 촉병들이 사방에 진지를 세우고 각처에서 밭갈이를 하는데 오래도록 머무를 계획 같습니다. 만일 지금 당장 이들을 제거하지 않는다면 시간이 지날수록 길게 뿌리를 내려 더욱 힘이 들 것입니다."

사마의가 말했다.

"그것은 분명 공명의 계책일 것이다."

두 사람이 다시 아뢰었다.

"저희들도 이미 각오한 바 있습니다. 군사를 나누어 출전하겠습니다."

사마의는 할 수 없이 하후혜와 하후화에게 각기 5천 명의 군사를 거느리고 나가라고 영을 내렸다. 두 장수를 보낸 사마의는 진지에서 승전보가 오기만을 기다렸다.

군사를 두 길로 나누어 나가던 하후혜와 하후화는 촉병들이 목우 유마를 끌고 오는 것을 목격했다. 하후 형제가 일제히 군사를 거느리고 달려나가니 촉병은 크게 패하여 도망쳤다. 위병들은 촉병들이 도망치며 버리고 간 목우 유마를 모두 거두어 사마의가 있는 진지로 보냈다.

다음날 위군의 두 장수는 또다시 100여 병마를 사로잡아 사마의의 진지로 보냈다.

사마의는 붙잡힌 촉병들을 불러 촉진의 정보를 물었다. 붙잡힌 촉병이 대답했다.

"공명은 도독께서 진을 굳게 지키고 나와 싸우지 아니하자 우리들에게 명하여 밭을 갈도록 하여 오래 머물 계획을 세웠습니다. 우리들은 그 영에 따르다가 뜻밖에 붙잡힌 몸이 되었을 뿐입니다."

사마의는 즉시 붙잡힌 촉병들을 풀어주라고 영을 내렸다. 하후화가 옆에서 물었다.

"왜 그들을 살려 보내십니까?"

"그 따위 졸병들을 죽여서 이득될 점은 하나도 없다. 그들을 자기들의 진으로 돌려보내 우리 위장들이 어질고 인자하더라는 소문을 스스로 퍼뜨리게 하여 우리와 싸우고자 하는 마음을 없애자는 것이다. 이것은 전에 여몽이 형주를 빼앗은 계책과 같다."

사마의는 앞으로 촉병을 사로잡으면 죽이지 말고 돌려보내라 영을 내리고, 공이 있는 장수와 군사들에게는 크게 상을 내리겠다고 하였다. 모든 장수들은 영을 받고 물러갔다.

위기를 벗어난 삼부자

한편 공명의 영을 받은 촉장 고상은 목우 유마를 몰아 양곡을 가지고 상방곡을 오가며 운반하다가 하후혜 등 위장으로부터 불시에 기습을 받아 불과 보름 만에 많은 양곡과 진지를 빼앗겼다.

사마의는 촉병이 계속 패한다는 보고를 받고 내심 기뻐 어쩔 줄을 몰랐다. 그러던 어느 날 또다시 10여 명의 촉병이 붙잡혔다.

사마의는 이들을 장막 아래로 불러 물었다.

"지금 공명은 어디에 있느냐?"

붙잡힌 촉병들이 입을 모아 말했다.

"제갈 승상께서는 지금 기산에 계시지 않고 상방곡 서쪽 10여 리쯤에 진지를 세우고 그 곳에 계시면서 매일 상방곡으로 양곡을 운반시키고 있습니다."

사마의는 더욱 자세히 캐물어 촉진의 형편을 살핀 후에 붙잡혔던 촉병들을 다시 돌려보내고 여러 장수들을 불러 분부했다.

"지금 공명은 기산에서 물러 나와 상방곡에 진지를 세우고 있다. 너희들은 내일 모든 군사를 거느리고 일제히 기산의 진지를 공격하여 빼앗아라. 나는 친히 군사를 거느리고 뒤에서 접응하겠다."

명을 받고 물러간 장수들은 각각 다음날 출전할 만반의 준비를 갖췄다. 아들 사마사가 물었다.

"아버님은 왜 상방곡의 후면인 기산을 공격하라 하십니까?"

"기산은 촉군들의 본거지와 다름이 없으니 만일 우리가 기산을 공격한다는 것을 알게 되면 반드시 기산을 방어하려고 달려올 것이다. 그런 틈을 타서 우리가 상방곡에 쌓아둔 양곡에 불을 지르면 전군과 후군이 서로 접응할 수 없어 크게 패하고 말 것이다."

사마의의 설명을 들은 사마사는 감복하여 절하며 물러갔다. 그리고 사마의는 곧 군사를 일으켜서 장호와 악침을 선봉장에 세워 각기 5천명의 군사를 거느리고 뒤쫓아가 접응하라 했다.

한편 산 위에서 위군의 움직임을 지켜보던 공명은 적병이 1, 2천 또는 3, 5천 명이 한 떼가 되어 대오가 분분하게 몰려오는 것을 보고 위군들이 기산의 진지를 빼앗으려 한다고 판단하여 여러 장수들을 불러 은밀히 영을 내렸다.

"만일 사마의가 친히 군사를 이끌고 나오거든 너희들은 곧장 위군의 진지를 탈취하고 위남을 빼앗아라."

이에 여러 장수들은 영을 받고 물러갔다.

한편 위병들이 물밀듯 기산의 촉진으로 몰려오자 촉병들은 사방에서 일제히 함성을 지르며 분주히 왕래하면서 거짓 응전하는 체했다. 촉병들이 기산의 진지를 구하려고 하는 움직임이 보이자 사마의는 즉시 두 아들을 불러 함께 중군(中軍)을 거느리고 상방곡으로 물밀듯 짓쳐나갔다.

사마의가 나타나기를 기다려 상방곡 어귀에서 진을 치고 있던 촉장 위연은 일지군마가 몰려오는 것을 목격하고 말을 달려나가서 자세히 살펴보았다. 과연 사마의가 나타났다.

위연은 큰 소리로 외쳤다.

"이놈, 사마의야. 게 섰거라!"

벽력같이 소리를 지르고 칼을 휘두르며 사마의에게 내닫자 사마의도 창을 비껴 들고 위연과 맞섰다. 서로 어우러져 3합을 싸우다가 위연이 말을 달려 도주하니 사마의는 위연을 추격했다. 위연은 계속 도주하여 칠성기가 휘날리는 곳을 향하여 말을 달렸다.

사마의는 촉장 위연이 단기요, 촉병의 수가 얼마 되지 아니하자 마음놓고 위연의 뒤를 추격했다. 사마의는 두 아들 사마사와 사마소를 좌우에 서게 하고 자신은 가운데에 서서 일제히 위연을 추격했다.

촉장 위연은 겨우 500명의 군사를 거느리고 상방곡 입구로 도망쳤다. 상방곡 입구까지 추격한 사마의는 염탐꾼에게 명하여 상방곡 안으로 들어가 탐지하라 했다. 상방곡 안으로 들어갔던 염탐꾼이 돌아와, 계곡 안에는 복병이 하나도 없었으며 산 위에는 양곡 창고가 수없이 많다고 아뢰었다.

"이 곳은 분명 군량미를 쌓아둔 곳이구나!"

보고를 받은 사마의는 이렇게 생각하고 곧 전 군마를 이끌고 계곡으로 뛰어들었다. 사마의가 눈을 들어 바라보니 양곡 창고 위에는 마른풀이 가득 쌓여 있었으며 위연의 모습은커녕 그림자도 찾을 수 없었다.

의심이 덜컥 난 사마의는 곧 두 아들에게 물었다.

"만일 촉병이 계곡 입구를 막는다면 어찌해야 좋겠느냐?"

바로 이 때였다. 함성이 일제히 들리더니 산 위에서 촉병들이 손에 횃불을 들고 쫓아 내려와 어귀에 불을 질렀다. 위군들은 도망치려고 날뛰었으나 빠져나갈 구멍이 없었다. 뿐만 아니라 산 위에서는 촉병들이 화살에 불을 붙여 빗발치듯 쏘아댔으며 동시에 사방에서 지뢰가 펑펑 터졌다. 양곡 창고에 쌓아둔 짚더미에도 불이 붙어 이곳 저곳에서 치솟는 불길은 하늘을 가릴 듯했다.

사마의는 겁에 질려 손발을 벌벌 떨면서, 말에서 내려 두 아들을 끌어안으며 통곡했다.

"우리 삼부자(三父子)는 이 곳에서 모두 죽게 되었구나."

이 때 갑자기 광풍이 크게 일더니 검은 구름이 하늘을 가렸다. 이어서 천둥소리가 크게 울리고 장대 같은 소나기가 쏟아졌다. 계곡 가득히 번지던 불길이 비로 인해 꺼지고 지뢰도 더 이상 터지지 않았으며 화약도 제 기능을 발휘하지 못했다.

사마의는 크게 기뻐하며 소리쳤다.

"지금 빠져나가지 아니하면 다시는 기회가 없다!"

上方谷司馬受困

상방곡에서 사마의는 곤경에 빠지다. ≪繡像全圖三國演義≫에서

사마의가 재빨리 군사를 이끌고 계곡 입구로 뛰어나가자 장호와 악침도 역시 각기 군사를 이끌어 사마의를 도우며 뒤를 따랐다. 촉장 마대는 거느리고 있던 군사의 수가 적어 감히 위병을 추격하지 못했다.

사마의 부자와 장호·악침은 한곳에 모여 함께 군사를 거느리고 위남의 진지로 향했다. 그러나 뜻밖에도 위남의 진지는 이미 촉병에게 빼앗긴 후였다.

이 때 위의 장수 곽회와 손례는 부교 위에서 촉병과 싸우고 있다가 사마의가 군사를 이끌고 와서 그들을 도우니 촉병은 물러서고 말았다. 사마의는 부교를 불태워 끊고 위수 북쪽 연안에 진을 쳤다.

이 때 기산에 있는 촉의 진지를 공격하던 위군들은 사마의가 크게 패하여 위남의 진지를 빼앗겼다는 말을 듣고 마음이 크게 흔들렸다. 위군을 거느린 장수가 급히 군사를 돌려 후퇴하려고 할 때, 사방에서 촉병들이 물밀듯 밀려와 위병은 크게 패하였으며 그나마 살아 남았어도 십중팔구는 부상을 당했고 죽은 자의 수는 헤아릴 수가 없었다. 살아 남은 위병들은 뿔뿔이 흩어져 위수를 건너 북쪽으로 도망쳤다.

이 때 공명은 산 위에서 위연이 사마의를 유인하여 상방곡으로 끌어들여 일시에 불길이 크게 치솟는 것을 목격하고 기뻐하며, '사마의가 이번에는 꼼짝없이 죽게 되겠구나' 하고 생각했다. 그러나 갑자기 하늘에서 소나기가 내리며 불길이 꺼져버렸다.

이 틈을 타서 사마의 부자가 도망쳤다는 보고를 받은 공명은 크게 탄식하며 말했다.

"모사는 사람이 꾸미지만 성공 여부는 하늘에 달렸구나. 어쩔 수 없는 일이다."

후에 이 기회를 놓친 것을 탄식하는 시가 있다.

광풍에 불바다 된 상방곡 어귀	谷口狂風烈焰飄
푸른 하늘에 소나기 내릴 줄 누가 알았으랴.	何期驟雨降靑霄
무후의 묘한 계책이 성취되었더라면	武侯妙計如能就
산과 바다가 어찌 진나라 것이 되었으랴!	安得山河屬晉朝

한편 사마의는 위북의 진지에 머무르면서 엄명을 내렸다.

"위남의 진지는 이미 촉군에게 빼앗겼다. 장수 중에 누구든지 다시 나가 싸우라고 하는 자는 목을 베겠다."

영을 받고 물러간 장수들은 진지를 굳게 지키고 나가 싸우지 아니했다.

오장원에 진을 친 공명

곽회가 진지로 들어와 사마의에게 아뢰었다.

"최근에 공명이 군사를 거느리고 순시한다고 하니 분명 진지를 세울 장소를 찾고 있는 것 같습니다."

그러자 사마의가 말했다.

"공명이 만일 무공산(武功山)으로 나가 산 동쪽을 의지하여 진지를 세운다면 우리는 위태롭게 될 것이며, 반대로 위남으로 나가 서쪽 오장원(五丈

제갈량은 사마의에게 장례용 두건과 여자 소복을 보내다. ≪新鏤全像通俗演義≫ 三國志傳卷之十八

原)에 둔병한다면 마음을 놓아도 된다."

이렇게 말한 사마의는 군사를 시켜 알아보게 하여 공명이 오장원에 둔병했다는 보고를 받았다.

사마의는 수염을 쓰다듬으며 말했다.

"대위(大魏)의 황제께서는 과연 복도 많으시구나!"

사마의는 여러 장수에게 진지를 굳게 지키기만 하고 나가 싸우지 않으면 곧 어떤 변화가 있으리라고 말했다.

한편 일단의 군사를 거느리고 오장원에 둔병한 공명은 수차에 걸쳐 군사를 보내어 위병에게 싸움을 돋우었으나 위병은 결코 나와 싸우지 않았다. 그러자 공명은 장례용 두건과 여자 소복을 구하여 커다란 함 속에 넣어 편지와 함께 인편으로 위군의 진지에 보냈다.

위장들은 이것을 받고 감춰버릴 수가 없어 공명의 사자를 사마의에게 안내했다. 함을 받은 사마의는 함을 열어 그 속의 건과 여자 소복을 보고 공명의 편지를 꺼내 읽었다.

중달 그대가 대장이 되어 중원의 군사를 거느리게 되었는데 혼자서 잘난 체하지 말고 당당히 자웅을 겨룰 일이거늘, 토굴 속에 숨어 싸움을 피하니 그대가 부녀자와 다를 것이 무엇이 있겠는가? 그래서 인편에 건과 여자 소복을 보내노라. 나와서 싸우지 아니하려면 재배(再拜)하고 이것을 받도록 하라. 이를 수치스럽게 여기고 장부로서의 체면이 있다면 빨리 회답을 보내고 기한 내에 나와서 싸우도록 하라.

공명의 편지를 끝까지 읽은 사마의는 화가 머리끝까지 치밀었지만 겉으로는 태연히 껄껄껄 웃었다.

"공명이 나를 부녀자로 보는구나!"

사마의는 공명의 사자를 잘 대접하라고 영을 내리고 공명의 사자에게 물었다.

"공명은 밤에 잠도 잘 자고 먹기도 잘하느냐?"

사자가 대답했다.

"승상께서는 밤늦도록 잡무 처리를 직접 하시고 20대 이상의 태형은 손수 집행하십니다. 잡수시는 식사는 하루에 몇 수저 정도밖에 안 됩니다."

사마의는 공명의 사자에게 말했다.

"일은 번거로워 머리가 아프고 식사도 적게 한다니 오래 살지는 못하겠구나!"

사자는 사마의와 작별하고 오장원으로 돌아와 공명을 뵙고 사마의를 만났던 일을 자세히 설명했다.

"사마의가 건과 여자 소복을 받고 편지를 읽더니 노하지는 않고, 승상께서는 침식을 잘하시며 골머리 아픈 일은 없느냐고 물으면서 군사에 대한 이야기는 한마디도 언급이 없었습니다. 그리고는 저에게 '골머리 아픈 일이 많고 식사를 적게 한다면 오래 살지는 못하겠구나!' 하고 말했습니다."

공명이 탄식하며 말했다.

"그자가 나를 깊이 꿰뚫어보고 있구나!"

옆에 있던 주부(主簿) 양옹(楊顒)이 아뢰었다.

"제가 보기에 승상께서는 직접 장부를 검열하시는데 이는 불필요한 일이 아닌가 합니다. 다스리는 일에 체계가 서야만 상하가 서로 침범하지 않는 것입니다. 집안을 다스리는 일에 비유하여 말씀드린다면, 머슴에게는 밭가

는 일을 맡기고 하녀에게는 밥짓는 일을 맡겨 틈이 없도록 한다면 부족할
것이 없습니다. 주인은 자재(自在)하면서 베개를 높이 베고 배불리 먹으면
되는 것입니다. 그러나 친히 나서서 일을 처리한다면 신기가 다하고 피로하
여 한 가지도 이루지 못할 것입니다. 그것은 지혜가 머슴이나 하녀만 못해
서 그런 것이 아니지 않습니까? 오직 주인의 도리를 잃은 때문입니다. 그래
서 옛 사람들이 말하기를, 앉아서 도를 논하는 사람을 삼공(三公)이라 했고
이를 만들어 행하는 이를 사대부라고 했습니다. 예전에 병길(丙吉)이란 인
물은 소가 병든 것을 보고는 근심하면서도 사람이 길가에 쓰러져 죽은 것을
보고는 그냥 지나쳤다고 하며, 진평은 금전이나 양곡의 수량은 알려고도 하
지 않고 그 일을 맡은 사람은 따로 있다고 말했답니다. 그런데 승상께서는
잡다한 일까지 친히 처리하시느라고 종일 땀을 흘리시니 피로하지 아니할
까닭이 있겠습니까? 사마의의 말이 지당한 말씀인가 합니다."

듣고 있던 공명이 눈물을 흘리며 말했다.

"내가 그걸 모르는 것이 아니다. 오직 선제께서 후제를 보필할 중임을
맡기셨으니 다른 사람에게 맡겼다가 혹시 내 정성만 못하지 않을까 걱정되
어 직접 간섭하는 것이다."

공명의 이 말을 들은 사람들은 모두 눈물을 흘렸다.

이후부터 공명은 머리도 맑지 못하고 몸도 불편함을 깨달았으며 여러 장
수들은 이로 인하여 감히 출병하지 못했다.

위연의 부주의로 꺼져버린 등불

한편 위의 장수들은 공명이 사마의를 욕되게 하기 위하여 건과 여자 상
복을 보냈는데 사마의가 이를 받고도 나가 싸우지 아니하자 크게 노하여 사
마의의 장막 안으로 들어가 아뢰었다.

"우리들은 모두 대국의 명장들인데 촉병의 이 같은 모욕을 받고도 어찌
가만히 있을 수 있겠습니까? 당장 달려나가서 자웅을 겨루어보겠습니다."

사마의가 말했다.

"내가 나가 싸우지 아니하려고 모욕을 달게 받은 것은 아니다. 오직 천자의 조서를 받들어 굳게 지키며 기다릴 뿐이다. 이번에 만일 가벼이 움직여 나가 싸운다면 이는 천자의 명을 어기는 것이 된다."

위의 여러 장수들은 분통이 터진다는 듯 불평을 늘어놓았다.

다시 사마의는 말을 계속했다.

"너희들이 그토록 나가 싸울 결심이라면 내가 천자께 표를 올려 윤허를 받은 후에 함께 적을 공격하는 것이 어떻겠느냐?"

위장들은 그것이 좋겠다고 이구동성으로 대답했다. 사마의는 표문을 써서 합비의 군중에 있는 위주 조예에게 사자를 보냈다.

위주 조예는 사마의가 올린 표를 펼쳐 읽었다.

재주도 없으면서 중임을 맡은 신(臣)은 폐하의 밝으신 뜻을 받들어 지금까지 성을 굳게 지키며 나가 싸우지 아니하고 촉병이 스스로 물러서기만 기다리고 있었습니다. 하오나 급기야는 제갈량이 신에게 건과 여자 소복을 보내어 아녀자로 대하는 수모를 받고 말았습니다. 신은 먼저 폐하의 말씀을 들은 후에 죽기를 무릅쓰고 일단 결전을 벌여 조정의 은혜에 보답하고 3군이 당한 수치를 설욕하고자 합니다. 신의 끓어오르는 분노를 가눌 길이 없사옵니다.

사마의의 표문을 읽은 조예는 여러 대신들에게 물었다.

"사마의가 굳게 지켜 나가 싸우지 아니하다가 이번에 표를 올려 싸우고자 하는데 이유가 무엇인지 알겠느냐?"

위위(衛尉) 신비가 아뢰었다.

"사마의는 본래부터 나가 싸울 생각은 없었을 것입니다. 그것은 분명 제갈량에게 그런 치욕을 당하고 나자 여러 장수들이 분노를 참지 못하고 불평하므로 특별히 이런 상소문을 올려 폐하의 명령이 있을 때까지 기다려 여러 장수들을 달래겠다는 속셈에서 이러한 표문을 올렸을 것입니다."

조예는 신비의 말을 듣고 곧바로 신비에게 특사의 자격으로 위북의 진지로 달려가서 나가 싸우는 일이 없도록 하라고 영을 내렸다.

사마의는 조사(詔使)를 장막 안으로 맞아들였다. 신비가 조서를 받들어 말했다.

"다시 나가 싸우자고 말하는 자는 폐하의 뜻을 위반한 자로 죄를 논하리라."

모든 장수들이 이에 아무 말 없이 조서를 받들었다.

사마의는 은밀히 신비를 불러 말했다.

"공은 참으로 내 마음을 아시는 분이오."

사마의는 곧 군중에 군을 물리라는 영을 내리고 위주께서 신비에게 절을 지니고 가서 사마의에게 나가 싸우지 말라는 영을 내리셨음을 전했다.

촉병들은 이 사실을 탐지하여 공명께 아뢰었다. 공명이 웃으며 말했다.

"그것은 사마의가 삼군의 군심을 가라앉게 하려는 방법이다."

옆에 있던 강유가 물었다.

"승상께서 그렇게 생각하시는 까닭이 무엇입니까?"

공명이 대답했다.

"사마의는 싸우고 싶은 마음이 없는 사람인데 우리와 싸워보겠다고 조예에게 청한 것은 싸우자고 주장하는 장수들을 무마시키기 위함이다. 그대는 '밖에 있는 장수에게는 임금의 명령도 미치지 않는다'는 말을 듣지 못했느냐? 하물며 천 리 밖에 있으면서 조예에게 싸워보겠다고 청할 이유가 없지 않느냐? 그러니 이것은 나가 싸우자고 불만을 터뜨리는 장수들에게 조예의 윤허를 받아야 한다고 핑계대고 장수들의 뜻을 누르려는 것이다. 또한 이러한 소문을 고의로 퍼뜨린 것은 우리의 군심을 흩뜨리려는 의도다."

이 때 비위가 도착했다는 보고가 들어왔다. 공명은 장막 안으로 들게 하여 웬일로 왔느냐고 물었다.

비위가 대답했다.

"위주 조예는 동오의 군사가 세 갈래 길로 진격해온다는 소문을 듣고 친히 대군을 거느려 합비에 도착하여 만총과 전예·유소에게 군사를 3로로 나누어 동오의 군사를 맞아 싸우게 했다 합니다. 또한 위의 장수 만총이 세운 계책으로 동오의 군량미와 말먹이풀, 각종 무기들이 모두 불타 그로 인하여 동오의 군사들은 무수히 병고에 시달린다고 합니다. 동오의 육손은 오주(吳

主)에게 표를 올려 앞뒤에서 위군을 협공하려 했으나 뜻밖에 표문을 가지고 가던 군사가 도중에서 위군에게 붙잡혀 모든 기밀이 누설되어 동오의 군사들은 허탕을 치고 돌아갔다 합니다."

비위의 말을 들은 공명은 길게 한숨을 쉬더니 그만 정신을 잃고 땅에 쓰러졌다. 여러 장수들이 급히 손을 써서 겨우 깨어난 공명은 탄식하며 말했다.

"내 마음이 심란하더니 묵은 병이 다시 재발하는가 보구나. 아무래도 오래 살지는 못할 것 같다."

이 날 밤 공명은 아픈 몸을 부축받으며 밖으로 나가 천문을 보더니 깜짝 놀라 장막 안으로 들어가서 강유에게 말했다.

"내 명이 경각에 달렸구나."

"승상께서는 왜 그런 말씀을 하십니까?"

"밖에 나가 천문을 보니 삼태성(三台星) 안에 두 배나 밝은 객성(客星)이 들어와 있고 주성(主星)은 빛을 잃어 희미하게 비치니 서로 밝기를 견줄 수가 없었다. 천문이 그러하거늘 내가 어찌 내 명을 모를 까닭이 있겠느냐!"

강유가 위로하듯 말했다.

"천문이 그러하다면 승상께서는 왜 기양법(祈禳法 : 액막이 기원을 드리는 법술)을 써서 생명을 돌려보려 하지 않으십니까?"

"평소 기양법은 읽어서 알고 있지만 하늘의 뜻이 그러하거늘 어찌하겠느냐. 좌우지간 그대는 갑사(甲士) 49인을 거느려 손에 검은 깃발을 들게 하고 검은 옷을 입혀 장막 밖에 삥 둘러서게 하라. 내가 한번 장막 안에서 북두칠성에게 기도해보겠다. 만일 1주일 내에 주등(主燈)이 꺼지지 아니한다면 내가 1기(一紀 : 12년)를 더 살 것이고, 주등이 꺼진다면 나는 죽을 것이다. 이 일에 관계없는 사람은 일체 출입을 금지시켜라. 그리고 양법 기도에 필요한 물건은 두 명의 동자에게 시켜서 운반하여라."

강유는 명을 받고 준비하러 나갔다. 때는 8월 중추절이었다.

이 날 따라 유난히도 은하수는 밝았으며 옥 같은 이슬은 방울방울 풀잎에 맺혀 있었고 바람 한 점 없어 깃발은 움직이지 않았으며 순라군의 딱딱이 소리도 들리지 않았다. 강유는 공명의 장막 밖에서 49인을 거느리고 공

공명은 몸소 북두성에 재앙을 쫓는 기도를 올리다. ≪新錄全像通俗演義≫ 三國志傳卷之十八

명의 장막을 호위했다.

장막 안에서 공명은 향을 피우고 꽃과 제물을 올렸다. 땅에 일곱 개의 큰 등을 벌여놓고 밖으로 49개의 작은 등을 둘러놓은 후에 한가운데에는 커다란 등을 준비했다.

그러고 나서 공명은 절을 올리고 축을 읽었다.

제갈량은 난세에 태어나 숲이 우거지고 샘이 흐르는 산천에 묻혀 늙으려 했으나 소열황제께서 세 번이나 찾아주신 은혜와 뒷일을 맡기신 중임에 몸을 바쳐 국적을 토벌하지 아니할 수 없었습니다. 그런데 뜻밖에 장군별이 떨어져 수명이 다하려 합니다. 삼가 글을 올려 푸른 하늘에 보하나이다. 엎드려 하늘의 자비하심에 비옵나니 굽어 살피시어 신의 수명을 연장하시어, 위로 천자의 은혜에 보답하고 아래로 백성의 생명을 구하여 옛 땅을 다시 찾아 한나라의 사직을 연장하도록 하옵소서. 이는 결코 망령된 기원이 아니옵고 참으로 간절한 마음이옵니다.

이렇게 축을 읽으며 공명은 장막 안에 엎드려 새벽까지 빌었다.

이튿날 아픈 몸을 이끌고 일을 보더니 입으로 계속 피를 토했다. 그러면서도 낮에는 군무를 토의했으며 밤에는 북두칠성께 빌었다.

한편 사마의는 진지를 지키고 있다가 어느 날 밤, 우연히 하늘을 우러러 천문을 보더니 기쁨을 감추지 못하고 하후패에게 말했다.

"장군별이 빛을 잃는 것을 보니 틀림없이 공명이 병을 얻어 머지않아 죽을 것 같다. 너는 1천 군마를 거느리고 오장원으로 가서 적의 사정을 알아봐라. 만일 싸움을 걸어도 촉군들이 나와 싸우지 않는다면 분명 공명이 중환에 걸렸다는 증거다. 공명의 중병이 입증되면 나는 여세를 몰아 공격하겠다."

하후패는 군사를 거느리고 나갔다.

공명은 장막 안에서 양법을 기원하기 시작하여 6일이 지나도록 주등이 밝게 빛나는 것을 보고 내심 크게 기뻐했다.

강유가 공명의 장막 안으로 들어가니 공명은 머리를 풀고 칼을 짚은 채 땅에 그려놓은 북두칠성을 돌면서 장군별을 진압하고 있었다.

이 때 갑자기 진영 밖에서 함성이 크게 들려왔다. 공명은 깜짝 놀라 사람을 장막 밖으로 보내 알아보라고 하니 위연이 숨을 헐떡이면서 달려들어와 보고했다.

"위병들이 쳐들어옵니다."

이 때 위연은 너무 성급하게 뛰어드는 바람에 불행하게도 그만 주등을 밟아버리고 말았다.

공명은 칼을 던지며 한탄했다.

"죽고 사는 일은 모두 명에 달린 일이니 빌어도 어이할 수 없구나."

위연은 송구스러워 어쩔 줄을 모르며 땅에 엎드려 사죄했다.

위연의 경솔한 행동으로 주등의 불이 꺼지자 강유는 분노하여 칼을 뽑아들고 위연을 죽이려 했다.

만사는 사람이 주관자가 될 수 없고 마음으로는 명과 겨룰 수 없는 것이다.

과연 위연의 목숨은 어찌 될 것인지…….

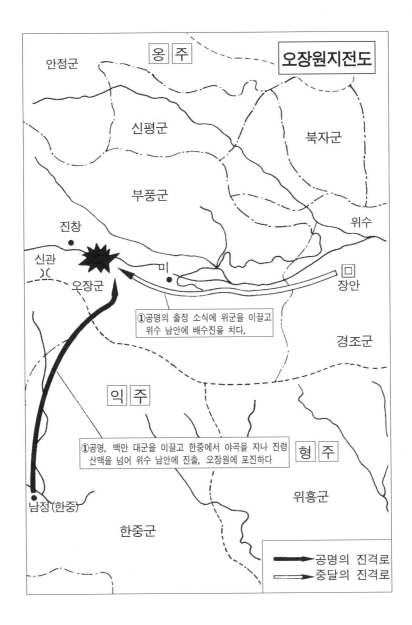

오장원지전도

옹주

안정군

신평군

북자군

부풍군

진창

신관

오장군

미

위수

장안

①공명의 출정 소식에 위군을 이끌고
위수 남안에 배수진을 치다.

경조군

익주

①공명, 백만 대군을 이끌고 한중에서 야곡을 지나 진령
산맥을 넘어 위수 남안에 진출, 오장원에 포진하다

형주

위흥군

남정(한중)

한중군

공명의 진격로
중달의 진격로

104. 오장원에 떨어진 별

운 대 성 한 승 상 귀 천   견 목 상 위 도 독 상 담
隕大星漢丞相歸天   見木像魏都督喪膽

큰 별이 빛을 잃어 제갈량은 오장원에서 숨을
거두고, 위 도독 사마의는 제갈량의 목상을 보
고 혼비백산한다.

공명의 죽음

위연의 조심성 없는 행동으로 등불이 꺼지자 강유는 분통이 터져 위연을
죽여버리려고 칼을 뽑았다. 그러나 공명이 만류했다.
"그것은 내 명이 다한 것이지 문장(文長)의 잘못이 아니다."
공명의 만류에 강유는 칼을 거두었다.
입으로 피를 몇 번 토하던 공명은 책상에 쓰러지면서 위연에게 말했다.
"위의 사마의가 내가 병난 것을 알고 사실여부를 탐지하려고 군사를 보
낼 것이니 급히 나가서 적을 막도록 하라."
공명의 명을 받은 위연은 말을 타고 군사를 거느려 진 밖으로 달려나갔
다.
위군을 거느리고 온 위장 하후패는 위연을 보더니 황급히 군사를 거느리
고 물러갔다. 위연은 20여 리나 뒤쫓다가 되돌아왔다. 공명은 위연에게 본
진으로 돌아가 지키라 했다.

강유는 장막 안으로 들어와 공명을 문병했다.

공명이 말했다.

"나는 내 힘이 다할 때까지 충성을 바쳐 중원을 회복하고 한실을 다시 일으키려 했으나 하늘의 뜻이 이러하니 오늘 아침이나 저녁때에 죽을 것 같다. 내 평생 배운 것을 저술한 책이 24편 있는데 글자 수로는 10만 4112자에 이른다. 그 내용에는 팔무(八務)·칠계(七戒)·육공(六恐)·오구(五懼)의 법(法)이 포함되어 있다. 내가 이를 전하기 위하여 여러 장수들을 살펴봤으나 이를 전해줄 만한 사람이 없더니 유독 그대만은 내 저서를 전할 만하다. 모든 것을 그대에게 전하니 가볍게 생각지 말라."

강유는 울면서 절하고 저서를 받았다. 공명은 다시 말을 계속했다.

"아직 실전에 사용해본 적은 없지만 나는 '연노지법(連弩之法)'이란 것을 연구한 일이 있다. 이 연노지법에 사용되는 화살의 길이는 8치〔寸〕요, 한번에 열 개의 화살을 동시에 쏠 수 있는 것이다. 모두 도본으로 완성해놓았으니 그대는 제작법에 의해 만들어 한번 사용해보도록 하라."

강유는 또 절을 하고 받았다. 공명은 다시 말을 이었다.

"촉 안에 있는 제도(諸道)에 대해서는 가히 염려할 것이 없고 다만 음평(陰平)만은 자세히 살펴보도록 하여라. 그 곳은 워낙 험준한 곳이라 지키기 어려울 것이다."

그런 다음 공명은 마대를 불러 귀엣말로 계책을 은밀히 전하면서 당부했다.

"내가 죽은 후에 너는 그 계책대로 이행하라."

마대가 영을 받고 물러간 후 양의가 장막 안으로 들어왔다.

공명은 양의를 가까이 불러 비단 주머니 하나를 건네주며 은밀히 당부했다.

"내가 죽으면 위연이 틀림없이 반기를 들 것이니 그 때가 되면 너는 먼저 진을 치고 이 주머니를 열어봐라. 위연을 목베어 죽일 인물이 스스로 나타날 것이다."

이렇게 일일이 분부를 내린 공명은 인사불성이 되어 쓰러졌다가 저녁 무렵에야 겨우 깨어났다. 여러 장수들은 밤새도록 말을 달리게 하여 공명의 중병을 성도의 후주에게 알렸다.

한편 공명의 소식을 전해 들은 후주는 크게 놀라 급히 상서 이복에게 명하여 그 날 밤으로 공명의 군중에 달려가 문안을 올리고 뒷일을 물어보라 했다. 영을 받은 이복은 곧장 오장원으로 달려가 공명을 뵙고 후주의 명을 전했다.

이복의 문안이 끝나자 공명은 눈물을 흘리며 말했다.

"불행하게도 내가 중도에 죽게 되어 국가 대사를 허사로 만들었으니 천하에 큰 죄를 지게 되었소. 내가 죽은 후에라도 경들은 충성을 다하여 후주를 보필하고, 계속해서 내려오는 국가의 제도를 함부로 고치지 말도록 하오. 또한 내가 부리던 사람을 함부로 버리는 일이 없도록 하오. 나의 병법은 강유에게 모두 전했소. 그는 능히 내 뜻을 이어받아 나라를 위하여 힘을 다할 것이오. 내 명이 경각에 달했으니 당장이라도 천자께 올리는 표문을 쓰리다."

공명의 말을 듣고 난 이복은 총총히 물러갔다.

공명은 불편한 몸을 겨우 일으켜 좌우에 명하여 부축하게 하고 수레에 올라 각 진지를 두루 살폈다. 얼굴에 닿는 가을 바람이 뼈에까지 스며들자 공명은 길게 한숨을 쉬며 탄식했다.

"다시는 진지에 나서서 적을 토벌하지 못하겠구나! 오, 푸른 하늘이여, 왜 이다지도 매정하단 말인가!"

이렇게 한탄하며 순시를 끝내고 장막 안으로 돌아온 공명의 병세는 더욱 악화되었다.

공명은 곧 양의를 불러 분부했다.

"마대·왕평·요화·장의·장익 등은 모두 충성심과 의기가 있는 사람들이다. 오랫동안 적과 싸워본 경험이 있으며 공로도 많으니 쓸 만한 인물들이다. 내가 죽은 후에라도 모든 일을 전처럼 처리하라. 그리고 군사를 물릴 경우 서서히 물리고 급히 서둘지 말라. 너는 지모가 뛰어난 인물이니 여러 말은 하지 않겠다. 강백(姜伯 : 강유의 별명)은 지혜와 용맹을 갖추었으니 뒤쫓아오는 적을 막을 수 있을 것이다."

양의는 울면서 절하고 명을 받았다.

공명은 붓·먹·벼루·종이를 가져오라 하여 병상에 누워 후주에게 올릴 표문을 직접 썼다.

엎드려 듣건대 살고 죽는 것은 유상(有常)이요, 정해진 운수는 헤어나기 어렵다 합니다. 죽음에 임하여 비록 보잘것 없는 충성이나마 다하고자 합니다. 신(臣) 제갈량은 천성이 어리석고 옹졸하나 어려운 때를 만나 병부(兵符)를 나누고 절(節)을 받들어 균형(鈞衡)을 전장(專掌)하여, 군사를 일으켜 북쪽을 정벌코자 했습니다. 그러나 성공을 거두기도 전에 병이 골수에 맺혀 명이 조석에 달려 있사오니 폐하를 섬기지 못하게 된 것이 끝없이 한스러울 뿐이옵니다. 엎드려 비옵나니 폐하께서는 밝으신 마음으로 지나치게 욕심을 부리지 마시고 몸을 돌보시며 백성들을 사랑하시어 선황(先皇)께 효도하시고 어지신 은혜를 세상에 펴십시오. 또한 숨어 있는 은사를 발탁해 쓰시고 현량(賢良)한 선비를 가까이하시어 간사한 무리를 물리쳐서 풍속을 두터이 하소서. 신의 집에는 뽕나무 800그루와 밭 50경(頃 : 1경은 약 2만여 평)이 있어 자손들의 의식을 여유 있게 해결할 수 있사옵니다. 신은 밖에 있어 필요한 것은 관(官)에 의지하였으므로 달리 재산을 늘리지는 않았습니다. 신이 죽는 날에 안으로는 남은 비단이 없고 밖으로는 남은 재물이 없도록 하였는데 이는 폐하를 모시도록 하기 위함이옵니다.

공명은 이렇게 표문을 쓰고 다시 양의를 불러 분부했다.

"내가 죽더라도 발상(發喪)하지 말라. 큰 감(龕 : 신불〔神佛〕을 모시는 낮은 장)을 만들어 그 안에 내 시체를 앉히고 입 안에 쌀 일곱 알을 넣은 다음 앉아 있는 내 앞에다 등잔불을 밝히고 군중(軍中)은 평상시처럼 안정케 하고 절대로 곡을 하거나 애도하지 말라. 그렇게 한다면 장군별은 떨어지지 아니할 것이고 내 음혼은 다시 일어나 진정할 것이다. 사마의가 장군별이 떨어지지 않는 것을 보면 분명히 크게 놀랄 것이다. 우리 군사에게는 뒤에 있는 진지부터 먼저 빠져나가라 영을 내리고 이어서 한 진지씩 서서히 물리도록 하여라. 사마의가 뒤를 추격해오면 너는 진세(陣勢)를 벌인 후에 기를

큰 별이 스러지고 공명은 하늘로 돌아가다. ≪繡像全圖三國演義≫에서

두르고 북을 울려 반격할 태세를 갖춰라. 그래도 그들이 계속 뒤를 추격해 오거든 전에 나무로 조각한 나의 목상(木像)을 수레 위에 앉히고 대소 장수들이 좌우로 호위하여 나가면 이를 목격한 사마의는 질겁을 하고 도주할 것이다."

양의는 일일이 답하고 물러갔다.

이 날 밤, 공명은 부축을 받으며 밖으로 나가 북두칠성을 바라보면서 손가락으로 한 별을 가리키며 말했다.

"저것이 내 장성(將星)이다."

주위의 모든 사람들이 눈을 들어 바라보니 과연 장성이 희미하게 가물거리고 있었으며 바람만 스쳐도 떨어질 것 같았다. 공명은 칼을 들어 별을 가리키며 주문을 외었다. 주문을 마친 공명은 급히 장막 안으로 들어가더니 그만 정신을 잃었다.

공명이 쓰러져 여러 장수들이 크게 당황하고 있을 때 상서 이복이 다시 왔다. 그러나 정신을 잃어 말을 못 하는 공명을 보고 이복은 큰 소리로 통곡하면서 탄식했다.

"내가 국가의 대사를 크게 그르쳤구나."

잠시 후 정신이 들었는지 공명은 가까스로 눈을 들어 이복이 가까이 있는 것을 보고 겨우 입을 열었다.

"나는 공이 다시 올 것을 이미 알고 있었다."

이복은 절하며 말했다.

"제가 천자의 명을 받들고 왔을 때 천자께서 승상의 대임(大任)을 누구에게 맡길 것인가를 승상께 물으라 하셨는데 총망중에 잊어 다시 왔습니다."

"내가 죽은 후 대임을 맡을 만한 사람은 장공염(蔣公琰)이라 생각한다."

"공염의 다음은 누가 좋겠습니까?"

"비문위(費文偉 : 비위의 별명)가 뒤를 이을 만하다."

"문위 다음으로 누가 좋겠습니까?"

공명은 더 이상 대답을 하지 않았다. 모든 장수들이 눈을 들어 바라보니 공명은 이미 눈을 감은 후였다.

건흥 12년(서기 234년) 가을 8월 23일, 공명의 나이 54세 때였다.

후에 시인 두공부(杜工部 : 두보)는 이렇게 그의 죽음을 슬퍼했다.

혜성이 간밤에 진지 앞에 떨어지더니	長星昨夜墜前營
선생이 가셨다는 부음이 전해졌네.	訃報先生此日傾
장막 안에선 호령 소리 들을 수 없고	虎帳不聞施號令
기린대에는 훈명만이 남았네.	麟臺誰復著勳名
부질없이 남아 있는 문하 3천 객	空餘門下三千客
10만 군사 포부가 물거품이 되었구나.	辜負胸中十萬兵
녹음 짙은 좋은 날이 돌아왔건만	好看綠陰淸晝裏
다시는 아가 소리 들을 길 없어라.	於今無復迓歌聲

백낙천(白樂天)은 또 이러한 시를 남겼다.

선생께서 자취를 감춰 산림에 누우니	先生晦跡臥山林
현주께서 세 번이나 찾아 만나셨네.	三顧欣逢賢主尋
고기는 남양에서 물을 얻었고	魚到南陽方得水
용은 하늘을 벗어나 장마를 만났다네.	龍飛天外便爲霖
탁고하던 예절 은은하고 근엄하더니	託孤旣盡慇懃禮
충의로운 마음 기울여 나라에 갚았네.	報國還傾忠義心
전해오는 전후 출사표	前後出師遺表在
읽는 이가 눈물 흘리게 하네.	令人一覽淚沾襟

지난날 촉의 장수교위(長水校尉) 요립(廖立)은 스스로 자신의 재주가 뛰어남을 빙자하여 공명의 다음이라고 자만하고 직위에 태만하며 불평을 늘어놓고 비방과 원망이 끊일 날이 없었다. 그래서 공명은 그의 벼슬을 빼앗아 서민을 만들어 문산(汶山)으로 귀양보낸 일이 있었다.

요립은 공명이 죽었다는 말을 듣고 울면서 말했다.

"나는 끝내 좌임(左袵 : 옛날 중국 중원에서는 옷을 오른쪽으로 여미고 변방의 소수민족은 왼쪽으로 여몄다. 여기서는 다시는 조정에 등용되지 못하고 소수 민족 가운데 지내며 교화되지 못하게 됨을 뜻한다)되는구나!"

이엄도 공명이 죽었다는 말을 듣고 통곡하더니 이내 그것이 병이 되어 죽었다. 공명이 다시 소환해 주어 전의 과오를 만회하기를 바라고 있다가 공명이 죽자 자기를 써줄 사람이 없음을 알고 병을 얻어 죽은 것이다.

후에 원미지(元微之)도 이렇게 공명을 예찬했다.

난세를 다스려 위기 중 주인을 돕더니	撥亂扶危主
간절하고 근엄한 탁고까지 받으셨네.	慇懃受託孤
영특한 재주 관중·악의보다 낫고	英才過管樂
묘한 계책은 손·오를 웃돌았네.	妙策勝孫吳
주인께 올린 출사표 늠름하더니	凜凜出師表

적을 맞은 팔진도 당당하구나.　　　　　　堂堂八陣圖

공께서 갖추셨던 뛰어난 성덕　　　　　　如公存盛德

고금에 다시없어 이를 한탄하노라.　　　　應歎古今無

　이 날 밤은 하늘도 슬픔에 잠기고 땅도 서러워하는 듯 달빛마저 빛을 잃더니 급기야 공명은 하늘로 돌아갔다.

흑심을 품은 위연

　공명의 간곡한 영을 받은 강유와 양의는 감히 애도할 수가 없어 법도에 따라 시신을 염(殮)하고 감 속에 모신 후 심복 부하 300명에게 잘 지켜 호송하게 했다. 또 위연에게 은밀히 전령을 보내어 적의 뒤를 끊으라 하여 각처의 진지를 하나씩 서서히 철수시켰다.

　한편 사마의는 이 날 밤에 천문을 보고 있었는데 커다란 별 하나가 붉은 빛을 띠더니 길게 꼬리를 내려 동북쪽에서 서남쪽으로 흐르다가 촉의 영내에 떨어지는 것을 목격했다. 그런데 이상한 것은 두 번이나 떨어지던 별이 다시 솟구치더니 세 번째 떨어지면서는 은은한 소리까지 내는 것이었다.

　사마의는 놀라면서도 내심 크게 기뻐하였다.

　"공명이 죽었구나!"

　사마의는 곧 영을 내려 대병을 이끌고 촉병을 추격하라 했다. 대군을 거느리고 진지를 벗어나려던 사마의는 갑자기 의아한 생각이 들었다.

　'공명은 육정육갑을 잘하는 사람이니 내가 오래도록 나가 싸우지 아니하자 일부러 죽은 것처럼 꾸며 나를 유인하고자 하는 것인지도 모른다. 지금 추격했다가는 반드시 계책에 빠지겠구나.'

　진지를 벗어났던 사마의는 다시 진지로 돌아와 장수 하후패에게 영을 내려 기병 수십 명을 거느리고 오장원 산 속으로 가서 촉진의 정세를 탐지하라 했다.

　한편 촉장 위연은 본진에서 잠을 자다가 자신의 머리에 뿔이 두 개나 솟

魏延夜夢頭生角

위연은 밤중에 머리에서 뿔이 솟는 꿈을 꾸다. 《新鐫全像通俗演義》 三國志傳卷之十八

는 꿈을 꾸었는데 깨어나 보니 더욱 기이하게 여겨졌다. 다음날 행군사마(行軍司馬) 조직(趙直)이 찾아오자 위연은 반가이 맞아들이며 해몽을 부탁했다.

"그대가 역리(易理)에 밝다는 말은 오래 전부터 들었소. 내가 간밤에 꿈을 꾸었는데 내 머리에서 뿔 두 개가 솟아났었소. 이것은 무슨 징조요? 빨리 해몽하여 궁금증을 풀어주오."

조직은 한참 동안 생각에 잠기더니 입을 열었다.

"그것은 대단한 길몽입니다. 기린도 머리에 뿔이 있고 청룡도 머리에 뿔이 있으니 이는 곧 변화하여 비등(飛騰)할 징조입니다."

위연은 크게 기뻐하며 말했다.

"만일 공의 말처럼 된다면 내 크게 사례하리다."

조직은 위연과 작별하고 나오다가 도중에 상서 비위를 만났다. 비위가 웬일로 왔냐고 묻자 조직이 대답했다.

"위문장을 찾아갔더니 꿈에 머리에 뿔이 났다며 해몽을 부탁하기에 본래 길몽이 아니었지만 혹시 무슨 일이 있을지 몰라 기린과 청룡을 빗대어 해몽하고 오는 길입니다."

비위가 물었다.

"그대는 왜 그것이 길몽이 아니라고 생각하오."

"뿔 각(角)자는 용(用)자 위에 칼(刀)이 놓여 있는 글자로 머리에 칼을 썼으니 흉몽입니다."

그러자 비위가 조직에게 당부했다.

"절대로 누설하지 마오."

조직은 비위와 작별하고 떠났다.

비위는 위연의 진지에 당도하자 좌우를 물리치고 위연에게 은밀히 고했다.

"어젯밤 3경쯤에 승상께서는 이미 세상을 떠나셨습니다. 임종시에 여러 차례 다짐하며 말씀하시기를 사마의가 나타나면 장군께 뒤를 끊으시라 하시며 서서히 군사를 물리고 절대로 발상치 말라고 당부하셨습니다. 여기 병부(兵符)가 있으니 곧 군사를 일으켜주십시오."

위연은 승상의 자리를 누가 잇게 될까 몹시 궁금했다.

"승상께서 맡아 하시던 대사(大事)는 누가 이어받기로 했소?"

이에 비위가 대답했다.

"승상께서는 대사를 비롯하여 모든 일을 양의에게 의탁하셨습니다. 또한 용병 밀법(用兵密法)은 강유에게 전수하셨습니다. 이 병부는 양의의 명령입니다."

위연은 얼굴색이 변하며 말했다.

"승상께서 돌아가셨다고는 하지만 나는 아직 장군이오. 양의는 일개 장사(長史)에 불과한 몸인데 어떻게 대임을 맡을 수 있다는 말이오? 그에게 승상의 시신을 운구하여 촉으로 모시게 하고 편히 장사나 지내라 하시오. 나는 대군을 거느리고 사마의를 공격하여 승리를 거두어야 할 의무가 있는 사람이오. 승상께서 대임을 양의에게 맡겼다면 국가 대사를 망치는 것이 아니겠소?"

비위가 말했다.

"승상의 유시이니 잠시라도 영을 어겨서는 안 됩니다."

위연은 노하여 소리쳤다.

"승상께서 진작 내 계책에 따랐다면 이미 장안은 우리 수중에 들었을 것이오. 아직도 내 벼슬은 전장군(前將軍) 정서대장군(征西大將軍) 남정후(南鄭

(侯)요. 어찌 일개 장사의 말을 들어 적의 뒤만 끊고 있으라는 말이오!"

비위가 다시 말했다.

"장군의 말씀은 옳지만 함부로 군사를 움직여서는 아니 됩니다. 적들의 웃음거리가 되기 쉽습니다. 제가 양의를 찾아가 이해득실을 설명하여 장군에게 병권을 양도하는 것이 어떠냐고 물어올 때까지 기다리는 것이 어떻겠습니까?"

위연은 비위의 말에 따랐다.

위연의 진지를 빠져 나온 비위는 곧바로 본진으로 달려가 양의를 뵙고 위연과 했던 이야기를 낱낱이 고했다. 그러자 양의가 말했다.

"승상께서 임종시 나에게 은밀히 말씀하시기를 위연은 흑심을 품을 인물이라고 하시었소. 내가 그에게 병부를 내렸던 것은, 사실은 그의 마음을 떠보자는 것이었소. 과연 승상의 말씀이 틀림없으니 나와 백약이 사마의의 뒤를 끊어야겠소"

양의는 먼저 군사들에게 공명의 영구를 모시게 하고 강유에게 명하여 적의 뒤를 끊으라 했다. 그리고 공명의 유명(遺命)을 받들어 서서히 군사를 물렸다.

공명의 목상에 놀란 사마의

한편 자기의 진지에서 비위가 오기만을 기다리던 위연은 비위가 나타나지 아니하자 내심 의아한 생각이 들어 마대에게 명하여 수십 기병을 거느리고 나가서 소식을 알아오라 했다.

마대가 돌아와 위연에게 아뢰었다.

"후군은 강유가 맡아서 총독하고 있으며 전군은 거의 골짜기를 빠져나가고 있습니다."

위연은 크게 노하여 소리쳤다.

"문관들이 나를 속였구나! 내 기어이 그놈들을 죽여버리고 말테다."

위연은 마대의 심중을 떠봤다.

"그대가 나를 돕겠는가?"

마대가 대답했다.

"저도 평소에 양의와 원한이 있던 몸입니다. 기꺼이 장군을 돕겠습니다."

위연은 크게 기뻐하며 즉시 본부 군사를 모조리 거느리고 남쪽으로 향했다.

한편 군사를 거느리고 오장원에 도착한 하후패는 촉군의 그림자 하나 찾지 못하자 급히 돌아가 사마의에게 아뢰었다.

"촉군은 이미 모두 물러가버렸습니다."

사마의는 발을 구르며 말했다.

"공명은 죽은 것이 분명하다. 빨리 추격하도록 하라!"

하후패가 말했다.

"도독께서는 가볍게 행동해서는 아니 됩니다. 먼저 편장을 보내는 것이 좋겠습니다."

그러자 사마의가 말했다.

"이번에는 내가 가는 것이 좋다."

사마의는 두 아들과 함께 군사를 거느리고 친히 오장원으로 달려가 함성을 크게 지르며 깃발을 펄럭이면서 촉의 진지에 쳐들어갔으나 촉병의 그림자조차 볼 수 없었다.

사마의는 두 아들을 불러 분부했다.

"너희들은 군사를 재촉하여 따라오너라. 내가 진군을 거느리고 나가겠다."

두 아들 사마사와 사마소는 뒤에서 후군을 독촉하고 사마의는 앞에서 군사를 거느리며 산모퉁이를 돌아드니 멀리 촉병들이 물러가는 것이 보였다. 사마의는 사력을 다하여 뒤를 추격했다. 이들이 또 산모퉁이를 돌아설 무렵 갑자기 포 소리가 들리더니 이곳 저곳에서 함성이 크게 들려왔다.

촉병들이 반격할 듯이 깃발을 휘날리며 북을 울리는데 멀리 숲 속을 바라보니 커다란 깃발이 나부끼고 있었다. 깃발 위에는 커다란 글씨로 '한 승상(漢丞相) 무향후(武鄕侯) 제갈량(諸葛亮)'이라 씌어 있었다.

死諸葛走生仲達

죽은 제갈공명이 살아 있는 사마의를 달아나게 하다. ≪新鐥全像通俗演義≫ 三國志傳卷之十八

사마의는 크게 놀라 사색이 되었다. 겨우 정신을 가다듬고 바라보니 군중에서 수십 명의 상장군들이 한 대의 사륜거를 몰고 나오는데 그 위에는 공명이 윤건에 학창의를 입고 눈같이 흰 부채를 부치면서 단정히 앉아 있는 것이 아닌가!

사마의는 더욱 놀랐다.

"아직 공명이 살아 있구나! 내가 경솔하게 너무 깊숙이 들어와 그의 계책에 빠지고 말았구나!"

사마의는 즉시 말을 돌려 도주했다. 그러자 배후에서 강유가 소리치며 추격했다.

"적장은 어디로 도망치느냐! 너는 이미 우리 승상의 계략에 빠졌다!"

위의 군사들은 혼비백산하여 갑옷이며 투구, 창과 방패 등을 모조리 버리고 서로 다투어 도망치다가 짓밟히니 죽은 자의 수는 이루 헤아릴 수 없을 정도였다.

사마의가 넋을 잃고 50여 리를 달아나는데 두 장수가 뒤를 따르다가 한 장수가 사마의의 말고삐를 잡아당기며 소리쳤다.

"도독께서는 너무 놀라지 마십시오."

사마의는 머리를 만지며 중얼거렸다.

"내 머리가 제대로 붙어 있느냐?"

뒤따르던 두 장수가 말했다.

"이제 괜찮습니다. 촉병은 멀리 갔습니다."

사마의는 숨을 헐떡이며 한참 만에야 겨우 정신을 차리고 자기를 따르는 장수들이 하후패와 하후혜임을 알아보았다.

사마의는 그제서야 서서히 말고삐를 잡고 두 장수와 함께 소로를 통해 본진으로 돌아와 여러 장수들을 불러 각기 군사를 거느리고 촉의 형세를 살피라 했다.

그로부터 이틀이 지났다. 그 곳에 사는 백성이 사마의에게 달려와 고했다.

"촉병이 산골짜기로 들어가더니 곡하는 소리로 산이 떠나갈 듯했으며 군중에 흰 깃발이 휘날리고 있는 것으로 보아 공명이 죽은 것이 분명합니다. 오직 강유만이 1천 군사를 거느리고 뒤를 막고 있었습니다. 전날에 수레 위에 앉아 있던 공명은 실은 목상이었습니다."

이 말을 들은 사마의는 한탄하며 말했다.

"나는 그가 살아 있다는 것만 헤아렸지 죽었다는 것은 미처 헤아리지 못했구나!"

그리하여 촉의 백성들 사이에서는 '죽은 제갈량이 산 사마의를 몰아냈다'는 말이 퍼졌으며 후에 그 일을 이렇게 한탄한 시가 있다.

간밤에 장성이 천추에 떨어졌건만	長星半夜落天樞
쫓기면서 양이 죽지 않았나 의심했네.	奔走還疑亮未殂
관 밖에서 지금도 사람들이 냉소하니	關外至今人冷笑
머리가 붙어 있느냐 물었음일세.	頭顱猶問有和無

사마의는 공명이 확실이 죽었다는 것을 알자 군사를 거느리고 촉병을 추격했다. 위군이 적안파(赤岸坡)까지 갔으나 촉병은 이미 멀리 사라진 후였다.

사마의는 다시 군사를 이끌고 와서 여러 장수들을 모아 말했다.

"공명이 이미 죽었으니 우리는 아무 근심 없이 베개를 높이 베고 잠을 잘 수 있게 되었다."

사마의는 곧 군사를 거두어 돌아갔다. 돌아가는 도중 옛날 공명이 진을 쳤던 곳을 지나게 되었는데 전후좌우의 질서가 정연하여 법도가 있었다.

이를 본 사마의는 한탄했다.

"공명은 천하에 다시없는 재주꾼이었구나!"

군사를 거느리고 장안에 도착한 사마의는 여러 장수들에게 명하여 애구를 철저히 지키라 하고 자신은 낙양에 있는 위주를 만나러 갔다.

한편 촉장 양의와 강유는 질서 정연하게 진세를 이루어 서서히 퇴진하다가 잔각(棧閣)에 이르는 길 어귀에 접어들자 상복으로 갈아입고 발상(發喪)했다. 촉군은 모두 발을 구르며 통곡하였고 슬픔에 지쳐 울다가 죽은 사람도 부지기수였다.

촉군의 전대가 잔각에 접어들자 앞쪽에서는 불길이 하늘까지 치솟았으며 땅이 꺼질 듯한 함성이 들리더니 일단의 군사들이 길을 가로막고 있었다. 촉군들은 깜짝 놀라 급히 양의에게 달려가 아뢰었다.

위의 장수들이 모두 진지를 거두어 돌아가는 것을 보았는데 촉 땅에 무슨 군사가 또 있는지 모르겠다. 도대체 이들은 어디 군사인지…….

이에 대한 촉군의 대응책은 과연 무엇일까?

105. 사치와 방탕에 빠진 조예

위연이 반역할 것을 안 공명은 비단주머니에
계교를 남기고, 조예는 사치가 극에 이르러
승로반을 취한다.

반기를 든 위연

보고를 받은 양의는 사람을 보내어 더 자세히 알아보라고 명령했다. 정찰 나갔던 군사가 숨을 헐떡이며 달려와 촉장 위연이 잔도(棧道)에 이르는 나무 다리를 불태우고 군사를 거느려 길을 막고 있다고 보고했다.

양의는 깜짝 놀라며 말했다.

"승상께서 살아 계실 때 그는 머지않아 반란을 일으킬 인물이라고 하시더니 과연 예상했던 대로 오늘 일을 저지르는구나! 우리가 돌아갈 길을 막고 있으니 어찌하면 좋다는 말인가?"

옆에 있던 비위가 아뢰었다.

"위연은 틀림없이 먼저 천자에게 거짓 표를 올려 우리들이 반기를 들었다고 보고하고 잔도의 다리를 불태우고 우리의 귀로를 막았음에 틀림없습니다. 우리도 역시 천자께 표를 올려 반란을 일으킨 것은 우리가 아니고 위연이란 사실을 알린 후에 대책을 세우는 것이 좋겠습니다."

이들의 이야기를 듣고 강유가 입을 열었다.

"이 근처에 사산(槎山)을 경유하는 좁은 지름길이 있는데 비록 길은 좁고 험하지만 그 길을 통하면 잔도의 뒤편으로 빠져 나갈 수 있습니다. 천자께 표를 올리는 한편, 우리는 그 사산 샛길을 통하여 군마를 거느리고 나가는 것이 좋겠습니다."

이 때 성도에 있던 후주는 왠지 침식이 불안하고 마음이 편하지 않았다. 그러던 어느 날 성도의 금병산이 무너지는 꿈을 꾸다가 잠에서 깨어나자 더 이상 잠을 이루지 못했다. 후주는 조정에 문무관을 모아 꿈 이야기를 했다.

초주가 후주께 아뢰었다.

"신(臣)이 어젯밤에 천문을 보니 커다란 별 하나가 갑자기 붉은색을 띠면서 길게 꼬리를 늘이고 동북쪽에서 서남쪽으로 떨어지고 있었습니다. 분명 승상께 어떤 불길한 일이 생겼을 것입니다. 폐하의 꿈에 산이 무너지는 것은 바로 이를 알리는 징조입니다."

초주의 말을 들은 후주는 더한층 놀라고 두려웠다. 이 때 이복이 도착했다는 보고가 들어오자 후주는 곧 이복을 들라 하여 물었다. 이복은 땅에 엎드려 머리를 조아리고 울면서, 승상 공명이 이미 죽었으며 공명이 임종시에 한 이야기 등을 자세히 후주께 아뢰었다. 이복의 보고를 받은 후주는 대성통곡했다.

"하늘이 나를 죽이려는구나!"

후주가 울다 지쳐 용상에 쓰러지니 옆에 있던 시신들이 재빨리 부축하여 후궁으로 모셨다.

오 태후(후주 유선의 조모. 후주의 계모인 손 부인의 생모)도 승상 공명이 죽었다는 소문을 듣고 목을 놓아 통곡하며 울음을 그칠 줄 몰랐다. 그뿐인가, 조정의 모든 관료들은 물론 백성들도 공명의 부음을 듣자 친부모가 죽은 것처럼 슬퍼했다. 후주는 공명을 잃은 슬픔에 가슴 아파하더니 급기야는 몸져 누워 조회도 열 수 없게 되었다.

이즈음 위연이 보낸 군사가 달려와 양의가 반란을 일으켰다는 표문을 올리자 듣고 있던 문무백관들은 모두 깜짝 놀랐다. 문무백관들은 궁에 들어가 이런 사실을 후주께 아뢰었다.

이 때 오 태후도 역시 후주와 함께 있었다. 보고를 받은 후주는 대경실색하여 옆에 있던 신하에게 위연의 표문을 읽으라 했다.

정서대장군 남정후 신(臣) 위연은 황공하고 두려운 마음으로 머리를 조아려 표를 올립니다. 양의는 스스로 병권을 쥐고 반란을 일으켜 승상 공명의 영구를 빼앗아 반란군을 거느리고 성도로 향하고 있습니다. 신은 먼저 잔도를 불사르고 이들을 막아 싸우고 있음을 삼가 폐하께 알립니다.

듣고 있던 후주가 문무관에게 물었다.
"위연 같은 용감한 장수가 양의 같은 무리를 막기 위하여 잔도를 불사를 필요가 있다고 생각하는가?"
오 태후가 대답했다.
"내가 전에 선제로부터 들은 이야기로는, 공명은 위연이 반골적(反骨的)인 면이 있어 수차에 걸쳐 목을 베어 죽이고자 했으나 그 용기를 가상히 여겨 그냥 쓰고 있다고 하시던 말을 들었소. 그러니 양의 등이 반란을 일으켰다는 위연의 말을 함부로 믿지 마시오. 양의는 문인이기에 승상께서는 그에게 장사의 직위를 내렸을 것이니 분명 쓸 만한 인물이라 생각하오. 지금 한쪽 말만 듣고 일을 처리한다면 양의는 분명히 위나라에 투항하고 말 것이오. 이 일은 깊이 생각하여 선처할 일이므로 함부로 처리할 문제가 아니라 생각하오."
후주와 문무백관들이 결정을 못 하고 있을 때, 장사 양의가 급히 표를 올렸다는 보고가 들어왔다. 근신은 양의의 표문을 받아 펼쳐 읽었다.

장사 유군장군 신 양의는 황공하옵고 두려운 마음에 머리를 조아려 표를 올립니다. 승상께서 임종하실 때에 대사를 신에게 위임하시어 옛날의 제도를 따르고 함부로 바꾸지 말라 하셨으며 위연으로 하여금 뒤를 막게 하고, 강유에게 뒷일을 맡도록 하라고 하셨습니다. 이번에 위연은 승상의 유언에 따르지 않고 스스로 본부의 군마를 거느려 먼저 한중에 들어

중신들은 오 태후를 뵙고 위연의 일을 의논하다. 《新鍥全像通俗演義》 三國志傳卷之十八

가 잔도를 불태운 후 승상의 영구를 운반하는 수레를 빼앗아 엉뚱한 짓을 하려고 합니다. 갑자기 일어난 변괴이므로 급히 표를 올려 아뢰나이다.

듣고 있던 오 태후는 여러 중신들을 둘러보며 물었다.
"경들은 어떻게 생각하오?"
장완이 아뢰었다.
"신의 어리석은 생각일지는 몰라도 양의는 성품이 과격하고 포용력이 없는 인물입니다. 그러나 군량미와 말먹이풀을 관장하고 군기를 참찬(參贊)하여 오랫동안 승상을 보필하였고 승상께서 임종시에 대사를 위임하셨을 것이니 배반할 인물은 아니라 생각합니다. 위연은 평소 공을 세운 것을 크게 자랑삼아 잘난 체하며 사람을 업신여겼습니다. 양의가 평소 위연을 신통치 않게 여겼으므로 위연은 양의에 대하여 앙심을 품고 있었을 것입니다. 이번에 양의가 병권을 잡자 위연은 이를 못마땅하게 여겨 잔도를 불태우고 귀로를 끊어 무고한 표문을 올려 그를 해치려고 했을 것입니다. 신은 전가족의 생명을 걸고 양의는 반란을 일으킬 사람이 아니라는 것을 보증하오나 위연에 대해서는 보증할 수 없습니다."

동윤(董允)이 아뢰었다.

"위연은 스스로 높은 체하고 항상 마음속에 불만을 지니고 있었으며 원망하는 말을 자주 하곤 했습니다. 전에 반란을 일으키지 아니했던 것은 승상이 두려웠기 때문입니다. 지금 승상이 돌아가신 지 얼마 안 되니 이 틈을 타서 반란을 일으킨 것이 틀림없다고 생각합니다. 양의는 재간이 뛰어나고 민첩하여 승상의 임용을 받았을 것이니 배반하지는 않을 것입니다."

"만일 위연이 배반했다면 어떻게 이를 막아야 하겠느냐?"

장완이 아뢰었다.

"승상께서는 평소에도 그를 의심하고 있었으니 분명히 어떤 계책을 양의에게 가르쳐주었을 것입니다. 양의에게 그러한 대비책이 없었다면 어떻게 곡구까지 군사를 물릴 수 있었겠습니까? 위연은 분명 그 계책에 빠졌을 것입니다. 폐하께서는 너무 걱정마시고 마음을 너그럽게 가지십시오."

이 때 또다시 위연에게서 표문이 도착했는데 양의가 반기를 들었다는 내용이었다. 곧 이어서 또 다른 표문이 도착했다. 이번에는 위연이 반란을 일으켰다는 양의의 표문이었다.

위연과 양의 두 사람은 각자 표문을 올려 시비를 가려 달라고 했다.

이 때 비위가 도착했다는 보고가 들어왔다. 후주가 비위를 들게 하여 사실을 물으니 그는 위연이 반란을 일으켰다고 했다.

마대에 의해 죽은 위연

후주는 비위에게 명했다.

"사태가 이렇게 되었으니 동윤에게 명하여 가짜 부절(符節)을 가지고 가서 좋은 말로 위무하도록 하라."

동윤은 영을 받들고 떠났다.

한편 촉장 위연은 잔도에 불을 지르고 남곡에 둔병하여 애구를 지키면서 자기의 계책이 들어맞았다고 자위하고 있었으며, 양의와 강유가 밤을 이용하여 군사를 이끌고 남곡의 뒤편에 도착하리라고는 꿈에도 생각지 못하고 있었다.

양의는 한중을 빼앗길지도 모른다고 생각하여 선봉장 하평(何平)에게 3천 군사를 거느려 먼저 가라고 명하고 강유와 함께 군사를 이끌어 공명의 시신을 운구하며 한중으로 향했던 것이다. 선봉장 하평은 군사를 거느리고 지름길을 가로질러 남곡의 뒤쪽에 도착하여 북을 울리고 함성을 질렀다.

위연 휘하의 보초병은 급히 달려와 양의의 선봉장 하평이 군사를 거느리고 사산에 이르는 지름길을 통하여 싸움을 걸어오고 있다고 아뢰었다. 위연은 크게 노하여 급히 말에 올라 박차를 가하여 칼을 휘두르며 군사를 거느리고 접응하러 나갔다.

양쪽 군사가 둥그렇게 진을 치자 하평은 말을 달려 앞으로 나오면서 소리쳤다.

"역적 위연아, 잘 있었느냐?"

위연도 맞서 소리쳤다.

"네놈은 양의의 반란을 도우면서 어찌 나에게 그 따위 소리를 할 수 있느냐?"

하평은 목청을 높여 꾸짖었다.

"승상께서 작고하시어 아직 시신이 식기도 전에 네놈이 감히 반란을 일으키다니!"

하평은 채찍을 들어 위연이 거느린 서천(西川)의 군사를 가리키며 다시 말했다.

"너희 군사들은 모두가 서천 사람이다. 서천에는 너희들의 부모, 처자와 형제들이 다 살고 있지 않느냐? 승상께서 살아 계실 때 너희들을 박절히 대한 적이 없거늘 이 마당에 역적을 돕는 것은 온당하지 못하다. 너희들은 각자 고향으로 돌아가 상을 받도록 하라."

위연을 따랐던 군사들이 하평의 말을 듣고 함성을 지르며 뿔뿔이 흩어져 돌아가니 위연은 크게 노하여 칼을 휘두르며 말을 달려 하평을 취하려고 덤벼들었다. 하평도 창을 비껴 들고 맞섰다. 위연과 수합을 싸우던 하평이 패한 체하며 도주하자 위연은 곧장 뒤를 추격했다. 하평의 군사들이 일제히 활을 들어 위연에게 화살을 쏘자 위연은 말을 돌려 돌아갔다.

위연은 거느렸던 군사들이 뿔뿔이 흩어져 도망치자 크게 노하여 말을 달려 군사들을 죽였다. 그렇지만 도망치는 군사들을 막을 도리가 없었다. 다만 마대가 거느린 300여 군사만이 도망치지 않고 있었다.

위연은 마대를 회유했다.

"공이 진심으로 나를 돕는다면 일이 이루어진 후에 결코 저버리지 않겠소."

이리하여 위연은 마대와 함께 다시 하평을 추격했다. 하평이 군사를 거느리고 도주하자 위연은 군사들을 수습한 후에 마대와 상의했다.

"우리 함께 위에 투항하는 것이 어떻겠소?"

마대가 말했다.

"장군은 왜 그런 말씀을 하시오? 대장부로 태어나 스스로 패업을 도모하지 못하고 남에게 무릎을 꿇는다는 것이 말이나 되오? 내가 보기에 장군께서는 지략과 용맹을 겸비한 양천(兩川)의 재사인데 누가 감히 맞서 싸운다는 말이오? 맹세코 나는 장군과 함께 먼저 한중을 취한 후 양천을 공격할 작정이오."

위연은 크게 기뻐하며 마대와 함께 군사를 거느리고 남정을 취하러 나갔다. 이 때 남정성 위에 있던 촉장 강유는 위연과 마대가 무용을 떨치며 의기양양하게 밀려오는 것을 목격하고 급히 군사들에게 명하여 적교를 올리라 했다.

마대와 위연 두 사람은 성 밖에서 큰 소리로 외쳤다.

"빨리 항복하라!"

강유는 양의를 청하여 상의했다.

"위연은 용맹스럽고 또한 마대가 돕고 있다고는 하지만 저들의 군사는 많지 않소. 저들을 물리칠 계책이 없을까요?"

양의가 말했다.

"승상께서 임종시에 비단주머니를 하나 주시면서 당부하시기를, '만약에 위연이 반란을 일으켜 성을 지키면서 그들과 대적하게 될 경우 주머니를 끌러보면 그 속에 위연을 참할 수 있는 계책이 있다'고 말씀하셨습니다. 지금 한번 꺼내봅시다."

양의가 비단주머니를 꺼내어 살펴보니 겉봉에 '위연과 대적할 경우 말 위에서 열어 보아라'는 글이 씌어 있었다.

강유는 크게 기뻐하며 말했다.

"이미 승상께서 계책을 주셨으니 장사께서는 비단주머니를 거두십시오. 내가 먼저 군사를 거느리고 성 밖으로 나가서 진을 칠 것이니 공은 바로 내 뒤를 따르시오."

강유는 말 위에 올라 창을 비껴 들고 3천 군사를 거느리고 성문으로 나가 북을 크게 울리며 진을 쳤다. 강유는 말 위에 올라 창을 비껴 든 채 문기 아래에 서서 큰 소리로 꾸짖었다.

"역적 위연아! 승상께서 너를 서운하지 않게 대했거늘 네가 어찌 오늘날 배반할 수 있다는 말이냐?"

위연도 칼자루를 움켜쥐고 말고삐를 당기며 말했다.

"백약아! 네가 나설 일이 아니다. 양의더러 나오라 해라."

한편 양의는 문기 뒤에 숨어 있다가 비단주머니를 열어보았는데 그 안에는 여차여차하게 대처하라는 계책이 씌어 있었다. 양의는 크게 기뻐하며 단신으로 말을 타고 진지 앞으로 나아가 손으로 위연을 가리키며 비웃는 투로 말했다.

"승상께서 살아 계셨을 때 머지않아 네가 반드시 반란을 일으킬 것이라고 말씀하시며 나에게 대비하라고 하시더니 오늘 보니 과연 그 말이 맞았구나. 네가 만일 말 위에서 '감히 나를 죽일 사람이 누구냐?'고 세 번 크게 외친다면 내가 한중을 너에게 바치겠다."

위연은 껄껄껄 웃으며 소리쳤다.

"이 필부 양의야, 듣거라! 만일 공명이 살아 있다면 내가 조금은 두려워하겠지만 그가 이미 죽은 마당에 천하에 나와 대적할 사람이 누구라는 말이냐? 너는 세 번만 외쳐보라고 했는데 세 번이 아니라 3만 번이라도 어려울 것이 없다."

위연은 칼자루에 손을 얹고 말 위에서 크게 외쳤다.

"감히 나를 죽일 자가 누구냐?"

위연의 일성이 끝나기도 전에 뒤에서 누군가가 큰 소리로 답했다.

공명은 사전에 금낭계를 숨겨 두다. ≪繡像全圖三國演義≫에서

"내가 너를 죽이겠다."

이처럼 외치는 말이 채 끝나기도 전에 손을 들어 칼을 던지니 위연의 머리통이 말 아래로 나뒹굴었다. 모든 군사들은 깜짝 놀랐다. 위연을 목베어 죽인 사람은 다름 아닌 마대였다.

전에 공명은 임종이 가까울 무렵 마대에게 은밀히 계책을 말해주며 우선 위연을 따르는 체하다가 위연이 고함칠 때 즉시 나타나 목을 베라고 했던 것이다.

그 날 양의는 비단주머니를 열어보고 나서야 마대가 위연의 편에 섰던 것은 일부러 그 계책을 수행하기 위한 수단이었음을 알았다. 그리하여 마대는 위연의 목을 벨 수 있었던 것이다.

뒷날 사람들은 시를 지어 이렇게 읊었다.

제갈량은 이미 위연의 사람됨을 알고	諸葛先機識魏廷
훗날에 서천에 반기 들 것을 알았네.	已知日後反西川
비단주머니의 계책 아무도 모르다가	錦囊遺計人難料
말 앞에 성공하는 걸 보고서야 알았네.	却見成功在馬前

정군산에 묻힌 공명

한편 동윤이 남정에 도착하기도 전에 마대는 이미 위연의 목을 베어 죽이고 강유와 한 곳에서 합세했다.

양의는 표문을 써 이 사실을 그 날 밤 중으로 후주께 아뢰었다.

양의의 표문을 본 후주는 교지를 내렸다.

이미 위연의 죄상은 천하에 밝혀졌지만 지난날의 그의 공을 생각하여 관을 만들어 장사지내도록 하라.

양의 등이 공명의 영구를 모시고 성도로 향하니 후주를 위시하여 모든 문무백관들은 상복을 입고 성 밖 30여 리까지 나와서 공명의 영구를 맞이했다.

공명의 영구를 맞이한 후주는 방성대곡했다. 위로는 공경대부로부터 아래로는 산골짜기의 땔나무꾼까지 남녀노소를 막론하고 목을 놓아 통곡하여 그 애도의 울음소리로 지축이 흔들리는 듯했다.

후주께서 친히 공명의 영구를 거들고 성으로 들어와 승상부에 안치하니 공명의 아들 제갈첨(諸葛瞻)이 상복을 입고 거상했다.

후주가 조정에 돌아오니 양의는 자신의 몸을 스스로 결박짓고 문죄를 청했다. 후주는 근신들에게 명하여 양의의 결박을 풀게 했다.

"만일 경이 아니었더라면 승상의 유교(遺教)를 어떻게 받들고 영구는 어느 날에나 돌아올 수 있었겠으며 위연을 어찌 멸할 수 있었으리오. 대사를 무사히 보전할 수 있었던 것은 모두 공의 힘이오."

후주는 이렇게 칭찬하며 양의에게 중군사의 벼슬을 내렸다. 또한 마대에게는 역적을 토벌한 공이 있다 하여 위연의 작위를 물려주었다.

양의는 공명의 유표를 후주에게 올렸다. 공명의 유표를 다 읽어본 후주는 다시 목을 놓아 울더니 공명을 편히 모실 땅을 찾으라 했다.

비위가 후주께 아뢰었다.

"승상께서 임종하실 때 말씀하시기를, 장사는 정군산에 지내되 묘 주변에 담장을 치지 말고 석물도 세우지 못하게 하심은 물론 일체의 제물도 바치지 말라 하셨습니다."

후주는 비위의 진언에 따라 10월 길한 날을 택하여 친히 공명의 영구를 정군산에 안장했다. 또한 조서를 내려 제사 지내게 하고 충무후(忠武侯)라는 시호를 내려 묘(廟)를 면양 땅에 세우고 사계절에 따라 제향을 올리게 했다.

후에 두보는 다음과 같은 시를 남겼다.

승상의 사당을 어디서 찾으리오?	丞相祠堂何處尋
금관성 밖 잣나무 우거진 숲 속일세.	錦官城外栢森森
섬돌에 비치는 푸른 풀은 봄빛을 자랑하고	映階碧草自春色
잎을 사이한 꾀꼬리 소리 아름답기도 하네.	隔葉黃鸝空好音
세 번을 돌아봄은 천하를 위함인데	三顧頻煩天下計
양조를 다스리던 늙은 신하의 마음이여.	兩朝開濟老臣心
출사했으나 이기지 못하고 몸 먼저 갔으니	出師未捷身先死
영웅들 흐르는 눈물이 옷에 가득하여라.	長使英雄淚滿襟

두보는 또 이러한 시도 남겼다.

제갈량의 대명 우주에 드리우니	諸葛大名垂宇宙
종신이 남긴 기상 엄숙하고 청아하네.	宗臣遺像肅淸高
셋으로 나뉜 국가 어우르려던 계책은	三分割據紆籌策

만고 하늘에 한 점 깃털 되었구나.   萬古雲霄一羽毛

이윤과 태공망에 견줄 만하고   伯仲之間見伊呂

지휘 능력은 소하·조참 같았네.   指揮若定失蕭曹

운이 다해 한실 국운 회복키 어려워   運移漢祚終難復

군무에 노심초사 몸이 먼저 스러졌네.   志決身殲軍務勞

공명의 죽음을 애도한 손권

한편 후주가 성도에 도착하자 근신이 달려와 아뢰었다.

"변방에서 보고가 들어오기를 동오의 손권이 전종에게 명하여 수만 군사를 거느려 파구의 경계 입구에 진을 치고 있다고 하는데 그 까닭을 알 수 없습니다."

후주는 놀라서 물었다.

"승상이 세상을 떠나시니 동오는 동맹을 맺고서도 경계를 침범하고 있소. 어찌하면 좋겠소?"

장완이 아뢰었다.

"신이 왕평과 장의를 보좌하여 수만 군사를 거느려 영안에 둔병하고 있다가 만일의 사태에 대비하겠습니다. 폐하께서는 다시 한 사람을 동오로 보내어 승상의 부음을 전하고 그들의 동정을 살피게 하십시오."

후주는 장완의 진언에 따랐다.

"그렇다면 언변이 좋은 사람을 사자로 보내라."

이 때 누군가가 사자를 자원해 나섰다.

"재주는 보잘것없지만 신이 가겠습니다."

모두 눈을 들어 바라보니 남양의 안중(安衆) 사람으로 자를 덕염(德豔)이라고 하는 종예(宗預)였다. 그의 벼슬은 참군 우중랑장이었다. 후주는 크게 기뻐하며 즉시 종예를 동오로 보내어 상을 당한 것을 알리고 저들의 동정을 살피라고 영을 내렸다. 후주의 명을 받은 종예는 금릉을 경유하여 동오로 들어가 손권을 뵈었다. 종예는 예를 갖추고 고개를 들다가 모두가 상복을

종예는 사신으로 동오에 들다. ≪新鐫全像通俗演義≫ 三國志傳卷之十八

입고 있음을 보고 깜짝 놀랐다.

동오의 손권은 안색을 바꾸면서 말했다.

"동오와 촉은 동맹을 맺어 이미 한집안이 되었는데 어찌하여 경의 주인은 백제에 군사를 증파하여 주둔시키고 있는가?"

종예가 대답했다.

"신의 생각으로는 동오에서 파구에 군사를 증가시켰으므로 서촉에서도 부득이 증군하여 백제를 지키는 것이라 믿습니다. 일이 이렇게 되었으니 서로 따질 것이 없다고 생각합니다."

손권은 껄껄껄 웃으며 말했다.

"경은 우리의 등지와 비길 만한 인물이오."

손권은 종예를 칭찬하고 나서 말을 이었다.

"짐은 제갈 승상께서 돌아가셨다는 말을 듣고 매일 눈물을 흘리며 슬퍼하고 문무백관들도 모두 상복을 입었다. 짐은 위군들이 공명께서 돌아가신 틈을 타서 서촉을 취하지나 아니할까 두려워 1만여 군사를 증원하여 파구를 지켜 구원하자는 것이었지 별다른 뜻은 없었다."

이 말을 들은 종예는 머리를 조아리고 엎드려 절하며 감사했다. 손권이 다시 말했다.

"짐이 이미 서촉과 동맹을 맺었는데 의리를 배반할 까닭이 있겠는가?"

종예가 대답했다.

"저희 천자께서는 승상이 돌아가신 것을 알리기 위하여 특별히 신을 보내신 것입니다."

손권은 화살통에서 금빛 화살을 하나 뽑더니 이를 꺾으며 맹세했다.

"짐이 만일 촉과의 맹세를 저버린다면 짐의 자손은 절멸하고 말 것이다!"

손권은 사신에게 명하여 향 등 조의품을 받들고 서천에 들어가 제향을 올리라고 영을 내렸다. 종예는 오주 손권과 작별하고 동오의 사자와 함께 성도로 돌아가 후주를 뵙고 말했다.

"오주 손권은 승상께서 돌아가셨다는 말을 듣고 눈물을 흘리며 슬퍼하셨고 그 곳의 신하들에게는 모두 상복을 입으라고 영을 내리셨습니다. 증원군을 파구에 보낸 것은 위군들이, 공명이 작고한 틈을 타서 서촉을 침입할 것이 두려웠기 때문이며 별다른 뜻이 없다고 했습니다. 또한 오주께서는 화살을 꺾으며 동맹을 맺었던 것을 배신하지 않겠다는 맹세를 했습니다."

보고를 받은 후주는 크게 기뻐하며 종예에게 후히 상을 내리고, 동오에서 온 사신도 후하게 대접한 후 돌려보냈다.

이어서 후주는 공명의 유언을 받들어 장완을 승상 대장군 녹상서사(錄尙書事)로 삼고, 비위를 상서령에 봉하여 장완과 함께 승상의 일을 돌보게 했다. 또한 오의를 거기장군으로 삼고 절(節)을 주어 한중을 감독하게 했으며, 강유는 보한장군(輔漢將軍) 평양후(平襄侯)에 봉하여 각처의 군사를 총독하게 했으며 오의와 함께 한중으로 나가 위군을 막도록 했다. 그 외의 여러 장수와 장교들은 각각 종전의 직위에 있게 했다.

양의는 장완보다 먼저 벼슬길에 올랐으면서도 장완의 밑에 있게 되었다. 양의 자신은 남보다 공이 높다고 생각했는데 예상했던 것보다 상이 많지 아니하자 불만스러운 듯이 비위에게 말했다.

"지난날 승상께서 돌아가셨을 무렵에 내가 전군을 거느리고 위군에 투항했더라면 좋았을 것을 이렇게 외롭고 쓸쓸한 모습이 되었구려!"

비위는 양의의 이런 말을 은밀히 표를 올려 후주께 아뢰었다. 후주는 크게 노하여 양의를 하옥시키고 심문하여 참하라고 영을 내렸다.

장완이 후주께 아뢰었다.

"양의에게 비록 죄가 있다고는 하지만 전날에 승상을 도와 많은 공을 세웠으니 참형에 처할 수는 없습니다. 그의 벼슬을 거두어 서인으로 만드는 것이 좋겠습니다."

후주는 장완의 말에 따라 벼슬을 거두고 한중의 가군(嘉郡)에서 평민으로 살도록 했다. 양의는 이를 부끄럽게 생각하여 스스로 자결했다.

조예의 방자함과 방탕생활

촉한 건흥 13년(서기 235년), 위주 조예 청룡 3년, 오주 손권 가화 4년에 해당하는 해에는 3국이 모두 군사를 일으키지 아니하였다.

위주 조예가 사마의를 태위에 봉하고 군마를 총독하게 하여 변방을 진압하라 하자 사마의는 엎드려 절하고 낙양으로 향했다. 위주는 허창에 있으면서 크게 토목공사를 일으켜 궁전을 지었으며, 낙양에도 조양전(朝陽殿)·태극전(太極殿) 등을 지었고 총장관(總章觀)을 쌓았는데 높이는 10여 장(丈)이 넘었다.

또한 숭화전(崇華殿)·청소각(靑霄閣)·봉황루(鳳凰樓)·구룡지(九龍池) 등을 세우는데 박사 마균(馬鈞)에게 감독하게 했다. 그 건축물들은 극히 화려하여 대들보와 기둥은 조각이 되어 있었으며, 청기와에 금빛 벽돌은 햇빛을 받아 휘황찬란한 빛을 발했다.

이를 건축하는 데 전국에서 이름난 명공을 3만여 명이나 선발했으며 부역으로 끌려온 백성 30만여 명은 밤낮을 가리지 않고 일했으니 피로에 지친 백성들의 원망하는 소리가 끊이지 않았다. 뿐만 아니라 방림원(芳林園)의 토목 공사를 하는 데에 있어서는 심지어 공경대부에게까지 흙과 나무를 나르게 했다.

여기에 이르자 사도(司徒) 동심(董尋)이 표문을 올려 간했다.

엎드려 아뢰옵나니, 건안 이후 오랫동안 전쟁을 치뤄 죽어 가문이 끊
긴 백성이 많았으며 살아 있는 자들이라고는 고아들과 노약자뿐입니다.
궁실이 협소하여 이를 넓힌다 하더라도 농한기를 선택하여 농사일에 방
해가 되지 말아야 합니다. 그런데 아무런 이익도 없는 일을 함에 있어
더 말할 것이 무엇이 있겠습니까? 폐하께서는 가까이에서 폐하를 모시며
아첨하는 신하만을 우대하여 관을 쓰게 하고 수놓은 옷을 입게 했으며
화려한 수레를 타게 하셨으니 이는 백성들과는 달리 대하는 것입니다.
거기에 더하여 나무와 흙을 나르게 하여 몸과 발이 진흙투성이가 되게
하시니 이는 나라의 빛을 훼손하는 것이요, 이익될 것이 하나도 없습니
다. 일찍이 공자께서도 말씀하시기를 '임금은 신하를 예로써 대하고 신
하는 임금을 충으로 대해야 한다' 라고 하셨으니 충과 예 없이 어찌 나라
가 존립할 수 있겠습니까? 신이 이러한 말을 하면 반드시 죽을 것을 알
고 있습니다. 신의 목숨은 황소의 털 하나에 지나지 않습니다. 그러니
살아서 이익될 것이 없다면 죽어서도 손해될 것이 없을 것입니다. 눈물
을 흘리며 붓을 들어 본심을 밝히고 세상을 하직하려 합니다. 신에게는
자식 여덟이 있는데 신이 죽은 후 폐하께 누를 끼칠 것을 생각하면 떨리
는 마음 가눌 길이 없습니다. 명을 기다리고 있습니다.

표문을 다 읽어본 조예는 크게 노하여 소리쳤다.
"동심은 죽음도 두렵지 않다는 말이냐?"
주위에서 동심을 참형에 처하라고 아뢰자 조예가 명했다.
"그는 평소 충의가 있던 사람이니 벼슬을 거두고 평민으로 폐하라. 앞으
로 그러한 망령된 말을 하는 자는 필히 참형에 처하리라."
이 때 태자의 문객 장무(張茂)라는 사람이 있었는데 자를 언재(彦材)라
했다. 장무 역시 조예에게 간곡한 표문을 올렸다.
조예는 장무를 참형에 처하라고 하고 마균을 불러 물었다.
"짐은 높은 대와 빼어난 전각을 지어 신선과 왕래하면서 불로장생하는
방법을 구하고자 한다."
마균이 아뢰었다.

"한나라 조정이 24대를 내려오는 동안 오직 무제만이 가장 오랫동안 나라를 다스렸고 수(壽)도 극히 높았는데 그것은 항상 하늘의 일정(日精)과 월화(月華)의 정기를 복용하셨기 때문입니다. 무제께서는 장안의 궁 안에 백량대(柏梁臺)를 세우고 그 위에 동인(銅人)을 세웠는데 그 손에 '승로반(承露盤)'이라는 쟁반을 받쳐 들어 3경이 되면 북두칠성의 영이 서린 이슬을 받게 되어 있었으니 이를 '천장(天漿)' 또는 '감로(甘露)'라 했습니다. 이 물을 취하여 아름다운 구슬을 가루로 만들어 이를 섞어 복용하면 노인이라도 다시 어린아이처럼 젊어진다고 합니다."

조예는 크게 기뻐하며 말했다.

"너는 곧 인부를 거느리고 오늘 밤 안으로 장안으로 달려가 그 동인을 끌어 이 곳 방림원으로 옮기도록 하여라."

마균은 영을 받고 인부 1만여 명을 거느리고 장안으로 가서 백량대 주위에 대(臺)를 가설하여 백량대에 오르게 했다. 눈깜짝할 사이에 인부 5천여 명은 밧줄을 타고 백량대에 오르기 시작했다. 백량대의 높이는 20장(丈), 구리 기둥의 둘레는 10아름이나 되었다.

마균은 먼저 동인을 쓰러뜨리려 했다. 많은 사람들이 동인 앞으로 달려가 힘을 합하여 쓰러뜨리려고 하자 동인이 갑자기 눈물을 흘리기 시작했다. 모든 사람들은 이를 보고 질겁을 하였다.

이 때였다. 갑자기 백량대 옆에서 미친 듯 바람이 불어와 모래가 날고 돌이 굴러 소나기처럼 쏟아졌다. 이어서 벼락치는 듯한 소리가 들렸으며 마침내 하늘이 무너지고 땅이 꺼지는 듯한 소리를 내더니 기둥이 한쪽으로 기울어 수천 명이 동인에 깔려 죽었다.

마균은 동인과 승로반을 가지고 낙양으로 돌아와 위주 조예를 뵙고 이를 바쳤다. 위주가 마균에게 물었다.

"구리 기둥은 어디에 있느냐?"

마균이 대답했다.

"무게가 100만 근이나 되어 옮길 수 없었습니다."

조예는 영을 내려 구리 기둥을 깨뜨려서 낙양으로 옮겨 동인을 두 개나 만들게 하였으니 이를 '옹중(翁仲)'이라 하여 사마문(司馬門) 밖에 세우게 하고, 또한 구리로 용과 봉황새를 만들게 했으니 용의 높이는 4장이요, 봉황의 높이는 3장이나 되었다. 조예는 이것을 궁전 앞에 세우게 했다. 뿐만 아니라 상림원에는 갖가지 기이한 나무와 꽃을 심었으며 진귀한 짐승들을 모아 방생케 했다.

소부(小傅) 양부(楊阜)가 조예에게 표를 올려 간했다.

신이 들은 바에 의하면 요임금은 궁전의 지붕을 띠와 짚으로 이엉을 했어도 천하가 편안했으며, 우임금은 궁실을 낮게 지었어도 천하의 백성들이 즐거운 마음으로 생업에 종사했다고 합니다. 또한 은주(殷周)시대에도 당의 높이는 3척에 겨우 자리 아홉 장을 깔 정도였다 합니다. 예로부터 성제명왕(聖帝明王)은 궁실을 높고 화려하게 건축하여 백성들의 재산과 힘을 피폐케 하지 않았습니다. 걸왕(桀王)은 구슬로 방을 꾸미고 상아로 마루를 꾸몄으며, 주왕(紂王)은 궁전과 녹대(鹿臺)를 지나치게 꾸미다가 사직을 망쳤습니다. 초의 영왕(靈王)도 장화(章華)를 짓다가 몸에 화를 입었던 것입니다. 진시황은 아방궁을 세웠으나 아들 대에 이르러서 천하의 배반을 당하여 2대(二代)에 멸망하였습니다. 백성들이 힘겨운 것은 생각지 않고 자신의 눈과 귀만을 즐겁게 하려다가 급기야 망하지 아니한 사람은 한 사람도 없습니다.

폐하께서는 요(堯)·순(舜)·우(禹)·탕(湯)·문(文)·무(武)를 본받으시고 걸(桀)·주(紂)·진(秦)·초(楚)를 경계의 본으로 삼으셔야 합니다. 자만과 안일에 빠져서 궁실을 꾸미는 데만 정성을 쏟는다면 반드시 위기에 처하여 망하는 화를 당하실 것입니다. 임금은 머리가 되고 신하는 팔다리가 되어 생사를 같이해야만 살아도 함께 살고 죽어도 함께 죽을 수 있습니다. 신이 비록 용기는 없다 하지만 어찌 신하의 의리를 다하지 않겠습니까? 드리는 말씀이 간절하지 못하여 폐하의 마음을 감동시키지 못할 것이기에 관을 준비하고 목욕하여 주살의 벌이 내리기만을 엎드려 빌 뿐입니다.

이러한 표문이 올라왔으나 조예는 거들떠보지도 아니하고 마균을 독촉하

玩遊園花到主觐

위주 조예는 화원에서 소요하며 노닐다. ≪新鐫全像通俗演義≫ 三國志傳卷之十八

여 빨리 대를 쌓고 동인을 세워 승로반을 설치하도록 했다. 조예는 전국 각지에 영을 내려 아름다운 미녀를 뽑아 방림원에 두고 술과 여자를 벗삼아 지냈다. 여러 신하들이 앞을 다투어 간했지만 조예는 들은 체도 아니했다.

조예의 황후 모씨(毛氏)는 하남 사람으로 조예가 제위에 오르기 전인 평원왕(平原王) 시절에 총애했던 여자였다. 그녀는 조예가 즉위하자 황후에 올랐으나 조예가 곽 부인에게 빠지는 바람에 조예의 총애를 잃었다.

곽 부인은 용모와 자태가 아름다울 뿐 아니라 지성도 갖춘, 이른바 재색을 겸비한 여인이어서 조예는 곽 부인을 총애하게 되어 매일 향락에 빠져 한 달 가까이 나오지 않았다.

이 때는 마침 봄 향기도 무르익은 3월이어서 방림원에는 갖가지 꽃들이 앞을 다투어 피었으며 조예는 곽 부인과 함께 정원을 거닐며 술과 음악의 제전으로 나날을 보내고 있었다. 어느 날 곽 부인은 간드러진 음성으로 조예에게 속삭였다.

"황후 폐하도 오시게 하여 함께 즐기는 것이 어떠하올까요?"

"황후가 옆에 있으면 짐의 목에 술이 넘어가질 않는다."

조예는 궁녀를 불러 이 곳에서 곽 부인과 즐긴다는 말을 알려서는 안 된다고 당부했다.

한 달 동안이나 조예가 정궁(正宮)에 들지 아니하자 모 황후는 쓸쓸한 마음을 달래기 위하여 10여 명의 궁녀를 거느리고 취화루(翠花樓)에 올라 시름을 달래고 있었다. 그런데 바람결에 음악 소리가 들려오자 주위에 물었다.

"저 풍악은 어디에서 들려오는 소리냐?"

한 궁관이 아뢰었다.

"승상께서 곽 부인과 함께 화원에서 꽃을 보고 즐기며 술을 들고 계십니다."

이 말을 들은 모후는 끓어오르는 질투심을 누를 길이 없어 곧 내전으로 들었다. 이튿날 모 황후는 작은 수레를 타고 궁을 거닐다가 낭하 모퉁이에서 조예와 마주치자 질투심에 괴로웠지만 미소를 지으면서 말했다.

"폐하께서는 어제 북쪽 정원에서 노시던 재미가 극진하셨겠나이다."

조예는 크게 노하여 전날 시중들던 궁인들을 모조리 잡아들이고는 불호령을 내렸다.

"짐이 어제 북쪽 정원에서 놀면서 절대로 모후에게 이를 알리지 말라고 영을 내렸거늘 어찌하여 이를 폭로했느냐?"

조예는 당장 궁인들을 잡아 목베어 죽였다. 모 황후가 이 소문을 듣고 급히 수레를 타고 궁으로 들어갔지만 이미 조예는 모 황후를 죽이라는 명을 내렸고 곽 부인을 황후의 자리에 앉혀버렸다. 조정의 신하들은 누구 한 사람 감히 조예에게 간하지 못했다.

그러던 어느 날 유주의 자사 관구검(毌丘儉)이 조예에게 표를 올렸다. 요동의 공손연(公孫淵)이 반란을 일으켜 스스로 연왕(燕王)이라 칭하고 연호를 소한(紹漢) 원년이라 했으며, 궁성을 짓고 관직을 정비하는가 하면 군사를 일으켜 북방 변두리에서 난동을 피우고 있다는 내용이었다. 관구검의 표문을 받은 조예는 깜짝 놀라 곧 문무백관을 불러모아 공손연을 물리칠 대책을 협의했다.

백성들은 모두 궁궐을 짓는 토목공사에 지쳐 있는데 설상가상으로 밖에서는 전쟁의 기운이 들썩이니 과연 조예의 운명은 어떻게 될 것인지…….

106. 사마의의 음모

공손연병패사양평 　　사마의사병잠조상
公孫淵兵敗死襄平　　司馬懿詐病賺曹爽

공손연은 사마의에게 양평에서 토벌당하며, 조
예가 죽자 사마의는 병을 핑계삼아 조상을 제
거할 기회를 노린다.

군사를 일으킨 공손연

공손연은 원래가 요동의 공손도(公孫度)의 손자요, 공손강(公孫康)의 아
들이다. 건안 12년(서기 207년), 조조가 원상을 치려고 요동에 도착하기도
전에 공손강이 원상의 수급을 조조에게 바치니 조조는 그에게 양평후(襄平
侯)의 벼슬을 내렸었다.

공손강은 슬하에 두 아들을 두고 죽었는데 장남은 황(晃)이요, 차남이
연(淵)이었다. 이들이 모두 어렸으므로 공손강의 아우 공손공(公孫恭)이 형
의 직위를 계승했다. 다음에 조비가 등극하자 공손공을 거기장군 양평후에
봉했다.

태화 2년(서기 228년), 공손연은 자라면서 성질이 강직하여 특히 싸우기
를 좋아했다. 그가 숙부 공손공의 직위를 빼앗자 조예는 공손연을 양열장군
(揚烈將軍) 요동(遼東) 태수(太守)에 봉했다. 뒤에 동오의 손권이 장미(張彌)
와 허연(許宴)을 사신으로 보내어 갖가지 금은보화를 전하고 공손연을 연왕

개가 옷을 걸치고 두건을 쓰고 지붕 위에 오르다. ≪新錄全像通俗演義≫ 三國志傳卷之十八

에 봉했으나, 공손연은 중원의 조예가 두려워 장미·허연의 목을 베어 조예에게 바쳤다. 조예는 이 공을 인정하여 공손연을 대사마(大司馬) 낙랑공(樂浪公)에 봉했다. 그러나 공손연은 이를 만족하게 생각지 않고 휘하 사람들과 상의하여 스스로 연왕이라 칭하고 연호를 바꿔 소한(紹漢) 원년이라 했던 것이다.

부장 가범(賈範)이 연왕께 아뢰었다.

"중원에서는 주공을 상공의 작위로 대접했습니다. 그것은 결코 비천한 대접이 아니니 만약 이에 배반한다면 불순한 일입니다. 뿐만 아니라 사마의가 군사를 능하게 부려서 촉의 제갈 무후도 승리를 거두지 못했거늘 하물며 주공께서 어떻게 당하려 하십니까?"

공손연이 크게 노하여 당장 가범을 묶어 참형에 처하라고 불호령을 내리자 참군 윤직(倫直)이 아뢰었다.

"가범의 말이 옳습니다. 옛날에 성현께서도 말씀하시기를, '나라가 망하려면 요사스런 일이 생긴다'고 했습니다. 지금 나라 안에는 괴이한 일이 계속 일어나고 있습니다.

근자에 들리는 소문에 의하면, 개가 두건을 쓰고 붉은 옷을 걸치고 지붕 위에 올라가 사람 행세를 했다 합니다. 또한 성남(城南)에서는 어느 백성이 밥을 짓는데 밥시루 속에 어린애의 시체가 들어 있었다고 합니다. 양평에서는 갑자기 땅이 갈라지고 구멍이 생기더니 커다란 고깃덩어리가 나왔는데, 둘레가 수 척이나 되고 머리는 이목구비를 다 갖췄는데 손과 발이 없고 칼로 베어도 상하지 않은 이상한 물건이었다고 합니다. 이를 보고 점쟁이가 말하기를, '형체는 갖췄으나 아직 완전하지 못하고 입은 있어도 말을 못 하니 나라가 망하려면 이런 것이 나타난다'고 했다 합니다. 이 세 가지 일이 모두 불길한 징조가 아닌가 합니다. 주공께서는 흉한 것을 피하시고 길한 것을 택하시어 경거망동하지 마십시오."

공손연은 더욱 노하여 당장 무사들에게 윤직과 가범을 참형에 처하여 저잣거리에 전시하라는 영을 내리고, 대장군 비연(卑衍)을 원수로 삼고 양조(楊祚)를 선봉장으로 삼아 요동의 15만 군사를 일으켜 중원으로 향했다.

한편 변방을 지키던 관리는 15만 요동 군사가 쳐들어온 사실을 조예에게 보고했다. 조예는 당황하여 사마의를 궁에 들게 하고 대책을 물었다. 사마의가 대답했다.

"신의 휘하에 있는 마병과 보병 4만으로 능히 적을 격파할 수 있습니다."

조예는 사마의의 장담이 미덥지가 않았다.

"경이 거느린 군사는 적고 거리가 멀어 빼앗긴 땅을 다시 수복하기는 어려울 것 같다."

"군사의 수는 적더라도 능히 용병만 잘하면 됩니다. 신은 폐하의 넓으신 덕에 의지하여 반드시 공손연을 사로잡아 바치겠습니다."

조예가 궁금한 듯 물었다.

"경은 공손연이 왜 경거망동한다고 생각하는가?"

"공손연이 우리와 싸우다가 성을 버리고 도주한다면 그것은 뛰어난 계책이요, 요동을 지키고 대군으로 우리를 막는다면 그것은 중급의 계책이요, 그렇지 않고 양평이나 지키고 앉았다면 그것은 계책이라고도 볼 수 없는 것입니다. 그러니 신은 능히 그를 사로잡을 수 있습니다."

조예가 다시 물었다.

"거기까지 다녀오는 데 시일이 얼마나 걸리겠는가?"

"그 곳까지의 거리가 무려 4천 리나 되므로, 가는데 석 달 열흘, 공격하는데 석 달 열흘, 돌아오는데 석 달 열흘, 군사들을 쉬게 하는데 두 달이니 대략 1년은 걸립니다."

조예가 또 물었다.

"만약 그간에 오와 촉이 쳐들어온다면 어찌하면 좋겠는가?"

"신이 이미 그들을 막을 수 있는 계책을 세워놓았으니 폐하께서는 조금도 염려하지 마십시오."

조예는 크게 기뻐하며 곧 사마의에게 명하여 군사를 거느리고 공손연을 토벌하라 했다. 사마의는 조예에게 하직하고 성문을 나와 호준(胡遵)을 선봉장에 세우고 먼저 요동으로 나가 진을 설치하라 했다.

이 소식은 곧바로 공손연에게 전달되었다.

공손연의 죽음

공손연은 원수 비연과 선봉장 양조에게 명하여 군사를 8만 명씩 나누어 요동 변방에 둔병하게 했는데, 진의 둘레가 20여 리나 되었으며 주위에 녹각(鹿角 : 녹채. 옛날 나무 말뚝을 뾰족하게 깎아서 '十'자 모양으로 엇박아 둘러친 방어용 장애물)을 치고 삼엄한 경계를 펼치고 있었다.

이를 둘러보고 위의 선봉장 호준이 사마의에게 달려가 아뢰었다. 사마의는 빙그레 웃으며 말했다.

"적병은 나와서 우리와 싸우지 아니하고 시간을 끌어 우리가 지치기를 바라고 있구나! 적병들이 거의 이 곳에 집결해 있는 것으로 보아 그들의 소굴은 텅텅 비었을 것이다. 만일 우리가 이 곳을 버리고 양평으로 질러간다면 적들은 반드시 양평을 구하려고 그 곳으로 갈 것이니, 그 때 중간에서 우리와 격전을 벌이게 되면 분명히 크게 승리할 수 있을 것이다."

이리하여 사마의는 군사를 독려하여 샛길을 통해 곧 양평으로 진군했다.

한편 요동의 비연은 선봉장 양조와 상의했다.

"만일 위병들이 공격해온다면 나가 싸우지 말라. 그들은 수천 리 길을 달려왔으니 군량미를 조달하기가 어려워 오랫동안 버티어 싸울 수 없을 것이다. 양곡이 떨어지면 분명히 물러갈 것이니 그들이 물러가는 때를 기다려 뒤에서 기병을 거느려 공격한다면 사마의를 사로잡을 수 있을 것이다. 전에 사마의가 촉병과 대치하여 나가 싸우지 아니하고 위남을 굳게 지키는 동안 공명이 군중에서 죽었던 일도 있다. 지금의 형편이 바로 그 때와 같다."

두 사람이 이렇게 대책을 협의하고 있을 때 위군들이 남쪽으로 움직이고 있다는 급박한 보고가 들어왔다. 비연은 깜짝 놀라 말했다.

"그들은 양평을 지키는 우리 군사의 수가 적은 것을 알고 그 곳 진지를 공격하려고 떠났을 것이다. 만일 양평을 빼앗긴다면 이 곳을 지키는 것은 아무 소용도 없는 일이 된다."

그리하여 그들은 곧 군사를 거느리고 위군의 뒤를 따랐다. 요동 공손연의 군사들이 뒤를 추격한다는 소식은 염탐꾼에 의해 곧바로 사마의에게 전해졌다. 사마의는 얼굴 가득히 미소를 머금으며 말했다.

"놈들이 우리의 계책에 빠졌구나!"

사마의는 곧 하후패와 하후위에게 명하여 각기 일단의 군사를 거느리고 제수(濟水) 강변에 복병하게 했다.

"요동의 군사가 나타나면 양쪽에서 일제히 뛰어나가 막으라."

두 사람은 계책을 받고 나갔다. 과연 멀리서 뿌연 먼지를 일으키며 비연과 양조가 군사를 거느리고 나타났다. 위군들이 포를 크게 울리고 북을 치며 깃발을 흔들자 좌우에서 하후패와 하후위가 일제히 군사를 거느리고 공격했다.

요동의 비연과 양조는 감히 맞서 싸울 생각도 못 하고 도주하기 시작했다. 수산(首山)까지 도망치던 이들은 그 곳에 진을 치고 있던 공손연의 군사와 만나게 되어 말을 돌려 위군과 교전했다. 비연은 말을 달려 앞으로 나와 소리쳤다.

"적장놈아, 먹히지도 않을 속임수를 쓸 생각은 말고 정정당당히 맞서라."

위장 하후패가 칼을 휘두르며 달려나왔다. 불과 수합도 싸우지 못했는데 하후패가 휘두르는 단칼에 비연의 목이 말 아래로 굴러떨어지니 요동의 군

사는 크게 어지러워졌다. 하후패가 말을 몰아 계속 몰아쳐 들어가자 공손연
은 패잔병을 거느리고 양평성으로 들어가 성문을 굳게 걸고 나와 싸우지 아
니했다. 위병은 추격해 양평성을 완전히 포위했다.

이 때가 가을이었는데도 비가 한 달 동안 계속 내리더니 평지에서도 물
이 허리까지 닿았으므로 위군은 요하(遼河) 어귀에서 양평성 아래까지 배를
이용하여 군량미를 운반할 수밖에 없었다. 위병들은 물 속에서 갖은 고생을
겪어야 했다.

좌도독 배경(裵景)은 장막 안으로 들어가 사마의에게 아뢰었다.

"비가 그치지 않고 계속 내려 영내가 진흙 구덩이가 되어 군사들이 들어
설 자리가 없으니 저 앞산 위로 진지를 옮기는 것이 어떻겠습니까?"

사마의는 노하여 꾸짖었다.

"오늘 아침이나 저녁이면 공손연을 사로잡을 수 있는데 왜 진지를 옮기
자고 하느냐? 다시 진지를 옮기자고 하는 자는 참형에 처하리라."

배경이 우물쭈물하다 물러가고 조금 있으니 우도독 구연(仇連)이 나타나
서 아뢰었다.

"군사들이 물 때문에 고생을 하니 태위께서는 진지를 높은 곳으로 옮기
도록 하십시오."

사마의는 더욱 화가 나서 꾸짖었다.

"내가 이미 군령을 내렸는데 네가 어찌 감히 어기려 하느냐?"

사마의는 곧 군사들에게 명하여 구연의 목을 베어 원문 밖에 매달게 했
다. 이를 본 군사들은 두려워서 어쩔 줄을 몰랐다.

사마의는 남쪽 진지의 인마를 30리 밖으로 물려 진을 치게 하고 양평성
안의 백성과 군사들이 성 밖으로 나와 나무도 하고 우마가 풀을 뜯어 먹을
수 있도록 방관했다. 이를 보고 사마 진군이 장막으로 사마의를 찾아와 물
었다.

"전에 태위께서 상용을 공격하실 때, 군사를 8로로 나누고 성 아래까지
추격하여 맹달을 사로잡아 크게 성공을 거두셨습니다. 지금은 완전무장한 4
만 군사를 거느리고 수천 리를 달려왔는데 성지를 공격하라는 영은 내리지
않으시고 군사들을 흙탕물 속에서 오래도록 고생하게 하시며 적도들이 나

무까지 베어가는데 방관만 하시니 우리로서는 태위님의 뜻을 알 길이 없습니다."

사마의는 웃으며 설명했다.

"공이 병법을 알 턱이 있겠느냐? 지난날 맹달은 군량미는 많았지만 거느린 군사가 적었고, 우리는 군사는 많았지만 군량미가 부족했다. 그러므로 속전속결을 펴지 아니할 수 없었다. 그래서 그들은 나와서 싸우지 않을 수 없었고 우리는 기습 공격을 가하여 승리를 얻었다. 그러나 지금 요동의 군사는 많고 우리 군사는 적으니 적은 굶주리고 우리는 배불리 먹을 수 있는데 힘들여 싸울 필요가 뭣이 있겠느냐? 가만히 있어도 그들은 스스로 달아날 것이니 우리는 승기를 잡아 공격하기만 하면 된다. 내가 한쪽 길을 터서 그들이 땔나무를 할 수 있도록 한 것은 결국 그들을 궁지에 몰아넣기 위함이다."

사마의의 설명을 들은 진군은 감복하지 않을 수 없었다.

사마의는 곧 사람을 낙양으로 보내어 군량미를 독촉했다.

위주 조예가 조회를 열자 여러 신하들이 입을 모아 말했다.

"근래에 가을비가 한 달 가량 계속해서 내려 군사와 병마는 피로에 지쳤을 터이니 사마의를 소환하고 군사들을 잠시 쉬게 하는 것이 좋겠습니다."

조예가 말했다.

"태위 사마의는 지모가 뛰어난 데다 용병을 잘하여 위기에 처하더라도 이를 극복할 사람이다. 며칠만 기다리면 공손연을 잡아올 것인데 경들이 걱정할 일이 무엇이냐?"

조예는 여러 신하들의 간하는 소리를 귀담아 듣지 아니하고 사람을 시켜 사마의의 진지 앞까지 군량미를 운반하게 했다.

사마의가 며칠 동안 진지 안에서 지내자 비가 그치고 하늘이 맑게 개었다. 이 날 밤 사마의가 장막 밖으로 나가 하늘을 우러러 천문을 보니, 갑자기 하나의 별이 쟁반같이 커지더니 밝은 불빛을 길게 뿜으며 수산 동북쪽에서 양평 동남쪽으로 떨어지고 있었다.

이를 보고 각 진지의 장수와 군사들은 모두 두려워했으나 사마의는 기쁜 마음을 감추지 못하고 여러 장수들을 불러 말했다.

"앞으로 닷새 후에는 별이 떨어진 곳에서 공손연의 목이 달아날 것이다. 내일 총력을 기울여 성을 공격하자."

사마의의 명령을 받은 장수들은 날이 밝자 양평성 4면을 포위하여 토산(土山)을 쌓고 땅굴을 팠으며 포대를 쌓고 구름다리를 세우며 불철주야 성을 공격하니 성에서 화살이 소나기처럼 쏟아졌다.

이 때 성 안에 있던 공손연은 군량미가 바닥이 나서 소와 말을 모조리 잡아먹었다. 사람들마다 원한 맺힌 눈으로 공손연을 대했으며 싸울 생각은 하지 않고 공손연의 목을 베고 성을 바쳐 위군에게 투항할 궁리들만 하고 있었다.

공손연은 이러한 소문을 듣고 놀라서 급히 상국(相國) 왕건(王建)과 어사대부 유보(柳甫)를 위군의 진지에 보내 항복하기를 청했다.

두 사람은 성문으로 나가지 못하고 동아줄을 타고 성 밖으로 내려가 사마의에게 아뢰었다.

"태위께서 군사를 20리 밖으로 물리신다면 저희 군신이 와서 항복하시겠다 합니다."

사마의는 꾸짖어 말했다.

"공손연이 왜 직접 오지 않았느냐? 아주 무례하구나!"

무사들에게 명하여 왕건·유보의 목을 베어 따라온 사람들에게 주어 보냈다. 일행이 돌아와 공손연에게 아뢰니 연왕 공손연은 깜짝 놀라더니 다시 시중 위연(衛演)을 위군의 진지로 보냈다.

사마의는 장막의 대 위에 올라 휘하 장수들을 좌우에 시립시키고 위연을 맞이했다. 위연은 기다시피 하며 장막 아래로 다가가서 아뢰었다.

"태위께서는 노여움을 푸십시오. 곧바로 세자 공손수(公孫修)를 먼저 인질로 보내고 군신들 스스로 몸을 결박지어 항복하겠습니다."

사마의가 말했다.

"군무에 있어서 중대한 요령 다섯 가지가 있다. 즉 싸움에 능하다면 당당히 맞서는 것이고 싸울 수 없으면 지켜야 하고, 지킬 수도 없으면 도망쳐야 하고 도망칠 수도 없으면 항복해야 하고, 항복할 입장이 아니라면 의당 자살해야 한다. 그런데 왜 세자를 인질로 보낸다는 말이냐?"

사마의는 위연을 꾸짖으며 돌아가서 공손연에게 그대로 말하라 했다. 위연은 얼굴을 들지 못하고 돌아가 공손연에게 보고했다.

공손연은 더욱 놀라 어쩔 줄 몰라 아들 공손수를 은밀히 불러 의논하더니 날랜 군사 1천 명을 뽑아 그 날 밤 2경에 남문을 열고 동남쪽을 향하여 도망쳤다. 공손연은 도망치다가 위군이 뒤를 쫓지 아니한 것을 알고 내심 기뻐했다.

이들이 말을 달려 10여 리쯤 갔을 때, 산 위에서 포 소리가 크게 울린 후 북 소리와 뿔나팔 소리가 귀가 찢어지도록 들리더니 일단의 군마가 갑자기 나타나 길을 막는데, 중앙에는 사마의가 버티고 있었으며 왼쪽에 사마사, 우측에 사마소가 부친을 옹위하고 서서 크게 소리쳤다.

"역적놈아, 멈춰라!"

공손연은 질겁하여 급히 말을 달려 도주로를 찾아 도망쳤다. 그러나 얼마 가지 아니하여 위장 호준이 군사를 거느리고 나타났는데, 왼쪽에는 하후패와 하후위가, 오른쪽에는 장호와 악침이 사면팔방으로 철통같이 둘러쌌다.

공손연 부자는 급히 말에서 내려 항복하고 말았다.

사마의는 말 위에 앉아서 여러 장수들을 둘러보며 말했다.

"며칠 전 병인일(丙寅日)에 큰 별이 이 곳으로 떨어지는 것을 목격했다. 그런데 오늘이 임신일(壬申日)이다."

여러 장수들은 사마의를 우러러보았다.

"태위께서는 과연 귀신 같은 지기를 가지셨습니다."

사마의는 공손연 부자를 참형에 처하라고 영을 내렸다. 군사들은 사마의 앞에서 공손연 부자의 목을 베었다.

사마의가 군사를 거느리고 양평에 당도하여 보니 호준이 이미 군사를 이끌고 성 안으로 들어가고 있었다. 백성들이 향을 피우고 위병들을 맞이하니 위병들도 모두 성 안으로 들어갔다. 사마의는 관부(官府)에 앉아 공손연의 가족과 공모에 가담한 관리를 색출하여 70여 명을 참형에 처하고 방문을 붙여 백성들을 안심시켰다.

백성들이 사마의에게 아뢰었다.

사마의는 공손연을 참하다. ≪新錄全像通俗演義≫ 三國志傳卷之十八

"가범과 윤직이, 반기를 든다는 것은 불가한 일이라고 간하였다가 공손연에게 죽고 말았습니다."

사마의는 가범과 윤직의 묘를 예로써 봉(封)하고 그들의 자손에게 벼슬과 재물을 내렸다. 이어서 창고의 재물을 꺼내어 군사들에게 크게 상을 내렸으며 그들을 거느리고 낙양으로 돌아갔다.

위 황제 조예의 죽음

한편 위주 조예가 궁중에 있던 어느 날 밤 3경쯤에 갑자기 음산한 바람이 세차게 불더니 등불이 꺼졌다. 이 때 죽은 모 황후가 함께 죽음을 당한 수십 명의 궁인을 거느리고 조예의 어전에 나타나 울면서 목숨을 내놓으라고 말하는 것이었다. 그 바람에 조예는 그만 병이 나고 말았다.

병이 더욱 깊어 정사를 맡아 처리할 수 없게 되자 시중 광록대부(侍中光祿大夫) 유방(劉放)과 손자(孫資)로 하여금 추밀원의 사무 일체를 담당하게 했다. 또한 문제(文帝)의 아들이며 연왕인 조우(曹宇)를 대장군으로 삼아 태자 조방(曹芳)의 섭정을 도우라 했다.

연왕 조우는 원래 사람이 겸손하고 검소하며 온화한 성격으로, 스스로 대임을 맡을 수 없다고 생각하여 한사코 사양했다.

조예가 유방과 손자에게 물었다.

"우리 종족(宗族) 중에서 대임을 맡을 만한 인물이 누구라고 생각하느냐?"

두 사람은 오랫동안 조진의 은혜를 입었던 사람으로 진작부터 이를 염두에 두고 있었다.

"조진의 아들 조상(曹爽)이 적격자라고 생각합니다."

조예가 자기들의 말을 따르자 두 사람은 다시 아뢰었다.

"조상을 기용하시려면 연왕 조우는 돌려보내셔야 합니다."

조예는 그대로 따랐다. 유방과 손자는 그래도 마음이 놓이지 않았던지 조예에게 청하여 연왕을 회유할 조서를 내리게 했다.

천자의 명을 받아 조서를 내리니 연왕은 오늘 안으로 임지로 돌아가도록 하라. 또한 부르지 아니하는 한 입조하지 말라.

이에 연왕은 울면서 돌아갔다. 이리하여 조상은 대장군에 봉해져 조정의 일을 모두 섭정하게 되었다.

한편 조예는 병이 더욱 중해져 점점 위태로운 지경에 이르자 사마의에게 사자를 보내어 특별히 입조하도록 하였다. 사마의는 영을 받고 곧바로 허창에 당도하여 위주를 뵈었다.

위주가 입을 열었다.

"짐은 경을 보지 못하고 죽으리라 생각했는데 이제 경을 대하게 되었으니 설령 죽는다 해도 여한이 없소."

사마의는 머리를 조아리며 아뢰었다.

"신이 부름을 받고 오는 도중에 폐하의 성체(聖體)가 편치 않으시다는 소문을 듣고 양쪽 날개가 없음을 한탄하며 나는 듯이 달려 입궐했습니다. 오늘 용안을 다시 뵙게 되어 신도 다행으로 생각합니다."

조예는 태자 조방과 대장군 조상, 시중 유방·손자를 어전 가까이 불러 사마의의 손을 잡으며 말했다.

"지난날 유현덕이 백제성에서 중병을 앓고 있을 때, 아들 유선을 제갈량에게 탁고하니 공명은 죽을 때까지 충성을 다한 일이 있소. 변방의 서촉도 그러하거늘 황차 대국에서야 더 말해 무얼 하겠소. 짐의 아들 조방은 이제 겨우 8세로 사직을 맡아 다스릴 수 없소. 태위와 종형 및 예로부터 공로가 많은 여러 신하들은 힘을 다하여 서로 도와 짐의 뜻을 저버리지 마오."

조예는 이번에는 아들 방을 가까이 불러 말했다.

"중달은 짐과 한몸 같은 분이니 존경하여 예로써 대하도록 하라."

조예는 이렇게 말하며 조방에게 사마의의 품에 안기라 했다. 조방은 사마의의 품에 안겨 떨어질 줄을 몰랐다.

조예는 사마의에게 당부했다.

"태위께서는 어린 내 아들이 그토록 매달리는 것을 잊지 마시오."

이렇게 최후의 말을 마치더니 조예는 눈물을 주르륵 흘렸다. 사마의도 머리를 조아리며 눈물을 흘렸다.

위주 조예는 정신을 잃더니 말을 못 하고 손으로 태자를 가리키다가 숨을 거두었다. 그가 황제의 위(位)에 오른 지 13년 만인 위국의 경초(景初) 3년 봄 정월 하순이었다. 이 때 조예의 나이 겨우 36세였다.

이리하여 사마의와 조상은 즉시 태자 조방을 황제의 위에 오르게 했다. 조방의 자는 난경(蘭卿)으로 조예가 은밀히 양자로 들였다. 그런데도 이를 아는 사람이 하나도 없었다. 새로이 황제에 즉위한 조방은 조예에게 명제(明帝)라는 시호를 올리고 고평(高平) 땅에 장사지내어 능을 세웠으며, 곽 황후를 존대하여 황태후(皇太后)라 칭하고 연호를 정시(正始) 원년이라고 쳤다.

병권을 쥔 조상의 횡포

사마의와 대장군 조상은 황제 옆에서 정무를 보살피게 되었다. 조상은 사마의를 섬겨 큰일이 생기면 먼저 사마의에게 아뢰었다.

조상의 자는 소백(昭伯)으로 어려서 궁중을 출입할 때부터 근엄하고 조심성이 있어 명제로부터 극진한 사랑을 받았었다.

조상의 문하에는 500여 명의 빈객이 있었는데, 그 중 뛰어난 인물 다섯은 자를 평숙(平叔)이라 하는 하안(何晏)과 자를 현무(玄茂)라 하는 등우(鄧禹)의 후손 등양(鄧颺)이었다. 또 공소(公昭) 이승(李勝), 언정(彦靖) 정밀(丁謐), 소선(昭先) 필범(畢範)이다. 이들 외에도 대사농(大司農) 환범(桓範)이 있었으니 그는 자를 원칙(元則)이라 했고 지혜가 많아서 사람들이 그를 '지혜의 주머니'라는 뜻으로 '지랑(智囊)'이라고 불렀다. 이들 모두는 조상으로부터 두터운 신임을 받고 있었다.

하안이 조상에게 아뢰었다.

"주공께서 맡으신 대권을 남에게 위탁하는 것은 불가하며 후환이 생길까 두렵습니다."

조상은 이미 하안의 진의를 알았다.

"사마의는 나와 함께 선제로부터 탁고의 명을 받았는데 어찌 이를 배반할 수 있다는 말이냐?"

"전에 선제께서 중달과 함께 촉병을 격파하실 때 중달 때문에 선제께서는 수차에 걸쳐 기가 꺾였으며 그로 인하여 돌아가시게 되었는데 주인께서는 왜 그걸 살피지 않으십니까?"

하안의 말을 들은 조상은 무언가 깨달은 바 있어 여러 참모들과 의논한 후에 위주 조방을 찾아가 아뢰었다.

"사마의는 세운 공도 높고 쌓은 덕도 많으니 태부를 삼으시는 것이 좋겠습니다."

조방은 사마의를 명목뿐인 태부에 앉혔다. 이로부터 병권은 모두 조상이 거머쥐게 되었다.

병권을 장악한 조상은 그의 아우들에게 벼슬을 내려, 조희(曹羲)는 중령군(中領軍)을 삼고 조훈(曹訓)은 무위장군(武衛將軍)을, 조언(曹彦)은 산기상시(散騎常侍)를 삼아 각기 3천의 어림군을 거느리고 궁궐을 지키라 했다.

또한 하안·등양·정밀을 등용하여 상서의 벼슬을 내렸고, 필범은 사예교위(司隷校尉)에, 이승은 하남윤(河南尹)에 각각 봉했다. 이들 다섯 사람이

주야를 가리지 않고 조상과 함께 협의하여 정부를 움직이니 조상의 문하에
는 빈객들이 끊일 날이 없었다.

이 때 사마의는 병을 이유로 나가지 아니하고 그의 두 아들 역시 벼슬에
서 물러나 한가하게 지내고 있었다.

전권을 손에 쥔 조상은 하안 등과 어울려 매일 술과 미녀에 묻혀 살았
다. 뿐만 아니라 사치벽도 심하여 일상 입는 옷이나 집기 등이 궁중에서 사
용하는 것과 전혀 다를 바 없었으며, 각처에서 바친 진귀한 물건이나 애완
물 중에서 좋은 것은 자기가 먼저 차지한 후에 궁중에 진상하였다. 심지어
는 근무하는 부원(府院)까지 가인들과 미녀들로 그득하였다.

장당(張當)이란 내시는 조상에게 아첨하여 자기 마음대로 선제의 시녀나
첩 중에서 7, 8인을 뽑아 조상의 부중에 보내기까지 했다. 조상은 이에 만
족하지 않고 예쁘고 노래 잘하고 춤 잘 추는 양갓집 규수 3, 40명을 뽑아
가악(家樂)을 삼았으며, 엄청나게 크고 높은 누각을 짓고 금과 은으로 기물
을 만들기 위하여 전국에서 유명한 기술자를 수백 명이나 뽑아 주야를 가리
지 않고 일하도록 했다.

한편 하안은 평원의 관로(管輅)라는 사람이 술수에 밝다는 소문을 듣고
관로를 청하여 주역을 논하며 즐겼다. 이 때 자리에 동석했던 등양이 관로
에게 물었다.

"그대는 스스로 주역에 밝다고 하면서 주역의 사의(詞義)에 대해서는 말
을 꺼내지 않는데 그 까닭이 무엇인가?"

관로가 대답했다.

"주역에 참으로 밝은 사람은 주역을 말하지 않는 법입니다."

옆에 있던 하안은 웃으며 칭찬했다.

"과연 간결하고 시적인 표현이오."

하안은 이어서 관로에게 이렇게 질문했다.

"시험삼아서 내가 삼공(三公)의 자리에 오를 수 있는지의 여부를 점쳐줄
수 있겠소? 며칠 밤을 계속하여 푸른 파리 수십 마리가 내 코 위에 모여드
는 꿈을 꾸었는데 이는 무슨 징조요?"

관로가 대답했다.

하안은 관로에게 해몽을 부탁하다. ≪新鏤全像通俗演義≫ 三國志傳卷之十八

　"원개(元愷)가 순임금을 보좌하고 주공(周公)이 주나라를 보좌하니 이 모두 화합과 은혜 그리고 겸손과 공손함의 상징으로 다복(多福)을 향유할 조짐이오. 그러나 지금 군후의 지위가 높고 세도는 중(重)하지만 덕이 있다고 생각하는 사람은 적고 두려워 멀리하는 사람들이 많으니 조심하여 복을 구하지 아니하면 안 됩니다. 코는 산(山)인데 산은 높지만 위태롭지 않으니 오랫 동안 귀한 자리를 지킬 소이입니다. 또 청색 파리는 악취를 찾아 모여드는 것이니 지위가 높으신 분이 넘어질 것이 아니겠습니까? 군후께서는 나쁜 일은 많고 이로운 일은 적을 것이니 예가 아니면 따르지 마십시오. 그런 연후에야 삼공의 위에 올라 파란 파리도 몰아낼 수 있을 것입니다."

　등양은 노하여 꾸짖었다.

　"그 따위 소리야 입버릇처럼 늘 하는 말이 아닌가!"

　관로가 대답했다.

　"노인은 죽음을 볼 수 없으며 지껄이는 자는 이를 보고도 입 밖에 말을 내지 못하는 법이오."

　관로는 이렇게 내뱉고 소매를 떨치며 가버렸다. 등양과 하안 두 사람은 서로 얼굴을 마주하고 웃었다.

　"미친 늙은이로구먼!"

집에 도착한 관로가 마침 놀러 온 외삼촌에게 하안과 등양을 만나 주고 받았던 이야기를 하자 그는 놀라며 말했다.

"하안과 등양 두 사람은 권세가 대단한데 어찌 그런 말을 했느냐?"

"죽을 놈들에게 한 말인데 무슨 두려움이 있겠소?"

외삼촌이 그 까닭을 묻자 관로가 대답했다.

"등양이 걷는 것을 살펴보니 근육과 뼈가 각각 놀고 맥이 살을 제어하지 못하여 일어서도 한쪽으로 비뚤어져, 손발이 없다면 귀신과 같은 형상이었습니다. 또한 하안을 바라보니 혼이 제대로 박히지 않았으며 혈색은 맑지 못해 마치 연기가 멈춘 듯했으며 고목과 같아 역시 귀신의 상이었습니다. 두 사람은 조만간 반드시 죽을 화를 당할 사람인데 무엇이 두려울 것이 있겠습니까?"

외삼촌은 관로를 크게 꾸짖으며 미친놈이라고 욕하고는 총총히 가버렸다.

이 때 조상은 심복 하안·등양 등과 자주 사냥을 즐겼다.

조상의 아우 조희가 그에게 아뢰었다.

"형님은 권세가 높으시니 함부로 밖으로 나가서 사냥만 즐기시면 사람들의 입에 오르내려 뒤에 후회하실 일이 생길 것입니다."

조상은 아우 조희를 꾸짖었다.

"병권이 내 수중에 있는데 두려울 것이 뭐가 있다는 말이냐?"

사농 환범도 역시 간했으나 조상은 들은 체도 아니했다.

이 때 위주 조방은 정시(正始) 10년을 가평(嘉平) 원년(서기 249년)으로 고쳤다.

전권을 쥐고 있던 조상은 권력에 눈이 어두워 사마의가 어떠한 생각을 품고 있는지 아예 알려고도 하지 않았다.

사마의의 계책

이 때 위주는 이승(李勝)에게 청주(靑州) 자사의 벼슬을 내려 사마의에게 작별을 고하는 체하면서 그의 근황을 알아보라는 영을 내렸다. 이승이 곧바로 태부의 부중에 당도하자 문 지키는 아전이 이를 사마의에게 보고했다.

사마의는 두 아들을 불러 말했다.

"이승이 찾아온 것은 조상의 사주에 의하여 내가 병이 났는지의 사실 여부를 알아보려고 왔을 것이다."

사마의는 곧 관을 벗고 머리를 풀어 산발한 채 병상에 의지하여 두 시녀의 부축을 받으면서 이승을 맞이했다.

이승은 사마의의 병상에 다가와 절하며 말했다.

"근래에 태부님을 뵙지 못했는데 이렇게 중병을 앓으시리라고는 생각지도 못했습니다. 이번에 천자의 명을 받아 청주 자사가 되어 특별히 작별차 찾아왔습니다."

사마의는 웃으며 짐짓 엉뚱한 말을 했다.

"병주(幷州)는 삭방(朔方)에 가까운 곳이니 방비를 잘하시게나."

이승이 말했다.

"청주 자사지 병주 자사가 아닙니다."

사마의는 웃으며 물었다.

"그대가 병주에서 오는 길이라고?"

이승은 큰 소리로 대답했다.

"산동(山東)의 청주입니다."

사마의는 더욱 크게 웃으며 말했다.

"그대가 청주에서 왔다는 말이지."

이승은 좌우를 바라보며 말했다.

"태부께서는 왜 이토록 중병에 드셨소?"

좌우에서 대답했다.

"태부께서는 말을 잘 알아듣지 못하십니다."

이승이 종이와 붓을 청하니 좌우에서 얼른 종이와 붓을 건네 주었다. 이승은 글을 써서 사마의에게 올렸다.

사마의는 읽더니 웃으면서 말했다.

"내가 귀가 먹었네. 이번에 가거든 일을 잘 맡아 하게나."

사마의는 거짓 병으로 조상을 속이다. ≪繡像全圖三國演義≫에서

이렇게 말하며 사마의는 손으로 입을 가리켰다. 시녀들이 탕약을 올리자 약을 받아든 사마의는 옷에 질질 약을 흘리며 먹더니 가쁜 숨을 헐떡이면서 말했다.

"내 이미 노쇠하여 병을 얻었으니 오늘 저녁을 넘길지 모르겠네. 두 아들이 있지만 불초하니 그대가 잘 지도해주기 바라네. 그대가 대장군 조상을 만나거든 두 아들을 보살펴주라고 당부하게."

말을 마친 사마의는 병상에 쓰러져 기침하며 헐떡였다.

사마의와 작별한 이승은 즉시 조상에게 돌아가 사마의를 만났던 일을 자세히 보고했다. 조상은 크게 기뻐했다.

"그 늙은이가 죽게 되었다니 이제 내가 걱정할 일이 없구나!"

한편 이승이 돌아간 것을 확인한 사마의는 자리에서 일어나 두 아들을 불렀다.

"돌아간 이승으로부터 내 소식을 들으면 조상은 나를 염두에 두지 아니할 것이다. 그가 성 밖에서 사냥할 때를 기다려 일을 도모한다면 성공할 수 있을 것이다."

그 이튿날 조상은 위주 조방을 찾아가 고평에 있는 선제 명제의 능에 찾아가 선제께 제사를 올리자고 했다. 조방은 조상의 말에 따라 대소 관원을 거느리고 수레를 타고 성 밖으로 나갔다.

조상이 그의 세 아우와 함께 심복 하안 등을 대동하고 어림군을 거느리고 위주를 호위하여 나가니 사농 환범은 조상의 말고삐를 붙잡으며 간했다.

"주공께서 금병(禁兵 : 대궐을 경호하는 군사)을 총독하시는 마당에 형제분이 모두 성을 나가시는 것은 불가합니다. 만일 성 안에 변고가 생기면 어찌하시겠습니까?"

조상은 환범을 손가락질하며 꾸짖었다.

"누가 감히 변고를 일으킨다는 말이냐? 다시 그런 터무니없는 소린 하지 말아라!"

이 날 사마의는 조상이 그의 아우들과 성을 나가는 것을 확인하고 내심 기뻐하며 즉시 지난날 전장에서 같이 적과 싸우던 심복과 가장(家將) 수십 명을 두 아들과 함께 거느리고 나가면서 마상에서 조상을 죽일 모의를 했다.

문이 닫혀졌다고 지나쳤던 집에서 음모의 싹이 트고 있으니 대장군 조상의 운명은 어찌 될 것인지…….

107. 대권을 쥔 사마의

위 주 정 귀 사 마 씨   강 유 병 패 우 두 산
魏主政歸司馬氏   姜維兵敗牛頭山

사마의는 조상을 제거한 후 위의 정권을 손
아귀에 넣고, 강유는 군사를 일으켜 위를 취
하러 나서나 우두산에서 패한다.

태후를 위협한 사마의

사마의는 대장군 조상이 아우 조희·조훈·조언과 함께 심복 하안·등
양·정밀·필범·이승 등을 거느리고 어림군을 이끌어 위주 조방을 따라
명제의 묘를 참배하러 갔다는 소문을 들었다.

사마의는 크게 기뻐하며 곧바로 성(省)으로 가서 사도 고유(高柔)에게 절
월(節鉞)을 주고 임시로 대장을 삼아 군사를 지휘하여 먼저 조상의 진지를
점령하도록 영을 내리는 한편, 태복(太僕) 왕관(王觀)을 중령군사(中領軍事)
로 삼아 조희의 진지를 점령하도록 했다.

사마의 자신은 구관들을 거느리고 후궁으로 들어가 곽 태후에게, 조상이
선제께서 탁고하신 은혜를 배반하고 간사하게 나라를 어지럽히니 마땅히
그 죄를 물어 그의 직위를 폐해야 한다고 아뢰었다.

곽 태후는 깜짝 놀랐다.

"천자께서는 지금 밖에 계신데 어찌하면 좋겠소?"

사마의는 대답했다.

"신이 천자에게 표를 올려 간신들을 주살할 것이니 태후께서는 염려하지 마십시오."

태후는 두려워 떨며 사마의의 말에 따를 수밖에 없었다.

사마의는 태위 장제(蔣濟), 상서령 사마부(司馬孚) 등에게 표를 쓰게 하여 내관에게 주어 즉시 황제께 올리도록 했다. 사마의는 이렇게 조치한 후 군사를 거느리고 무기 창고를 점령했다.

사마의의 이러한 행동들은 즉시 조상의 집에 보고되었다. 조상의 처 유씨는 급히 청(廳)으로 나와 수부관(守府官)을 불러 물었다.

"지금 주공께서는 밖에 나가 계시는데 중달이 군사를 일으켰다니 어찌된 일이냐?"

수문장 반거(潘擧)가 아뢰었다.

"부인께서는 놀라시지 마십시오. 제가 달려가 알아보겠습니다."

반거는 궁노수 10여 명을 거느리고 문루에 올라 바라보았다.

사마의가 병사를 거느리고 부(府) 앞을 지나는 것을 본 반거가 궁노수들에게 활을 쏘아 사마의를 죽이라고 영을 내리니 사마의는 감히 지나갈 수가 없었다.

편장 손겸(孫謙)이 뒤에서 만류했다.

"태부(太傅)께서는 국가 대사를 위하는 것인지도 모르니 쏘지 않는 것이 좋겠습니다."

손겸의 말을 들은 반거는 사격을 중지시켰다.

사마소는 아버지 사마의를 호위하여 군사를 거느리고 성 밖으로 나가 낙하에 둔병하면서 부교를 지키고 있었다.

이 때 조상의 심복 부하 사마 노지(魯芝)가 성 안에 변란이 일어난 것을 보고 참군 신창(辛敞)을 불러 상의했다.

"중달이 변란을 일으켰으니 앞으로 어찌하면 좋겠소?"

"본부의 병사를 거느리고 성을 빠져나가 황제가 계시는 곳으로 가는 것이 좋겠습니다."

노지는 신창의 말에 따르기로 했다. 신창이 즉시 후당으로 들어가니 그의 누님 신헌영(辛憲英)이 신창을 불러 물었다. "무슨 일이 벌어졌기에 그처럼 당황하느냐?"

신창이 아뢰었다.

"황제께서 성 밖으로 나가셨는데도 태부가 성문을 굳게 닫고 있으니 모반하는 것이 분명합니다."

"사마 공께서는 모반하는 것이 아니고 조상 대장군을 죽이려는 것이다."

신창은 놀라며 말했다.

"앞으로의 일이 어찌 될지 모르겠습니다."

"조 장군은 사마 공의 적수가 못 되니 반드시 패할 것이다."

"오늘 노지와 상의하여 함께 황제가 계시는 곳으로 가기로 했는데 어찌해야 좋겠습니까?"

헌영은 동생 신창에게 당부했다.

"직분을 지키는 것이 대의다. 사람이 어려움에 처했을 때는 도와주어야 하는 것이다. 채찍을 들고도 처리하지 못한다면 상서로운 일이 아니다."

신창은 누님의 말에 따라 노지와 함께 수십 기의 군사를 거느리고 수문장의 목을 벤 후 성문을 빠져나갔다.

이러한 사실이 사마의에게 보고되자 사마의는 환범이 도망칠까 두려워 급히 사람을 보내어 불렀다. 환범이 아들을 불러 협의하니 아들이 대답했다.

"황제의 수레가 밖에 있으니 그 곳 남쪽으로 가시는 것이 좋겠습니다."

환범은 아들의 말에 따라 급히 말에 올라 평창문(平昌門)으로 갔으나 이미 성문은 굳게 닫혀 있었다. 다행히도 성문을 지키던 문지기는 옛날의 부하 사번(司蕃)이었다. 환범은 옷소매에서 죽판(竹版 : 옛날의 종이 대신으로 쓰던 것)을 꺼내어 사번에게 내보이며 말했다.

"태후의 조서를 받들어 나가니 빨리 문을 열어라!"

사번이 아뢰었다.

"조서를 보여주십시오."

환범은 사번을 꾸짖어 말했다.

"너는 옛날 내 부하였는데 어찌 감히 이렇게 무례하게 구느냐?"

사번은 성문을 열고 환범을 내보냈다. 성문을 빠져 나온 환범은 뒤돌아보며 사번에게 소리쳤다.

"태부 사마의가 반란을 일으켰으니 너는 속히 나를 따르도록 하라."

사번은 깜짝 놀라며 환범을 붙잡으려고 뒤를 추격했으나 놓치고 말았다. 사번은 환범이 도망친 사실을 급히 사마의에게 아뢰었다.

사마의는 깜짝 놀라며 물었다.

"'지혜 주머니' 환범을 잃었으니 어찌하면 좋겠느냐?"

옆에 있던 장제가 말했다.

"노새가 옛날에 먹던 콩을 못 잊어 도망쳤으니 할 수 없는 일입니다."

사마의는 허윤(許允)과 진태(陳泰)를 불러 명했다.

"너희들은 조상에게 달려가서 태부는 다른 뜻이 없고 그의 형제들의 병권만을 거두려는 것뿐이라고 말하여라."

허윤과 진태 두 사람은 사마의의 분부를 받고 떠났다.

또한 사마의는 장제를 시켜 편지를 쓰게 하고 전중교위(殿中校尉) 윤대목(尹大目)을 불러 조상에게 가져다 주라고 분부했다.

"너는 조상과 교분이 두터운 사이니 이 일을 맡을 만하다. 네가 조상을 만나거든 나와 장제는 낙수(洛水)를 두고 맹세하거니와 조상의 병권에 대한 일 외에 별다른 뜻이 없다더라고 말하여라."

윤대목은 사마의의 영을 받고 떠났다.

위주에게 표문을 올린 사마의

한편 조상이 매를 날리며 사냥개를 거느려 짐승을 쫓고 있을 때, 성 안에서는 변란이 일어났으며 태부 사마의가 표를 올렸다는 연락이 전해져 크게 놀란 조상은 그만 말에서 굴러떨어질 뻔했다.

내시 관봉(官捧)이 사마의의 표문을 황제께 올리니 무례하게도 조상은 표문을 접하려고 가까이 있던 신하에게 읽으라고 영을 내렸다.

　　정서 대도독 태부 신 사마의는 머리를 조아려 표를 올리나이다. 전날 신이 요동에서 돌아왔을 때 선제께서 진왕(秦王)과 신 등을 어상(御牀)에 오르게 하여 신의 어깨를 붙잡으시며 뒷일을 당부하셨습니다. 그런데 지금 대장군 조상은 선제의 명을 거역하고 국가의 전례(典禮)를 함부로 폐하여 어지럽게 하였으며, 안으로는 참담함을 눈뜨고 볼 수 없으며 밖으로는 전권을 휘둘러 내시 장당(張當)을 도감(都監)에 앉혀 권세를 장악하고 있습니다. 그리하여 지존(至尊)을 감시하고 제위를 엿보아 두 궁(宮 : 천자와 곽 태후) 사이를 오가며 이간시켜 골육간의 싸움을 붙이고 있나이다. 이렇게 천하가 물끓듯 어지러우니 인심은 크게 흔들리고 두려워합니다. 이는 선제께서 신에게 위촉하신 본의가 아닌가 합니다.

　　신이 비록 나이 들어 노후한 몸이지만 어찌 감히 선제의 말씀을 저버릴 수 있겠습니까? 태위 장제와 상서 사마부 등 모두는 조상이 임금을 제대로 모실 마음이 없음을 알고 조상 형제가 병권을 쥐는 것은 불가하다고 여겨 영녕궁(永寧宮)의 황태후께 아뢰었던 바, 신에게 표를 올리라 하시어 그에 따른 것입니다. 신은 칙지를 받든 자와 황문의 영(令)으로 조상·조희·조훈을 병권에서 파하여 집으로 보내시되 어가는 머무를 수 없습니다. 감히 이를 감히 거역하는 자가 있다면 군법에 의하여 다스리겠습니다. 신은 군사들을 이끌고 낙수에 둔병하여 만일의 사태에 대비해 부교를 지키고 있습니다. 삼가 글월을 올리오니 귀기울여 주시기를 엎드려 바라옵니다.

끝까지 듣던 위주 조방은 조상을 불러 물었다.

"태부의 표문이 이러한데 경은 어떻게 처리하는 것이 좋겠는가?"

조상은 손발이 떨려 대답을 못 하고 두 아우를 돌아보며 물었다.

"어찌했으면 좋겠느냐?"

조희가 대답했다.

"재주가 없는 아우이지만 여러 번 간했는데 형님이 듣지 않으시더니 이 지경이 되었습니다. 사마의의 속임수는 보통이 아니어서 공명도 당하지 못했거늘 우리 형제가 어떻게 당하겠습니까? 스스로 결박짓고 찾아가 죽음을

위주는 조상을 고하는 표문을 보다. ≪新鋟全像通俗演義≫ 三國志傳卷之十八

면하는 것이 좋겠습니다."

조회의 말이 끝나기도 전에 참군 신창과 사마 노지가 도착했다.

조상이 어떻게 왔느냐고 묻자 두 사람은 입을 모아 대답했다.

"성 안의 파수가 철통 같으며 태부는 군사를 거느리고 낙수에 둔병하여 부교를 지키고 있어 돌아갈 수 없으니 일찍이 계책을 세우는 것이 좋겠습니다."

이 때 사농 환범이 말을 달려 도착하여 조상에게 아뢰었다.

"태부가 이미 변란을 일으켰는데 장군께서는 어찌하여 천자를 모시고 허창으로 돌아가 의병을 청하여 사마의를 토벌하지 아니하십니까?"

조상은 힘없이 대답했다.

"내 가족들이 모두 그 곳 낙수성 안에 있는데 어찌 다른 곳에 가서 원병을 청할 수 있겠느냐?"

"비록 필부라 하더라도 난을 당하면 살 길을 찾는 것입니다. 지금 주공께서는 천자를 모시고 계시며 천하를 호령하는데 누가 이에 응하지 않겠습니까? 왜 스스로 사지(死地)에 뛰어들려고 하십니까?"

환범의 이러한 말을 듣고도 조상은 단안을 내리지 못하고 눈물만 흘리고 있었다. 환범이 다시 말했다.

"여기에서 허창까지는 하루도 걸리지 않습니다. 그 곳은 양곡이 풍부하여 몇 해는 지날 수 있습니다. 또한 주공의 별영(別營) 병마가 그 곳에서 가까운 관문 남쪽에 있으니 부르기만 하면 즉시 달려올 것입니다. 대사마의 도장은 제가 가지고 있습니다. 주공께서는 빨리 가도록 하십시오. 늦으면 만사가 뒤틀립니다."

조상이 말했다.

"너무 독촉하지 말라. 내가 좀더 깊이 생각하고 결정하리라."

조금 있다가 시중 허윤과 상서령 진태가 왔다. 두 사람은 입을 모아 조상에게 아뢰었다.

"태부께서는 장군의 권세가 너무 높고 크므로 병권을 깎아내릴 뿐 다른 뜻은 없는 것 같았습니다. 장군께서는 속히 성중으로 들어가시는 것이 좋겠습니다."

조상은 묵묵히 침묵만 지킬 뿐 대답을 못 하고 있었다. 곧 이어서 전중교위 윤대목이 당도했다.

"태부께서는 낙수를 두고 맹세하며 결코 딴뜻이 없다고 하셨습니다. 여기에 태위 장제의 글월이 있습니다. 장군께서는 병권을 내놓으시고 속히 상부(相府)로 돌아가십시오."

조상은 윤대목의 말을 듣고 마음이 흔들렸다. 환범은 또다시 조상을 부추겼다.

"사태가 급하니 공연히 남의 말을 듣고 사지에 뛰어들지 마십시오."

이 날 밤, 조상은 결단을 내리지 못하고 칼을 빼들고 시름에 잠겨 한숨만 푹푹 쉬고 있었다. 저녁부터 날이 훤하게 밝을 때까지 눈물만 흘릴 뿐 결정을 하지 못했다.

아침에 환범은 조상의 장막 안으로 들어와 또다시 재촉했다.

"주공께서는 밤새도록 생각하셨으면서 아직도 결단을 내리지 못하셨습니까?"

조상은 칼을 내던지고 탄식하며 말했다.

"나는 군사를 일으키지 않겠다. 벼슬을 버리고 부유하게 살면 그것으로 족하다."

환범은 조상의 말을 듣고 크게 통곡하더니 장막에서 나와 혼자 중얼거렸다.

"조자단은 스스로 지모를 갖췄다고 큰 소리쳤지만 그의 아들들은 돼지새끼일 뿐이로구나!"

환범의 통곡은 그치지 않았다.

조상의 죽음

허윤과 진태는 빨리 대장군 도장을 사마의에게 바치라고 윽박질렀다. 조상이 대장군인을 바치려 하니 주부 양종(楊綜)은 도장의 인끈을 붙잡고 통곡하며 말했다.

"주공께서 오늘 병권을 버리고 스스로 결박지어 항복하신다면 동쪽 저잣거리에서 죽음을 면치 못하실 것입니다."

조상은 양종을 위로하며 말했다.

"태부는 신의를 저버릴 분이 아니다."

조상은 대장군 도장을 허윤·진태에게 주면서 사마의에게 보내도록 했다. 조상이 대장군 도장을 사마의에게 보내자 휘하의 군사들은 모두 흩어져 돌아갔고 그의 휘하에는 몇몇 심복만이 남아 있었다.

조상이 낙수의 부교에 당도하자 사마의는 영을 내려 조상 삼형제를 집으로 돌아가도록 하고 나머지 사람은 따로 조칙이 내려질 때까지 기다렸다가 처리하라 했다.

조상과 그의 형제가 성 안으로 들어섰을 때 조상을 따르는 자는 아무도 없었다.

환범이 말을 타고 부교 옆에 다가서니 사마의는 채찍으로 환범을 가리키며 소리쳤다.

"환(桓) 대부는 웬일로 여기에 왔는가?"

환범은 일언반구의 대답도 없이 머리를 숙이고 성 안으로 들어가 자기 집으로 향했다. 이리하여 사마의는 천자를 낙양으로 모실 수 있었다.

조상 삼형제가 집으로 돌아간 후 사마의는 조상의 집에 커다란 자물쇠를 채운 다음 800여 군사를 시켜 조상의 집을 포위하고 지키라 했다.

조상은 마음이 괴로웠다. 조희는 형 조상에게 말했다.

"지금 집에 양식이 떨어졌으니 태부께 서신을 보내어 양곡을 빌려 달라고 하십시오. 우리에게 양곡을 빌려준다면 해칠 생각이 없다는 증거입니다."

조상은 인편을 통하여 사마의에게 글월을 보냈다.

조상의 글월을 받아 읽은 사마의는 사람을 시켜 양곡 100석을 조상의 집으로 보냈다. 조상은 크게 기뻐하며 말했다.

"사마 공은 우리를 해칠 마음이 없었구나!"

이후부터 조상은 더 이상 우울해 하지 않았다. 그러나 사마의가 내시 장당을 불러 고문하자 장당은 모든 사실을 실토했다.

"저뿐만이 아니라 하안·등양·이승·필범·정밀 등 다섯 명이 함께 반역을 꾀했습니다."

사마의는 장당의 실토를 들은 즉시 하안 등 일당을 심문하여 오는 3월에 반역하기로 했다는 자백을 받아내고서는 곧 이들에게 큰 칼을 씌웠다. 또 수문장 사번으로부터 환범이 성을 빠져나가면서 태부가 모반을 일으켰다고 말하더라는 보고를 받았다.

사마의는 크게 화가 나서 벽력같이 소리쳤다.

"무고한 사람에게 죄를 씌우는 자는 오히려 죄를 받아야 마땅하다."

사마의는 환범 등을 옥에 가두라 명하고 조상의 삼형제와 그 일당 천여 명을 참형에 처하고 삼족을 멸하는가 하면 그 재산을 몰수하여 국고에 넣었다.

이 때 조상의 종제 문숙(文叔)의 아내는 하후령(夏侯令)의 딸로 일찍이 과부가 되어 아들이 없었다. 그래서 하후령은 과부가 된 딸을 개가시키려 했다. 그러나 그녀는 자기의 귀를 베어 보이며 개가하지 않겠다고 했다. 조상이 죽은 후 하후령이 다시 딸을 개가시키려 하자 그녀는 이번에는 코를 베어버려 식구들을 모두 당황하게 했다. 하후령은 딸을 타일렀다.

"사람이 세상을 살아간다는 것은 작은 먼지나 연약한 풀과 같은 것인데

위의 주정은 사마씨에게로 돌아가다. ≪繡像全圖三國演義≫에서

너는 왜 스스로를 학대하느냐? 또한 너의 시댁 식구들은 사마씨에게 모두 죽었는데 수절해서 뭣하겠다는 것이냐?"

그녀는 울면서 말했다.

"제가 들은 바로는 '인자는 성쇠(盛衰)에 따라 절의(節義)를 바꾸지 않으며 의로운 사람은 상대방의 존망에 의해 마음을 고치지 않는다' 했습니다. 조씨 집안이 왕성했을 때도 죽을 때까지 받들려 했는데 하물며 멸망한 지금에야 어찌 버릴 수 있겠습니까? 그것은 짐승의 행동과 다를 바 없습니다. 저는 그럴 수 없습니다."

이 소문을 들은 사마의는 어진 여인이라고 생각하고 양자를 보내어 조씨의 뒤를 잇게 했다.

후에 그녀의 정절을 읊은 시가 있다.

약한 풀과 먼지 같은 세상을 달관한   弱草微塵盡達觀

하후씨 따님의 그 의기 태산 같아라.	夏侯有女義如山
장부도 오히려 그녀의 정절에 못 미치니	丈夫不及裙釵節
수염과 눈썹 부끄러움으로 땀에 젖누나.	自顧鬚眉亦汗顔

한편 사마의가 조상을 참한 후에 태위 장제가 아뢰었다.

"노지와 신창은 수문장을 죽이고 관문을 빠져나갔으며, 양종은 대장군 도장을 빼앗아 내놓지 아니했으니 이들을 모두 그대로 둘 수 없습니다."

사마의는 장제의 말을 받아 말했다.

"그것은 모두 주인을 위해서 한 일이니 그들은 의로운 사람들이다."

사마의는 이렇게 장제의 말을 일축하고 그들을 다시 복직시켰다. 신창은 이런 소문을 듣고 한탄하며 말했다.

"내가 누님과 상의하지 아니했다면 대의를 잃을 뻔했구나!"

후에 신창의 누님 신헌영을 이렇게 칭찬했다.

녹을 먹은 신하, 은혜 갚는 것 당연하니	爲臣食祿當思報
주인이 위기시에 충성을 다해야 하는 것.	事主臨危合盡忠
신씨 헌영이 아우에게 권하여 깨우쳐줌은	辛氏憲英曾勸弟
고금 천년을 통해 높이 칭송할 일일세.	古今千載頌高風

사마의는 신창 등의 목숨을 살리고 방을 붙여 회유하였으며 조상의 문하에 드나들던 사람들도 모두 죽음을 면하게 하고 관직에 있던 사람들도 모두 복직시켜서 군사와 백성들이 가업을 지키니 안과 밖이 모두 편안하게 되었다. 하안과 등양 두 사람만이 비명에 죽었으니 관로의 말이 그대로 적중한 셈이다.

후에 어느 시인은 관로를 이렇게 칭찬했다.

성현의 진묘한 비결을 전해 받은	傳得聖賢眞妙訣
평원 관로의 관상법은 신통하구나.	平原管輅相通神
귀신과 같은 판단으로 하·등을 알아봐	鬼幽鬼躁分何鄧

죽기도 전에 죽은 사람으로 대했었네.   未喪先知是死人

한편 위주 조방은 사마의를 승상에 앉히고 구석(九錫)을 내렸다. 그러나 사마의는 한사코 이를 거절했다. 조방은 사마의와 두 아들이 함께 국사를 보라고 했다.

사마의는 불안한 생각이 번쩍 들었다. 조상의 전가족은 주살했지만 하후패가 아직도 옹주 등을 수비하고 있었기에 조상의 족속들이 혹시 난이나 일으키지 아니할까 하는 생각에서였다. 사마의는 하후패를 제거해야겠다고 결심하자마자 즉시 사람을 옹주로 보내어 상의할 일이 있으니 낙양으로 오라는 전갈을 보냈다.

촉군에 투항한 위장 하후패

사자의 말을 전해 들은 하후패는 깜짝 놀라며 3천의 본부 군사를 거느리고 반기를 들었다. 옹주를 지키고 있던 옹주 자사 곽회는 하후패가 반란을 일으켰다는 소문을 듣고 즉시 본부 군사를 거느리고 하후패와 맞섰다.

곽회는 말을 달려 앞으로 나오며 소리쳤다.

"너는 원래가 대위(大魏)의 황족(皇族)으로 천자께서 너에게 서운하게 대하지 않았거늘 어이하여 반란을 일으켰느냐?"

하후패도 역시 곽회에게 소리쳤다.

"우리 조부께서는 국가에 공훈이 많으셨는데도 사마의는 어떤 사람이기에 조씨 종족을 멸하고 나까지 죽이려 하느냐? 날 죽이려는 것은 머지않아 반드시 황제의 지위까지 빼앗으려는 심산이다. 내가 의를 따라 역적을 토벌하려는 것인데 무엇이 반란이란 말이냐?"

곽회가 크게 노하여 창을 비껴 들고 말을 몰아 하후패를 죽이려 하자 하후패도 칼을 휘두르며 말을 몰고 달려나와 곽회와 맞섰다. 곽회와 하후패는 10여 합을 겨루다가 곽회가 패하여 도주하니 하후패는 그 뒤를 추격했다.

이 때 갑자기 함성이 크게 들려왔다. 하후패가 급히 말을 돌려 바라보니 진태가 군사를 거느리고 곽회를 구하러 나타난 것이었다. 도망치던 곽회도 말 머리를 돌려 하후패를 반격했다. 앞뒤로 협공을 당한 하후패는 크게 패하여 도주했으며 많은 부하를 잃었다. 아무리 생각해도 별 뾰족한 수가 없었던 하후패는 한중으로 도망쳐 후주에게 투항하려 했다.

하후패가 투항하려 한다는 보고를 받은 서촉의 강유는 믿어지지가 아니하여 사람을 보내어 사실 여부를 확인한 후에 하후패의 입성을 허락했다.

하후패는 강유를 뵙고 울면서 전후사를 아뢰었다.

강유가 말했다.

"옛날에 미자(微子)가 주(周)나라를 버리니 그 이름이 만고에 전해졌소. 공은 능히 한실을 바로잡을 인물이니 옛 사람에게 부끄럽지 않은 인물이 되도록 하시오."

강유는 크게 잔치를 베풀어 하후패를 대접하면서 그에게 은근히 물었다.

"지금 사마의 부자가 권력을 손아귀에 쥐고 있는데 혹시 우리 촉을 넘보고 있는 것은 아니오?"

하후패가 대답했다.

"그 늙은 놈은 지금 반역할 궁리만 하고 있을 터이니 바깥 일은 미처 생각지 못할 것입니다. 다만 위나라에 무시 못 할 젊은이 둘이 있습니다. 만일 이들이 군마를 거느린다면 실은 오나라와 촉나라의 우환거리가 아닐 수 없을 것입니다."

"그 두 사람이 누구요?"

하후패는 자세히 고했다.

"한 사람은 비서랑(秘書郎)의 벼슬에 있는 영천(潁川)의 장사(長社) 사람으로 종회(鍾會)라는 인물인데 자를 사계(士季)라 합니다. 그는 태부 종요(鍾繇)의 아들로 어려서부터 담력이 강하고 지략이 뛰어난 사람이었습니다. 어느 날 종요는 두 아들을 데리고 문제를 뵌 적이 있었습니다. 그 때 종회의 나이는 7세였고 그의 형 종육(鍾毓)의 나이는 8세였습니다. 종육은 황제를 뵙자 당황하여 얼굴에서 땀이 비오듯 했었습니다. 이 때 문제가 육에게 묻기를, '너는 왜 그렇게 땀을 흘리느냐?'라고 하자, 육은 '무섭고 두려워 땀이 물 흐르듯 합니다'라고 대답했습니다. 그러자 문제는 회에게 물었습니다. '너는 왜 땀을 흘리지 않느냐?' 종회가 대답하기를, '무섭고 두려워 감히 땀도 나오지 않나 봅니다'라고 말하자 문제는 종회를 기특하게 생각했었습니다. 종회는 성장하면서 병서 읽기를 좋아하여 육도삼략에 아주 밝아 사마의와 장제 모두가 그의 재주를 칭찬했었습니다.

또 한 사람은 현재 연리(掾吏) 벼슬에 있는 의양(義陽) 사람으로 등애(鄧艾)라는 사람이며 자를 사재(土載)라 합니다. 등애는 어려서 부모를 잃었지만 큰 뜻을 품고 있었습니다. 그는 높은 산이나 넓은 연못을 보더라도 그냥 지나치지 않고 일일이 지도를 살피며 어느 곳이 군사를 주둔시키기에 좋은지, 군량미를 쌓아둘 곳은 어디인지, 또 어느 곳에 군사를 매복시킬 것인지를 표시하곤 했습니다. 사람들은 이러한 등애를 비웃었지만 오직 사마의만은 그의 재주를 아껴 군기(軍機)에 참찬(參贊)케 했습니다. 등애는 말을 더듬어 군무를 보고할 때마다, '애, 애' 했으므로 사마의가 놀리며 말하기를, '경의 이름이 애(艾)인데 웬 놈의 애가 그리 많으냐?' 하니, 등애가 이에 대답하기를, '봉혜 봉혜(鳳兮鳳兮)라는 말이 있지만 봉은 한 마리입니다'라고 민첩하게 대답하는 자질을 보였습니다. 이 두 인물은 심히 두려운 존재들입니다."

위군을 격파하러 나선 강유

강유는 비웃으며 말했다.

"그까짓 어린놈들이 뭐가 문제요!"

강유는 하후패를 거느리고 성도로 가서 후주를 뵙고 아뢰었다.

"위의 사마의가 음모를 꾸며 조상을 죽이고 다시 하후패를 죽이려 하므로 투항해왔습니다. 지금 사마의 부자는 전권을 휘두르고 있으며 조방은 나약한 인물이니 위국은 위태롭습니다. 신이 여러 해 동안 한중에 있으면서 군사를 훈련시키고 양곡을 비축했습니다. 신은 왕사(王師)를 거느리고 하후패를 향도관으로 삼아 중원을 취하고 한실을 다시 일으켜, 폐하의 은혜에 보답하고 전 승상 공명의 유지를 이루어볼까 합니다."

상서령 비위가 강유에게 아뢰었다.

"근래에 장완과 동윤 등이 잇따라 작고했으니 내정을 다스릴 사람이 없습니다. 백약께서는 때를 기다리시고 함부로 움직이지 마십시오."

강유는 비위의 말을 받아 말했다.

"그렇지 않소. 인생은 나는 살과 같은데 그렇게 시간만 보내다가는 어느 세월에 중원을 회복한다는 말이오?"

비위가 다시 말을 계속했다.

"손자(孫子)의 병법에도 이르기를, '적을 알고 나를 알면 백전백승한다'고 했습니다. 우리들보다 몇 배나 뛰어나셨던 제갈 승상께서도 중원을 회복치 못하셨는데 하물며 우리가 어떻게 중원을 회복한다는 말입니까?"

강유도 지지 않고 말했다.

"나는 오랫동안 농상에 살아서 강인(羌人)들의 마음을 잘 알고 있소. 만일 우리가 그들의 후원만 받을 수 있다면 설혹 중원은 회복할 수 없다고 하더라도 농상 서쪽의 땅은 빼앗을 수 있을 것이오."

두 사람이 주고받는 이야기를 귀담아 듣고 있던 후주는 마침내 입을 열어 강유에게 말했다.

"위국을 토벌할 마음을 굳혔다면 경은 힘을 다해 충성하라. 사기를 잃지 말고 짐의 기대를 저버리지 말라."

강유는 황제의 조칙을 받들고 후주와 작별한 다음 곧바로 하후패와 함께 한중으로 돌아가 군사를 일으킬 계책을 협의했다.

강유가 먼저 말했다.

"먼저 사자를 강인들에게 보내어 동맹을 맺자고 제의한 후에 서평으로 나가 옹주 근처에 이르면 그 곳 국산(麴山) 아래의 두 곳에 성을 쌓고 군사들에게 지키게 하여 기각지세(犄角之勢)를 이룬 후에, 우리는 군량미와 말먹이풀을 천구로 수송하여 제갈 승상께서 쓰셨던 옛 방법처럼 차례로 진격해 들어가는 것이 좋겠소."

그 해 가을 8월에 강유는 촉장 구안(句安)과 이흠(李歆)에게 1만 5천의 군사를 거느리고 국산 기슭으로 나아가 두 개의 진지를 세우고, 동쪽 성은 구안이, 서쪽 성은 이흠이 각각 지키라고 명했다.

위국의 첩자는 이 사실을 옹주 자사 곽회에게 알렸다. 곽회는 이를 낙양에 알리는 한편, 부장 진태에게 5만 군사를 이끌고 나가 촉병과 싸우라고 영을 내렸다.

촉장 구안과 이흠은 각기 군사를 거느리고 나와서 싸웠으나 군사가 적어 대적할 수 없자 성 안으로 물러가고 말았다. 진태는 군사들에게 명하여 사방에서 성을 포위하고 공격하도록 하는 한편, 한중에 이르는 보급로를 차단하라고 했다. 성 안에 있던 구안과 이흠은 이미 군량미가 떨어져 있었다.

촉군의 수로를 끊은 곽회

위장 곽회는 친히 군사를 거느리고 성 밖으로 나와 지세를 살피고 회심의 미소를 띠우더니 다시 진중으로 돌아가 진태와 협의했다.

"촉병들의 성은 높은 산 위에 있으니 반드시 물이 귀할 것이며, 물을 구하려면 성 밖으로 나와야 할 것이다. 우리가 상류의 물길을 끊는다면 촉병은 모두 갈증으로 죽어갈 것이다."

곽회가 곧 군사들에게 흙을 파서 상류의 물길을 끊으라 하니 촉진은 물이 완전히 메말랐다. 이흠은 군사를 이끌고 성 밖으로 나와 물을 긷다가 위병에게 포위당해 사태가 급박하게 되었다. 이흠은 사력을 다해 포위망을 뚫고 물을 구하려 했으나 불가능함을 알고 다시 성 안으로 들어갔다. 구안이 지키고 있던 성도 역시 물이 바닥났다.

구안과 이흠은 서로 협의하여 군사를 이끌고 물을 구하러 나갔으나 오래지 아니하여 위군에게 쫓겨 성 안으로 들어오고 말았다. 군사들은 목이 말라 죽을 지경이었다.

구안이 이흠에게 말했다.

"도독 강유께서 거느린 군사가 아직 도착하지 않으니 웬 까닭인지 모르겠소."

그러자 이흠이 말했다.

"내가 죽음을 무릅쓰고 성을 빠져 나가 구원병을 청하겠소."

飲水爲雪取兵蜀

촉병은 눈을 녹여 식수로 쓰다. ≪新錄全像通俗演義≫ 三國志傳卷之十八

이흠은 이렇게 말하며 수십 기의 군사를 거느리고 성문을 열어 성 밖으로 짓쳐나갔다. 사면에서 포위하고 있던 옹주 군사들은 이흠이 뛰어나오는 것을 보고 개미 떼처럼 달려들었다. 사력을 다하여 싸우다가 이흠 혼자만이 피투성이가 된 채 겨우 포위망을 빠져 나왔을 뿐 나머지 군사들은 모두 위군에게 죽고 말았다.

이 날 밤, 북풍이 세차게 불어 검은 구름이 하늘을 가리더니 폭설이 내리기 시작했다. 이리하여 성 안에 있던 촉병들은 다행히 눈을 녹여 밥도 짓고 갈증도 풀 수 있었다.

한편 가까스로 포위망을 빠져 나온 촉장 이흠은 서산 지름길로 접어들어 이틀 만에야 겨우 강유가 거느린 군사들과 만났다. 이흠은 말에서 내려 땅에 엎드리더니 강유에게 아뢰었다.

"국산에 있는 두 성은 이미 위군들에게 포위되었으며 물길마저 끊겼습니다. 다행히 눈이 내려 이를 녹여 마시며 하루하루 연명하고 있지만 심히 위급한 처지입니다."

"내가 일부러 늑장부린 것은 아니다. 강병이 아직 도착하지 아니하여 그렇게 되었을 뿐이다."

강유는 이흠을 서천으로 후송시켜 치료케 한 다음 하후패를 불렀다.

"아직 강병이 도착하지 아니했는데 위군들이 국산을 포위하여 사태가 급박하게 되었다 하오. 장군의 고견을 듣고 싶소."

하후패가 말했다.

"설령 강병이 오더라도 국산에 도착하면 두 성은 이미 함락된 뒤일 것입니다. 나는 옹주 군사들이 모두 국산을 공격하려고 옹주성을 비웠을 것이라 생각합니다. 그러니 장군께서는 군사를 이끌고 우두산(牛頭山)을 가로질러 옹주의 뒤쪽을 공격하십시오. 그러면 곽회와 진태는 옹주를 구하려고 회군할 것이니 자연히 국산의 포위망은 풀리게 될 것입니다."

강유는 희색이 만면하여 말했다.

"그것이 최선의 방법이구려!"

강유는 크게 기뻐하며 곧 군사를 이끌고 우두산으로 향했다.

한편 위군 부장 진태는 이흠이 성을 빠져나가 도망치자 급히 곽회에게 달려가 아뢰었다.

"만일 이흠이 강유에게 달려가 위급한 사실을 알린다면 강유는 우리 대군이 모두 국산을 공격할 것이라 생각하고 우두산을 가로질러 우리 옹주의 뒤를 공격할 것입니다. 장군께서는 빨리 일단의 군사를 거느리고 가셔서 조수(洮水)를 점령하시어 촉병의 보급로를 끊으십시오. 저는 나머지 군사를 거느리고 우두산으로 달려가 강유를 격파하겠습니다. 그렇게 하면 저들은 보급로가 끊어진 사실을 알고 스스로 물러갈 것입니다."

곽회는 진태의 뜻을 받아들여 일단의 군사를 거느리고 몰래 조수로 향했다. 진태 역시 나머지 군사를 이끌고 우두산으로 말을 몰았다.

한편 촉장 강유가 촉병을 거느리고 우두산에 도착할 무렵 앞에서 고함소리가 들리더니 위군들이 앞을 가로막고 있다는 보고가 들어왔다. 보고를 받은 강유는 깜짝 놀라 친히 진 앞으로 나가 살폈다.

위군 부장 진태가 큰 소리로 외쳤다.

"네가 우리 옹주를 습격하려고 하지만 내가 너를 기다린 지 오래다!"

크게 노한 강유는 창을 비껴 들고 말을 달려 진태에게 덤볐다. 진태도 칼을 휘두르며 달려나와 맞섰다. 그러나 불과 3합도 싸우지 못하고 진태는 패하여 도주했다.

강유가 군사를 거느리고 마구 쳐들어가니 옹주 군사들은 퇴군하여 꽁대기로 도주했다. 강유는 군사를 거두고 우두산 기슭에 진을 쳤다. 매일 군사를 거느리고 싸웠으나 승부가 나질 않았다. 보다못한 하후패가 강유에게 말했다.

"이 곳은 오래 머물러 싸울 곳이 아닙니다. 연일 계속해서 싸웠으나 승부가 나지 않는 것은 우리들을 유혹하기 위한 저들의 음모 때문입니다. 잠시 뒤로 물러섰다가 다시 좋은 계책을 강구하십시오."

이 때였다. 위장 곽회가 일단의 군사를 이끌고 조수를 빼앗아 보급로를 끊어버렸다는 급박한 보고가 들어왔다. 강유는 크게 놀라 급히 영을 내려 하후패에게 먼저 군사를 물리라 하고 자신은 뒤에서 적을 막았다.

위장 진태가 다섯 길로 군사를 이끌고 쳐들어오자 강유 혼자서 다섯 길로 몰려오는 위군을 막았다. 진태의 명을 받은 산 위에 있는 위군들이 활을 쏘아, 화살이 소나기처럼 쏟아졌다.

다급해진 강유가 조수까지 퇴군하려 하니 이번에는 곽회가 군사를 이끌고 물밀듯 몰려와 앞을 막았다. 강유는 군사를 이끌고 총공격을 감행했으나 위군의 수비 역시 철통 같았다.

강유는 사투를 벌여 겨우 적의 포위망을 뚫었으나 태반의 부하를 잃고 목숨만 건져 양평관으로 도주했다. 그러나 또다시 일단의 군사가 먼지를 일으키며 달려와 앞을 가로막았다. 그리고는 한 대장이 말을 달려 칼을 휘두르며 앞으로 나섰다.

둥근 얼굴에 귀는 손바닥만하고 입은 네모졌으며 입술은 유난히 두툼했다. 왼쪽 눈 아래에는 수십 개의 털이 나 있었고 거기에 혹이 매달려 있었다. 바로 위나라 승상 사마의의 큰아들 표기장군 사마사였다.

강유는 크게 노하여 꾸짖었다.

"어린 놈이 어찌 감히 내 앞길을 끊으려 하느냐?"

강유는 창을 비껴 들고 박차를 가하여 사마사를 취하려고 말을 몰았다. 사마사도 칼을 휘두르며 맞섰다.

두 사람이 어우러져 싸운 지 불과 3합도 못 되어 사마사가 패하여 도주하자 강유도 몸을 도사려 양평관으로 말을 몰았다. 양평관 성문이 열리며 강유를 맞이했다. 사마사가 뒤를 쫓아 들어가려고 할 때 성 양쪽에서 일제히 화살이 빗발치듯 쏟아졌다. 쇠뇌 하나에 열 발의 화살을 일시에 쏘아댈 수 있는 것, 즉 이것은 바로 제갈공명이 임종시에 전수한 '연노법(連弩法)'이었다.

촉은 3군이 모두 패하여 지탱하기 어렵던 터에 다행히 공명이 전한 연노법에 의해 한숨을 돌릴 수 있게 된 것이다.

과연 위의 표기장군 사마사는 이 위기를 어떻게 넘길 것인지…….

108. 참사당한 동오의 제갈각

정 봉 설 중 분 단 병　　　손 준 석 간 시 밀 계
丁奉雪中奮短兵　　　孫峻席間施密計

동오의 정봉은 단병으로 눈 속에서 위군을
물리치고, 제갈각은 위를 공략하다가 크게
패하고 결국 손준의 손에 죽는다.

사마의와 손권의 죽음

강유가 막 말을 달려 가는데 사마사가 군사를 거느리고 뒤를 추격했다.
원래 강유가 옹주를 취하려고 나타나자 위장 곽회는 급히 사람을 보내어 위
주 조방에게 알렸던 것이다.

위주가 승상 사마의를 불러 대책을 묻자, 사마의는 큰아들 사마사에게 5
만 군사를 거느리고 옹주를 구하라 했다. 옹주로 향하던 사마사는 곽회가
촉군을 물리쳤다는 소문을 듣고, 촉병의 세력이 별것이 아니라 생각되어 중
도에서 격파하겠다고 다짐했다. 이리하여 양평관까지 뒤쫓아온 사마사는
제갈 무후 공명이 가르쳐준 '연노법'에 걸려들게 된 것이다.

관문 양쪽에 숨겨둔 100개의 쇠뇌는 각각 열 발의 화살을 쏠 수 있는 성
능을 갖추고 있었다. 양쪽에서 소나기처럼 퍼붓는 화살에 선두에 섰던 위군
의 군사와 병마는 떼죽음을 당했다. 겨우 목숨을 건진 사마사는 패잔병을
이끌고 도주하고 말았다.

한편 국산성에서 포위당한 촉장 구안은 구원병이 오지 않자 성문을 열고 위군에게 항복할 수밖에 없었다. 강유는 수만 명의 부하를 잃고 패잔병을 이끌어 한중 진지로 회군했고, 사마사도 낙양으로 돌아갔다.

그 후 가평(嘉平) 3년(서기 251년) 가을 8월에 위 승상 사마의는 병에 걸려 점점 병세가 악화되자 두 아들을 병상으로 불러 당부했다.

"내가 위를 섬긴 지 여러 해 만에 벼슬이 태부에까지 이르러 일인지하(一人之下), 만인지상(萬人之上)이 되었다. 사람들이 모두 내가 딴 생각을 품고 있다고 생각하기에 나는 항상 두려움 속에서 지내야만 했었다. 내가 죽은 후에라도 너희 형제는 힘을 합하여 국정을 보살피되 부디 신중히 처리하도록 하라."

이렇게 유언을 하고 사마의는 숨을 거두었다.

사마사·사마소 형제가 위주 조방에게 부친의 부음을 전하니 조방은 사마의의 장례를 후하게 치르고 석(錫)과 시호를 내렸다. 또한 사마의의 큰아들 사마사를 대장군에 봉하여 상서(尙書) 기밀대사를 총괄하여 지휘케 하고, 사마소에게는 표기상장군(驃騎上將軍)의 벼슬을 내렸다.

한편 오주 손권은 일찍이 서(徐) 부인 소생의 손등(孫登)을 태자로 삼았으나 오 적오(赤烏) 4년(서기 241년)에 죽자 차자 손화(孫和)를 태자로 삼았으니 손화는 낭야(瑯琊) 왕(王) 부인의 소생이었다.

손화는 금 공주(金公主)와 사이가 좋지 아니하더니 금 공주의 참소로 태자의 자리에서 폐위당했다. 손화는 이를 슬퍼하다가 급기야 한을 풀지 못하고 죽고 말아, 손권은 다시 삼자 손량(孫亮)을 태자로 삼았다. 손량은 바로 반(潘) 부인의 소생이었다.

이 때는 이미 육손과 제갈근이 모두 죽은 후여서 크고 작은 사무는 제갈근의 아들 제갈각이 맡아 처리하고 있었다.

태화 원년 가을 8월 초하루, 갑자기 바람이 크게 일고 파도가 치더니 평지에 수심이 8척이나 되게 물이 들었다. 그 바람에 오주 손권의 부친 능에 심은 잣나무들이 모두 뿌리째 뽑혀 건업성(建業城) 남문 밖에까지 날아가 길거리에 처박혔다.

손권은 이런 불길한 징조에 크게 놀라더니 급기야 병을 얻어 이듬해 4월

태자 손량은 황제로 즉위하다. ≪新鑴全像通俗演義≫ 三國志傳卷之十八

까지 앓았다. 병세가 더욱 악화된 손권은 태부 제갈각과 대사마(大司馬) 여대를 병상 가까이 불러 뒷일을 부탁하고 죽었다.

그의 재위 기간은 24년이요, 나이 71세였으니 촉한의 연희(延熙) 15년(서기 252년)의 일이었다.

후에 어느 시인은 손권의 죽음을 이렇게 읊었다.

붉은 수염에 푸른 눈 영웅이라 불리더니　　　　紫髥碧眼號英雄
신하를 잘 부려 충성을 다하게 했네.　　　　　能使臣僚肯盡忠
24년 동안 대업을 일으키니　　　　　　　　　二十四年興大業
강동에 용과 호랑이의 자리를 마련했네.　　　龍蟠虎踞在江東

손권이 죽자 제갈각은 손량을 황제의 위에 오르게 하고 천하에 대사면령을 내렸다. 또한 연호를 대흥(大興) 원년으로 바꾸고 손권을 대황제라 시호하여 장릉(蔣陵)에 장사지냈다.

이러한 사실은 첩자에 의하여 위의 낙양에 전해졌다. 위의 사마사는 손권이 죽었다는 소문을 듣고 여러 대신들을 불러 군사를 일으켜 동오를 정벌할 대책을 협의했다.

동오 공격에 나선 사마사

상서 부하(傅嘏)가 아뢰었다.

"동오에는 큰 강이 많이 있어 지세가 험하니 선제께서도 여러 번 정벌길에 나섰으나 한 번도 뜻을 이루지 못했습니다. 그러니 변방을 굳게 지키는 것만이 상책일 것입니다."

사마사가 말했다.

"천도(天道)는 30년이면 한 번 변하는데 어찌 위·촉·오는 서로 정립(鼎立)하여 대치하고만 있는가! 내 기필코 동오를 정복하고 말겠다."

아우 사마소가 아뢰었다.

"지금은 손권이 죽은 지 얼마 되지 않았고 손량은 나이가 어리니 이 틈을 이용하는 것이 좋겠습니다."

사마사는 곧 정남대장군(征南大將軍) 왕창(王昶)에게 명하여 10만 군사를 거느리고 동흥(東興)을 공격하게 했으며, 진남도독(鎭南都督) 관구검에게도 따로 10만 군사를 거느려 무창(武昌)을 3로로 진격해 들어가라 하고 아우 사마소를 대도독에 앉혀 3로 군마를 총독케 했다.

그 해 겨울 10월, 군사를 거느리고 동오의 경계까지 진군한 사마소는 진지를 구축하고 왕창과 호준·관구검 등을 장막 안으로 불러 대책을 협의했다.

"동오의 가장 중요한 요새지는 동흥군이다. 그들은 큰 둑을 쌓아 양쪽에 성을 만들어 방어하고 있으니 후면을 공격할 수 밖에 없다. 너희들은 지형을 잘 살펴라."

사마소는 곧 왕창과 관구검에게, 각각 1만 군사를 거느리고 좌우로 열을 지어 진군해나가다가 동흥군을 취하게 된 때를 기다려 일제히 진병하라고 영을 내리니 둘은 영을 받고 물러갔다.

이어서 호준을 불러 선봉에 세우고 3로 군사를 인솔해나가 부교를 내리고 동흥의 방어 둑을 취하여 좌우의 성을 빼앗으면 큰 공을 세우게 되리라고 했다. 호준도 역시 군사를 거느리고 부교를 내리러 나갔다.

한편 동오의 태부 제갈각은 위군이 3로로 쳐들어온다는 소식을 듣고 관리들을 불러 대책을 물었다.

평북장군(平北將軍) 정봉(丁奉)이 아뢰었다.

"동흥은 우리 동오의 요새지입니다. 만일 이 곳을 빼앗긴다면 남군 무창(武昌)은 위기에 처합니다."

제갈각이 말했다.

"나도 그렇게 생각하고 있었소. 공은 3천 수병(水兵)을 거느리고 강을 따라 나가시오. 나는 여거(呂據)·당자(唐咨)·유찬(劉纂)에게 명하여 각각 1만 보병을 거느리고 3로로 나누어 뒤따라가 접응하라 하겠소. 공은 연주포(連珠砲) 소리가 계속해서 들리거든 일제히 진병하시오. 나도 대군을 거느리고 뒤를 따르겠소."

제갈각의 영을 받은 정봉은 수병 3천 명을 30척의 배에 분승시켜 동흥을 향하여 돛을 올렸다.

이 때 위장 호준은 부교를 건너 제방 위에 둔병하고 있다가 환가(桓嘉)·한종(韓綜) 두 장수를 교대로 보내어 동오의 두 성을 공략하도록 했다. 동오의 왼쪽 성은 장수 전역(全懌)이 지키고 있었고, 우측 성은 유략(劉略)이 수비하고 있었다. 두 성은 고지대에 있는 데다 험준하였으며 견고하기 이를 데 없었기 때문에 함부로 공략하기는 어려웠다. 그러나 동오의 장수 전역과 유략은 위군의 기세가 대단한 것을 보고 감히 나와 싸우지 못하고 성만 굳게 지키고 있었다.

이 때 위장 호준은 서주에 진을 치고 있었다. 마침 엄동설한이라서 폭설이 내렸으므로 여러 장수들이 술자리를 벌이고 있었는데, 강 위에 동오의 배 30여 척이 올라오고 있다는 급박한 보고가 들어왔다.

호준이 진지 밖으로 나가서 살펴보니 동오의 배가 해안에 접하려는 순간이었으며 각각의 배에는 100여 명의 수병들이 타고 있었다.

호준은 급히 장막 안으로 들어와 여러 장수들에게 크게 소리쳤다.

"겨우 3천에 불과한 수병이니 두려워할 것 없다!"

호준은 부장들에게 적의 정세를 잘 살피라 하고 다시 술자리에 앉았다.

위군을 물리친 정봉과 제갈각

동오의 장수 정봉은 물위에 한일자로 배를 띄우고 위의 부장들에게 소리쳤다.

"대장부로 태어나 공명을 세우려 했더니 오늘에야 때가 왔구나!"

정봉은 곧 부하들에게 갑옷과 투구를 벗고 긴 창과 큰 칼 대신에 단검을 갖고 싸우라고 영을 내렸다. 위군들은 대수롭지 않게 생각하고 껄껄껄 큰 소리로 비웃으며 방비를 태만하게 했다.

이 때 갑자기 연주포가 세 번 크게 울리니 동오 장수 정봉이 칼을 휘두르며 앞장섰다. 정봉을 선두로 한 동오의 군사들은 단도를 손에 들고 뭍에 오르더니 파죽지세로 위의 진지로 뛰어들었다.

위군들은 손을 쓸 겨를도 없었다. 위장 한종은 급히 창을 들고 장막 앞으로 나와 맞서 싸웠으나 정봉에게 창을 빼앗기고 정봉의 칼에 가슴이 찔려 땅에 쓰러졌다.

이 때 환가가 좌측에서 뛰어나와 창으로 정봉을 찌르려다 정봉에게 창을 빼앗기자 창을 버리고 도주하려 했지만 정봉이 휘두르는 단칼에 좌측 어깨를 맞고 뒤로 나자빠졌다. 정봉은 쓰러진 환가의 가슴에 창을 꽂았다. 동오의 3천 수병들은 위의 진지에 들어가자 좌충우돌하면서 위군을 섬멸했다.

위장 호준은 질겁하여 급히 말을 타고 도주했으며 다급해진 위군들도 모두 부교 쪽으로 도주했으나 이미 부교가 끊어진 후였기 때문에 태반이 물에 빠져 죽었고, 눈에 덮인 흰 벌판은 위군들의 붉은 피로 물들여졌다.

동오의 수병들은 수레며 군마, 각종 무기들을 전리품으로 거두어갔으며 위장 사마소와 왕창·관구검은 동흥에서 위군이 패했다는 소식을 듣고 군사를 거느리고 물러갔다.

한편, 군사를 거느리고 동흥에 당도한 동오의 제갈각은 군사들을 모아 크게 상을 내리고 여러 장수들에게 말했다.

"사마소가 패하여 북으로 달아났으니 여세를 몰아 중원을 취할 좋은 기회다."

제갈각은 편지를 써서 인편에 촉으로 보내어 강유에게 함께 북쪽을 공격하여 천하를 반분하자고 하는 한편, 20만 대군을 일으켜 중원의 정벌길에 나섰다.

제갈각이 막 정벌길에 나서려는데 갑자기 땅에서 하얀 기운이 치솟더니 눈을 가려 앞을 분간하지 못하게 되었다.

장연(蔣延)이 아뢰었다.

"이것은 흰 무지개가 기를 뿜는 것이니 주공께서 군사를 잃으실 징조입니다. 태부께서는 빨리 회군하십시오. 위를 정벌하는 것은 불가합니다."

제갈각은 크게 노하여 소리쳤다.

"네가 어찌 감히 그런 말을 하여 군심을 흐리게 하느냐?"

제갈각은 무사들에게 명하여 장연을 당장 참형에 처하라 했으나 여러 장수들의 만류로 장연은 목숨만은 건질 수 있었다. 제갈각이 장연의 벼슬을 거두어 평민으로 만들고 군사를 독촉하여 진군해나가려 하자 정봉이 옆에서 아뢰었다.

"위군들은 신성(新城)을 최후의 방위선으로 삼고 있으니 만일 신성을 빼앗는다면 사마소는 간담이 서늘해질 것입니다."

제갈각은 크게 기뻐하며 군사를 몰아 신성으로 직진했다. 신성을 지키고 있던 아문장 장특(張特)은 동오의 대군이 쳐들어오는 것을 보고 성문을 굳게 닫아 걸었다. 제갈각은 군사들에게 명하여 신성의 사방을 포위하라 했다.

이러한 사실들이 속속들이 낙양에 전해지자 주부 우송(虞松)이 사마사에게 고했다.

"지금 동오의 제갈각이 신성을 포위하고 있지만 싸워서는 아니 됩니다. 동오의 군사들은 멀리서 왔으며 군사는 많고 군량미는 적으니 군량미만 떨어지면 자연히 물러갈 것입니다. 이 때 공격한다면 반드시 승리를 거둘 것입니다. 우리가 취할 일은 혹시 촉병이 경계를 범할지 모르니 방비를 철저히 하는 것입니다."

사마사는 우송의 권유에 따라 사마소에게 일단의 군사를 거느려 곽회를 도와 강유를 막게 하고, 관구검과 호준에게는 오군을 막으라 영을 내렸다.

한편 제갈각은 수개월 동안 신성을 공격했으나 공략되지 아니하자 여러 장수들에게 영을 내려 공격에 태만한 자는 참형에 처하겠다고 했다. 이리하여 동오의 여러 장수들이 사력을 다하여 성을 공격하자 신성 동북쪽이 무너지게 되었다.

신성을 지키고 있던 장특은 한 가지 계책을 생각해내고 구변이 좋은 선비를 구하여 법서를 들고 동오의 진지에 들어가 제갈각을 만나라 했다.

장특이 보낸 사자가 제갈각을 만나서 말했다.

"우리 위국의 법률에는 적에게 성이 포위되었을 때 100일이 지나도 구원병이 오지 아니하면 성에서 나가 항복해도 그의 가족에게 죄를 묻지 않습니다. 장군께서는 지금까지 석 달 동안 이 성을 포위하고 있었으니 며칠만 참으신다면 우리 장군께서는 모든 군사와 백성을 거느리고 성을 나와 투항할 것입니다. 먼저 여기에 책을 올립니다."

위장 장특의 시간을 벌자는 계책은 들어맞았다. 제갈각은 이를 믿고 군마를 거두어 성을 공격하던 것을 중지한 것이다.

오군의 공격이 뜸한 틈을 타서 성 안의 집을 헐어 파괴된 성을 완전히 보수한 다음 장특은 성 위에 올라가 큰 소리로 오군을 꾸짖었다.

"우리 성 안에는 아직도 6개월은 버틸 수 있는 군량미가 있는데 어찌 너희 동오놈들에게 항복하겠느냐! 끝까지 네놈들과 싸우리라." 제갈각은 크게 노하여 성을 공격하라고 군사들을 독촉했다.

성 위에서는 화살이 빗발치듯 했다. 그 중에 화살 하나가 제갈각의 얼굴에 명중하여 말에서 굴러떨어지자 여러 장수들이 급히 달려나와 제갈각을 구하여 진지로 돌아왔으나 상처가 몹시 깊었다.

태부 제갈각이 쓰러지자 동오의 군사들은 싸울 용기를 잃었으며 때마침 찌는 듯한 여름철이라 많은 군사들이 병에 시달렸다. 제갈각은 다행히 상처가 나아가자 다시 군사들을 독촉하여 신성을 공격하게 했다. 그러자 누군가가 제갈각에게 진언했다.

"군사들 모두가 병고에 시달리고 있는데 어찌 자꾸 싸우자고만 하십니까?"

제갈각이 노하여 소리쳤다.

恪 葛 諸 射 箭 持 郝

장지는 제갈각을 쏘아 맞추다. ≪新鏤全像通俗演義≫ 三國志傳卷之十八

"다시 그 따위 소리를 하면 참하겠다!"

제갈각의 이 말을 전해 들은 군사들 중 일부가 도망쳤다.

이 때 동오의 도독 채림(蔡林)이 본부의 군사를 거느리고 위군에게 투항했다는 급박한 보고가 들어왔다. 제갈각은 깜짝 놀라 친히 말을 타고 각 진지를 둘러봤다. 과연 군사들의 얼굴은 누렇게 떠 병색이 완연했으니 군사를 이끌고 동오로 돌아갈 수밖에 없었다.

이런 사실들이 자세히 관구검에게 보고되자 관구검은 대군을 일으켜 오군의 뒤를 무찔렀으므로 동오의 군사는 크게 패하고 말았다.

제갈각은 수치심 때문에 병을 핑계로 조정에 들지 않았다. 오주 손량이 친히 제갈각의 집을 방문하여 문병하니 그제서야 문무백관들도 모두 문안을 드렸다.

제갈각의 죽음

제갈각은 자신의 패전이 사람들의 논란거리가 되는 것이 두려워 선수를 쳐서 여러 관원과 장수들의 과실을 따져 죄가 가벼운 자는 변방으로 좌천시켰고 죄가 중한 자는 여러 사람 앞에서 참형에 처했다. 내외 관료들은 모두 두려워했다.

제갈각은 그래도 안심이 안 되는 듯 심복 장약(張約)과 주은(朱恩)에게 어림군을 장악하게 하여 자기의 세력권 안에 넣었다.

한편 손준(孫峻)은 자를 자원(子遠)이라 하는 인물로 손견의 아우 손정(孫靜)의 증손자요, 손공(孫恭)의 아들이었다. 그는 손권이 살았을 때부터 사랑을 받아 어림군을 장악하고 있었다. 손준은 제갈각이 심복 장약과 주은 두 사람을 시켜 어림군을 장악하여 자신의 권한을 빼앗았다는 소문을 듣고 내심 크게 노했다.

태상경(太常卿) 등윤(滕胤)은 평소부터 제갈각과 감정이 좋지 않았던 터였으므로 이 틈을 타서 손준에게 말했다.

"제갈각이 전권을 휘둘러 방자하게 행동하니 장차 공경(公卿)을 살해하려는 생각이 있는 것 같습니다. 공께서는 종실 자손이신데 어찌 빨리 손을 쓰지 않고 보고만 계십니까?"

손준은 한숨을 쉬며 말했다.

"나도 오래 전부터 생각하고 있었소. 오늘 천자께 아뢰어 주살하도록 청하겠소."

손준과 등윤은 오주 손량을 뵙고 은밀히 제갈각을 헐뜯었다.

오주 손량이 말했다.

"짐도 그를 볼 때마다 두렵게 생각하며 항상 제거하리라 생각하고 있었지만 그럴 만한 계기가 없었다. 경들은 충의지심으로 은밀히 일을 도모하라."

등윤이 아뢰었다.

"폐하께서는 장막 뒤에 무사를 숨기고 제갈각을 불러 술상을 베푸십시오. 폐하께서 술잔 던지는 것을 신호로 그 자리에서 죽여버린다면 후환이 없을 것입니다."

손량은 등윤의 말에 따르기로 했다.

이 때 제갈각은 싸움에 패하여 돌아온 후에 병을 핑계삼아 집 안에 칩거해 있었으나 마음은 편하지 못했다. 그러던 어느 날, 우연히 중당(中堂)에 나갔다가 삼베로 만든 상복을 입은 사람을 목격하게 되었다. 제갈각이 웬 놈이냐고 다그쳐 묻자 그 사람은 벌벌 떨면서 당황하여 정신을 차리지 못했다. 제갈각이 시자들에게 고문하라 영을 내리니 그는 그제서야 입을 열어 고백했다.

"저는 근래에 부모님 상을 당하여 스님을 청해 명복을 빌고자 했습니다. 얼핏 보기에 절인 줄 알고 들어왔을 뿐 태부의 부중이라고는 꿈에도 생각지 못했습니다. 참으로 뜻밖입니다."

제갈각은 부문(府門)을 지키는 문지기를 불러 문초했다. 문지기가 고했다.

"저희 수십 명은 모두 창을 들고 지키며 잠시도 자리를 떠난 적이 없었고 어느 누구 한 사람 들어오는 것을 보지 못했습니다."

제갈각은 크게 노하여 그 사람과 문지기를 모두 참형에 처했다.

이 날 밤, 잠자리에 든 제갈각은 꿈자리가 몹시 사납더니 난데없이 정당(正堂)에서 벼락치는 듯한 소리가 들렸다. 깜짝 놀라 밖으로 나가보니 대들보가 두 토막이 나 있었다. 제갈각이 다시 침실에 들어 잠자리에 들려는 순간 또다시 음산한 바람이 일더니 얼마 전에 죽인 상복 입은 사람과 문지기들이 머리를 들어 목숨을 내놓으라고 아우성치고 있었다. 제갈각은 졸도했다가 한참 만에야 정신이 들었다.

다음날 아침 제갈각이 세수를 하려고 하는데 물에서 피비린내가 진동했다. 제갈각은 시종들을 꾸짖어 수십 번이나 물을 갈도록 했으나 여전히 물에서는 피비린내가 났다. 제갈각이 참 이상한 일이라 생각하며 의아해 하고 있을 때 천자께서 연회를 베풀고 태부를 청하신다는 전갈이 왔다.

제갈각이 수레를 대령하라는 영을 내려 부문을 나가려고 할 때, 누런 개 한 마리가 태부 제갈각의 옷자락을 물고 늘어지면서 짖어대며 우는 시늉을 했다. 제갈각은 화를 버럭 냈다.

"이놈의 개가 날 놀리는구나!"

제갈각은 좌우 시자를 꾸짖어 개를 쫓아내도록 하고 수레를 타고 부문을 나섰다. 얼마 가지 아니하여 수레 앞 땅에서 흰 무지개가 솟더니 하늘까지 뻗치는 것이었다. 제갈각은 괴이한 일이라 생각했다. 심복 장약이 수레 앞을 가로막으며 나직하게 속삭였다.

"오늘 궁중에서 연회를 베푼다는데 좋지 않은 일이 생길 것 같으니 주공
께서는 함부로 들어가시지 않는 것이 좋을 듯합니다."

장약의 말을 듣고 제갈각은 수레를 돌렸다. 수레를 돌린 지 10여 걸음도
못 가서 손준과 등윤이 말을 달려 헐떡이며 와서 수레를 가로막으며 말했
다.

"태부님께서는 왜 수레를 돌리려 하십니까?"

제갈각은 둘러댔다.

"갑자기 복통이 나서 천자를 못 뵙게 되었다."

이번에는 등윤이 말했다.

"천자께서는 태부님이 군사를 거느리고 돌아오신 이래 아직 얼굴도 못
봤다며 특별히 연회를 베풀고 태부님을 불러 대사를 의논하시려는 듯합니
다. 태부께서는 비록 몸이 불편하시더라도 일단 찾아뵙는 것이 도리인가 합
니다."

제갈각은 할 수 없이 등윤의 말에 따라 손준·등윤과 함께 궁 안으로 들
어갔다. 제갈각의 심복 장약도 뒤를 따랐다. 제갈각은 오주 손량을 뵙고 자
리에 앉았다. 손량이 술잔을 권하자 제갈각은 의심쩍어 사양했다.

"몸이 불편하여 술을 들 수 없습니다."

옆에 있던 손준이 말했다.

"태부님은 부중에 늘 약주를 놓고 잡수신다 하던데 그것을 가져다 드시
는 것이 어떻겠습니까?"

제갈각은 더 이상 사양할 수가 없었다.

"그것이 좋겠군요."

제갈각은 사람을 보내어 손수 빚은 약주를 가져오라 하여 안심하고 그
술을 마셨다. 술잔이 몇 순배 돌자 오주 손량은 일이 있다고 하면서 먼저
자리에서 일어났다.

손준은 전(殿) 아래로 내려가 거추장스러운 긴 옷을 벗고 속에 갑옷을
입고 그 위에 간편한 옷을 걸치더니 손에 칼을 쥐고 전 위로 뛰어올라 소리
쳤다.

손준은 술자리에서 밀계를 펴다. ≪繡像全圖三國演義≫에서

"천자께서는 역적놈을 주살하라 명하셨다!"

제갈각이 대경실색하여 술잔을 땅에 던지고 칼을 뽑아 들려는 순간 손준의 칼이 바람을 가르더니 제갈각의 목이 땅에 나뒹굴었다. 이를 목격한 제갈각의 심복 장약이 칼을 뽑아 손준과 맞섰다. 손준은 급히 장약의 칼을 피하려다가 왼쪽 손가락을 다쳤다. 손준이 몸을 돌려 단칼로 장약의 오른편 어깨를 내려치니 무사들이 일제히 뛰어나와 쓰러진 장약을 난도질했다.

손준은 곧 무사들에게 영을 내려 제갈각의 가족을 모두 잡아들이게 하는 한편, 장약과 제갈각의 시체를 거두라 하여 가마니에 넣어 작은 수레에 싣고 성문 밖 남쪽 석자강(石子崗)에 구덩이를 파고 버리라 했다.

이 때 집에 있던 제갈각의 아내는 웬일인지 마음이 편하지 못하여 안절부절못하고 있었는데 갑자기 한 시녀가 방으로 들어왔다. 그 시녀의 몸에서 피비린내가 물씬 풍기자 제갈각의 아내가 물었다.

"네 몸에서 웬 피비린내가 나느냐?"

그러자 시녀는 갑자기 눈을 부릅뜨고 이를 갈더니 몸을 날려 머리로 기둥을 들이받으며 소리쳤다.

"나는 제갈각인데 간사한 역적 손준이 나를 모살했다!"

제갈각의 가족들은 남녀노소 가릴 것 없이 모두 모여 두렵고 놀라 울부짖었다. 순간 군사들이 말을 달려 부중을 둘러싸더니 제갈각의 전가족을 모두 붙잡아 시장 바닥에 끌어내고 참형에 처했다.

이 때는 오(吳)의 대흥 2년(서기 253년) 겨울 10월이었다.

일찍이 제갈근은 생존해 있었을 때, 아들 제갈각이 지나치게 총명한 것을 보고 이렇게 한탄한 일이 있었다.

"이 애는 집안을 보전하지 못하겠구나!"

또한 위의 광록대부(光祿大夫) 장즙(張緝)은 사마사에게 이렇게 속삭인 적이 있었다.

"제갈각은 머지않아 죽을 것이오."

사마사가 그 까닭을 물으니 장즙이 이렇게 말했다.

"그의 위명(威名)이 그의 주인을 누를 지경이니 어찌 오래갈 수 있겠소?"

참으로 그들의 말이 적중한 셈이었다.

한편 손준이 제갈각을 죽이자 오주 손량은 손준을 승상(丞相) 대장군(大將軍) 부춘후(富春侯)에 봉하고 안과 밖의 모든 군사를 총감독하라 하니 이로부터 모든 병권은 손준의 손아귀에 떨어졌다.

이 때 성도에 있던 촉의 강유는 제갈각의 편지를 받고 동오와 손을 잡고 위를 정벌하기 위하여 조정에 들어가 후주를 뵈었다. 강유는 다시 군사를 일으켜 중원을 정벌하자고 아뢰었다.

강유는 군사(軍師)가 된 후 한 번 군사를 일으켰지만 승전보를 아뢰지 못하자 다시 한 번 적들을 토벌하여 공을 세우고자 한다. 과연 이번에는 성공할 것인지…….

109. 사마사의 천하

위를 공략하러 나선 강유는 사마소를 궁지로 몰아넣고, 대권을 쥔 사마사는 자기를 제거하려는 음모를 탐지하고 조방을 폐위시킨다.

위장 서질의 죽음

촉한 연희(延熙) 16년(서기 253년) 가을, 장군 강유는 20만 대군을 일으켜 요화와 장익을 좌우 선봉장에 세우고 하후패를 참모에 앉힌 다음 장의를 운량사(運糧使)에 임명하여 위국을 공략하기 위해 양평관을 향해 길을 떠났다.

강유는 하후패를 불러 물었다.

"지난날 옹주를 취하려고 나갔다가 성공하지 못하고 돌아왔소. 지금 다시 나간다면 적은 반드시 어떤 준비를 하고 있을 것이오. 공은 달리 고견이 없으시오?"

하후패가 말했다.

"농상의 여러 고을 중에서 남안은 전량(錢糧)이 가장 풍부한 곳입니다. 그러니 먼저 그 곳을 취하여 발판으로 삼는 것이 좋겠습니다. 지난날 이기지 못하고 돌아온 것은 구원병으로 오기로 되어 있던 강병이 도착하지 않았

기 때문입니다. 이번에는 먼저 강국(羌國)으로 사람을 보내어 그들에게 농
상 우측 석영(石營)으로 나가도록 한 다음 진군하여 동정(董亭)을 거쳐 남
안을 취하십시오."

"그거 좋은 생각이구려!"

강유는 크게 기뻐하며 곧바로 각정을 사신으로 명하여 갖가지 금은보화
와 촉의 명산물인 비단을 강왕(羌王)에게 보내어 동맹을 맺자고 제의했다.

강왕 미당(迷當)은 강유가 보낸 예물을 받고 5만 군사를 일으켜 장수 아
하소과(俄何燒戈)를 선봉에 세워 남안으로 향했다.

위나라 좌장군(左將軍) 곽회는 이 소식을 급히 낙양에 알렸다. 사마사는
여러 장수들을 불러모으고 물었다.

"누가 나가서 촉병을 막겠느냐?"

보국장군(輔國將軍) 서질(徐質)이 자원했다.

"제가 가겠습니다."

사마사는 평소부터 서질의 용맹을 잘 알고 있었으므로 크게 기뻐하며,
서질을 선봉장에 세우고 아우 사마소를 대도독으로 하여 농서로 나가도록
영을 내렸다. 사마소가 거느린 위군은 동정에서 강유의 촉군과 마주치게 되
었다. 양쪽 군사는 전세를 가다듬고 서로 상대하여 진을 쳤다.

위의 선봉장 서질이 커다란 도끼를 손에 들고 말을 달려 앞으로 나오니
촉진에서는 요화가 나와 서질과 맞섰다. 불과 몇 합 싸우지도 않고 요화가
칼을 거두어 물러서자 이번에는 장익이 창을 들고 말을 몰아 서질과 맞붙었
다. 그러나 장익 역시 변변히 싸워보지도 못하고 패하여 진지로 돌아갔다.
여세를 타고 서질이 군사를 몰아 무찔러 들어가니 촉병은 크게 패하여 30여
리나 후퇴했다.

위의 대도독 사마소도 군사를 거두고 진지로 돌아갔다.

강유는 하후패와 다시 상의했다.

"서질의 용맹이 대단한데 어떻게 하면 사로잡을 수 있겠소?"

"내일 거짓 패한 체하고 도망치면서 군사를 매복시켰다가 붙잡는 계책을
쓴다면 승리할 수 있을 것입니다."

"사마소는 전략에 능한 중달의 아들인데 그런 병법을 모를 까닭이 있겠

소? 만일 그들에게 지세를 살필 능력이 있다면 그들은 뒤를 추격하지 아니할 것이오. 내 생각으로는 지난날 위군이 여러 차례 우리의 보급로를 끊은 일이 있는데 이번에는 우리가 그 계책을 써서 적을 유혹한다면 서질을 죽일 수 있을 것 같소."

강유는 요화와 장익을 따로따로 불러 귀엣말로 작전을 지시했다. 요화와 장익은 계책을 받고 물러갔다.

강유는 군사들에게 명하여 길에 쇠로 만든 질려(疾藜 : 마름쇠. 뿔이 네 개가 나 있어 아무렇게나 던져도 그 중 하나가 위로 솟구치게 되어 있는, 밟으면 발을 찌르는 도구)를 뿌리게 하고 진지 밖에 따로 울타리를 세워 지구전을 펼 준비를 갖췄다.

위장 서질이 매일 군사를 거느리고 나와 싸움을 돋웠으나 촉병은 나오지 않았다. 전령은 사마소에게 달려가 아뢰었다.

"촉병들이 철롱산(鐵籠山) 뒤에서 목우 유마로 양초(糧草)를 운반하고 있는데 이는 장구한 계책을 세워 강병이 오기를 기다리겠다는 것이 분명합니다."

사마소는 선봉장 서질을 불러 명했다.

"지난날 우리가 촉병을 이겼던 것은 그들의 보급로를 끊었기 때문이다. 지금 촉병들이 철롱산 뒤에서 군량미를 운반한다니, 오늘 밤에 5천 군사를 거느리고 가서 보급로를 끊는다면 저들은 자연히 물러갈 것이다."

서질이 영을 받고 초저녁에 군사를 거느려 철롱산 뒤편에 당도해보니 과연 200여 촉병들이 100여 대의 목우 유마에 양곡을 가득 싣고 바쁘게 운반하고 있었다.

위군들은 일제히 함성을 질렀고 서질이 앞장서서 길을 막자 촉병들은 기절초풍하여 모두 양곡을 버리고 도망쳤다. 서질은 군사들에게 빼앗은 양곡을 진지로 옮기라 하고 나머지 군사를 거느리고 달아나는 촉병의 뒤를 10여 리나 추격했다.

그런데 앞쪽에 수레와 그 밖의 것들이 어지럽게 널려 길을 막고 있어서 서질은 수레를 치우라고 영을 내렸다. 군사들이 말에서 내려 수레를 치우고 있을 때 길 양쪽에서 갑자기 불길이 솟았다. 서질이 깜짝 놀라 말 머리를

粮運兵蜀山籠鉄

촉병은 철롱산에서 군량을 나르다. 《新錄全像通俗演義》 三國志傳卷之十九

돌려 후면 산길로 도망치려고 하자 그 곳에도 역시 수레가 가로놓여 있었으며 거기에서도 불길이 솟아올랐다.

서질은 죽을 힘을 다하여 겨우 불길과 연기를 뚫고 말을 달려 도주했다. 이 때였다. 갑자기 포 소리가 크게 들리더니 또다시 양쪽 길에서 촉의 군사들이 뛰어나왔다. 좌측에는 요화요, 우측에는 장익이 각각 군사를 거느리고 물밀듯 쳐들어오니 위군은 크게 패했다.

서질은 사력을 다해 적진을 헤치고 도주했지만 이미 지칠 대로 지쳐 있었고 말도 지쳐버렸다. 서질이 숨 돌릴 겨를도 없이 이번에는 앞에서 뿌연 먼지를 일으키며 일단의 군사가 몰려왔다. 바로 강유였다. 갑자기 강유를 만나게 된 서질은 속수무책이었다. 강유가 찌른 단창에 서질이 말에서 굴러 떨어지자 촉병들이 달려들어 칼과 창으로 난도질하여 서질은 피투성이가 된 채 죽고 말았다.

사마소의 탄식

한편 서질의 명에 의하여 촉병에게서 빼앗은 군량미를 운반하던 위군들도 모두 하후패에게 붙잡혔거나 투항했다. 하후패는 위군들의 옷과 갑옷·말 등을 거두어 촉병들에게 입혀 위병으로 가장시키고 위군의 깃발을 휘날리며 지름길을 통하여 위의 진지로 달려갔다.

진지에 있던 위군들이 본부의 군사가 돌아오는 것으로 착각하고 진지의 문을 열고 맞아들이자 촉병들은 물밀듯 위군의 진지로 쳐들어갔다. 위의 대도독 사마소가 질겁하여 황망히 말을 타고 도주하려고 할 때, 촉장 요화가 앞을 가로막았다. 더 이상 전진할 수 없다고 판단한 사마소가 뒤로 물러서려고 할 때 이번에는 소로에서 강유가 군사를 거느리고 나타났다.

사마소는 사면이 가로막혀 꼼짝도 할 수 없게 되자 패잔병을 이끌고 철롱산 산등성이로 기어올랐다. 철롱산으로 통하는 길은 오직 하나뿐이었으므로 사면은 깎아지른 듯한 절벽이라 험준하기 이를 데 없었다. 철롱산 위에는 샘이 하나 있었는데 겨우 100여 명의 군사들이 마실 수 있을 정도였다.

이 때 사마소가 거느린 패잔병은 6천여 명이나 되었는데, 강유는 그들이 다 올라간 뒤에 길을 끊어버렸다.

산 위의 샘물은 얼마 가지 않아서 바닥이 드러나 많은 군사와 말들이 갈증에 허덕였다. 사마소는 하늘을 바라보며 길게 탄식했다.

"내가 이 곳에서 죽게 되다니!"

후에 이 상황을 읊은 시가 있다.

강유의 재주를 가벼이 여기더니	妙算姜維不等閑
사마소가 철롱산에 갇히게 되었구나!	魏師受困鐵籠間
지난날 방연이 마릉 길에 들어섰을 때	龐涓始入馬陵道
항우가 처음 구리산을 포위한 것과 같구나.	項羽初圍九里山

주부 왕도(王韜)가 사마소에게 아뢰었다.

"옛날에 경공(耿恭 : 후한 때 사람. 흉노가 쳐들어와서 성하의 간수를 다 끊어버렸는데, 땅을 15장이나 파도 샘물이 나오지 않자 병사들은 똥물을 마시게 되었다. 이에 경공이 하늘을 우러러 탄식하기를 "듣건대 옛날에 이사[貳師] 장군은 칼

한나라 장수의 기묘한 계책으로 사마소는 곤경에 빠지다. ≪繡像全圖三國演義≫에서

을 뽑아 산을 치니 샘물이 솟았다 하는데 한의 신명은 어이 이리 우리를 궁지에 몰
아넣습니까?" 이에 의복을 정돈하고 우물을 향해 두 번 절하니 우물물이 솟아 모두
들 만세를 불렀다는 고사가 있음)은 곤경에 처하자 우물에 절하여 단물을 얻
었다고 합니다. 장군께서도 한번 그렇게 하시는 것이 어떻겠습니까?"

사마소는 왕도의 말에 따라 우물에 가서 절을 올리고 축문을 읽었다.

소(昭)는 천자의 명을 받들어 촉병을 물리치려고 왔습니다. 저를 죽이
시려거든 이 샘물을 마르게 하시옵소서. 저는 마땅히 자결하고 군사들에
게는 촉군에게 투항하라 하겠습니다. 하늘이여! 아직 저의 수명이 남았
다면 부디 단물을 내리시어 군사들의 생명을 구하게 하소서.

사마소가 축문 읽기를 마치자 갑자기 샘물이 용솟음치더니 끊임없이 솟
아나왔다. 이리하여 위군들은 갈증을 면하고 목숨을 구했다.

한편 강유는 위군을 궁지에 빠뜨리기 위하여 철롱산 아래에 진을 치고
있으면서 여러 장수들에게 말했다.

"전에 제갈 승상께서는 상방곡(上方谷)에 진을 치고 계시면서 사마의를 사로잡지 못한 것을 한스러워하셨는데 이제야 내가 그의 아들 사마소를 사로잡게 되었구나!"

이 때 위장 곽회는 사마소가 철롱산 위에 포위되어 곤경에 처했다는 말을 듣고 급히 군사를 거느리고 나가려 하니 진태가 아뢰었다.

"강유는 강병과 함께 먼저 남안을 빼앗으려 합니다. 그런데 이미 강병이 도착했으니, 만일 장군께서 군사를 철수하여 철롱산으로 사마소를 구하러 나가신다면 강병은 우리가 나간 틈을 타서 우리의 후면을 공격할 것입니다. 먼저 강인에게 거짓 투항하여 시간을 벌고, 일을 도모하여 그들이 물러간 후에 철롱산으로 사마소를 구하러 가는 것이 좋겠습니다."

곽회는 진태의 말에 따랐다. 진태는 5천 명의 군사를 거느리고 강왕의 진지로 들어가 갑옷과 무기를 버리고 눈물을 흘리며 아뢰었다.

"위장 곽회는 요사스럽게도 자존심만 내세워 늘 저를 죽이고자 하므로 군사를 거느려 투항해왔습니다. 저는 곽회 군중의 허실을 잘 알고 있습니다. 오늘 저녁 일단의 군사를 거느리고 진지를 탈취한다면 반드시 성공할 수 있을 것입니다. 또한 이 곳 군사가 위의 진지에 당도하면 내응할 군사들도 있을 것입니다."

강왕 미당(迷當)은 크게 기뻐하며 선봉장 아하소과에게 명하여 진태와 함께 위의 진지를 공격하라 했다.

강장(羌將) 아하소과는 진태가 거느리고 투항해온 위병은 후군에 배치하고 진태에게는 강병을 거느려 선봉에 서도록 했다.

이 날 밤 2경쯤에 강병들이 위의 진지에 당도하여 보니 마침 영문이 활짝 열려 있었다. 진태는 말을 달려 먼저 들어갔다. 아하소과가 창을 비껴들고 말을 몰아 진지 안으로 따라 들어가려고 할 때 비명 소리와 더불어 말과 군사가 함정으로 빠져들었다.

먼저 들어갔던 진태는 어느새 뒤에서 공격했고 좌측에서는 곽회가 군사를 거느리고 무찔러 들어오니 강병들은 크게 어지러워져서 서로 짓밟아, 죽고 다친 자의 수도 이루 헤아릴 수 없었다. 살아 남은 자들은 그나마 모두 항복하였다. 또한 강병의 선봉장 아하소과는 그 자리에서 자결했다.

곽회와 진태가 여세를 몰아 군사를 거느리고 강병들의 진지에 들이닥치니 강왕 미당은 깜짝 놀랐다. 미당은 급히 장막을 빠져 나와 말에 오르려다가 위군들에게 붙잡혀 곽회 앞으로 끌려나왔다.

곽회는 친히 말에서 내려 손수 미당의 결박을 풀어주고 위로했다.

"우리 조정에서는 평소부터 공의 충의지심을 알고 있는데 이번에 왜 촉을 도우셨소?"

미당은 부끄러워 고개를 들지 못하고 엎드려 사죄했다.

강유와 곽회의 결전

곽회는 다시 미당에게 말했다.

"공이 이번에 선봉에 서서 철롱산으로 가 포위망을 뚫고 촉병을 물리친다면 내가 천자께 아뢰어 후히 상을 내리도록 하겠소."

미당은 곽회의 말에 따라 강병을 앞세우고 위군을 뒤에 세워 철롱산으로 향했다. 이 때는 밤이 깊어 이미 3경이 지나 있었다.

전군(前軍)에 섰던 군사가 먼저 철롱산으로 달려가 강유에게 도착을 아뢰었다. 강유는 크게 기뻐하며 들도록 했다. 강병들 틈에는 이미 많은 위군이 강병으로 변장하여 함께 있었다. 군사들이 촉병의 진지 앞에 당도하자 강유는 영을 내려 진지 밖에 둔병하라 했다.

강왕 미당이 200여 군사를 거느리고 장막 앞에 이르자 강유와 하후패는 친히 출영했다.

강유와 하후패가 미당과 인사를 나누려는 순간 갑자기 배후에 있던 위병들이 술렁이는 기색을 보였다. 낌새를 눈치 챈 강유가 급히 말에 올라 도주하니 위병과 강병은 일제히 밀려 들어왔고 촉병들은 사방으로 뿔뿔이 흩어져 각자 목숨을 구하여 도주했다.

강유의 손에는 칼 한 자루도 쥐어져 있지 않았다. 허리에는 활과 살이 있었지만 황망히 도망치는 바람에 화살은 다 빠졌고 빈 화살통만 매달려 있었다.

강유가 급히 산골짜기로 도주하니 위장 곽회는 군사를 거느리고 뒤를 추격하다가 강유가 손에 아무런 무기도 지니지 아니한 것을 목격하고는 창을 휘두르며 말을 채찍질하여 뒤를 쫓았다.

강유는 곽회의 끈질긴 추격을 받아 거의 붙잡히게 되자, 도망치면서도 빈 활을 당겨 10여 차례나 쏘는 시늉을 했다. 곽회는 그 때마다 고개를 숙이고 화살을 피하다가 급기야 강유가 빈 활만 당기는 것을 깨닫고는 창은 말 안장에 꽂고 활을 뽑아 쏘았다.

강유는 섬광처럼 스치는 화살을 손으로 잡아 활시위에 메기고 곽회에게 가까이 다가가서 곽회의 얼굴을 향해 활시위를 당겼다. 화살이 공기를 가르고 곽회의 이마에 명중하자 곽회는 그만 말에서 나뒹굴었다.

강유가 쓰러진 곽회를 죽이려고 달려드는 순간 위병들이 벌 떼처럼 덤벼들었다. 이 때 강유는 거느린 군사가 얼마 안 되었으므로 부득이 곽회의 창만 빼앗고 돌아갔다.

위병들은 강유를 추격하지 않고 급히 곽회를 구하여 진지로 돌아와 곽회의 이마에 박힌 화살을 뽑고 치료했으나 상처가 깊어 피가 계속 흐르더니 그만 죽고 말았다. 사마소는 이를 갈며 산에서 내려와 군사를 거느리고 강유를 뒤쫓다가 중도에서 돌아왔다.

한편 하후패도 위병에게 쫓겨 도주하다가 도중에 강유와 만났다. 강유는 많은 군사와 병마를 잃고 패잔병을 거느려 하후패와 함께 한중으로 돌아갔다. 강유는 비록 싸움에 패하여 많은 군사를 잃었으나 위장 곽회를 죽이고 서질을 죽여 위국의 위세를 꺾었으니 패한 죄보다는 공이 더 컸다.

한편 사마소도 강병들의 노고를 크게 치하하여 강국으로 보내고 자신은 낙양으로 반사(班師)했다. 이 때는 사마소의 형 사마사가 조정의 전권을 장악하고 있었으니 누구 하나 불복하는 사람이 없었다.

위주 조방은 사마사가 조정에 들어올 때마다 두려움과 바늘 방석에 앉아 있는 듯한 불안에 떨어야만 했다.

어느 날, 위 황제 조방이 조회를 하고 있었는데 사마사가 칼을 차고 전(殿)에 오르자 황제는 두려워하며 황망히 용상에서 일어나 사마사를 맞이했다. 사마사가 웃으며 말했다.

"그것은 임금으로서 신하를 맞이하는 예가 아니지 않습니까? 폐하께서는 마음을 편히 하십시오."

그 때 대신들은 천자께 아뢸 일이 있었는데 사마사가 그것을 찢어 없애고 위주께 상주하지도 않았다.

곧바로 물러나온 사마사가 거만한 걸음걸이로 전 아래로 내려와 수레에 오르자 앞뒤에 있던 수천의 인마가 사마사를 호위해 나갔다. 그러나 위 황제 조방이 후전(後殿)에 들 때에 따라나선 사람은 겨우 세 사람뿐이었다. 바로 태상(太常) 하후현(夏侯玄)과 중서령(中書令) 이풍(李豊), 광록대부 장즙이었다. 장즙은 장 황후(張皇后)의 아버지로 조방의 장인이었다.

사마사를 죽이려는 음모

조방은 내시들을 물리치고 세 사람을 밀실로 불러들였다. 조방은 장인 장즙의 손을 잡고 울면서 말했다.

"사마사는 짐을 어린애 취급하고 대신들을 지푸라기같이 여기니 사직은 머지않아 그의 손으로 넘어가고 말 것이오."

옆에서 이풍이 아뢰었다.

"폐하 염려하지 마십시오. 신이 비록 재주는 없으나 폐하의 명을 받들고 천하의 영웅호걸들을 모아 역적들을 소탕하겠습니다."

이번에는 하후현이 아뢰었다.

"신의 형 하후패가 촉에 투항한 까닭도 사마 형제들의 횡포와 모략 때문이었습니다. 폐하께서 그 역적놈들을 소탕하신다면 신의 형도 반드시 돌아와 폐하를 도울 것입니다. 신은 국가의 옛 척신(戚臣)이었으니, 간사한 역적놈들이 나라를 어지럽게 하는 것을 어찌 보고만 있겠습니까? 신에게도 역적들을 토벌하라는 영을 내리십시오."

조방은 힘없는 목소리로 말했다.

"그러나 간단한 문제가 아니오."

세 사람은 울면서 조방에게 아뢰었다.

위주는 피로 조서를 써 장즙에게 내리다. ≪新錄全像通俗演義≫ 三國志傳卷之十九

"저희들이 합심해서 역적을 토벌하여 꼭 폐하의 은혜에 보답하겠습니다."

조방은 용봉한삼(龍鳳汗衫 : 곤룡포 속에 입는 옷)을 벗고 손가락을 깨물어 혈서를 써서 장즙에게 건네주며 당부했다.

"짐의 조부 무황제께서 동승을 주살했던 것은 거사할 기밀을 지키지 않았기 때문이었소. 경들은 특히 주의하여 기밀이 밖으로 새지 않도록 하구려."

이풍이 아뢰었다.

"폐하께서는 왜 그런 불길한 말씀을 하십니까? 저희들은 동승의 무리들과는 다르고, 또 어찌 감히 사마사를 무황제와 비할 수 있겠습니까? 폐하께서는 조금도 염려하지 마십시오."

이들이 천자 조방과 작별하고 물러나와 동화문(東華門) 좌측에 이르렀을 때, 마침 무장한 수백 명 부하의 호위를 받으며 지나가던 사마사와 마주치게 되었다. 하후현·이풍·장즙 세 사람은 허리를 굽히고 길 옆으로 비켰다. 사마사가 이들에게 물었다.

"너희들은 왜 이제서야 퇴조(退朝)하는 게냐?"

이풍이 둘러댔다.

"천자께서 내전에서 독서하신다기에 저희가 책 읽는 것을 보필해드리느
라 늦었습니다."

"무슨 책을 읽으셨느냐?"

"하(夏)·상(商)·주(周) 3대의 역사서를 읽으셨습니다."

"천자께서 그 책들을 읽으시고 어떤 고사(故事)를 물으시더냐?"

"천자께서 이윤이 상국을 도왔던 일과 주공께서 섭정하신 일을 물으시기
에 우리들이 사마 대장군은 이윤과 주공 같으신 분이라고 말씀드렸습니다."

사마사는 비웃으며 말했다.

"너희들은 나를 이윤이나 주공에 비하지 않고 실지로는 왕망과 동탁에
비유했을 것이다!"

세 사람은 입을 모아 둘러댔다.

"우리들은 모두 장군의 문하에 있는 사람들인데 어찌 감히 그런 말을 할
수 있겠습니까?"

사마사는 크게 노하여 소리쳤다.

"닥치지 못하겠느냐? 그러면 너희들이 천자와 밀실에 들어갔을 때 곡소
리가 났던 이유는 무엇이냐?"

세 사람은 딱 잡아뗐다.

"그런 일은 없었습니다."

사마사는 더욱 노하여 꾸짖었다.

"네놈들의 얼굴에 아직도 눈물 자국이 남아 있는데 웬 거짓말이냐!"

하후현은 이미 일이 탄로난 것을 알고 체념하여 소리를 가다듬고 사마사
를 질타했다.

"우리가 운 것은 네놈의 위력이 천자보다 강하여 장차 네가 제위를 빼앗
으리라 생각했기 때문이다."

사마사는 크게 노하여 주위의 무사들에게 당장 하후현을 붙잡으라고 소
리쳤다. 하후현은 팔을 걷어붙이고 사마사를 공격하려 했지만 중과부적이
라 사마사가 거느린 무사들에게 붙잡히고 말았다.

사마사는 세 사람의 몸을 샅샅이 뒤지라고 영을 내렸다. 무사들은 달려
들어 장즙의 몸을 뒤지다가 품속에서 천자의 용봉한삼 조각에 피로 쓴 혈서

를 발견하고 사마사에게 바쳤다.

사마사가 받아본 밀조(密詔)는 다음과 같았다.

사마사 형제가 대권을 쥐고 역적질하여 황제의 위를 빼앗으려 한다. 지금 시행되고 있는 조서와 제도는 모두 짐의 참 뜻이 아니다. 각 부서의 관리와 장군, 군사들은 함께 충의지심을 발휘하여 역적들을 토멸하고 사직을 바로잡도록 하라. 일을 성사시킨다면 크게 작위와 상을 내리리라.

천자의 조서를 끝까지 읽어본 사마사는 노하여 버럭 소리쳤다.

"너희들은 일찍부터 우리 형제를 해치려고 생각하고 있었구나! 그대로 놔둘 순 없다!"

사마사는 세 사람을 시장 바닥으로 끌어내 칼로 쳐죽이고 그들의 삼족을 멸하라고 불호령을 내렸다. 세 사람은 사마사에게 욕을 퍼부었다. 그들이 시장 바닥에 끌려왔을 때는 무사들에게 맞아 모두 이가 부러지거나 빠져 얼굴과 옷이 온통 피투성이가 되어 있었다. 그러나 세 사람은 죽으면서까지 계속 사마사를 욕했다.

밀려난 조방과 새 천자 조모

사마사는 곧바로 무사들을 거느리고 후궁으로 들어갔다. 이 때 천자 조방은 장 황후와 밀조건에 대하여 상의하고 있었다. 장 황후가 두려움에 떨며 말했다.

"내정(內廷)에는 이목이 많아 만일에 일이 누설된다면 화는 첩에게까지 미칠 것입니다."

이 때 사마사가 불쑥 나타나자 장 황후는 질겁을 했다. 사마사는 칼을 들고 천자를 협박했다.

"신(臣)의 부친은 폐하를 임금의 자리에 앉혔으니 그 공은 주공에 지지 않습니다. 신 또한 이윤처럼 폐하를 섬기는데 폐하께서는 지금 은혜를 원수로, 공을 허물로 갚으려 하여 몇 소신(小臣) 놈들과 작당하고 저희 형제를 해치려 하시니 어찌 된 일입니까?"

조방이 대답했다.

"짐은 그런 생각이 전혀 없소."

사마사는 옷소매 속에서 천자의 용봉 한삼 조각을 꺼내어 땅바닥에 내동댕이치며 소리쳤다.

"이것은 누구의 장난이오?"

조방은 정신이 아찔하여 거의 넋이 나가 떨리는 목소리로 얼버무렸다.

"이것은 강압에 못 이겨 썼을 뿐이오. 짐은 전혀 그럴 마음이 없었소."

사마사는 황제 조방을 다그쳤다.

"대신이 모반한다고 함부로 모함하는 것은 어떻게 죄를 물어야 합니까?"

조방이 땅바닥에 무릎을 꿇고 말했다.

"짐이 죄를 졌으니 대장군은 노여움을 푸시오."

"폐하는 일어나십시오. 그러나 국법은 폐할 수 없는 것입니다."

사마사는 이번엔 장 황후를 손가락질하며 말했다.

"이이는 장즙의 딸이니 마땅히 없애야 합니다."

조방은 목을 놓아 울면서 용서를 빌었으나 사마사는 들은 체도 아니하고 좌우에 명하여 장 황후를 밖으로 끌어내 동화문으로 가서 흰 비단으로 목매어 죽게 했다.

후에 이 처절한 장면을 이렇게 읊고 있다.

지난날 복 황후가 궁문을 쫓겨날 때	當年伏后出宮門
맨발에 슬피 울며 황제와 이별했었지.	跣足哀號別至尊
오늘날 사마사가 그 예를 본받으니	司馬今朝依此例
손자 대에 내린 보복 하늘의 뜻이런가!	天教還報在兒孫

다음날 사마사는 여러 대신들을 모아 말했다.

"지금 주상이 황음무도(荒淫無道)하여 계집들과 창우(娼優 : 옛날 창기, 배우 등 신분이 낮고 천한 사람들)를 가까이하고 간사한 무리들에 둘러싸여 바른말을 받아들이지 아니하니 그 죄는 한대(漢代)의 창읍(昌邑 : 한 소제〔漢昭帝〕가 후사 없이 죽자 곽광이 소제의 조카 창읍왕을 제위시켰다. 그러나 창읍이 음란 무도한 짓을 하자 곽광은 그를 폐위시켰다)과 다를 바 없으니 천하의 주상이라 할 수 없다. 나는 여러 번 생각한 끝에 이윤과 곽광(霍光 : 한나라 평양 사람. 무제 때 봉차도위로 유조〔遺詔〕를 받들어 김일〔金日〕 등과 함께 어린 후주를 보필했음)의 본을 받아 새 임금을 세워 사직을 온전히 보전하여 천하를 편안케 하려고 한다. 너희들은 어떻게 생각하느냐?"

모두가 입을 모아 대답했다.

"대장군께서 이윤과 곽광의 본을 받아 행사하시는데 누가 감히 거역하겠습니까?"

사마사는 여러 대신들을 거느리고 영녕궁(永寧宮)으로 들어가 태후께 자기의 뜻을 아뢰었다. 듣고 있던 태후가 사마사에게 물었다.

"대장군은 새로운 임금으로 누구를 세우는 것이 좋겠소?"

"팽성왕(彭城王) 조거(曹據)가 총명하고 어질며 효성 또한 지극하니 천하의 주상이 될 만한 인물이라 생각합니다."

태후가 다시 말했다.

"팽성왕은 나이도 들고 나의 숙부뻘이 되는 분이니 내 어찌 감당할 수 있겠소? 고귀향공(高貴鄕公) 조모(曹髦)는 문황제(文皇帝 : 조비)의 손자로 공손하고 겸양지덕이 있어 제위에 오를 만한 인물이라 생각하오. 경들이 좋은 사람을 가려서 정하도록 하오."

이 때 누군가가 일어나 태후께 아뢰었다.

"태후의 말씀이 옳습니다. 조모는 제위에 오를 만한 분이십니다."

모두 눈을 들어 바라보니 사마사의 아저씨 사마부(司馬孚)였다. 사마사는 곧바로 사자를 원성(元城)으로 보내어 고귀향공을 모셔오게 하는 한편, 태후를 태극전으로 모셔 조방을 꾸짖으라 했다.

태후가 조방을 꾸짖었다.

"그대는 황음무도하여 창우만 가까이하니 천하를 다스릴 자격이 없다. 지금 당장 옥새를 바치고 다시 제왕(齊王)의 직위로 돌아가라. 앞으로는 부르지 않으면 절대로 입조하는 일이 없도록 하라."

조방은 눈물을 흘리면서 태후께 절하고 옥새를 반납한 후에 수레를 타고 크게 통곡하며 궁을 떠났다. 몇 명의 충의지신도 함께 눈물을 흘리면서 뒤를 따랐다.

후에 어느 시인은 이 슬픈 장면을 이렇게 읊었다.

옛날 조조가 한의 승상 시절에	昔日曹瞞相漢時
과부들과 고아들을 속였었지	欺他寡婦與孤兒
누가 알았으랴, 40년이 지난 후에	誰知四十餘年後
과부와 고아에게 속임을 당할 줄을!	寡婦孤兒亦被欺

고귀향공 조모는 자를 언사(彦士)라 했으며, 문제의 손자로 동해정왕(東海定王) 조림(曹霖)의 아들이었다. 이 날 사마사는 태후의 영을 받들어 문무백관들에게 천자의 수레를 준비시켜서 남액문(南掖門) 밖까지 나가 조모를 맞이하게 하니 조모는 당황하면서 답례했다.

태위 왕숙(王肅)이 옆에서 귀엣말로 속삭였다.

"주상의 몸으로 답례하시는 것은 옳지 않습니다."

조모가 말했다.

"나 역시 신하의 몸인데 어찌 답례하지 않겠소?"

문무백관들이 조모를 연(輦 : 천자가 타는 수레)으로 모시고 입궁하려고 하자 조모는 한사코 사양했다.

"태후의 소명은 받았으나 어찌 된 영문인지 모르겠소. 내 어찌 감히 연을 타고 입궁한다는 말이오?"

조모는 친히 걸어서 태극전에 당도했다. 사마사가 나와 맞이하자 조모가 먼저 엎드려 절을 했다. 사마사는 급히 조모를 일으키고 서로 인사를 나눈 후 태후께 안내하자 태후가 조모에게 말했다.

"나는 어려서부터 그대에게 제왕(帝王)의 상이 있음을 눈여겨 보았소. 이제 그대는 천하의 주상이 되셨으니 모름지기 겸손하고 근엄하며 검소한 마음으로 절제를 하여 황제의 임무를 맡아 널리 덕을 펴고 어질게 다스려 선

군신들은 제위에 오르는 조모를 영접하다. ≪新鍥全像通俗演義≫ 三國志傳卷之十九

제께 욕됨이 없도록 하오."

조모는 이를 완강히 사양했으나 사마사는 문무백관에게 명하여 조모를 태극전으로 모시도록 했다.

이리하여 조모는 새로이 제위에 올랐으며 가평(嘉平) 6년의 연호를 바꿔 정원(正元) 원년(서기 254년)이라 하고 천하에 크게 사면령을 내려 죄인을 풀어주었다. 또 대장군 사마사에게는 황금도끼를 주었으며 입조할 때는 몸을 굽히지 않아도 되고 아뢸 때는 이름을 대지 않아도 되며, 또한 전(殿)에 오를 때 칼을 찬 채 올라와도 좋다는 특전을 베풀었다. 그리고 문무백관들에게도 각각 벼슬을 올려주었다.

정원 2년(서기 255년) 봄 정월에 진동장군 관구검과 양주 자사 문흠(文欽)이 임금을 폐한 것을 명분으로 삼아 군사를 일으켰다는 보고를 듣고 사마사는 깜짝 놀랐다.

한(漢)의 신하들이 임금의 뜻을 받들어 위의 역적 사마사를 토벌하려는 것이다. 과연 판가름이 어떻게 날 것인가?

110. 사마사의 죽음

문 앙 단 기 퇴 웅 병
文鴦單騎退雄兵

강 유 배 수 파 대 적
姜維背水破大敵

문앙은 뛰어난 위장들을 맞아 단기로 물리치고, 강유는 다시 100만 대군으로 배수진을 쳐 위군을 대파한다.

반기를 든 관구검

때는 정원 2년(서기 255년) 정월이었다. 양주 자사 진동장군 관구검은 회남(淮南) 군마를 거느렸다. 관구검의 자는 중문(仲聞)으로 하남의 문희(聞喜) 사람이었다.

관구검은 사마사 일당이 천자를 폐위시켰다는 말을 듣고 분함을 참지 못했다.

그러던 어느 날 관구검의 큰아들 관구전(毌丘甸)이 관구검에게 아뢰었다.

"아버님께서 갖은 고생을 겪으며 변방을 지키시는 동안 사마사는 전권을 휘두르며 주상을 폐하여 나라가 위험천만의 지경에 처했습니다. 아버님은 어찌 태연하게 보고만 계십니까?"

"네 말이 맞다."

아들의 말을 들은 관구검은 즉시 자사 문흠을 불러 대책을 협의하자고 했다.

문흠은 원래 조상의 휘하에 있던 사람이었기 때문에 관구검의 부름을 받고 즉시 달려왔다. 관구검은 문흠을 후당으로 모셔 서로 예를 나누고 눈물을 흘리며 사마사의 제거 문제를 협의했다. 문흠이 왜 그렇게 우느냐고 묻자 관구검이 말했다.

"사마사가 전권을 휘둘러 주상을 폐하였으니 천지가 뒤집혀진 것이나 다를 바 없습니다. 그러한데 어찌 마음이 아프지 않겠습니까!"

문흠이 관구검의 말을 받았다.

"변방을 지키시는 도독께서 의롭게 일어나시어 역적을 토벌하신다면 저도 목숨을 바쳐 돕겠습니다. 저의 둘째 아들 문숙(文淑)은 자를 아앙(阿鴦)이라 하는데 용맹이 필부 1만여 명은 능히 당해낼 만합니다. 내 아들은 항상 사마사 형제를 죽여 조상의 원수를 갚겠다고 벼르고 있습니다. 이번 거사에 선봉장으로 삼으십시오."

관구검은 크게 기뻐하며 술을 뿌려 맹세했다.

두 사람은 태후의 밀서를 받았다고 사칭하고 회남의 대소 관원과 장수·군사들을 수춘성에 모아 서쪽에 단을 쌓은 다음 백마를 잡아 피를 찍어 맹세했다. 이 때 그들은 사마사를 대역 부도한 역적이라고 매도했으며, 지금 태후의 밀서를 받들고 우리 회남의 군사들이 앞장서서 의를 위하여 역적들을 타도하자고 선동했다. 군중들은 모두 환호성을 지르며 찬성했다.

이리하여 관구검은 6만 명의 군사를 항성(項城)에 진을 치게 하고 문흠은 2만여 유격대를 거느리고 관구검의 진지를 왕래하며 접응했다. 또, 관구검은 여러 고을에 격문을 발송하여 각기 군사를 일으켜 의로운 일을 도우라고 부추겼다.

한편 사마사는 왼쪽 눈 위에 혹이 생겨 항상 아프고 가려워하다 의원에게 명해 혹을 째고 약으로 치료하게 한 후 부중에서 치료하고 있었는데, 회남에서 관구검이 반기를 들었다는 급보가 날아들자 곧바로 태위 왕숙을 불러 대책을 협의했다.

왕숙이 아뢰었다.

"옛날에 관운장의 위엄이 화하(華夏)에 진동할 때 동오의 손권은 여몽에게 명하여 형주를 빼앗고 군사들의 가족을 회유하여 관운장의 군세가 무너진 적이 있었습니다. 지금 회남 관리들과 장수·군사들의 가족들이 모두 중원에 있으니 빨리 그들을 회유하시고 군사를 거느려 역적들의 귀로를 끊는다면 흙이 뭉그러지듯 붕괴되고 말 것입니다."

사마사의 얼굴에 화기가 돌았다.

"공의 말이 옳다. 그러나 나는 수술을 받은 지 얼마 되지 아니하여 직접 갈 수는 없겠다. 그렇다고 아무나 보낼 수도 없으니 안타까울 뿐이다."

중서시랑(中書侍郎) 종회가 옆에 있다가 사마사에게 아뢰었다.

"회초(淮楚)의 군사들은 강하여 예봉이 이만저만 아닐 것입니다. 만일 다른 이를 보내어 그들을 물리치려 한다면 얻는 것보다 잃는 것이 더 많을 것이니 가볍게 생각하셨다가는 대사를 그르치게 됩니다."

사마사는 갑자기 자리를 박차고 일어나며 중얼거렸다.

"내가 직접 나서야만이 놈들을 격파하겠구나!"

사마사는 아우 사마소에게 낙양을 지켜 조정의 일을 총독하게 하고 친히 아픈 몸을 이끌고 수레에 올라 동으로 향했다.

사마사는 또한 진동장군 제갈탄(諸葛誕)에게 예주(豫州)의 여러 고을 군사를 총독하게 하여 안풍진(安風津)에서 출발하여 수춘을 공격하게 했다. 이어 정동장군 호준에게는 청주의 여러 고을 군사를 거느려 초(譙) 송(宋)으로 나가 적의 귀로를 끊으라 명하고, 예주 자사 감군(監軍) 왕기(王基)에게는 전부(前部)의 군사를 거느리고 진남을 취하라 했다.

이렇게 대군을 거느리고 양양에 둔병한 사마사는 문무관원을 장막 안으로 불러 대책을 협의했다.

광록훈(光祿勳) 정무(鄭袤)가 아뢰었다.

"관구검은 꾀는 많으나 결단력이 없고 문흠은 용맹하지만 지모가 없으니 대군을 거느려 일시에 기습하는 것이 좋겠습니다. 그들의 예기가 보통이 아니어서 가볍게 맞설 수 없습니다. 호를 깊이 파고 단을 높이 쌓으면서 시간을 끌어 그들의 예봉을 꺾는 것입니다. 이것은 주나라 아부(亞夫)가 즐겨 사용하던 계책입니다."

왕기는 이의를 제기했다.

"그렇지 않습니다. 회남의 군사들은 자의로 난을 일으킨 것이 아니라 관구검의 협박에 못 이겨 부득이 따랐을 것입니다. 만일 대군을 이끌어 무찌른다면 저들은 분명히 격파되고 말 것입니다."

듣고 있던 사마사는 왕기의 의견에 따르기로 했다.

"그대의 생각이 가장 적합하오."

사마사는 곧 군사를 은수(濦水) 상류로 진병시키고 중군(中軍)을 은교(濦橋)에 둔병시켰다.

왕기가 다시 아뢰었다.

"군사를 주둔시키기에는 남돈(南頓) 땅이 적합하니 오늘 밤에라도 군사를 이끌고 그 곳을 취하는 것이 좋겠습니다. 만일 늦으면 관구검이 먼저 취할지도 모릅니다."

사마사는 왕기에게 명하여 전부(前部)의 군사를 거느려 남돈성을 취하고 진지를 세우라 했다.

이 때 관구검은 항성에 있으면서 사마사가 직접 군사를 이끌고 나타났다는 보고를 받고 휘하 장수들을 불러 협의했다. 선봉장 갈옹(葛雍)이 말했다.

"남돈은, 뒤에는 산이 있고 앞에는 강이 가로막혀 있어 둔병하기에 최적지입니다. 만일 사마사의 군사에게 선점당한다면 몰아내기 어려우니 빨리 서두는 것이 좋겠습니다."

관구검은 갈옹의 말에 따라 군사를 일으켜 남돈으로 향했다. 관구검이 바삐 말을 몰아나갈 때 앞에서 말발굽 소리가 들리더니 전령이 나는 듯이 달려와 남돈에는 벌써 사마사의 군사들이 진을 치고 있다고 아뢰었다. 그러나 관구검은 믿지 않았다.

관구검이 스스로 말을 달려 살펴보니 과연 이곳 저곳에 깃발이 펄럭이고 있었으며 진이 질서 정연하게 세워져 있었다. 군중으로 돌아온 관구검은 다른 방도를 생각해보았으나 별 뾰족한 수가 없었다. 이 때 또 다른 급박한 보고가 들어왔다.

"동오의 손준이 강을 건너 수춘을 기습하고 있습니다." 관구검은 깜짝 놀라 중얼거렸다.

"만일 수춘을 잃는다면 우리는 갈 곳이 없게 된다."

관구검은 곧바로 군사를 돌려 항성으로 말을 몰았다.

문앙에게 쫓기는 사마사

관구검이 군사를 이끌고 퇴군한 것을 확인한 사마사는 곧 여러 장수를 모아 협의했다.

상서 부하(傅嘏)가 아뢰었다.

"지금 관구검이 물러간 것은 동오가 수춘을 공격할까 두려워서일 것이며 항성에 돌아가면 군사를 나누어 방어할 것입니다. 장군께서 지금 일단의 군사로 악가성(樂嘉城)을 공격하고 다른 한편으로 수춘을 취한다면 회남의 군사들은 반드시 물러갈 것입니다. 연주 자사 등애는 지략이 뛰어난 인물이니 만일 그에게 군사를 거느리고 곧바로 악가를 취하게 하여 대군을 거느려 접응한다면 적을 격파하기는 어렵지 아니할 것입니다."

사마사는 부하의 진언에 따라 등애에게 격문을 보내어 연주 군사를 일으켜 악가를 공격하면 대군을 거느리고 뒤따라가서 접응하겠다고 했다.

이 때 항성에 둔병하고 있던 관구검은 악가성으로 사람을 보내어 그 곳을 정찰하라 명하고 문흠을 청하여 대책을 물었다. 문흠이 대답했다.

"도독께서는 너무 걱정하지 마십시오. 내가 아들 문앙과 함께 5천 군사를 거느리고 가서 악가성을 손에 넣도록 하겠습니다."

문흠의 말을 듣고 관구검은 크게 기뻐했다.

문흠 부자가 5천 명의 군사를 거느리고 악가성으로 향하고 있을 때 전군(前軍)으로부터 급보가 날아들었다.

"악가성 서쪽에 1만여 명의 위군들이 이미 진을 치고 있었습니다. 멀리 군중을 바라보니 백모(白旄), 황월(黃鉞), 검은 일산, 붉은 깃발로 막사를 에워쌓는데 그 가운데 수(帥) 자 깃발이 높이 솟아 있으니 이는 분명히 사마사인 듯했습니다. 진지는 제대로 자리잡고 있었지만 아직 완성은 안 된 것 같았습니다."

옆에서 채찍을 들고 서 있던 문앙이 전령의 말을 듣고 문흠에게 아뢰었다.

"아직 적들의 진지가 완성되지 못했다고 하니 군사를 양쪽으로 나누어 좌우에서 공격한다면 이길 수 있을 것입니다."

"어느 때 공격하는 것이 좋겠느냐?"

문앙이 이에 대답했다.

"오늘 밤 해질 무렵이 좋겠습니다. 아버님께서는 군사 2500명을 거느리고 성의 남쪽을 공격하십시오. 저는 나머지 군사를 거느리고 북쪽을 공격하겠습니다. 그리하면 3경쯤 위군의 진지에서 만날 수 있을 것입니다."

이 날 밤 문흠 부자는 군사를 나누어 악가성으로 향했다.

이 때 문앙의 나이는 겨우 18세였으나 키는 8척에 이르렀고, 몸에는 갑옷을 걸쳤으며 허리에는 구리로 만든 채찍을 꽂고 있었다. 문앙은 말 위에 올라 창을 한 손에 쥐고 위의 진지로 향했다.

이 날 밤, 사마사의 군사는 악가에 도착하여 진지를 세우고 있었는데 등애는 아직 도착하지 않았다. 사마사는 눈 밑에 난 혹을 수술한 후 통증으로 장막 안에 누워 있고 수백 명의 무사들이 무장을 하고 사마사를 호위하고 있었다.

밤이 깊어 3경이 되었을 때, 갑자기 진지 밖에서 함성이 크게 들림과 동시에 진지 안은 온통 수라장이 되었다. 전령은 바삐 사마사에게 달려가 아뢰었다.

"일단의 군마가 영문 북쪽을 뚫고 밀려오는데 선두에 선 대장이 어찌나 용맹스러운지 당할 길이 없었습니다."

아닌 밤중에 날벼락을 맞게 된 사마사는 마음이 조급한 데다 울화가 치밀어 그만 눈알이 혹을 짼 자리로 튀어나오고 말았다. 피는 땅바닥에 흥건히 고였으며 상처의 아픔은 견딜 수가 없었다. 사마사는 군심이 흔들려 반란이 일어나지 아니할까 두려워 이불을 깨물며 아픔을 참는데 이불이 전부 해졌다.

원래 문앙이 거느린 군사는 미리 사마사의 진지 안에 들어와 매복해 있다가 일시에 일어나 밖에 있던 군사들과 합세하여 좌충우돌하여 닥치는 대로 공격하니 위군들은 당해낼 도리가 없었다. 맞서 싸우는 자도 있었으나

문앙은 단기로 용맹한 병사들을 물리치다. ≪繡像全圖三國演義≫에서

문앙의 창과 휘두르는 구리 채찍에 맞아 죽은 위군은 이루 헤아릴 수 없이 많았다.

　문앙은 아버지가 나타나 외응해주기를 바랐으나 문흠은 나타나지 않았다. 문앙은 좌충우돌하며 위군을 시살하였다. 화살을 맞으면서도 죽음을 무릅쓰고 날이 밝을 때까지 싸웠다.

　이 때 북쪽에서 북소리와 뿔피리 소리가 천지가 떠나갈 듯이 들려오더니 등애가 칼을 휘두르며 말을 달려나왔다.

　"반적들아 도망치지 말라!"

　문앙은 크게 노하여 창을 들고 맞섰다. 등애와 문앙은 칼과 창을 맞부딪치며 50여 합을 싸웠으나 좀처럼 승부가 나질 않았다.

이 때 위의 대군들이 몰려와 앞뒤에서 문앙을 협공했다. 문앙의 부하들은 위군을 당해내지 못하고 뿔뿔이 흩어져 도망쳤다. 문앙도 위군과 싸우다가 포위망을 뚫고 남쪽으로 도망쳤다. 뒤에서는 수백 명의 위병들이 소리를 지르며 추격했다.

어느덧 악가성 다리까지 쫓긴 문앙은 더 이상 도망칠 수가 없자 갑자기 말 머리를 돌려 벽력같이 소리를 지르며 위군의 군중으로 뛰어들어 닥치는 대로 쇠 채찍을 휘둘렀다. 이에 수많은 위군들이 말에서 굴러떨어졌으며 뿔뿔이 흩어져 도망치자 문앙은 유유히 말을 몰아 사라졌다.

도망쳤던 위군의 장수들은 한군데에 모여 혀를 내두르며 말했다.

"이렇게 많은 사람들이 그 한 사람을 당해내지 못하다니 될 말인가? 우리 힘을 모아 뒤를 추격합시다."

이리하여 위장 100여 명은 다시 문앙의 뒤를 추격했다. 말을 몰아 달려나가던 문앙은 뒤쫓아오는 말발굽 소리를 듣고 갑자기 말을 돌려 소리쳤다.

"이 쥐새끼 같은 놈들아, 목숨이 아깝지 않느냐!"

문앙은 뒤쫓는 위장들 사이에 뛰어들어 쇠 채찍을 휘둘러 수십 명을 죽이고 다시 말을 돌려 유유히 달려나갔다. 나머지 위장들이 너덧 번 문앙을 추격했으나 당해내지 못하고 무서워 도망쳤다.

후에 어느 시인은 이렇게 읊었다.

지난날 장판교에서 홀로 조조를 막아낸	長坂當年獨拒曹
조자룡의 용맹이 이에 다시 나타났네.	子龍從此顯英豪
악가성 싸움에 채찍으로 적을 쫓으니	樂嘉城內爭鋒處
문앙의 담기 또한 높음을 알겠네.	又見文鴦膽氣高

한편 문흠은 험한 산 속에 잘못 들어 길을 잃고 헤매다가 겨우 길을 찾아나섰으나 그 때는 이미 날이 밝아오고 있었다. 아들 문앙을 찾았으나 아들의 모습은 보이지 않았다.

이곳 저곳에서 위군들이 대승을 거둔 듯이 위세를 떨치고 있자 문흠은 싸우지도 아니하고 물러섰다. 위군들이 여세를 몰아 뒤를 추격하자 문흠은 군사를 거느리고 수춘으로 도망쳤다.

관구검과 사마사의 죽음

　한편 위의 전중교위 윤대목은 조상의 심복으로, 조상이 사마사의 손에 모살된 것을 원통히 생각하고 항상 사마사를 죽여 조상의 원수를 갚겠다고 이를 갈고 있었다. 윤대목은 평소부터 문흠과 두터운 교분을 맺고 있었다. 그는 사마사가 눈알이 튀어나와 거동할 수 없다는 말을 듣고 장막 안으로 들어가 아뢰었다.

　"문흠은 본래 반란을 일으킬 인물이 아닙니다. 아마 관구검의 협박에 못 이겨 가담했을 것입니다. 제가 가서 설득하면 반드시 투항할 것입니다."

　사마사는 그의 말에 따랐다. 윤대목은 투구를 쓰고 갑옷을 입는 등 무장을 갖추고 문흠에게 달려가 큰 소리로 외쳤다.

　"문 자사 날 좀 만나주겠소?"

　문흠이 고개를 돌려 바라보니 윤대목은 투구를 벗어 들고 채찍을 들어 가리키며 또다시 소리쳤다.

　"문 자사는 왜 며칠을 더 참지 못하오?"

　이어서 윤대목은, 사마사는 머지않아 죽게 될 것이라고 알리기 위하여 왔다고 덧붙였다.

　문흠으로서는 윤대목이 온 진의를 알 까닭이 없었다. 문흠이 욕을 퍼부으며 활을 당겨 죽이려 하자 윤대목은 통곡하며 돌아갔다. 문흠이 군마를 거느리고 수춘으로 달려갔을 때는 이미 제갈탄이 군사를 거느리고 먼저 수춘을 점령한 후였다.

　할 수 없이 다시 군사를 거느리고 항성으로 가니 역시 위장 호준 · 왕기 · 등애가 세 갈래로 군사를 나누어 진격해오고 있었다. 사태가 위급함을 깨달은 문흠은 군사를 이끌어 동오의 손준에게 투항했다.

　한편 항성에 진을 치고 있던 관구검은 수춘이 함락되고 문흠이 거느린 군사가 패했다는 말을 듣고 낙심하고 있었다. 이 때 성 밖에서 위군들이 세

갈래로 진격해오고 있다는 보고를 받고 성 안의 모든 군사를 이끌고 싸우러
나갔다.

등애의 군사와 정면으로 마주치게 된 관구검은 부장 갈옹에게 나가 싸우
라 했다. 갈옹이 나가서 제대로 싸워보지도 못하고 등애의 단칼에 쓰러지자
위군들이 물밀듯 몰려왔다. 관구검은 사력을 다하여 싸웠으나 갑자기 군진
이 크게 어지러워졌다. 위장 호준과 왕기가 군사를 거느리고 사면에서 협공
했기 때문이었다.

관구검도 어쩔 수 없어 겨우 10여 명의 부하를 거느리고 위군의 포위망
을 뚫으며 줄행랑쳤다.

관구검이 겨우 목숨을 구하여 신현성(愼縣城)에 당도하니 현령 송백(宋
白)이 성문을 열고 맞이하며 잔치를 벌여 대접했다. 그러나 관구검이 술에
떨어져 인사불성이 되었을 때, 송백은 관구검의 목을 베어 위군에게 바쳤
다. 이리하여 관구검의 꿈은 무산되고 회남은 완전히 평정되었다.

병상에서 일어날 수 없었던 사마사는 제갈탄을 장막 안으로 불러 대장인
을 건네주고 정동대장군의 벼슬을 주어 양주 여러 고을의 군마를 감독하게
하고 반사(班師)하여 허창으로 돌아갔다.

사마사는 매일 눈의 통증으로 고생했으며 매일밤 이풍·장즙·하후현 등
세 사람이 나타나, 이들에게 시달리고 있었다. 가끔 정신을 잃곤 하던 사마
사는 자신이 오래 살지 못하리라는 것을 알고 낙양으로 사람을 보내어 동생
사마소를 불렀다. 사마소는 울면서 형 사마사에게 절했다.

"내가 양 어깨에 짊어진 중임을 벗으려 하나 도리가 없구나! 네가 중임
을 계승하되 대사를 함부로 남에게 맡기지 말라. 그것은 멸족의 화근을 자
초하는 길이다."

도장을 아우에게 건네주는 사마사의 얼굴에 눈물이 흥건하게 흘렀다. 사
마소가 무언가 급히 물으려 할 때 사마사는 갑자기 외마디 소리를 지르고
그의 눈에서 눈알이 튀어나오더니 숨을 거두었다. 이 때는 정원 2년(서기
255년) 2월의 일이었다.

사마소는 발상하고 위주 조모에게 아뢰었다. 조모는 사람을 허창으로 보
내어 사마소에게 허창에 머물러 있으면서 동오를 막으라고 영을 내렸다. 조

사마소의 군사는 낙수가에 둔치다. ≪新錄全像通俗演義≫ 三國志傳卷之十九

모의 영을 받은 사마소가 대답을 못 하고 머뭇거리자 종회가 사마소에게 아뢰었다.

"대장군께서 돌아가신 지 얼마 안 되어 인심이 안정되지 않았는데 장군께서 여기에 머물러 계시다가 만일 조정에 어떤 변고가 일어나면 어찌하시렵니까?"

사마소는 종회의 말에 따라 곧바로 군사를 일으켜 낙수 남쪽으로 돌아가 진을 쳤다.

조모는 이 소식을 듣고 크게 놀랐다. 옆에 있던 태위 왕숙이 위주 조모에게 아뢰었다.

"사마소가 이미 그 형의 대권을 계승하여 장악하고 있으니 폐하께서는 그에게 작위를 내려 우선 안심시키는 것이 좋겠습니다."

조모는 곧 왕숙을 사자로 보내어 사마소를 대장군에 봉하고 상서사(尙書事)로 삼았다. 사마소는 조정에 들어가 위주에게 예를 올렸다. 이로부터 나라 안팎의 크고 작은 일은 모두 사마소의 손아귀에 들어갔다.

100만 대군을 일으킨 강유

한편 위의 이러한 사실들은 염탐꾼에 의하여 낱낱이 촉의 성도에 보고되었다. 강유가 후주께 아뢰었다.

"최근에 사마사가 죽고 사마소가 대권을 쥔 지 얼마 안 되었으니 사마소는 함부로 낙양을 떠날 수 없을 것입니다. 이 틈을 타서 위를 정벌하여 중원을 회복하겠습니다."

후주는 강유에게 군사를 일으켜 정벌하라는 영을 내렸다. 강유가 한중으로 가서 군마를 정돈하자 정서대장군 장익이 아뢰었다.

"우리 촉은 땅이 협소한 데다 전량(錢糧)마저 풍족하지 못하니 멀리 정벌길에 나선다는 것은 옳지 않습니다. 차라리 험한 요새지를 단단히 지키며 군사를 위로하고 백성들을 사랑하는 것이 나라를 보전하는 길인가 합니다."

강유가 말했다.

"그렇지 않소. 옛날 승상께서는 초옥에서 나오시기 전부터 이미 천하를 삼분할 것을 작정하셨고, 여섯 번이나 기산에 나가 중원을 회복하려고 했으나 불행히도 도중에 돌아가시어 뜻을 이루지 못했소. 지금 나는 승상의 유명(遺命)을 받들어 나라에 충성하고 은혜에 보답하며 승상의 뜻을 계승하는 것이 당연한 일이라 생각하오. 내 비록 죽는다 하더라도 여한이 없소. 우리가 지금 이와 같은 위의 상황을 틈타 정벌하지 않는다면 언제 또다시 이런 기회를 만나겠소?"

이번에는 하후패가 말했다.

"장군의 말씀이 옳습니다. 먼저 포한(枹罕)으로 나가는 것이 좋겠습니다. 만일 조서(洮西)·남안을 손에 넣는다면 근처의 여러 고을을 점령할 수 있을 것입니다."

장익이 말했다.

"지난번에 패하고 돌아온 것은 출전할 때 시간을 낭비했기 때문입니다. 병법에도 말하기를, '적의 방비가 소홀할 때 공격하고 예기치 않았을 때 출전하라'고 했습니다. 우리가 지금 속전속결로 나간다면 위는 제대로 방어할 틈이 없을 것이니 크게 승리하리라 생각합니다."

강유는 100만 대군을 거느리고 포한으로 진격해갔다.

촉의 군사가 조수(洮水)에 도착하자 강 언덕을 지키고 있던 위의 군사들은 옹주 자사 왕경(王經)과 부장군 진태에게 아뢰었다. 왕경은 먼저 7만의 마병과 보병을 거느려 맞섰다.

강유는 장익과 하후패를 각각 불러 은밀히 계책을 내렸다. 두 장수가 영을 받고 나가자 강유는 친히 대군을 거느리고 조수를 등에 지고 진을 쳤다.

왕경은 부장 수 명을 이끌고 앞으로 나와 물었다.

"우리 위는 너희 촉과 동오와 함께 정립(鼎立)해 있는데 왜 너희는 수차에 걸쳐 침입해오느냐?"

강유가 대답했다.

"사마사가 까닭 없이 천자를 폐위시켰으므로 그를 정벌하려는 것은 이웃 나라의 도리인데 하물며 원수 같은 나라이니 더 말할 게 뭐가 있겠느냐?"

왕경은 자기가 거느린 장명(張明)·화영(花永)·유달(劉達)·주방(朱芳) 등 네 장수를 돌아보며 말했다.

"촉병들이 조수를 배경으로 진을 치고 있으니 패하면 모두 물에 빠져 죽게 되어 있다. 강유는 용맹스런 장수이지만 너희 네 장수가 힘을 합하여 싸운다면 승산은 있다. 만일 저들이 물러가거든 추격하도록 하라."

네 장수는 영을 받고 좌우로 군사를 나누어 강유와 맞섰다. 강유는 건성으로 싸우는 체하다가 말 머리를 돌려 본진으로 도망쳤다. 이 틈을 탄 왕경은 일제히 군마를 몰아 뒤를 추격했다.

강유는 군사를 이끌고 조수의 서쪽으로 달아났다. 조수가 지척에 길을 막고 있자 다급하게 장수와 군사들을 꾸짖었다.

"일이 급하게 되었는데 뭣들 하고 있는 게냐!"

영을 받은 촉군들이 일제히 짓쳐나가자 위병들은 크게 패하였으며 촉장 장익과 하후패가 뒤에 있다가 양쪽으로 군사를 나누어 협공하니 위군들은 완전히 포위되고 말았다.

강유는 군사들을 격려하고 재촉하여 위군의 군중으로 압살해 들어가 좌충우돌 닥치는 대로 칼과 창을 휘둘렀다. 이에 위군은 크게 어지러워져서

저희들끼리 밟고 밟히어 태반이 죽었으며 조수 속에 빠져 죽은 군사 또한
이루 헤아릴 수도 없었고 참수한 수급이 만여 개로 송장들이 몇 리나 늘비
해 있었다.

위장 왕경은 100여 명의 패잔병을 거느리고 사력을 다하여 포위망을 뚫
고 적도성(狄道城)으로 달아나 성문을 굳게 닫고 지켰다.

등애의 작전에 속은 강유

크게 승리를 얻은 강유는 군사들을 위로하고 다시 적도성을 공격하려고
했으나 장익이 만류했다.

"장군께서는 이미 세우신 공적으로도 위엄과 명성을 크게 떨치셨으니 이
제 중지하십시오. 만약 진격했다가 일이 여의치 못하게 되면 다 그린 뱀에
다리를 붙이는 격입니다."

강유는 그 말을 듣지 않았다.

"그렇지 않소. 지난날 패했던 것은 중원을 종횡으로 누벼보자는 과욕 때
문이었소. 이번 조수에서의 일전으로 위군들은 주눅이 들었을 것이니 우리
는 쉽게 적도성을 손에 넣을 수 있을 것이오. 그대는 너무 겁내지 마시오."

장익이 여러 차례 만류했으나 강유는 듣지 않고 군사들을 독촉하여 적도
성을 공격하러 나갔다.

한편 옹주의 정서장군 진태는 왕경이 거느린 군사가 패했다는 보고를 받
고 설욕하기 위해 나가려 하였다. 이 때 연주 자사 등애가 군사를 거느리고
도착했다. 진태가 등애를 맞이하고 예를 올리자 등애가 말했다.

"대장군의 명을 받들어 특별히 장군을 도우려고 왔소."

진태가 반기며 계책을 묻자 등애가 설명했다.

"적이 조수 싸움에서 승리를 거둔 후에 강병을 끌어들여 함께 동쪽으로
관롱(關隴)을 정벌하고, 주위에 있는 네 고을에 격문을 보낸다면 우리에게
는 큰 우환거리요. 그러나 다행히 적은 그것을 모르고 적도성만 공격하려
하오. 적도성은 아주 견고하여 공격이 용이하지 않으니 저들은 헛수고만 할

뿐 소득이 없을 것이오. 우리 군사와 진 장군의 군사가 항령(項嶺)에 주둔해 있다가 때를 봐서 공격한다면 촉병을 쉽게 격파할 수 있을 것이오."

진태는 탄성을 질렀다.

"그것 참 기막힌 계책입니다."

진태는 곧바로 20여 부대를 거느리고 나갔다. 각 부대는 50명으로 구성되어 있었고, 군사들은 모두 깃발과 북·뿔피리·봉화 등을 들었는데, 낮에는 쉬고 밤에만 행군하여 적도성 남쪽 높고 깊은 산골짜기로 들어가 매복해 있었다. 그리고 촉군이 나타나면 일제히 북을 치고 뿔피리를 불고 응전하며 밤에는 봉화를 높이 들어 포를 쏘아 적의 기를 꺾기로 했다.

이렇게 만반의 준비를 끝내자 진태와 등애는 각기 2만여 군사를 거느리고 나갔다.

한편 촉장 강유는 적도성을 포위하고 며칠간 계속해서 공격했으나 일이 뜻대로 이루어지지 아니하자 내심 걱정하며 다른 방도를 생각해봤으나 별 뾰족한 수가 없었다.

어느 날 해질 무렵 전령이 바삐 말을 몰고 와 아뢰었다.

"적군이 양쪽 길로 나뉘어 진격해오는데 깃발에는 '정서장군 진태'와 '연주 자사 등애'라고 크게 씌어 있었습니다."

강유는 깜짝 놀라 즉시 하후패를 불러 협의했다.

하후패가 말했다.

"내가 항상 장군께 말씀드렸듯이 등애는 어려서부터 병법에 아주 밝고 이 곳 지리도 훤히 알고 있습니다. 지금 그가 군사를 거느리고 나타난 것은 두통거리가 아닐 수 없습니다."

강유가 말했다.

"적병들은 멀리에서 와 지쳐 있을 것이니 저들이 자리를 잡기 전에 공격하는 것이 좋겠소."

이렇게 말한 강유는 곧 장익에게 성을 공격하라 하고 하후패는 군사를 거느리고 나가 진태를 맞아 싸우라고 영을 내렸다. 강유 자신은 나머지 군사를 거느리고 등애와 싸우려고 말을 달렸다.

강유가 군사를 거느리고 5마장쯤 나갔을 때 갑자기 남동쪽에서 포 소리

가 한 번 크게 울리더니 북 소리와 뿔피리 소리가 천지가 진동하듯 들려왔
고 불길은 하늘까지 치솟았다.

강유가 말을 달려 나가보니 위군의 깃발이 숲을 이루고 있었다. 그제서
야 속은 것을 안 강유는 깜짝 놀랐다.

"내가 등애의 계책에 빠졌구나!"

강유는 즉시 전령을 하후패와 장익에게 보내어 적도성을 버리고 퇴군하
라고 영을 내렸다. 이리하여 촉병은 한중으로 모두 철군했고 강유는 뒤에
남아서 추격하는 적을 막는데, 배후에서는 적병의 북 소리가 끊임없이 들려
왔다. 강유가 후퇴하여 검각으로 들어가보니 20여 곳의 봉화와 북은 모두
눈가림으로 만들어진 것이었다. 강유는 군사를 거두어 종제(鍾堤)로 가서
둔병했다.

이 때 촉의 후주는 강유에게 조수의 서쪽에서 세운 공으로 조서를 내리
고 대장군에 봉했다. 대장군의 직책을 받은 강유는 표문을 올려 사은(謝恩)
한 후 다시 출진하여 위를 정벌할 계책을 의논했다.

애써서 세운 공에 먹칠할 필요는 없건만 강유는 아직도 위를 정벌할 꿈
을 꾸고 있으니 다음의 북벌은 과연 성공할 수 있을 것인지…….

111. 등애에게 쫓기는 강유

등 사 재 지 패 강 백 약   제 갈 탄 의 토 사 마 소
鄧士載智敗姜伯約   諸葛誕義討司馬昭

강유는 위군을 격파하려고 안간힘을 쓰지만 등
애에게 패하여 철군하고, 제갈탄은 사마소를
치려고 동오에 원군을 청한다.

강유의 다섯 가지 이점

강유가 군사를 물려 종제에 머물러 있을 무렵 위군은 적도성 밖에 둔병
하고 있었다.

한편 왕경은 진태와 등애를 성 안으로 맞아들여 촉병의 포위망을 풀어준
것을 사례하여 잔치를 베풀고 3군에 크게 상을 내렸다. 진태는 등애의 공을
위주 조모에게 아뢰었다. 조모는 등애를 안서장군에 봉하고 절(節)을 내려
동강교위(童羌校尉)를 거느리게 하고 진태와 함께 옹주와 양주에 둔병하게
했다.

등애가 표문을 올려 사례하자 진태는 잔치를 베풀어 등애를 대접하며 말
했다.

"강유는 밤길에 도망치느라 혼쭐이 났을 것이니 다시는 나타나지 아니할
것이오."

등애가 웃으면서 말했다.

等艾論蜀兵再出

등애는 촉병이 다시 나타날 이유를 논하다. ≪新錄全像通俗演義≫ 三國志傳卷之十九

"그렇지 않습니다. 그들은 반드시 나타날 것입니다. 그럴 만한 다섯 가지 이유가 있습니다."

진태가 그 이유를 묻자 등애는 말을 계속했다.

"촉병이 비록 물러갔지만 그들은 아직도 승세가 남아 있고 우리는 패했던 사실이 있다는 것이 그 첫번째 이유입니다. 촉병은 거의가 공명에게 훈련을 받은 정병들로 구성되어 있지만 우리의 장수들은 불시에 차출되었고 군사들의 훈련도 제대로 되어 있지 않은 것이 그 두 번째 이유입니다. 촉병은 배를 잘 탈 줄 알지만 우리 군사들은 땅 위만 걸어 다녔으니 우리보다 수전(水戰)에 능하다는 것은 뻔한 일입니다. 이것이 세 번째 이유입니다. 또한 적도 · 농서 · 남안 · 기산 등 네 곳은 지형적으로 방어하기에 최적지입니다. 그러니 촉병들은 동쪽에서 소리를 지르고 서쪽을 공격하고, 남쪽을 가리키다 북쪽을 칠 수도 있으니 그 때마다 우리는 여러 곳을 방어하기 위하여 허둥댈 수밖에 없습니다. 뿐만 아니라 촉병은 한 곳을 집중적으로 공격할 수도 있으니 넷으로 나뉘어 방어해야 하는 우리는 저들을 당해낼 수 없는 점이 네 번째 이유입니다. 끝으로 촉병들이 남안에서 시작하여 농서로 공격할 경우 강인들로부터 군량미를 조달할 수 있고 달리 기산으로 나온다면 그 곳에서는 보리를 얻을 수 있으니 이것이 그 다섯 번째 이유입니다."

진태는 감탄하여 말했다.

"과연 공께서는 적을 귀신처럼 꿰뚫어보니 어찌 촉군이 두려워하지 않겠소!"

이리하여 진태는 등애와 망년지교(忘年之交 : 나이 차이에 구애받지 않는 우정)를 맺었다. 등애는 매일 옹주와 양주 군사들을 훈련시키며 각처의 중요한 요새지에 진지를 세워 방비에 전력을 다했다.

이 때 종제에 주둔하고 있던 강유는 크게 연회를 베풀고 장수들을 모아위를 정벌할 대책을 협의했다.

영사(令史) 번건(樊建)이 간했다.

"장군께서는 수차에 걸쳐 출병하셨으나 아직까지 완승을 거두지 못하셨습니다. 이번 조서 싸움에서는 승리하여 크게 위명을 떨치셨는데 무엇 때문에 다시 출병하시려 합니까? 만에 하나라도 패한다면 그 동안 쌓은 공은 수포로 돌아갑니다."

강유가 웃으며 말했다.

"공들은 위국의 땅이 넓고 사람이 많다는 것만 생각하여 당장 취하기 어렵다고만 생각하지 우리가 위를 공격했을 때 승리할 수 있는 다섯 가지 이점은 모르고 있소."

여러 장수들이 다섯 가지 이점이 무엇이냐고 질문하자 강유가 설명했다.

"저들이 조서에서 패하여 예기가 꺾인 반면 우리는 비록 퇴군은 했지만 군사 하나 다친 사람이 없으니 사기충천하여 진병만 한다면 승리할 수 있는 점이 그 첫째요, 우리는 배를 타고 힘들이지 않고 진격하지만 저들은 육지를 달려와 우리와 맞서야 하니 우리보다 힘이 더 들 것이오. 때문에 우리에게 승산이 있다는 점이 둘째요, 우리 군사는 오래 전부터 훈련을 받은 정병이지만 저들은 오합지졸로 법도가 없으니 이 점이 셋째요, 우리가 만일 기산으로 나간다면 군량미를 추수하여 보충할 수 있어 유리하니 이 점이 넷째요, 적들은 수비하는 데 병력을 분산시켜야 하지만 우리는 한 곳에서 적진을 공격할 수 있으니 저들은 방어하기가 거의 불가능하므로 이것이 다섯째 이점이오. 지금 우리가 위를 정벌하지 아니한다면 언제 이러한 기회가 또 오겠소?"

하후패가 아뢰었다.

"등애는 어려서부터 기지가 뛰어난 인물이며 근래에 안서장군의 직위에 올랐으니 반드시 각처의 경계를 철저히 할 것이므로 지난날과는 다를 것입니다."

강유는 큰 소리로 꾸짖었다.

"내가 등애를 무서워할 것이 뭐가 있겠소! 공은 어찌하여 적의 장점만 들고 우리의 사기를 꺾으려 하오! 나는 이미 마음을 정했으니 반드시 농서 지방을 손에 넣고 말겠소."

주위의 장수들은 두려워 감히 더 이상 말을 꺼내지 못했다. 강유는 전군(前軍)을 친히 거느리고 나가면서 여러 장수들에게 뒤를 따르라 했다. 이리하여 촉병은 종제를 떠나 기산으로 쳐들어갔다.

이 때 앞에 가던 전령이 급히 달려와서, 위병들은 이미 기산 아래에 진지를 아홉 개나 세워 지키고 있다고 보고했다.

강유는 이를 믿지 않고 친히 수 명의 기병을 거느리고 높은 곳에 올라가 바라보았다. 기산 아래에는 이미 위의 진지가 아홉 개나 질서 정연하게 세워져 있었다.

강유가 좌우를 돌아보며 말했다.

"하후패의 말이 거짓이 아니었구나. 진을 치는 것을 보니 작고하신 제갈 승상이라야만 당할 수 있겠다. 그의 진치는 방법이 제갈 승상과 맞먹는구나."

강유는 본진으로 돌아와 여러 장수들을 불러모아 말했다.

"위군이 만반의 준비를 갖추고 있는 것을 보니 우리가 도착할 것을 미리 알고 있었던 것 같다. 내 생각에 등애는 이 곳에 오래 머물러 있을 것 같다. 공들은 허위로 깃발을 세워 계곡 어귀에 진을 치고 단단히 보초를 서라. 보초를 서려고 나갈 때마다 반드시 옷을 바꿔 입도록 하여라. 또한 깃발도 청·황·적·백·흑 오방기치로 바꾸도록 하라. 나는 대군을 거느리고 동정(董亭)으로 나가 남안을 기습하겠다."

강유는 포소(鮑素)에게 기산 계곡 어귀를 단단히 지키라고 명령하고 대병을 거느려 남안으로 향했다.

등애에게 크게 패한 강유

　　이 때 등애는 촉병이 기산으로 향한 것을 알고 진태와 함께 기산에 먼저
와서 더욱 방비를 철저히 했다. 며칠 동안 촉병은 나와서 싸우지 아니했으
며 하루에도 대여섯 번씩 진지 밖으로 나와 10리 혹은 15리까지 순찰만 할
뿐이었다. 어느 날 등애는 높은 곳에 올라가 촉진을 살펴보더니 급히 진지
로 돌아와 장막 안으로 진태를 불러 말했다.

　　"강유는 지금 이 곳에 있지 않소. 틀림없이 동정을 취하기 위해 남안으
로 갔을 것이오. 순찰 나온 촉병들은 수가 적기 때문에 옷과 갑옷을 바꿔
입는 것이며 순찰 다니는 군사들 거의가 지친 것으로 미루어 그들을 거느린
장수가 무능한 것 같소. 그러니 진 장군께서 일단의 군사를 거느리고 공격
한다면 촉의 진지는 격파될 것이오. 촉의 진지를 격파한 후에 다시 군사를
이끌고 동정으로 향하는 길을 기습하여 먼저 강유의 뒤를 차단하시오. 나는
나머지 군사를 거느려 먼저 남안을 구하고 곧바로 무성산을 취하러 나가겠
소. 우리가 먼저 무성산을 손에 넣어버리면 강유는 분명히 상규(上邽)를 취
하려 할 것이오. 상규에는 단곡(段谷)이란 골짜기가 있는데 지세와 산이 험
하여 군사를 매복시키기에 아주 좋은 곳이오. 그들이 무성산을 점령하기 전
에 우리가 먼저 단곡의 양쪽 골짜기에 군사를 매복시킨다면 강유를 격파할
수 있을 것이오."

　　진태는 놀라며 말했다.

　　"내가 농서에 2, 30년이나 있었지만 이 곳 지리에 밝지 못하여 그런 사
실을 알지 못했습니다. 공의 작전은 참으로 귀신 같습니다. 공은 속히 나가
십시오. 나는 이 곳에서 촉의 진지를 공격하겠습니다."

　　등애가 야음을 틈타 군사를 거느리고 일반 행군 속도보다 두 배나 빨리
무성산에 도착하여 진지를 세웠으나 촉병이 나타나지 아니하자 등애는 아
들 등충(鄧忠)과 장전교위(帳前校尉) 사찬(師纂)에게 5천 군사를 거느리고
단곡에 매복하라며 귀엣말로 무언가 작전을 지시했다. 두 사람은 영을 받고
물러갔다.

등애는 다시 군사들에게 명하여 깃발을 거두고 북치는 것을 중지시키며 조용히 촉병이 나타나기만을 기다리라고 영을 내렸다.

이 때 동정에서 남안으로 향하던 촉장 강유는 무성산 앞에 당도하여 하후패를 불러 말했다.

"남안 가까운 곳에 무성산이 있소. 이 산을 먼저 점령한다면 남안은 쉽게 손에 넣을 수 있소. 그러나 등애는 지모가 뛰어난 인물이라고 하니 미리 대기하고 있을지도 모르오."

이 때였다. 산 위에서 갑자기 포 소리가 크게 울리면서 천지가 진동하는 듯한 함성과 북 소리·뿔피리 소리가 들리고 이곳 저곳에 깃발이 펄럭이더니 위병들이 물밀듯이 쏟아져 나왔다.

바람에 펄럭이는 중앙의 노란 깃발에는 '등애'라는 글자가 크게 씌어 있었다. 등애가 나타난 것을 본 촉병들은 간담이 서늘했다. 산 위 이곳 저곳에서 쏟아져 내려오는 위군의 정병을 당할 길이 없자 촉의 전군(前軍)은 크게 패하고 말았다.

강유가 급히 중군을 거느려 구원하러 나갔지만 그 때는 이미 위군들이 물러간 뒤였다. 강유는 곧바로 군사를 거느리고 무성산 아래로 달려가 등애에게 싸움을 걸었으나 산 위의 위군들은 싸우려 하지 않았다.

강유는 군사들에게 명하여 밤이 깊을 때까지 등애에게 욕설을 퍼붓게 했지만 등애는 결코 나타나지 않았다. 강유가 군사를 물리려 할 때 갑자기 산 위에서 북 소리와 뿔피리 소리가 요란하게 들렸는데 위군의 그림자는 전혀 찾아볼 수가 없었다. 화가 치민 강유는 군사들을 재촉하여 산 위로 기어오르려 했으나 산 위의 위군들이 포를 쏘며 돌덩이를 마구 굴려 내리는 바람에 도저히 접근할 수도 없었다.

어느덧 밤이 깊어 3경이 되자 강유는 다시 군사를 물리려 했다. 그런데 또다시 산 위에서 북 소리와 뿔피리 소리가 천지를 진동시켰다.

강유가 산 아래에 둔병하려고 진지를 세우기 위해 군사들에게 돌과 나무를 운반시키고 있을 때, 또다시 북 소리와 뿔피리 소리가 밤의 정적을 깨더니 산 위에서 위군들이 물밀듯 몰려왔다. 작업 중에 기습을 받은 촉군은 크게 어지러워져 서로 짓밟고 짓밟혔다. 강유는 전에 있던 진지로 퇴군할 수

밖에 없었다.

다음날 강유는 군사들에게 군량미와 말먹이풀을 무성산까지 운반하도록 영을 내려 진지를 세우며 그 곳에서 오랫동안 버틸 예정이었다. 밤이 깊어 2경쯤 되었을 때 위장 등애가 횃불을 든 군사 500명을 친히 거느리고 산에서 양쪽 길로 내려와 수레에 불을 질렀다.

이리하여 양쪽 군사는 날이 새도록 백병전을 벌였으며 그 바람에 진지를 세우려던 강유의 계획은 수포로 돌아갔다. 강유는 할 수 없이 군사를 퇴군시키고 다시 하후패와 대책을 협의했다.

"남안을 손에 넣지 못한다면 차라리 상규를 취하는 것이 좋겠소. 상규는 남안에서 생산되는 곡식의 집산지이니 상규를 손에 넣으면 남안도 쉽게 공략할 수 있을 것이오."

강유는 곧 하후패에게 무성산 아래에 둔병하여 지키라 했으며 자신은 맹장들과 함께 정예 부대를 이끌고 곧바로 상규로 향했다. 행군하던 중에 날이 어두워 노상에서 밤을 새우고 아침에 주위를 살펴보니 산과 길이 험하기 짝이 없었다. 곧 향도관을 불러 물었다.

"이 곳의 지명이 무엇이냐?"

"단곡(段谷)이라 합니다."

단곡이란 말을 들은 강유는 꺼림칙한 생각이 들어 놀랐다.

"꺼림칙한 이름이구나! 단곡이라면 바로 단곡(斷谷)이란 뜻이다. 만일 적병이 나타나서 계곡 어귀를 끊어버린다면 우리는 그냥 갇힐 것이 아니냐?"

강유가 어떻게 해야 할지 미처 결정을 내리지 못하고 있을 때, 전군(前軍)으로부터 급박한 보고가 들어왔다.

"산 뒤쪽에서 먼지가 뿌옇게 일어나는 것으로 보아 복병이 나타난 것이 틀림없습니다."

강유가 급히 퇴군하려고 할 때 위장 사찬과 등충의 군사가 양쪽에서 쏟아져 나왔다. 강유는 한편으로는 적을 막아 싸우고 다른 한편으로는 퇴군하는 작전을 쓰면서 그 곳을 빠져나가려고 했으나, 앞에서 함성이 크게 일어나며 등애가 친히 군사를 거느리고 세 갈래로 협공해 와 촉병은 크게 패하고 말았다.

이 때 다행히도 하후패가 군사를 거느리고 나타나 위군을 쫓고 강유를 구해내니 강유는 다시 기산으로 진군하고자 했다. 그러나 하후패가 만류했다.

"기산은 이미 위장 진태의 공격을 받아 진을 치고 있던 포소의 군진이 무너져 진지에 있던 인마가 한중으로 물러간 지 오래입니다."

하후패의 설명을 들은 강유는 할 수 없이 동정을 취하겠다는 생각을 버리고 급히 산길 소로를 통하여 군사를 거느리고 돌아갔다. 뒤에서는 위장 등애가 계속 뒤를 추격하고 있었다. 강유는 장수들에게 앞장서서 군사를 이끌게 하고 자신은 직접 뒤에서 등애를 막았다.

이 때 갑자기 산 위에서 위장 진태가 일단의 군사를 거느리고 뛰어나왔다. 함성을 지르며 갑작스럽게 들이닥친 군사와 뒤를 쫓는 위장 등애에 의하여 촉장 강유는 완전히 포위망에 갇히고 말았다. 강유는 군마를 거느리고 좌충우돌 날뛰었으나 위군의 포위망을 뚫을 수는 없었다.

이 때 촉의 탕구장군(盪寇將軍) 장의(張嶷)는 강유가 곤경에 처했다는 보고를 받고 손수 수백 명의 군사를 거느리고 나가 사력을 다하여 위군의 포위망을 뚫었으므로 강유는 겨우 포위망을 빠져 나올 수 있었다. 그러나 불행히도 장의는 빗발치는 적의 화살에 맞아 장렬한 최후를 마쳤다.

장의에 의해 포위망을 뚫고 목숨을 구한 강유는 한중으로 돌아와 장의의 뛰어난 충용(忠勇)에 감동하여 장의의 벼슬을 추서하고 그의 자손을 등용시켰으나 이번 싸움에서 많은 장수와 군사를 잃은 자신의 죄를 자책했다.

강유는 지난날 제갈 무후께서 가정 싸움에 패하고 행했던 예에 따라 후주에게 표를 올려 자신의 직위를 후장군(後將軍)으로 내리고 대장군의 군무를 봤다.

한편 촉병이 물러간 뒤에 위장 등애는 진태와 승전의 잔치를 벌였으며 군사들에게도 크게 상을 내렸다. 진태는 등애의 공을 치하하는 표를 올렸다. 사마소는 사자를 특별히 보내어 등애의 벼슬을 올리고 인수(印綬)를 내렸으며 등애의 아들 등충을 정후(亭侯)에 앉혔다.

功艾言表上奏陳

진태는 등애의 공을 상주하다. ≪新鐫全像通俗演義≫ 三國志傳卷之四十九

사마소의 야망

이 때 위주 조모는 연호를 바꿔 정원 3년을 감로(甘露) 원년(서기 256년)이라 했다.

사마소는 스스로 천하의 군마를 관장하는 대도독이 되어 나들이할 때는 완전무장한 3천여 명의 용감한 장수로 하여금 앞뒤에서 호위하게 했다. 뿐만 아니라 조정의 업무도 위주에게 알리지 않고 임의로 처리했으니 이로부터 사마소에게는 황제의 자리를 빼앗을 흑심이 싹트기 시작했던 것이다.

이러한 사마소에게 충실한 심복이 있었으니 바로 가충(賈充)이었다. 그는 자를 공려(公閭)라 했으며 죽은 건위장군 가규의 아들로 사마소는 그에게 승상부에서 장사로 일하게 했다. 가충이 사마소에게 아뢰었다.

"지금 주공께서 대권을 손에 쥐고 있는 것에 대하여 사방에서 민심이 흔들리고 있습니다. 몰래 그들을 만나보고 서서히 큰일을 도모하시는 것이 좋겠습니다."

사마소가 말했다.

"나도 이미 그렇게 생각하고 있었다. 너는 나를 대신하여 동쪽으로 나가 출정한 군사들을 위로하는 체하며 그들의 속셈을 알아보도록 하라."

사마소의 명을 받은 가충은 회남으로 가서 진동대장군 제갈탄을 만났다.

제갈탄은 자를 공휴(公休)라 했으며 낭야의 남양 사람으로 촉나라 제갈무후 집안의 동생뻘이 되는 사람이었다. 일찍부터 위를 돕고 있었지만 제갈량이 촉의 승상으로 있었기 때문에 크게 등용되지 못하다가 제갈량이 죽자 중임을 맡게 되었으며 고평후(高平侯)에 봉해져서 회남의 군마를 총감독하고 있었다.

이 날 가충이 회남의 군사를 위로한다는 것을 빙자하여 회남에 도착하자 제갈탄은 잔치를 베풀어 대접했다. 술좌석의 분위기가 무르익자 가충은 슬며시 말을 꺼내어 제갈탄의 마음을 떠보았다.

"근래에 낙양의 여러 어진 선비들이 입을 모아 말하기를, 조모는 유약하여 임금의 책임을 감당할 수 없다고 합니다. 그러나 사마 대장군께서는 3대에 걸쳐 나라를 보필하고 공덕이 하늘에까지 가득하니 위의 대통을 이어받을 만하다고 하는데 장군의 의향은 어떠신지요?"

제갈탄은 크게 노하여 가충을 꾸짖었다.

"그대는 예주 목사 가규의 아들로 대대로 위국의 녹을 먹고 살았거늘 어찌 감히 그따위 말을 지껄일 수 있다는 말이오!"

가충은 사과하며 말했다.

"저는 오직 남들이 하는 말을 공에게 전했을 뿐입니다."

제갈탄은 여전히 노기를 풀지 않고 소리쳤다.

"나는 조정에 난이 일어난다면 목숨을 바쳐 나라의 은혜에 보답하겠소."

가충은 묵묵히 듣고만 있었다. 다음날 낙양으로 돌아온 가충은 곧바로 사마소에게 제갈탄을 만나 주고받은 이야기를 자세히 전했다. 사마소는 크게 노하여 중얼거렸다.

"쥐새끼 같은 놈이 감히 그따위 말을 어떻게 한단 말이냐?"

가충이 옆에서 거들었다.

"제갈탄은 회남에 있으면서 많은 인심을 얻은 것 같습니다. 머지않아 반드시 우환거리가 될 것이니 빨리 제거하도록 하십시오."

사마소는 양주 자사 악침에게 밀서를 보내는 한편, 제갈탄에게 사자를 보내어 사공(司空)의 벼슬을 내리고 불렀다.

사마소의 조서를 받은 제갈탄은 이미 가충이 고자질했다는 사실을 알고 곧바로 사자를 불러 다그쳤다. 사자가 실토했다.

"이 일은 이미 악침도 알고 있습니다."

제갈탄은 놀라 물었다.

"그가 어떻게 안다는 말이냐?"

사자가 말했다.

"사마 장군이 이미 사자를 양주로 보내어 악침에게 밀서를 전했습니다."

제갈탄은 크게 노하여 무사들에게 명하여 사자의 목을 베고 곧바로 부하 1천여 명을 거느리고 양주로 진격해나갔다.

구원병을 요청한 제갈탄

제갈탄이 양주성 남쪽에 당도해보니 성문은 굳게 닫혀 있었고 적교도 이미 거두어진 후였다. 제갈탄이 성문 위를 바라보며 소리쳤으나 성루에는 사람의 그림자조차 보이지 않았다.

제갈탄이 크게 노하여 소리쳤다.

"필부 악침, 이놈아, 네가 나를 이렇게 대할 수 있느냐?"

제갈탄은 군사들에게 명하여 당장 성을 공격하라고 했다. 제갈탄의 날쌘 부하 10여 명이 말에서 내려 호를 뛰어넘고 몸을 날려 성 위로 뛰어올라 문지기를 죽이고 성문을 활짝 열었다. 제갈탄은 군사를 거느리고 성 안으로 뛰어들어가 바람이 부는 방향에 따라 불을 지르고 악침의 집을 박살냈다. 다급해진 악침이 누각으로 몸을 피하자 제갈탄은 칼을 들고 누각 위로 올라가 악침을 꾸짖었다.

"지난날 너의 부친 악진(樂進)은 위국의 큰 은혜를 입었는데 네놈은 그 은혜에 보답할 생각은 아니하고 어찌 사마소를 도와 반역한다는 말이냐?"

악침이 미처 대답도 하기 전에 제갈탄은 악침의 목을 치고 사마소의 죄상을 일일이 밝힌 표문을 써서 낙양으로 보내는 한편, 양회(兩淮)에 둔전하고 있는 10여 만 가구와 양주에서 항복한 군사 4만여 명을 모아 군량미를

제갈탄은 의로써 사마소를 치다. ≪繡像全圖三國演義≫에서

비축하여 진병할 준비를 갖췄다.

또한 장사 오강(吳綱) 편에 아들 제갈정(諸葛靚)을 동오에 볼모로 보내어 구원병을 요청하고 함께 사마소를 토벌하자고 했다.

이 때 동오의 승상 손준은 병으로 죽고 그의 집안 동생이 되는 손침(孫綝)이 정사를 돕고 있었다.

손침의 자는 자통(子通)으로 성질이 포악하여 대사마(大司馬) 등윤(滕胤)과 장군 여거(呂據) 그리고 왕돈(王惇) 등을 죽이고 모든 대권을 손아귀에 쥐었으나 이를 보고도 총명하기로 유명한 오주 손량은 어쩔 도리가 없었다.

이런 판국에 위의 제갈탄이 보낸 오강은 제갈정과 함께 동오의 석두성에 도착하여 동오의 승상 손침을 뵈었다. 손침이 왜 왔냐고 묻자 오강이 대답했다.

"위의 제갈탄은 촉한 제갈 무후의 집안 동생으로 오래 전부터 위국을 돕고 있었습니다. 그런데 지금 사마소는 위주를 기만하여 폐하고 권력을 농락

하려고 합니다. 이에 우리는 군사를 일으켜 토벌코자 하지만 역부족하므로 특별히 와서 투항합니다. 혹 승상께서 우리의 투항을 의심하시지 아니할까 하여 제갈 장군께서는 친아들 제갈정을 볼모로까지 보내셨습니다. 군사를 보내어 도와주시기를 엎드려 빌 뿐입니다."

손침은 오강의 청을 받아들여 대장 전역(全懌)과 전단(全端)을 주장(主將)으로 하고 우전(于詮)을 후군으로, 주이(朱異)·당자(唐咨)를 선봉으로, 문흠을 향도로 삼아 7만 군사를 3대로 나누어 진군하게 했다.

오강이 수춘으로 돌아가서 제갈탄을 만나 보고하자 제갈탄은 크게 기뻐하며 군사를 이끌 준비를 갖췄다.

한편 제갈탄의 표문이 낙양의 조모에게 전해졌다는 것을 알고 사마소는 크게 노하여 스스로 군사를 일으켜 제갈탄을 토벌코자 했다. 가충이 사마소에게 간했다.

"비록 주공께서 부친과 형의 기업을 물려받으셨으나 아직 은덕이 사해(四海)에 미치지 못한 이 마당에 천자를 버리고 변고를 일으킨다면 후회하게 될 것입니다. 태후께 청하여 천자와 함께 출정하신다면 염려할 것이 없을 것입니다."

사마소는 만면에 웃음을 머금고 말했다.

"내 뜻과 정히 맞는 말이다."

사마소는 곧 태후를 뵙고 아뢰었다.

"제갈탄이 모반을 일으켜 신이 문무백관들과 대책을 협의한 결과 친히 천자의 어가를 모시고 정벌길에 나서서 선제의 유업을 이을까 하오니 허가하여 주시기 바랍니다."

태후는 사마소가 두려워 응낙하지 아니할 수 없었다.

다음날 사마소는 위주 조모를 찾아가 친정할 것을 청했다. 조모가 말했다.

"대장군은 천하의 병마권을 잡고 있으니 알아서 군사를 보낼 일이지 하필 짐이 나설 이유가 무엇이오?"

사마소가 대답했다.

"그렇지 않습니다. 지난날 무후께서는 종횡무진 사해를 치달리셨고 문제와 명제께서는 우주를 품에 안으실 웅지를 지니시어 8황(八荒 : 8굉〔紘〕. 8방의 멀고 너른 범위. 곧 온세상)을 병탄(倂呑)하시고자 대적을 만날 때마다 반드시 친정하신 전례가 있습니다. 폐하께서는 선군(先君)의 하신 일에 따라 역적을 소탕하시는 것인데 무엇을 두려워하십니까?"

조모는 사마소의 기세에 기가 꺾여 그의 말에 따를 수밖에 없었다.

사마소는 곧 조서를 내려 허창과 낙양 두 곳의 군사 26만 명을 일으키고 정남장군 왕기를 선봉장에, 안동장군 진건(陳騫)을 부선봉장에 세웠으며, 감군(監軍) 석포(石苞)에게는 좌군을, 연주 자사 주태(周太)에게는 우군을 거느리게 하여 천자의 수레를 호위하며 호탕하게 회남으로 나갔다.

동오의 선봉장 주이가 군사를 거느리고 맞섰다. 양쪽 군사가 둥그렇게 진을 치자 위진에서 선봉장 왕기가 말을 달려 앞으로 나와 동오 선봉장 주이와 결전을 벌였다. 왕기와 주이가 칼을 휘두른 지 3합 만에 주이가 패하여 도주하자 동오 장수 당자가 나와서 역시 3합을 겨루다가 크게 패하여 도주하였다.

위의 선봉장 왕기가 군사를 몰아 추격하자 오병은 크게 패하여 50리 밖까지 후퇴하여 진을 쳤다. 이 사실이 수춘에 전해지자 제갈탄은 친히 본부의 정예 부대를 이끌고 문흠과 그 아들 문앙·문호(文虎)와 회합하여 수만 군사를 거느리고 사마소를 토벌하러 나섰다.

오병의 예기가 떨어진 이 마당에 다시 제갈탄이 거느린 위병이 당도하니 과연 누가 승리할 것인지…….

112. 강유와 등애의 대결

구 수 춘 우 전 사 절　　　　취 장 성 백 약 오 병
救壽春于詮死節　　　　取長城伯約鏖兵

우전은 수춘성을 구하려다가 절의를 지켜 싸움 중에 죽고, 강유는 장성을 손에 넣지만 위장 등애에게 패한다.

무산된 제갈탄의 모반

사마소는 제갈탄이 오병과 함께 결전을 벌이려고 나타났다는 말을 듣고 산기장사(散騎長史) 배수(裵秀)와 황문시랑 종회를 불러 적을 격파할 계책을 물었다.

종회가 먼저 대답했다.

"오병이 제갈탄을 도운 것은 어떤 실리를 얻었기 때문입니다. 우리도 어떤 이익을 주어 오군을 유혹한다면 반드시 성공할 수 있을 것입니다."

사마소는 종회의 진언에 따라 석포와 주태에게 선봉에 서서 양쪽으로 군사를 거느리고 나가 석두성에 매복하게 하고 왕기와 진건에게 정예 군사를 거느리고 후군에 서게 하였으며 편장 성쉬(成倅)에게 수만 군사를 거느려 먼저 앞으로 나가 적을 유혹하라 했다.

또한 진준(陳俊)에게는 우마(牛馬)와 노새·나귀 등 군사에게 줄 값진 물건을 거두어 수레에 싣고 가서 진을 치고 있다가 적병이 나타나면 버리고

달아나라고 했다.

이 날 제갈탄은 오장 주이에게 좌군을 거느리게 하고 문흠에게는 우군을 거느리게 했다. 위군의 진세를 살핀 제갈탄은 질서가 없음을 보고 군사를 몰아 위군을 무찌르라 했다.

한편 위장 성쉬가 패하여 도주하자 제갈탄이 여세를 몰아 군사들을 이끌고 시살해나갈 때, 들판에 즐비하게 널린 수레와 우마·노새·당나귀를 발견한 남병(南兵)들은 눈이 뒤집혀 물건을 하나라도 더 차지하려고 아예 싸울 생각은 하지도 않았다.

이 때 갑자기 포 소리가 크게 울리더니 양쪽에서 복병들이 쏟아져 나오는데 좌측에서는 석포가, 우측에서는 주태가 위군을 거느리고 나타났다. 제갈탄이 깜짝 놀라 급히 군사를 물리려고 하자 위장 왕기와 진건이 정병을 이끌고 와 앞을 막았다. 제갈탄이 거느린 군사는 크게 패하고 말았다.

사마소도 군사를 거느리고 접응하러 나타났다. 제갈탄은 패잔병을 거느려 수춘으로 도망가 성문을 닫고 굳게 지켰다. 사마소는 군사들에게 명하여 성의 사면을 완전히 포위하고 공략하게 했다.

이 때 오병은 군사를 물려 안풍(安豊)에 둔병하고 있었으며 위주는 항성에 주둔하고 있었다. 종회가 사마소에게 말했다.

"이번에 제갈탄이 비록 패했지만 수춘성에는 양초가 풍족하고 또한 오병마저 안풍에 진을 치고 버티고 있으니, 우리가 수춘성을 에워싸 공격한다면 저들은 성을 지키기 위해 전력을 다하여 싸울 것입니다. 그러면 오군은 승세를 틈타 우리를 공격할 것이니 우리에게 유리할 것이 없습니다. 그러니 우리는 3면만 공격하고 남문 쪽을 터주어, 적이 스스로 도망갈 길을 마련해주어 도주할 때 뒤를 추격하면 전승할 것입니다. 그리고 오군은 멀리에서 왔기 때문에 계속해서 군량미를 보급하기는 어려울 것입니다. 우리가 기병을 거느리고 그들의 뒤를 공격한다면 크게 싸우지 않고도 저절로 적을 격파할 수 있을 것입니다."

사마소는 종회의 등을 쓰다듬으며 말했다.

"경은 참으로 둘도 없는 내 참모요!"

그러고 나서 즉시 왕기에게 명하여 남문 쪽을 지키는 군사를 퇴군시키라 했다.

한편 안풍에 둔병하고 있던 오군의 대장 손침은 주이를 불러 꾸짖었다.

"아직까지 수춘성 하나도 구해내지 못했으니 이래가지고서야 어찌 중원을 어우를 수 있겠느냐? 다시 나가서 싸워 승리하지 못하면 참형에 처하겠다!"

주이는 본진으로 돌아가 여러 장수들을 불러 협의했다. 우전이 먼저 말했다.

"지금 위군들이 수춘성 남문의 포위를 풀었으니 일단의 군마를 거느리고 남문 쪽으로 나가 제갈탄을 도와 성을 지키겠습니다. 장군께서는 위병들에게 싸움을 돋우고 나는 성 안의 군사를 이끌고 나와 양쪽에서 협공한다면 위병을 격파할 수 있을 것입니다."

주이는 우전의 말에 따랐다. 이 때 전역·전단·문흠 등은 군사를 이끌고 수춘성으로 가겠다고 자원해 나섰다. 우전은 이들 장수들과 함께 1만 군사를 거느리고 남문을 통하여 수춘성 안으로 들어갔다.

위병들은 장수의 명령이 없었으므로 오병들이 수춘성 안으로 들어가는 것을 보고도 손을 쓰지 못하고 있다가 급히 사마소에게 보고했다. 보고를 받은 사마소가 말했다.

"이것은 동오의 장수 주이가 우리를 안팎으로 협공하여 아군을 격파하려는 수작이다."

사마소는 곧바로 왕기와 진건을 불러 영을 내렸다.

"너희들은 5천 군마를 거느리고 나가 오장 주이의 오는 길을 끊고 배후를 공격하라."

왕기와 진건은 영을 받고 나갔다.

동오의 장수 주이가 군사를 거느리고 수춘성으로 향하는데 갑자기 배후에서 함성이 크게 들리며 위장 왕기와 진건이 좌우에서 군사를 이끌고 시살해 나왔다. 동오의 군사는 크게 패하였다.

주이가 패잔병을 이끌고 손침을 찾아가 패한 사실을 보고하자 손침은 크게 노하여 꾸짖었다.

"싸울 때마다 패하는 장수를 무엇에 쓰겠느냐!"

손침은 크게 노해 주이를 참하다. 《新鋟全像通俗演義》 三國志傳卷之十九

　　손침은 무사들에게 명하여 주이를 끌어내어 목베어 죽이라 하고 이어서
전단과 그의 아들 전위(全褘)를 불러 단단히 영을 내렸다.
　　"만일 위군을 물리치지 못한다면 너희 부자는 내 앞에 얼씬도 하지 말
라."
　　이렇게 분부를 내린 손침은 건업(建業)으로 돌아갔다.
　　한편 위군의 진지에서는 종회가 사마소에게 말했다.
　　"동오의 손침이 퇴거하여 밖에서 제갈탄을 구하려고 달려올 군사가 없어
졌으니 수춘성은 포위할 만합니다."
　　사마소는 종회의 진언에 따라 군사를 독촉하여 수춘성을 포위하고 공격
하라 했다.
　　한편 오군을 거느리고 수춘성으로 들어가려던 동오의 장수 전위는 위군
의 기세가 대단한 것을 보고 진격할 수도 없고 물러설 수도 없어 고민하다
가 휘하 군사들을 거느리고 사마소에게 항복하고 말았다.
　　사마소는 전위를 받아들여 편장군의 벼슬을 주었다. 전위는 사마소가 베
푼 은혜에 크게 감동하여 아버지 전단과 숙부 전역에게 '손침은 어질지 못
한 인물이니 위군에게 투항하는 것이 좋겠다'는 내용의 편지를 써서 수춘성
안으로 쏘아 올렸다.

조카의 편지를 받은 전역은 전단과 함께 휘하 군사 수천 명을 거느리고 성문을 열어 위군에 투항했다.

쓸쓸히 수춘성에 남게 된 제갈탄은 걱정이 태산 같았다. 옆에 있던 모사 장반(蔣班)과 초이(焦彝)가 제갈탄에게 진언했다.

"지금 성 안에 군량미가 떨어져 더 이상 버틸 수 없으니 오와 초의 군사를 모두 거느려 죽기를 무릅쓰고 위군과 결전을 벌여 보는 것이 좋겠습니다."

이에 제갈탄은 크게 역정을 내며 꾸짖었다.

"나는 지키려 하는데 너희들은 싸우자고 하니 네놈들은 다른 꿍꿍이속이 있는 게로구나! 다시 그 따위 소리를 입 밖에 내놓으면 참형에 처하겠다!"

두 사람은 하늘을 우러러 길게 탄식했다.

"제갈탄은 머지않아 망하겠구나! 우리는 차라리 위군에 투항하여 목숨을 건지는 것이 좋겠소."

이 날 밤 2경쯤에 장반과 초이가 성을 넘어 위군에게 투항하자 사마소는 이들을 중용하였다. 이쯤되자 수춘성의 장수들 중 용감히 싸우고자 하는 장수들이 있었지만 감히 싸우자는 말을 꺼내지 못했다.

한편 수춘성 위에서 위군의 진지를 내려다보던 제갈탄은 위병들이 토성을 쌓아 회수(淮水)를 막으려는 것을 발견하고 물길을 터서 토성을 무너뜨린다면 적병을 물리칠 수 있으리라 생각했다. 그러나 가을부터 겨울까지 예상했던 비는 한 방울도 내리지 않아 위수는 전혀 넘쳐흐를 성싶지 않았다. 뿐만 아니라 성 안에는 비축했던 군량미도 점점 바닥이 드러나기 시작했다. 두 아들과 함께 성을 지키고 있던 문흠은 군사들이 먹을 것이 없어 쓰러지는 것을 보고 급히 제갈탄에게 달려가 아뢰었다.

"군량미가 떨어져 군사들이 죽어가니 차라리 북방의 군사들을 성 밖으로 내보내어 군량미의 소모를 줄이는 것이 좋겠습니다."

제갈탄은 크게 노하여 꾸짖었다.

"네놈들은 북방의 군사들을 모두 내보내고 나에게 모반하려는 속셈이로구나!"

제갈탄은 무사들에게 명하여 문흠을 밖으로 끌어내어 목베어 죽이라고 소리쳤다. 문앙과 문호는 아버지가 피살되는 것을 보고 각기 단도를 꺼내어 군사 수십 명을 죽이고 성 위에서 성 아래로 몸을 날려 호를 건너 위군에 투항했다.

사마소는 지난날 문앙이 단기로 달려들어 위군을 퇴병시켜야 했던 일을 원한으로 여겼기에 문앙을 참형에 처하고자 했다. 그 때 종회가 사마소에게 간했다.

"그 죄는 문흠에게 있으며 이제 문흠이 죽고 그의 두 아들이 형세가 궁핍하여 돌아왔는데 만일 투항해온 장수를 죽인다면 오히려 수춘성 안의 민심을 더 견고하게 하는 결과를 초래할 뿐입니다."

사마소는 종회의 진언에 따라 문앙과 문호를 장막 안으로 불러들여 좋은 말로 위로하며 준마와 비단옷을 하사하고 편장군의 벼슬을 주어 관내후(關內侯)에 봉했다.

문앙과 문호는 사마소의 후의에 감사하고 물러나와 말에 올라 수춘성으로 달려가 성 위를 바라보며 군사들에게 소리쳤다.

"우리 두 사람은 사마소 대장군으로부터 죄를 용서받고 작위까지 받았다. 너희들도 빨리 항복하라!"

문앙과 문호의 말을 들은 성 안의 군사들은 서로 귀엣말로 속삭였다.

"문앙이 사마씨의 원수인데도 중용되었다면 우리야 더 말할 것이 무엇이 있겠는가?"

이렇게 수군거리며 거의가 위군에 투항했다. 많은 사람이 성문을 빠져나가 위군에 투항했다는 말을 전해 들은 제갈탄은 크게 노하여 이 날 밤 친히 성 안을 순시하면서 투항하려는 자는 죽이겠다고 엄명하며 위엄을 보였다.

위장 종회는 수춘성 안의 군사들 마음속에 이미 제갈탄을 모반할 마음이 싹트고 있으리라 믿고 곧장 사마소의 장막 안으로 찾아가 말했다.

"성 안의 민심이 흔들리고 있을 것이니 이 때를 틈타 성을 공격하면 성공을 거둘 수 있을 것입니다."

사마소는 크게 기뻐하며 사면에 흩어진 군사를 모아 일제히 수춘성을 공격했다. 성을 지키던 수문장 증선(曾宣)은 북문을 열고 위군의 입성을 도왔다.

이미 위군이 성 안으로 들이닥쳤다는 보고를 받은 제갈탄은 크게 놀라 정신 없이 휘하 군사 수백 명을 거느리고 성 안의 소로를 따라 성을 빠져나가 적교를 건너려다 위장 호준과 마주치게 되었다.

위장 호준은 단칼에 제갈탄의 목을 베어 말 아래로 쓰러뜨리고 수백 명을 결박지었다.

또한 위장 왕기는 군사를 거느리고 서문 쪽으로 들이닥치다가 동오의 장군 우전과 마주치게 되었다. 왕기는 큰 소리로 우전을 꾸짖었다.

"빨리 항복하지 않고 뭐하는 게냐!"

우전도 역시 크게 노하여 소리쳤다.

"명을 받들어 어려움에 처한 사람을 구하러 나왔다가 그를 구해주지는 못할망정 오히려 적도에게 투항하는 것을 어찌 의롭다 하겠느냐!"

우전은 투구를 벗어서 땅에 팽개치며 말을 이었다.

"사람으로 태어나서 전장에서 싸우다가 죽는 것은 행복한 일이다."

우전은 급히 칼을 휘둘러 30여 합을 싸웠으나, 사람도 지치고 말도 지쳐 싸움 중에 죽고 말았다.

후에 어느 시인은 그의 절의를 이렇게 읊었다.

사마소가 수춘성을 포위했을 때	司馬當年圍壽春
많은 군사들이 수레 앞에 무릎을 꿇었네.	降兵無數拜車塵
동오에 비록 영웅이 있다고 하지만	東吳雖有英雄士
의를 지켜 살신한 우전에 비기랴?	誰及于詮肯殺身

사마소는 군사를 거느리고 수춘성으로 들어가 남녀노소 가릴 것 없이 제갈탄의 가족을 모두 목베어 삼족을 멸했다.

무사들은 제갈탄의 부하 수백 명을 붙잡아 사마소 앞으로 끌고 왔다. 사마소가 이들에게 물었다.

"너희들은 항복하지 않겠느냐?"

모두가 큰 소리로 외쳤다.

"제갈 공과 함께 싸워서 죽기를 바랄 뿐 결코 투항하지 않겠다!"

救壽春
于詮
死節

우전은 수춘성을 구하려다 절의를 지켜 죽다. ≪繡像全圖三國演義≫에서

　사마소는 크게 노하여 무사들에게 성 밖으로 끌어내게 한 후 다시 이들
에게 물었다.
　"항복하는 자는 살려주겠다."
　그러나 어느 누구 한 사람 항복하겠다고 말하지 않았다. 사마소가 이들
을 모두 죽일 때까지 항복하는 사람은 한 사람도 없었다. 죽으면서까지 주
인을 섬기는 그들의 의리에 사마소도 감동하여 탄식을 금치 못하고 모두 정
중히 매장하라고 영을 내렸다.
　후일 사람들이 이를 칭송하여 지은 시가 있다.

　　　뜻을 세운 충신 구차히 살려 하지 않으니　　　忠臣矢志不偸生
　　　제갈탄 휘하의 충성스런 군사들이여!　　　　　諸葛公休帳下兵

해로(상여가 나갈 때 부르는 노래) 소리 끊일 날 없더니   薤露歌聲應未斷

그들의 어진 뜻 전횡을 이을 만하구나!(진한[秦漢]대의   遺縱直欲繼田橫

제왕[齊王]. 한고조가 천하를 통일하자 수하 500명을 이끌

고 섬으로 도망갔다. 이에 한이 무력으로 투항시키려 하자

전횡과 수하 500명은 모두 자살하였다)

반면에 동오의 군사 대부분이 위병에게 투항해오자 배수는 사마소에게 고했다.

"동오 군사들의 가족 거의가 동남의 강회(江淮) 지방에 살고 있으니 오랫동안 머무르게 한다면 반드시 변고가 생길 것입니다. 차라리 그들을 죽여 묻어버리는 게 좋겠습니다."

종회가 반대 의견을 말했다.

"그렇지 않소. 옛날부터 용병하는 자는 나라를 온전히 보전하는 것이 상책이니 그 원흉만 죽이라 했소. 만일 그들을 모두 구덩이에 묻어버린다면 어찌 그것을 어질다 할 수 있겠소. 그럴 바에야 차라리 그들을 강남으로 돌려보내어 우리 중국의 관대함을 보이는 것이 좋겠습니다."

"그것이 좋겠군!"

사마소는 이렇게 중얼거리며 동오의 군사들을 모두 본국으로 돌려보냈다. 그러나 당자는 동오의 승상 손침이 두려워 본국으로 돌아가지 않고 위국에 투항했다. 사마소는 그를 중용하여 삼하(三河)의 땅에 머물게 했다.

이리하여 회남 제갈탄의 모반은 완전히 평정되고 말았다.

초주의 수국론

사마소가 승리한 군사를 이끌어 개선가를 부르며 돌아가려고 할 때 서촉의 강유가 군사를 거느리고 장성을 취하여 군량미의 보급로를 끊었다는 급박한 보고가 들어왔다. 사마소는 깜짝 놀라 여러 장수들을 불러 촉병을 물리칠 방도를 협의했다.

이 때 촉한은 연희 20(서기 257년)년의 연호를 경요(景耀) 원년으로 바꿨다.

강유는 서천의 두 장수를 선발하여 매일 군사를 훈련시키게 했으니 그 두 장수는 장서(蔣舒)와 부첨(傅僉)이었다. 두 사람은 용기가 빼어난 데다 담이 컸으므로 강유는 이들을 특히 사랑했다.

이 때 전령으로부터 회남의 제갈탄이 군사를 일으켜 사마소를 토벌하러 나섰는데 동오의 손침이 이를 도우니, 사마소는 양회(兩淮)의 군사를 크게 일으켜 위나라 태후의 허락을 받아 위주와 함께 출정했다는 급한 보고를 받았다. 강유는 만면에 웃음을 가득히 머금고 말했다.

"이번에야 말로 큰일을 이루어보겠구나!"

강유는 곧 군사를 일으켜 위를 정벌하겠다는 표문을 후주께 올렸다.

이를 듣고 중산대부(中散大夫) 초주가 한탄했다.

"요즈음 조정은 술과 계집에 빠져 국사를 모두 환관 황호(黃皓)에게 내맡기고 있는 판국에 백약은 정벌에 눈이 어두워 군사들을 들볶고 있으니 장차 이 나라는 어찌 될꼬!"

이렇게 걱정하며 초주는 강유에게 〈수국론(讐國論)〉한 편을 지어 바쳤다.

옛날에 어떤 이가 '약자가 강자를 이기는 방법이 무엇이냐'고 묻자 '큰 나라에 걱정거리가 없으면 태만하게 되고, 작은 나라에 살면서 근심에 쌓여 있으면 항상 이를 선처할 방도만을 생각한다'고 했습니다. 태만해지면 난을 당하게 되고 항시 선처할 방법만을 생각한다면 이를 헤쳐나 갈 수 있음은 당연한 이치입니다. 그러기에 주나라 문왕(文王)께서는 백성을 보살펴 적은 것으로써 많은 것을 취하셨고 구천(勾踐)은 백성을 불쌍히 여기어, 약한 것으로써 강한 것을 이기셨으니 바로 이 방법을 썼기 때문입니다.

혹자가 묻기를 '옛날에 초(楚)나라는 강했고 한(漢)나라는 약했으므로 홍구(鴻溝)를 경계로 분할하기로 약속했었는데 한의 장량은 백성들의 마음이 굳어지면 움직이기 어렵다 생각하여 군사를 거느리고 항우를 추격하여 멸망케 했으니, 이는 앞의 문왕이나 구천의 경우와는 다르지 않습니까?' 하고 묻자, 이에 대하여 답하기를 '상(商)나라나 주(周)나라 시절에는 왕과 제후를 세상 사람들이 존중했으며 군신간의 의리가 오래도록 견고했으니, 만약 그 때라면 비록 한조(漢祖)라 해도 칼로 천하를 취할 수 있으리오? 그 후 진(秦)이 제후의 제도를 폐지하고 수(守)를 두어 다스리니, 백성들은 부역에 시달리고 천하가 어지러워지자 이곳 저곳에서 영웅 호걸들이 날뛰었다'고 했습니다. 지금 우리 세대는 모두 권력으로 나라를 전하고 세상을 바꾸었습니다. 이미 진말(秦末)에 서로 세력을 다투던 시대도 지났고 지금은 여섯 나라가 맞서 있는 시대입니다. 그러니 어찌 문왕이 다시 살아난다고 한조(漢祖)가 되겠습니까? 그러므로 움직이는 것도 때를 기다려야 하고 힘이 모아졌을 때를 기다려 거사해야 합니다. 탕왕(湯王)과 무왕(武王)이 한 번 군사를 일으켜 이기고는 두 번 기병치 아니했던 것은 백성들의 노고를 생각하여 때를 기다려 선처했기 때문입니다. 만일 뛰어난 무예만을 믿고 정벌에 나섰다가는 불행하게 어려움을 겪게 되는 것이니 비록 슬기로운 사람이라도 어쩔 수 없는 것입니다.

끝까지 〈수국론〉을 읽어본 강유는 크게 역정을 내며 소리쳤다.

"썩어빠진 유생놈이 헛소리를 하는구나!"

강유는 〈수국론〉을 땅바닥에 내동댕이치고 서천의 군사를 거느리고 중원을 취하러 나가려다가 부첨에게 물었다.

"공은 어느 곳으로 출정하는 게 좋다고 생각하는가?"

"위군은 군량미와 말먹이풀을 모두 장성에 쌓아놓고 있으니 지름길로 낙곡(駱谷)을 취하는 것이 좋겠습니다. 심령(沈嶺)을 넘고 장성을 취하여 먼저 군량미를 불지르고 곧바로 진천(秦川)을 취한다면 며칠 내에 중원을 손에 넣을 수 있을 것입니다."

"공의 의견은 내가 생각한 바와 꼭 같구려."

장성을 점거한 강유

강유는 곧 군사를 거느려 낙곡을 취하고 심령을 넘어 장성을 향하여 진군해나갔다.

이 때 장성을 지키던 위군의 장수는 사마망(司馬望)으로 사마소의 집안 형이 되는 사람이었다. 장성의 성 안에는, 비록 군사 수는 많지 않았지만 많은 양곡이 저장되어 있었다. 사마망은 촉병이 쳐들어온다는 소문을 듣고 급히 왕진(王眞)·이붕(李鵬) 두 장수를 불러 군사를 거느리고 성 밖 20여 리에 진을 쳐 촉군을 막으라 했다.

다음날 촉병이 몰려오자 사마망은 왕진·이붕 두 장수를 거느리고 나갔다. 강유는 말을 달려 앞으로 나와 사마망을 손가락으로 가리키며 말했다.

"지금 사마소가 너희의 주군을 군중까지 데려온 것은 이각과 곽사 같은 음흉한 마음을 품고 있기 때문이다. 나는 지금 조서를 받들어 전에 너희들이 지은 죄를 묻노니 빨리 항복하여라. 너희가 어리석은 망상에 빠져 헛된 생각을 품는다면 너희 전가족은 주륙을 당할 것이다."

사마망은 큰 소리로 대꾸했다.

"네놈은 무례하게도 여러 차례 상국(上國)을 침범했다. 만일 네가 빨리 물러가지 아니한다면 성하게 돌아가지는 못할 것이다."

사마망의 말이 끝나기도 전에 그의 배후에서 왕진이 창을 들고 말을 달려나왔다. 촉진에서는 부첨이 나와 왕진과 맞서 싸웠다. 두 장수는 어우러져 10여 합을 싸우다가 촉장 부첨의 자세가 불안해지자 왕진은 부첨을 찌르려고 창을 들고 달려나왔다. 부첨은 번개와 같이 몸을 피하더니 맨손으로 위장 왕진을 말에서 끌어내려 본진으로 향했다. 이를 본 위장 이붕은 크게 노하여 칼을 휘두르며 말을 몰아 왕진을 구하려고 달려나왔다.

부첨은 일부러 느릿느릿 말을 달리다가 이붕이 가까이 다가오자 끌고 가던 왕진을 땅바닥에 내동댕이치면서 슬며시 사릉철간(四楞鐵鐧 : 철이나 구리로 만든 고대 병기의 하나. 긴 막대기 모양으로 네 각이 져 있고 날이 없으며 상단이 약간 작고 아래 손잡이가 있음)을 손에 쥐었다. 가까이 다가선 이붕이 칼을 들고 부첨을 후려치려고 하자 갑자기 몸을 돌려 사릉철간으로 이붕의 면상을 치니 눈알이 튀어나오며 말에서 떨어져 즉사했다. 땅바닥에 내동댕이쳐진 왕진도 촉병들의 무수한 창에 찔려 피투성이가 되어 죽었다.

강유가 물밀듯 군사를 몰고 진격하자 사마망은 진지를 버리고 성 안으로 도망쳐 성문을 굳게 잠그고 나오지 아니했다.

그러나 강유는 군사들에게 영을 내렸다.

"군사들은 오늘 밤 푹 쉰 다음 기운을 돋우고 내일은 반드시 이 성을 빼앗도록 하라!"

다음날 날이 밝자 촉병들은 서로 앞을 다투어 성 밑으로 쏟아져나가 화살과 포에 불을 붙여 성 안으로 쏘았다. 성 안의 초가에 불이 붙자 위군들은 크게 어지러워졌다.

강유는 이어서 마른풀과 짚단을 성 아래에 높이 쌓고 일제히 불을 지르게 하니 불길과 연기는 하늘까지 치솟는 듯했다. 이렇게 성이 함락 직전에 이르자 성은 불구덩이 속과 다름없었으며 위군들의 울부짖는 소리는 먼 들녘까지 메아리쳤다.

강유와 등애의 대전

촉병들은 계속해서 성을 공격했다. 이 때 난데없이 배후에서 함성이 크게 울렸다. 강유가 머리를 돌려 바라보니 위병들이 북을 울리고 깃발을 펄럭이며 호탕하게 몰려오고 있었다.

강유는 곧 영을 내려 전대와 후대의 위치를 바꾸도록 하고 친히 문기 아래로 나가 적진을 노려봤다. 위군의 진지 안에서 완전 무장한 젊은 장수 하나가 창을 들고 말을 달려나오고 있었다. 나이는 20여 세의 젊은이로 얼굴은 분처럼 희고 입술은 유난히 붉었다. 젊은 위장이 강유에게 소리쳤다.

"등 장군을 알아보겠느냐?"

"저놈이 바로 등애로구나!"

이렇게 중얼거리면서 강유는 창을 들고 말을 몰아 달려나갔다.

강유와 등충은 크게 싸우다. ≪新鋟全像通俗演義≫ 三國志傳卷之十九

　　두 장수가 한 치의 빈틈도 없이 창과 창을 부딪치며 3, 40합을 싸웠으나 승부가 나질 않았다. 젊은 위장은 비록 나이는 어리지만 창쓰는 법에 있어 머리카락만한 빈틈도 없었다. 강유는 속으로 겁이 났다.

　　"달리 방법을 쓰지 아니하면 안 되겠구나."

　　강유는 갑자기 말을 몰아 왼쪽에 있는 산 속으로 도주하기 시작했다. 젊은 위장이 뒤를 추격하자 강유는 손에 들었던 창을 안장에 꽂고 슬며시 활을 들어 당겼다. 벌써 이를 알아차린 위의 젊은 장수가 활시위 소리를 듣고 급히 몸을 굽히니 화살은 머리 위를 스치고 지나갔다. 강유가 머리를 돌려 뒤를 바라보는 순간 위군의 젊은 장군이 휘두르는 창끝에 하마터면 갈비뼈를 스칠 뻔했다. 강유는 곧바로 몸을 돌려 창을 피하면서 순식간에 젊은 장군의 창을 낚아채니 젊은 위장은 창을 버리고 본진으로 도주했다. 강유는 위장을 붙잡지 못한 것이 억울한 듯 내뱉었다.

　　"아, 아깝다. 너무 억울하구나!"

　　강유는 다시 말을 달려 뒤를 추격했다. 강유가 적진 앞에 이르자 웬 위장 하나가 칼을 들고 나타나더니 소리쳤다.

　　"필부 강유놈아, 내 아들을 추격하지 말라. 등애가 여기 있다!"

　　강유는 등애라는 말을 듣고 깜짝 놀랐다. 강유와 조금 전에 맞섰던 젊은 장수는 바로 등애의 아들 등충이었던 것이다. 강유는 속으로 등애 부자가 예사롭지 않게 느껴졌다. 등애와 한번 겨뤄보고도 싶었지만 자신도 지쳤고 말도 지쳤으므로 등애에게 손가락질하며 큰소리로 허세만 부렸다.

"나는 오늘에야 너희 부자를 알았다. 오늘은 각자 군사를 거두기로 하고 내일 다시 결전을 벌여보자!"

등애도 지리적으로 불리함을 깨닫고, 말을 멈추고 서서 대꾸했다.

"그렇다면 각자 군사를 거두자. 속임수를 쓰는 것은 대장부가 아니다."

이리하여 양쪽 모두 각기 군사를 거느리고 물러갔다.

등애는 위수를 뒤로 하여 진지를 세웠고, 강유는 양쪽 산을 배경으로 하여 진지를 세웠다.

촉병의 진지를 살핀 위장 등애는 촉병의 배진도를 그려서 사마망에게 편지를 띄웠다.

"우리는 적과 맞서 싸워서는 안 되며 굳게 지키고만 있어야 합니다. 관중(關中)의 군사가 올 때까지 기다리면 촉병의 군량미와 말먹이풀도 다 떨어질 것이니 그 때 3면에서 공격한다면 승리할 수 있을 것입니다. 큰아들 등충을 보내니 함께 도와서 성을 지키도록 하십시오."

등애는 이어서 사마소에게도 사람을 보내어 구원병을 요청했다.

한편 강유가 사람을 등애의 진지로 보내어 내일 한번 크게 겨뤄보자는 편지를 전하자 등애도 이에 응했다.

다음날 강유는 5경쯤이 되어 날이 완전히 밝자 3군(三軍)에게 아침을 먹인 후, 등애의 진지 앞으로 나가 진을 쳤다.

그러나 등애의 진지에는 깃발도 꽂혀 있지 아니했으며 북 소리마저 멎어 마치 텅 비어 있는 것 같았다. 강유는 늦게까지 싸움을 돋우다가 허탕을 치고 돌아갔다.

그 다음날이 되었다. 강유는 등애에게 왜 약속을 지키지 않았느냐는 책망의 글을 써서 인편에 보냈다. 강유의 사자를 맞이한 등애는 술과 음식을 내어 대접하며 변명했다.

"몸이 불편하여 약속을 어겼으니 내일 겨뤄보자고 전하라."

또 그 다음날이 되어 강유는 다시 군사를 거느리고 등애의 진지 앞으로 나갔으나 이번에도 역시 등애를 볼 수 없었다. 이렇게 대여섯 번 허탕을 치자 부장 부첨이 강유에게 아뢰었다.

"이는 반드시 어떤 흉계가 있는 것 같습니다. 그냥 진지를 지키고 있는 것이 좋겠습니다."

그러자 강유가 말했다.

"이것은 분명히 관중의 군사가 도착하기를 기다려서 3면으로 우리를 공격하려는 수작이다. 동오의 손침에게 사람을 보내어 함께 위군을 공격하자고 제의해보겠다."

이 때 전령이 급히 달려와 보고했다.

"사마소가 수춘성을 공략하여 제갈탄을 죽이니 동오의 군사들은 모두 항복했다 합니다. 사마소는 반사(班師)하여 낙양으로 돌아가는 길에 장성을 구원하러 온다 합니다."

강유는 대경실색하여 말했다.

"이번에 위군을 정벌하려던 계획이 또다시 그림의 떡이 되고 말았으니 차라리 회군하는 것이 좋겠다."

네 번째 원정 때에도 죽도록 고생만 하더니 이번 다섯 번째도 헛수고만 한 셈이었다. 과연 강유는 어떻게 무사히 군사를 철수시킬 것인지…….

113. 쫓겨난 오의 천자 손량

정 봉 정 계 참 손 침   강 유 투 진 파 등 애
丁奉定計斬孫綝   姜維鬪陣破鄧艾

동오 천자 손량을 몰아내고 갖은 횡포를 일
삼던 손침은 정봉에게 죽고, 강유는 등애를
격파하지만 또다시 계교에 빠진다.

쫓겨나는 동오의 손량

강유는 사마소의 구원병이 오면 예삿일이 아니라 생각하고 먼저 군기(軍器)와 수레 등 각종 군수 물자와 보병들을 철수시키고 뒤를 끊으라 했다.

이 사실을 탐문한 위의 염탐꾼들이 등애에게 달려가 자세히 보고하자 등애는 껄껄껄 웃으며 말했다.

"강유가 우리의 대병이 오는 줄 알고 먼저 군사를 후퇴시키는구나. 그들을 추격할 필요는 없다. 그들을 추격하다가는 그들의 계책에 빠질지도 모른다."

등애는 촉군의 동태를 잘 살피라 명했다. 정찰하러 갔던 전령이 돌아와서, 강유는 이미 낙곡 좁은 길에 마른풀과 짚단을 쌓고 불을 질러 추격에 대비하고 있다는 보고를 올리자 이를 듣던 여러 장병들은 등애의 선견지명을 우러러보았다.

"장군께서는 참으로 귀신 같은 분이십니다!"

등애가 곧 표문을 올려 아뢰자 사마소는 크게 기뻐하며 위주에게 말하여
등애에게 상을 내리도록 했다.

한편 동오의 대장군 손침은 제갈탄을 구원하러 나갔던 장수 전단과 당자
등이 위에 투항했다는 소식을 듣고 크게 노하여 투항한 장수들의 가족을 모
조리 잡아들여 목베어 죽였다.

당시 오주 손량은 겨우 17세의 소년으로 손침이 사람을 함부로 죽이는
것을 보고 심히 못마땅하게 여기고 있었다.

어느 날 손량이 서쪽 후원에 나가 매실을 먹으려고 내관에게 꿀을 가져
오게 했는데, 가져온 항아리 속에는 쥐똥이 몇 개 들어 있었다.

손량이 꿀을 저장하고 있던 관리를 불러 꾸짖자 관리는 머리를 조아리며
아뢰었다.

"신이 신중하게 밀봉해두었는데 쥐똥이 들어 있을 까닭이 있겠습니까?"

손량이 물었다.

"내관이 너에게 꿀을 요청한 일은 없었더냐?"

꿀을 저장한 관리는 얼른 대답했다.

"수일 전에 내관이 꿀을 먹겠다고 청했으나 이는 주공께서 잡수시는 것
이기에 감히 내줄 수 없었습니다."

손량은 내관을 가리키며 꾸짖었다.

"이것은 꿀을 달라는 너의 말을 듣고도 주지 아니하자 화가 치밀어 일부
러 꿀에 쥐똥을 넣어 관리를 모함하려 했던 것이 분명하다."

그러나 내관은 그렇지 않다고 펄쩍 뛰었다.

손량이 다시 호통쳤다.

"사실을 밝히는 일이야 어렵지 않다. 만일 오래 전에 쥐똥이 꿀 속에 빠
졌다면 쥐똥은 속까지 모두 젖어 있을 것이고 들어간 지 얼마 안 된다면 비
록 겉은 젖었을지 몰라도 속은 말라 있을 것이다."

손량이 쥐똥을 쪼개어보니 과연 속은 말라 있었다. 내관은 사실을 자백
하지 않을 수 없었다. 손량의 총명은 이러했지만 그 총명함도 대권을 손아
귀에 쥐고 있는 손침 앞에서는 무력할 수밖에 없었다.

손침의 동생 위원장군(威遠將軍) 손거(孫據)는 창룡(蒼龍)에 들어가 그 곳

에서 숙식하며 지키고 있었고, 무위장군 손은(孫恩)과 편장군 손간(孫幹),
장수교위(長水校尉) 손개(孫闓) 등은 여러 곳에 진을 치고 있었다.

어느 날 손량은 답답한 마음으로 혼자 앉아 있었다. 이 때 옆에는 황문
시랑(黃門侍郞) 전기(全紀)만이 있었다. 전기는 바로 오주 손량의 장인이기
도 했다.

손량은 답답한 심사를 눈물을 글썽이며 장인 전기에게 말했다.

"손침은 지금 전권을 손아귀에 쥐고 함부로 사람을 죽이며 짐을 속이고
있소. 지금 어떤 조치를 취하지 아니하면 반드시 후환이 생길 것이오."

전기가 대답했다.

"폐하께서 신에게 그 일을 맡기신다면 신은 비록 만 번 죽는 한이 있더
라도 그 일을 처리하겠습니다."

"경은 당장 금군(禁軍)을 점고하고 장군 유승(劉丞)과 함께 각 성문을 지
키시오. 짐이 직접 나가서 손침을 죽이겠소. 다만 이 일은 어떤 일이 있더
라도 경의 모친께는 비밀로 하시오. 경의 모친은 손침의 누님이기도 하니
만일 일이 누설된다면 짐은 곤혹을 치르게 될 것이오."

전기가 대답했다.

"폐하께서 신에게 조서를 내리십시오. 일을 행할 때 여러 신하와 장수들
에게 조서를 보여 손침 휘하 군사가 경거망동하지 않도록 하겠습니다."

손량은 전기의 청에 따라 친필로 조서를 써서 은밀히 전기에게 건네주었
다.

손량의 밀서를 지닌 전기가 집으로 돌아와 은밀히 그의 부친 전상(全尙)
에게 아뢰자 전상은 이 사실을 그의 처에게 이야기했다.

"사흘 이내에 손침은 죽게 되오."

전상의 처가 놀라며 말했다.

"죽어야 마땅하지요."

전상의 처는 입으로는 이렇게 말했지만 내심 놀라 몰래 사람을 보내어
손침에게 이를 밀고했다. 화가 머리끝까지 치민 손침은 이 날 밤 중으로 네
명의 형제를 불러 정병을 뽑아 먼저 대궐을 포위하게 하고 전상과 유승의
가족을 모조리 잡아들였다.

이 날 날이 밝자 대궐 밖에서 북 소리와 징 소리가 크게 울리는 것을 듣고 오주 손량은 깜짝 놀라 내관을 불렀다. 내관은 얼굴이 파랗게 질려 들어오더니 손량에게 아뢰었다.

"손침이 군사를 거느리고 내원(內苑)을 완전히 포위했습니다."

손량은 크게 역정을 내며 황후 전씨를 꾸짖었다.

"그대의 부형(父兄)이 내 일을 크게 망쳤소!"

손량이 칼을 뽑아 들고 나가려 하자 전 황후를 비롯하여 같이 있던 근신들이 곤룡포를 붙잡고 울면서 한사코 만류했다.

이 때 손침은 이미 전상과 유승 등을 죽이고 문무백관들을 조정으로 불러 영을 내렸다.

"주상께서는 주색에 빠져 오랫동안 병고에 시달려 종묘사직을 받들 수 없으니 폐하기로 했다. 그대 문무백관들 중 내 말을 따르지 않는 자가 있다면 모반죄로 다스리겠다."

모두 손침이 두려워 이구동성으로 대답했다.

"장군의 명령에 따르겠습니다."

그러나 상서 환의(桓懿)만은 노기 띤 얼굴로 반열에서 뛰어나와 손침을 손가락질하며 크게 꾸짖었다.

"지금의 주상께서는 총명하신 주인인데 네놈은 어찌 감히 그 따위 소리를 지껄이느냐! 내 비록 죽음을 당하는 한이 있더라도 역적의 명을 좇지는 않겠다."

손침은 크게 노하여 친히 칼을 뽑아 그 자리에서 환의를 목베어 죽이고 그 길로 오주 손량이 있는 곳으로 달려들어가 오주를 가리키며 꾸짖었다.

"무도한 혼군(昏君), 그대를 당장 죽이고 천하에 알릴 것이나 선제의 체면을 생각해서 그대를 황제 자리에서 폐하여 회계왕(會稽王)을 삼고, 친히 덕이 있는 자를 뽑아 황제에 세우리라."

손침은 중서랑 이숭(李崇)을 시켜 황제의 인수(印綬)를 빼앗고 등정(鄧程)에게 이를 거두라 했다.

손량이 통곡하며 대궐에서 쫓겨나니 후에 어느 시인은 이렇게 한탄했다.

休孫立帝廢綝孫

손침은 손량을 폐위시키고 손휴를 천자로 세우다. ≪新鐫全像通俗演義≫ 三國志傳卷之十九

난적이 이윤처럼 행세했고	亂賊誣伊尹
간신이 곽광의 흉내를 냈구나.	奸臣冒霍光
가련한 일이로다, 총명한 주공	可憐聰明主
조당에 앉지 못하는 이 슬픔이여!	不得蒞朝堂

　손침은 종정(宗正) 손해(孫楷)와 중서랑 동조(董朝)를 호림(虎林)으로 보내어 낭야왕 손휴(孫休)께 황제의 위에 오르도록 청하게 하였다.

횡포를 부리다 죽은 손침

　손휴의 자는 자열(子烈)로 손권의 여섯째 아들이기도 했다. 손휴가 호림에 있던 어느 날 꿈에 용을 타고 하늘에 오르면서 뒤를 돌아다보니 용의 꼬리가 없어 깜짝 놀라 꿈에서 깨어났다. 그런 다음날 손해와 동조가 와서 왕위에 나가기를 청했던 것이다.
　일행이 곡아(曲阿)에 당도했을 때, 웬 노인이 나타나 자신의 이름은 우휴(于休)라고 하면서 머리를 조아려 아뢰었다.

"머지않아 반드시 사태가 변하게 될 것이니 전하께서는 빨리 행차하십시오."

손휴가 감사하다고 절한 다음 포색정(布塞亭)에 당도하니 장군 손사가 연(輦)을 끌고 마중을 나왔다.

손휴는 감히 연에 오르지 아니하고 사양하며 옆에 있던 작은 수레를 타고 대궐로 들어갔다.

여러 대신들이 길가에 늘어서서 절하며 맞이하자 손휴는 황망히 수레에서 내려 답례했다. 손침은 직접 나와 손휴를 부축하며 궁 안으로 모시고 천자의 어좌에 오르게 했다. 손휴는 세 번이나 이를 사양하다가 할 수 없이 옥새를 받았다.

제위에 오른 손휴는 문무백관들의 하례를 받고 천하에 대사면령을 내렸으며 연호를 영안(永安) 원년으로 고쳤다. 또한 손침을 승상으로 앉히고 형주 목사를 겸임하게 했으며 그 외 많은 백관들에게도 각각 상을 내리고 형의 아들 손호(孫晧)를 오정후(烏程侯)에 봉했다.

이 때 손침의 일문(一門)에서는 다섯 명이나 후(侯)의 자리에 올라 모두 금병(禁兵)을 거느리게 되니 손침의 권세는 천자 손휴보다 더했다.

오주 손휴는 변란이 일어날 것이 두려워 겉으로는 태연히 은총을 베푸는 것같이 하면서도 속으로는 그에 대한 대책을 은밀히 강구하고 있었다.

손침의 교만과 횡포는 날이 갈수록 더해갔다.

그 해 겨울 12월 어느 날, 손침이 옛날부터 천자를 위로하기 위하여 올리는 우주(牛酒)를 받들어 손휴의 만수무강을 빌며 바쳤으나, 손휴가 이를 받지 아니하자 손침은 크게 노하여 들고 왔던 우주를 좌장군 장포(張布)의 부중으로 가지고 가서 함께 마셔버렸다. 술기운이 거나하게 오른 손침이 장포에게 말했다.

"내가 처음 회계왕을 폐위시켰을 때, 사람들은 모두 나더러 황제의 자리에 오르라고 권했다. 그러나 지금의 주상께서 어질기에 그를 황제의 자리에 앉혔다. 그런데 오늘 내가 만수무강을 비는 우주를 올렸는데도 이를 거절당했다. 이것은 나를 소홀히 대접하는 것이다. 머지않아 뭔가를 보여주겠다."

장포는 아무 말도 아니하고 듣고만 있었다.

　　다음날 장포는 궁중에 들어가 손휴에게 이 사실을 밀고했다. 손휴는 하루 종일 불안에 떨며 잠을 제대로 이루지 못했다.

　　그로부터 며칠 후 손침은 중서랑 맹종(孟宗)에게 중영소(中營所) 관할의 정예 군사 1만 5천을 거느리고 무창에 둔병하라면서 무기고에 있는 무기들을 모두 내주었다.

　　이러한 사실을 눈치 챈 장군 위막(魏邈)과 무위사(武衛士) 시삭(施朔)이 손휴에게 은밀히 고했다.

　　"손침은 밖에서 군사를 훈련시키고 있으며 또한 무기고에 보관된 무기를 모두 꺼내 갔으니 머지않아 어떤 변란이 일어날 것입니다."

　　손휴가 대경실색하여 급히 장포를 불러 계책을 묻자 장포가 아뢰었다.

　　"노장군 정봉은 지모가 뛰어난 사람이니 능히 대사를 끝맺음하실 수 있을 것입니다. 그를 불러 협의하십시오."

　　손휴는 은밀히 정봉에게 사람을 보내어 궁 안에 들게 하고 대책을 물었다.

　　"폐하께서는 조금도 염려하실 것이 없습니다. 신에게 역적을 제거할 계책이 있습니다."

　　손휴가 계책을 묻자 정봉이 설명했다.

　　"내일은 납일(臘日)이니 조회를 하신다며 문무백관을 부르십시오. 그 때 손침이 참석하면 신이 알아서 조치하겠습니다."

　　정봉의 설명을 듣고 손휴는 크게 기뻐했다. 정봉은 위막과 시삭에게 밖의 일에 책임지라는 영을 내리고 장포에게는 안에서 내응하라고 했다.

　　이 날 밤, 태풍이 사납게 불어 모래가 바람에 날리고 돌이 굴렀으며 많은 거목들이 뿌리째 뽑히더니 날이 밝아서야 겨우 바람이 멎었다.

　　손휴는 사람을 보내어 손침에게 입궁하여 연회에 참석하라 했다. 손침은 자리에서 일어나다가 사람이 일부러 떠밀기나 한 듯 땅바닥에 쓰러졌다. 어쩐지 불길한 예감이 들었다. 대궐에서 나온 10여 명의 사자들이 손침을 부축하여 궁으로 모시려 할 때, 식구들이 나와 입궁을 만류했다.

　　"간밤에 바람이 쉬지 않고 미친 듯이 불더니 오늘 아침에는 까닭도 없이 넘어지셨습니다. 좋은 징조라고 할 수 없습니다. 오늘 연회에 참석하지 마십시오."

손침이 대답했다.

"내 형제들이 금병을 장악하고 있는데 내 신변에 감히 무슨 일이 생기겠느냐? 만일 어떤 변고가 생기면 부중에서 불길을 올려 알리겠다."

손침이 궁 안으로 들어가자 오주 손휴는 황급히 어좌에서 내려와 맞이하며 높은 자리에 앉도록 권하고 술잔을 돌렸다. 술이 몇 순배 돌자 사람들이 웅성거리며 소리쳤다.

"궁궐 밖에서 불길이 치솟고 있습니다."

손침이 깜짝 놀라 자리에서 일어서려고 하자 손휴가 만류했다.

"승상께서는 가만히 계십시오. 밖에 군사들이 많이 있는데 무엇을 두려워하십니까?"

손휴의 말이 미처 끝나기도 전에 좌장군 장포가 칼을 들고 나타나더니 뒤를 이어 창을 든 30여 명의 무사가 들이닥치자 전상(殿上)으로 뛰어올라 소리쳤다.

"폐하께서 조서를 내리시어 반적 손침을 붙잡으라 하셨다!"

손침이 도망치려고 하자 무사들이 달려들어 손침을 사로잡았다. 손침은 손휴 앞에 머리를 조아리며 말했다.

"제발 목숨만 살려 교주(交州)로 귀양 보내신다면 밭갈이나 하면서 살겠습니다."

손휴는 손침을 꾸짖었다.

"너는 등윤·여거·왕돈을 죽이지 않았더냐?"

황제 손휴는 당장 끌어내어 참형에 처하라고 영을 내렸다.

장포가 명을 받고 손침을 끌어내어 궁전 동편에서 목베어 죽이니 추종자들은 두려워 감히 덤비지 못했다. 장포가 이들을 회유했다.

"죄는 손침에게만 묻고 나머지 사람들은 모두 불문에 부치겠다."

이 말에 모두 안도의 숨을 쉬었다.

장포는 손휴를 청하여 오봉루(五鳳樓)에 오르게 했다.

이 때 정봉·위막·시삭 등이 손침의 형제들을 붙잡아 끌고 오자 손휴는 모두 시장바닥에 끌어내 죽이라고 영을 내렸다. 이리하여 손침과 함께 갖은

정봉은 손침을 참할 계책을 정하다. ≪繡像全圖三國演義≫에서

　횡포를 부리던 수백 명의 무리가 죽음을 당했고, 손침은 삼족을 멸하는 벌을 받았다. 손휴는 이어서 군사들에게 손준의 묘를 파헤쳐 시체를 꺼내어 목을 베라 했다.

　또한 손침에게 피해를 입은 제갈각·등윤·여거·왕돈 등의 집을 중건하고 그들의 묘를 단장하여 충의를 표했다. 뿐만 아니라 그들로부터 멀리 유배되었던 사람들을 고향으로 돌아가게 하였다. 반적의 무리를 소탕하는 데 공이 많은 정봉 등에게는 후히 상을 내리고 편지를 써서 촉한의 성도로 보냈다.

등애의 함정에 빠진 강유

　편지를 받은 촉한의 후주 유선이 사람을 보내어 손휴의 등극을 치하하자 오주 손휴는 다시 설후(薛珝)를 사자로 보내어 답례했다.

설후가 서촉에서 돌아오자 오주 손휴는 서촉의 동정을 물었다. 설후가 대답했다.

"요즈음 중상시(中常侍) 황호가 국사를 담당하고 있는데 공경(公卿)들은 모두 아첨꾼뿐이었으며 조정에 나가서 바른말을 하는 사람은 하나도 없었습니다. 밖에 나가보니 백성들의 얼굴은 누렇게 떠 있었습니다. 마치 '제비와 참새가 처마 밑에 깃들이고 살면서 그 집이 곧 탈 것을 모르는 격(燕雀處堂, 不知大廈之將焚 : 위험에 처하고서도 자각하지 못하다)'이었습니다."

손휴는 한숨을 쉬며 말했다.

"만약 제갈 무후께서 살아 계셨다면 그런 일이 어찌 일어날 수 있겠는가!"

손휴는 곧 국서(國書)를 써서 성도로 보냈다. 사마소는 머지않아 위를 찬탈하고 오와 촉을 침범하여 위세를 떨치려 할 것이니 피차간에 이를 막자는 내용이었다. 손휴의 서신을 받은 강유는 크게 기뻐하며 후주에게 다시 출사하여 위를 정벌하자는 표문을 올렸다.

촉한 경요(景耀) 원년(서기 258년) 겨울이었다.

촉의 대장군 강유는 요화·장익을 선봉에 세우고 왕함(王含)·장빈(蔣斌)을 좌장군에 임명하는 한편 장서·부첨에게 우군을 맡기고 호제(胡濟)에게는 후군을 거느리게 했다. 강유 자신은 하후패와 함께 중군 20만을 통솔해 나가면서 후주께 작별 인사를 드리고 곧바로 한중에 당도하여 먼저 어디를 공격할 것인가를 하후패와 협의했다.

"기산이 지형적으로 유리한 곳이니 그 곳으로 진군하는 것이 좋겠습니다. 작고하신 승상 공명께서도 여섯 번이나 출정하신 곳입니다. 다른 곳은 마땅하지 않습니다."

하후패가 이렇게 말하자 강유는 곧 3군을 거느리고 기산을 향해 진발하여 기산 계곡 어귀에 진지를 세웠다.

이 때 위의 장수 등애는 기산에 진지를 세우고 있으면서 농우(隴右)의 군사를 점검하고 있다가 촉병들이 이미 계곡 어귀 세 곳에 진을 구축하고 있다는 급박한 보고를 받았다. 보고를 받은 등애는 손수 높은 곳으로 올라가 촉군의 진지를 눈여겨 살피더니 진지로 돌아와 만면에 웃음을 띠우며 말했다.

"내가 예상했던 바와 꼭 같구나!"

등애는 오래 전에 지형을 살펴보고 나서 일부러 촉군이 진을 세울 만한 곳을 남겨두었던 것이다. 등애는 그 곳에서 기산까지 미리 땅굴을 파놓고 촉병이 와서 진을 치기만을 기다리며 일을 치르려 하였다.

그 곳에 도착한 강유가 세 곳에 진지를 세우고 있었는데 등애가 파놓은 땅굴은 바로 촉군의 좌채(左寨) 밑이며 그 곳에는 왕함과 장빈이 진을 치고 있었다.

등애는 아들 등충과 장수 사찬을 불러 각기 1만 군사를 거느리고 좌우편에서 촉군을 무찌르라고 영을 내린 후, 다시 부장 정윤(鄭倫)을 불러 굴자군(掘子軍 : 땅굴을 파는 기술적 임무를 맡은 병사) 500명을 거느리고 당일 밤 2경에 땅굴을 통하여 좌측 진지로 나가 장막 뒤를 기습하라고 했다.

한편 촉장 왕함과 장빈은 진지를 세우면서 완성하기도 전에 위병들이 들이닥쳐 진지를 겁탈하지나 아니할까 하여 갑옷을 입고 잠자리에 들었는데 갑자기 아우성 소리가 들리며 진지가 크게 어지러워졌다. 깜짝 놀란 군사들이 급히 무기를 갖추고 말에 올라 바라보니 벌써 진지 밖에는 위장 등충이 군사를 거느려 몰려오고 있었다. 안팎으로 불시에 협공을 당한 촉장 왕함과 장빈이 사력을 다하여 싸웠으나 도저히 당해낼 길이 없자 진지를 버리고 도망쳤다.

이 때 장막 안에 있던 강유는 갑자기 좌측 진지에서 함성이 크게 들리자 안팎으로 진지가 협공을 당하고 있다는 것을 깨닫고 급히 말에 올라 장막 앞에 서서 군사들에게 영을 내렸다.

"누구든지 경거망동하는 자가 있으면 참형에 처하겠다. 적병이 진지 가까이 다가오거든 곧바로 활과 쇠뇌를 쏘아라!"

강유는 다시 우측 진지로 나가 누구든지 경거망동해서는 안 된다고 엄명을 내렸다. 위군들이 10여 차례나 들이닥쳤지만 촉병들은 그 때마다 화살을 빗발치듯 쏘아 침입을 막았다.

어느덧 날이 밝자 위병들은 더 이상 감히 들어오지 못했다.

등애는 군사를 거느리고 자기의 진지로 돌아가며 탄식했다.

"강유가 공명의 전법을 깊이 터득했구나. 야밤에 기습을 당해도 놀라지 않고 일사불란하게 용병하는 것을 보니 참으로 강유는 장군의 재목이로구나."

다음날 도망갔던 왕함과 장빈이 패잔병을 이끌고 나타나 대채(大寨) 앞에 엎드려 빌었다. 강유가 말했다.

"그것은 너희들의 죄가 아니다. 내가 지형을 잘못 살펴 진지를 세웠기 때문이다."

강유는 다시 군마를 주어 진지를 세우게 하고 죽은 군사들의 시체를 거두어 땅굴에 묻게 한 다음 사람을 등애에게 보내어 내일 다시 한 번 겨뤄보자는 서신을 전했다. 강유의 편지를 받은 등애는 이에 응했다.

등애를 놓친 강유

다음날이 되었다. 양쪽 군사는 기산 앞에 진을 치게 되었는데 강유는 제 갈공명의 8진법(八陣法)에 따라 군사를 천(天)·지(地)·풍(風)·운(雲)·조(鳥)·사(蛇)·용(龍)·호(虎)의 형상으로 군사를 나누어 포진했다.

위장 등애가 말을 몰아 달려나와 강유의 8괘(八卦) 포진법을 보고 역시 8괘진으로 포진하니 전후 좌우의 문호(門戶)가 꼭 같았다.

강유는 창을 들고 말을 몰아 나오며 소리쳤다.

"너는 내 8진법을 본떠서 진을 쳤는데 바꿔서 진을 칠 수도 있겠느냐?"

등애는 가소롭다는 듯 껄껄껄 웃으며 대답했다.

"너만이 그 진법을 아는 줄 알았느냐? 내가 이미 8진법을 폈거늘 변진법(變陣法)을 모르겠느냐?"

등애는 말을 달려 진지로 돌아가더니 집법관(執法官)에게 깃발을 좌우로 흔들도록 명하여 64개 문호를 이루어 진법을 바꾸더니 다시 앞으로 나와 강유에게 소리쳤다.

"나의 변진법이 어떠하냐?"

강유가 말했다.

"제법이구나! 너는 나와 함께 진 안으로 들어가 겨뤄볼 수 있겠느냐?"

등애가 맞섰다.

"못할 게 뭐 있겠느냐!"

양쪽 군사는 각기 대오를 만들어나갔다. 위장 등애는 중군에 있으면서 양쪽 군사가 충돌하여 싸우는 진법을 썼는데 털끝만한 착오도 없었다.

이 때 촉장 강유가 중간에 나와 깃발을 흔들자 갑자기 진법이 '장사권지진(長蛇卷地陣)'으로 바뀌더니 순식간에 등애는 포위되어 버렸으며 이곳 저곳에서 함성이 크게 들려왔다. 그 진법을 잘 모랐던 등애는 놀라서 간이 콩알만해졌다.

촉병이 점점 포위망을 좁혀오자 등애는 사력을 다하여 좌충우돌 포위망을 뚫으려고 안간힘을 썼으나 빠져 나올 길이 없었다.

촉군들이 일제히 함성을 질렀다.

"등애야, 빨리 항복하라!"

진퇴양난에 빠진 등애는 하늘을 우러러 탄식했다.

"내가 내 재주만 믿고 어설픈 짓을 하다가 강유의 꾀에 넘어갔구나!"

이 때였다. 갑자기 서북쪽 일각에서 일단의 군마가 봇물이 터지듯 달려 나왔다. 바로 위군들이었다. 이 틈을 타서 등애는 겨우 포위망에서 빠져 나왔는데 위군을 거느리고 나타난 장수는 바로 사마망이었다.

그러나 등애가 구출되었을 때 위군은 이미 기산에 세운 아홉 진지를 모두 촉군에게 빼앗긴 후였다. 등애는 패잔병을 수습하여 이끌고 위수 남쪽으로 후퇴하여 진지를 다시 세웠다.

등애는 사마망에게 물었다.

"공은 어떻게 그 진법을 알고 나를 구하셨소?"

"내가 어렸을 때 형남(荊南) 땅에 유학한 일이 있었는데 그 때 최주평(崔州平)·석광원(石廣元)과 교우를 맺으면서 이 진법에 대하여 서로 강론한 적이 있었습니다. 오늘 강유가 이용한 변진법은 '장사권지진법'이라고 합니다. 이 진법으로 진을 치고 있을 때 다른 곳을 공격하면 그 진을 깨뜨릴 수 없습니다. 다행히 그 진의 머리가 서북쪽에 있는 것을 보고 서북쪽을 공격했기에 진이 무너진 것입니다."

등애는 사마망에게 감사하며 말했다.

"겨우 진치는 방법만 익혔을 뿐 변진법은 익히지 못했습니다. 공이 그 법을 알고 있으니 그 진법을 응용하여 내일 기산의 진지를 탈환하는 것이 어떻겠습니까?"

"내가 그 진법을 익히기는 했지만 강유를 당해내지 못할까 두렵습니다."

등애는 계속 말했다.

"내일 공은 진 앞으로 나가 강유와 진법에 대해서 겨뤄보십시오. 나는 몰래 일단의 군사를 거느리고 나가 기산 뒤쪽을 공격하여 공과 강유가 혼전을 벌이는 틈을 타서 다시 잃어버린 진지를 탈환하겠습니다."

이리하여 등애는 정윤을 선봉장에 세우고 친히 군사를 이끌어 기산 후면을 기습하러 나가면서 강유에게 사람을 보내어 내일 진법으로 다시 겨뤄보자는 편지를 전했다.

강유는 쾌히 응하겠다는 내용의 회답을 보내고 여러 장수들을 모아 말했다.

"승상 공명으로부터 전수한 비서(秘書)에 의하면 이 진법을 변화시키는 방법에는 365가지가 있는데 천문의 주기와 같다. 그들이 나에게 진법에 대하여 겨뤄보자는 것은 '반문농부(班門弄斧 : 노나라 명공 반수(班輸)의 문전에서 함부로 도끼질하다. 즉 분별 없이 자신의 작은 재주를 떠벌리다)'와 같은 어리석은 것이다. 거기에는 어떤 음모가 숨어 있음을 그대들은 아는가?"

요화가 말했다.

"그것은 우리에게 진법으로 싸우자 하고는 일단의 군사를 거느리고 우리의 뒤를 치려는 수작입니다."

강유가 웃으면서 말했다.

"바로 그거다!"

강유는 즉시 장익과 요화에게 1만 군사를 거느리고 기산 뒤편으로 나가 매복해 있으라고 영을 내렸다. 다음날 강유는 아홉 진지의 군사를 모두 거두어 기산 앞에 포진시키고, 위장 사마망도 위남의 군사를 이끌고 나와 기산 앞에 진을 친 후 말을 달려 앞으로 나왔다.

강유가 먼저 말했다.

姜維伏兵困鄧艾

강유는 복병을 시켜 등애를 곤궁에 빠뜨리다. ≪新鏤全像通俗演義≫ 三國志傳卷之十九

"내가 먼저 너희에게 진법으로 겨루자고 했으니 너희가 먼저 포진하라."

사마망이 8괘진법으로 진을 치자 강유는 이를 보고 가소롭다는 듯이 웃으며 말했다.

"그것은 나의 8진법이다. 너는 남의 진법을 훔쳐 흉내내고서 뭐가 잘났다고 내보이느냐!"

사마망이 말을 받았다.

"너도 결국은 남의 진법을 훔친 것이 아니냐?"

"그럼 이 진법의 변진법이 몇 가지나 되는지 알겠느냐?"

사마망은 껄껄껄 웃으며 말했다.

"내가 이미 그 진법으로 능숙하게 진을 쳤거늘 변진법을 모를 까닭이 있겠느냐? 거기에는 81변진법이 있다."

강유가 말을 받았다.

"그럼 네가 변진시켜 봐라."

사마망은 진 안으로 들어가 몇 번인가 변진시켜 보이더니 다시 진 앞으로 나오며 물었다.

"내가 보여준 변진법이 무엇인지 알기나 하겠느냐?"

강유는 너털웃음을 웃으며 말했다.

"내 진법은 하늘의 주기에 따라 365가지로 변진시킬 수 있는데 우물 안 개구리인 네가 어찌 그 오묘한 진법을 알겠느냐?"

사실 사마망은 변진법에 대하여 조금은 알고 있었으나 깊이는 알지 못했기 때문에 일부러 억지를 부렸다.

"나는 네놈의 말을 믿을 수 없으니 한번 시험해봐라!"

강유는 이 때다 싶어 말했다.

"네가 등애를 끌고 나온다면 너희들 앞에 포진해보이겠다."

사마망은 당황하며 얼버무렸다.

"등 장군은 따로 계책이 있는 분이라서 포진하는 법을 좋아하지 않는다."

강유는 껄껄껄 웃으며 말했다.

"따로이 계책이 있다는 게 말이 되느냐? 겨우 네놈을 시켜 나하고 진법으로 겨루게 하고 따로이 군사를 거느려 우리가 진 치고 있는 산 뒤쪽을 기습하려는 계책 말이냐!"

사마망은 깜짝 놀라 자기들의 계략이 들통났다는 것을 깨닫고 곧바로 한바탕 혼전을 벌이려 했다. 이를 눈치 챈 강유가 채찍을 들어 군호를 보내자 양쪽 진 끝에 있던 군사들이 갑자기 돌격해나왔다. 위군들은 갑옷·투구·창·칼 등을 버리고 줄행랑을 쳤다.

이 때 위장 등애는 선봉장 정윤을 독려하면서 촉병이 진을 치고 있는 산 뒤쪽을 기습하라 했다.

정윤이 기세를 부리며 군사를 거느리고 산모퉁이를 돌아가려 할 때, 갑자기 포 소리가 크게 울리더니 천지가 진동하는 듯한 북 소리가 들리고 이어 촉장 요화가 거느린 복병들이 이곳 저곳에서 뛰어나왔다.

촉장 요화와 위장 정윤이 서로 욕을 퍼부으며 칼을 들고 말을 달려 맞섰으나 요화가 휘두르는 단칼에 정윤의 목은 말 아래로 떨어졌다. 이를 본 등애가 급히 군사를 퇴각시키려 할 때, 장익이 또 다른 군사를 거느리고 나타나 앞을 막았다.

앞뒤의 협공을 받은 위군은 크게 패했고 겨우 목숨을 구하여 달아난 등애는 몸에 화살을 네 대나 맞으며 도망쳐 위남에 진을 치고 있었다. 그 때

서야 사마망이 군사를 거느리고 당도했다.

유선과 강유에 대한 이간책

등애와 사마망은 퇴병할 대책을 협의했다. 사마망이 말했다.

"근래에 들리는 소문에 의하면 촉주 유선은 내관 황호를 총애하여 그에게 국사를 맡기고 밤낮으로 술과 계집에 빠져 놀아난다고 합니다. 유선과 강유를 이간시키는 계책을 쓴다면 이번 위기에서 벗어날 수 있을 것입니다."

사마망의 말을 듣고 등애는 여러 모사꾼들을 둘러보며 물었다.

"누가 촉국에 들어가 황호와 내통할 수 있겠느냐?"

등애의 말이 끝나기도 전에 한 사람이 자원해 나섰다.

"제가 다녀오겠습니다."

등애가 바라보니 양양 사람 당균(黨均)이었다. 등애는 크게 기뻐하며 당균에게 금은보화를 내주면서 곧바로 성도로 달려가 금은보화를 미끼로 황호와 내통하고, 강유가 천자를 원망하니 머지않아 위국에 투항할 것이라는 유언비어를 퍼뜨리라고 부추겼다.

유언비어가 퍼지자 성도 사람들은 강유가 유선을 버리고 위에 투항할 것이라고 수군거렸다. 이미 내통이 된 내관 황호가 이를 후주에게 알리니 후주는 이날 밤으로 사람을 보내어 강유에게 입조(入朝)하라 했다.

한편 강유는 며칠을 계속해서 싸움을 돋웠지만 등애는 진지를 굳게 지킬 뿐 전혀 나오려 하지 않았다. 강유가 마음속으로 심히 의심하고 있을 때, 홀연 성도에서 사자가 달려와 빨리 입조하라는 급박한 명을 전했다.

강유가 무슨 영문인지 몰라 반사(班師)하여 성도로 돌아가려고 하자, 위장 등애와 사마망은 강유가 자기들의 계책에 빠졌다는 것을 확신하고 위남에 있던 군사들을 이끌어 촉군의 뒤를 엄습했다.

강유는 옛날 악의(樂毅)와 악비(岳飛)가 적을 토벌하려 할 때 간신들의 참소로 도중에 회군한 것과 같은 경우를 당하고서도 이를 모르고 있으니, 과연 촉의 앞날은 어찌 될 것인지……

114. 시해된 위 황제 조모

조 모 구 차 사 남 궐 　　강 유 기 량 승 위 병
曹髦驅車死南闕　　姜維棄糧勝魏兵

위 황제 조모는 사마소의 무리에게 처참한
죽음을 당하고, 군사를 일으킨 강유는 등애
를 이기나 많은 군량미를 잃는다.

위 황제 조모의 잠룡시

강유가 전령을 보내어 퇴병을 명하자 요화가 아뢰었다.

"장군이 밖에 있을 경우에는 임금의 명이라도 받지 않을 경우가 있다 했습니다. 비록 조서가 내려졌지만 함부로 군사를 움직일 일이 아닙니다."

옆에 있던 장익이 반대 의견을 제시했다.

"장군께서 몇 년 동안 계속해서 군사를 일으키니 백성들의 원성이 대단합니다. 이번의 승세를 기하여 군마를 거느리고 돌아가 민심을 다스린 다음좋은 방법을 강구하는 것이 좋겠습니다."

"그게 좋겠구나!"

강유는 곧 각 군에 질서 있게 철군하라는 영을 내리고 요화와 장익에게는 뒤에서 위군의 추격을 막으라 했다. 이 때 위장 등애는 뒤를 추격하다가촉군이 기치를 앞세워 질서 정연하게 물러가는 것을 보고 탄식했다.

"강유가 제갈 무후의 전법을 깊이 터득했구나."

등애는 감히 더 이상 추격하지 못하고 군사를 몰아 기산의 진지로 돌아갔다.

한편 성도에 도착한 강유는 후주를 찾아뵙고 부른 까닭을 물었다.

후주가 말했다.

"경이 변방에 나가 있으면서 오래도록 돌아오지 아니하므로 군사들의 노고를 생각하여 경을 돌아오게 한 것일 뿐 별다른 뜻은 없었소."

강유가 말했다.

"신은 기산에 있던 위군의 진지를 빼앗고 막 공을 세우려던 중에 명이 있어 중도에 돌아왔습니다. 이것은 아무래도 등애의 이간질에 넘어가신 것 같습니다."

후주는 더 이상 할말이 없어 잠자코 있었다. 강유가 다시 아뢰었다.

"신은 적을 토벌하여 나라의 은혜에 보답하기로 맹세한 몸입니다. 폐하께서는 소인배의 말만 듣고 의심하지 말아주십시오."

후주는 한참 후에야 입을 열어 얼버무렸다.

"짐이 경을 의심한 것이 아니오. 경을 우선 한중으로 돌아오게 하고 위국에 변란이 일어날 때 다시 정벌하는 것이 좋을 것 같아 불렀던 것이오."

강유는 절호의 기회를 놓친 것을 한탄하며 다시 한중으로 돌아갔다.

한편 위의 당균은 기산의 진지로 돌아가 이러한 촉의 내막을 자세히 보고했다. 등애가 사마망에게 말했다.

"임금과 신하가 서로 불화하니 반드시 내란이 있을 것이오."

등애는 당균을 낙양으로 보내어 사마소에게 급히 보고하라고 영을 내렸다. 보고를 받은 사마소는 크게 기뻐하며 이번 기회에 촉을 멸하리라 생각하고 중호군(中護軍) 가충에게 물었다.

"지금 촉을 치는 것이 어떻겠느냐?"

가충이 아뢰었다.

"아직 촉을 칠 때가 아닙니다. 천자께서 주공을 의심하고 계시는데 지금 함부로 나가셨다가는 반드시 내란을 당하실 것입니다. 지난해에 영릉(寧陵)의 어떤 우물에 황룡이 두 번이나 보였는데, 여러 중신들이 상서로운 일이라 하여 표를 올려 천자를 치하했습니다. 그 때 천자께서 말씀하시기를 '이것은 상서로운 일이 아니다. 용이란 임금의 상징인데 용이 하늘에 있지 아니하고 밭에도 있지 아니하며 우물 속에 있다는 것은 유폐될 조짐이다'고 말하시며 용에 대한 시를 한 수 지으셨습니다. 그 시의 내용에는 분명히 주공을 지적한 것 같은 구절이 있었습니다. 읊어볼 테니 들어보십시오."

가충이 옮긴 시의 내용은 다음과 같았다.

용이 고통을 당하는 이 아픔이여	傷哉龍受困
깊은 연못에 갇혀 날지도 못하는구나!	不能躍深淵
위로는 한나라 하늘에 오르지 못하고	上不飛天漢
아래로는 밭으로도 못 내렸네.	下不見於田
우물 밑에 숨은 용처럼 살아가니	蟠居於井底
미꾸라지와 두렁허리가 앞에서 춤추네.	鰍鱔舞其前
어금니를 감추고 발톱을 숨기고 있으니	藏牙伏爪甲
어쩌면 그렇게도 내 신세와 같단 말인가!	嗟我亦同然

들고 있던 사마소는 크게 노하여 가충에게 말했다.

"그자가 조방 꼴이 되려고 하는구나! 만일 내가 선수를 쓰지 아니하면 오히려 해를 당하겠다."

가충이 말했다.

"제가 주공을 위해서 조만간에 조치를 취하겠습니다."

주살되는 위 황제 조모

이 때는 바로 위나라 감로(甘露) 5년(서기 260년) 여름 4월이었다.

사마소가 칼을 빼들고 전에 오르자 위주 조모는 황망히 자리에서 일어나 맞이했다.

여러 중신들이 조모에게 아뢰었다.

"대장군의 공덕은 높고 찬란하니 진공(晉公)에 봉하고 9석(九錫)을 내리심이 합당합니다."

들고 있던 조모는 고개를 숙이고 있을 뿐 아무런 대답을 하지 않았다.

사마소가 위주에게 물었다.

"우리 부자와 형제 세 사람은 위국에 대하여 공이 크니 이제 내가 진공이 되는 것도 무방하지 아니하오?"

조모가 모기 소리만하게 대답했다.

"어찌 영을 거역할 수 있겠소?"

사마소는 더욱 거만하게 크게 소리쳤다.

"손수 지었다는 잠룡시(潛龍詩)에서 나를 미꾸라지와 두렁허리에 비유했던데 그것이 나에 대한 예우란 말이오?"

조모는 할말이 없었다. 사마소가 비웃으며 전당을 내려가자 문무백관들은 두려워 어쩔 줄을 몰랐다.

후궁으로 들어간 위주 조모는 시중 왕침(王沈)과 상서 왕경(王經)·산기상시(散騎常侍) 왕업(王業) 세 사람을 불러 울면서 말했다.

"사마소가 제위를 빼앗으려는 반역 행위를 하려 함은 세상 사람들이 다 아는 일이다. 짐은 가만히 앉아서 폐위의 욕을 당할 순 없다. 경들은 나를 도와 사마소를 토벌하라."

왕경이 조모에게 아뢰었다.

"불가능한 일입니다. 옛날에 노(魯)나라 소공(昭公)은 계씨(季氏)를 치려다가 패주하여 나라를 잃은 적이 있습니다. 지금 사마소가 대권을 쥐고 흔들기 때문에 내외의 공경들은 도리를 거역하고 있으며, 아첨하는 자도 한둘이 아닙니다. 그런데다가 폐하를 호위하는 사람도 적고 명을 따를 만한 사람도 없습니다. 만일 폐하께서 참지 않으신다면 큰 화를 당하실 것입니다. 일을 서두르지 마시고 서서히 도모하십시오."

조모가 말했다.

"이 이상 더 어찌 참겠소? 짐은 이미 마음을 정했으니 설사 죽는다 해도 두려울 것이 없소!"

말을 마친 조모는 곧 태후에게 들어가 아뢰었다. 조모가 나가자 왕침과 왕업이 왕경에게 말했다.

"일이 급박하게 되었소. 우리가 공연히 멸족을 당할 필요는 없소. 사마 공의 부중으로 나가 자수하여 죽음이나 면해 봅시다."

왕경은 크게 노하여 소리쳤다.

"'주인이 근심에 잠기면 신하가 욕을 당하고 주인이 욕을 당하면 신하는 죽음을 당하는 것'인데 어찌 딴 생각을 품는단 말이오?"

왕침과 왕업은 왕경이 자기들의 말에 따르지 아니하자 곧바로 사마소에게 달려가 고자질했다.

얼마 후, 위주 조모는 호위(護衛) 초백(焦伯)에게 명하여 전중숙위(殿中宿衛)와 창두(蒼頭) · 관동(官僮) 등 300여 명을 거느리고 북을 울려 나가게 했으며 자신은 칼을 차고 수레에 올라 이들을 거느리고 남쪽 대궐로 나가려 했다.

왕경은 수레 앞에 꿇어 엎드려 목을 놓아 통곡하며 간했다.

"지금 폐하께서 수백 명을 거느리고 사마소를 치려는 것은 양을 몰고 호랑이 굴로 가는 것과 같습니다. 헛된 죽음만 있을 뿐 이익은 없을 것입니다. 신이 이렇게 말씀드리는 것은 목숨이 아까워서가 아니라 일이 이루어질 수 없기 때문입니다."

조모가 말했다.

"내 군사들이 이미 행동을 개시했으니 경은 막지 말라."

위 황제는 곧 용문(龍門) 쪽으로 나갔다.

이 때 가충이 무장을 하고 말을 달려나오는데 좌우에는 성쉬(成倅)와 성제(成濟)가 수천 명의 철갑 금군을 거느리고 소리를 지르며 달려나왔다. 조모가 칼을 짚으며 크게 소리쳤다.

"나는 천자다! 이놈들아, 네놈들은 궁중으로 들어와 날 죽이려 하느냐?"

천자 조모를 알아본 금군들은 감히 나서지 못했다.

가충이 성제를 불러 말했다.

"사마 공께서 바로 오늘을 위해서 그대를 기르지 않았는가?"

성제는 창을 바로잡고 가충을 바라보며 물었다.

"죽여버릴까요, 사로잡을까요?"

가충이 말했다.

조모는 수레를 몰고 나아가다 남월에서 죽다. ≪繡像全圖三國演義≫에서

"사마 공은 죽이라는 영을 내렸다."

성제는 창을 비껴 들고 곧바로 천자의 수레 앞으로 달려나갔다. 그러자 조모가 크게 꾸짖었다.

"필부놈이 무례하구나!"

조모의 말이 끝나기도 전에 성제는 창으로 조모의 가슴을 찔렀다. 수레에서 굴러떨어지는 것을 이번에는 다시 등을 찔러 죽였다. 이 때 조모를 호위하던 초백이 창을 들고 성제를 죽이려고 달려나갔지만 그 역시 성제의 창에 죽고 말았다.

이를 본 군사들은 떼를 지어 도주하였다.

사마소의 횡포

이어서 왕경이 달려와 가충을 꾸짖었다.

"역적놈아, 어찌 감히 황제를 살해할 수 있단 말이냐!"

가충은 크게 노하여 좌우에 명하여 왕경을 결박짓게 하고 사마소에게 보고했다.

사마소는 대궐 안으로 들어와 천자 조모가 죽어 있는 것을 보고 크게 놀라는 척했다. 사마소는 천자의 수레에 머리를 부딪치며 통곡하더니 곧 대신들에게 알리라고 영을 내렸다.

이 때 태부 사마부는 궁 안으로 들어가 천자가 죽어 있는 것을 보고 죽은 황제의 다리에 머리를 얹고 통곡하며 말했다.

"폐하가 죽게 된 것은 신의 죄입니다."

사마부는 조모의 시신을 관에 넣어 편전(偏殿) 서쪽에 안치했다.

사마소는 내전으로 들어가 여러 대신들을 불러 회의를 열었다. 대신들이 모두 나왔는데 유독 상서복야(尙書僕射) 진태만이 참석하지 않았다.

사마소는 진태의 외숙인 상서 순의(荀顗)를 보내어 진태를 불러오게 했다. 순의가 진태를 찾아가자 진태가 통곡하며 말했다.

"세상 사람들이 말하기를 저를 외숙과 비길 만하다고 하였는데 지금 보니 외숙께서는 저만 못하십니다."

진태는 곧 삼베로 만든 상복으로 갈아입고 조모의 영전에 나가 절하며 통곡했다. 사마소도 거짓으로 곡하는 체하며 진태에게 물었다.

"오늘 일을 어찌 처리해야 하겠느냐?"

진태는 서슴없이 대답했다.

"당장 가충의 목을 베어 죽이고 천하에 사죄해야 합니다."

자기가 사주하여 가충이 황제를 죽였으므로 차마 가충을 죽일 수 없어 망설이다가 사마소는 한참 후에야 겨우 입을 열었다.

"그 다음 일은 어떻게 하면 되겠느냐?"

진태가 말했다.

"나는 다른 방법을 생각해본 적이 없습니다."

사마소는 엉뚱한 영을 내렸다.

"성제는 대역부도한 죄를 저질렀으니 사지를 찢어 죽이고 삼족을 멸하여라."

이 때 옆에 있던 성제가 큰 소리로 사마소를 욕했다.

"나는 죄가 없다. 가충이 말하기를 네놈이 영을 내렸다고 했다."

사마소는 좌우를 돌아보고 성제의 혀를 도려내라고 영을 내렸다. 성제는 죽는 순간까지 굴하지 않고 계속 사마소에게 욕을 퍼부었다. 사마소는 성제의 아우 성쉬까지 시장바닥에 끌어내어 목베어 죽이고 성씨 집안 삼족을 멸했다.

후에 어느 시인은 이렇게 탄식했다.

그 해 사마소가 가충에게 명하니	司馬當年命賈充
남쪽 대궐에서 곤룡포 붉게 물들었네.	弑君南闕戰袍紅
성제에게 죄를 씌워 삼족을 멸하니	却將成濟誅三族
군사와 백성을 귀머거리로 만들었네.	只道軍民盡耳聾

사마소는 왕경의 전가족도 붙잡아 옥에 가두라 했다.

이 때 정위청(廷尉廳) 아래에서 근무하던 왕경은 어머니가 묶여오는 것을 보고 달려가 땅에 머리를 부딪히며 통곡하면서 말했다.

"이 불효 자식 때문에 어머님이 화를 입으셨습니다!"

그러자 왕경의 모친은 태연하게 웃으며 말했다.

"죽지 않는 사람이 누가 있겠느냐? 죽을 곳에 죽지 못할까 걱정하다가 의롭게 죽게 되었는데 무슨 여한이 있겠느냐?"

다음날 왕경의 전가족은 동쪽에 있는 시장으로 끌려갔다. 참형을 당하면서도 왕경과 그의 어머니는 시종 의로운 웃음을 잃지 않았다. 이를 지켜본 성 안의 모든 선비와 백성들 중 어느 누구 한 사람 눈물을 흘리지 않는 이가 없었다.

후에 이들의 의로운 죽음을 이렇게 읊었다.

한나라 초에는 복검이 나오더니	漢初誇伏劍
한나라 말기엔 왕경이 충신이로다.	漢末見王經
충성에 두 마음 품지 않더니	眞烈心無異

그 굳고 강직한 뜻 맑기만 하구나!	堅剛志更淸
충절된 마음은 태화산같이 무겁고	節如泰華重
목숨이란 깃털과 같이 가벼운 것.	命似羽毛輕
왕경 모자의 충성된 그 이름은	母子聲名在
이 세상 다하도록 함께 남으리!	應同天地傾

태부 사마부가 조모의 장례를 황제의 예에 따라 치르자고 청하자 사마소는 이를 허락했다.

아첨배 가충 등은 사마소에게 천자의 자리에 오르라고 권하였다.

사마소가 말했다.

"옛날에 문왕(文王)은 천하를 삼분하여 그 둘을 다스리면서도 은(殷)을 섬겼으므로 성인들은 문왕을 가리켜 덕이 있다고 했다. 또한 위의 무제께서도 주위에서 한나라의 제위에 오르라 했으나 오르지 아니하셨으니 나도 무제처럼 위의 제위에 오르지 아니하겠다. 이에 대해서는 다시 말하지 말라."

사마소의 말을 들은 가충 등은 사마소가 아들 사마염에게 제위를 물려줄 의향이 있음을 간파하고 더 이상 권하지 않았다.

그 해 6월, 사마소는 상도향공(常道鄕公) 조황(曹璜)을 황제의 자리에 오르게 하고 연호를 경원(景元) 원년(서기 260년)이라 했다. 조황은 이름을 조환(曹奐)으로 바꾸고 자를 경소(景召)라 하였다. 그는 무제 조조의 손자이며 연왕 조우(曹宇)의 아들이었다.

조환은 사마소를 승상(丞相) 진공(晋公)에 봉하고 10만 전(錢)을 내렸으며 비단 1만 필을 하사했다. 또한 문무백관에게도 각기 상을 내렸다.

이러한 사실들은 모두 촉한에 전해졌다.

변조된 밀서

강유는 사마소가 조모를 죽이고 조환을 제위에 앉혔다는 말을 듣고 내심 기뻐하며 말했다.

"이번에야말로 위를 정벌하러 나가는데 명분이 서겠구나!"

강유는 곧 동오에 편지를 보내고 군사를 일으켜 사마소가 임금을 죽인 죄를 묻고자 했다.

강유는 곧 후주에게 표를 올려 15만 군사를 거느려 수레 수천 량(輛) 위에 판상(板箱)을 설치하게 한 다음 요화와 장익을 선봉에 세웠다. 요화에게는 자오곡을 취하라 하고 장익에게는 낙곡을 점령하라 했으며 자신은 야곡을 취하기로 한 후, 일제히 기산으로 나가 그 곳을 취하기로 했다. 이리하여 세 갈래로 나뉜 군사는 기산을 향하여 물밀듯 나갔다.

이 때 위장 등애는 기산에 진을 치고 군사와 군마를 훈련시키고 있다가 촉군이 세 갈래로 나뉘어 쳐들어온다는 보고를 받자 여러 장수들을 불러 대책을 물었다.

참군 왕관(王瓘)이 말했다.

"저에게 계책이 있습니다만 말로는 설명할 수 없습니다. 여기 글과 그림으로 밝혔으니 장군께서 한번 읽어보시기 바랍니다."

등애는 그 글을 받아 훑어보고는 탄성을 질렀다.

"묘한 계책이다. 이렇게 한다면 강유도 걸려들고 말겠구나!"

등애는 만면에 기쁨을 감추지 못했다.

왕관이 자원해 나섰다.

"제가 목숨을 걸고 나가겠습니다."

등애는 반기며 말했다.

"공의 뜻이 그처럼 굳으니 반드시 성공할 것이다."

등애는 곧 5천 군사를 주어 나가도록 했다.

왕관은 밤을 도와 야곡을 향하여 나가다가 촉병의 정찰군과 마주쳤다. 왕관은 큰 소리로 외쳤다.

"나는 위국에서 항복해오는 군사이니 장군에게 알리시오."

정찰군이 강유에게 보고하자 강유는 군사들은 머물러 있게 하고 장수들만 나오라고 영을 내렸다.

왕관이 앞으로 나와 절하고 땅에 엎드려 말했다.

"저는 왕경의 조카 왕관입니다. 근래에 사마소가 임금을 시살하고 숙부

의 가족을 모두 죽여 한이 뼈에 사무쳤습니다. 이번에 다행히도 장군께서
임금을 죽인 사마소의 죄를 묻기 위해 군사를 일으켰다고 하시기에 특별히
본부 군사 5천을 거느리고 투항했습니다. 저희로 하여금 간사한 무리들을
소탕하게 하여 숙부의 한을 풀게 해주십시오."

강유는 크게 기뻐하며 왕관에게 말했다.

"그대가 진심으로 투항해왔는데 내 어찌 공을 성의껏 대하지 않겠느냐?
우리 군중의 걱정거리는 군량미가 부족한 것이다. 우리의 군량미가 지금 천
구(川口)에 있으니 너는 그것을 기산으로 운반하라. 우리는 기산에 있는 적
의 진지를 취하러 가겠다."

왕관은 강유가 자기의 속임수에 빠졌다고 생각하고 내심 크게 기뻐하며
태연히 영에 따르겠다고 했다. 강유는 다시 왕관에게 말했다.

"네가 군량미를 운반하는 데 5천 군마가 다 필요하진 아니할 것이니 3천
명만 거느려 나가고 2천 명은 여기 남아 우리가 기산을 공격하는 데 길을
인도하도록 하라."

왕관은 강유가 의심할까 두려워 3천 명만 거느리고 나갔다.

강유는 부첨에게 은밀히 명하기를 투항해온 위군 2천을 거느리되 자기의
영에 따라 행하라고 했다. 이 때 하후패가 숨을 헐떡이며 달려와 말했다.

"도독께서는 어찌하여 왕관의 말을 믿으셨습니까? 자세히는 알 수 없지
만 제가 위나라에 있을 때 왕관이 왕경의 조카라는 말은 듣지도 못했습니
다. 반드시 속임수가 있을 것 같으니 장군께서는 살펴 처리하십시오."

강유가 이에 껄껄껄 웃으며 말했다.

"나도 이미 왕관의 속임수를 알고 일부러 군사를 나누어 보냈소. 속아넘
어가는 체하며 속임수를 쓰자는 계책이오."

하후패는 안심이라는 듯 물었다.

"속임수라는 것을 어떻게 아셨습니까?"

강유가 말했다.

"사마소는 조조와 같이 간사한 놈인데 왕경을 죽이고 삼족을 멸했으면서
친조카를 죽이지 않고 군사를 주어 성 밖으로 나가게 하겠소? 그래서 그것이
속임수임을 알았던 것이오. 중권(仲權 : 하후패의 자)의 뜻도 나와 같구려."

書密瑾王搜維姜

강유는 왕관의 밀서를 찾아 내다. ≪新鋟全像通俗演義≫ 三國志傳卷之十九

강유는 야곡으로 나가지 않고 은밀히 군사를 매복시켜 왕관의 간사한 행동에 대비하고 있었다. 그로부터 10여 일이 채 못 되어 매복해 있던 촉병들은 왕관이 등애에게 보내는 밀서를 가진 첩자를 끌고 왔다.

강유는 첩자를 문초하고 몸을 뒤져 밀서를 찾아냈다. 8월 20일 샛길을 통하여 기산의 진지로 군량미를 운반할 터이니 담산(罎山) 골짜기로 군사를 보내어 접응하라는 내용이었다.

강유는 첩자를 죽이고 밀서의 내용 중 8월 20일을 8월 15일로 고친 다음 대병을 거느리고 직접 접응하라고 썼다.

강유는 거짓 밀서를 위군으로 변장한 군사를 통하여 위군의 진지로 보내는 한편, 군량미를 실었던 수레에 군량미 대신 마른 풀과 볏짚을 가득 싣고 푸른 보자기로 덮은 다음 장수 부첨에게 명하여 항복한 2천 군사를 거느리고, 군량미를 운반하는 깃발을 세워 이끌고 나가라고 했다.

이어서 강유는 하후패와 함께 일단의 군마를 거느리고 계곡에 매복한 다음 장서에게는 야곡에서 진병하라 하고 요화와 장익에게도 각기 군사를 거느리고 기산을 공격하라는 영을 내렸다.

한편 왕관의 밀서를 받은 등애는 크게 기뻐하며 급히 회답을 써서 보냈다. 드디어 8월 15일이 되었다. 등애는 5만 정예 군사를 이끌고 곧바로 담

산 계곡 높은 곳에 올라가 촉의 형세를 살폈다. 그 때 마침 헤아릴 수 없이 많은 수레가 꼬리에 꼬리를 물고 군량미를 싣고 계곡으로 오고 있었다. 말을 달려 좀더 가까이 가서 살펴보니 군량미를 운반하는 군사는 분명 위병이었다.

좌우에 있던 군사들이 등애에게 속삭였다.

"날이 어두워지고 있으니 빨리 왕관과 접응하여 계곡을 빠져 나가는 것이 좋겠습니다."

등애가 말했다.

"앞에 보이는 산이 높고 험하다. 만일 복병이 있다면 군사를 물리기가 힘들 것이니 좀더 이 곳에서 동정을 살피자."

이 때 두 기병이 바삐 말을 달려와 아뢰었다.

"왕 장군께서 군량미를 싣고 이 곳을 통과하고 있는데 배후에서 촉병이 뒤쫓고 있다 합니다. 빨리 구원병을 보내어 구해 달라고 하셨습니다."

등애는 깜짝 놀라 군사를 독촉하여 진격했다. 마침 초저녁이었으므로 달은 대낮같이 밝았다. 산 뒤쪽에서 함성이 크게 들리자 등애는 왕관이 산 뒤에서 촉병을 무찌르며 나오는 것이라 생각하여 급히 군사를 거느려 산 뒤쪽으로 접어들었다. 그 무렵 숲 속에서 촉장 부첨이 거느린 일단의 군마가 쏟아져 나오면서 벽력같이 소리쳤다.

"필부 등애야, 네놈은 이미 우리 장군의 꾀에 빠졌다! 빨리 말에서 내려 죽음을 받지 않겠느냐!"

등애가 깜짝 놀라 급히 말을 돌려 달아나려고 할 때 수레에서 갑자기 불길이 치솟았다.

이 불길을 군호로 하여 양쪽 산비탈에서 촉병이 칠단 팔속(七斷八續 : 끊겼다 이어졌다 하여 일관되지 않다)으로 내려오면서 천지가 진동하게 소리치며 위군을 시살했다. 그런 중에 누군가가 외치는 소리가 들렸다.

"누구든지 등애를 붙잡는 자에게는 상으로 천금을 내리고 만호(萬戶)를 거느릴 후(侯)에 봉하겠다."

질겁을 한 등애는 급히 갑옷과 투구를 벗어버리고 말도 버린 채, 보병들 틈에 끼여 산 고개를 넘어 도주했다.

한편 군사들이 분명히 등애를 잡아오리라 믿고 마상에서 기다리던 강유와 하후패는 등애가 보병들 틈에 끼여 달아났다는 보고를 받고 군사를 거느리고 왕관의 군량미를 접수하러 나갔다.

이 때 왕관은 등애에게 밀서를 보내고 군량미를 실은 수레를 점검하며 거사하기만을 기다리고 있었다. 이 때였다. 심복 부하 하나가 숨을 헐떡이며 달려와 보고했다.

"비밀이 누설되어 등 장군은 크게 패했으며 지금 살았는지 죽었는지 알 수 없습니다."

왕관은 사색이 다 되어 다시 염탐꾼을 보내어 자세히 알아보라 했다. 그러나 다시 들어온 염탐꾼의 보고는 더욱 절망적이었다. 촉의 3군에게 포위를 당했는데 배후에서 먼지가 자욱하게 일어나 빠져나갈 길이 없다는 보고였다.

왕관은 좌우에 명하여 양곡을 실은 수레에 불을 지르라 했다. 불길은 삽시간에 치솟아 하늘을 사를 듯했다. 왕관은 크게 소리쳤다.

"일이 급하게 되었으니 너희들은 죽음을 무릅쓰고 싸워라."

왕관은 이렇게 외치며 군사들을 이끌어 서쪽으로 달아나려고 했다. 뒤에서는 강유가 3로의 군사를 거느리고 추격해왔다. 강유는 왕관이 군사를 이끌고 위국으로 도망칠 것이라 예상했는데 뜻밖에도 한중을 향해 도주하고 있었다. 촉중으로 접어든 왕관은 거느린 군사도 적고 촉병이 계속 추격할 것이 두려워 도망치면서도 잔도와 관애 등을 모조리 불살랐다.

강유는 왕관에 의해 한중이 함락될까 두려워 등애를 추격하는 것을 포기하고 군사를 독촉하여 밤새도록 달려 샛길로 왕관을 추격했다. 사면에 포위되어 촉병의 공격을 받던 왕관은 흑룡강에 뛰어들어 죽었다. 왕관이 거느렸던 위군들은 모두 강유에게 항복했다.

이번 싸움에서 강유는 등애를 이기기는 했지만 반면에 많은 군량미가 손실되었고 잔도도 크게 훼손되었다.

한편 패잔병을 거느리고 기산 진지에 가까스로 도착한 등애는 죄를 청하는 표문을 올리고 스스로 벼슬을 깎았다. 표문을 받은 사마소는 지난날 등애의 큰 공을 생각하여 벼슬을 깎지 아니하고 오히려 많은 물품을 내려 격려했다. 등애는 하사품의 전부를 피해 입은 군사들의 가족에게 나눠주었다.

사마소는 촉병이 다시 나올까 두려워 등애에게 별도로 5만 군사를 이끌고 나가 촉병을 막으라 했다.

강유는 밤낮을 가리지 않고 부서지거나 불에 탄 잔도 등을 고치면서 다시 출사할 생각을 하고 있었다. 기어이 중원을 정벌하리라는 강유의 꿈은 강렬했다. 과연 그 꿈은 이루어질 것인지…….

115. 황호의 농간에 빠진 유선

조 반 사 후 주 신 참　　탁 둔 전 강 유 피 화
詔班師後主信讒　　託屯田姜維避禍

황호의 농간으로 후주는 강유에게 반사하라
하고, 강유는 적을 격파할 기회를 잃고 화를
피하고자 답중에서 둔전을 경작한다.

강유의 여덟 번째 출사

촉한 경요(景耀) 5년(서기 262년) 10월 겨울, 대장군 강유는 군사를 시켜
밤낮으로 부서진 잔도를 고치고 군량미를 비축하는가 하면 무기를 정비하
고 한중의 수로에 배를 띄워 만반의 준비를 갖췄다.
이와 같이 준비를 마친 강유는 다시 후주께 표문을 올렸다.

　신은 수차에 걸쳐 출전했으나 아직까지 크게 공을 세우지 못하고 오직
위군들의 간담만 서늘케 했을 뿐입니다. 신은 오래 전부터 군사를 양성
하고 있었는데 싸우지 아니하면 게을러지고 게을러지면 병이 날 것입니
다. 군사들은 목숨을 걸고 싸우기를 원하며 장수들은 영이 내려지기만을
기다리고 있습니다. 이번에 신이 만일 승리하지 못한다면 죽음으로 죄의
대가를 받겠습니다.

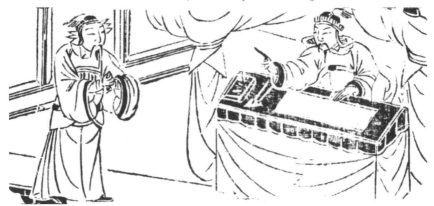

姜維廖化論出師

강유는 요화와 출사에 관해 논의하다. ≪新鐫全像通俗演義≫ 三國志傳卷之二十

강유의 표문을 접한 후주가 결단을 내리지 못하고 있을 때 초주가 반열
에서 나와 아뢰었다.

"신이 간밤에 천문을 보니 서측에 걸쳐 있는 장군별이 어두워져서 밝지
못했습니다. 그런데 대장군께서 또 출사하겠다고 하시니 이번에 출사하는
것은 매우 불리한 일이 아닌가 합니다. 폐하께서 조서를 내리시어 출사를
금하십시오."

후주가 말했다.

"일단 허락했다가 사태가 불리하게 되면 그 때 가서 막는 것이 좋겠다."

초주가 재삼 간곡히 권하여 출사를 만류하도록 아뢰었으나 후주는 들은
체도 아니했다. 초주는 집으로 돌아가 탄식을 금치 못하더니 급기야 병을
얻어 출입을 못 하게 되었다.

한편 강유는 군사를 일으킬 즈음에 요화를 불러 물었다.

"나는 이번에 출사하여 기어이 중원을 회복하려고 하는데 먼저 어디를
취하는 것이 좋겠느냐?"

"매년 계속하여 정벌길에 나서니 군사와 백성들은 모두 심신이 편하지
못합니다. 더욱이 위에는 꾀가 많고 지모가 뛰어난 등애가 있으니 그를 가
볍게 봐서는 아니 됩니다. 장군께서 지나치게 출사를 강행하시려 하므로 제

가 감히 말씀드리는 바입니다."

강유는 역정을 내며 꾸짖었다.

"지난날 제갈 승상께서 여섯 번이나 기산에 출병하신 것은 나라를 위해 서였다. 내가 이번까지 여덟 번째 위를 정벌코자 하지만 그 중에 한 번이라 도 나 자신을 위하여 출사한 일은 없다. 나는 이번에 먼저 조양(洮陽)을 취 하겠다. 누구든지 내 말을 거역하는 자는 참형에 처하리라."

강유는 곧 요화에게 한중을 지키라 하고 친히 여러 장수들과 함께 30만 대군을 거느리고 먼저 조양을 향해 나갔다.

천구(川口) 사람들은 이 사실을 즉시 기산에 있는 위의 진지에 알렸다. 이 때 위장 등애는 사마망과 용병에 대한 이야기를 나누고 있다가 이런 소 문을 듣자 곧 염탐꾼을 보내어 사실을 확인하게 했다. 염탐꾼이 돌아와 이 미 촉병들은 모두 조양으로 출격했다고 보고했다.

사마망이 등애에게 물었다.

"강유는 지모가 뛰어난 인물이니 조양을 공격하는 체하며 실은 기산을 취하려는 것이 아닐까요?"

등애가 대답했다.

"아니오, 강유는 이번에 정말로 조양으로 출병했을 것이오."

"공이 어떻게 아오?"

"지난날 강유는 여러 번 우리의 군량미가 풍부한 곳을 먼저 공격했소. 그러나 지금 조양에는 군량미가 없으므로 우리가 기산만 지키고 조양은 지 키지 아니할 것이라 생각하여 곧바로 조양을 취하려는 것이오. 조양을 취한 후에 그 곳에 군량미와 말먹이풀을 쌓아두고 강인(羌人)들과 결탁하여 지구 전을 펴려는 계책임이 분명하오."

사마망은 당황하여 물었다.

"그렇다면 어찌해야 합니까?"

등애가 설명했다.

"이 곳의 군사를 모두 철수시켜 두 갈래 길로 나가 조양을 구해야 하오. 조양에서 25리 떨어진 곳에 후하(侯河)라는 작은 성이 있는데 그 곳은 조양 의 목구멍과 같이 중요한 곳이오. 공은 일단의 군사를 거느리고 곧바로 조양으로 가서 군사를 매복시키고 깃발을 거둔 다음 북을 멈추게 하고 4대문을 크게 열어놓으시오."

등애는 사마망에게 무엇인가 귀엣말로 속삭이더니 다시 말을 이었다.

"나는 일단의 군사를 거느리고 후하성으로 가서 복병해 있겠소. 그리하면 우리는 반드시 크게 승리할 것이오."

이렇게 작전을 세운 위장들은 각기 계책에 의해 행동을 개시하고 편장 사찬에게는 기산의 진지를 지키라 했다.

하후패의 죽음

한편 강유는 하후패에게 명하여 전군을 거느리고 먼저 조양을 취하게 하고 자신은 나머지 군사를 거느리고 뒤를 따랐다.

하후패가 군사를 이끌고 멀리 조양성을 바라보니 성 위에는 깃발 하나 꽂혀 있지 아니했으며 동서남북 4대문이 활짝 열려 있었다. 하후패는 의심쩍은 생각이 들어 감히 성 안으로 들어가지 못하고 장수들을 돌아보며 말했다.

"우리를 속이려는 계책이 아닐까?"

여러 장수들이 아뢰었다.

"성은 비어 있는 것 같습니다. 성 안에 백성들이 얼마 안 되는 것으로 미루어 대장군께서 군사를 거느리고 온다는 말을 듣고 성을 버리고 도주한 것이 분명합니다."

그래도 하후패는 뭔가 미심쩍어 친히 말을 타고 성 남쪽으로 가서 살펴보았는데 남녀노소가 무수히 서북쪽으로 도주하고 있었다.

하후패는 크게 기뻐했다.

"과연 비어 있는 성이로구나!"

하후패가 앞장서서 성을 향해 진격하자 군사들이 모두 뒤를 따랐다. 이들이 옹성 앞에 당도했을 때 갑자기 포 소리가 한 번 크게 울리더니 성 위에서는 일제히 북 소리와 뿔피리 소리가 천지를 뒤흔들 것같이 들려왔고 깃발이 펄럭이는가 하면 적교가 어느새 걷혀버리는 것이었다.

하후패는 깜짝 놀라 소리쳤다.

"아뿔싸, 계교에 빠졌구나!"

급히 퇴군하려고 할 때 성 위에서 화살이 빗발치듯 날아들었다. 하후패는 거느렸던 500명의 군사와 함께 성 아래에서 죽고 말았다.

후에 하후패의 죽음을 이렇게 애도했다.

대담한 강유, 묘계에 능했지만	大膽姜維妙算長
어찌 알았으랴 등애의 은밀한 방어를	誰知鄧艾暗提防
애석한 일이구나! 한에 투항한 하후패	可憐投漢夏侯覇
성 아래에서 화살 맞아 죽다니…….	頃刻城邊箭下亡

이 때 사마망이 군사를 거느리고 성 안에서 쏟아져 나오자 촉병들은 크게 패하여 도망쳤다. 그런 후에야 강유는 후군을 거느리고 도착하여 사마망을 맞아 싸워 물리치고 성 아래에 진지를 세웠다. 강유는 하후패가 화살에 맞아 죽었다는 보고를 받고 아픈 마음을 금치 못했다.

이 날 밤 2경쯤 위장 등애가 친히 후하성(侯河城)에 있던 일단의 군사를 거느리고 은밀히 촉의 진지를 기습했다. 불시에 기습을 당한 강유는 손쓸 여유가 없었다. 뿐만 아니라 후하성 위에서도 하늘이 무너질 듯 북 소리가 울리더니 사마망이 군사를 거느리고 물밀듯 쳐들어왔다. 양쪽으로 협공을 당한 촉군은 대패하고 말았다.

강유는 좌충우돌 사력을 다하여 싸우다가 겨우 목숨을 구하고 다시 20여 리 밖에 진지를 세웠다. 두 번씩이나 크게 패하여 진지를 옮기자 급기야 촉의 군사들은 동요하기 시작했다.

강유는 여러 장수들을 불러모아 말했다.

"싸움에 이기고 지는 것은 병가지상사다. 지금 비록 많은 군사와 장수를 잃었다고 하지만 크게 걱정할 것은 없다. 우리의 승부는 이번의 한 판 싸움에 달렸다. 너희들은 시종일관 동요하지 말라. 만일 물러가자고 하는 자가 있으면 참형에 처하겠다."

장익이 나와서 아뢰었다.

"위군들이 모두 이 곳에 있으니 기산은 비어 있을 것이 분명합니다. 장군께서는 군마를 정비하시고 등애와 맞서 싸워 조양과 후하를 공략하십시오. 저는 일단의 군사를 거느리고 기산을 취하겠습니다. 기산의 아홉 진지를 취한 후에 군사를 거느리고 곧바로 장안으로 향하는 것이 상책인가 합니다."

강유는 장익의 말에 따라 장익에게 일단의 군사를 거느리고 나가 기산을 공격하라 명하고 자신은 군사를 거느리고 후하성으로 나가 등애에게 싸움을 걸었다. 등애도 군사를 거느리고 나왔다. 양쪽 군사가 둥그렇게 진을 치자 강유와 등애는 칼을 부딪치며 수십여 차례를 맞섰으나 승부가 나질 않아 각기 군사를 거느리고 진지로 돌아갔다.

다음날 강유가 다시 군사를 거느리고 나가 싸움을 돋웠으나 등애가 나와 싸우지 아니하자, 강유는 군사들에게 명하여 등애에게 욕을 퍼부으라 했다.

이 때 등애는 무언가 번뜩 머리에 떠오르는 것이 있었다.

"촉병들이 나에게 크게 패하였음에도 불구하고 물러가지 아니하고 며칠을 계속해서 싸움을 돋우는 것은 분명 군사를 나누어 기산의 진지를 공격하려는 작전이다. 비록 사찬이 진지를 지키고 있다지만 군사의 수도 적고 지모도 부족하니 패할 것이 분명하다. 내가 직접 나가 구해야겠다!"

등애는 즉시 아들 등충을 불러 분부했다.

"너는 정신을 차리고 이 성을 지키며 저들이 싸움을 걸어오더라도 함부로 나가 싸우지 말라. 나는 오늘 밤 군사를 거느리고 나가 기산의 진지를 구하겠다."

이 날 밤 2경쯤 강유가 진지에서 계책을 세우고 있을 때 갑자기 진지 밖에서 함성이 들려오더니 북 소리가 요란하게 울렸다.

이 때 전령이 들어와 등애가 정예 군사 3천 명을 거느리고 야전(夜戰)을 청하므로 여러 장수들이 나가 싸우려 한다고 보고했다.

강유는 이를 만류했다.

"함부로 경거망동하지 말라."

등애는 군사를 거느려 촉군의 진지 앞에 당도하여 한 번 허세를 부리더

니 별동요가 없다는 전령의 보고를 받고 여세를 몰아 기산을 구하려고 달려
나갔다.

등충은 일단의 군사를 거느리고 다시 후하성으로 들어갔다.

강유는 여러 장수들을 불러 말했다.

"등애가 엊저녁에 나타나 허세를 부린 것은 기산으로 가서 진지를 구하
려는 수작임에 틀림없다."

즉시 부첨을 불러 분부했다.

"너는 함부로 나가서 적과 싸우지 말고 이 성을 지켜라."

이렇게 당부한 강유는 친히 3천 군사를 거느리고 기산을 공격하는 장익
을 도우러 나갔다. 한편 장익이 기산을 공격하고 있을 때 위장 사찬은 적은
군사로 진지를 지키느라 안간힘을 쓰고 있었다. 거의 기산을 함락시킬 무렵
난데없이 등애가 일단의 군사를 거느리고 나타나 무찔러 들어가니 촉병은
크게 패하고 장익은 기산 뒤쪽에서 포위되어 도망갈 길을 찾고 있었다.

사태가 급박하여 당황하고 있을 때 갑자기 함성이 요란하게 울리고 북
소리가 진동하더니 위병들이 뿔뿔이 흩어져 도망가는 것이 아닌가!

좌우에서 급히 장익에게 아뢰었다.

"대장군 강백약께서 적을 물리치러 당도하셨습니다."

힘을 얻은 장익이 여세를 몰아 군사를 거느리고 양쪽에서 접응하니 협공
을 받은 등애는 거느렸던 군사를 모두 잃고 허둥지둥 기산으로 올라가 나오
지 아니했다. 강유가 거느린 군사들은 기산을 완전히 포위했다.

내시 황호의 농간

한편 성도에 있던 후주는 내시 황호(黃皓)의 말만 믿고 다시 주색에 빠져
조정의 일을 돌보지 아니했다.

당시 대신 유염(劉琰)의 처 호씨(胡氏)는 당대의 절세미인이었다. 어느
날 호 부인이 궁에 들어가 황후를 뵈니 황후는 귀엽게 생각하여 궁에 한 달
동안 머물게 한 적이 있었다. 유염은 자기 처가 후주와 사통했다고 의심하

여 휘하의 군사 500명을 뜰 앞에 세우고 자기의 처를 결박지은 다음 군사들에게 명하여, 수십 번 뺨을 때리게 하니 호 부인은 몇 번이나 까무러쳤다가 깨어나곤 했다.

후주는 이 소문을 듣고 크게 노하여 유사(有司)에게 영을 내려 유염의 죄를 논하라 했다. 유사들은 남편으로서 죄 없는 아내를 때리는 것은 시장바닥에 끌어내어 참형에 처해야 할 죄라고 의견을 모으고 유염을 참형에 처했다.

이로 인하여 부녀자의 궁중 출입을 일절 금한다는 엄명이 내려졌다. 그러나 관료들은 후주가 황음(荒淫)한 것으로 알고 이를 원망하는 사람이 많았다. 이 때문에 어진 선비들은 점점 후주의 곁에서 멀어져 갔고, 아첨하는 소인배들만 나날이 극성을 부리게 된 것은 더 말할 나위가 없다.

이 때 우장군 염우(閻宇)는 이렇다 할 공이 전혀 없으면서 내시 황호에게 아첨하여 높은 작위를 받은 대표적인 인물이었다. 이러한 염우는 강유가 군사를 거느리고 기산을 공략한다는 소문을 듣고 황호로 하여금 후주에게

"강유는 여러 차례 나가 싸웠으나 공을 세우지 못하고 있으니 염우에게 명하여 대신 싸우게 하는 것이 좋겠습니다."

라고 고하게 했다.

후주는 황호의 이러한 말만 믿고 사자를 보내어 강유를 소환토록 했으니 기산의 위군 진지를 공격하던 강유는 뜻밖에도 후주로부터 3도(三道)로 나와 반사하라는 영을 받게 되었던 것이다.

강유는 후주의 조서를 받들어 먼저 조양의 군사에게 퇴군하라는 영을 내리고 장익과 함께 서서히 기산의 군사를 물렸다.

기산 진지에 있던 등애는 어느 날 갑자기 북 소리와 뿔피리 소리가 천지를 진동하듯 울리는 소리를 듣고 웬일인가 했다. 날이 밝자 전령이 달려와 촉군은 이미 모두 물러가고 진지를 세웠던 흔적만 남았다고 보고했다. 그러나 등애는 그것이 계책일지도 모른다고 생각하여 감히 뒤를 추격하지 못했다.

한중에 도착한 강유는 쉴 틈도 없이 곧바로 명을 받들어 성도로 들어가 후주를 뵈려고 했으나 후주는 10여 일이 지나도록 조정에 나타나지 아니했

후주는 참언을 믿고 회군하라는 조서를 내리다. ≪繡像全圖三國演義≫에서

다. 강유는 그제서야 의심쩍은 생각이 들었다.

어느 날 강유는 동화문에 들어갔다가 우연히 비서랑 극정(郤正)을 만났다.

강유가 극정에게 물었다.

"천자께서 조서를 보내어 회군토록 한 까닭을 공은 알고 있소?"

극정은 웃으면서 대답했다.

"대장군께서는 어찌 그것도 모르십니까? 내시 황호가 염우에게 공을 세우게 하려고 수작을 부린 것입니다. 그리하여 후주께 아뢰어서 조서를 보내 장군을 회군토록 했지만 등애가 군사를 능하게 부린다는 소문을 듣고 황호는 잠을 이루지 못하고 있다는 소문입니다."

강유는 이를 갈며 말했다.

"내 기어이 그 내시놈을 죽여버릴 테다!"

극정이 만류했다.

"대장군께서는 제갈 무후의 뒤를 이어 중임을 맡으신 분이시면서 어찌 함부로 행동하려 하십니까? 만일 천자께서 잘못 오해하시면 불미스러운 일을 당하십니다."

강유는 무언가 곰곰이 생각하더니 극정의 충고에 감사했다.

"선생의 충고 고맙게 받아들이겠소."

다음날 강유가 몇 명의 부하를 거느리고 후주를 뵈려고 궁중으로 들어섰을 때 후주는 내시 황호와 함께 뒤뜰에서 연회를 베풀고 있었다. 이 때 누군가 급히 황호에게 강유가 왔다고 귀띔하자 황호는 급히 호수 뒤에 있는 산으로 몸을 숨겼다.

강유는 정자 아래에 도착하여 후주를 뵙고 울면서 아뢰었다.

"신이 기산에서 등애를 궁지에 몰아넣고 있었는데 폐하께서는 세 번이나 조서를 내리시어 신을 소환하셨습니다. 그 까닭이 무엇입니까?"

후주는 침묵만 지킬 뿐 대답을 하지 못했다.

강유가 다시 아뢰었다.

"내시 황호가 간교하게 전권을 휘두르니 이는 지난날 영제 때의 십상시와 다를 바 없습니다. 폐하께서는 가까이는 장양(張讓 : 영제 때에 권력을 농간했던 내시. 십상시 중의 한 사람)을 생각하시고 멀리는 조고(趙高 : 진나라 때의 내관. 시황제가 죽자 황제의 장자 부소〔扶蘇〕를 죽이고 우둔한 호해〔胡亥〕를 황제로 즉위시켜 횡포를 일삼으며 승상까지 오름)를 생각해보십시오. 황호는 이와 같은 사람입니다. 이자를 빨리 죽이셔야 자연히 조정이 밝게 되고 그래야만 중원을 회복할 수 있을 것입니다."

후주는 웃으면서 답했다.

"황호는 발이 닳도록 내 심부름만 하는 소인배이므로 전권을 휘두를 수도 없으며 그런 능력도 없는 인물이오. 지난날 동윤이 황호에 대하여 이를 갈기에 짐은 심히 괴이하게 생각했었소. 경은 왜 하찮은 사람에게 신경을 쓰는 거요?"

강유는 다시 머리를 조아리며 아뢰었다.

"폐하께서 지금 황호를 죽이지 아니하시면 머지않아 화를 면치 못하실 것입니다."

"'살리는 것을 즐겨하고 죽이는 것은 증오하라' 했소. 경은 왜 일개 내시에게 그처럼 지나치게 신경을 쓰는 거요?"

 후주는 곧 근시를 불러 호수 뒷산에 숨어 있는 황호를 불러오라 했다. 황호가 정자 앞에 끌려오자 후주는 황호에게 잘못을 사죄하라고 영을 내렸다. 황호는 눈물을 흘리며 용서를 빌었다.

 "저는 앞으로 발이 닳도록 성상만 받들 뿐 국정에는 관여하지 않겠습니다. 장군께서는 남의 말만 듣고 저를 죽이려 하지 마십시오. 저의 목숨은 오직 장군의 손에 달렸으니 저를 가엾게 여기십시오."

 황호는 이렇게 지껄이고 나서 머리를 조아리며 눈물을 흘렸다. 분함을 참지 못한 강유는 곧바로 뛰어나와 극정을 찾아가 궁중에서 있었던 일을 자세히 설명했다. 극정이 입을 열었다.

 "장군께 머지않아 화가 미칠 것입니다. 장군이 위태롭게 되면 나라도 역시 위태롭습니다."

 강유가 말했다.

 "선생께서 저에게 나라를 지키고 화를 면할 방책을 말해주시오."

 극정이 말했다.

 "농서 지방의 답중(畓中)이라는 곳은 아주 비옥한 곳입니다. 장군께서는 지난날 제갈 무후께서 둔전(屯田)하셨던 일을 생각하시어 천자께 아뢰고 답중으로 가서 그렇게 하시는 것이 어떻겠습니까? 그 곳에 둔전을 경작하신다면 첫째 보리가 익으면 군량미에 보탬이 될 것이고, 둘째는 농우의 여러 고을을 손에 넣을 수 있으며, 셋째는 위나라 사람들이 감히 한중을 넘보지 못할 것이고, 넷째는 장군이 외곽에서 병권을 쥐고 계시면 사람들이 일을 도모하려 들지 아니할 것이니 화를 피할 수 있을 것입니다. 이것이 보국 안신(保國安身)의 계책인가 합니다. 빨리 실행하도록 하십시오."

 강유는 크게 기뻐하며 말했다.

 "선생은 금옥 같은 말씀을 해주셨습니다."

 다음날 강유는 후주께 표를 올려 제갈 무후를 본받아 답중에서 밭을 갈겠다고 했다. 후주가 이를 허락하자 강유는 곧바로 한중으로 달려가 여러 장수들을 불러 말했다.

 "나는 여러 차례 출사했지만 군량미가 부족하여 아직까지 공을 세우지 못했다. 이번에 8만 군사를 거느리고 답중으로 가서 보리를 갈고 밭을 일구면서 서서히 진취할 것을 생각해보겠다. 그대들은 오랫동안 적과 싸우느라 노고가 많았다. 이제는 무기를 손에서 놓고 곡식을 거두며 한중을 지켜라. 위군은 천리 먼 길에 군량미를 운반하느라 강을 건너고 산과 고개를 넘어왔기 때문에 분명히 지쳐 있을 것이다. 그들이 피로하여 물러갈 때 그들의 허점을 노려 뒤를 추격한다면 승리할 수 있을 것이다."

강유는 곧 영을 내려 호제에게는 한수성을 지키게 하고, 왕함에게는 악성을, 장빈에게는 한성을, 장서와 부첨에게는 관애를 지키라 했다.

모두에게 영을 내려 보낸 후에 자신은 친히 8만 군사를 이끌고 답중으로 가서 보리를 파종하며 장구한 계획을 세웠다.

100만 대군을 일으킨 사마소

한편 위장 등애는 강유가 답중에서 둔전을 경작하고 있지만 연도의 40여 곳에 진을 치고 장사진을 이루고 있다는 소문을 듣고 첩자를 보내어 그 곳의 지형을 살피게 하여 그림을 그려 표문을 올렸다.

진공 사마소는 표문을 보더니 크게 노하여 말했다.

"강유가 수차에 걸쳐 중원을 범하려 했는데도 아직까지 제거하지 못하다니, 요절복통할 우환거리로구나!"

가충이 옆에서 아뢰었다.

"강유는 공명으로부터 전법을 물려받은 인물이라 쉽게 물리치기는 어려울 것입니다. 지혜롭고 용맹한 장수를 얻어 자객(刺客)으로 삼는다면 군사를 움직이는 수고를 덜 수 있을 것입니다."

옆에 있던 종사중랑(從事中郎) 순욱(荀勖)이 말했다.

"안 될 말씀입니다. 지금 촉주 유선은 주색에 빠져 내시 황호만을 신임하고 있으므로 대신들은 모두 화를 면하려고 몸을 도사리고 있습니다. 강유가 답중에서 밭을 갈고 있는 것은 그 화를 피하려는 속셈이 분명합니다. 만일 지금 대장을 보내어 정벌하면 승리할 것인데 구태여 자객을 보낼 필요가 없지 않겠습니까?"

사마소는 성채를 그려 놓은 도면을 보다. ≪新鋟全像通俗演義≫ 三國志傳卷之二十

　사마소는 얼굴 가득히 웃음을 머금고 말했다.

　"그것이 가장 합당한 말이다. 내가 촉을 정벌코자 하는데 누구를 장수로 보냈으면 좋겠느냐?"

　순욱이 아뢰었다.

　"등애는 일대의 뛰어난 영웅이니 종회를 부장으로 삼아 촉을 정벌하게 한다면 성공할 수 있을 것입니다."

　사마소는 크게 기뻐하며 말했다.

　"나도 그렇게 생각하고 있었다."

　사마소는 곧 종회를 불러들여 물었다.

　"나는 그대를 대장으로 삼아 동오를 정벌코자 하는데 가겠느냐?"

　"주공께서는 동오를 정벌하려는 것이 아니라 촉을 정벌하려는 것이 아닙니까?"

　사마소는 껄껄껄 웃으며 말했다.

　"자성(子誠 : 종회의 자)은 내 마음을 알고 있구나! 경이 촉을 친다면 어떤 계책을 쓰겠느냐?"

　종회가 대답했다.

　"저는 주공께서 촉을 칠 것이라 믿고 이미 도본을 작성해뒀습니다."

종회는 사마소에게 그림을 내놓았다. 사마소가 그림을 살펴보니 길이 자세하게 그려져 있고 진지를 세울 곳, 군량미를 저장할 곳이며 진격할 길과 퇴군할 길을 일일이 표시해놓았는데 그것은 하나같이 법도가 있었다. 사마소는 크게 기뻐하며 말했다.

"그대는 참으로 양장(良將)이로구나! 경이 등애와 함께 군사를 거느리고 촉을 치는 것이 어떻겠느냐?"

"서천은 길이 넓으니 한 길로 나가서는 아니 됩니다. 등애와 군사를 나누어 각기 진군하는 것이 좋겠습니다."

사마소는 곧 종회를 진서장군(鎭西將軍)에 임명하고 지휘권을 주어 관중의 군사와 병마를 감독케 했으며 청주·서주·연주·예주·형주·양주 등을 조견(調遣)토록 했고, 한편 사절을 등애에게 보내어 등애를 정서장군(征西將軍)에 앉혀 관중 외의 농상의 군마를 감독하고 서촉을 정벌할 때를 기다리라 했다.

다음날 사마소가 조정에서 서촉을 정벌하는 일을 협의하는데 전장군(前將軍) 등돈(鄧敦)이 아뢰었다.

"강유가 여러 번 중원을 침범하는 바람에 많은 군사가 죽고 부상을 당했습니다. 지금은 지키는 것만으로도 안심이 되지 않는데 무슨 까닭으로 산과 물이 험한 곳에 뛰어들어 화근과 고생을 자초하려 하십니까?"

사마소는 노하여 말했다.

"나는 인의(仁義)로 군사를 일으키려는 것인데 네놈은 내가 무도하게 정벌에 나서는 줄 아는구나. 네놈이 어찌 감히 내 뜻을 거역하려 하느냐?"

사마소는 좌우에 명하여 당장 끌어내 목을 베어 죽이라 했다. 무사들에 의해 등돈의 수급이 계단 아래로 떨어지니 문무백관들은 모두 두려움에 떨었다.

사마소가 다시 말했다.

"내가 동쪽을 정벌한 이래 6년 동안 군사들을 훈련시키고 갑옷과 무기를 수선하여 이미 모든 준비를 갖추었으니 동오와 촉을 정벌할 날도 머지않았다. 먼저 서촉을 정벌한 후 그 승세를 타고 수륙 양면으로 군사를 거느려 동오를 함께 어우른다면 이는 괵(虢)을 멸하고 우(虞)를 취하는 방도가 될 것이다. 서촉의 성도를 지키는 군사는 8, 9만이요, 변방의 성을 지키는 군사는 겨우 4, 5만에 불과할 것이며, 강유가 답중에서 밭을 갈며 거느리고 있는 군사는 많아야 6, 7만이라 생각된다. 나는 이미 등애에게 관중 밖의 농우 군사 10만여 명을 거느리고 강유를 답중에서 한 걸음도 움직이지 못하게 하여 동쪽을 넘보지 못하게 했다. 또한 종회를 파견하여 관중의 정예 군사 2, 30만을 거느리고 곧장 낙곡으로 달려가 3로로 한중을 공격하도록 했다. 촉주 유선은 주색에 빠져 넋이 나간 사람이다. 변방이 무너지면 아녀자들은 안에서 떨고만 있을 것이니 촉은 반드시 망하고 말 것이다.”

모두가 사마소의 말을 듣고 탄복했다.

한편 종회는 진서장군의 도장을 받고 군사를 일으켜 촉을 정벌하러 나섰다.

종회는 기밀이 누설될 것이 두려워 겉으로는 동오를 정벌한다고 하면서 청주·연주·예주·형주·양주 등 다섯 곳에 각기 영을 내려 배를 만들라 하고, 또한 당자(唐咨)를 등주(登州)와 내주(萊州) 등 바다와 접한 곳으로 보내어 배를 모으라 했다.

사마소는 이러한 종회의 진의를 알 수 없게 되자 종회를 소환하여 물었다.

“그대는 육지를 통하여 서천을 취할 것인데 왜 배를 만드는가?”

종회가 아뢰었다.

“만일 우리가 크게 군사를 이끌고 진격하는 것을 알면 촉은 반드시 동오에 구원병을 요청할 것입니다. 그러니 먼저 동오를 치려는 것처럼 허세를 부려서 동오가 경거망동하지 않게 하자는 계책입니다. 일년 내에 서촉을 격파하고, 그 다음 배가 완성되면 동오를 치는 것이 순서가 아니겠습니까?”

사마소는 크게 기뻐하며 택일하여 출사케 했다.

위의 경원 4년(서기 263년) 가을 7월 초사흗날, 종회는 출사했다. 사마소는 성 밖 10리까지 나가 이들을 전송했다.

서조연(西曹椽) 소제(邵悌)가 사마소에게 아뢰었다.

“주공께서는 종회에게 10만 대군을 거느리고 서촉을 정벌하도록 파견하셨는데, 저의 어리석은 생각에 종회는 뜻이 크고 높은 인물이니 혼자서 대권을 잡게 해서는 안 될 것입니다."

사마소는 웃으며 말했다.

"내가 그것을 모를 까닭이 있겠느냐?"

소제는 다시 아뢰었다.

"주공께서 그것을 아셨다면 어찌하여 사람을 보내어 함께 직분을 맡게 하시지 않으셨습니까?"

사마소는 여러 이야기로 소제의 의심을 풀어주었다. 장수가 군마를 거느리고 나가자마자 그를 의심하니 과연 어떤 말로 의심을 풀어주었을까?

116. 위기에 처한 촉한

종 회 분 병 한 중 도 　　무 후 현 성 정 군 산
鍾會分兵漢中道　　武侯顯聖定軍山

종회와 등애는 100만 대군을 거느리고 한중
을 취하고, 제갈 무후의 영혼이 정군산에 나
타난다.

종회와 등애의 진군

사마소는 서조연 소제에게 설명했다.

"조신들이 입을 모아 말하기를 촉을 정벌할 수 없다고 했는데 이는 겁을 집어먹었기 때문이다. 그처럼 겁먹은 상황에서 싸운다면 반드시 패하게 마련이다. 지금 종회가 혼자 촉을 칠 계책을 세운 것은 마음에 겁이 없기 때문이다. 겁을 먹지 아니하면 반드시 촉을 쳐부술 수 있다. 촉이 무너지면 서촉 사람들은 간담이 서늘해질 것이다. '싸움에 패한 장수는 용맹을 말하지 않고, 나라를 잃은 대부는 살기를 도모하지 않는다'고 했다. 그러니 종회가 딴마음을 품는다고 해서 촉나라 백성들이 그를 돕겠느냐? 또한 승리한 위의 군사들은 귀향하기를 바랄 것이므로 설혹 종회가 반기를 든다 하더라도 그에 응하지 아니할 것이니 걱정할 것이 무엇이 있겠느냐? 이 사실은 너와 나만이 아는 일이니 절대로 발설하지 않도록 하여라."

소제는 탄복하여 절을 올렸다.

한편 위장 종회는 진지를 세우고 여러 장수들을 불러모았다. 이 때 모인 장수는 감군 위관(衛瓘)·호군 호열(胡烈), 대장 전속(田續)·방회(龐會)·전장(田章)·원청(爰彰)·구건(丘建)·하후함(夏侯咸)·왕매(王買)·황보개(皇甫闓)·구안(句安) 등 80여 명이었다.

종회가 말했다.

"누군가가 선봉에 서서 산을 만나면 길을 만들고 물을 만나면 다리를 놓아야 하겠다. 누가 이 일을 맡아서 하겠느냐?"

"제가 가겠습니다."

종회가 바라보니 범 같은 장수 허저의 아들 허의(許儀)였다.

모든 장수들이 입을 모아 말했다.

"허의가 아니면 선봉에 설 만한 사람이 없습니다."

종회는 허의를 불러 말했다.

"너는 범과 같은 체구와 강한 어깨를 갖춘 장군으로 네 선친과 다름없는 명장이다. 모든 장수들이 너를 보증하니 너에게 선봉장의 도장을 준다. 마군 5천과 보병 1천을 거느리고 나가 곧바로 한중을 취하여라. 군사를 세 갈래로 나누어 나가되 중군은 네가 직접 거느려 야곡으로 나가고, 좌군은 낙곡으로, 우군은 자오곡으로 나가거라. 그 곳에 이르는 길은 산이 험준하니 군사들에게 명하여 길을 다듬고 부서진 다리를 수리하며 산을 뚫고 바위를 깨뜨려 길을 만들면서 행군하라. 만일 이를 위반하면 군법을 면치 못하리라."

허의는 영을 받고 군사를 거느려 나갔다. 종회는 10여 명의 군사를 거느리고 밤새도록 말을 달려 뒤를 따랐다.

한편 농서에 있던 등애는 서촉을 치라는 조서를 받고 사마망에게 강병을 막으라는 영을 내리는 한편, 옹주 자사 제갈서(諸葛緖)와 천수(天水) 태수 왕기(王頎), 농서 태수 견홍(牽弘), 금성(金城) 태수 양흔(楊欣)에게 사람을 보내어 각기 본부의 군사를 거느리고 나와 영을 받으라 했다.

각처에서 군마가 구름처럼 모여들던 어느 날 밤, 등애는 꿈을 꾸었다. 등애가 높은 산에 올라 한중을 바라보고 있을 때 갑자기 발 밑에서 샘물이 용솟음쳐 깜짝 놀라 깨어보니 한낱 꿈이었다. 온몸이 소나기를 맞은 듯 땀

許儀領兵開山路

허의는 군사를 거느리고 산길을 만들다. ≪新鏤全像通俗演義≫ 三國志傳卷之二十

으로 젖어 있어 더 이상 잠을 이루지 못하고 앉아서 밤을 새웠다.

등애는 평소 주역(周易)에 밝은 호위 소완(邵緩)을 불러 꿈 이야기를 해주고 해몽을 부탁했다.

소완이 대답했다.

"주역에서 말하기를 '산 위에 물이 있으면 건괘(蹇卦)로 서남쪽이 이롭고 동북쪽은 이롭지 않다'고 했습니다. 또한 공자께서 말씀하시기를 '서남쪽이 이로운 건괘가 나오면 공을 세우고 동북쪽이 불리한 괘가 나오면 길이 궁벽하다'고 했습니다. 장군께서는 이번 행군에서 반드시 서촉을 이기실 것입니다. 다만 이기기는 하지만 돌아오지 못할 것이 안타깝습니다."

소완의 해몽을 들은 등애는 마음이 꺼림칙했다. 이 때 종회의 격문이 도착했다. 등애에게 군사를 일으켜 한중을 공격하라는 내용이었다.

등애는 옹주 자사 제갈서에게 1만 5천의 군사를 거느리고 먼저 강유의 퇴로를 끊으라 하고, 이어서 천수 태수 왕기에게 군사 1만 5천을 거느리고 좌측에서 답중을 공격하라 했으며, 농서 태수 견홍에게는 역시 1만 5천의 군사를 거느리고 우측에서 답중을 공격하라 했다. 또한 금성 태후 양흔에게 1만 5천의 군사를 거느리고 감송(甘松)에서 강유의 배후를 치라 하고, 자신은 3만의 군사를 거느리고 접응하러 나갔다.

한편 종회가 출사하려 하자 문무백관들은 성 밖까지 전송을 나왔으며, 펄럭이는 깃발은 햇빛을 가릴 듯했고 투구와 갑옷은 서리가 내린 듯 햇빛에 반짝였다. 건장하고 씩씩한 군사와 병마의 위풍당당한 행진에 사람들은 모두 칭찬을 마지않았다.

오직 상국 참군 유실(劉實)만은 빙그레 웃을 뿐 말이 없었다. 옆에 있던 태위 왕상(王祥)은 유실이 웃는 것을 보고 말 위에서 유실의 손을 잡으며 물었다.

"종회와 등애 두 사람이 이번에 나가면 촉을 평정할 수 있겠소?"

유실이 대답했다.

"촉을 쳐부수는 것은 틀림없습니다. 그러나 돌아오지 못할까 두렵습니다."

왕상이 그 까닭을 물었으나 유실은 빙그레 웃기만 할 뿐 대답을 하지 않았다. 왕상은 더 이상 묻지 못했다.

한편 위군이 진발했다는 소문은 염탐꾼에 의해 즉시 답중에 있는 강유에게 보고되었다. 강유는 즉시 후주에게 표문을 올렸다.

천자께서는 조서를 내려 좌거기장군(左車騎將軍) 장익에게 군사를 거느리고 양평관을 지키게 하고, 우거기장군(右車騎將軍) 요화에게 군사를 거느려 음평(陰平)의 다리를 만들도록 하십시오. 이 두 곳은 매우 중요한 요새지이니 이 곳이 함락되면 한중을 보전키 어렵습니다. 또한 사람을 동오로 보내시어 구원병을 요청하십시오. 신은 답중의 군사를 일으켜 적을 막겠습니다.

이 때 후주는 경요 5년(서기 262년)을 염흥(炎興) 원년으로 바꾸고 내시 황호와 함께 매일 궁중에서 술과 여자에 둘러싸여 연회를 즐기고 있다가 갑자기 강유로부터 표문을 받았다.

후주는 황호를 불러 물었다.

"지금 위국에서 종회와 등애를 파견하여 대군을 거느리고 양쪽으로 나뉘어 쳐들어온다고 하니 어찌했으면 좋겠느냐?"

鄧
艾

鍾
會

姜
維

≪繡像全圖三國演義≫에서

　황호가 아뢰었다.

　"강유가 공을 세우기 위하여 이 같은 상소문을 올린 것 같습니다. 폐하
께서는 마음을 편히 하시고 염려하지 마십시오. 신이 들은 소문에 의하면
성 안에 아주 용한 점쟁이 노파가 있는데 길흉을 용하게 알아맞힌다고 하니
한번 부르시어 물어보십시오."

　후주는 황호의 진언에 따라 후전에 향·꽃·종이·촛불 등 갖가지 제물
을 차리고 황호에게 명하여 궁중의 작은 수레로 그 노파를 모셔오게 하여
용상에 앉게 했다.

후주가 향을 피우고 축문을 읽으니 노파는 갑자기 머리를 풀어 헤치고 맨발로 수십 번을 뛰더니 상 주위를 맴돌았다.

이 때 황호가 후주께 속삭였다.

"지금 저 노파에게 신(神)이 내리고 있습니다. 폐하께서는 좌우를 물리시고 친히 신에게 비십시오."

후주는 시신들을 물리치고 재배하며 축문을 읽었다. 노파가 큰 소리로 외쳤다.

"나는 서천의 토신(土神)이다. 폐하께서 태평을 즐기고 계시는데, 물어볼 것이 뭐가 있는가? 수년 후에는 위국의 땅이 모두 폐하에게 돌아갈 것이니 폐하는 염려하지 말라."

이렇게 소리치더니 정신을 잃고 땅에 쓰러졌다가 한참 후에야 겨우 깨어났다. 후주는 크게 기뻐하며 노파에게 후히 상을 내렸다.

이후부터 후주는 점쟁이 노파의 말만 철석같이 믿고 강유의 표문은 거들떠보지도 않았으며 매일 궁중에서 환락에 젖어 지냈다. 강유가 여러 차례 표문을 올렸으나 그 때마다 황호가 이를 가로채 대사를 그르치게 한 것이다.

한편 종회는 대군을 거느리고 보무도 당당하게 한중으로 진군해 들어갔다. 전군(前軍)을 거느린 선봉장은 허의였다. 허의는 남보다 먼저 공을 세우고 싶은 욕심에서 군사를 거느리고 재빨리 남정관(南鄭關)에 도착하여 여러 부장들을 불러모아 말했다.

"이 관문만 지나면 한중이다. 이 관 위에는 군사와 병마가 얼마 안 되니 사력을 다하여 탈취하자."

여러 부장들은 영을 받고 일제히 진격했다.

그 관문을 지키고 있던 촉장은 노손(盧遜)이었는데 위의 군사들이 쳐들어올 것이라는 것을 미리 알고 관 앞 나무다리 좌우에 복병을 숨기고 제갈 무후가 전해준 한 번에 열 발의 화살을 쏠 수 있는 십시연노(十矢連弩)를 갖추어 만반의 대비를 하고 있었다.

바로 이 때, 허의가 군사를 거느리고 관을 탈취하려고 당도하자 딱딱이 소리가 한 번 크게 들리더니 난데없이 화살이 비오듯 쏟아졌다. 허의는 깜

짝 놀라 급히 퇴군하려고 했으나 이미 수십 명이 화살에 맞아 쓰러져 죽었
다. 이리하여 위군은 크게 패했으며 허의는 종회에게 돌아가 패한 사실을
보고하였다.

종회가 휘하의 군사 100여 기를 거느리고 달려와 보니 과연 화살이 비오
듯 했다. 종회가 질겁하여 말 머리를 돌려 달아나니 관 위의 노손이 거느린
500명의 군사가 마구 몰려나왔다.

종회가 말을 달려 다리 위를 통과할 무렵 갑자기 다리 위의 흙이 무너져
내리면서 말발굽이 나무 토막 사이에 빠져 꼼짝할 수 없게 되었다. 종회는
말을 버리고 뛰어서 도망쳤다. 다급해진 종회가 다리에서 뛰어내리려고 하
자 노손이 창을 들고 뒤를 쫓아왔다. 순간 이를 지켜보던 위장 순개(荀愷)
가 급히 몸을 돌려 활을 당겼다. 노손은 활에 맞아 말에서 굴러떨어졌다.

전황이 순식간에 뒤바뀌었다. 종회는 승세를 타고 관문을 탈취하려고 했
다. 관문 위의 촉군들은 미처 관문으로 들어오지 못한 촉군들이 다칠까봐
마음놓고 활을 쏠 수 없어 많은 사상자를 냈으며 결국 관문을 빼앗기고 말
았다.

종회는 즉시 순개를 호군에 임명하고 상으로 말안장과 갑옷·투구 등을
내렸다. 종회는 곧바로 허의를 장하로 불러 꾸짖었다.

"너를 선봉에 세운 것은 산에 새로이 길을 내고 물이 있는 곳에는 다리
를 놓고 또한 다리와 도로를 고치게 하라고 했던 것이다. 그런데 내가 다리
위를 지날 때에 다리가 무너져 말발굽이 빠져 하마터면 다리에서 떨어질 뻔
했다. 순개가 없었으면 나는 이미 죽었을 것이다! 네가 명령을 어겼으니 마
땅히 군법에 의해 처리하겠다."

종회는 좌우에 명하여 당장 허의를 끌어내어 참형에 처하라 했다. 그러
자 여러 장수들이 고했다.

"그의 부친 허저가 조정에 많은 공을 세웠으니 도독께서는 특별히 용서
하시기 바랍니다."

종회는 노하여 소리쳤다.

"군법이 밝지 못하고서야 어찌 많은 군사를 거느릴 수 있겠느냐?"

다시 여러 사람 앞에서 허의를 참형에 처하라는 불호령을 내렸다. 여러

장수들은 놀라지 아니할 수 없었다.

촉장 부첨의 죽음

이 때 촉장 왕함은 악성을 지키고 있었고 장빈은 한성을 지키고 있었는데, 둘은 위군의 군세가 대단한 것을 보고 감히 나와 싸우지 못하고 성문을 굳게 닫고 지키고만 있었다.

위장 종회가 영을 내렸다.

"작전은 빨리 수행하는 것이 좋다. 조금도 지체할 수 없다."

전군(前軍)을 거느린 이보에게 악성을, 호군 순개에게는 한성을 각각 포위하라는 영을 내린 종회는 직접 대군을 거느리고 양평관을 공격하러 나갔다.

양평관을 지키고 있던 촉장 부첨은 부장 장서에게 적을 막을 계책을 물었다.

장서가 말했다.

"위군이 워낙 많아 당해내기 어렵습니다. 굳게 지키는 것이 상책입니다."

이에 부첨은 반대했다.

"그렇지 않소. 위군은 멀리서 왔기 때문에 지쳤을 것이니 그들의 수가 많다고는 하지만 두려워할 것은 조금도 없소. 만일 우리가 나가 싸우지 아니하면 한성과 악성은 무너지고 말 것이오."

장서는 침묵만 지키고 있을 뿐이었다. 이 때 위의 대군이 갑자기 관문 앞으로 들이닥쳤다는 급박한 보고를 받고 부첨과 장서는 부리나케 관문 위로 올라갔다.

종회가 채찍을 들고 크게 외쳤다.

"나는 10만 대군을 거느리고 여기까지 왔다. 너희들이 빨리 항복한다면 각자의 벼슬을 올려줄 것이나 허튼 수작을 부려 항복하지 않는다면 관문을 쳐부수어 모조리 죽이고 말겠다."

　부첨은 크게 노하여 장서에게 관문을 지키라 하고 친히 3천 군사를 거느리고 관 아래로 뛰어나갔다. 종회가 말 머리를 돌리자 위군들은 모두 물러갔다. 부첨이 여세를 몰아 뒤를 추격하자 위군들은 다시 합세하여 부첨에게 맞섰다.

　부첨이 위급함을 느껴 관문으로 말을 달리려다가 바라보니 이미 관문 위에는 위병의 깃발이 꽂혀 있었다.

　관문 위에서 장서가 소리쳤다.

　"나는 이미 위군에게 항복했다!"

　부첨은 크게 노하여 욕설을 퍼부었다.

　"은혜를 잊고 의리를 배반한 역적놈아, 네놈은 무슨 낯으로 천자를 뵈려느냐?"

　부첨은 다시 말을 돌려 위군과 접전을 벌였다. 위군들이 사면에서 합세하여 공격하니 부첨은 완전히 포위되어 갇히고 말았다. 부첨은 포위망을 뚫으려고 좌충우돌 사력을 다하여 싸웠으나 빠져 나갈 길이 없었으며 더욱이 그가 거느린 촉병의 십중팔구는 죽거나 부상을 당해 도저히 상대가 되지 않았다.

　부첨은 하늘을 우러러 탄식했다.

　"내 살아서 촉의 신하였으니 죽더라도 촉의 귀신이 되겠다."

　부첨은 다시 말을 달려 위군에게 덤볐으나 여러 곳을 창에 찔려 전포와 투구는 피투성이가 되었고 말도 지쳐서 쓰러지니 스스로 칼을 뽑아 자결하고 말았다.

　후에 어느 시인은 그의 죽음을 이렇게 애도했다.

충성스런 울분을 하루에 펴보이더니	一日抒忠憤
천추에 의로운 이름 우러러보네.	千秋仰義名
차라리 부첨같이 죽을망정	寧爲傅僉死
장서처럼 목숨을 부지하지는 않으리!	不作蔣舒生

　양평관을 빼앗은 종회는 성 안에 군량미와 무기가 산더미처럼 쌓여 있는

것을 목격하곤 크게 기뻐하여 3군에 후하게 상을 내렸다.

정군산에 현성한 공명

이 날 밤 위군들이 양평성(陽平城)에 야숙하고 있는데 갑자기 서남쪽에서 함성이 크게 일었다. 종회는 두려워서 뜬눈으로 밤을 새우고 새벽에 전령을 시켜 탐지하게 했다.

"10여 리 밖까지 나갔으나 사람이라고는 그림자도 볼 수 없었습니다."

그래도 종회는 마음이 놓이지 않아 완전 무장을 갖춘 수백 명의 기병을 거느리고 친히 서남쪽으로 순시를 나갔다. 도중에 어느 산 앞에 이르러 살펴보니 살기가 하늘까지 뻗쳐 있고 구름과 안개가 산봉우리와 골짜기를 덮고 있었다.

종회는 말을 멈추고 서서 향도관을 불러 물었다.

"저 산의 이름이 무엇이냐?"

"정군산이라 하는데 지난날 촉의 제갈공명께서 하후연과 군사들을 몰살시킨 곳입니다."

듣고 있던 종회가 불안한 생각이 들어 말을 몰고 산기슭을 돌아가려고 할 때, 갑자기 바람이 거세게 불더니 뒤에서 수천의 기병이 나타나 쫓아왔다. 겁이 덜컥 난 종회는 군사를 거느리고 말을 몰아 도주했다. 도주하는 중 까닭없이 말에서 굴러떨어진 자가 부지기수였다. 양평관에 도착하여 살펴보니 죽은 사람은 하나도 없었으나 거의가 얼굴과 목에 상처를 입었고 투구를 잃었다. 모두 두려운 듯 입을 모아 말했다.

"구름 속에서 웬 군마가 뛰어나와 몸을 스쳤으나 한 사람도 다치지는 않고 바람처럼 지나갔습니다."

종회는 항복한 촉의 장수 장서를 불러 물었다.

"정군산에 신을 모신 사당이 있느냐?"

"사당은 하나도 없고 오직 제갈 무후의 묘가 있을 뿐입니다."

종회는 두려운 듯 혼자 중얼거렸다.

"제갈 무후께서 현성(顯聖)하신 것이 틀림없구나! 내가 친히 나가서 제사를 지내야 하겠다."

다음날 종회는 거창하게 예물을 준비하고 제갈공명의 묘 앞에 나가 재배한 다음 제사를 올렸다. 제사를 마치자 거세게 불던 바람이 잔잔해졌고 안개와 구름이 서서히 흩어지면서 갑자기 맑은 소슬바람이 불고 가랑비가 내리더니 조금 후엔 씻은 듯 하늘이 맑아졌다. 위군들은 크게 기뻐하며 다시 공명의 묘 앞에 절을 올리고 진지로 돌아갔다.

이 날 밤 종회는 장막 안에서 책상에 엎드려 잠이 들었다. 이 때 홀연일진청풍이 일어나면서 웬 사람이 나타났다. 그는 머리에 윤건을 쓰고 손에는 눈같이 흰 깃털 부채를 들었으며 학을 수놓은 도포에 검은 띠를 두르고 하얀 신을 신고 있었다. 얼굴은 관옥(冠玉)과 같았고 입술은 주사(硃砂)처럼 붉었으며, 눈썹은 뚜렷했고 눈이 맑고 밝게 빛났다. 또한 키는 8척이나되어 마치 신선이 나타난 듯했다.

그가 장막 안으로 들어오자 종회는 황망히 자리에서 일어나 맞이하며 물었다.

"공은 누구십니까?"

"오늘 일찍 나를 찾아주어 감사하오. 내가 온 것은 한 말씀 전하기 위해서요. 한조는 이미 쇠퇴하고 천명이 기울었지만 양천(兩川)의 많은 백성들이 횡횡하는 병란에 무고하게 죽는 것이 안타까울 뿐이오. 그대는 입경한후에 망령되이 무수한 생령들을 죽이지 말기 바라오."

말을 끝내더니 옷소매를 떨치며 사라졌다. 종회는 사라져가는 공명을 만류하려다가 잠에서 깨어보니 한낱 꿈이었다.

종회는 그것이 공명의 영혼임을 알고 기이하게 여기지 아니할 수 없었다. 이로부터 종회는 전군(前軍)에게 영을 내려 '보국안민(保國安民)'이라크게 쓴 흰 깃발을, 들어가는 곳마다 세우게 하고 한 사람이라도 무고한 양민을 죽이면 참형에 처하겠다고 영을 내렸다.

한중의 백성들은 이러한 소문을 듣고 종회의 군사가 이르는 곳마다 나와서 맞이했다. 종회는 가는 곳마다 일일이 백성들을 위로했고 추호도 범법하는 일이 없었다.

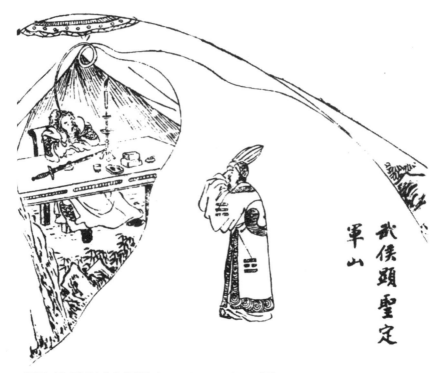

제갈공명은 정군산에서 현성하다. ≪繡像全圖三國演義≫에서

후일 사람들은 시로써 칭송하였다.

수만 음병이 정군산을 둘러싸고	數萬陰兵遶定軍
종회로 하여금 영신 앞에 절하라 했네.	致令鍾會拜靈神
살아서는 계책을 세워 유씨를 보좌했고	生能決策扶劉氏
죽어서는 유언을 내려 촉민을 보살폈네.	死尙遺言保蜀民

한편 답중에 있던 강유는 위병이 크게 쳐들어온다는 말을 듣고 요화·장익·동궐에게 격문을 보내어 접응케 하고 친히 장수와 군사를 나누어 대치했다. 위군이 들이닥쳤다는 급한 보고를 받은 강유는 직접 군사를 거느리고 나갔다.

위군을 거느린 대장은 천수 태수 왕기였다. 왕기는 말을 달려 앞으로 나오며 소리쳤다.

"우리가 거느린 100만 대군은 장수 1천여 명이 열 갈래로 나누어 진격하여 이미 성도를 손에 넣었다. 네가 빨리 항복하지 않고 우리와 맞서 싸운다는 것은 천명을 모르는 짓이다."

강유는 크게 노하여 창을 들고 말을 몰아 왕기에게 덤볐다. 불과 3합도 겨루지 못하고 왕기는 크게 패하여 도망쳤다. 강유가 군사를 거느리고 20여 리를 추격해갔을 때, 갑자기 징 소리가 크게 울리더니 일지군마가 진에서 나오는데 가운데에 '농서 태수 견홍'이라고 커다랗게 쓴 깃발이 보였다.

강유는 껄껄껄 웃으며 소리쳤다.

"이 쥐새끼 같은 놈아, 네놈이 내 적수가 될 성싶으냐?"

강유는 곧바로 군사를 독촉하여 추격했다. 이렇게 10리를 추격하다가 이번에는 등애가 거느린 군사와 맞부딪치게 되었다. 양쪽 군사 사이에 일대 혼전이 벌어졌다.

강유는 정신을 바짝 차려 등애와 10여 합을 겨뤘으나 승부가 나지 아니하여 고심하고 있을 때 뒤에서 바라 소리가 크게 울려왔다. 사태가 심각함을 깨닫고 급히 군사를 물리려 할 때 후군이 달려와 보고했다.

"감송의 진지에 금성 태수 양흔이 나타나 성을 모두 불질러 버렸습니다."

크게 놀란 강유는 곧 부장들을 불러 자기가 있는 것처럼 대장기를 앞세워 위장하고 등애의 군사를 막으라 명하고 친히 후군을 거느리고 야밤에 감송으로 향했다.

생각지도 않았던 강유가 나타나자 기겁을 한 양흔은 제대로 싸워보지도 못하고 산으로 도주했다. 강유가 뒤를 추격하다가 산 밑 커다란 바위 아래에 도착했을 때 난데없이 바위 위에서 돌덩이와 나무토막이 소나기처럼 쏟아져 도저히 더 이상 뒤를 추격할 수 없었다.

할 수 없이 군사를 물려 돌아가려는데 도중에 촉병을 치고 의기양양하게 회군하던 등애의 대병들에 의해 강유는 그만 포위되고 말았다. 겨우 포위망을 뚫은 강유는 패잔병을 이끌고 본진으로 돌아가 구원병이 오기만을 기다리고 있었다.

양평관을 빼앗긴 강유

이 때였다. 전령이 급히 말을 달려오더니 가쁜 숨을 몰아 쉬며 말했다.

"종회가 양평관을 공격하는 바람에 성을 지키고 있던 장서는 투항해버리고 부첨은 전사했으며 한중은 완전히 위의 손아귀에 들어갔습니다. 또한 낙성을 지키던 왕함과 한성을 지키던 장빈도 한중을 빼앗겼다는 말을 듣고 성문을 열어 투항했다 합니다. 호제는 더 이상 적을 막을 수 없자 성도로 구원병을 요청하러 갔습니다."

강유는 깜짝 놀라 곧 진지를 거두라는 영을 내리고 군사를 이끌어 밤새도록 달려 강천(疆川) 어귀에 이르렀다. 이 때 앞에서 일단의 군마가 뿌연 먼지를 일으키며 달려나왔다. 바로 금성 태수 양흔이 거느린 위군이었다.

크게 노한 강유는 말을 몰아 뛰어나갔다. 양흔은 손을 쓸 엄두도 못 내고 패주하기에 바빴다. 강유는 화살을 뽑아 세 대나 쏘았으나 한 대도 맞지 않았다. 화가 치민 강유는 활을 꺾어버리고 창을 비껴 들고 말을 달려 뒤를 추격하던 중 말이 넘어지는 바람에 땅바닥에 나동그라졌다.

이를 본 양흔이 강유를 죽이려고 달려왔다. 강유는 재빨리 몸을 일으켜 달려오는 양흔의 말 머리에 깊숙이 창을 꽂았다. 양흔이 굴러떨어지는 순간 배후에서 위군들이 나타나 순식간에 양흔을 구하여 달아났다.

강유가 다시 말에 올라 뒤를 추격하려 할 때 뒤에서 등애가 군사를 거느리고 쫓아온다는 보고가 들어왔다. 강유는 전군과 후군이 서로 연락을 취할 수 없게 되자 맞서 싸워서는 안 되겠다는 생각이 들어 급히 군사를 거두어 한중을 탈환하고자 했다.

이 때 또 다른 보고가 들어왔다.

"옹주 자사 제갈서가 이미 퇴로를 끊었습니다."

강유는 할 수 없이 산 아래에 진을 쳤다. 위군은 음평 다리 어귀에 진을 치고 있었다.

꼼짝도 할 수 없게 된 강유의 입에서는 저절로 한숨이 나왔다.

"하늘이 나를 버리시는구나!"

옆에 있던 부장 영수(寧隨)가 아뢰었다.

"위군들이 음평 다리를 막고 있는 것으로 보아 옹주에는 군사가 거의 없을 것 같습니다. 장군께서 만일 공함곡(孔函谷)을 가로질러 곧바로 옹주를 취하러 나가신다면 제갈서는 분명히 음평의 군사를 철수시켜 옹주를 구하러 나갈 것입니다. 이 때 장군께서 군사를 거느리고 검각으로 달려가서 그곳을 지키신다면 한중을 다시 탈환할 수 있을 것입니다."

강유는 영수의 말에 따라 즉시 군사를 거느리고 옹주를 공격하는 체하며 공함곡으로 향했다.

이런 사실은 첩자에 의해 곧바로 제갈서에게 보고되었다. 제갈서는 깜짝 놀랐다.

"옹주는 우리가 군사를 거느리고 서로 만나기로 한 곳이다. 만일 그 곳을 빼앗기면 조정에서 반드시 문책하려 들 것이다."

제갈서는 급히 대병을 철수시켜 옹주를 구하기 위해 남쪽으로 향하고 일대의 군마만 남겨 다리를 지키게 했다.

강유는 북쪽 길로 접어들어 30여 리를 진격해나가다가 위군들이 철수하는 낌새를 눈치 채고 전대와 후대의 위치를 바꿔 다리 근처에 당도하여 보니, 과연 위의 대병은 이미 빠져나간 지 오래였고 소수의 군사들만 남아서 지키고 있을 뿐이었다. 강유는 일단의 군마를 거느리고 일시에 들이닥쳐 위군의 진지에 불을 질렀다.

위군을 거느리고 나가던 제갈서는 다리가 있는 곳에서 연기와 불길이 치솟고 있다는 보고를 받고 다시 군사를 돌이켰으나 강유의 군사가 떠난 지이미 반나절이 지났으므로 더 이상 추격하지 않았다.

한편 강유가 다리를 무사히 건너 군사를 이끌고 나아가고 있을 때 앞에서 말발굽 소리가 들리더니 뿌연 먼지를 일으키며 일단의 군마가 몰려오고 있었다. 다름 아닌 좌장군 장익과 우장군 요화였다.

강유가 두 장군에게 웬일이냐고 묻자 먼저 장익이 숨을 헐떡이며 아뢰었다.

"내시 황호놈이 무당 노파의 말만 믿고 군사를 보내려 하지 않습니다. 제가 한중이 위기에 처했다는 소문을 듣고 군사를 일으켜 달려오다가 보니 양평관은 이미 종회의 손에 넘어간 후였습니다. 그 때 다시 장군께서 곤경에 처하셨다는 말을 듣고 이렇게 접응하려고 달려왔습니다."

강유는 곧 군사를 합병시켰다.

이번에는 요화가 아뢰었다.

"지금 우리는 사면에 적을 대하고 있어 후방과의 보급로가 막혔으니 검각으로 군사를 물려 그 곳을 지키면서 다시 대책을 세우는 것이 좋겠습니다."

강유가 결정을 내리지 못하고 머뭇거리고 있을 때, 종회와 등애가 열 갈래로 군사를 나누어 쳐들어온다는 보고가 들어왔다. 강유는 장익과 요화에게 군사를 나누어주며 적을 맞아 싸우도록 했다. 요화가 다시 아뢰었다.

"이 곳 백수(白水)는 길이 좁고 여러 갈래여서 적을 맞아 싸울 만한 곳이 아닙니다. 일단 물러가서 검각을 지키는 것이 상책입니다. 만일 검각마저 빼앗긴다면 후방과의 연결은 완전히 끊어지게 됩니다."

강유는 요화의 말에 따라 군사를 거느리고 검각으로 향했다. 강유의 군사가 검각 앞에 이르자 갑자기 북 소리와 뿔피리 소리가 천지를 진동하더니 함성이 크게 울리며 관문 위에 일제히 위의 깃발이 세워졌다. 일단의 군마가 관문을 지키고 있는 것이 분명했다.

한중은 이미 위군의 말발굽에 짓밟힌 지 오래고 검각에서마저 이상한 바람이 이니, 검각을 점령하고 있는 군사는 과연 촉군인가, 아니면 위군인가?

117. 마천령을 넘은 등애

등 사 재 투 도 음 평   제 갈 첨 전 사 면 죽
鄧士載偸渡陰平   諸葛瞻戰死綿竹

등애는 마천령을 넘어 음평을 취하여 성도를
눈앞에 두고, 제갈 부자는 면죽에서 장렬하
게 죽어간다.

종회와 등애의 암투

검각을 지키고 있던 군사는 다름 아닌 보국대장군 동궐이었다. 동궐은
100만 위병들이 열 갈래로 나뉘어 쳐들어온다는 소문을 듣고 휘하의 2만 군
사를 거느려 검각을 지키고 있었다.

그 날 성에서 앞을 내다보던 동궐은 먼지가 크게 이는 것을 보고 혹시
위군이 몰려오는 것이 아닌가 하여 성문을 굳게 닫고 지키고 있었던 것이
다.

동궐은 급히 군사를 지휘하여 관문을 지키라 하고 진 앞에 나가 살펴보
니 위군이 아니라 강유·요화·장익이었다. 동궐은 크게 반기며 일행을 검
각 위로 모시고 예를 올리더니, 후주께서는 내시 황호의 손에 놀아나고 있
다고 통곡하면서 아뢰었다.

강유는 동궐을 위로했다.

"공은 너무 염려하지 말라. 내가 있는 한 절대 촉을 넘보지 못하게 하겠

다. 우선 이 곳 검각을 지키며 서서히 적을 물리칠 방도를 생각해보자."

동궐이 또 말했다.

"비록 이 곳은 지킬 수 있다고 하지만 성도에는 지킬 만한 인물이 없습니다. 만일 성도가 적의 기습을 당한다면 크게 무너질 것입니다."

"성도는 산이 가파르고 지형이 험하여 쉽게 공격하기 힘든 곳이다. 너무 염려하지 말라."

이 때였다. 제갈서가 군사를 거느리고 쳐들어온다는 보고가 있었다.

강유는 크게 노하여 급히 군사 5천을 거느리고 위군의 진지로 뛰어들었다. 좌충우돌하며 밀려드는 촉병에게 제갈서는 크게 패하여 10여 리 밖까지 물러가 진지를 세웠다. 이 때 죽은 위군은 헤아릴 수 없이 많았고 촉군은 창이며 칼·병마 등 각종 무기들을 전리품으로 거두어 검각으로 돌아왔다.

이 때 종회는 검각에서 25리 떨어진 곳에 진을 치고 있었는데, 후퇴해온 제갈서는 종회 앞에 꿇어 엎드려 강유를 치려다가 패한 것을 사죄했다.

종회가 노하여 소리쳤다.

"내가 그대에게 음평 다리 근처를 지켜 강유의 퇴로를 끊으라 했는데 그 일을 망치고, 다시 내 명도 없이 제멋대로 군사를 거느려 나가더니 또 패했단 말이냐?"

제갈서는 머리를 조아리며 아뢰었다.

"저는 강유의 속임수에 넘어갔습니다. 강유가 옹주를 취하려는 것 같아 옹주가 함락되면 큰일이라 생각하여 군사를 거느리고 달려갔습니다. 그러자 강유가 도망가는 것으로 알고 뒤를 추격했는데 관문 아래에 이르러서 뜻밖에도 패하고 말았습니다."

종회는 노기충천하여 당장 참형에 처하라고 좌우에 명했다.

감군 위관이 아뢰었다.

"제갈서가 비록 죄는 지었지만 정서장군 등애의 휘하 사람이니 장군께서는 그를 죽이지 않으시는 것이 좋겠습니다. 혹시 등애 장군과 불화가 있을까 두렵습니다."

종회는 단호하게 말했다.

"나는 천자의 밝으신 조서와 진공 사마소의 명을 받들어 촉을 정벌하려고 특별히 나선 사람이다. 비록 등애라 할지라도 죄를 지었다면 마땅히 참형을 받아야 한다."

주위의 여러 장수들이 강력히 만류했다. 장수들의 만류가 거세자 종회는 할 수 없이 죄인을 싣는 수레에 제갈서를 태워 낙양으로 보내어 사마소의 처분에 맡기고, 제갈서가 거느렸던 군사들은 자기의 휘하에 머물게 했다.

이러한 사실들이 모두 등애에게 보고되자 등애는 역정을 내며 말했다.

"나는 자기와 같은 관품(官品)인 데다 더욱이 오랫동안 변방을 지키며 나라에 많은 공을 세웠거늘 어찌 그놈이 감히 안하무인격으로 행동한다는 말이냐!"

옆에서 아들 등충이 아뢰었다.

"작은 일을 참지 못하면 큰일을 꾀하기 어렵다는 말이 있습니다. 아버님께서 만일 그와 반목하신다면 나라의 큰일을 반드시 그르치게 됩니다. 부디참으십시오."

아들의 말을 귀담아 듣던 등애는 아무리 생각해도 도저히 끓어오르는 울분을 참을 길이 없어 10여 기의 기병을 거느리고 종회에게 달려갔다.

등애가 왔다는 보고를 받은 종회는 좌우를 둘러보며 물었다.

"등애가 군사를 많이 거느리고 왔더냐?"

"10여 명의 기병만 거느리고 왔습니다."

종회는 곧 장막의 아래위에 수백 명의 무사들을 배열시키라는 영을 내리고 등애를 맞아들였다. 말에서 내린 등애가 장막 안으로 들어 예를 올리며살펴보니 무사들이 열을 지어 서 있었다. 내심 겁이 난 등애는 화제를 돌렸다.

"장군께서 한중을 빼앗았으니 조정의 큰 다행입니다. 빨리 계책을 세워검각을 취하십시오."

종회도 시치미를 떼고 물었다.

"장군의 의견은 어떻소?"

등애는 무능한 자기가 무엇을 알겠느냐고 대답을 회피했다. 그러자 종회가 고집스럽게 물었다.

등애는 할 수 없이 입을 열었다.

종회와 등애는 진공에 관해 논하다. 《新鋟全像通俗演義》 三國志傳卷之二十

　"저의 어리석은 생각입니다만 일단의 군사를 거느리고 음평 소로를 빠져나가 한중의 덕양정(德陽亭)을 지나 기병을 거느리고 가서 곧바로 성도를 취한다면 분명 강유는 군사를 철수시켜 성도를 구하러 갈 것입니다. 그 때 비어 있는 검각을 취한다면 크게 승리할 수 있을 것입니다."

　종회는 크게 기뻐하며 말했다.

　"장군께서는 아주 묘한 계책을 생각했소. 즉시 군마를 거느리고 나가시오. 나는 이 곳에서 승전보를 기다리겠소."

　두 사람은 술을 마신 후에 석별의 정을 나누었다.

　종회는 본진으로 돌아가 여러 장수들을 불러모아 말했다.

　"사람들이 등애를 유능한 장수라 하더니 오늘 보니 한낱 재주꾼에 불과하구나!"

　여러 장수들이 까닭을 묻자 종회가 설명했다.

　"음평은 길이 좁고 산은 높아 험하기 이를 데 없다. 만일 촉병이 100여 명쯤만 달려와 험한 곳을 지키다가 뒤를 끊는다면 등애가 거느린 군사는 몰사하고 말 것이다. 나는 큰길로 나가겠다. 그러면 반드시 촉을 격파할 수 있을 것이다."

　종회는 곧 사닥다리와 포가(砲架)를 설치하고 검각을 칠 작전을 세웠다.

이 때 등애는 원문을 나와 말에 오르면서 따라온 일행을 돌아보며 물었다.

"종회가 나를 대하는 태도가 어떻더냐?"

"낯빛을 살펴보니 장군의 말은 건성으로 듣고 입으로만 그런 체하는 것 같았습니다."

등애는 웃으며 말했다.

"종회는 내가 성도를 취하지 못하리라고 생각하겠지만 내 기어이 성도를 빼앗고 말겠다!"

본진에 당도하자 사찬과 등충 등이 달려와 맞이하며 물었다.

"오늘 종회 장군과 무슨 의논을 하셨습니까?"

등애가 말했다.

"나는 진심으로 말했는데 그는 나를 보잘것없는 사람으로 대했다. 자신이 한중을 취한 것을 큰 공이나 세운 것처럼 내세우는데, 만일 내가 답중에서 강유의 발을 묶어놓지 아니했더라면 어찌 성공할 수 있었겠느냐! 이번에 내가 성도를 취한다면 그가 한중을 빼앗은 공보다 훨씬 나을 것이다."

이 날 밤, 등애는 진지를 모두 거두고 음평 소로를 통해 진병하여 검각에서 700리나 떨어진 곳에 진지를 세웠다.

누군가 종회에게 수군거렸다.

"등애가 성도를 취하러 나갔다고 합니다."

종회는 등애를 어리석은 놈이라고 생각하고 빙그레 웃었다.

제갈 무후의 예언비

한편 등애는 은밀히 사람을 사마소에게 보내어 밀서를 전하고 여러 장수들을 장막 아래로 불러모아 물었다.

"나는 성도가 비어 있는 틈을 타서 너희들과 함께 청사에 길이 남을 공을 세우려 한다. 너희들은 나를 따르겠느냐?"

여러 장수들은 입을 모아 대답했다.

"설혹 만 번 죽는 한이 있더라도 장군을 따르겠습니다!"

등애는 아들 등충에게, 정예 군사 5천에게 갑옷을 입히지 말고 각기 도끼나 괭이 등을 준비시켜 험준한 곳을 만나면 산을 뚫어 길을 만들고 다리를 세워 행군에 지장이 없도록 하라고 영을 내렸다.

등애는 또 날랜 군사 3만 명을 뽑아 군량미와 밧줄을 준비하게 하여 거느리고 나갔다.

100여 리를 나가다가 그 중에서 다시 3천 군사를 뽑아 진지를 세워 주둔시키고, 또다시 100여 리를 나가다가 3천 명을 뽑아 진지를 세우고 둔병하라 했다.

10월에 음평을 떠난 등애는 이런 식으로 군사를 둔병시키며 20여 일만에 700여 리를 행군해나갔다. 가는 곳마다 모두가 무인지경이었다.

이렇게 길가에 진지를 구축하여 둔병시키고 남은 군사는 2천 명이었다. 등애는 이들을 거느리고 나가다가 마천령(摩天嶺)이라는 험준한 고개에 이르게 되었다. 이 곳은 하늘을 찌를 듯이 높고 경사가 가파라서 도저히 말을 타고 넘어갈 수가 없었다.

기다시피 걸어서 고갯마루에 도착해 바라보니 등충이 군사를 거느리고 길을 내고 있었는데 군사들이 모두 울고 있었다. 등애가 군사들이 우는 이유를 묻자 등충이 대답했다.

"이 고개 서쪽은 가파른 낭떠러지여서 아무리 정과 괭이와 도끼로 뚫으려 해도 길을 낼 수 없어 헛수고가 될 뿐이라고 울고 있습니다."

"우리는 이미 여기까지 700여 리를 왔다. 이 곳만 빠져나가면 강유(江油)에 이르게 되는데 그냥 물러설 수는 없지 않느냐?"

그리고 나서 여러 군사들을 불러 말했다.

"'호랑이 굴에 들어가지 아니하면 호랑이 새끼를 잡지 못한다'는 말이 있다. 나는 너희들과 함께 이 곳까지 왔다. 만일 성공만 한다면 함께 부귀를 누릴 것이다."

모든 장수와 군사들이 입을 모아 다짐했다.

"장군의 명에 따르겠습니다."

등애는 힘이 솟았다. 자신이 먼저 시범을 보이려고 모포로 몸을 감고 천

길 낭떠러지로 굴렀다. 이를 지켜 본 장수들과 군사들도 각기 모포로 몸을 감고 굴러내렸으며 모포가 없는 군사들은 밧줄을 바위와 나무의 한쪽 끝에 얽어매고 마치 굴비처럼 밧줄로 허리를 묶어 절벽 아래로 뛰어내렸다.

이리하여 등애와 등충 그리고 2천 군사와 길을 뚫던 군사들은 모두 마천령 고개를 무사히 넘을 수 있었다.

마천령을 넘은 군사들이 땀을 씻으며 밧줄과 갑옷·투구 등을 정리하고 앞을 바라보니 웬 비석이 하나 우뚝 서 있었다. 그 비석 위에는 다음과 같은 글이 새겨져 있었다.

승상 제갈 무후 쓰다.

또 그 아래에는 다음과 같은 글이 씌어 있었다.

두 불꽃이 일어난 초기에	二火初興
누군가가 이 곳을 넘겠지.	有人越此
두 사람이 서로 다투니	二士爭衡
오래지 않아 죽으리라.	不久自死

두 불꽃이 일어난 초기란 바로 염흥(炎興) 원년이요, 누군가 이 곳을 넘었다는 말은 자기를 가리킨 말이요, 두 사람이 서로 다툰다는 말은 자기와 종회의 다툼을 말함이요, 그러다가 결국 얼마 못 가서 죽는다면 분명 자기일 것이니 등애는 간이 철렁 내려앉는 기분이었다.

등애는 허겁지겁 비석 앞에 엎드려 재배하며 중얼거렸다.

"무후께서는 참으로 신인(神人)이십니다. 제가 스승으로 섬기지 못한 것이 애석합니다."

후일 사람들은 이렇게 읊었다.

음평 험한 고개 하늘과 맞닿으니	陰平峻嶺與天齊
학도 겁이나 날지 못하고 배회하는구나.	玄鶴徘徊尚怯飛

拜艾鄧觀武侯碑

등애는 제갈량의 묘비를 보고 절을 올리다. ≪新錄全像通俗演義≫ 三國志傳卷之二十

등애가 모포로 몸을 감싸 뛰어내릴 줄   鄧艾裹氈從此下
제갈공명은 이미 알고 있었구나!   誰知諸葛有先機

강유성을 점거한 등애

등애는 이렇게 감쪽같이 음평을 벗어나 행군하다가 앞에 비어 있는 커다란 진지 하나를 발견하였다.

좌우에서 등애에게 아뢰었다.

"지난날 제갈 무후께서 살아 계실 때는 1천 군사를 뽑아 험준한 이 곳을 지키게 했으나, 그가 돌아가신 후 촉주 유선이 진지를 폐하였다고 합니다."

등애는 공명의 선견지명에 놀라 후들후들 떨며 여러 장수와 군사를 모아 놓고 말했다.

"우리는 앞으로 나갈 길은 있어도 돌아갈 길은 없다. 앞에 있는 강유성에는 곡식이 풍족하다. 우리들은 앞으로 나아가면 살 수 있지만 후퇴하면 죽는다. 모두 힘을 합하여 공격하는 길밖에 없다."

이에 군사들이 입을 모아 소리쳤다.

"죽는 한이 있더라도 싸우겠습니다."

등애는 기뻐하며 계속 행군을 명했다. 이리하여 등애는 2천여 군사를 거느리고 밤낮을 가리지 않고 빠른 걸음으로 강유성에 도착했다.

이 때 강유성을 지키고 있던 마막(馬邈)은 동천이 함락되었다는 소문을 듣고 만반의 준비를 갖추어 큰길을 지키며, 강유가 전군을 거느려 검각을 지키고 있었기 때문에 마음을 푹 놓고 있었다.

이 날 군사들의 훈련을 마친 마막은 집으로 돌아가 화로를 옆에 두고 아내 이씨(李氏)와 더불어 술을 마시고 있었다.

아내가 마막에게 물었다.

"변방이 아주 시끄럽다는 소문이 자자하던데 장군께서는 어찌하여 이처럼 무사태평이십니까?"

마막이 이에 대답했다.

"모든 대사를 강백약이 쥐고 있는데 내가 간섭하고 나설 일이 뭐가 있겠소?"

"비록 그렇다고는 하지만 장군께서 이 곳 성지를 지키는 일도 중하다 아니할 수 없습니다."

"천자께서는 내시 황호의 말만 믿고 술과 여자에 빠져 있다고 하니 일이 벌어질 날도 머지않았소. 위군이 들이닥치면 항복하면 그만인데 걱정할 게 뭣이 있소?"

마막의 처는 크게 노하여 마막의 얼굴에 침을 뱉으며 소리쳤다.

"당신은 대장부로 불충불의한 생각을 먼저 품으면서 나라의 녹을 먹으니 내가 무슨 낯으로 당신을 대하겠소!"

마막은 부끄러워 말대답을 못했다. 이 때였다. 가족의 한 사람이 숨을 헐떡이며 달려와 아뢰었다.

"위장 등애가 어디로 왔는지 모르지만 2천여 군사를 거느리고 성 안으로 쳐들어왔습니다."

마막은 크게 놀라며 등애가 쳐들어와서 앉아 있는 공당(公堂) 앞으로 나가 엎드려 절하고서 눈물을 흘리며 아뢰었다.

"저는 오래 전부터 항복할 것을 생각하고 있었습니다. 이젠 성 안의 백성과 본부 군사 모두를 설득하여 장군께 항복하겠습니다."

등애는 항복을 받아들이고 곧 강유성의 군마를 휘하에 예속시킨 후 마막을 향도관에 기용했다.

이 때 마막의 부인이 목매어 자살했다는 보고가 들어왔다. 등애가 까닭을 물으니 마막은 조금 전에 있었던 일을 등애에게 설명했다. 등애는 어진 이씨 부인의 이야기를 듣고 크게 감동하여 후하게 장례를 치르라 영을 내리고 제사에도 친히 참례했다. 이 소문을 들은 위국 사람들은 모두 감탄했다.

후에 이씨 부인의 죽음을 이렇게 애도했다.

후주가 혼미하여 한조가 넘어지니   後主昏迷漢作顚
하늘이 등애를 보내 서천을 취했네.   天差鄧艾取西川
가련하구나, 파촉에 명장이 많다지만   可憐巴蜀多名將
강유성 이씨의 어짊에도 못 미치도다!   不及江油李氏賢

강유성을 취한 등애는 곧 음평 소로를 손에 넣은 후 군사를 거느리고 곧바로 부성(涪城)을 취하려 했다.

부장 전속(田續)이 고했다.

"우리 군사들은 험준한 고개를 넘어오느라 몹시 지쳐 있습니다. 며칠 동안 쉬었다가 진병하는 것이 좋겠습니다."

등애는 크게 노하여 소리쳤다.

"작전이란 언제나 신속히 해야 하는 것이거늘 네놈은 왜 공연히 나서서 군심을 어지럽히려 하느냐!"

당장 전속을 끌어내어 목베어 죽이라고 호통쳤다. 그러나 여러 장수들이 등애에게 애걸하여 전속은 죽음을 면했다.

등애는 군사를 이끌고 부성에 도착했다. 성 안의 군사와 백성들은 도저히 올 수 없는 이 곳에 온 등애의 군사를 하늘에서 내려온 군사가 아닌가 하여 겁을 먹고 모두 나와 항복했다.

촉의 첩자가 날듯이 달려가 이 사실을 성도에 알렸다. 예기치도 아니한 보고를 받은 후주는 크게 당황하여 내시 황호를 불러 어찌된 일이냐고 물었다.

황호가 아뢰었다.

"그것은 헛소문일 것입니다. 하늘은 결코 폐하를 버리지 아니할 것입니다."

다급한 후주는 무당 노파를 불러오라고 영을 내렸으나 무당은 어디로 도망쳤는지 알 길이 없었다. 이 때 원근에서 위급함을 알리는 표문이 눈발 날리듯 했으며 들락거리는 사자의 발길이 끊일 날이 없었다. 후주가 조회를 열어 대책을 협의했으나 문무백관들은 서로 얼굴만 바라볼 뿐 어느 누구 하나 의견을 말하는 사람이 없었다.

위군을 대파한 제갈첨

이 때 극정이 반열에서 나와 아뢰었다.

"사태가 급하게 되었으니 폐하께서는 제갈 무후의 아들을 불러 적을 물리칠 계책을 물어보는 것이 좋겠습니다."

제갈 무후의 아들은 제갈첨(諸葛瞻)으로 자를 사원(思遠)이라 했다. 그의 모친은 황씨로 곧 황승언(黃承彦)의 딸이었다. 그녀는 얼굴은 박색이었으나 재주가 뛰어나 위로는 천문에 능통했고 아래로는 지리에 밝았다. 그리하여 육도삼략은 물론 둔갑술에도 능통하여 모르는 것이 없었다.

공명이 남양에 있을 때 어질고 슬기롭다는 소문을 듣고 아내로 맞이했다. 그리하여 공명은 학문에 많은 내조를 받았다.

그 후 공명이 죽고 얼마 아니 가서 임종에 이르자 황씨는 아들 첨을 불러 충과 효를 본으로 삼아 살라는 유언을 남겼다.

제갈첨은 어려서부터 총명했으므로 후주는 그를 부마도위(駙馬都尉)의 벼슬을 내렸다. 그 후 부친의 작위를 이어받아 무향후(武鄕侯)가 되었고 경요 4년(서기 261년)에는 행군 호위장군(行軍護衛將軍)의 벼슬에 올랐다. 그러나 그 때 내시 황호가 권력을 마구 휘두르기 시작했으므로 병을 핑계삼아 벼슬길에 나가지 아니했다.

극정의 말을 들은 후주가 세 번씩이나 간곡한 조서를 내리자 제갈첨은 마지못해 이에 응했다.

제갈첨이 조정에 나가자 후주는 눈물을 흘리며 하소연했다.

"위장 등애에게 이미 부성을 빼앗겨 성도가 위태롭게 되었소. 경은 선고의 체면을 생각해서 짐을 구해주도록 하오!"

제갈첨도 역시 울면서 아뢰었다.

"저희 부자가 선제의 두터운 은혜와 폐하의 특별한 대우를 받았던 것을 생각하면 비록 간과 뇌를 꺼내어 땅에 내던지는 아픔을 겪는다 해도 갚을 길이 없습니다. 폐하께서 성도의 모든 군사를 거두어 저에게 맡기신다면 신은 그들을 거느리고 죽음을 무릅쓰고 싸우겠습니다."

후주는 즉시 성도의 7만 군사를 거두어 제갈첨에게 내주었다. 군마를 정돈한 제갈첨은 여러 장수를 불러 물었다.

"누가 선봉에 서겠느냐?"

제갈첨의 말이 채 끝나기도 전에 새파랗게 젊은 장수 하나가 나와서 아뢰었다.

"아버님께서 이미 대권을 장악하셨으니 제가 선봉에 서겠습니다."

모두 바라보니 제갈첨의 큰아들 제갈상(諸葛尙)이었다. 그는 겨우 19세였지만 병서를 두루 읽고 뛰어난 무예를 지니고 있었다.

제갈첨은 크게 기뻐하며 아들 제갈상을 선봉에 세우고 성도를 떠나 위군을 막으러 나갔다.

한편 강유성을 지키고 있던 촉장 마막은 등애에게 지도를 하나 바쳤다. 그 지도에는 부성에서 성도에 이르는 160리 사이에 있는 산·강·도로는 물론, 길이 험한 관애까지 낱낱이 표시되어 있어 한눈에 훤히 지형을 살펴볼 수 있는 작전 지도였다.

한참 동안 지도를 들여다보고 있던 등애가 놀라며 말했다.

"우리가 부성을 지키고 있을 때 촉군이 앞산을 점거한다면 큰 낭패가 아니겠느냐? 여기서 꾸물대고 있다가 강유가 군사를 거느리고 도착한다면 우리는 위기에 처하게 된다."

등애는 사찬과 아들 등충을 불러 분부했다.

圖地都成觀艾鄧

등애는 성도의 지도를 보다. ≪新鑱全像通俗演義≫ 三國志傳卷之二十

"너희들은 일단의 군마를 거느리고 밤을 도와 면죽으로 가서 촉군을 막아라. 나는 곧 뒤따라가겠다. 만일 태만하여 적이 요새지를 먼저 점령하면 너희들의 목을 베겠다!" 사찬과 등충은 면죽에 당도하여 촉병과 맞섰다. 양쪽 군사는 서로 바라보고 진을 쳤다.

사찬과 등충이 말을 달려 문기 아래에 나와 촉병을 바라보니 촉군은 8진법에 의해 진을 치고 있었다.

북 소리가 둥둥둥 세 번 크게 울리더니 문기가 양 옆으로 갈라지면서 수십 명의 장수가 사륜거를 끌고 나오고 있었다. 수레 위에는 웬 사람이 단정히 앉아 있었는데 머리에는 윤건을 쓰고 손에는 하얀 깃털 부채를 들었으며 학창의를 입고 있었다. 수레 앞에는 누런 깃발이 나부끼고 있었는데 거기에는 '한 승상 제갈 무후(漢丞相諸葛武侯)'라고 씌어 있었다.

이를 본 사찬과 등충은 깜짝 놀라 땀을 비오듯 흘리면서 군사들을 돌아보고 말했다.

"공명이 아직도 살아 있구나!"

사찬과 등충이 급히 군사를 물리려 하자 촉군이 고함을 치며 마구 몰아쳐 들어갔다. 이에 위병은 크게 패하여 도주했다. 촉병은 도주하는 위군을

물리치려고 20리를 추격하다가 구원병을 거느리고 나오던 등애와 마주쳤
다.

촉군과 위군은 각기 군사를 철수시켰다.

등애는 장막에 앉아 사찬과 등충을 불러 꾸짖었다.

"너희 두 사람이 싸우지 않고 물러난 까닭이 무엇이냐?"

등충이 대답했다.

"제갈공명이 군사를 거느리고 오기에 서둘러 도망쳐 나왔습니다."

등애는 노기충천하여 소리쳤다.

"공명이 다시 살아났다고 해서 내가 두려워할 줄 알았느냐? 네놈들이 경
망하게 퇴군하여 패하게 되었으니 당장 군법에 의해 목을 베어 죽이겠다."

주위에서 여러 장수들이 간곡히 만류하자 등애는 겨우 노기를 풀고 사람
을 보내어 제갈공명의 모습으로 나타난 장수가 누구인지 알아보도록 했다.
전령이 돌아와서, 촉군을 거느린 대장은 제갈공명의 아들 제갈첨이고 선봉
장은 제갈첨의 아들 제갈상이라는 사실과 수레 위에 앉아 있던 사람은 나무
로 조각한 공명의 유상이라고 보고했다.

등애는 다시 사찬과 등충을 불러 말했다.

"성패 여부는 이번 싸움에 달렸다. 너희 둘이 다시 나가서 이번에도 이
기지 못하고 돌아온다면 반드시 참형에 처하리라."

명을 받은 사찬과 등충은 다시 1만의 군사를 거느리고 싸우러 나갔다.

촉진에서는 제갈상이 창을 들고 말을 달려 뛰어나와 사찬과 등충을 물리
쳤다. 때를 놓치지 않고 제갈첨이 양 옆에서 군사를 거느리고 나가 적진에
뛰어들어 좌충우돌 닥치는 대로 수십 번에 걸쳐 위군을 무찔렀다. 위군은
크게 패했으며 죽은 자도 헤아릴 수 없이 많았다.

사찬과 등충도 크게 부상을 당하고 도주했으며 제갈첨은 20리나 뒤를 추
격하다가 진지를 세웠다.

사찬과 등충은 등애에게 돌아갔다.

제갈 부자의 죽음

등애는 두 사람이 크게 부상을 입은 것을 보고 더 이상 꾸짖지 않고 여러 장수들을 불러 상의했다.

"촉장 제갈첨은 부친 제갈량의 뜻을 이어 두 차례나 우리의 1만여 군사를 살상시켰다. 속히 격파하지 못한다면 뒤에 반드시 큰 화를 입게 될 것이다."

감군 구본(丘本)이 아뢰었다.

"글을 보내어 한번 유인해보는 것이 어떻겠습니까?"

등애는 구본의 말에 따라 편지를 써서 촉진으로 보냈다.

수문장은 등애의 글월을 받아 제갈첨에게 올렸다.

위의 정서장군 등애가 촉의 행군 호위장군 제갈사원 휘하에 이 글을 드리오. 살펴보건대 근래에 공의 부친보다 어질고 재주 있는 사람은 없는가 하오. 일찍이 초가에서 나오시어 천하를 삼분할 것을 예견하셨고 형주와 익주를 소탕하시어 패업을 이룩하셨으니 고금의 역사를 통하여 그에 비길 만한 사람이 없습니다. 그 후 여섯 번이나 기산에 출사하시어, 비록 중원을 평정하진 못했다고 하나 그것은 지력이 부족했던 것이 아니고 하늘의 운수였습니다. 지금 후주 유선은 혼약(昏弱)하여 왕기(王氣)가 이미 종말에 이른 것 같습니다.

등애는 천자의 명을 받들어 중병(重兵)으로 촉을 정벌하여 이미 많은 땅을 어우렀습니다. 성도의 위기가 조석에 달렸는데 공은 왜 하늘의 뜻에 응하지 않고 민심에 순종하지 아니하십니까? 만일 공이 돌아온다면 등애는 표문을 올려 공을 낭야왕에 삼고 조종(祖宗)을 빛나게 할 것을 확약하니 부디 살펴 현명한 판단을 내리기를 바랍니다.

등애의 글월을 읽은 제갈첨은 화를 버럭 내면서 편지를 구겨 내던지고 당장 사자를 목베어 죽이라 했다.

자기가 보낸 사자가 답서는커녕 죽어 머리만 돌아온 것을 목격한 등애는 크게 노하여 군사를 거느려 나가려고 했다.

구본이 다시 아뢰었다.

"장군께서는 함부로 나가시면 안 됩니다. 기병(奇兵)을 써야만 승리하실 수 있습니다."

등애는 이번에도 구본의 말에 따랐다. 그는 곧 천수 태수 왕기·농서 태수 견홍에게 좌우 양쪽에 매복하라는 영을 내리고 자신이 직접 군사를 거느리고 나갔다.

이 때 제갈첨은 싸움을 돋우러 나가다가 등애가 친히 군사를 이끌고 쳐들어온다는 보고를 받고 크게 노하여 즉시 군사를 거느리고 곧바로 위군의 진지로 쳐들어갔다.

등애가 패하여 도주하자 제갈첨은 뒤를 추격했다. 이 때였다. 갑자기 위군의 복병이 튀어나오는 바람에 촉군은 크게 패하여 다시 면죽으로 돌아갔다. 등애가 성을 포위하라고 영을 내리자 명을 받은 위군들은 일제히 함성을 지르면서 달려와 물샐틈없이 성을 포위했다.

성 위에서 밑을 내려다본 제갈첨은 사태가 급박함을 깨닫고 팽화(彭和)에게 편지를 써주며 포위망을 뚫고 나가 동오에 구원병을 요청하라고 영을 내렸다.

동오에 도착한 팽화는 오주 손휴께 제갈첨의 편지를 올렸다. 편지를 읽은 손휴는 곧 문무백관을 모아 상의했다.

"촉이 위기에 처했다고 하는데 우리가 어찌 구해주지 않고 가만히 앉아 있을 수 있겠느냐?"

손휴는 곧 노장군 정봉(丁奉)을 대장으로 삼고 손이(孫異)를 부장으로 삼아 군사 5만을 거느리고 촉을 구하라 했다. 정봉은 출사에 앞서 정봉(丁封)·손이에게 군사 2만을 거느리고 면중(沔中)으로 나가라 하고 자신은 나머지 군사 3만을 거느리고 수춘으로 나갔다. 이렇게 동오의 군사는 세 길로 촉병을 구하러 나갔다.

한편 제갈첨은 아직 동오의 구원병이 도착하지 아니하자 여러 장수들을 불러모아 말했다.

제갈첨은 면죽에서 전사하다. ≪繡像全圖三國演義≫에서

"그냥 지키고 있는 것만이 상책은 아니다."

그는 곧 아들 상과 상서 장준(張遵)에게 성을 지키라 하고 친히 말을 타고 3군을 거느려 3문을 크게 열고 뛰어나갔다. 등애는 촉병이 성문을 나오는 것을 보고 군사를 거두어 후퇴했다.

제갈첨이 사력을 다하여 위병을 추격하는데, 갑자기 포 소리가 크게 한번 울리더니 여기저기에서 위군이 뛰어나와 제갈첨을 완전히 포위했다. 제갈첨이 포위망을 뚫으려고 군사를 이끌고 좌충우돌하며 수백 명의 위군을 죽이자 등애는 군사들에게 활을 쏘라고 외쳤다.

화살이 비오듯 쏟아지자 촉병은 흩어질 수밖에 없었다. 이 때 제갈첨은 날아드는 화살에 맞아 말에서 떨어지면서 크게 소리쳤다.

"난 힘껏 싸웠다. 나라를 위해 싸우다 죽는 것은 당연한 일이다!"

제갈첨은 스스로 칼을 뽑아 장렬한 최후를 마쳤다.

성 위에서 아버지가 적과 싸우다 죽는 것을 본 제갈상은 노기충천하여 말을 달려나가려 했다. 장준이 말고삐를 붙잡으며 만류했다.

"젊은 장군께서 이러시면 아니 됩니다."

제갈상은 한탄하며 말했다.

"우리 부자와 조부께서는 나라의 은혜를 많이 입었다. 이제 아버님마저 적진에서 쓰러지셨으니 혼자 살아서 무엇하겠느냐!"

제갈상도 말을 달려나가 적진에 뛰어들어 싸우다가 죽었다.

후에 제갈첨과 제갈상의 죽음을 이렇게 애도했다.

충신의 지모 모자라서가 아니라	不是忠臣獨少謀
하늘의 뜻이 유씨를 망하게 했구나.	蒼天有意絶炎劉
당년에 제갈공명 훌륭한 아들을 두시어	當年諸葛留嘉胤
충절과 의리로 당신의 뒤를 잇게 했네.	節義眞堪繼武侯

등애는 제갈첨 부자의 충절을 가상히 여겨 그들의 장례를 함께 치르고 여세를 몰아 면죽성을 공격했다.

촉장 장준·황숭(黃崇)·이구(李球) 세 장수는 각기 군사를 거느리고 성문 밖으로 나와 싸웠다. 그러나 중과부적으로 세 장수도 역시 전사하고 말았다.

면죽성을 점령한 등애는 군사들의 노고를 치하하고 곧바로 군사를 이끌어 성도를 공략하러 나섰다.

결국 후주는 피할 수 없는 위기에 처하게 되었으니, 이는 지난날 유장이 당했던 처지와 다를 바 없었다. 과연 누가 성도를 지켜 사직을 보전할 수 있을 것인지…….

118. 등애에게 항복한 촉 황제

곡 조 묘 일 왕 사 효   입 서 천 이 사 쟁 공
哭祖廟一王死孝   入西川二士爭功

유선이 위에 항복하자 북지왕 유심은 충효를
지켜 소열묘 앞에서 통곡하며 자결하고, 서
천을 취한 종회와 등애는 서로 공을 다툰다.

등애에게 항복하는 유선

성도에 있던 후주는 이미 등애가 면죽성을 손에 넣고 제갈첨 부자가 전
사했다는 보고를 듣고 깜짝 놀라 급히 문무백관을 소집했다.

근신들이 후주에게 아뢰었다.

"성 밖의 백성들이 노인을 부축하고 아이들을 업은 채 통곡하면서 피란
가고 있사옵니다."

후주는 놀라움과 두려움에 어찌할 바를 몰랐다. 이 때 위군이 성 밑까지
이르렀다는 급박한 보고가 들어왔다. 조정 안이 술렁이더니 여러 관리들이
후주께 건의했다.

"군사도 적은 데다가 거느릴 만한 장수도 없으니 적을 맞아 싸우기 어렵
습니다. 빨리 이 곳을 버리고 남쪽의 7군(郡)으로 몸을 피하십시오. 그 곳
은 지형이 험준하여 적을 막기에 용이하므로 만병(蠻兵)의 힘을 빌려 다시
성도를 수복해도 늦지는 아니할 것입니다."

광록대부 초주가 아뢰었다.

"아니 될 말입니다. 남만은 오래도록 우리와 반목하였으며 평소에 그들에게 혜택을 준 일도 없었습니다. 우리가 그 곳으로 간다는 것은 몸을 피하려고 범굴에 들어가는 것과 같습니다."

문무백관들이 다시 아뢰었다.

"우리 촉과 동오는 이미 동맹을 맺었습니다. 지금 사태가 급박하게 되었으니 동오로 가는 것이 좋겠습니다."

초주가 다시 아뢰었다.

"옛날부터 남의 나라에 몸을 의탁한 천자는 없었습니다. 신의 생각으로는 위국은 동오를 병합할 수 있으나 동오는 위를 어우를 수 없을 것이라고 믿습니다. 그러나 지금 동오의 신하가 되는 것은 욕을 당하는 일이며 만일 동오가 위나라에 무너진다면 다시 위나라의 신하가 되어야 하는 이중 곤욕을 당하십니다. 동오에 항복하느니 차라리 위에 항복하는 것이 낫습니다. 위국에 항복하시면 반드시 땅을 주어 폐하를 봉할 것이니 위로는 종묘를 지킬 수 있고, 아래로는 백성들을 편안히 보살필 수 있을 것입니다. 폐하께서는 깊이 생각하십시오."

후주는 아무런 단안도 내리지 못하고 후궁으로 들어가버렸다. 다음날 다시 문무백관들이 모였으나 의견이 분분했다. 초주는 일이 급박해짐을 보고 다시 상소문을 올려 투항하자고 주장했다. 후주는 초주의 의견에 따를 수밖에 없었다.

후주가 나가서 항복하려고 할 때, 갑자기 병풍 뒤에서 누군가가 뛰어나오며 벽력같이 소리를 질러 초주를 꾸짖었다.

"이 썩어빠진 선비놈아, 왜 망령되이 사직을 그르치려 하는 게냐! 자고로 항복하는 천자가 어디 있더냐!"

후주가 바라보니 다섯째 아들 북지왕(北地王) 유심(劉諶)이었다.

후주는 슬하에 아들 일곱을 두고 있었는데 큰아들이 유선(劉璿)이요, 둘째가 유요(劉瑤), 셋째가 유종(劉琮), 넷째가 유찬(劉瓚)이요, 다섯째가 지금 북지왕으로 있는 유심이요, 여섯째가 유순(劉恂), 일곱째가 유거(劉璩)였다. 이 일곱 아들 중에서 다섯째 유심만이 어려서부터 총명하고 영민할 뿐 나머지는 모두 나약하고 착하기만 했다.

후주가 유심에게 물었다.

"지금 대신들이 모두 의견을 모아 항복하라고 하는데 너만이 젊은 혈기를 믿고 싸우자 하니 앞으로 성 안에 가득할 군사와 백성들의 피는 어찌하려 하느냐?"

유심이 아뢰었다.

"지난날 선제가 다스리고 있을 때에도 초주는 국정에 간여하지 못했습니다. 이제 망령된 의견과 어지러운 말로 대사를 논하는 것은 당치 않은 일입니다. 신은 아직도 성도에 수만 명의 군사가 있다고 생각합니다. 또한 강유는 지금도 군사를 거느리고 검각에 있습니다. 만일 위군들이 쳐들어와 궁궐을 범하려 한다는 소식을 강유가 들으면 반드시 군사를 거느리고 구원하러 올 것이니 안과 밖에서 협공한다면 성공할 수 있을 것입니다. 그런데 폐하께서는 어찌하여 썩어빠진 유생의 말만 듣고 선제께서 세우신 기업(基業)을 버리려 하십니까?"

후주는 유심을 꾸짖었다.

"너 같은 어린 놈이 어찌 천시(天時)를 안단 말이냐!"

유심은 머리를 조아리고 울면서 아뢰었다.

"힘이 다하여 불가피하게 화를 당하게 된다면 부자군신(父子君臣)이 한덩어리가 되어 성을 등지고 싸우다가 사직과 함께 죽어 선제를 뵙는 것이 도리인데 어찌 항복한단 말입니까!"

그러나 후주는 들은 체도 아니했다. 유심은 다시 목을 놓아 통곡했다.

"선제께서는 어렵게 이 나라를 세우셨습니다. 하루아침에 이를 버리려 하시니 저는 차라리 죽을지언정 이 치욕을 당하지는 않겠습니다!"

후주는 군신들에게 명하여 유심을 궁 밖으로 쫓아내라 하고 초주에게 항복 문서를 작성하라 했다. 이어서 시중 장소, 부마도위(駙馬都尉) 등량(鄧良)과 초주에게 옥새와 항복 문서를 가지고 성 밖으로 나가 항복하라 했다.

이 때 등애는 매일 수백 명의 철기군을 거느리고 성도로 나와 후주의 동정을 살폈다. 이 날 성 위에 항복을 알리는 깃발이 걸려 있는 것을 보고 등애는 크게 기뻐했다. 조금 있다가 장소 등 세 사람이 왔다는 말을 듣고 들라 했다.

세 사람은 계단 아래 엎드려 절을 올리고 항복 문서와 함께 옥새를 바쳤다. 항복 문서를 뜯어본 등애는 크게 기뻐하며 옥새를 받고 장소·초주·등량을 후하게 대접했다.

등애는 답서를 써 세 사람에게 전하면서 성도로 돌아가 백성들을 안심시키라고 당부했다. 세 사람은 절하며 등애와 작별하고 성도로 들어와 후주에게 등애의 답서를 올렸다. 그들은 등애가 아주 후대하더라는 말을 덧붙이며 자세하게 말했다.

후주는 답서를 뜯어 읽어보고 크게 기뻐하며 태복(太僕) 장현(蔣顯)을 강유에게 보내어 빨리 항복하라는 칙령을 내렸다. 또한 후주는 상서랑 이호(李虎) 편에 문부(文簿)를 등애에게 보냈다.

서촉의 가옥 수는 28만이요, 남녀 백성은 94만, 갑옷을 입은 장수가 10만 2천, 관리가 4만, 양곡이 40여만 석, 금은이 3천 근, 값진 비단이 20만 필이고 그 외에 창고에 남아 있는 물건도 헤아릴 수 없이 많았다.

그 해 12월 초하루를 택일하여 임금과 신하가 모두 나아가 항복하기로 했다.

북지왕 유심의 자결

한편 북지왕 유심은 임금과 신하가 항복했다는 말을 듣고 노기충천하여 칼을 뽑아 들고 궁 안으로 달려가려고 하자 유심의 처 최 부인이 급히 물었다.

"오늘 대왕의 안색이 좋지 않으신데 웬일이십니까?"

"위군들이 가까이 쳐들어오자 아버님께서는 이미 항복 문서를 바쳤고 내일 임금과 신하들이 항복하기로 했다니 이제 사직은 망하게 되었소. 나는 먼저 죽어 지하의 선제를 만나겠소. 더 이상 비굴하게 무릎을 꿇지는 않겠소."

최 부인은 감동하여 말했다.

유심은 소열묘에서 죽음으로 절개를 지키다. 《新錄全像通俗演義》 三國志傳卷之二十

"어진 생각이십니다. 참으로 값진 죽음이 될 것입니다! 첩이 먼저 죽을 것이니 대왕께서도 늦지 않도록 하십시오."

유심이 놀라며 물었다.

"당신은 왜 죽으려 하오?"

부인이 대답했다.

"대왕이 아버님을 위하여 죽는 것은 첩이 대왕을 따라 죽는 것과 같은 의리입니다. 대왕께서 망하게 되어 첩이 죽는데 물으실 게 뭐가 있습니까?"

말을 마친 최 부인은 기둥에 머리를 부딪혀 죽었다. 유심은 자기의 세 아들마저 죽여 세 아들과 부인의 목을 베어 들고 유현덕을 모신 소열묘(昭烈廟) 안으로 들어가 엎드려 통곡했다.

"신은 선조의 기업을 남에게 내던지는 것을 보고만 있을 수 없어서 먼저 처자를 죽이고 제 목숨도 조부님께 바치려 합니다. 조부시여, 만일 혼령이라도 계신다면 이 손자의 마음을 알아주소서."

이렇게 통곡하며 울부짖는 유심의 눈에서 피까지 섞여 나왔다. 통곡을 마친 유심은 칼을 빼어 자결하였다.

후에 이 소문을 들은 촉나라 사람들은 그의 죽음을 애도하여 통곡하지 않는 사람이 없었다.

후에 어느 시인은 유심의 죽음을 이렇게 슬퍼했다.

임금과 신하가 달게 무릎을 꿇었는데	君臣甘屈膝
오직 한 왕자만이 슬프게 가슴 아파했네.	一子獨悲傷
서천의 일은 이미 기울었는데	去矣西川事
북지왕 홀로 웅지를 보이는구나!	雄哉北地王
몸을 죽여 소열제께 바치며	殞身酬烈祖
하늘을 우러러 눈물 흘렸네.	搔首泣穹蒼
늠름한 기상 살아 있는 듯한데	凜凜人如在
어느 뉘 이를 두고 한이 망했다 하리.	誰云漢已亡

후주는 북지왕이 자결했다는 소식을 듣고 후히 장례를 치르라고 영을 내렸다. 다음날 위군들이 들이닥쳤다. 후주는 태자와 여러 왕·신하 등 60여 명과 함께 스스로 몸을 결박지어 얼굴을 가리고 관을 든 채 북문 밖 10여 리까지 나가서 위군에 항복했다.

등애는 얼른 후주를 일으켜 세우고 친히 결박을 풀어주면서 관을 불사른 후에 함께 수레를 타고 성 안으로 들어갔다.

후에 이 처참한 광경을 이렇게 한탄한 시가 있다.

수만 명의 위군이 서천으로 들어가니	魏兵數萬入川來
후주는 삶에 급급하여 자제할 때를 잃었네.	後主偸生失自裁
황호는 마침내 나라를 속일 뜻을 두었고	黃皓終存欺國意
강유는 수차에 재주 펼 생각만 했을 뿐.	姜維空負濟時才
충의의 타는 가슴 불같이 뜨거웠고	全忠義士心何烈
절개를 지킨 왕손의 뜻만 애절하구나!	守節王孫志可哀
소열의 경영은 쉽지만은 아니했는데	昭烈經營良不易
공들여 세운 나라 하루아침에 재 되었네.	一朝功業頓成灰

성도의 백성들은 향과 꽃을 들고 나와서 등애와 위군을 맞이했다. 등애

는 후주에게 절하고 표기장군으로 세웠으며 기타 문무백관들에게도 종전의 벼슬을 참조하여 각기 벼슬을 내린 후 후주를 궁에 들게 하고 밖으로 나와 백성들을 위로하며 창고를 열어 곡식을 나눠주었다.

또한 등애는 태상 장준과 익주 별가 장소에게 영을 내려 각 고을의 백성을 위로하라 했다. 뿐만 아니라 강유에게 사람을 보내어 항복할 것을 권유하는 한편, 낙양으로 사자를 보내어 이 사실을 알렸다.

등애는 내시 황호의 간사한 언행을 듣고 참형에 처하라 영을 내렸다. 그러나 황호는 값진 금은보화로 등애의 측근을 매수하여 목숨을 부지했다. 이리하여 한나라는 그 역사의 막이 내려졌다.

후에 사람들은 한나라가 망하자 더욱 제갈 무후를 그리며 이런 시를 남겼다.

원숭이와 새들 미리 알고 편지를 두려워하고	猿鳥猶知畏簡書
풍운도 응당 군영을 호위했네.	風雲應爲護儲胥
상장이 신필을 휘두름도 소용없어	徒勞上將揮神筆
마침내 후주는 항복을 했네.	終見降王走傳車
관중과 악의 재주 진실로 욕되지 않았고	管樂有才眞不忝
관우·장비 명령 없어도 어찌했던가?	關張無命欲何如
먼 훗날 금관성의 제갈량 사당을 지나칠 때	他年錦里經祠廟
양보음은 끝없이 한만 남기네.	梁父吟成恨有餘

거짓 투항한 강유의 이간책

한편 태복 장현은 검각으로 들어가 강유를 만나 후주의 칙령을 전하며 항복한 사실을 보고했다. 강유는 크게 놀라 할말을 잃었다. 장 아래에 서 있던 여러 장수들은 후주가 항복했다는 말을 듣고 모두 원망하며 이를 갈았고 그들의 눈에는 분노의 불길이 치솟았다. 또한 장수들은 머리를 풀어헤치고 칼로 바위를 치며 통곡했다.

"우리들은 죽음을 무릅쓰고 싸우려 하는데 폐하께서 먼저 항복하시다니 그게 될 말이냐!"

장수들의 울부짖는 소리는 10리 밖까지 들렸다.

강유는 여러 사람들이 아직도 한나라를 생각하고 있음을 알고 이들을 위로했다.

"여러분은 조금도 걱정하지 말라. 나에게 계책이 있으니 다시 한실을 일으키고 말리라!"

여러 사람들이 그 계책을 물었다. 강유는 여러 장수들을 불러모아 계책을 설명해주었다.

강유는 즉시 성루 위에 항복하는 깃발을 세우게 하고 먼저 사람을 종회에게 보내어 강유가 장수 장익·요화·동궐을 거느리고 항복하러 왔다고 아뢰라 했다.

종회는 강유를 맞이하여 장막으로 안내한 다음 물었다.

"백약께서는 어찌 그리 늦으셨습니까?"

강유는 정색하더니 눈물을 흘리며 말했다.

"나는 나라의 군사를 총독하고 있는 몸입니다. 오히려 오늘 온 것만도 빠른 것입니다."

종회는 강유가 왜 그런 말을 하는지 이해하지 못하면서도 자리에서 내려와 서로 인사를 나눈 뒤 강유를 상객으로 모셨다.

강유가 입을 열어 종회에게 말했다.

"장군께서는 회남 싸움 이래 계책이 어긋난 적이 없었습니다. 지금 사마씨가 허세를 부리게 된 것도 모두가 장군의 힘인가 생각하여 제가 이렇게 진심으로 머리를 숙이는 것입니다. 나는 죽기를 각오하고 등애와 일전을 겨뤄볼까 합니다. 내가 투항한 뜻을 알겠습니까?"

종회는 화살을 꺾어 맹세하고 강유와 의형제를 맺었다. 이리하여 정이 두터워지자 강유에게 옛 군사를 거느리게 하니 강유는 급히 장현을 성도로 보냈다.

한편 등애는 사찬을 익주 자사에 앉히고 견흥과 왕기에게도 각각 주군을 거느리게 했다. 이어서 면죽에 대를 쌓고 공을 세운 군사들을 표창했으며

촉중의 여러 관리를 모아 잔치를 베풀었다. 술이 거나하게 취하자 등애는
여러 사람을 둘러보며 말했다.

"너희들은 다행히 나를 만나 오늘이 있게 되었다. 만일 나 외의 다른 장
수를 만났다면 너희들은 벌써 죽었을 것이다."

이 말에 여러 관리들이 일제히 자리에서 일어나 허리를 굽실거리면서 아
첨했다. 이 때 갑자기 장현이 도착하여 강유는 종회에게 항복했으며 서쪽을
완전히 진압했다고 아뢰었다.

그러잖아도 종회라면 이를 갈던 등애였으므로 강유가 종회에게 항복했다
는 말을 듣고 곧 글월을 써서 낙양의 사마소에게 보냈다.

사마소는 봉함을 열고 등애의 편지를 읽었다.

신 등애는, 장수란 먼저 명성을 얻은 후라야 그 진가가 발휘된다고 생
각합니다. 지금 촉을 평정한 여세를 몰아 동오를 친다면 곧바로 크게 승
리할 수 있으리라 믿습니다. 그러나 지금은 큰 싸움을 치른 후라서 장수
와 군사들 모두가 피로해 있으니 다시 진군하기는 어렵습니다. 먼저 농
우의 군사 2만과 촉의 군사 2만에게 소금을 준비하게 하고 쇠를 달구어
병기를 만들게 하며, 배를 건조하는 등 만반의 준비를 갖춘 후에 순리에
따르는 것이 좋겠습니다. 그런 연후에 사자를 동오로 보내어 이해득실을
따져 설득시킨다면 굳이 정벌길에 나서지 아니하여도 동오를 평정할 수
있을 것입니다. 먼저 유선을 후대한 후에 동오의 손휴를 공략하는 것이
좋겠습니다. 만일 우리가 유선을 낙양으로 불러들인다면 동오 사람들은
반드시 의심을 품어 마음을 움직이고 말 것입니다. 유선을 이 곳 성도에
머물게 하고 내년 겨울쯤 낙양으로 부르십시오. 지금 유선을 부풍왕(扶風
王)으로 봉하시고 재물을 내려 보좌하는 신하를 부양케 하십시오. 또한
유선의 아들을 공경에 삼고 귀명(歸命)한 것에 대하여 은총을 내리십시
오. 그러면 동오의 백성들도 베푸시는 덕망에 놀라 바람처럼 귀순할 것
입니다.

등애의 편지를 읽은 사마소는 등애가 너무 멋대로 하는 것은 아닐까 깊

이 의심하여 편지를 써서 천자의 조서와 함께 위관(衛瓘)에게 보내고 뒤이어 벼슬을 봉하는 천자의 조서를 등애에게 내렸다.

조서는 다음과 같았다.

정서장군 등애는 혁혁한 무용으로 적의 국경 깊숙이 들어가 천자라 자칭하는 유선을 귀향시켰다. 이는 군사들이 때를 놓치지 않고 잘 싸웠기 때문에 적을 소탕하고 파촉(巴蜀)을 평정할 수 있었던 것이다. 한신(韓信)이 지난날 무명의 장수로 강대한 초(楚)나라를 격파하고 조(趙)나라를 세운 공과 겨루어도 부족할 것이 없다. 그리하여 등애를 태위에 봉하고 2만 호(戶)를 더 내려 증읍(增邑)하여 두 아들에게도 정후(亭侯)의 벼슬을 내려 각각 1천 호의 식읍(食邑)을 거느리게 하노라.

등애가 천자의 조서를 다 읽자 감군 위관이 이번에는 사마소의 편지를 전했다. 그 내용은 전번에 건의한 편지의 내용을 천자께 아뢰어 회보가 있기 전까지는 실행에 옮기지 말라는 내용이었다.

사마소의 편지를 훑어본 등애가 투덜거렸다.

"밖에 나와 있는 장수는 왕의 명을 받지 아니해도 된다고 했다. 정복자로서 표문을 올렸는데 왜 내 의견을 가로막는지 모르겠구나."

등애는 곧 답서를 써서 낙양으로 보냈다. 이 때 조정에서는 등애가 반드시 반란을 일으킬 것이라고 입을 모아 사마소에게 아첨했으므로 사마소는 더욱 등애를 의심하게 되었다. 바로 그 무렵, 사자가 등애의 답서를 가지고 왔다.

사마소는 등애의 편지를 뜯어 읽었다.

등애는 서쪽을 정벌하라는 명을 받고 이미 악(惡)을 복종시켜 임무를 마치고 곧바로 백성들을 안심시켰습니다. 만일 나라의 명을 받들어 일을 처리한다면 길이 멀어 많은 시간이 걸릴 것입니다. 《춘추(春秋)》에 이르기를 '나라 밖에 나간 장수는 사직을 안전하게 하고 나라를 위한 일이라면 전권(專權)에 의해 일을 처리해도 좋다'고 했습니다. 아직 동오를 어우르지 못했으니 촉을 이긴 이 좋은 기회를 잃어서는 안 될 것입니다. 또한 병법에도 '진격해 들어갈 때는 명예를 생각지 말고 패하여 달아날 때는 죄를 피하려 하지 말'고 했습니다. 등애는 비록 옛사람에 비길 만한 절개는 없을지 모르지만 나라에 손해를 끼치는 사람은 아니라고 생각합니다. 먼저 글월을 올려 알리니 제가 시행하는 것을 지켜보아 주시기 바랍니다.

사마소의 계책

등애의 편지를 읽은 사마소는 깜짝 놀라 급히 가충을 불러 협의했다.
"등애가 공을 내세워 교만하게 굴며 임의로 일을 처리하려는 것을 보니 반기를 들려는 기색이 역력하다. 어찌하면 좋겠느냐?"
가충이 대답했다.
"주공께서는 왜 종회로 하여금 그를 제어시키려 하지 않습니까?"
사마소는 가충의 말에 따라 종회에게 사자를 보내어 사도(司徒)로 삼고 위관에게 양로군마를 감독하게 하였다. 또한 위관에게 편지를 주어 종회와 함께 등애를 감시하여 변란을 미리 막으라 했다.
한편 종회는 사마소의 편지를 받아 읽어 내려갔다.

진서장군 종회는 가는 곳마다 맞서 싸울 만한 적이 없다. 그대는 무적의 강한 장수다. 여러 성을 어우르고 적을 물리치니 서촉의 영웅 호걸이 스스로 결박지어 투항했다. 그대의 계책에 따를 무리가 없었고 공을 폐한 적이 없었다. 그리하여 그대를 사도로 삼고, 현후(縣侯)에 진봉하여 1만 호의 식읍을 더 내리며, 두 아들을 정후(亭侯)에 봉하고 각각 1천 호의 식읍을 주노라.

사마소의 글월을 읽은 종회는 곧 강유를 청하여 물었다.
"등애는 나보다 공이 많다고 하여 태위의 직에 봉했던 것입니다. 그러나 지금 사마소는 등애가 변란을 일으킬 것이라 의심하여 위관을 감군에 앉히고 나에게 등애를 제거하라는 밀서를 내렸는데 공은 어떻게 생각하오?"

강유가 말했다.

"내가 들은 소문에 의하면 등애는 출신이 미천하여 어려서부터 농촌에서 송아지를 키우며 자랐다 합니다. 그가 음평을 무너뜨리는 행운을 잡았던 것은 나무를 타고 마천령의 깎아지른 절벽을 뛰어내렸기 때문에 큰 공을 세울 수 있었던 것입니다. 그것은 그의 지모가 뛰어나서가 아니라 나라의 홍복(洪福)을 입었을 따름입니다. 만일 장군이 검각에서 이 강유를 막지 아니했더라면 등애가 어찌 그러한 공을 거둘 수 있었겠습니까? 그가 이번에 촉주 유선을 부풍왕에 앉히고자 했던 것은 촉나라 백성들의 인심을 모아 반란을 일으키려는 것일 겁니다. 이 때문에 진공이 의심하는 것입니다."

종회는 강유의 말을 듣고 기뻐하였다. 강유가 다시 말을 이었다.

"좌우 시자를 물려주십시오. 은밀히 드릴 말씀이 있습니다."

종회가 좌우의 시자를 모두 내보내자 강유는 소매에서 지도를 하나 꺼내어 종회에게 보이며 말했다.

"지난날 제갈 무후께서 초려에서 나오실 때 이 지도를 선제 유현덕께 바치면서 '익주는 비옥한 땅이 천 리나 뻗어 있어 백성이 번성하고 나라가 부강할 수 있는 곳으로 패업(覇業)을 펼 만한 곳'이라 말씀하셨습니다. 그리하여 선제께서는 성도를 도읍으로 세우셨던 것입니다. 그런 성도를 등애가 손에 넣고 있으니 미칠 일이 아닙니까?"

종회는 크게 기뻐하며 산과 강 등의 지형을 일일이 손으로 짚으면서 물었다. 강유가 자세히 설명하자 종회가 또 물었다.

"어떻게 해야 등애를 제거할 수 있겠습니까?"

"진공이 등애를 의심하고 있는 틈을 타서 표문을 올려 등애가 변란을 일으킬 것이라 말하십시오. 그러면 진공은 반드시 장군께 토벌하라고 하실 것이니, 그 때 등애를 사로잡으면 될 것입니다."

종회는 강유의 말에 따라 즉시 사람을 낙양으로 보내어 표문을 올렸다.

표문의 내용은 등애가 방자하게 전권을 휘둘러 촉군과 결탁했으니 조만간에 변란을 일으킬 것이라는 내용이었다.

서천에 들어간 종회·등애 두 장수는 서로 공을 다투다. ≪繡像全圖三國演義≫에서

　한편 종회의 표문을 받은 조정은 발칵 뒤집혔다. 뿐만 아니라 종회는 사람을 시켜 중도에서 등애가 올리는 표문을 가로챘다. 종회는 등애의 글씨를 모방하여 오만방자한 내용으로 위조된 표문을 올렸다.

　등애의 표문을 받은 사마소는 크게 노하여 즉시 종회에게 사람을 보내어, 등애를 제거하라는 영을 내리는 한편 가충에게 3만 군사를 주어 야곡으로 보냈다. 이런 후에 사마소는 위주 조환과 함께 어가를 타고 친히 등애를 정벌하려 했다.

　서조연 소제(邵悌)가 아뢰었다.

　"종회가 거느린 군사는 등애의 군사보다 여섯 배나 더 많습니다. 종회에게 명하여 등애를 쳐도 충분할 것인데 친히 나가실 게 뭐가 있습니까?"

　사마소는 껄껄껄 웃으며 말했다.

　"너는 전에 나에게 한 말을 잊었느냐? 지난날 그대는 종회가 반란을 일으킬 인물이라 하지 않았느냐? 내가 나가는 것은 등애 때문이 아니라 실은 종회 때문이다."

이번에는 소제가 웃으며 말했다.

"공께서 제 말을 잊으셨나 하여 물어본 것입니다. 정녕 그런 뜻이 있으시다면 절대 비밀로 하여 누설하지 마십시오."

사마소는 고개를 끄덕이며 곧 군사를 일으킬 생각을 했다.

이 때 가충도 종회가 변란을 일으킬 것이라 의심하여 사마소에게 밀고했다. 사마소는 시치미를 뚝 떼고 말했다.

"내가 너를 보낸 것은 그 따위 의심이나 하라고 했던 것인 줄 아느냐? 장안에 가면 알 수 있을 것이다."

사마소가 장안으로 향했다는 소문은 곧바로 염탐꾼에 의해서 종회에게 보고되었다. 종회는 크게 당황하여 강유를 청하고 등애를 칠 대책을 협의했다.

그러잖아도 항복한 서촉의 대장군 강유가 이를 갈며 기회를 노리고 있는데, 장안의 대군이 크게 움직인다니 강유는 어떤 계책으로 등애를 격파할 것인지…….

119. 사마염의 대진

가 투 항 교 계 성 허 화　　재 수 선 의 양 화 호 로
假投降巧計成虛話　　再受禪依樣畵葫蘆

종회에게 거짓 투항하여 기회를 엿보던 강유의
계교는 무산되고, 사마염은 수선대를 중수하여
위의 법통을 물려받는다.

종회에게 사로잡힌 등애 부자

종회로부터 등애를 사로잡을 방도가 없겠느냐는 질문을 받은 강유가 입을 열었다.

"먼저 감군 위관에게 등애를 사로잡으라는 영을 내리면 등애는 위관을 죽이려 들 것입니다. 등애가 위관을 죽이려 하는 것이 바로 변란을 일으키고자 하는 마음이 있다는 증거입니다. 그 때 장군께서는 군사를 일으켜 등애를 토벌하시면 됩니다."

종회는 기뻐하며 위관에게 명하여 수십 명의 군사를 거느리고 성도로 들어가 등애 부자를 사로잡으라 했다. 위관이 종회의 명에 따라 움직이려 하자 부하가 만류했다.

"사도 종회께서 정서장군 등애를 죽이라고 영을 내린 것은 변란을 일으키고자 함이니 절대로 가지 마십시오."

"나한테도 생각이 있다."

강유는 계략을 써서 종회를 설득하다. ≪新錄全像通俗演義≫ 三國志傳卷之二十

위관은 부하의 만류를 묵살하고 30여 곳에 격문을 띄웠다. 격문의 내용
은 다음과 같았다.

조서를 받들어 등애를 붙잡으려 할 뿐 다른 사람에 대해서는 절대 그
죄를 묻지 않겠다. 만일 빨리 나와서 항복하는 자는 벼슬을 올리고 상을
내릴 것이되, 나오지 아니하고 버티는 자는 삼족을 멸하리라.

격문을 띄운 위관은 죄인을 호송하는 수레 두 대를 준비하여 밤새 성도
로 달렸다.
첫닭이 울 무렵 등애의 부장들은 그 격문을 읽고 거의가 위관 앞에 나와
무릎을 꿇었다.
그러나 그 때까지도 등애는 부중에서 깊은 잠에 빠져 있었다. 위관은 수
십 명의 부하를 거느리고 갑자기 들이닥쳤다.
"조서를 받고 등애 부자를 잡으러 왔다."
등애는 질겁하여 침상에서 바닥으로 굴러떨어졌다. 위관이 무사들에게
등애를 묶어 수레에 태우라는 호령 소리에 웬일인가 하고 등충이 밖으로 뛰
어나오다가 위관에게 붙잡혀 역시 수레에 연금되었다.

부중이 발칵 뒤집혀지자 등애의 부하 장수와 관리들이 손에 창을 들고 맞서려 했다. 이 때 멀리서 사람들의 함성과 함께 뿌연 먼지가 일고 있었다. 전령이 새파랗게 질려 들어오면서 종회가 대군을 거느리고 왔다고 말하자 모두들 사방으로 흩어져 도주했다.

종회와 강유가 말에서 내려 부중으로 들어와 보니 이미 등애 부자는 붙잡혀 묶여 있었다. 종회는 채찍을 들어 등애의 머리를 후려치며 꾸짖었다.

"소치던 애송이놈아, 네 어찌 감히 모반을 한단 말이냐!"

강유도 역시 등애를 꾸짖었다.

"요행히 험한 고개를 넘어선 네 꼴이 겨우 이거냐?"

등애도 지지 않고 욕을 퍼부었다.

종회는 등애 부자를 낙양으로 호송시키고 성도로 들어가 등애의 군마 등을 모조리 빼앗아 강유에게 의기양양하게 말했다.

"내 오늘에야 평생의 소원을 풀었소."

강유가 말했다.

"옛날에 한신(韓信)은 괴통(蒯通)의 말을 듣지 않았기 때문에 미앙궁(未央宮)에서 참혹한 화를 당했고 대부 종(種)은 범여(范蠡)를 좇아 오호(五湖)로 가지 않아서 칼로 자살하게 된 것입니다. 한신·범여 두 사람이 세운 공훈이 어찌 혁혁하지 않겠습니까? 그러나 이들은 상황 판단에 어두워 기회를 포착하고서도 일찍 죽음을 당했습니다. 공은 이제 큰 공훈을 세워 조상보다 더한 위엄을 떨치게 되었으니 배를 띄워 종적을 감추고 아미령(峨嵋嶺)에 적송자(赤松子)를 따라 노는 것(적송자는 전설상의 신선이다. 한조의 개국공신인 장량은 성공 후에 시기와 질투로 말미암은 화를 피하고 안전을 도모하기 위해 부귀공명을 포기하고 '도를 배우려' 적송자를 좇았다)이 어떻겠습니까?"

종회는 웃으며 말했다.

"공의 말씀은 옳지 않소. 내 나이 아직 40도 되지 않았소. 앞으로 대권을 잡을 꿈을 꾸고 있는데 어찌 한가로이 놀고만 있겠소?"

강유는 이 때다 싶어 부추겼다.

"그러시다면 빨리 대책을 강구하십시오. 그러고 보니 장군의 생각이 이 늙은이 생각보다 훨씬 낫습니다."

종회는 강유의 손을 잡으며 호걸스럽게 웃었다.

"백약은 내 맘을 꿰뚫어보는구려."

이로부터 두 사람은 매일 머리를 맞대고 대사를 협의했다.

강유의 밀서

강유는 후주 유선에게 은밀히 편지를 보냈다.

폐하 며칠만 곤욕을 참으십시오. 신이 곧 사직을 바로잡아 편안케 하고 빛을 잃은 해와 달을 다시 밝게 하여 반드시 한실이 멸망하지 않게 하겠습니다.

한편 종회가 강유와 함께 모반할 계획을 세우고 있을 때 난데없이 사마소로부터 조서가 내려왔다.

종회가 접한 편지의 내용은 다음과 같았다.

나는 그대가 등애를 잡지 못할까 저어하여 친히 군사를 거느리고 장안에 둔병했다. 머지않아 만나게 되겠지만 미리 알린다.

종회는 깜짝 놀라 중얼거렸다.

"내가 거느린 군사가 등애의 군사보다 수 배나 많아 등애를 잡을 수 있다는 것을 진공도 잘 알고 있는 사실이 아닌가? 지금 그가 친히 군사를 이끌고 온 것은 나를 의심해서다."

종회는 곧 강유를 불러 대책을 물었다. 강유가 말했다.

"임금이 신하를 의심하면 신하는 반드시 죽음을 당합니다. 등애의 경우를 보지 않으셨습니까?"

종회는 뭔가 결심한 듯 단호히 말했다.

"나는 이미 결단을 내렸소. 일이 성사되면 천하를 얻을 것이오. 설사 실패하여 서촉으로 물러가더라도 유비 정도야 되지 않겠소."

강유가 다시 말했다.

"곽 태후께서 근래에 승하하셨다는 소문을 들었습니다. 장군께서는 곽 태후의 유조(遺詔)가 있었다고 거짓말을 하고 사마소를 토벌하여 임금을 시살한 죄를 물으십시오. 공의 밝은 재주로 중원은 능히 평정될 수 있을 것입니다."

"그럼 백약이 선봉에 서주시오. 성사되면 함께 부귀를 누립시다."

"최선을 다하겠습니다. 그러나 여러 장수들이 저의 명에 따를지 그게 걱정입니다."

종회는 신이 나서 말했다.

"내일이 바로 섣달 그믐날이니 고궁에 널리 등을 밝히고 잔치를 베풀어 장수들과 연회를 즐깁시다. 그 때 따르지 아니하는 자는 미리 죽여버립시다."

강유는 속으로 기뻐했다.

다음날 종회와 강유는 잔치를 베풀고 여러 장수들을 초대했다. 술잔이 몇 순배 돌아 연회가 무르익을 무렵, 갑자기 종회가 술잔을 잡고 소리내어 울기 시작했다. 여러 장수들이 깜짝 놀라 까닭을 묻자 종회가 말했다.

"곽 태후께서 승하하실 때 유조를 남기셨다. 사마소가 남궐(南闕)에서 임금을 시살하여 대역 부도한 죄를 저질렀으니 조만간 위국의 제위를 찬탈할 것이라 하시며 나에게 사마소를 토벌하라는 영을 내리셨다. 너희들은 각자 이름을 써서 맹세하고 함께 일을 성공시키도록 하라."

모두들 놀라 서로 바라보자 종회는 칼을 뽑아 소리쳤다.

"영을 거역하는 놈은 목을 베어 죽이겠다."

두려움에 새파랗게 질린 장수들은 명에 따라 각자 이름을 적었다.

강유가 종회에게 말했다.

"장수들이 불복하는 눈치니 모두 구덩이에 처넣는 것이 좋겠습니다."

"나도 이미 궁중에 구덩이를 파고 수천 개의 몽둥이를 준비하라고 영을 내렸소. 불복하는 자는 때려 죽여 구덩이에 처넣을 작정이오."

그들이 이런 대화를 나누고 있을 때 심복 구건이 옆에서 몰래 엿들었다.

구건은 호군 호열(胡烈)의 옛 부하였다.

이 때 호열도 역시 다른 장수들과 함께 궁중에 갇혀 있었다. 구건은 종회와 강유가 주고받은 이야기를 호열에게 귀띔해주었다. 호열은 깜짝 놀라 울면서 구건에게 말했다.

"내 아들 호연(胡淵)이 궁 밖에서 군사를 거느리고 있으니 종회의 내심을 알 까닭이 없다. 지난날의 정리를 생각해서 내 딱한 처지를 알려준다면 죽어도 한이 없겠다."

"주인께서는 걱정하지 마십시오. 제가 힘써보겠습니다."

구건은 곧바로 종회에게 달려가 아뢰었다.

"주공께서 연금시킨 여러 장수들이 물 마시고 밥 먹기에 불편하다고 합니다. 심복을 한 사람 두시어 왕래하게 하는 것이 좋겠습니다."

평소부터 구건의 말을 믿던 종회인지라 그 임무를 구건에게 맡기며 분부했다.

"나는 너를 믿고 중임을 맡긴 것이니 절대로 누설하지 말라."

구건은 종회를 안심시켰다.

"염려하지 마십시오. 제가 엄중히 감시하겠습니다."

구건은 호열과 친분이 두터운 사람을 몰래 호열에게 보냈다. 호열은 밀서를 써서 그에게 주며 성 밖의 아들에게 전하도록 했다.

호연은 아버지 호열의 밀서를 받고 크게 놀라 이 사실을 모든 영문에 알렸다. 여러 장수들은 크게 노하여 호연의 진지에 모여들었다.

"우리들은 설혹 죽을지언정 역적놈의 명에 따르지 않겠소."

호연이 말했다.

"정월 18일, 역적이 있는 곳으로 쳐들어갑시다."

감군 위관은 호연의 말을 듣고 곧 인마를 정돈한 후 구건에게 영을 내려 거사의 사실을 호열에게 전하도록 했다. 호열은 이 사실을 여러 장수들에게 알렸다.

종회·강유·등애의 죽음

한편 종회는 강유를 청하여 물었다.

"나는 간밤에 커다란 뱀 수천 마리에게 물어뜯기는 꿈을 꾸었는데 이것이 흉몽입니까? 아니면 길몽입니까?"

강유가 대답했다.

"용이나 뱀 꿈을 꾸면 경사스러운 징조입니다."

강유의 해몽을 들은 종회가 크게 기뻐하며 강유에게 물었다.

"무기가 이미 갖춰졌으니 장수들에게 함께 거사하는 것에 대해 물어보는 것이 어떻겠습니까?"

강유가 대답했다.

"모두 불복할 심산이니 오래 놔두면 반드시 해를 입을 것입니다. 빨리 죽이는 것이 좋겠습니다."

종회는 강유의 말에 따르기로 하고 곧 강유에게 명하여 무사들을 거느리고 나가 위장들을 죽이라 했다.

강유는 위장들을 죽이려고 나가다가 갑자기 가슴이 뒤틀려 기절하여 쓰러지고 말았다. 좌우의 부축을 받고 한참 후에야 강유는 겨우 정신을 차릴 수 있었다.

이 때였다. 갑자기 궁 밖이 소란스럽더니 웅성거리기 시작했다.

종회가 급히 사람을 내보내 알아보려고 할 때, 함성이 크게 들리며 사방에서 수많은 군사들이 몰려들었다.

강유는 정신을 가다듬고 무사들에게 영을 내렸다.

"이것은 연금되었던 위군들이 난을 일으킨 것이 분명하다. 빨리 목을 베어 죽여라."

강유의 영이 떨어지기도 전에 군사들이 궁 안으로 쳐들어오고 있다는 보고가 들어왔다. 다급해진 종회는 궁전 문을 닫게 하고 군사들에게 명하여 지붕 위로 올라가 기왓장을 던지라 하니, 기왓장이 부서지면서 양쪽의 군사 수십 명이 죽었다.

거짓으로 투항한 강유의 계교는 무산되다. ≪繡像全圖三國演義≫에서

　궁성 밖 사면에 불길이 치솟더니 밖에 있던 군사들이 성문을 부수고 물밀듯 몰려왔다. 종회는 친히 칼을 들고 덤비는 군사 10여 명을 죽였으나 날아드는 화살에 쓰러지고 말았다. 화가 난 장수들이 우르르 달려와 종회의 목을 베었다.

　강유도 전상에 올라가 칼을 들고 좌충우돌하며 적을 맞아 싸웠으나 불행히도 다시 가슴이 뒤틀리기 시작했다.

　강유는 하늘을 우러러 탄식했다.

　"내 계획이 성공하지 못함은 천명이로구나!"

　강유는 스스로 칼을 뽑아 장렬한 최후를 마쳤다. 이 때 강유의 나이 59세였다.

　궁중에는 100여 명의 시체가 여기저기에 나뒹굴고 있었다.

　위관이 영을 내렸다.

　"모든 군사들은 각기 진지로 돌아가 왕명을 기다려라!"

　위의 군사들은 원수를 갚는다고 앞을 다투어 강유의 배를 칼로 찔렀다. 강유의 쓸개는 달걀만하게 부풀어 있었다.

위장들은 강유의 가족을 모두 잡아들여 몰살시켰다.

등애의 부하들은 종회와 강유가 죽어 있는 것을 보고, 등애를 구하기 위해 면죽으로 밤새 달려갔다. 이 사실을 누군가가 위관에게 알리자 위관은 당황하며 중얼거렸다.

"등애를 붙잡은 것은 나인데 저들이 등애를 살려낸다면 나는 죽어 땅에 묻히지도 못하겠구나!"

옆에 있던 호군 전속(田續)이 아뢰었다.

"전에 등애가 강유를 취할 때 나를 죽이려 했는데 여러 장수들이 만류하여 겨우 살아났습니다. 이번에 한을 풀어보겠습니다."

위관은 크게 기뻐하며 곧 500명의 군사를 거느리고 등애가 갇혀 있는 면죽으로 가라고 했다. 전속이 군사를 거느리고 면죽에 당도했을 때는 이미 등애 부자는 죄인을 호송하는 수레에서 풀려나 성도로 향하려던 참이었다. 등애는 본부의 자기 군사들이 오는 것이라 믿고 아무런 방비도 하지 않았다.

등애가 전속 등을 반기며 웬일이냐고 물으려는 순간, 전속이 갑자기 칼을 뽑아 등애의 목을 내려쳤다. 아버지가 죽는 것을 본 등충도 전속의 군사를 맞아 싸웠으나 중과부적으로 그 역시 죽고 말았다.

후에 등애의 죽음을 한탄한 시가 있다.

어려서부터 글재주가 능했고	自幼能籌畵
꾀가 많아 용병도 잘했었네.	多謀善用兵
반짝이는 눈동자 지리를 판단했고	凝眸知地理
얼굴을 들어 천문도 볼 줄 알았었다.	仰面識天文
말을 달려 산허리를 끊었고	馬到山根斷
병사를 몰고 가니 돌길이 열렸네.	兵來石徑分
공을 이루고 죽음을 당했으니	功成身被害
원통한 영혼 한강 구름 위에 흐르네	魂繞漢江雲

또한 종회의 죽음을 이렇게 읊었다.

어려서부터 지혜롭다 일컬어지더니   鬐年稱早慧

일찍이 비서랑의 벼슬에 올랐네.   曾作秘書郎

빼어난 계교 사마씨를 움직이더니   妙計傾司馬

당시의 자방이라 일컬어졌네.   當時號子房

수춘에서 찬획도 많이 하더니   壽春多贊畫

검각에서는 위세도 선양했네.   劍閣顯鷹揚

도연명·주자를 배워 숨지 않으니   不學陶朱隱

슬픈 혼령되어 고향 하늘에 떠도네.   遊魂悲故鄕

또 어떤 시인은 강유의 죽음에 대해서도 이렇게 애도했다.

천수에 영웅 호걸로 이름을 떨친   天水誇英俊

양주의 기인한 재주꾼 아니던가?   涼州産異才

계보는 멀리 상보 태공에 이어지고   系從尙父出

무술로는 제갈 무후를 본받았네.   術奉武侯來

대담 무쌍한 담력 두려움 없었고   大膽應無懼

영웅다운 맹세 바뀌지 않았네.   雄心誓不回

성도에서 몸을 버려 죽던 날   成都身死日

한나라 장수 모두 슬퍼했네.   漢將有餘哀

강유·종회·등애가 죽은 후, 장익도 역시 변란 중에 죽었다. 태자 유선(劉璿)과 한수정후 관이(關彝)도 위군에게 붙잡혀 죽었다. 군사와 백성들은 크게 어지러워져서 서로 짓밟고 짓밟혀 큰 혼란을 빚었다. 이 때 죽은 사람은 헤아릴 수도 없었다.

그로부터 10여 일 후, 낙양에서 가충이 당도하여 방문을 붙이고 백성들을 안심시키니 질서가 회복되었다. 가충은 위관에게 성도를 지키라 하고 서촉의 후주를 모시고 낙양으로 향했다. 이 때 후주를 따라간 사람으로는 상서령 번건과 시중 장소·광록대부 초주·비서랑 극정 등 몇 명뿐이었다.

요화와 동궐은 병으로 거동이 불편하다고 핑계대고 남았다가 나라가 망한 것에 울화가 치밀어 모두 죽었다.

이 때는 위나라 경원 5년(서기 264년)을 바꾸어 함회(咸熙) 원년이라 했다.

그 해 봄 3월, 동오의 장수 정봉은 촉이 망한 것을 보고 군사를 철수시켜 동오로 돌아갔다.

중서승(中書丞) 화핵(華覈)이 오주 손휴에게 아뢰었다.

"우리 동오와 서촉은 순망치한(脣亡齒寒)의 관계입니다. 신의 생각에는 사마소가 지금 우리 동오를 정벌하려 하는 것 같으니 폐하께서는 깊이 생각하시어 방어하십시오."

손휴는 화핵의 말에 따라 육손의 아들 육항(陸抗)을 진동대장군(鎭東大將軍)으로 삼아 형주목(荊州牧)을 겸하여 강구(江口)를 지키라 했다. 또한 좌장군 손이에게 남서(南徐)의 여러 요새지를 지키게 하고 강 연안 일대에 수백 개의 진지를 세워 노장군 정봉에게 총감독케 하여 위군을 방어하라 했다.

이 때 건녕(建寧) 태수 곽과(霍戈)는 성도가 무너졌다는 소문이 들리자 소복을 하고 대성통곡하였다. 여러 장수들이 곽과에게 아뢰었다.

"이미 한주(漢主)가 위(位)를 잃었는데 왜 속히 항복하지 아니하십니까?"

곽과가 울면서 말했다.

"길이 멀어 우리 주인의 안위(安危)가 어떤지 아직 모르겠다. 만일 위주가 우리 주인을 예(禮)로써 대한다면 그 때 가서 항복해도 늦지는 않다. 그러나 위주가 우리 주인을 위해(危害)하고 욕을 보인다면 신하로서 마땅히 죽어야 하거늘 어찌 항복한단 말이냐?"

여러 장수들은 곽과의 말을 듣고 곧 사람을 낙양으로 보내어 후주의 소식을 알아보기로 했다.

후주 유선의 추태

한편 후주가 낙양에 도착했을 때는 이미 사마소가 조정에 돌아온 후였다. 사마소는 후주를 보더니 책망했다.

"공은 황음무도하여 어진 선비를 폐하고 올바로 다스리지 못했으니 마땅히 주살을 당해야 하오."

후주는 사색이 다 되어 어찌할 바를 몰랐다. 모든 문무백관들이 사마소에게 아뢰었다.

"촉주가 나라의 기강은 잃었지만 일찍 항복했으니 목숨만은 살려주십시오."

사마소는 주위의 말을 받아들여 후주 유선을 안락공(安樂公)에 봉하고 주택·일상 용품·비단 1만 필·노비 100여 명을 하사했다. 또한 유선의 아들 유요와 따라온 신하 번건·초주·극정 등에게도 각각 작위를 내렸다.

후주는 은혜에 감사하며 물러갔다. 그러나 내시 황호는 나라를 좀먹고 백성에게 많은 해를 끼쳤다 하여 무사들에게 명하여 시장바닥에 끌어내 능지처참하였다.

이 때 곽과는 후주가 벼슬을 받았다는 소식을 듣고 부하 군사들을 거느리고 투항했다.

다음날 후주는 친히 사마소의 부중으로 찾아가 절하며 사례했다. 사마소는 후주를 맞아 잔치를 베풀어 대접하면서 위나라의 음악과 춤을 보여주었는데 항복한 촉의 관리들은 모두 가슴이 미어지는 듯했으나 유독 후주만은 기뻐하며 즐겼다.

이번에는 사마소가 악사들에게 영을 내려 촉나라 사람으로 분장하라 하고 촉의 노래와 춤을 보여주니 이를 본 촉의 관리들은 모두 눈물을 흘렸으나 후주만은 더욱 기뻐했다.

술이 거나하게 취한 사마소는 가충에게 말했다.

"사람이 감정도 없이 어찌 저 지경인가! 설혹 제갈공명이 옆에 있어 보필했어도 힘들었을 터인데 강유인들 어찌 보필할 수 있었겠느냐?"

사마소가 이번에는 후주에게 물었다.

"서촉 생각이 나지 않소?"

그러자 유선이 대답했다.

"이렇게 즐거운데 어찌 서촉 생각이 나겠습니까?"

조금 있다가 후주가 자리에서 일어나 옷을 고쳐 입으려고 별실로 들어가자 극정이 뒤를 따라가며 물었다.

"폐하께서는 어찌하여 서촉 생각이 나지 않는다고 대답하셨습니까? 다음에 다시 묻거든 눈물을 흘리시면서 '선조들의 묘가 멀리 서촉에 있으니 서쪽을 바라보면 생각나지 않는 날이 없다'고 대답하십시오. 그러면 사마소는 반드시 폐하를 서촉으로 돌려보낼 것입니다."

후주는 고개를 끄덕이며 다시 술자리로 돌아왔다. 술이 거나하게 취하자 사마소가 다시 후주에게 물었다.

"그래 서촉 생각이 나지 않으신다고요?"

후주는 겨우 극정이 들려준 말을 더듬거리며 앵무새처럼 지껄였으나 눈물이 나오지 아니하자 그만 눈을 감아버렸다. 사마소는 이미 극정이 사주했을 것으로 짐작하고 건너짚어 말했다.

"왜 극정이 하라는 대로 흉내를 내십니까?"

후주는 눈을 번쩍 뜨고 놀라 바라보며 말했다.

"예, 말씀하신 바와 같습니다."

사마소와 주위 문무백관들이 모두 어이없다는 듯 껄껄껄 크게 웃었다. 사마소는 유선을 더 이상 의심할 필요가 없는 인물이라 생각하고 내심 기뻐했다.

뒤에 어느 시인은 이렇게 탄식했다.

환락에만 젖어 얼굴 들어 웃는 모양	追歡作樂笑顔開
나라 망했어도 슬퍼하는 기색 없구나.	不念危亡半點哀
타국의 쾌락에 빠져 고국도 잊었으니	快樂異鄕忘故國
오호라, 후주가 바보인 줄 이제 알았네.	方知後主是庸才

사마소의 죽음

한편 조정의 대신들은 사마소가 서촉을 손에 넣어 공이 많다는 것을 이유로 왕에 앉히려고 위주 조환에게 표문을 올렸다.

조환은 비록 천자라고는 하지만 허수아비에 불과했고 실권은 사마소가 쥐고 있었기 때문에 그에 따르지 아니할 수 없었다. 그리하여 조환은 진공 사마소를 진왕(晋王)으로 높였고, 사마소의 아버지 사마의에게는 선왕(宣王)이라는 시호를 내렸다.

사마소의 처는 왕숙(王肅)의 딸이었는데 그 몸에서 두 아들을 낳았다. 장남은 사마염(司馬炎)으로 인물이 걸출했다. 머리카락은 땅에까지 닿았으며 팔은 서서 무릎에 닿을 정도로 길고, 총명한 데다 영용(英勇)했으며 담 또한 컸다. 둘째 아들 사마유(司馬攸)는 성격이 온순하고 공손했으며 효성이 지극하였으므로 사마소는 사마유를 지극히 사랑했다. 그러나 형 사마사가 아들이 없자 사마유를 양자로 보내어 대를 잇게 했다.

평소에 사마소는 이렇게 말하곤 했다.

"내가 다스리고 있는 천하는 실로 우리 형님이 닦아놓은 것이다."

이러한 사마소였기 때문에 진왕이 된 후에 그는 양자로 간 사마유를 세자로 봉하고자 했다.

산도(山濤)가 이에 간했다.

"장자를 폐하고 차자를 세자에 봉하시면 예에 어긋나니 상서로운 일이 아닌가 합니다."

가충 · 하증(何曾) · 배수(裵秀) 등도 역시 똑같은 말로 간했다.

"장자는 총명하고 영용하여 세자가 되고도 남습니다. 더욱이 인망도 두 터우니 능히 천자가 될 인물이요, 결코 신하가 될 상은 아닌가 합니다."

그러나 사마소는 단안을 내리지 못했다. 태위 왕상(王祥)과 사공 순개(荀凱)가 아뢰었다.

"전대(前代)에 작은아들을 세자로 삼아 나라가 시끄러웠던 적이 많았습니다. 전하께서는 깊이 생각하십시오."

사마소는 할 수 없이 큰아들 사마염을 세자로 삼았다.

이 때 대신들이 아뢰었다.

"금년에 양무현(襄武縣) 하늘에서 내려왔다는 사람이 있는데 신장이 두 길이나 되고 발길이가 석 자 두 치나 되며, 백발에 푸른 눈썹이 나 있다고

司馬昭將死託孤

사마소는 죽음에 임해 탁고하다. ≪新錄全像通俗演義≫ 三國志傳卷之二十

합니다. 누런 홑옷에 황건을 쓰고 여두장(藜頭杖)이라는 지팡이를 짚고 다니면서 '나는 백성들의 왕이다. 내가 온 것은 천하의 왕을 바꾸고 태평케 하기 위함이다'고 말하면서 사흘 동안이나 시장바닥을 헤매고 다니다가 홀연히 사라졌다고 합니다. 이것은 전하께 상서로운 징조입니다. 그러니 전하께서는 열두 줄 면류관을 쓰시고 출입하실 때는 천자의 깃발을 세워 행차하십시오. 또한 말 여섯 필이 끄는 황금수레를 타시고 왕비를 왕후로 삼은 다음 세자를 태자로 세우십시오."

사마소는 내심 기뻐하면서 궁중으로 돌아가 자축연을 겸하여 술을 마시다가 갑자기 중풍에 걸려 말을 못 하게 되었다.

다음날 사마소의 병세가 위급하다는 말을 듣고 태위 왕상·사도 하증·사공 순개 등 대신들이 병문안을 왔지만 사마소는 말을 못하고 간신히 사마염을 가리키다가 그만 죽고 말았다. 이 때는 8월 신묘(辛卯)일이었다.

하증이 주위를 돌아보며 말했다.

"천하의 대사는 모두 진왕에게 있었으니 태자를 진왕에 모신 후에 장례를 치르는 것이 좋겠습니다."

그날로 사마염은 진왕에 올랐으며 하증을 승상에, 사마망은 사도에, 석포(石苞)는 표기장군에, 진건은 거기장군에 봉했고 부친 사마소에게는 문왕

(文王)이라는 시호를 올렸다.

사마소의 장례를 치른 뒤에 사마염은 가충과 배수를 궁 안으로 불러 물었다.

"옛날에 조조께서 '만일 나에게 천명이 있다면 나는 주(周)의 문왕이 아니겠느냐?'라고 말씀하셨다고 하는데 그게 사실이냐?"

가충이 대답했다.

"대대로 한나라에서 녹을 받던 조조였으므로 제위를 빼앗았다는 비난이 두려워 그런 말씀을 하셨을 것입니다. 그러나 실상은 아들 조비를 천자에 앉힐 속셈으로 한 말이었습니다."

사마염이 다시 물었다.

"고(孤 : 왕후[王侯]의 명칭)의 부왕(父王)을 조조에 비하여 어떻게 생각하느냐?"

가충이 대답했다.

"조조는 화하(華夏)를 뒤덮을 만한 공을 세워 백성들이 그 위엄에 눌려 두려워했을 뿐 덕을 우러르지는 않았습니다. 아들 조비가 왕업을 계승하여 과중한 부역으로 백성들을 괴롭혔고 동서로 군사를 일으켜 편한 날이 없었습니다. 후에 우리의 선왕(宣王 : 사마의)과 경왕(景王 : 사마사)께서 수차례에 걸쳐 큰 공을 세우시고 널리 은덕을 베푸시니 천하 사람들이 그의 휘하에 모여들었습니다. 거기에 문왕(文王 : 사마소)께서 서촉을 병합하시어 공로가 우주를 덮고도 남는데 어찌 조조에 비길 수 있겠습니까?"

사마염이 또 물었다.

"조비는 한나라의 법통을 계승했는데 짐이 위의 법통을 잇는다면 어떻겠느냐?"

가충과 배수가 절하며 아뢰었다.

"전하께서는 조비가 한나라에 조서를 내렸던 예에 따라 다시 수선대(受禪臺)를 마련하시고 천하에 널리 포고하여 대위에 오르십시오."

사마염이 크게 기뻐하더니 다음날 칼을 차고 궁전으로 들어갔다.

대진의 황제가 된 사마염

이 때 위주 조환은 신하들의 조회를 받지 않고 마음이 불안하여 무료하게 지내고 있었다.

사마염이 후궁에 나타나자 조환은 황급히 용상에서 내려와 사마염을 맞이했다.

사마염이 자리를 잡고 앉으며 물었다.

"위가 천하를 다스리게 된 것은 누구의 힘입니까?"

조환이 대답했다.

"모두가 진왕의 부친과 조부의 힘입니다."

사마염은 껄껄껄 웃으며 말했다.

"내가 보기에 폐하께서는 글로는 도를 논할 수 없고 무예로도 변방을 다스릴 수 없는 것 같은데, 재주와 덕망을 갖춘 사람에게 주인의 자리를 양보하는 것이 어떻겠소?"

조환은 깜짝 놀라 입이 굳어 대답을 하지 못했다.

옆에 있던 황문시랑 장절(張節)이 사마염을 꾸짖었다.

"진왕은 무슨 말을 그렇게 하오. 지난날 우리 무황제께서는 동서로 역도들을 소탕하시고 남북으로 적을 정벌하시어 힘들여 천하를 얻으셨소. 지금의 천자께서는 덕이 있으시고 지으신 죄도 없으신데 어찌 주인의 자리를 내놓으라 하시오."

사마염이 크게 노하여 소리쳤다.

"이 사직은 대한(大漢)의 것이다. 조조는 천자를 협박하고 제후들과 모사하여 스스로 위왕의 자리에 올라 한실을 찬탈했다. 나의 조부와 부친, 형이 3대에 걸쳐 위를 도와 천하를 얻은 것은 조씨가 능해서가 아니고 실은 우리 사마씨의 힘이었다. 이는 사해(四海)가 다 아는 일인데 내가 오늘날 위(魏)로부터 천하를 받지 못할 게 뭐가 있느냐?"

장절이 외쳤다.

"그것은 나라를 찬탈하려는 역적질이오."

사마염은 눈에 불을 켜고 소리쳤다.

"나는 한실의 원수를 갚으려 하는데 무엇이 안 된단 말이냐!"

사마염은 무사들에게 명하여 장절을 몽둥이로 때려죽였다.

조환은 울면서 무릎을 꿇고 살려 달라고 애걸했다. 사마염은 들은 척도 아니하고 전(殿) 아래로 내려가 버렸다. 조환은 가충과 배수를 불러 물었다.

"일이 급하게 되었는데 어찌하면 좋겠느냐?"

가충이 조환에게 아뢰었다.

"하늘의 운수가 다했으니 폐하께서는 하늘의 뜻을 거역해서는 아니 됩니다. 한나라 헌제의 옛일을 생각하여 수선대를 다시 고치시고 크게 예를 갖추어 진왕에게 제위를 양여하십시오. 그리하시면 위로는 천심에 합당하고 백성들의 뜻에 따르는 것이니, 폐하께서는 생명을 보전하시고 걱정이 없으실 것입니다."

조환은 이에 승복하고 곧 가충에게 명하여 수선대를 쌓도록 영을 내렸다. 그 해 12월 갑자(甲子)일, 조환은 친히 옥새를 들고 여러 문무백관들 앞에서 수선대 위에 섰다.

후에 어느 시인은 이렇게 탄식했다.

위는 한실을 삼키고 진은 조씨를 삼켰으니	魏呑漢室晋呑曹
하늘의 돌아가는 운수 도망갈 길 없구나.	天運循環不可逃
장절의 나라 위한 가련한 죽음	張節可憐忠國死
한 개 주먹으로 높은 태산 어이 막으리?	一拳怎障泰山高

조환은 사마염을 청하여 수선대에 오르게 하고 크게 예를 갖추어 옥새와 제위를 바친 다음 단을 내려와 옷을 바꿔 입고 반열 앞에 섰다.

수선대에 오른 사마염이 자리에 앉자 가충과 배수는 반열 양쪽 끝에 칼을 짚고 서서 조환에게 명하여, 사마염에게 재배하고 땅에 엎드려 명을 받들게 했다.

가충이 말했다.

"한나라 건안 25년(서기 219년)에 한으로부터 위가 제위를 물려받은 지 어언 45년이 지났다. 이제 하늘의 녹이 다하여 천명이 진(晋)에 이르러, 사마씨의 공덕은 높고도 높아 하늘과 땅에 충만하여 있다. 이에 황제에 즉위하여 위국의 법통을 잇게 되었다. 그대를 진류왕(陳瑠王)에 봉하고 금용성(金瑠城)으로 나가 그 곳에서만 살도록 명한다. 즉시 그 곳으로 나가되 부름 없이는 수도에 들어오지 말라."

조환은 눈물을 흘리면서 사례하고 물러갔다.

이 때 태부 사마부가 울면서 조환 앞에 나가 절하며 고했다.

"신은 위국의 신하였으니 마지막까지 위국을 배반하지 않겠습니다."

사마염은 사마부의 이 같은 행동을 보고 그 충절에 감동하여 사마부를 안평왕(安平王)에 봉했다. 그러나 사마부는 이를 받지 않고 물러갔다.

이 날 문무백관들은 수선대 아래에 엎드려 사마염에게 재배하고 산이 떠나가도록 만세를 불렀다. 이리하여 사마염은 위국의 법통을 이어 나라 이름을 대진(大晋)이라 하고 연호를 태시(太始) 원년으로 바꾼 다음 천하에 크게 사면령을 내리니 위국은 완전히 망하고 말았다.

후에 이것을 한탄한 시가 있다.

진나라 규모 위와 같고	晋國規模如魏王
진류왕의 행색 산양후와 같도다.	陳留蹤跡似山陽
수선대 앞에서 선위를 하고서	重行受禪臺前事
그 때 일 생각하니 절로 서글퍼지네.	回首當年止自傷

새로이 대진의 황제가 된 사마염은 시호를 추서하여 사마의를 선제라 하고 큰아버지 사마사를 경제, 아버지 사마소를 문제라 하여 7묘(廟)를 세우고 조종(祖宗)을 빛냈다.

그렇다면 7묘란 무엇인가?

한정서장군(漢征西將軍) 사마균(司馬鈞), 균의 아들 예장(豫章) 태수 사마량(司馬亮), 양의 아들 영천(潁川) 태수 사마준(司馬雋), 준의 아들 경조윤(京兆尹), 사마방(司馬防), 방의 아들 선제 사마의, 사마의의 아들 경제 사마사, 문제 사마소를 일컫는 것이었다.

대사가 마무리되자 사마염은 매일같이 문무백관들을 불러 조회를 열어 동오를 정벌할 대책을 협의했다.

한나라의 성곽은 옛모습을 잃은 지 이미 오래고 동오의 강과 산도 머지 않아 바뀌게 될 모양이다.

대진(大晋)이 동오를 어떻게 정벌할 것인지 두고 보기로 하자.

120. 대진의 천하통일

천 두 예 노 장 헌 신 모   항 손 호 삼 분 귀 일 통
薦杜預老將獻新謀　　降孫皓三分歸一統

노장 양호는 두예를 천거하여 천하의 계책을
남기고, 두예는 손호의 항복을 받아 삼국은 통
일된다.

오주 손호의 횡포

오주 손휴는 사마염이 이미 황제의 지위를 찬탈했다는 소식을 듣고 머지
않아 그가 반드시 동오를 정벌하러 올 것이라 생각하여 걱정이 태산 같더니
그만 병이 들어 자리에 눕고 말았다.

손휴는 승상 복양흥(濮陽興)을 궁에 들도록 하여 태자 손령에게 재배하라
고 했다. 오주는 승상 복양흥의 팔을 붙잡고 손령을 가리키면서 말을 잇지
못하고 그만 운명하고 말았다. 복양흥은 조정에 나가 여러 대신들을 불러모
으고 태자 손령을 임금으로 세우는 문제를 협의했다.

좌전군(左典軍) 만욱(萬彧)이 말했다.

"손령은 아직 어려서 정사를 보살필 수 없으니 오정후(烏程侯) 손호(孫
皓)를 추대하는 것이 좋겠소."

좌장군 장포(張布) 역시 같은 의견이었다.

"손호는 재주가 많고 판단력이 밝아서 제왕(帝王)으로는 적격자입니다."

승상 복양흥은 결정을 내릴 수 없어 그 문제를 주 태후(朱太后)에게 아뢰었다.

주 태후가 말했다.

"과부인 내가 어찌 사직의 일을 잘 알겠느냐? 경들이 알아서 결정하라."

복양흥과 여러 대신들은 손호를 불러들여 왕으로 추대하였다. 손호의 자는 원종(元宗)으로 손권의 태자 손화의 아들이었다.

그 해 7월 제위에 오른 손호는 연호를 원흥(元興)으로 바꾸고 태자 손정을 예장왕(豫章王)에 봉하였다. 그는 또 아버지 손화를 문황제(文皇帝)라 추시(追諡)하고 어머니 하씨(何氏)를 태후로 추존(追尊)했으며 노장군 정봉에게는 좌우대사마의 벼슬을 내렸다. 그 다음 해에는 연호를 다시 감로(甘露)로 바꾸었다.

손호는 날이 갈수록 흉포하게 굴었으며 술과 여색에 빠져 중상시(中常侍) 잠혼(岑昏)을 총애하였다. 보다못한 승상 복양흥과 장포가 바른말을 간하자 손호는 두 사람을 참형에 처하고 그들의 삼족을 멸했다. 이후부터 궁중의 대신들은 감히 바른말을 간하지 못하고 입을 다물게 되었다.

손호는 다시 연호를 고쳐 보정(寶鼎) 원년이라 하고 육개(陸凱)와 만욱을 좌우 승상에 앉혔다. 이 때 손호는 무창(武昌)에 머물러 있었기 때문에 양주(揚州)의 백성들은 진상품을 바치는데 고생이 이만저만이 아니었고, 그의 무절제한 사치벽으로 백성들의 주머니와 국고는 텅텅 비게 되었다.

마침내 육개가 상소를 올렸다.

재란(災亂)을 겪지도 않았는데 백성들은 목숨을 부지하기가 어렵고 나라에서 하는 일이 없음에도 불구하고 국고가 비어 있으니 신은 이를 가슴 아프게 생각합니다. 지난날 한실이 쇠약해지니 위·촉·오 3국이 정립하였습니다. 그러나 이제 조씨와 유씨가 도(道)를 잃어 모두 대진(大晉)이 어우른 사실을 우리는 눈으로 똑똑히 보아 알고 있습니다. 국가 장래를 위하고 폐하를 위하여 신의 어리석은 생각을 몇 말씀 드리겠습니다. 무창은 지형이 험하고 땅이 기름지지 못해 왕이 도읍할 만한 곳이 못 됩니다. 아이들이 부르는 동요에는 이러한 것이 있습니다.

吳人伐木造宮殿

오나라 사람은 나무를 베어다 궁전을 짓다. ≪新鐫全像通俗演義≫ 三國志傳卷之二十

　'차라리 건업의 물을 마실지언정(寧飮建業水) 무창의 생선은 먹을 수
없구나(不食武昌魚)! 차라리 건업에 돌아가 죽을지언정(寧還建業死) 무창
에서는 살지 못하겠네(不止武昌居).'

　이 노래는 바로 민심과 천의(天意)를 나타낸 말입니다. 지금 폐하께서
제위에 오르신 지 채 1년도 되지 않았는데 국고가 비어 그 바닥이 드러
나고 말았습니다. 관리들은 가렴주구에 혈안이 되어 있고, 대제(大帝) 때
에 겨우 100여 명이던 후궁이 경제(景帝) 이래로 1천 명이 넘으니 재정은
바닥날 수밖에 없습니다. 또한 좌우에서 모시고 있는 자들이 모두 적격
자가 아니라서 서로 작당하여 어진 선비와 충신을 가려서 해치니, 이는
나라를 좀먹고 백성을 병들게 하는 일입니다. 바라건대 폐하께서는 갖가
지 부역을 중단하시고 가렴하는 일을 금하시며 궁녀의 수를 줄이시고 때
묻지 아니한 관리를 등용하십시오. 그리하시면 하늘도 기뻐하고 백성들
도 좋아할 것이니 나라가 편안할 것입니다.

　육개의 이러한 상소를 받았음에도 손호는 이에 아랑곳하지 않고 더욱 토
목 공사에 열을 올렸다. 소명궁(昭明宮)을 지으면서는 일손이 모자라자 심
지어 문무백관들에게까지 산에 올라가 나무를 베도록 영을 내렸다. 또한 상

광(尙廣)이라는 점쟁이를 불러들여 천하를 취할 수 있는가를 점치게 했다.

상광이 말했다.

"폐하의 점괘가 아주 좋게 나왔습니다. 경자년(庚子年)에 폐하께서 푸른 거개를 받들고 낙양에 들어갈 괘입니다."

손호는 크게 기뻐하며 중서승 화핵에게 말했다.

"선제께서는 신하들의 말을 듣고 장수들을 나누어 강 연안 일대에 수백 개의 진지를 세워 군사들을 둔병시키고 노장군 정봉에게 총독하게 하셨다. 이제 짐은 옛날의 한나라 땅을 어울러서 촉주의 원수를 갚으려 하는데 어디를 먼저 공격하는 것이 좋겠느냐?"

화핵이 아뢰었다.

"지금 서촉은 성도를 지키지 못하고 사직이 무너졌으니 사마염은 반드시 우리 동오를 병합하려고 할 것입니다. 폐하께서는 먼저 덕을 쌓으시고 동오의 백성들을 편안케 하시는 것이 상책인가 합니다. 만일 강제로 군사를 움직이신다면 그것은 삼베를 두르고 불을 끄는 격으로 반드시 몸을 데어 죽게 될 것입니다. 폐하께서는 깊이 헤아리십시오."

손호는 크게 노하여 소리쳤다.

"짐이 여세를 몰아 구업(舊業)을 성취하려고 하는데 네가 어찌 그따위 소리를 한단 말이냐? 네가 선제의 신하만 아니었다면 당장 목을 베어 죽였을 것이다."

손호는 당장 궁 밖으로 화핵을 끌어내라고 호통쳤다. 화핵은 조정 밖으로 끌려가면서 한탄했다.

"이 아름다운 금수강산이 머지않아 남의 손에 넘어가게 생겼으니 참으로 안타까운 일이로구나!"

그는 숨어 살면서 다시는 세상에 나오지 않았다.

손호는 진동장군 육항에게 영을 내려 군사를 강어귀에 주둔시키고 양양을 공격하라는 영을 내렸다.

양호와 육항의 교분

이런 소식은 첩자에 의해 곧바로 낙양에 전해졌다. 근신들은 이 사실을 사마염에게 보고했다. 사마염은 동오의 육항이 양양에 쳐들어왔다는 보고를 받고 곧 문무백관을 모아 대책을 협의했다.

가충이 반열에서 나와 아뢰었다.

"들리는 소문에 의하면 오국의 손호는 덕을 쌓지 아니하고 잔인무도하게 정치를 하고 있다 합니다. 폐하께서는 도독 양호(羊祜)에게 조서를 내려 군사를 거느리고 가서 막으라 하시고, 동오에 변란이 발생할 때 여세를 몰아 공략하신다면 손바닥을 뒤집듯 쉽게 동오를 차지할 수 있을 것입니다."

사마염은 크게 기뻐하며 곧 사자를 양호에게 보내어 조서를 받게 했다.

조서를 받은 양호는 곧 군마를 점검하고 적을 맞아 싸울 준비를 갖췄다. 양호는 양양을 지키면서 많은 군사와 백성들의 인심을 얻었다. 그는 항복했던 동오 사람들이 돌아가기를 원하면 모두 돌려보내 주고, 경비군의 수를 줄여 800여 두락의 밭을 개간하게 하기도 했다.

그가 처음 부임했을 때는 겨우 석 달 열흘 분밖에 없었던 군량미가 1년도 못 되어 10년 분을 비축해둘 만큼 늘었다.

양호는 군중에 있으면서도 늘 가벼운 평상복 차림으로 관대도 하지 않고 투구나 갑옷도 입지 않았으며 장막 앞에서 호위하는 군사도 10여 명에 불과했다.

어느 날 부장이 장막 안으로 들어와 아뢰었다.

"동오 군사들의 기강이 해이해졌다는 보고가 들어왔습니다. 이러한 허점을 이용하여 공격한다면 크게 승리할 것입니다."

양호는 껄껄껄 웃으며 대답했다.

"너희들에게는 육항이 우습게 보이느냐? 그는 재주와 꾀가 많은 인물이다. 지난날 그가 오주의 명을 받고 서릉(西陵)을 공격하러 왔을 때, 우리의 장수 보천(步闡) 등 수십 명의 목을 베는 것을 보고도 나는 구해낼 길이 없었다. 그가 장수로 있는 동안에는 우리는 변이 있을 때까지 기다렸다가 그 후에 공격하는 것이 좋겠다. 공연히 함부로 나갔다가는 패하기 십상이다."

여러 장수들은 그 말에 복종하여 물샐틈없이 강계(疆界)를 지켰다. 그러던 어느 날, 장수들을 거느리고 사냥을 나갔던 양호는 역시 그 때 마침 사냥 나온 동오의 육항과 마주치게 되었다.

양호는 자기 군사들에게 영을 내렸다.

"우리 군사들은 절대로 경계 밖으로 나가지 말라."

양호의 명이 떨어지자 진의 군사들은 자기의 경계 안에서만 사냥을 할 뿐, 오의 경계를 결코 침범하지 않았다.

동오의 육항은 이를 보고 탄식했다.

"양 장군 군사들의 규율이 저러하니 함부로 범할 수 없겠구나!"

날이 저물자 양편 장수는 군사들을 거느리고 돌아갔다. 군중으로 돌아온 양호는 사냥한 짐승들을 살펴보고 동오의 군사들이 먼저 쏘아 맞힌 짐승들은 모두 동오로 돌려보냈다.

동오의 군사들은 모두 기뻐하며 육항에게 보고했다. 육항은 짐승을 가지고 온 사람을 불러 물었다.

"너의 장군께서는 술을 좋아하시느냐?"

사자는 웃으면서 대답했다.

"특별히 좋은 술이 있을 때는 잡수십니다."

육항도 웃으며 말했다.

"나에게 아주 오랫동안 비장해둔 좋은 술이 한 말가량 있다. 네가 갈 때 가지고 가서 너희 장군께 드려라. 이 술은 내 손으로 친히 빚어 마시던 술인데 얼마 되지 않지만 특별히 보내는 것은 어제 사냥 가서 보여주신 정을 생각하여 드리는 것이라 여쭈어라."

사자는 육항이 주는 술을 가지고 돌아갔다.

좌우에서 육항에게 물었다.

"장군께서 적장에게 술을 보낸 것은 무슨 뜻에서였습니까?"

"그 사람이 우리에게 덕을 베풀었는데 우리가 어찌 보답하지 않겠느냐?"

모든 장수들이 육항의 덕에 놀랐다.

한편 육항이 준 술을 가지고 진지로 돌아온 사자는 육항이 물었던 이야

기며 술에 대한 이야기 등을 낱낱이 양호에게 보고했다. 양호는 빙그레 웃
으며 말했다.

"내가 술 마시는 것을 그 사람이 안단 말이냐?"

그리고 호리병 뚜껑을 열어 술을 한 모금 마셨다.

부장 진원(陳元)이 아뢰었다.

"술 속에 독약을 넣었을지도 모르니 도독께서는 찬찬히 살펴서 드십시
오."

양호가 웃으며 말했다.

"육항은 그럴 사람이 아니니 의심할 것 없다."

양호는 육항이 보내준 술을 다 마셔버렸다.

이후부터 양쪽 군사는 자연스레 서로 왕래하였다.

그러던 어느 날 육항이 사람을 보내어 양호의 안부를 물었다.

양호가 사자에게 되물었다.

"육 장군께서는 안녕하시냐?"

"장군님께서는 병으로 수일 동안 거동하지 못하고 누워 계십니다."

"장군께서 병환중이라니 나와 같구나! 내가 만든 좋은 약이 있으니 가져
다 드려라."

사자는 양호가 주는 약을 가지고 진지로 돌아와 육항에게 전했다.

여러 장수들이 육항에게 말했다.

"양호는 우리의 적입니다. 그 약은 틀림없이 몸에 해로운 약일 것입니
다."

육항이 말했다.

"그가 나를 죽이기야 하겠느냐? 그를 의심하지 말라."

육항은 그 약을 복용했다. 다음날 육항의 병이 쾌유되자 여러 장수들은
모두 절하며 좋아했다. 육항이 말했다.

"저들이 우리에게 덕을 베푸는 것은 싸우지 않고 우리를 복종시키겠다는
수작이다. 우리는 오직 강계만 지키고 다른 이득을 취하지 말아야 하겠다."

여러 장수들은 육항의 명령에 따라 공격을 하지 않았다.

이 때 갑자기 오주가 보낸 사자가 도착했다.

"천자께서 말씀하시기를 장군께서 빨리 진격하시어 진나라 군사가 먼저 들어오지 못하도록 하라고 명하셨습니다."

육항이 사자에게 말했다.

"그대는 먼저 돌아가시오. 내가 따로 상소문을 올려 알리겠소."

사자를 돌려보낸 육항이 상소문을 써서 건업으로 보내자 근신들이 육항의 표문을 오주 손호에게 올렸다. 손호가 뜯어본 육항의 표문에는 진을 함부로 정벌할 수 없는 이유와 오주에게 덕을 쌓아서 죄를 다스리고 나라 안을 편안케 하시라는 것과 무력으로 일을 해결하려는 것은 부당하다는 내용이 들어 있었다.

손호는 크게 노하여 소리쳤다.

"짐이 들은 바로는 육항이 변방에 있으면서 적과 내통한다고 하더니 과연 거짓말이 아니었구나!"

손호는 곧 사자를 보내어 육항의 병권을 빼앗고 사마로 좌천시킨 다음 좌장군 손기(孫冀)에게 대신 군사를 거느리게 했다. 그러나 어느 누구 한 사람 감히 오주의 부당함에 대해 간하지 못했다.

오주 손호는 연호를 건형(建衡)으로 바꾸고 다시 봉황(鳳凰) 원년에는 멋대로 군사들을 변방에 주둔시켜 지키게 하니 상하에 원망하는 소리가 점점 높아갔다.

승상 만욱·장군 유평(留平)·대사농(大司農) 누현(樓玄) 세 사람이 손호의 무도한 짓을 보고 더 이상 눈감을 수 없어 직언하자 손호는 이들을 모두 목베어 죽였다. 손호의 등극을 전후한 10여 년 사이에 중신 40여 명이 죽음을 당한 것이다.

손호는 출입할 때마다 5만여 철기병으로 하여금 호위케 하였으므로 여러 신하들은 두려워 어찌할 바를 몰랐다.

두예를 천거한 양호

한편 진의 양호는 육항이 병권을 잃었다는 소식을 듣고 손호가 덕을 잃

고 있음을 알았다. 양호는 바로 이 때를 노려 동오를 공격하겠다는 표문을
써서 낙양으로 보냈다.

양호의 표문은 다음과 같았다.

　　운수는 하늘이 준다고 하지만 공은 반드시 사람이 세우는 것입니다.
　지금 적들이 둔병하고 있는 강회(江淮)는 검각(劍閣)만 못하고, 손호의
　포악함은 유선보다 더하다고 합니다. 동오의 백성들이 겪는 어려움 또한
　파촉(巴蜀)보다 심하다 합니다. 더욱이 우리 대진의 병력은 어느 때보다
　강성하니 지금이 사해를 평정할 절호의 기회입니다. 그런데 이렇게 지키
　고만 있으면 천하가 정복욕에 휘말려 어려움을 겪게 될 것이고 성쇠만
　되풀이할 것이니 오래 기다릴 수만은 없는 일입니다.

사마염은 표문을 읽고 크게 기뻐하며 곧 군사를 일으키라는 영을 내렸
다. 그러나 가충·순욱·풍순(馮純) 등이 군사를 일으켜서는 안 된다고 설
득하는 바람에 사마염은 주저하다가 곧 흥사(興師)를 중지시키고 말았다.

양호는 자신이 올린 표문을 사마염이 윤허하지 않았다는 말을 듣고 탄식
했다.

"천하의 일이 뜻대로 되지 않는 것이 십중팔구인데, 하늘이 동오를 취할
기회를 주어도 취하지 못하니 애석한 노릇이다."

함녕(咸寧) 4년(서기 278년), 양호는 조정에 입조하여 몸이 불편하니 고향
에 내려가 요양하겠다고 아뢰었다.

사마염이 물었다.

"경에게 나라를 편안케 하고 변방을 다스릴 계책이 있을 것이니 과인에
게 이야기하오."

양호가 아뢰었다.

"손호의 포악함이 절정에 달해 있으니 싸우지 않고도 이길 수 있습니다.
만일 불행히도 손호가 죽고 어진 임금이 나온다면 폐하께서는 동오를 얻지
못하실 것입니다."

그제서야 사마염은 크게 깨닫고 말했다.

"경이 이번에 군사를 거느리고 정벌한다면 어떻겠소?"

"신은 나이도 많고 병이 깊으니 이를 담당할 적임자가 아닙니다. 폐하께서는 달리 지용(智勇)을 겸비한 사람을 기용하십시오."

양호는 사마염과 작별하고 고향으로 돌아갔다.

그 해 11월, 양호의 병이 위급하다는 소식을 듣고 사마염은 친히 어가를 타고 양호의 집을 찾아 병문안을 하였다.

사마염이 병상 앞에 이르자 양호는 눈물을 흘리며 말했다.

"신이 만 번 죽는다 해도 폐하의 은혜에 보답하지는 못할 것입니다."

사마염도 역시 눈물을 글썽이며 말했다.

"짐은 동오를 정벌하자는 경의 계획에 따르지 않은 것은 몹시 후회하고 있소. 경의 뜻을 이을 만한 인물이 누구인지 말해주오."

양호는 울면서 대답했다.

"신이 죽는 이 마당에 어찌 감히 어리석은 정성이나마 다하지 않겠습니까? 우장군 두예(杜預)가 적격자인가 합니다. 동오를 정벌하시려면 반드시 그를 기용하십시오. 그리고 제가 두예를 천거한 사실은 비밀로 하십시오."

"착하고 어진 사람을 천거하는 것은 좋은 일이오. 그러니 경이 조정에 나와서 천거하여 청사에 기록해야 하거늘 어찌하여 비밀로 하라는 거요?"

"마땅히 폐하를 조정 안에서 뵈어야 하는 것인데 이처럼 찾아 주신 은혜를 신하로서는 받을 수 없기 때문입니다."

이렇게 말하고 양호가 숨을 거두니 사마염은 목을 놓아 통곡하다가 궁으로 돌아갔다. 사마염은 양호에게 태부 거평후(鉅平侯)를 추증(追贈)했다.

남주(南州)의 백성들은 양호가 죽었다는 소문을 듣자 모두 철시(撤市)하고 양호의 죽음을 애도했다. 또한 강남을 지키던 변방의 무사들도 목을 놓아 울었으며, 양양의 백성들은 양호가 생존시에 즐겨 놀던 현산(峴山)에 사당과 비를 세우고 계절에 따라 제사를 지냈다.

오가면서 양호의 비문을 읽어보는 사람마다 눈물을 흘리며 그의 죽음을 애도하지 않는 사람이 없었으므로 그 비석을 '타루비(墮淚碑)'라고 했다.

후에 어느 시인은 이렇게 그의 죽음을 한탄했다.

노장 양호는 두예를 천거하며 기묘한 계책을 바치다. ≪繡像全圖三國演義≫에서

새벽에 진나라 신하를 대하는 감상이여	曉日登臨感晋臣
비석은 옛 것인데 현산은 봄이로구나.	古碑零落峴山春
소나무 가지에 뚝뚝 내린 이슬 방울	松間殘露頻頻滴
임종 때 흘렸던 그 눈물이 아니런가?	疑是當年墮淚人

진의 엇갈린 국론

진나라 주공 사마염은 양호의 유언에 따라 두예를 진남대장군(鎭南大將軍)으로 삼아 형주의 일을 감독케 했다.

　두예는 나이가 지긋하여 모든 일에 능숙했고 학문을 좋아했다. 그는 특히 좌구명(左丘明)의 《춘추좌씨전(春秋左氏傳)》을 좋아해서 늘상 옆구리에 끼고 다녔으며 나들이할 때에도 언제나 시동에게 이 《춘추좌씨전》을 들려 앞세워 데리고 다녔기 때문에 당시 사람들은 두예를 가리켜 '좌전벽(左傳癖)'이라고 불렀다.

　이러한 두예는 전왕의 명을 받고 양양으로 가서 백성들을 보살피고 군사를 양성하며 동오를 정벌할 시기만을 기다리고 있었다.

　이 때 동오의 정봉·육항 등 노장 충신들은 모두 죽고, 오주 손호는 매일 잔치를 베풀어 즐기며 신하들과 함께 곤드레가 되도록 취해 있었다. 뿐만 아니라 황문랑(黃門郎) 10명을 뽑아 규탄관(糾彈官)이란 벼슬을 주어 대신들의 행동거지를 일일이 살피도록 했다.

　연회가 끝나면 대신들에게 각자 잘못을 자백케 하여 범법자는 칼로 얼굴을 깎아내거나 눈알을 도려내는 것이 그들의 임무였다. 이리하여 나라 사람들은 모두 두려움에 떨 수밖에 없었다.

　바로 이 때 진나라 익주 자사 왕준(王濬)이 동오를 치자는 상소문을 올렸다.

　손호의 황음이 극심하여 반역의 기운이 높으니 속히 동오를 정벌하십시오. 만일 손호가 죽고 어진 사람이 주인이 된다면 정벌하기 어려울 것입니다. 신이 배를 만든 지 7년이 지나 이제는 그 배가 나날이 썩어가고 있습니다. 또한 신의 나이도 이제 70이니 언제 죽을지 모르는 일입니다. 만일 이 세 가지 중에 한 가지라도 어긋나면 일을 도모하기 어렵습니다. 부디 폐하께서는 이러한 절호의 기회를 놓치지 마십시오.

　진 황제 사마염은 여러 대신들을 불러 말했다.
　"왕준 공이 작고한 양호 도독과 똑같은 내용의 상소문을 올렸다. 짐도 그 뜻에 따르기로 결정했다."
　시중 왕혼(王渾)이 아뢰었다.
　"신이 들은 소문에 의하면 손호는 북쪽을 정벌하고자 이미 군사의 대오를 정비했다 합니다. 더욱이 성세가 대단한 모양이니 지금은 맞서 싸우기 어려울 것입니다. 앞으로 1년쯤 더 기다린 후에 저들이 지칠 때쯤 되어 방책을 세운다면 꼭 성공할 것입니다."

왕혼의 설명을 들은 진 황제는 왕준에게 조서를 내려 군사를 움직이지 못하게 하고 후궁으로 들어가 비서승상(秘書丞相) 장화(張華)와 함께 바둑을 두며 시간을 보내고 있었다. 이 때 근신이 달려와 변방에서 표문이 올라왔다고 아뢰었다. 그것은 바로 두예가 보낸 표문이었다. 그 표문의 내용은 이러했다.

지난날 양호가 조정의 신하들과 한마디 상의도 없이 은밀히 폐하께 천거했으므로 지금 조신들의 의견은 분분할 것입니다. 무릇 일이란 이해관계를 따져봐야 합니다. 이번에 거사한다면 십중팔구는 이로울 것이며, 손해보거나 헛수고하는 일은 없을 것입니다. 지난해 가을부터 우리는 부단히 적도들을 치려고 애써왔습니다. 우리가 이대로 중지한다면 손호는 도읍을 무창으로 옮겨 강남의 여러 성을 완전히 고치고 백성까지 이주시킬 것이니, 그 때는 성을 공략하기 어려울 것이며 들에는 보급할 군량미마저도 남아 있지 않게 되어 명년의 계획이 수포로 돌아갈 것입니다.

두예의 표문을 읽은 사마염이 생각에 잠겨 있을 때, 갑자기 장화가 자리에서 불쑥 일어나 바둑을 쓸어버리고 손을 모아 아뢰었다.

"폐하께서 백성을 잘 다스리고 무예를 기르시니 우리 진나라는 지금 아주 국부병강(國富兵强) 합니다. 그러나 오나라는 손호의 황음과 학정으로 백성들은 걱정에 싸여 있고 나라는 피폐해졌습니다. 만약 지금 동오를 친다면 힘들이지 않고 평정할 수 있을 것이니 폐하께서는 더 이상 주저하지 마십시오."

"경이 이미 이해관계를 훤히 들여다보고 하는 말 같은데, 짐이 다시 무얼 주저하겠느냐?"

사마염은 곧바로 조정에 나가 진남대장군 두예를 대도독에 임명하여 10만 군사를 거느리고 강릉(江陵)으로 나가라고 명했다. 또한 진동대장군 낭야왕(瑯琊王) 사마주(司馬伷)에게는 저중(滁中)으로 진격하라 하고, 정동대장군 왕혼에게는 횡강(橫江)으로, 건위장군 왕융(王戎)에게는 무창으로, 평남장군 호분(胡奮)에게는 하구(夏口)로 각기 군사 5만을 거느리고 나가 두예의 지휘를 받으라 했다.

또한 용양장군(龍驤將軍) 왕준과 광무장군(廣武將軍) 당빈(唐彬)에게는 수륙병(水陸兵) 20여 만과 전선 1만여 척을 거느리고 강동(江東)으로 내려가라 했다. 이어서 관남장군(冠南將軍) 양제(楊濟)를 양양으로 보내어 그 곳에 둔병하면서 여러 곳의 군마를 절제하라 했다.

이러한 소식은 속속들이 동오에 전해졌다. 오주 손호는 새파랗게 질려 급히 승상 장제(張悌)·사도 하식(何植)·사공 등수(藤修) 등을 불러 계책을 물었다.

승상 장제가 아뢰었다.

"거기장군 오연(伍延)을 도독으로 삼아 강릉으로 진격시켜 두예를 맞아 싸우라 하시고, 표기장군 손흠(孫歆)에게는 하구로 군마를 이끌고 나가 적을 막으라 하십시오. 신도 감히 장수가 되어 좌장군 심형(沈瑩), 우장군 제갈정(諸葛靚)과 함께 10만 군사를 거느리고 우저(牛渚)로 나가 여러 곳의 군마를 접응하겠습니다."

손호는 장제의 말에 따를 수밖에 없었다.

장제가 군사를 거느리고 나간 후, 후궁으로 물러간 손호의 얼굴엔 수심이 가득했다. 옆에 있던 중상시 잠혼이 그 까닭을 물었다.

손호가 걱정스러운 듯 말했다.

"진의 대병이 쳐들어왔으므로 여러 곳의 군사들에게 나가서 맞아 싸우라 했다. 그러나 왕준이 수만 군사를 이끌고 순풍에 배를 띄워 내려오는 그 예기가 대단하다고 하니 짐이 어찌 걱정하지 않겠느냐?"

"신에게 왕준이 거느리고 오는 배를 분쇄할 계책이 있습니다."

손호는 반기며 그 계책이 어떤 것이냐고 물었다.

잠혼이 아뢰었다.

"우리 강남에는 철이 많이 생산되니 그걸 두들겨서 고리를 만들어 100여 발의 쇠줄을 수백 개 만드시면 됩니다. 고리 하나의 무게를 2, 30근 되게

철공들은 연환삭을 만들다. ≪新録全像通俗演義≫ 三國志傳卷之二十

만들어 강 연안에 가로질러 설치해둡니다. 그리고 수만 개의 철기둥을 한 발 길이로 만들어 수중에 박아놓습니다. 그리하면 순풍을 타고 내려오던 적의 배들이 쇠기둥에 걸려 모두 부서져 강을 건너오지 못할 것이 아닙니까?"

손호는 크게 기뻐하며 당장에 엎드려 영을 내려 공인을 불러모아 밤낮을 가리지 않고 고리 쇠줄과 쇠기둥을 만들어 강의 양쪽 연안과 물 속에 설치하라 했다.

한편 진의 도독 두예는 강릉으로 출병한 후에 주지(周旨)에게 명하여 수군 800여 명을 작은 배에 태우고 은밀히 장강(長江)을 건너게 했다.

밤에 기습을 하여 낙향(樂鄕)을 손에 넣은 진군은 산림이 우거진 숲 속에 무수히 많은 깃발을 꽂아놓고, 낮에는 천지가 떠나갈 듯이 포를 쏘고 북을 울렸으며 밤에는 각처에 불을 대낮같이 밝혀 두었다.

주지는 두예의 영을 받고 다시 군마를 거느리고 강을 건너 파산(巴山)에 군사들을 매복시켰다.

다음날 두예는 대군을 거느리고 수륙 양면으로 진군해 들어가다가 도중에 전령을 만났다.

"오주가 오연을 육로로, 육경(陸景)을 수로로 보내고 손흠을 선봉에 세워 세 갈래로 우리와 맞서 싸우게 했습니다."

두예가 군사를 거느리고 앞으로 진격해나가니 동오 장수 손흠의 배가 먼저 당도해 있었다. 양쪽 군사가 교전할 무렵 두예는 슬며시 군사를 물렸다.

손흠은 군사를 지휘하여 언덕으로 올라 진군(晋軍)의 뒤를 추격했다. 이들이 20여 리나 진군의 뒤를 쫓아갔을 때, 갑자기 포 소리가 크게 한 번 울리더니 사방팔방에서 진군들이 뛰어나왔다. 이에 손흠은 질겁하여 급히 군사를 물리려 했다. 이 때를 놓치지 않고 두예가 물밀듯 엄습하니 동오의 군사는 크게 패하고 죽은 자의 수는 헤아릴 수도 없었다.

손흠이 도망쳐 성 가까이 갔을 때, 미리 그 곳에 매복해 있던 주지의 800군사들은 동오의 군사들 틈에 끼여 함께 성 안으로 들어갔다. 성 안으로 숨어든 진군들은 일제히 성 위에서 불길을 올렸다.

손흠은 크게 놀라 탄식했다.

"북쪽에서 온 진군들은 날아서 강을 건넜구나!"

손흠이 퇴군하려는 순간 갑자기 주지가 나타나 벽력같이 소리치며 칼을 휘둘러 손흠의 목은 눈깜짝할 사이에 날아갔다.

이 때 동오의 수군을 거느린 육경이 배 위에서 앞을 바라보니 강남쪽 언덕에서는 불길이 치솟고 파산 꼭대기에는 '진 진남대장군 두예(晋鎭南大將軍 杜預)'라 써진 커다란 깃발이 바람에 펄럭이고 있었다.

육경이 깜짝 놀라 허겁지겁 강둑에 올라 도망치려고 할 때, 진나라 장수 장상(張尙)이 말을 몰고 달려와 역시 눈깜짝할 사이에 육경의 목을 내리쳤다.

한편 자기편 군사가 모두 패한 것을 안 오연은 성을 버리고 달아나다가 복병해 있던 진군에게 붙잡혀서 포박되어 두예 앞으로 끌려갔다.

"살려두어도 쓸모 없는 놈이다!"

두예는 좌우 무사에게 명하여 오연의 목을 베게 하고 강릉을 완전히 장악했다. 뒤이어 원주(沅州)와 상주(湘州) 일대도 손에 넣었다. 이리하여 황주(黃州) 일대의 여러 고을들은 바람에 쓰러지듯 무너져 각 수령들이 관인을 바치고 투항했다.

두예는 사절을 보내어 백성들을 안심시키고 그가 거느린 군사들에게 추호도 법을 어기는 일이 없도록 명한 후 군사를 지휘하여 무창을 공격하니 무창은 순식간에 무너지고 말았다.

동오의 최후

군세를 크게 떨친 두예는 여러 장수들을 불러모으고 건업을 취할 대책을
협의했다.

호분이 말했다.

"100여 년의 원수를 아직 토벌하지 못한 것은 사실입니다. 그러나 지금
은 봄철 우기로 비 때문에 군사를 오래 머물게 할 수 없습니다. 내년 봄에
다시 군사를 일으키는 것이 좋겠습니다."

두예가 말했다.

"지난날 악의는 제서(濟西)의 한판 싸움에서 강한 제(齊)를 병합했다. 지
금 우리는 군세를 크게 떨치고 있으니 파죽지세로 나간다면 모두 와르르 무
너져 손을 쓸 수도 없을 것이다."

그는 곧 여러 장수들을 격려하여 일제히 군사를 거느리고 건업을 공략했
다.

이 때 용양장군(龍驤將軍) 왕준도 수군을 거느리고 내려왔다.

전령이 왕준에게 아뢰었다.

"동오의 군사들이 강 연안 일대를 가로질러서 쇠고리를 설치해 놓았으며
수중에는 쇠기둥을 세워 만반의 대비를 하고 있습니다."

보고를 받은 왕준은 껄껄껄 웃더니 수십만 개의 뗏목을 만들게 하여 그
위에 허수아비를 세웠다. 그리고 허수아비에다 갑옷을 입히고 장대를 들려
뗏목 둘레에 세운 후 물결을 따라 떠내려 보냈다.

이를 목격한 동오의 군사들은 진의 군사들이 몰려오는 것으로 알고 겁에
질려 도망쳤으며 수중에 박아놓은 쇠기둥은 뗏목에 걸려 모두 쓰러져 없어
지고 말았다.

진군은 다시 뗏목 위에 길이 10여 장에 둘레가 여남은 아름이나 되는 횃
불을 준비하여 기름을 붓고 불을 질렀다. 비록 철로 만든 사슬일망정 불 붙
은 뗏목에 닿자 모두 녹아 끊어졌다. 불 붙은 뗏목이 떠내려가니 동오의 군
사들은 크게 패할 수밖에 없었다.

이 때 동오의 승상 장제는 좌장군 심형과 우장군 제갈정에게 적을 막아 싸우라 했다.

심형이 제갈정과 상의했다.

"상류를 지키고 있던 군사들의 방비 소홀로 곧 진의 군사들이 들이닥치게 되었으니 우리는 사력을 다하여 싸울 수밖에 없소. 다행히 승리한다면 강남은 편안해질 것이며 불행히 패한다면 대사는 돌이킬 수 없게 되오."

"공의 말이 맞소."

이 때 진나라 군사들의 배가 물결을 따라 내려오고 있는데 감히 당해내지 못할 것 같다는 보고가 들어왔다.

심형과 제갈정은 깜짝 놀라 승상 장제에게 달려가 협의했다.

제갈정이 장제에게 말했다.

"동오가 처한 위기는 돌이킬 수 없는 것이 아닙니까?"

장제는 눈물을 흘리며 말했다.

"동오가 장차 망하리라는 것은 누구나 다 짐작하고 있던 터요. 그렇지만 임금과 신하가 모두 항복하는 국난을 당하고서도 죽은 사람이 한 사람도 없다는 것 역시 수치가 아니겠소?"

장제의 말을 듣고 제갈정도 눈물을 흘리다 돌아갔다.

장제는 심형과 함께 군사를 거느리고 대항했다. 그러자 진병이 일제히 몰려와 그들을 포위했다. 진군을 거느리고 먼저 오군의 진지에 들이닥친 장수는 주지였다. 동오 승상 장제는 사력을 다하여 싸우다가 군중에서 죽었으며 심형도 역시 주지의 칼에 죽으니 동오의 군사들은 뿔뿔이 흩어져 도망쳤다.

후에 장제의 죽음을 이렇게 애도했다.

두예가 큰 깃발 앞세워 파산에 나타나니   杜預巴山見大旗
강동 장제가 충정으로 죽는 때로구나!   江東張悌死忠時
왕기 떨어져 이미 남중은 다했건만   已拚王氣南中盡
승상의 책임을 알고 투생하지 아니했네.   不忍偸生負所知

한편 우저를 손에 넣은 진군은 동오의 국경 안으로 물밀듯 깊이 들어갔다. 이 사실을 왕준이 사마염에게 보고하자 사마염은 크게 기뻐했다.

가충이 사마염에게 아뢰었다.

"우리 군사들은 오랫동안 외지에 나가 싸우느라고 물과 잠자리가 체질에 맞지 않아 질병에 시달리고 있을 것입니다. 일단 군사들을 소환했다가 다시 일을 도모하는 것이 좋겠습니다."

옆에서 장화가 아뢰었다.

"지금 우리의 대군은 적의 소굴에 뛰어들었으니 동오는 간이 떨어지는 듯하여 두려워 떨고 있을 것입니다. 앞으로 한 달 내에 반드시 손호를 사로잡을 수 있을 것이니 경솔히 군사를 물린다면 지금까지 세운 공은 헛된 일이 될 것입니다."

사마염이 미처 응답하기도 전에 가충이 장화를 꾸짖었다.

"너는 천시(天時)와 지리(地利)도 살피지 못하면서 망녕되이 공만 세울 생각으로 사졸들을 괴롭히려 하느냐? 비록 네놈의 목을 벤다 하더라도 천하에 그 죄는 용서받지 못하리라."

사마염이 가충을 타일렀다.

"짐의 뜻도 장화와 같다. 다툴 것이 뭣이 있느냐?"

이 때 두예가 표문을 올렸다는 보고가 들어왔다. 사마염이 표문을 받아 읽으니 급히 진격하겠다는 내용이었다.

사마염은 더 이상 주저할 것이 없다고 생각하며 동오를 정복하라는 영을 내렸다. 사마염의 명을 받은 왕준 등이 수륙 양면으로 바람과 번개처럼 북을 울리며 진격해나가니 동오의 군사들은 진의 깃발만 보고도 항복했다.

이런 사실을 전해 들은 오주 손호는 크게 당황하여 어쩔 줄을 몰랐다.

여러 신하들이 손호에게 아뢰었다.

"북쪽 진의 군사들은 수일 내에 들이닥칠 것이고, 우리 강남의 군사들은 싸울 생각도 않고 항복할 것이니 어찌하면 좋겠습니까?"

"왜 싸우지 않는다는 말이냐?"

모든 신하들이 설명했다.

"오늘의 화근은 잠혼이 저지른 죄 때문이니, 청컨대 폐하께서는 그를 주

장상은 수병을 이끌고 나가 적과 맞서다. ≪新錄全像通俗演義≫ 三國志傳卷之二十

살하십시오. 그리하면 신들은 성 밖으로 나가 죽기를 각오하고 싸우겠습니다."

"그까짓 내시 하나가 어찌 나라를 그르친다는 말이냐?"

신하들은 큰 소리로 외쳤다.

"폐하께서는 지난날 파촉 황호의 경우를 못 보셨습니까?"

여러 신하들은 오주의 명을 기다릴 것도 없이 일제히 궁중으로 달려들어가 잠혼을 죽이고 살점을 도려내 그 살을 날로 씹었다.

도준(陶濬)이 손호에게 아뢰었다.

"신이 거느린 전선은 모두 작은 것뿐입니다. 큰 배와 2만 군사를 주신다면 적을 격파하겠습니다."

손호는 도준의 말에 따라 어림군을 선발하여 도준에게 내주면서 상류로 올라가 적을 막으라 했다. 또한 전장군 장상(張象)에게는 수군을 거느리고 하류로 나가 적과 싸우라는 영을 내렸다.

도준·장상 두 사람이 군사를 거느리고 나가는데 예상치도 못했던 서북풍이 크게 불었다. 동오 군사들의 깃발은 모두 바람에 꺾여 쓰러졌다. 군사들은 쓰러진 깃발을 세울 생각은 하지도 않고 도주하기에 바빴으며 오직 장상이 거느린 수십 명의 군사들만이 적을 맞아 싸웠다.

이 때 진나라 장군 왕준은 돛을 높이 올리고 삼산(三山)이라는 곳을 지나고 있었다.

이 때 사공이 아뢰었다.

"풍파가 심해서 배를 움직일 수 없습니다. 바람이 잠잠해지면 그 때 나가는 것이 좋겠습니다."

왕준은 크게 노하여 칼을 뽑아 들고 꾸짖었다.

"목하 석두성(石頭城)을 취하려 하는데 어찌 머물자고 하느냐!"

왕준이 북을 울리며 진군하니 동오의 장수 장상은 군사들을 거느리고 항복했다.

왕준이 장상에게 말했다.

"그대가 진심으로 투항했다면 전부(前部)가 되어 공을 세우도록 하오."

장상은 동오의 배를 앞세워 다시 석두성 아래에 당도하여 성문을 열라고 소리쳤다. 동오의 군사들이 자기편 장수의 말을 듣고 성문을 열자 장상은 앞장서서 진군을 성 안으로 맞아들였다.

진나라 군사들이 이미 입성했다는 말을 듣고 손호가 자결하려고 하자 중서령(中書令) 호충(胡沖)과 광록훈(光祿勳) 설형(薛瑩)이 아뢰었다.

"폐하께서는 어찌하여 안락공(安樂公) 유선의 예를 따르지 않습니까?"

손호는 이들의 말에 귀가 솔깃하여 스스로 몸을 결박한 후, 관을 준비하고 여러 문무대신들을 거느리고 왕준의 군전에 나가 항복했다.

왕준은 손호의 결박을 풀어주고 관을 불태웠으며 손호를 왕의 예우로 대접했다.

후에 어느 당나라 시인은 이렇게 한탄했다.

왕준의 배들이 익주로 내려가니	王濬樓船下益州
금릉의 왕기 서서히 사라졌네.	金陵王氣黯然收
천여 개의 쇠사슬 강 밑에 잠기고	千尋鐵鎖沈江底
석두성에 나부끼는 항복의 깃발 하나,	一片降旛出石頭
인간 세상에 가슴 아픈 일 그 몇 번인가?	人世幾回傷往事
의구한 산 그림자만이 물에 잠겼네.	山形依舊枕寒流

| 사해의 백성들이 만나 한집안 되는 날 | 今逢四海爲家日 |
| 옛 진지엔 갈대만 나부끼는구나! | 故壘蕭蕭蘆荻秋 |

진의 천하통일

이리하여 동오의 4주(州)·83군(郡)·313현(縣)과 52만 3천호(戶), 장군과 관리 3만 2천, 병사 23만, 남녀노소 230만 그리고 곡식 280만 섬, 배 5천여 척, 후궁 5천여 명이 모두 진나라로 돌아갔다. 대사가 이렇게 결정되자 방문을 붙여 백성들을 위로하고 관공서와 창고를 봉인했다.

다음날 도준의 군사들은 싸워보지도 못하고 저절로 무너졌다.

낭야왕 사마주와 왕융의 대군이 당도하여, 왕준이 이미 큰 공을 세운 것을 보고 크게 기뻐했다.

이튿날 두예가 당도하여 크게 잔치를 베풀어 군사들을 위로하고 창고문을 열어 동오의 백성들을 구제하니 동오의 백성들은 그제야 안도의 숨을 쉬었다.

오직 건평(建平) 태수 오언(吳彦)만이 성을 지켜 끝까지 싸웠으나 동오가 망했다는 소문을 듣고 그도 역시 항복했다.

왕준은 표문을 올려 이러한 사실을 사마염에게 알렸다. 조정의 신하들은 동오가 이미 평정되었다는 소식을 듣고 축하하며 사마염에게 하례올렸다. 사마염은 술잔을 들고 눈물을 흘리며 말했다.

"이 모두가 태부 양호의 공인데, 죽어 이 자리에 없으니 애석한 일이구나!"

표기장군 손수(孫秀)는 조정에서 물러나와 남쪽을 바라보며 통곡했다.

"지난날 젊은 시절에 역도들을 토벌하기 위해 일개 교위(校尉)로 기업(基業)을 세웠는데 오늘날 손호가 강남을 송두리째 버렸으니 푸른 하늘이여, 이게 웬일이란 말인가!"

한편 왕준은 반사(班師)하여 손호를 대동하고 낙양으로 갔다.

전(殿)에 오른 손호는 머리를 조아리고 진제(晋帝)를 뵈었다.

진제 사마염은 손호에게 자리를 권하며 말했다.

"짐은 이 자리를 마련하고 오랫동안 경을 기다렸소."

그러자 손호가 답했다.

"신도 역시 남방에서 이와 같이 자리를 마련하고 폐하를 기다리고 있었습니다."

사마염은 껄껄껄 웃었다.

옆에 있던 가충이 손호에게 물었다.

"그대가 남방에 있을 때 사람들의 눈알을 빼고 얼굴 가죽을 칼로 도려냈다고 하는데 그것은 어떤 형벌이오?"

손호가 대답했다.

"신하로서 임금을 살해하려고 하는 간사하고 불충한 자를 그 형벌에 처했습니다."

가충은 손호의 잔인함에 입을 열지 못했다.

진제 사마염은 손호에게 귀명후(歸命侯)라는 작위를 내리고 손호의 아들 손봉(孫封)에게도 중랑(中郎)이란 벼슬을 주었으며 함께 항복한 재상들을 모두 열후(列侯)에 봉했다. 또한 진중에서 장렬하게 싸우다 죽은 승상 장제의 자손에게도 벼슬을 내렸다. 이어서 동오를 얻는 데 크게 공을 세운 왕준을 보국대장군(輔國大將軍)에 임명하고 기타 여러 장수들에게도 각기 공로에 따라 벼슬을 올려주었다.

이로부터 3국은 완전히 진제 사마염의 손에 넘어가 통일된 나라를 이루었다. 이것이 소위 '천하의 대세는 오랫동안 합해져 있으면 나누어지게 마련이고, 오랫동안 나누어져 있으면 반드시 합해진다(天下大勢 合久必分 分久必合)'는 하늘의 이치다.

후한의 황제 유선이 죽은 것은 진나라 태시(太始) 7년(서기 271년)의 일이요, 위주(魏主) 조환은 태안 원년(서기 302년)에 죽었고, 오주 손호는 태강 4년(서기 283년)에 죽어 한 많은 세상을 마쳤다.

후에 어떤 사람이 다음과 같은 서사시로 3국의 흥망성쇠를 읊었다.

고조가 칼을 들고 함양에 들어가니   高祖提劍入咸陽

진조가 천하를 통일하다. ≪新鋟全像通俗演義≫ 三國志傳卷之二十

이글거리는 태양이 부상 하늘에 떠올랐네.	炎炎紅日升扶桑
광무가 용처럼 일어나 대통을 이루고	光武龍興成大統
금빛 까마귀 천중에 높이 날았네.	金烏飛上天中央
애재라, 헌제가 천하를 이었지만	哀哉獻帝紹海宇
붉은 해 서산에 떨어질 줄이야!	紅輪西墜咸池傍
하진은 내시들의 난을 바로잡지 못하고	何進無謀中貴亂
양주의 동탁이 조당을 차지했네.	涼州董卓居朝堂
왕윤은 역도들을 주살하려 계획했고	王允定計誅逆黨
이각·곽사는 창칼을 들고 일어났네.	李催郭氾興刀槍
사방의 도적들 개미 떼처럼 모여들고	四方盜賊如蟻聚
곳곳의 간웅들 매처럼 날아들었네.	六合奸雄皆鷹揚
손견·손책은 강의 왼쪽에 터전을 잡고	孫壁孫策起江左
원소·원술은 하량에서 일어났네.	袁紹袁術興河梁
유언 부자는 파촉에 자리를 잡았고	劉焉父子據巴蜀
유표는 형주·양주에 군사를 두었네.	劉表軍旅屯荊襄
장수와 장로는 남정에서 패권을 잡고	張脩張魯覇南鄭
마등과 한수는 서량을 지켰네.	馬騰韓遂守西涼

도겸 · 장수 · 공손찬은

웅재를 떨쳐 각처를 점령했네.

조조가 전권을 장악하여 승상이 되니

빼어난 선비를 손에 넣고 문무를 휘둘렀네.

천자보다 더한 위엄으로 제후를 호령했고

범 같은 군사를 거느려 중원을 진압했네.

누상촌의 현덕은 본래 황실의 자손인데

관우 · 장비와 결의를 맺고 한실을 일으켰네.

동분서주 터전을 얻지 못했고

장수는 적고 군사도 미약하니 나그네 되었네.

남양 초옥에 삼고초려 정이 깊으니

와룡은 천하를 삼분할 것을 알았네.

형주를 취하고 서천을 취하니

패업을 떨쳐 왕이 되었네.

오호라, 즉위한 지 3년 만에 승하하니

백제성에서 탁고하는 그 마음 아파라!

공명은 여섯 번 기산으로 출사하여

천하를 받들려고 애를 썼다네.

역수가 다할 줄 그 누가 알았으랴

장성이 한밤중에 산허리에 떨어졌네!

강유는 혼자만 기력이 높은 줄 알고

아홉 번 중원을 쳤으나 헛되이 끝났네.

종회와 등애 군사를 나누어 진병하니

한실은 모두 조씨의 손에 넘어갔네.

조비 · 조예 · 조방 · 조모 · 조환에 이어

사마씨가 또다시 천하를 차지했네.

수선대 앞엔 운무가 자욱이 일고

석두성 아래엔 파도도 잠들었네.

진류왕 · 귀명후 · 안락공 등

陶謙張繡公孫瓚

各逞雄才占一方

曹操專權居相府

牢籠英俊用文武

威震天子令諸侯

總領貔貅鎭中土

樓桑玄德本皇孫

義結關張願扶主

東西奔走恨無家

將寡兵微作羈旅

南陽三顧情何深

臥龍一見分環宇

先取荊州後取川

覇業王圖在天府

嗚呼三載逝升遐

白帝託孤堪痛楚

孔明六出祁山前

願以隻手將天補

何期歷數到此終

長星夜半落山塢

姜維獨憑氣力高

九伐中原空劬勞

鍾會鄧艾分兵進

漢室江山盡屬曹

丕叡芳髦纔及奐

司馬又將天下交

受禪臺前雲霧起

石頭城下無波濤

陳留歸命與安樂

왕후공작이 모두 한뿌리에서 돋은 싹일세.　　王侯公爵從根苗

분분한 세상사 다할 날 없으니　　　　　　　紛紛世事無窮盡

망망한 천수를 벗어날 길 없구나!　　　　　天數茫茫不可逃

솥발 같은 삼분천하 한낱 꿈이니　　　　　鼎足三分已成夢

후세 사람들 공연히 소동만 피우네.　　　後人憑弔空牢騷

▨ 추천사

역사와 인생의 교과서

權 德 周
(숙명여대 교수·중문학)

《삼국지》는 《수호전》·《서유기》·《금병매》와 더불어 중국 소설의 4대기서(四大奇書)라 하여, 명(明)·청(淸) 이래로 오늘에 이르기까지 남녀노소, 상하 귀천 없이 가장 널리 환영받아 온 소설 중의 하나다. 〈삼국지 독법(三國志讀法)〉에 따르면 '《삼국지》를 읽는 것이 《서유기》나 《수호전》을 읽는 것보다 낫다. 《서유기》는 요마의 일을 꾸민 것이며, 《수호전》은 문장이 진실되어 《서유기》의 황당함보다는 나으나, 무(無)에서 유(有)를 만들어 임의로 하였으니 그 창작성에 혼란이 있다고 한다'고 한다. 여기에서 보이는 것처럼 《삼국지》의 첫째 특징은 엄연한 역사 사실을 근거로 한 '역사 소설'이라는 점이다. 원(元)나라 말 명(明)나라 초기의 나관중(羅貫中)이 쓴 이 소설은 진(晋)나라 평양후(平陽侯) 진수(陳壽)의 작(作)인 정사(正史) 《삼국지》가 아닌 위(魏)·촉(蜀)·오(吳)의 삼국사(三國史)를 소설화한 것으로, 그 내용은 대략 후한 영제(靈帝)의 즉위(서기 168년)로부터 진(晋) 무제(武帝)의 태강(太康) 원년(서기 280년)에 이르는 100여 년에 걸친 파란만장한 역사를 다룬 것이다.

이 책을 한번 손에 잡으면 밤새는 줄 모르고 끝까지 읽게 되는데, 그러한 마력은 과연 어디에서 오는 것일까? 그것은 물론 나관중의 유려한 필치와 숨막히는 사건의 변화에도 있겠으나, 무엇보다도 이 소설이 살아 숨쉬는 엄연한 역사의 기록이기 때문이라고 생각한다. 따라서 그것은 아주 좋은 역사 교과서일 뿐 아니라, 세상을 살아나가는 데 필요한 인생의 참고서로도 다시 없이 훌륭한 것이라고 생각한다. 여기에서 우리는 사회를 배우고 인생을 배우게 된다. 사랑과 미움, 정직과 사악 그리고 충효·절의의 참모습을 생동감 있게 느끼고 생각하게 될 것이다. 나아가서 역사의 흥망과 정치의 성패 그리고 인간 심리의 미묘한 점까지도 꿰뚫어볼 수 있는 높은 식견과 안목이 생기게 되는 것이다. 제갈량(諸葛亮)의 '출사표'를 읽기 전에는 충신을 논하지 말고, 이밀(李密)의 '진정표'를 읽기 전에는 효도를 논하지 말라는 말이 있다. 그렇다면《삼국지》야말로 충효·절의는 물론이요, 중국인의 심성과 사고(思考)의 특징까지도 잘 알 수 있게 해주는 중국 민족의 걸작품임에 틀림이 없다고 하겠다. 충(忠)에 있어서는 제갈량이 유비에게 신명을 바친 것이 대표적이요, 의(義)로서는 유비·관우·장비 등이 형제로서 도원결의(桃園結義)하여 끝까지 그 관계를 유지한 것이 대표적이며, 효(孝)의 면에서는 손책·손권 형제와 서서·태자사·강유 등의 효행이 뛰어났고, 절(節)의 면에서는 그 예가 무수히 많으나, 특히 관우가 조조의 호의를 거절하고 유비에게 돌아가는 것이 대표적인 경우가 될 것이다. 이처럼 이 작품은 충효·절의를 권장하고 반역·불효·패절·불의를 미워함으로써 읽는 사람에게 정의가 이기고 불의는 응징을 받게 되는 이치와 인생의 제반 규범을 실증적으로 제시해주고 있는 점에서 그 가치가 높이 평가되고 있는 것이다.

《삼국지》가 지난날에 환영을 받았을 뿐 아니라 오늘날에도 꾸준히 많은 독자의 사랑을 받으며, 살아 있는 고전이란 평가를 받고 있는 것은 또 다른 면에서 그 이유를 찾을 수가 있다. 이 책이 충효·절의를 내세우면서도 결코 구시대의 봉건적 기준에 집착하고 있지 않다고 하는 데 주목하게 된다. 당시 통치자들의 무능과 부패, 암흑과 혼란을 노출시키는 것으로부터 시작하고 있는 이 소설은, 통치자들을 옹호하기보다는 오히려 하층 계급 농민과 군중들에 대해서 많은 관심을 기울이고 있다.《삼국지》는 정사(正史)《삼국지》와는 달리 촉(蜀)을 정통으로 보는 입장이기 때문에, 이 소설에서 유비는 가장 이상적인 인물로 표현되어야 함에도 불구하고, 그 묘사는 그리 신통치가 않다. 유비를 오히려 무능과 허위에 가깝게 묘사하였고, 반면 불평불만의 화신처럼 언제나 약자의 입장에 서는 장비는 전편을 통해서 매우 돋보이게 하였으며 애착을 느끼게 하고 있다. 이것은 애초부터 작자가 특별한

의도에서 시도한 것이 아닐는지는 모르나, 여하간 이 소설의 현실주의적 광채(光彩)를 한층 빛나게 해주고 있다고 본다.

작자는 또 삼국의 역사를 통해서 정치의 발전과 역사의 발전 원칙에 대하여 나름대로의 관념과 식견을 보유하고 있다고 생각한다. 그러한 자신의 안목으로, 《삼국지》는 시종해서 절실한 현실 문제, 주로 정치와 군사 문제를 다루고 있다는 점에서 다른 소설에서 유례가 없을 만큼 독특하다고 본다. 그런 점에서 정치하는 사람, 군인, 사업가, 경영자, 그리고 인생과 역사를 배우고자 하는 모든 사람에게 참으로 좋은 인생의 지침서가 되리라고 생각한다.

끝으로 역자 황병국(黃秉國) 교수는 중국 문학을 전공한 한학자인 데다 20여 년 간 국어를 가르친 경험이 있는 분이어서, 그 필치가 매우 유려한 것으로 정평이 있는 분이다. 그의 번역은 원작자 나관중의 생각을 유감없이 표현해주고 있다. 금상첨화로 인쇄와 제본이 뛰어나고 인물 컷이나 지도를 삽입하여 《삼국지》의 이야기에 어울리게 시원스럽고 예쁘게 짜여져서 더욱 호감을 갖게 한다. 그리고 특히 이 책은 《삼국지》 원본(原本)에 충실하게 번역을 하였고, 시가(詩歌)와 표(表) 등이 모두 원문(原文)과 함께 실려 있어서 한시(漢詩)·한문(漢文) 공부에도 매우 훌륭한 교재가 될 것이기 때문에 독자들에게 특별히 이 점을 강조하며 일독을 권장하는 바다.

부록

삼국(三國)의 세계표(世系表)

촉(蜀)

① 소열제 유비 —— ② 후주 유선 → 〔위(魏)에 항복하고 망함〕
　(昭烈帝 劉備)　　　　(後主 劉禪)
　221〜223　　　　　　224〜265

위(魏)

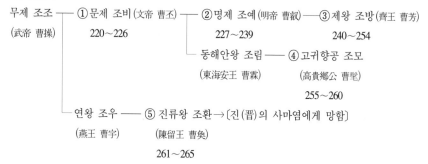

무제 조조 ── ① 문제 조비 (文帝 曹丕) ── ② 명제 조예 (明帝 曹叡) ── ③ 제왕 조방 (齊王 曹芳)
(武帝 曹操)　　　220〜226　　　　　　　227〜239　　　　　　240〜254

　　　　　　　　　　　　　　　└ 동해안왕 조림 ── ④ 고귀향공 조모
　　　　　　　　　　　　　　　　　(東海安王 曹霖)　　　(高貴鄕公 曹髦)
　　　　　　　　　　　　　　　　　　　　　　　　　　　255〜260

　　　　　　└ 연왕 조우 ── ⑤ 진류왕 조환 → 〔진(晋)의 사마염에게 망함〕
　　　　　　　　(燕王 曹宇)　　(陳留王 曹奐)
　　　　　　　　　　　　　　　261〜265

오(吳)

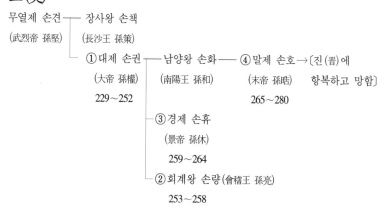

무열제 손견 ── 장사왕 손책
(武烈帝 孫堅)　　(長沙王 孫策)

　　　　　　└ ① 대제 손권 ── 남양왕 손화 ── ④ 말제 손호 → 〔진(晋)에
　　　　　　　　(大帝 孫權)　　(南陽王 孫和)　　(末帝 孫晧)　　항복하고 망함〕
　　　　　　　　229〜252　　　　　　　　　　　　265〜280

　　　　　　　└ ③ 경제 손휴
　　　　　　　　　(景帝 孫休)
　　　　　　　　　259〜264

　　　　　　　└ ② 회계왕 손량 (會稽王 孫亮)
　　　　　　　　　253〜258

《삼국지》의 연대표

연호	서기		중요 사건과 사항
중평1	184	정월	장각 봉기——황건적의 난 일어나다.
			유비·관우·장비의 도원결의.
		3월	하진, 대장군이 되다.
		8월	장각 죽다.
5	188	8월	조조는 전군교위, 원소는 사예교위가 되다.
6	189	4월	영제 죽고 소제 즉위.
		8월	원소, 환관을 멸하다. 동탁, 낙양에 진주.
			여포, 정원을 죽이다.
		9월	동탁, 소제를 폐하고 진류왕을 세우다. (헌제 즉위)
초평1	190	정월	동탁, 홍농왕(소제) 독살.
			원소를 맹주로 하여 관동의 군웅을 동원, 군사를 일으키다.
		2월	동탁, 낙양에서 장안으로 천도. 손견, 옥새를 입수하다.
3	192		원소, 공손찬을 계교에서 격파.
		4월	왕윤·여포, 동탁을 암살하다.
		6월	이각·곽사, 왕윤을 죽이고 장안을 점거.
			여포, 장안을 탈출하여 관동으로 도주하다.
		11월	손견 죽고 손책 뒤를 잇다.
4	193	여름	도겸, 서주목이 되다.
흥평1	194	2월	조조가 서주를 공격하다.
		여름	서주목의 도겸이 병으로 죽고 유비에게 서주를 인계하다.
			익주목의 유언이 죽고 유장이 뒤를 잇다.
2	195	여름	여포, 조조에게 대패하여 유비에게 가다.
		7월	헌제, 낙양으로 향하다.
건안1	196	9월	조조, 헌제를 맞이하고 대장군이 되다.
		10월	조조가 익주목이 되다.
			유비, 여포에게 하비를 빼앗기고 패주.
			조조에게 의지하다.
3	198	12월	여포, 조조에게 항복하여 죽음을 당하다.
4	199	정월	유비, 조조 암살 모의에 가담.
			허도를 탈출하여 원소에게 가다.
			원소, 공손찬을 죽이고 하북 제압.
		12월	조조, 관도에서 원술에게 대승. 원술 죽다.

연호	서기		중요 사건과 사항
			조조, 서주에서 유비를 무찌르고 관우를 사로잡다.
5	200	4월	손책 죽고 손권이 뒤를 잇다.
6	201		유비, 조조에게 대패. 형주의 유표에게 의지하다.
7	202	5월	원소, 병을 얻어 죽다.
9	204	7월	조조, 원소의 후사 원상을 치고 하북을 평정.
12	207	봄	유선 태어나다.
		9월	요동 태수 공손강, 원상의 수급을 조조에게 바치다.
		겨울	유비, 제갈공명을 삼고의 예로 맞이하고 공명은 천하 삼분의 계책을 이야기하다.
13	208	6월	조조, 승상이 되다.
		7월	조조, 남정군을 일으켜 형주를 치다.
		8월	형주목 유표 죽고 유종이 대를 잇다.
		9월	조조, 신야를 공략.
			유종은 조조에게 항복하고 형주를 넘겨주다.
			유비, 장판전에서 대패하고 하구로 도주.
			미 부인 죽다.
			유비, 공명을 사자로 손권에게 보내어 오와 동맹을 맺다.
		12월	적벽전에서 조조 대패.
14	209		유비, 형주목이 되고 손권의 동생을 부인으로 맞다.
			주유, 조인의 군대를 대파.
15	210	12월	조조, 동작대를 세우다.
			주유가 죽고 노숙이 대신하다.
16	211	정월	방통, 유비의 막하에 들어 부군사가 되다.
		9월	유비, 익주목 유장의 청에 익주로 가다.
17	212	10월	조조의 모사 순욱 자결하다.
		12월	유비, 촉의 요충지대 점령.
18	213	5월	조조, 위공이 되다.
		8월	정서장군 마등 죽다. 마초, 양주에서 거병.
			유비, 성도에 진격. 방통, 낙성에서 죽다.
19	214		마초, 유비의 수하에 들다.
		5월	유장은 유비에게 항복하고 성도로 들어간 유비는 익주목이 되다.

연호	서기		중요 사건과 사항
		12월	조조, 복 태후·복완 일족을 살해하다.
			유비와 손권, 형주를 두고 대립.
20	215	정월	조조의 3녀, 헌제의 황후가 되다.
		12월	오두미도의 교주 장로, 조조에게 항복.
			조조가 한중을 평정하다.
21	216	5월	조조, 위왕이 되다.
22	217		노숙 죽고 여몽이 대도독이 되다.
23	218	4월	유비, 한중에서 위와 대항.
24	219	7월	유비, 스스로 한중왕이 되다.
		10월	조조·손권 동맹.
			관우, 양군의 협공을 받고 손권에게 죽다.
		12월	여몽 죽다.
황초1	220	정월	조조 죽고 조비가 제위에 올라 위왕이 되다.
		10월	조비, 수선대에 올라 황제가 되다. (문제)
			황초라 건원.
		12월	낙양으로 천도.
2	221	4월	유비, 황제라 칭하고 촉을 건국.
			공명, 승상이 되다.
		7월	유비, 손권 토벌의 명을 내리고 군대를 일으키다.
			장비, 부하에게 살해되다.
		8월	손권, 위와 제휴하여 오주에 봉해지다.
3	222	3월	유비, 오 정벌군을 일으켜 이릉으로 진출하나 오의 육손에게 대패.
			백제성에 머무르다.
		9월	손권, 위에서 독립. 황무로 건원.
			삼국이 정립되다.
4	223	4월	유비 죽고 후주 유선 즉위.
5	224	여름	촉·오 동맹하다.
6	225	3월	공명, 남만을 원정하다.
7	226	5월	위의 문제 죽자, 아들 조예 즉위. (명제)
태화1	227	3월	공명 '출사표'를 올리고 한중에 진군.
			위, 태화라 개원.

연호	서기		중요 사건과 사항
2	228	봄	공명, 제1차 북벌. 기산에 진출했으나 가정에서 패하고 그 책임을 물어 스스로 벼슬을 낮추고 마속을 참하다.
3	229	4월	손권이 황제라 칭하고 황룡이라 건원.
			촉의 조운 죽다.
5	231	2월	공명의 제2차 북벌.
			목우 유마를 만들어 사마의를 격파.
청룡1	233		위, 청룡이라 개원.
2	234	2월	공명, 제3차 정벌 결행.
			기산에 진을 세우다.
		3월	헌제 죽다.
		4월	공명, 오장원에 진출하여 사마의와 대진.
		8월	공명이 오장원의 진중에서 죽다.
3	235		명제, 낙양의 대개수공사(大改修工事) 하다.
경초1	237		명제, 위를 경초라 개원.
			공손연, 스스로 연왕이 되다.
2	238	8월	사마중달이 공손연을 공격, 양평에서 참하다.
3	239	정월	명제 죽고 아들 조방 즉위.
			사마중달, 태부가 되어 정사를 보필.
8	244		조상, 촉에 침범하였으나 패배.
			육손 죽다.
가평1	249		사마의, 조상·하안 등을 죽이고 정권을 잡다.
3	251	8월	사마중달 죽고 사마사가 뒤를 잇다.
4	525	4월	손권 죽고 아들 손량 즉위.
정원1	254		사마사, 조방을 폐하고 조모를 세우다.
2	255		사마사 죽고 사마소가 그 뒤를 잇다.
경원4	263		촉의 후주, 위에 항복. (촉 멸망)
태시1	265	8월	사마염이 뒤를 이어 제위에 올라 진을 건국.
7	271		후주 안락공 유선 죽다.
태강1	280		손호, 진에 항복. (오 멸망)
			진의 천하통일 이룩하다.

▨ 독후감

도세(都世)의 처세훈
—나관중의《삼국지》를 읽고—

강성진

역사엔 인간의 위대함과 저열함, 인간의 영광과 비참, 그리고 인간의 승리와 패배라는 두 개의 주제가 병행한다. 역사의 기조(基調)는 어김없이 이 책 속에 등장하는 수많은 영웅호걸들의 부침 속에 그 명암(明暗)을 수놓고 있음을 반증해주고 있다.

중국 후한(後漢) 말에서부터 진(晉)나라가 통일하기까지 약 100여 년 간의 역사를 무대로 한 시대의 역사적 사건 위에 허구를 더해서 통속화시킨 일종의 소설적인 작품이다. 《삼국지》이야기는 내용 전개가 사실적이면서 흥미진진하여 책을 대할 때마다 새롭고 현실에 찌든 삶의 때를 한 겹씩 벗겨내는 마력을 지니고 있다.

내가 《삼국지》를 처음 접하게 된 것은 국민학생 무렵, 조부님께서 많은 이야기를 들려주시는 가운데 늘 《삼국지》에 나오는 유현덕·관운장·장비의 도원결의로부터 조자룡의 무용담과 장판교 싸움, 적벽대전, 출사표의 단편적인 내용에 이르기까지 시간날 때마다 나를 앉혀놓고 몇 차례 설파하면서 이들을 닮아야 한다고 훈계하신 때문이다. 그때 나도 모르게 신이 나고 주먹을 불끈 쥐면서 유비가 이끄는 정의 편에 서서 흥분했었던 감격이 여태껏 남아 있음은, 이 영웅들을 모델로 젊은 날의 꿈을 남모르게 혼자의 마음속에 키워왔던 게 아닌가 하는 생각을 떨쳐버리지 못한다.

천하에 새로운 것은 없다고 했던가. 2000년 세월을 사이에 두고 있지만 이 작품을 다시 읽어가면서 마치 그 시대 영웅들과 만나 곁에서 자연스런 대화를 나누기라도 하듯, 심오한 인간내면 깊은 곳까지 빨려들게 하는 글이 아직도 나의 심금을 울려주고 있는 것이다.

수많은 영웅과 야심만만한 책략가들이 천하의 쟁패를 놓고 다투었던 사건내용에서, 혹은 큰 꿈의 장려(壯麗)함을 일깨우고 혹은 인간사의 덧없음을 속삭여주곤 하는 것이다.

"《삼국지》를 읽지 않은 사람하고는 대화를 하지 말라"는 시중의 속언(俗諺)을 경구로 받아들여야 할 만큼 영원불멸의 고전이라 불릴 만하다.

영국의 문예비평가 칼라일이 "시대가 영웅을 낳게 하느냐, 아니면 영웅이 시대를 만드는 것이냐"라고 선택적으로 갈파한 바 있으나 어쨌든 시대는 자신의 화려함을 빛내기 위해 영웅들을 한곳으로 불러모으게 되는 것인가. 변방의 한 시골 탁현(涿縣) 땅에 유비, 관우, 장비 등 당대의 영걸들을 모아 서로 만나게 하고 그리하여 역사상 가장 장대하고 비감한 이야기를 만들어냈다는 것은 우연으로 보기엔 그 장치가 너무 정교한 것 같다. 이 세 사람의 주인공과 제갈공명에 대한 감명적인 인상이 내겐 숭배하는 스승과 같이 내 생애를 통하여 마음에 자라왔다고 생각한다. 《삼국지》의 세계에서 전개되는 숱한 사건들과 상황설정은 우리가 현세를 살아가는 데 있어 배울 점이 너무나 많고 무한한 교훈을 시사해주고 있다. 구체적으로 무엇을 배웠느냐 하면 한마디로 말해서 당시의 난세(亂世)에 사는 인간으로서 그들의 인생관, 즉 난세에 처신한 태도, 지혜, 인덕 등에서 무의식중에 얻어진 것들이다. 《삼국지》는 민중들이 악정과 전란에 시달리는 얘기를 배경으로 하고 있다. 영웅호걸들은 그런 난세일수록 빛이 나게 마련이다. 이들은 공(功)과 명(名)에 따라 모습은 각양각색이지만 몇 가지 공통점이 있다.

첫째는 의리를 목숨과도 같이 지켜야 한다는 것이다. 의형제를 맺는 장면으로 가장 멋진 것은 아마도 《삼국지》의 상징이기도 한 도원결의(桃園結義)일 것이다. 검은 소와 흰 말을 제물로 하여 제단 앞에 놓고 유비, 관우, 장비 세 사람이 나이를 따져 형과 아우를 정하고 단을 향해 무릎 꿇어 네 번 절하고 향을 사른 후에 미리 지어 준비했던 축문을 읽었다. 그 축문은 의형제를 맺는 이유와 뜻이 절박하고 비장하여 후세 사람들마저 감동시키는 바가 있다. "마음을 같이하고 힘을 합해서 곤한 것을 붙들고 위태로움을 구하여 위로는 나라의 은공을 갚고 아래로는 백성을 평안케 하려 합니다.”“비록 한해 한달 한날에 나지 않았으나 죽기만은 함께하려 한다”는 결의 외에도 “만약 의를 배반하고 은혜를 잊는 자가 있다면 천인(天人)이 함께 죽여주시옵소서”하며 죽음을 담보하고 있는 것이 의기를 느끼게 한다. 이 세 사람은 의리로써 결합되고 그 의리를 위하여 활동하다가 죽는 날까지 의리의 세계를 지켜냄으로써 의리의 생명이 도화(桃花)처럼 붉게 피어나 오늘에 귀감이 되고 있다.

인간과 인간의 상호관계에 대한 삶의 근본자세에 있어서 신의와 절개는 예나 이제나 가장 소중한 덕목의 하나로 되어 있다. 그러나 생명의 위기를 비롯하여 권세, 명예, 지위, 재력 등의 이해득실에 따르는 유혹은 때때로 본의 아니게, 또는 의도적으로 배신이나 훼절을 수반하게 한다. 난세일수록 수절은 어려운 것이기는 하나, 이들 세 사람은 끝내 변절치 않아 공인적(公人的) 생명의 고귀한 정신을 보여주었다.

둘째는 쉬지 않고 배우는 일이다. 유비나 조조, 손권 등은 영웅호걸이기에 앞서 훌륭한 교양인이었다. 이들은 공리(功利)에 허덕이기보다 유유하게 정신의 내용을 높고 풍부하게 해주는 교양을 몸에 담는 일이 천하를 도모하는 데 무엇보다 필요한 조건이라는 것을 스스로 알고 있다. 세상이란 비비 꼬인 새끼줄 같다. 난(亂)을 평정하여 치(治)를 이루면 태평세대, 다시 오래지 않아 난(亂)이 되는 법칙을 알고 때가 오기 전에는 몸을 굽히고 분수를 지키는 것이 상책이다. 큰일을 하려면 결코 작은 일에 얽매여서 선불리 맞서 싸우다가는 큰 낭패를 가져오게 된다.

화해니 대화니 하는 것은 힘의 균형에서만 가능하다. 위·촉·오 3국의 정립에서 볼 때, 나보다 강한 자에게는 대화를 청하고 나보다 약한 자에게는 종속되기를 요구한다. 힘의 세계는 냉정하다. 힘은 스스로 알고, 스스로 서고, 스스로 다스림에 있는 것이다. 즉 내적인 충실에 있다. 화해를 열고 나서 내적으로 실력이 없다면 화해는 정치적 연극일 뿐, 실상은 침략과 예속이 있을 뿐이다. 주고 받는 균형이 있어야 독립은 있다. 받고 주지 못하면 노예며 주고 받지 못하면 폭군이 된다. 줄 줄 아는 아량과 줄 수 있는 힘이 있어야 하고, 받아들이는 관용이 있을 때 화해는 있는 것이다.

셋째는 주위에 우수한 인재들을 모아야 한다. 난세일수록 여러 종류의 인재가 필요하다. 지장(智將) 따로, 용장(勇將) 따로 쓸모가 있다. 《삼국지》에 등장하는 인재들 가운데는 막빈(幕賓)이라는 직책을 가진 사람도 있다. 이를테면 평소엔 식객(食客)으로 놀려만 두면서 무슨 일이 벌어질 땐 그의 지혜와 판단을 빌린다. 이런 사람은 천하를 객관적으로 살피는 눈이 있고 정보를 제대로 듣는 귀를 가졌다.

무(武)로 권력을 잡을 수는 있어도 덕(德)으로 민심(民心)을 수람하지 못하면 패자(覇者)의 종말은 비극이 되게 마련이다. 한비(韓非)에 의하면 지도자는 자기의 주장을 내세우기보다 조용히 물러앉아 사람들로 하여금 그 의사를 형성할 수 있도록 하고, 스스로 하고자 함이 없이 맑게 비어 있어야 한다고 일러주고 있다. 그리하여 사람들로 하여금 자기 지혜를 다하게 함으로써 지도자는 지혜에 궁함이 없게 되고, 현명한 자로 재능을 다 바치게 하여 재능에 궁함이 없게 된다고 하였다. 지혜로운 자가 아니면서 지혜 있는 자의 어른이 되고, 현명한 자가 아니면서 현명한 자의 스승이 되는 길이라고 역설했다. 이것이 바로 현명한 지도자의 '무위(無爲)의 조화(造化)'인 것이다.

넷째는 운(運)이 따라야 한다. 아무리 인물이 뛰어나고 주위에 인재가 많아도 운이 나쁘면 성공하지 못한다. 손권(孫權)의 아버지 손견(孫堅)이나 형인 손책(孫策) 같은 사람은 비범한 인물이었다. 그 주위엔 인재도 많았다. 그러나 비명에 갔다. 조조(曹操) 같은 사람은 반대로 몇 번이고 사지(死地)에 빠져서도 용케 헤쳐 나왔다. 그에겐 남다른 운이 있었다.

인간의 일이 반드시 뜻대로 되는 것은 아니고, 그렇다고 신(神)의 뜻에만 맡길 수 없을 때는 가능한 여럿이 슬기를 모아, 그것이 이루어지도록 노력하고, 마지막에는 천명(天命)을 기다리는 수밖에 없지 않겠는가.

현실에서의 삶이 개인의 목표대로 다 되지 않는다는 데에 또한 인생의 묘미가 있다. 한 사람의 인생살이는 장기판처럼 상황에 따라 계획이 변경될 수 있기 때문에 그야말로 처변불경(處變不驚)의 용기와 슬기가 필요하다.

업(業)은 근면, 검소한 데서 일어난다. 남을 제대로 다스리려면 자신과 집안부터 다스릴 줄 알아야 하고, 세상을 이끌어 가려면 항상 맑은 정신으

로 깨어 있어야 한다. 설사 지구가 잠든 순간이라도 지도자는 잠들지 말고
깨어 있어야 한다. 어느 집단이든 우두머리가 무슨 생각을 갖고 있느냐가
그 집단의 모럴을 지배하게 마련이다. 현세 사람들은 아무 권위도 인정하
지 않고 살아가고 있다. 사람들은 그저 자기만이 옳다고 여긴다. 사람들을
하나로 묶을 정신의 지표가 지금은 어디에도 없는 것같이만 보인다. 그러
함에도 《삼국지》의 영웅들은 사람을 다스릴 만한 저울대를 지니고 있었다.

　이 작품은 전쟁 역사소설이지만 인간과 인간과의 관계를 세밀하게 다루
고 그 인물들의 성격적 특징은 형형색색으로 가히 인생장리의 만화경을 그
대로 보주고 있다. 그 대표적 인물로 제갈공명의 인격과 현실을 이해하는
태도는 본받을 만하다. 현덕의 삼고초려(三顧草廬)의 뜻을 저버리지 않고
출사(出仕)를 허락했던 것이다. 그때 공명의 현실관의 심정은 무엇인가? 사
람은 그 현실 속에서 살도록 태어났다. 그저 무의식한 허수아비로 허둥거
려서는 안 된다. 그 현실 속에서 싸우다가 쓰러지는 것은 명백한 사실이지
만 쓰러질 때까지는 난세와 당당히 싸우다가 쓰러져야 한다. 그것이 오늘
의 현실에 대한 인생관적인 생의 뜻이었다. 나중에는 현덕도 가고 후주(後
主)의 암매한 정치 속에서 《삼국지》의 백미라고 일컫는 최후의 결전인 오
장원 싸움에 임하면서 그가 던진 만고의 명문 '출사표(出師表)'의 면면에
흐르는 그의 애끓는 충정에서 눈물을 흘리지 않을 수 없었다.

　"국궁진췌(麴躬盡瘁)(온 마음의 정성을 다하여 몸이 부숴질 때까지 노력한
다)"의 한 글귀는 나의 좌우명으로 삼을 만큼 잊혀질 수 없는 내용을 담고
있다. 최악의 상황에서 최선의 인간성이 나타난다고 한다. 결국 세속적으
로 공명은 패배한다. 그는 난세 속에서 인간의 운명을 점친 사람이다. 그
러면서도 그는 현세를 등지지 않고 그 무대 전면에 나섰으며, 나선 동안은
용감하게 현생의 악과 싸우다가 패배한 것이다. 사람은 기왕 죽기로 운명
된 것이다. 그러나 죽을 때까지 최선을 다하여 악운과 싸운 그의 정신은
후세인들에게 영원한 사표(師表)가 될 것이다.

　나는 인간이 숙명적으로 측은한 존재라고 생각한다. 살아 남기 위해 주
변의 상황에 굴복해야 하는 것도 측은하고, 힘에 버거우면서도 이상을 버
리지 않는 것 역시 측은해 보인다. 그러나 인간의 역사는 측은하게 느껴지

는 상황 속에서도 행복을 찾으려는 몸부림의 연속이었다. 인간은 언제나 자신의 이상을 위해 헌신할 수 있는 가능성을 갖고 있다고 보기 때문이다. 물론 개채로서의 인간은 아무리 영웅적이라 하더라도 허무하게 쓰러져버리지만, 그들이 남긴 올바로 살려 했던 노력의 흔적과 몸부림의 자취는 사회를 변화시킴에 틀림없다. 인간은 왜 사는가. 인생에는 인간의 생명보다 더 영속적인, 더 가치 있는 것이 있다. 인생의 의의는 자기의 행동을 통하여 영원한 것을 만드는 데 있기 때문이다.

나는 이 책을 어려운 시대의 파도에 쏠리고 몰리며 살아가는 우리 당대의 모든 이들에게 읽히도록 하고 싶다. 사나이는 무릇 자기를 알아주는 사람을 위해서 목숨을 바친다고 한다. 인생을 있는 힘을 다해서 산다는 것은 멋진 일이다. 세상은 더러워도 내가 할 수 있는 일은 곪고 썩은 생활의 한가운데서 온힘으로 맞서 싸우는 것, 그것이 아름다운 거다. '옳은 길을 가는 것', 그것이 당연한 사람의 도리다. 이기고 지는 것, 죽고 사는 것, 그런 것은 모두 그 다음의 문제다.

광대무변한 중원(中原)의 천지에서 천하를 얻기 위해 자웅을 겨루며 가슴속에 품었던 웅지를 끝내 달성하지 못한 채 우리가 알 수 없는 찬연한 빛으로 불타며 스러져간 숱한 영웅들을 그리면서 삶의 가치란 시험을 치러서 얻어낼 수 있는 것은 아니었음을 곱씹고 있다.

(제8회 범우사 창립기념 독후감 현상모집 대학·일반부 금상 수상작)

▨ 독후감

삼고초려에서 오장원까지

노 재 규

《삼국지》를 처음 읽기 시작한 것은 중학교 2학년 때인 1966년부터다. 지금부터 27년 전인 그 당시 책을 무척이나 좋아했었고 장차 문학가나 시인이 되려는 꿈많은 문학소년이었다. 그러나 거리가 먼 공직자의 길을 걷게 된 지금 생각해보니 내가 가야할 길은 아니었던 것 같다. 허나 책읽기를 좋아하는 것은 그때나 지금이나 다름이 없다.

《삼국지》라는 책이름이 전혀 낯설지 않았던 것은 국어시간이나 세계사시간에 4대기서라는 중국 문학작품에 대하여 배운 바가 있고, 우리 나라의 삼국시대와는 차이가 있지만 어딘가 모르게 동질감을 느끼게 하는 점이 있기 때문이다. 고구려를 위나라로, 백제를 촉나라로, 신라를 오나라로 비교하는 것은 위와 고구려가 북쪽의 강대국이며 촉과 백제가 서남쪽으로 삼국 중 약체국이라는 인식과 오와 신라가 동남쪽에 위치한다는 지리적 위치의 동질성 때문에 더 호기심을 가졌는지도 모른다.

아이러니컬하게도 중국의 삼국후기와 우리 나라의 삼국초기의 연대가 비슷한 시기로서 한쪽은 발흥하고 한쪽은 망하는 역사의 시기라는 사실에 친근감을 느끼지 않을 수 없다. 촉·오·위 삼국이 진의 사마염에 의해 통일되었다는 것과 우리 나라 삼국이 신라에게 통일되었다는 점이 서로 다르다.

아무튼 이러한 이유로 중학교 문학부장 시절 우연한 기회에 지은이가 '나관중'인(옮긴이는 기억이 없음) 약 5,600여 쪽의 분량인 단권짜리 《삼국지》를 읽은 적이 있었다. 지금처럼 5권, 10권으로 된 《삼국지》를 읽었더라면 한 번 정도 읽고서는 잊혀졌을지도 모르지만 단권짜리인 그 《삼국지》는 나의 흥미를 끌기에는 충분하였다. 십릿길 등하교 길에, 등잔불 아래, 벗 삼아 읽곤했던 그 시점을 시작으로 지금까지 나관중, 진순신, 길천영치(吉川英治) 등이 지은 번역판 《삼국지》와 이문열 평역, 정비석 《삼국지》, 황병국의 직역원본을 비롯한 2편의 직역판 《삼국지》를 모두 포함해서 연 평균 2회, 총 5,60여 회 읽었을 정도로 《삼국지》라는 책은 나의 가슴에 깊이 자리잡고 있었다.

　《삼국지》는 광활한 대륙을 배경으로 수많은 영웅호걸들이 등장하여 중국의 역사를 장식하는 역사소설로서 한두 번 읽어서는 이해하기 어려운 고대소설 중의 하나다. 세상이 태평하면 알지 못했다가 나라가 어려운 처지에 놓여 있을 때야 비로소 참다운 국력과 영웅호걸들이 나타난다는 말은 《삼국지》를 두고 하는 말인 것 같다. 우스운 얘기지만 언젠가 《삼국지》에 나오는 크고 작은 인물들의 수를 노트에 적어가면서 이 책을 읽은 적이 있었는데 무려 900여 명이나 되는 인물들이 등장하고 있다. 어떠한 전쟁소설이라 할지라도 등장인물들의 수가 100인을 넘지 못하는 것이 대부분인데 그만큼 《삼국지》에는 수많은 인물들이 출현하였다가 사라지고는 하였다.

　주민인애를 기치로 삼아 의병을 일으켜 한실중흥을 외치며 서남쪽에 웅거한 자가 촉한의 유비요, 한조의 천자 이름을 도용하여 천하군웅을 정벌하고 패도를 걷는 자가 위의 조조였으며, 장강을 방패로 강남의 부강과 사마정예를 길러 항상 북진을 꾀한 자가 건업의 손권이었다. 이렇게 삼국이 광활한 중국 대륙을 배경으로 전개되는 파노라마가 삼국지의 줄거리다. 나는 이 책을 읽을 적마다 안타깝고 가슴이 뭉클해지는 반면, 통쾌한 장면들을 여러 군데서 발견하곤 한다.

　중원진출의 교두보로 삼았던 형주의 실함과 관우의 죽음, 촉·오대전에서의 치명적인 유비의 참패, 장비·장포·관흥의 죽음, 가정싸움에서의 실책, 사마중달 척살실패에 대한 공명의 심정, 공명의 오장원에서의 진중병사는 물론이요, 공명의 북벌중 사소한 일로 인하여 승기를 놓치게 하는 촉주 유선의 모자람은 촉을 위해서나 공명을 위해서나 참으로 안타까운 일이 아닐 수 없었다. 이 대목에서 나는 만약 유비가 살아 있었더라면 하는 심정이 자꾸만 떠오름은 어쩔 수 없는 일이라 하겠다. 그러나 뭐니뭐니해도 허망한 것은 촉·오·위 삼국의 말로다. 삼국 중 어느 한 나라에 의해 삼국이 통일되지 못하고 제3자인 사마씨에 의해 통일되었다는 것과 피를 뿌리고 죽어간 삼국의 맹장·열사들이 이것을 보았다면 구천에서 통곡을 할 것이며 조조·유비·손권은 지하에서 눈을 감지 못하리라는 것을 생각하면 가슴이 미어지는 듯하다.

그런가 하면 도원결의의 지킴과 유비·손권·서서·강유의 모친에 대한 지극한 효성, 공명·관우·조운 등을 비롯한 각국의 군신간의 충절, "공명의 출사표를 읽고서 눈물을 흘리지 않는 자는 불충하다"라는 얘기가 나올 정도로 명 문장이라는 공명의 '출사표'는 별로 감정이 일지 않던 나의 가슴을 뭉클하게 하였다.

한편 적벽대전과 조조의 세 번 웃음소리, 조자룡과 장비의 장판파에서의 용맹, 유비의 형주점령과 한중공략, 조조와 원소와의 관도·백마싸움, 조조의 과단성 있는 용병술과 패기, 공명의 오나라 중신들과의 설전, 육손의 혀를 차게 하는 지략과 전술 등등은 통쾌하기만 하다.

도원결의의 지킴이 절이요, 공명의 선·후주 섬김과 유비·손권·서서·강유의 효성은 충·효이며, 조조·유비·손권의 신하에 대한 믿음은 의다. 이렇듯 《삼국지》는 읽는 독자들로 하여금 심금을 울려주는 것은 물론, 많은 교훈을 주는 책이지만 읽다보면 의혹을 제기하는 부분이 더러 있다.

첫째, 유비의 삼고초려를 전후로 하여 사마휘나 서서 같은 양양의 명사들이 격찬한 공명이 형주를 점령하고 촉에 입성하여 유비를 촉의 주인으로 앉힌 것이나, 한중공략 및 남만정벌 등은 확실히 공명의 지략과 재능으로 이루어진 것은 사실이지만, 군사로서의 위치나 재능으로 미루어볼 때, 관우의 성격을 파악할 수 있는 공명이 강직하고 자존심 강한 관우에게 형주수비의 인(印)끈을 넘겨주었다는 것은 도무지 납득이 가지 않는다. 물론 관우는 천하가 인정하는 지용을 겸비한 장수임에는 틀림없다. 그러나 위와 오의 틈바구니에 끼워놓고, "북거조조 남화손건"이라는 공명의 헌책을 무시한 관우로 하여금 양 강대국을 대적하게 함은 충렬용지의 관우라 해도 형주의 발판을 잃고 나자 늙고 상처 입은 지친 몸으로서는 어찌할 수가 없었으며, 더구나 구원군 없는 외로운 소수의 병사들과는 형주탈환이라는 큰 일을 도모할 수 없는 것은 어찌보면 당연한 일인지도 모른다. 이것은 유비의 순조와 행운이 모르는 중에 초래한 큰 방심과 적벽대전 이래 조조의 철천지한을 생각하면 있을 수 없는 일이라고 생각한 위·오 군사연합이 촉의 허를 찌른 반면, 유비·공명이 관우의 용략을 과신한 탓이기도 하다. 차라리 겸손하고 지용을 겸비한 조자룡으로 하여금 형주 수비를 일임했더라면 조자룡의 능력으로 보아 형주의 잃음까지는 가지 않았을거라는 생각이 들기도 한다.

둘째, 위의 조조를 정면의 적으로 삼고 북진의 원대한 포부를 갖고 다년간 유비를 보좌하면서 성공이 적고 실패가 많은 군주 유비라는 것을 감지할 만한 공명이 촉·오대전에 적벽대전과 맞먹는 대군을 출정시키면서 자신은 성도에 남아 있음은, 삼고초려시 유비에게 천하삼분지계를 설명하면서 촉과 한중을 병탄한 후 한중과 형주를 발판으로 삼아 양쪽에서 위를 위협하면 천하통일도 어렵지 않다고 헌책한 것과는 달리 형주를 잃었음에도 탈환할 흔적이 엿보이지 않음은 이해할 수 없는 대목이다.

셋째, 관우의 화용도 출진은 조조의 수명이 다하지 않은 점을 들어 공명이 관우에 대한 조조의 후은을 갚도록 출진시켰음은 당시 조조를 제일의 적으로 삼고 있는 유비나 공명의 불의를 보면 참지 못하는 관우의 대쪽 같은 성격을 이용하여 '허전사냥시 조조의 무례'나 '당양싸움에서의 감부인 죽음'을 상기시켰다던지, 조조와 아무런 연고나 은고가 없는 장비나 조운을 출진시켰다면 조조의 목을 베기는 어렵지 않았으리라는 점이다.

넷째, 조조와 유비의 영웅담은 어딘가 석연치 않은 감이 있다. 영웅론 거론 당시의 조조와 유비의 세력을 비교하면 천양지차다. 실패의 연속인, 한 지역의 군벌로 발돋움할 세력이라고는 찾아볼래야 찾아볼 수 없는 유비를, 조조의 입장에서 볼때 한낱 일개 객장으로밖에 볼 수 없는 유비를 조조가 영웅시했다는 것은 후에 필연적으로 이루어지는 삼국정립과 유비의 황제 즉위를 기인하여 촉한정통론자인 지은이 나관중이 지어낸 것이 아닌가 하는 의혹이 들기도 한다.

물론 이것들은 졸렬한 나의 의견이라는 것을 부언해두고 싶다. 그러나 공명이 인걸임에는 부정할 수 없다. 일개 객장으로 떠돌아다니던 유비가 공명을 만나고부터는 승승장구 마침내 위·오와 대적할 만한 국가로서의 체제를 갖출 수가 있었고 수많은 인재도 거느릴 수 있었다는 것은 오로지 공면 한 사람의 힘에 의지했다 해도 과언은 아니다.

그러했음에도 일찍이 유비와 생사를 같이했던 모신과 양장들이 유비의 죽음을 전후로 하여 사라져갔고 막상 공명이 출사표를 바치고 위를 공격할 즈음 공명의 좌우에는 쓸만한 양장으로 손꼽을 수 있는 인물로서는 노장 조운을 비롯하여 얼마 안 되었음은 막대한 물자와 인재를 자랑하는 위·오에 비하여 어딘가 모르게 쓸쓸함을 자아내게 한다. 또한 오장원에 이르기까지 공명의 눈물어린 충정은 읽는 이로 하여금 눈시울을 적시게 한다.

황건적의 발흥을 시작으로 하여 삼국지는 진의 사마염에 의해 오가 멸망할 때까지 약 100여 년에 이르는 긴 세월을 배경으로 엮어진 소설이지만 언제부터인지 모르게 오장원의 제갈공명 죽음에 이르러서는 다음 페이지를 넘기고 싶은 마음이 일지 않는다.

《삼국지》는 고금의 명저라고 누가 말했던 것처럼 확실히 이 책은 많은 대중들이 읽어보아야 된다고 생각한다.

두서없이 써내려 가다보니 촉한사람들 위주로 써버린 느낌이 없지 않으나, 대부분의 소설《삼국지》가 나관중의《삼국지》를 토대로 한 작품들이기 때문에 이 영향을 받다보니 촉의 인물들을 중심으로 쓸 수밖에 없었다.

지금까지 옮긴이들의 생각이나 평이 내포된 삼국지를 접해온 나로서는 그들의 영향을 받아 그대로 인정해야만 했던 것을 '범우사'의《원본 삼국지》를 읽은 후부터는 생각이 달라졌다.

왜냐하면 원본으로 인해《삼국지》에 대한 순수한 독창적인 생각을 정립할 기회가 생겼기 때문이다.

중국을 방문할 기회가 주어진다면 평론가나 문학가와 같이는 할 수 없어도 삼국지에 나오는 옛 전적지와 고적지를 두루 살펴보고 그 당시의 상황을 배경으로 한 영상문학작품이 제작되어 많은 대중들에게 공개되어《삼국지》라는 책을 접할 수 있도록 했으면 하는 바람이다.

끝으로 독후감이 잘 되고 못 됨을 떠나서 이러한 기회를 배려해준 '범우사' 직원 여러분들에게 기쁜 마음으로 감사드린다.

(제8회 범우사 창립기념 독후감 현상모집 대학 · 일반부 은상 수상작)

▨ 독후감

원본삼국지
—지혜로운 삶을 위하여—

정창순

그러니까 《삼국지》를 처음 만난 것은 국민학교 시절이었나 보다. 사랑방 윗목에는 언제나 자리들이 놓여 있었고 할아버지는 황골로 기직 짜기를 즐기셨다. 밤이면 사랑에 찾아오시던 할아버지 친구분들은 이슥하도록 이야기를 멈추지 않아 나는 그 이야기들 속에서 잠이 들고는 했었다. 그 무렵 나는 자연스럽게 관운장이며 조자룡의 무용담을 듣게 되었고 조조의 간교함에 이르러서는 언뜻 내 또래 하나를 떠올리게 될 만치 익숙해지고 있었다.

그리고 중학교에 진학해서 얼마 후, 나는 친구로부터 초역된 《삼국지》를 빌려 읽게 되었다. 거기에서 할아버지의 이야기 속에 나오던 인물들을 찾아내고는 반가움에 자신도 모르게 그 무진장한 흥미 속으로 빠져들었다. 그런 느낌들은 오래도록 남아 있어 어른이 되어서도 몇 번인가 《삼국지》를 구해 읽게 만들었다. 그런데 그 느낌들이 청년기와 장년기를 거쳐 중년에 이르면서 그때마다 새롭게 다가왔다. 지난날에는 내게 지혜롭게 세상을 살아가는 길을 보여주었고 지금에 와서는 내가 살아온 길을 돌아보게 한다.

후한 말 영제가 즉위했으나 권력은 십상시들의 손에서 놀아나 조정은 문란해지고 도적들은 날뛰어 천하는 어지러워진다. 이 틈을 타서 장각은 무리들을 모아 황건적의 난을 일으킨다. 그러자 탁현 누상촌의 도원에서 유비·관우·장비 세 사람이 의형제를 맺고 의병을 모집하여 황건적 토벌에 나선다.

서량 자사 동탁은 십상시들을 몰아낸다는 구실 아래 낙양으로 진격하여 황제를 죽이고 권력을 잡는다. 조조는 군웅들을 모아 동탁에 대항했으나 서로의 이해가 엇갈려 패하고 후한의 충신 왕윤이 미인계로 동탁을 제거하는 데 성공하지만 이각·곽사의 무리에게 잡혀 죽는다. 그들 또한 서로 불화하여 조조에게 쫓긴다.

손견은 강동에 자리잡아 유표와 다투고 원소는 기주를 차지한다. 장수와 장로는 남정에서, 마등과 한수는 서량에 자리하고 원술은 회남 일대에서 세력을 키워 중원 진출을 꾀한다. 이처럼 군웅들은 사방에서 일어나 먹고 먹히는 싸움은 끊일 날이 없었다. 어제의 이웃이 오늘의 적이 되는 세상이었다.

마침내 조조는 황제를 핍박하여 제후를 호령하고 손권은 강동에 자리잡아 굳게 지키며 유비는 삼고초려로 남양 땅에서 제갈량을 맞아 형주를 취하고 서천을 얻어 의지하게 된다. 후한은 망하고 천하는 솥발 같은 삼국으로 정립되어 위·오·촉한은 저마다 명분을 내세워 다툰다.

제갈량은 여섯 번이나 기산으로 나가 위를 쳤으나 그가 죽자 강유의 노력도 보람 없이 촉한은 위장 종회에게 망한다. 위 또한 권신 사마염의 손에 넘어가자 외롭게 버티던 오마저 항복하니 천하는 평정되고 사마씨의 진으로 통일이 된다. 천하 세력이란 나누어지면 합해지고 합해지면 또다시 나누어진다. 서사(序詞)처럼 변하게 마련인 것이 세상 일이기는 하나 중원 축록의 꿈을 안고 싸움터의 이슬을 맞으며 말 잔등 위에서 생애를 보낸 영웅들을 생각하니 그 덧없음에 마음 저려올 뿐이다.

《삼국지》는 후한 건녕(서기 169년)부터 시작하여 진 무제 태강 원년(서기 280년)에 이르는 중국 대륙의 역사를 다루고 있다. 여기에 등장하는 인물만도 수백 명을 헤아리나 그 인물들의 개성이 저마다 뚜렷해서 하나하나 살아 있는 모습으로 다가와 친근함을 더해주고 있다. 저자는 이 작품에서 100여 년에 걸쳐 일어나는 무수한 사건들을 역사적인 사실에 충실하면서도 흥미롭게 다루고 있어 한번 손에 잡으면 쉽게 놓지를 못하게 한다.

읽어가다 보면 무수한 사람들의 삶과 마주치게 된다. 충과 효 그리고 절개와 의리를 지켜낸 사람들의 아름다운 삶이 있는가 하면 반역과 불효 그리고 절개를 버린 채 불의에 떨어진 사람들의 치욕스런 삶이 있다.

　나라를 위하여 목숨을 가볍게 버린 충신들을 어찌 한둘로 헤아릴 수 있을 것인가. 영제를 간하다 십상시들에게 죽음을 당한 유도와 진담이 있는가 하면 동탁의 칼날을 두려워하지 않은 정관과 오부가 있다. 왕윤은 초선을 내세워 미인계로 동탁을 제거하고 천하의 근심을 없애려 했으나 이각·곽사의 무리에게 몸이 찢겨 죽었다. 길평은 미천한 태의에 불과했으나 조조의 잔악한 고문에도 굴하지 않았다. 어찌 이들뿐이랴. 그러나 동분서주 터전을 잡지 못하고 떠돌던 유비를 도와 제위에 오르게 했으며 중원을 도모하여 한실을 바로 세우려 했었던 제갈량의 충성심에야 어찌 미칠 수 있을 것인가. 오늘날에도 전해지는 '전후 출사표'를 읽느라면 그 절절한 충성심에 스스로 옷깃을 바로잡게 한다.

　어머니로 해서 유비 곁을 떠나야 했었던 서서나 어머니가 입은 은혜를 보답하기 위하여 적의 포위로부터 태수 공융을 구한 태사자는 효자다. 어머니를 염려하여 성을 떠나는 바람에 제갈량의 계책에 떨어졌던 강유 또한 효자다. 손권은 주군의 자리에 있으면서 어머니를 극진하게 모셨고 돌아가심에 유언을 받들어 이모를 어머니로 끝까지 모셔 순종했으니 뛰어난 효자라고 아니할 수 없다.

　이해득실이 앞섰던 난세에도 대쪽 같은 절개를 지켜 살다 간 사람들이 있다. 여포는 어리석기 짝이 없는 주인이었지만 진궁은 그를 배반하지 않았고 자기를 알아주지 않았어도 저수는 원소를 위하여 죽었다. 심배나 장임 또한 자기 주인을 위해 죽음을 가볍게 알았던 사람들이다. 그러나 3일 소연에 5일 대연의 극진한 환대에도 끝끝내 조조에게 마음을 주지 않았고 5관을 막아 선 여섯 장수를 베면서 길을 열어 유비를 찾아간 관우의 절개야 비할 수 있으랴.

　죽음을 무릅쓰고 의리를 지킨 사람들이 많지만 유비·관우·장비 세 사람이 지켜낸 의리를 어찌 따를 것인가.

　동탁은 죽음을 당하여 길바닥에 버려지고 후세에까지 이름이 더럽혀졌으며 조조는 난세의 영웅으로 세운 공이 많았지만 황제를 핍박하므로 그 이름이 명예롭지 못한다. 여포는 자기를 거둬들인 양어버지 정원과 동탁을 차례로 죽이는 불효로 개처럼 죽음을 당했다. 그 외에 절개를 헌신짝처럼 버리고 불의를 일삼던 무리들이야 말해 무엇하랴. 그들 또한 처참한 죽음을 면치 못했으니 하늘이 무심하지 않은 탓인지도 모른다.

장양의 무리들은 영제를 죽음에 이르게 했으나 난군중에 죽었다. 황호는 유선으로 하여금 나라를 위에 항복케 했으나 시장바닥에 끌려나가 능지처참되었으며 잠혼은 포악한 손호를 잘못 따름으로 살점이 도려지고 그 살은 날로 씹히었다. 이들 환관의 무리들이 저지른 악행은 그들이 간곡해서라기보다는 주군이 무능하고 어리석었기 때문이었는지도 모른다.

삼국지는 전란의 역사라고 할 수 있다. 처음부터 끝까지 쉴 사이 없이 벌어지는 크고 작은 싸움들. 그때마다 저자 특유의 유려한 필치로 해서 자신도 모르게 칼과 창이 난무하는 싸움터의 소용돌이 속에 휩쓸리게 된다. 숨가쁘게 다가오는 조조의 대군에 밀리며 유비가 힘겹게 치러야 했었던 당양 장판파 싸움. 장강을 사이에 두고 하북을 평정한 조조의 100만 대군을 맞아 유비와 손권 연합군이 승리로 이끌어 삼국 분할이 정립될 수 있었던 적벽 싸움은 손에 땀을 쥐게 하는 긴박감의 연속이다. 곽도와 순욱은 지혜로운 선비로 진중에서 조조를 도왔고 주유는 계략으로 적벽에서 조조와 맞서지만 기산에서 제갈량의 중원 진출을 막는 사마의와의 겨룸은 계속 아슬아슬한 마음으로 지켜보게 한다.

싸움은 계속되고 그때마다 장수들은 용맹을 자랑한다. 장비는 한번 소리쳐 조조의 100만 대군을 물러나게 했으며 동관 싸움에서 마초와 마주친 조조는 홍포를 버리고 수염을 자르면서 도망쳐야 했었다. 여포는 무적의 용맹을 떨쳤지만 신의를 저버림으로써 필부의 용기에 머물렀다. 그러나 당양 장판파 싸움에서 필마단창으로 적의 포위를 뚫고 아두를 구한 조자룡의 용맹이야말로 진정한 용기가 어떤 것인지를 보여주고 있다.

《삼국지》는 실제의 역사를 바탕으로 충·효·절·의의 유교적 사상을 가장 잘 드러낸 문학 작품이라 할 수 있겠다.

"《삼국지》를 한 번도 읽지 않은 사람하고는 인생을 논하지 말라"는 말이 있다. 이처럼 광대한 중국 대륙을 배경으로 100여 년에 걸쳐 일어나는 무수한 사건들과 등장하는 인물들의 파란만장한 생애를 통해서 무한한 감동과 함께 역사적 교훈으로 세상을 살아가는 지혜를 보여주고 있다.

　죽음조차 가볍게 알았던 충신 열사들의 모습에서 나라를 생각하게 되고 절의를 지켜 살다 간 사람들의 모습에서 세상을 바르게 살아가는 법을 배우게 된다. 참다운 용기가 어떤 것인지도 보여주고 잘못된 삶이 어떻게 끝나는가도 보여준다. 강서의 늙은 어머니는 자식을 바른길로 인도하기에 죽음도 두려워하지 않았으며 젊은 아내 서씨는 정조를 지키고 남편의 원수를 갚으려 위험을 무릅썼다. 이들은 어머니와 아내의 도리를 스스로 행하여 보여준 사람들이다.

　도덕적 이념인 인의 모범으로서 유비의 너그럽고 어진 마음은 곳곳에서 잘 나타나 있다. 때로는 작은 실수마저 감싸주고 싶어진다. 그것이 지혜로우나 간교한 조조와 만남으로 더욱 두드러진다. 너그럽고 어짊은 누구에게나 세상을 바르게 살아가기 위해서 먼저 갖춰야 할 마음임을 다시 일깨워주기도 한다.

　그뿐 아니라 잘못된 권력이 전해져야 할 문화 유산을 어떻게 말살시키는가도 보여주고 있다. 채옹의 죽음으로 역사의 기록을 잃었고 화타의 죽음으로 수많은 사람들이 질병에서 벗어날 수 있는 기회를 잃었다. 그 외 재주 있는 선비들이 필부처럼 죽음을 당하므로 얼마나 많은 것을 잃어야 했는지도 모른다. 생각하면 안타까울 뿐이다.

　《삼국지》에는 인생의 모든 것이 담겨져 있어 재미있게 읽어가는 중에 올바른 교훈을 얻게 된다. 그러기에 오늘을 살아가는 사람들에게도 훌륭한 인생의 지침서가 될 수 있으리라고 생각한다. 지금도 눈을 감고 있으면 작품 속의 인물들이 살아 있는 모습으로 다가와 내게 삶의 지혜를 속삭여주고 있다.

　첫 아이의 고등학교 입학 기념으로 삼국지 한 질을 선물했을 만치 즐겨 읽었던 나는 기회만 있으면 나관중의 《삼국지연의》 원본에 충실한 번역본을 읽고 싶었다. 그러다가 범우사에서 번역 간행된 《원본 삼국지》를 구입하여 읽게 된 것이다.

　원본에 충실한 번역으로 나름대로 덧붙였던 군더더기들이 제거되어 오히려 인물들의 실재성과 소설로서의 흥미를 더해주고 있다. 총 120장으로 나뉘어진 각 장마다 의문으로 끝맺고 있어 연재소설을 읽는 듯 궁금증을

불러일으키기도 한다. 그리고 한 사건이 전개될 때마다 정취 있는 한시를
원문과 함께 실어서 느낌을 정리하므로 작품을 이해하는 데 많은 도움을
주고 있다.

(제8회 범우사 창립기념 독후감 현상모집 대학 · 일반부 은상 수상작)

이 前後 出師表는 세로쓰기이므로 오른쪽 매기로 되어 있습니다.

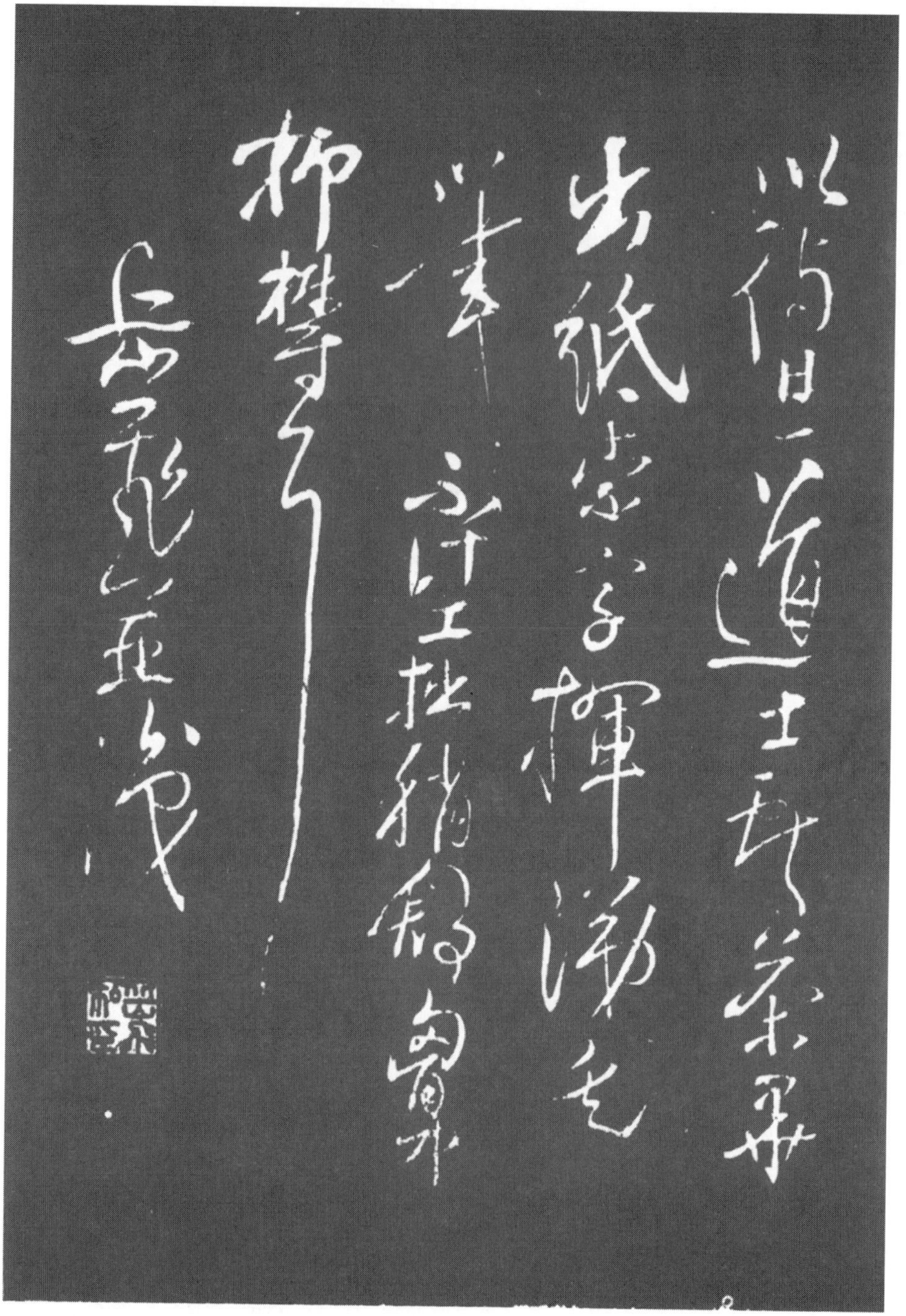

以采深来愉細观毌豐
百古以賢無貝
先生与同窻然及福窝
及烈二丟宽资下
如而是紙免不公眠望

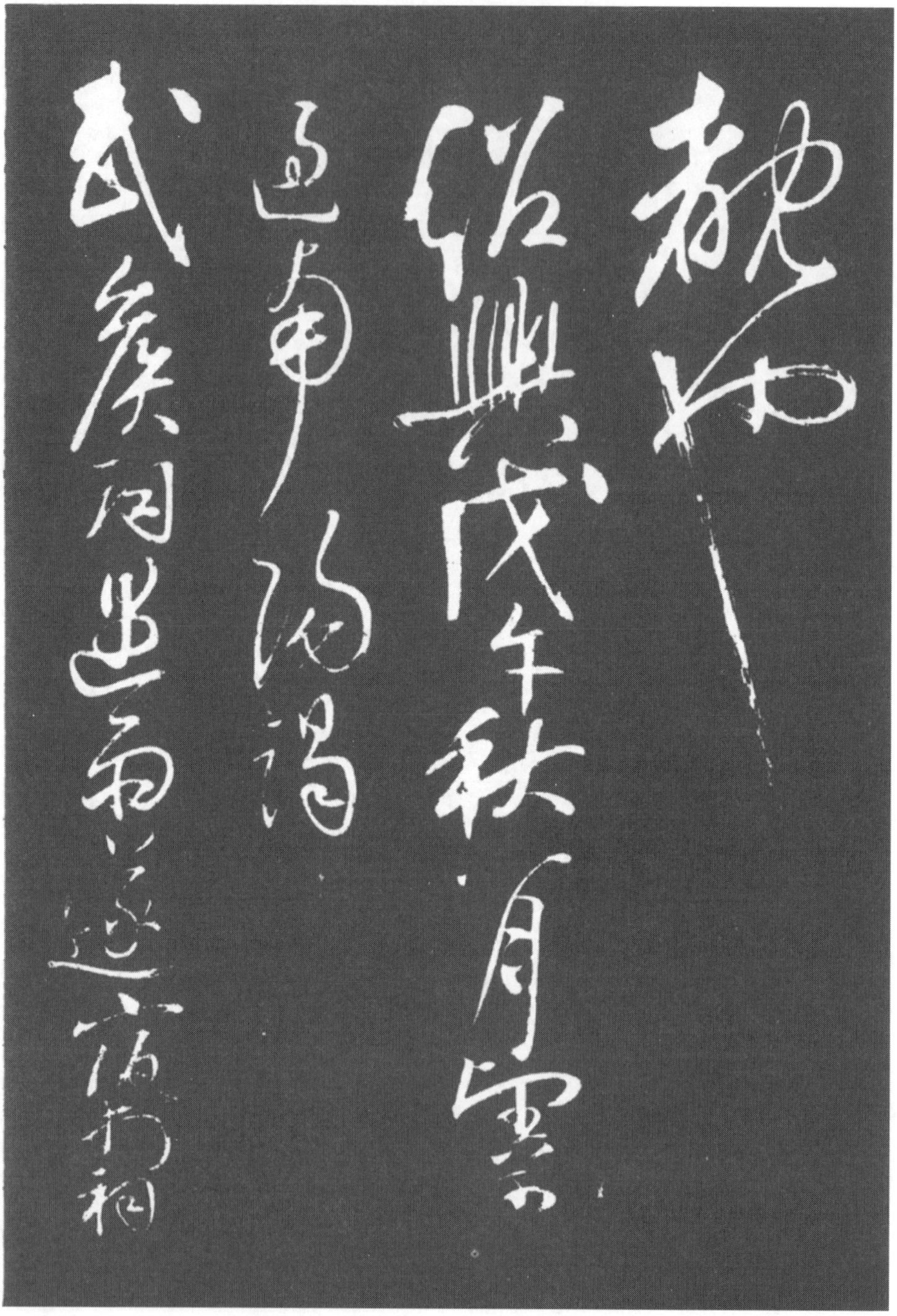

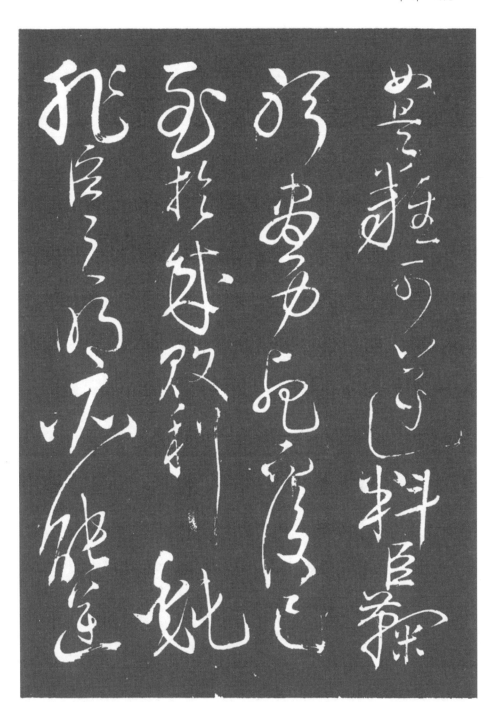

西漢之將成也於後

之又重於罪而

毀敗軸伯道洙

不釋帝凡弓

沒足不审示弃吴
越而取巴蜀之
小泯夏是条枚
以條之失計

大軍半為魚鱉

苦無先路　敗軍

何曹操拊

手謂天下之定然

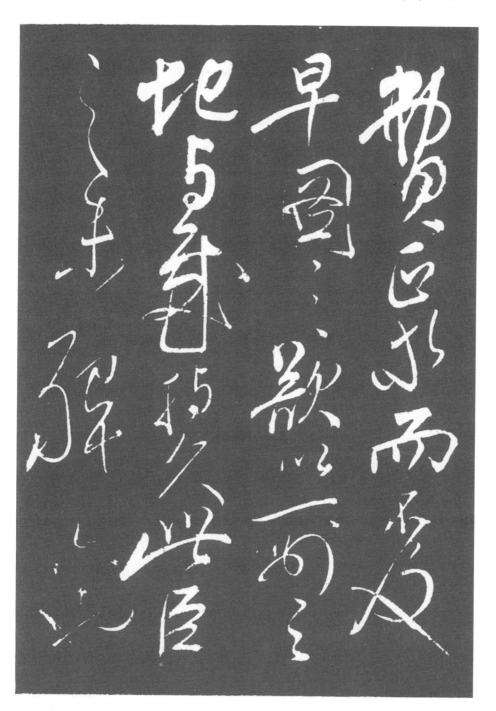

以闓敢佈腹心之志耳

而盡不可見乎

安以全民寧邦兵疲

寧此則恒信乎也

精銳非所以
則械三分已
曹公歷野還
蜀日

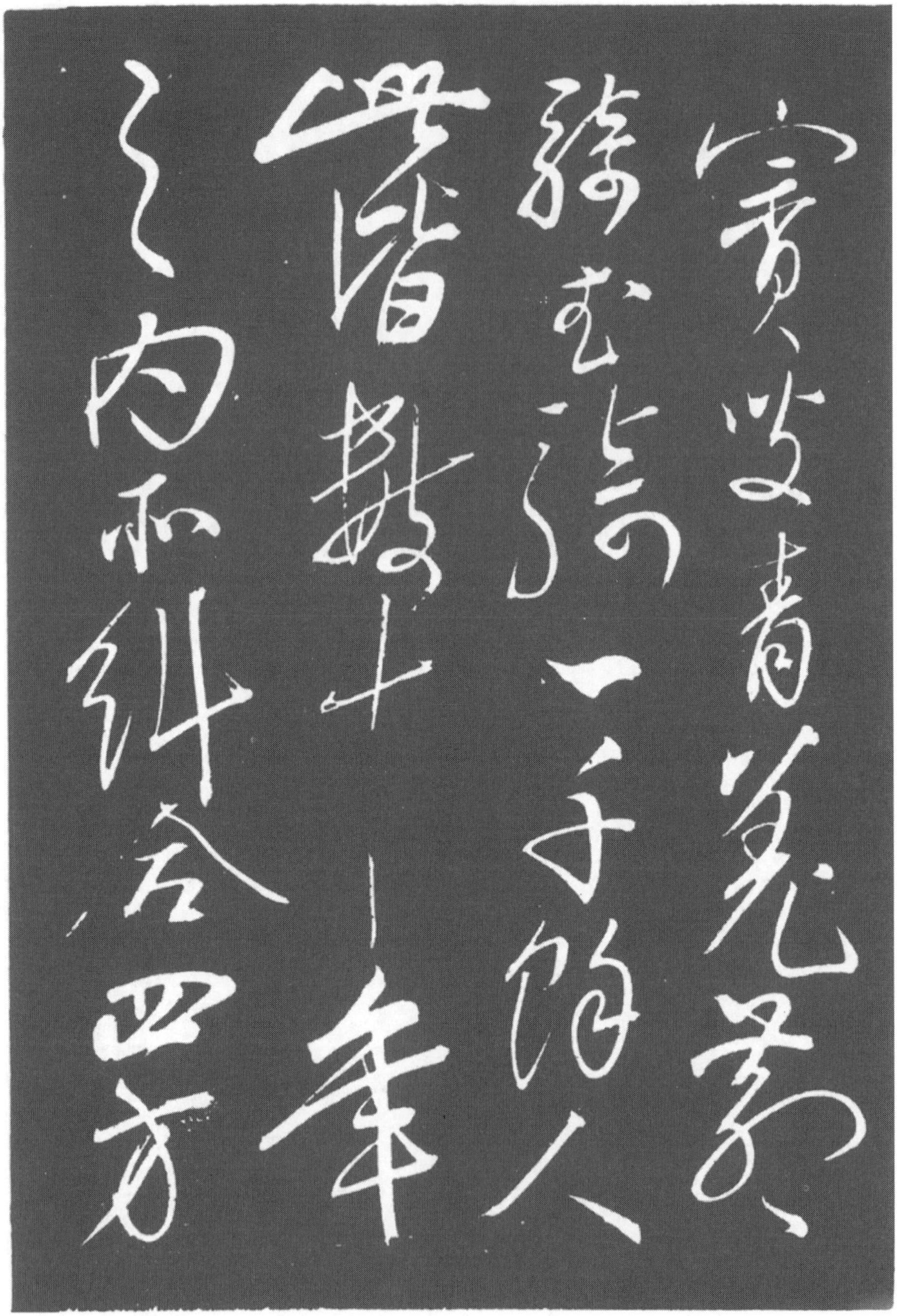

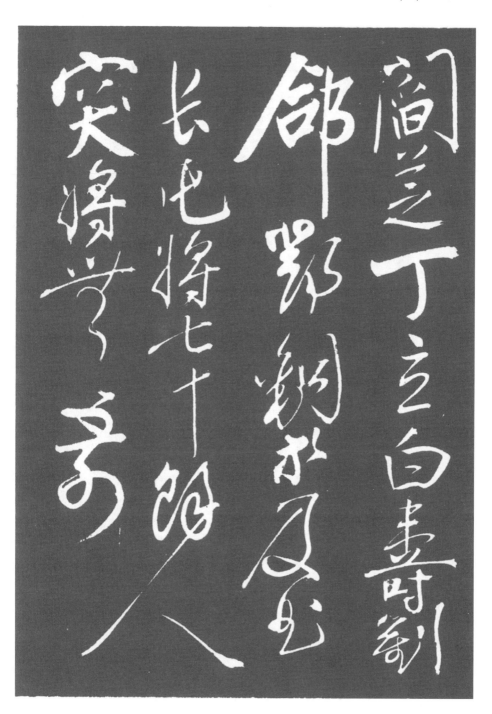

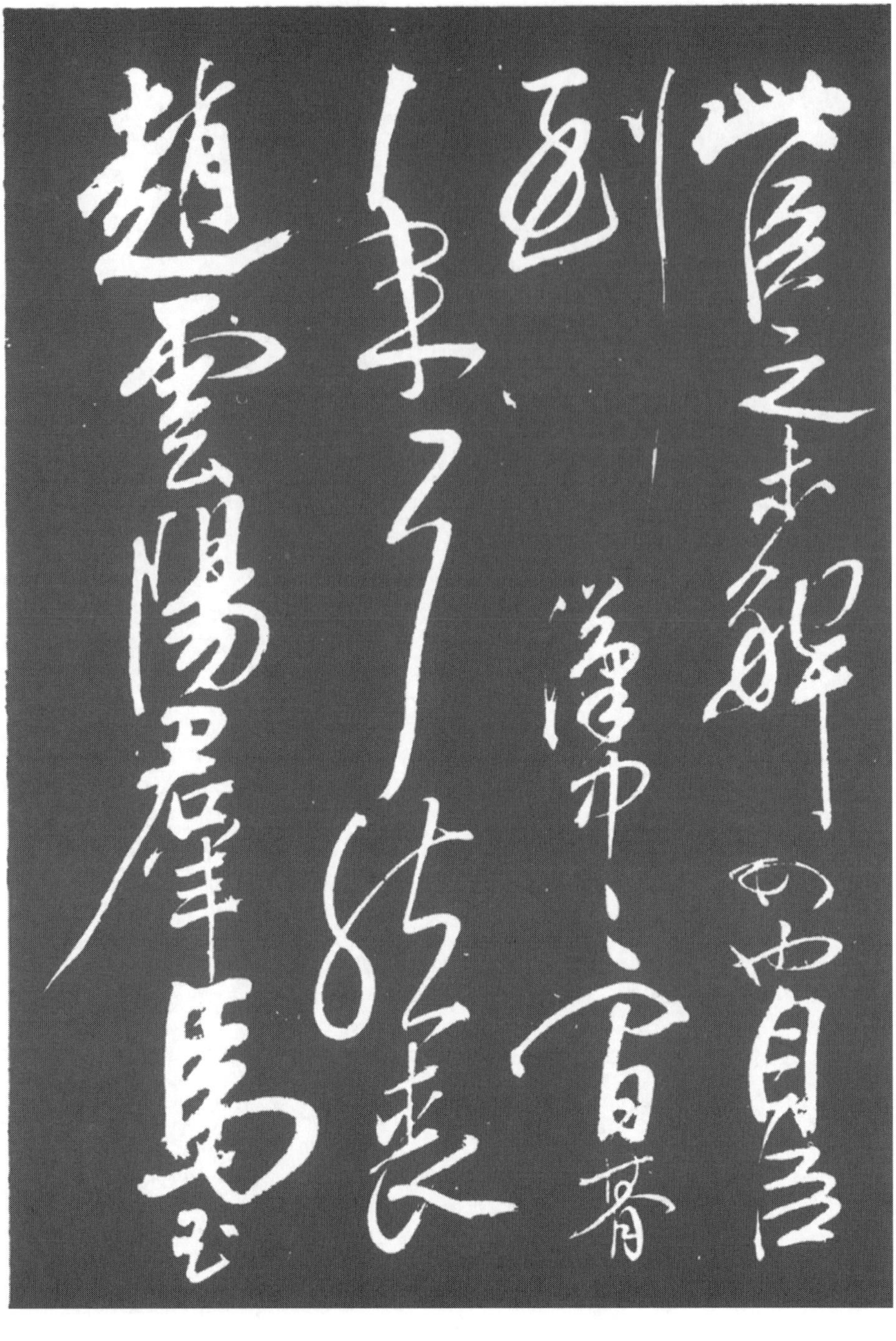

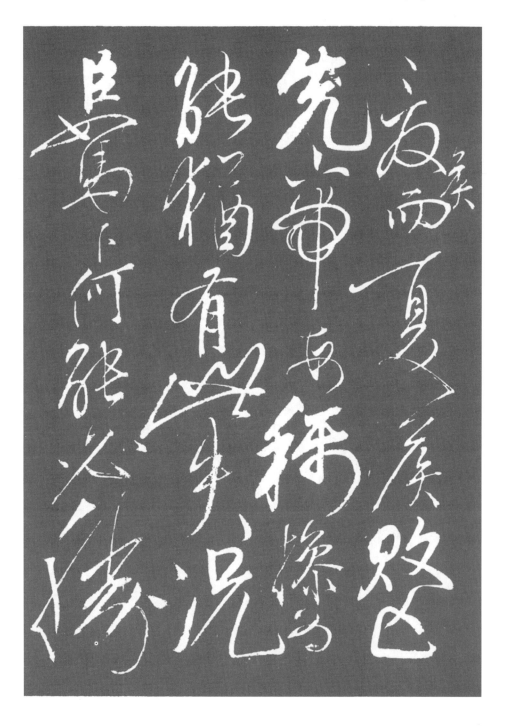

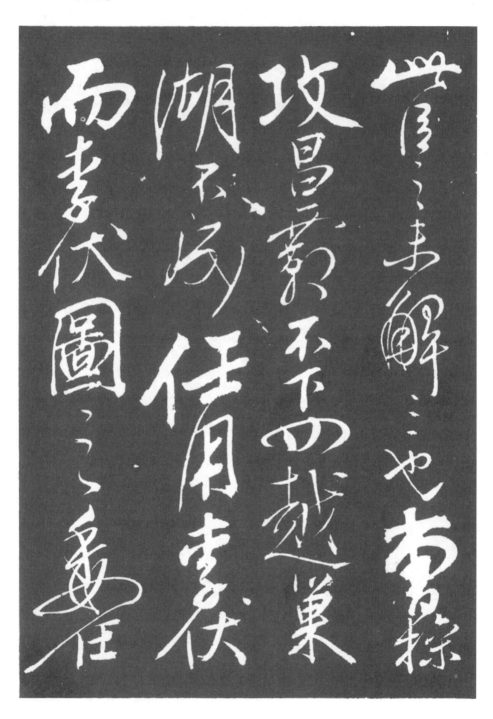

僕頓階下死罪死罪討賊無處以動 別治臣等罪以告先帝事々

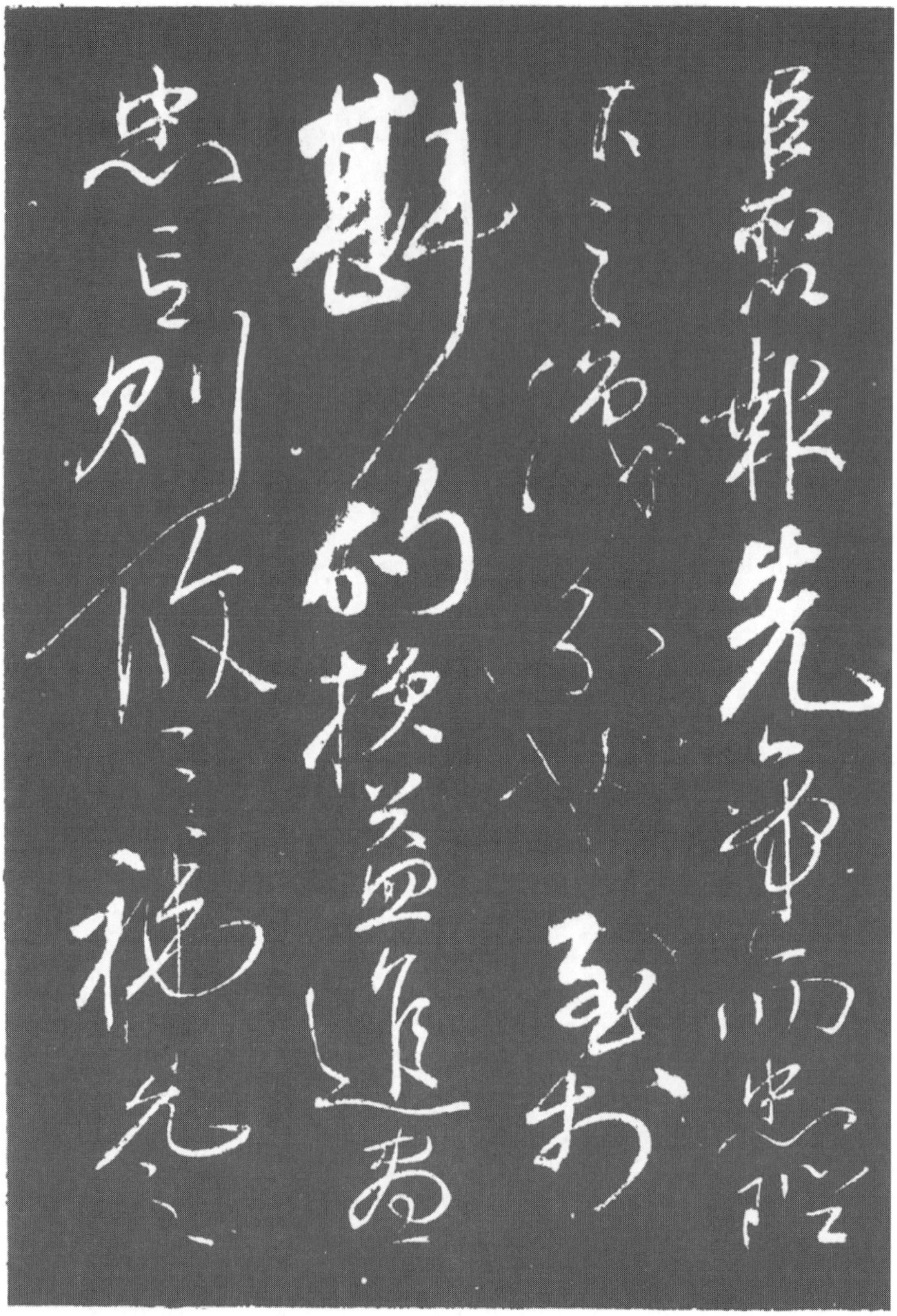

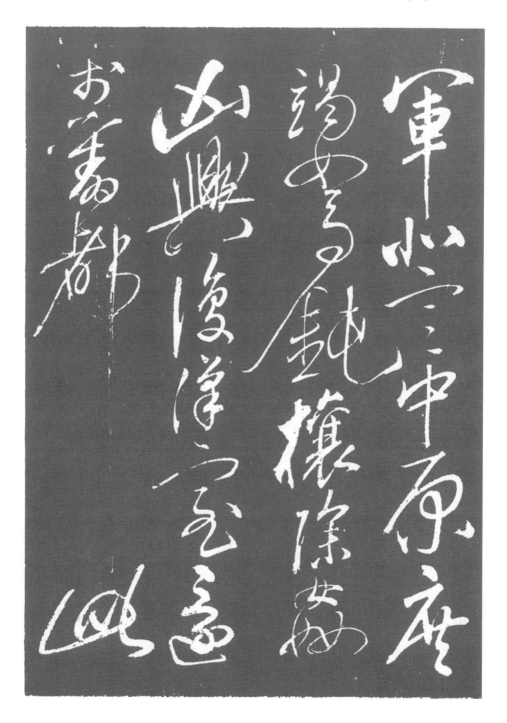

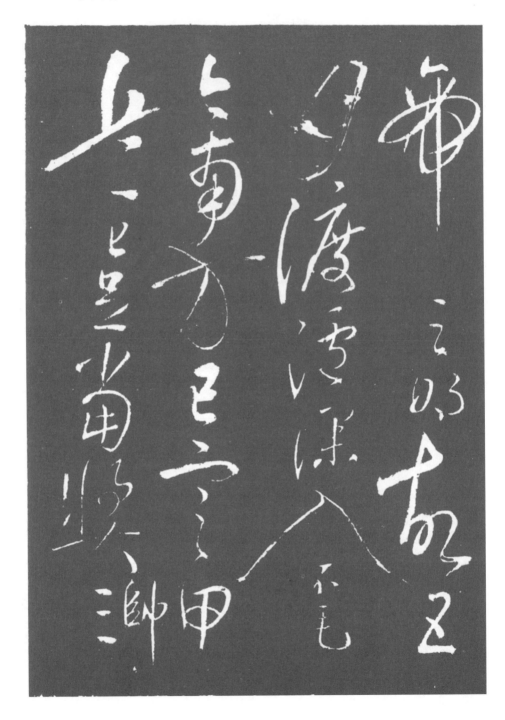

臨經寄臣以

子也

亦風死反云以

付託不生以傷見

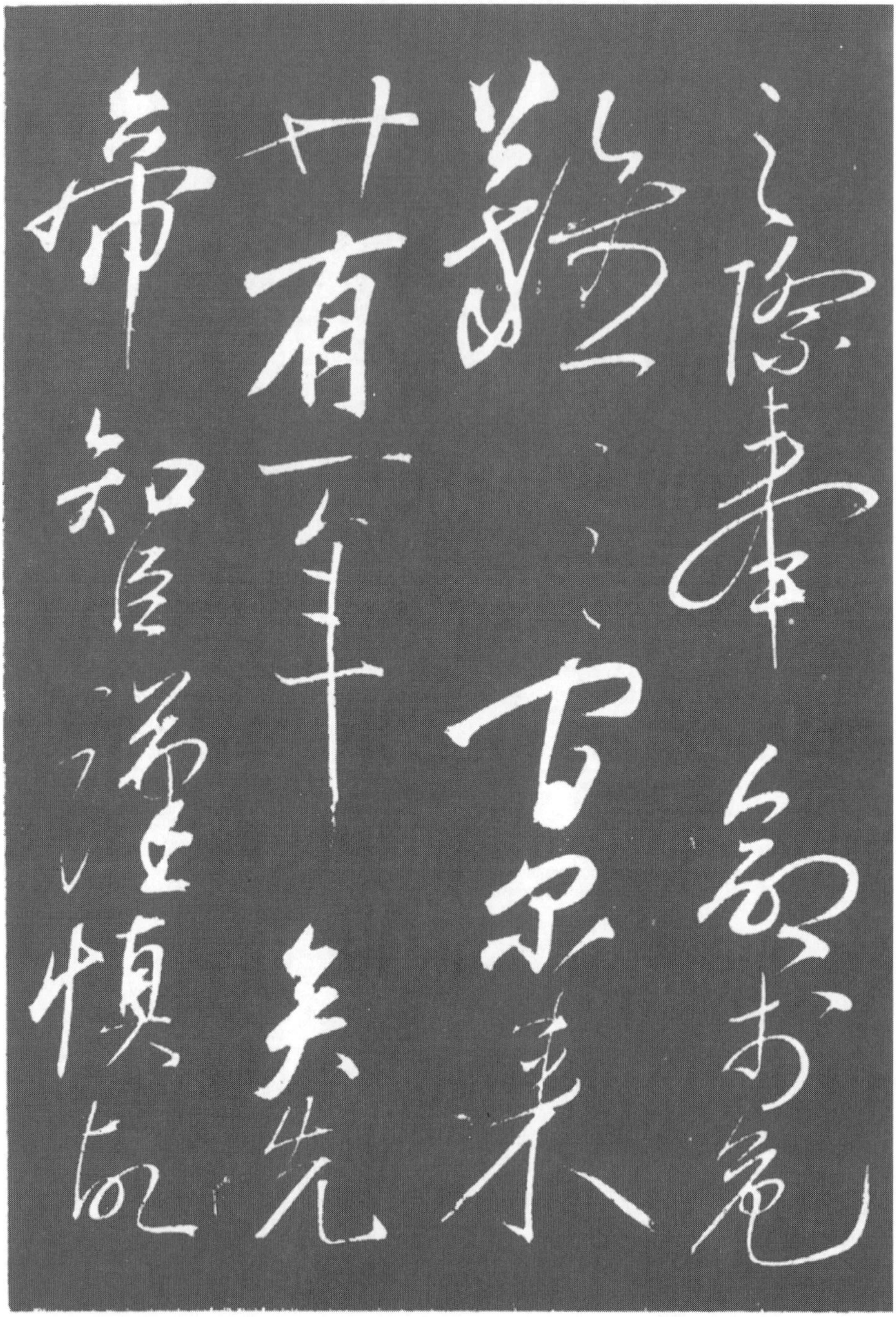
之際奉命於危
難之間爾來
二十有一年矣先
帝知臣謹慎故

立乎由是我
汹汹遂诈先焉
嶷延後值坊
霞广在松致軍

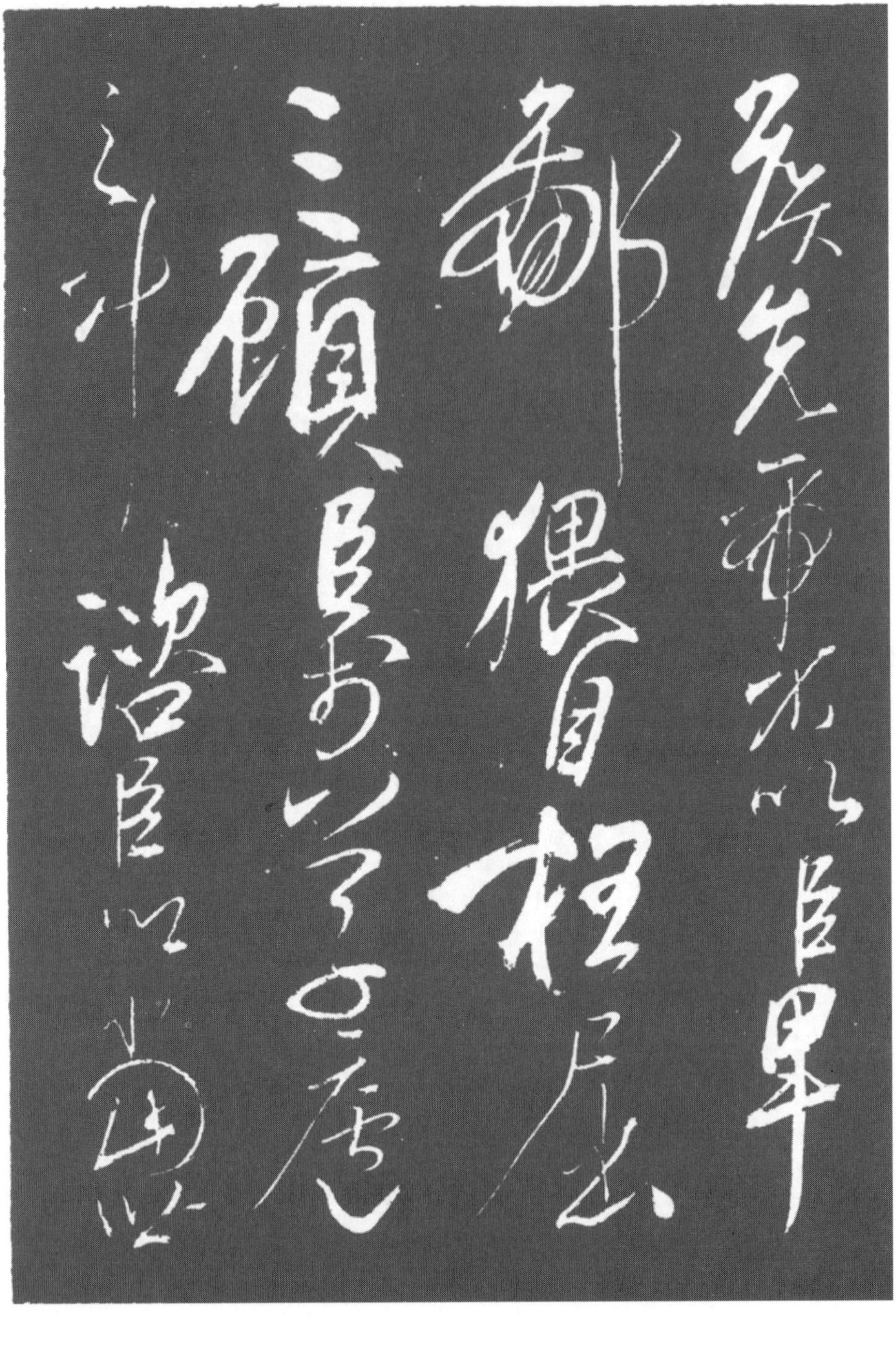

兩侍御臣甲仲私躬耕南陽苟全性命不求聞達於

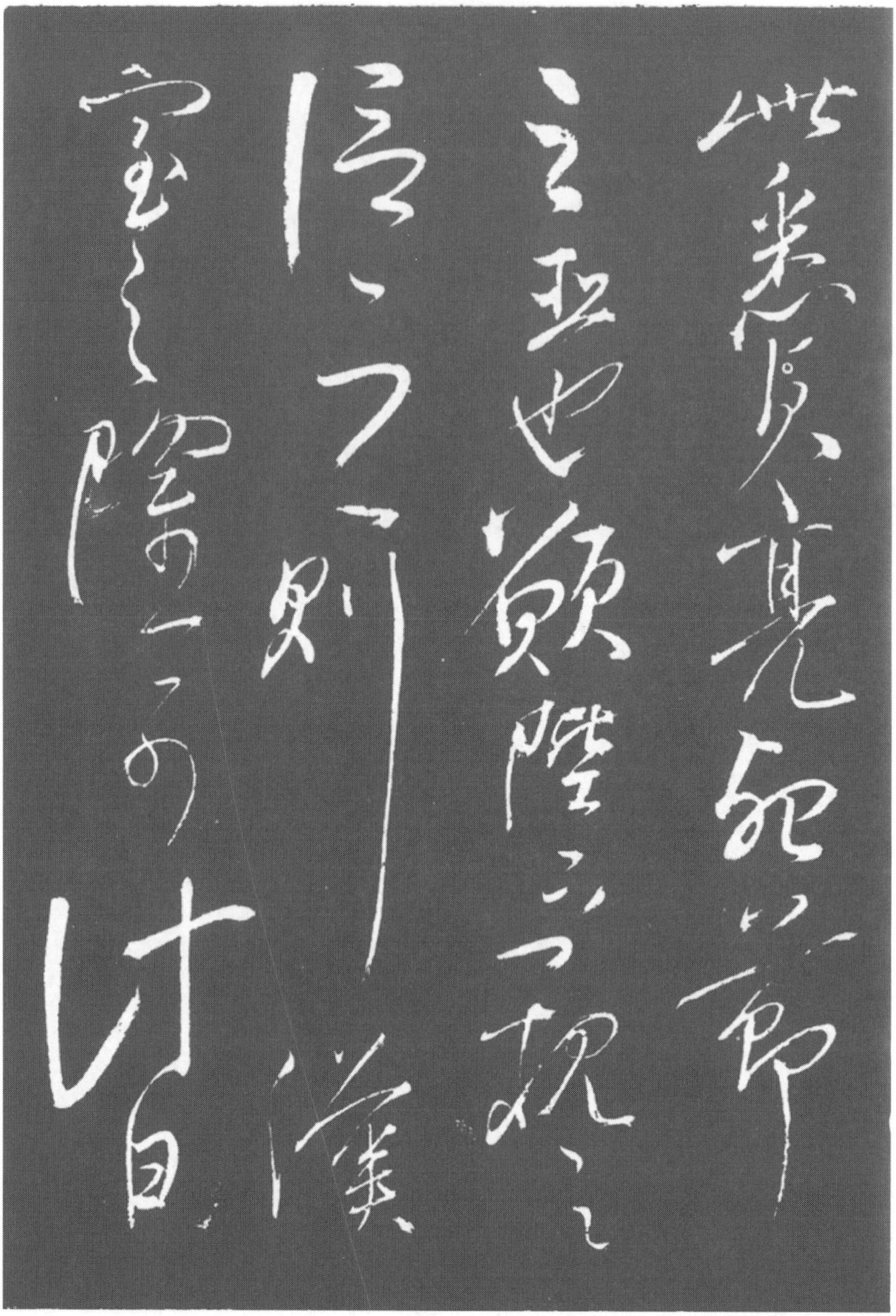
此悉貞亮死節
之臣也願陛下親之
信之則漢
室之隆可計日

与足論世事　未蒙不筆慵病　恨吾根露以侍中　尚書令史参軍

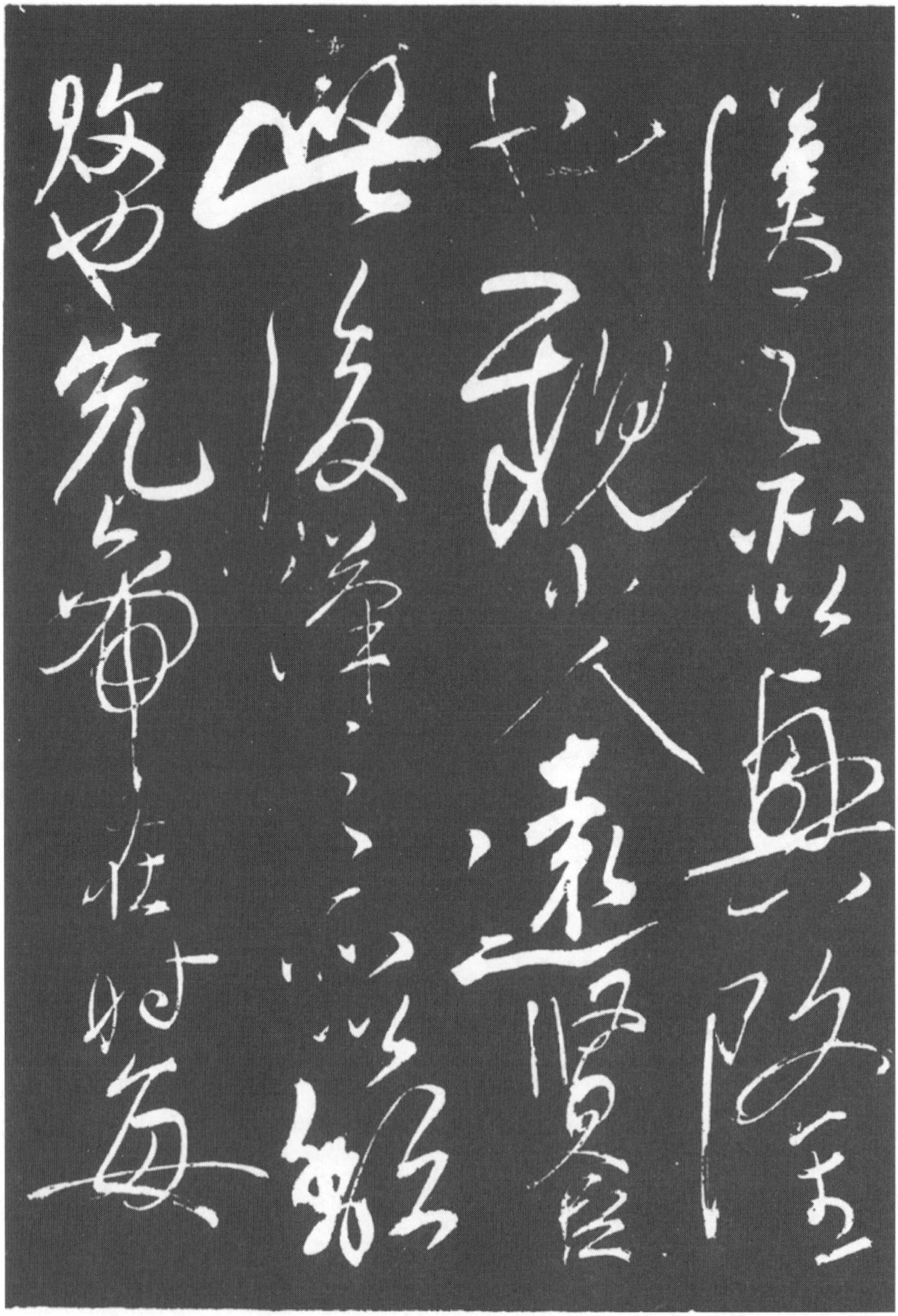

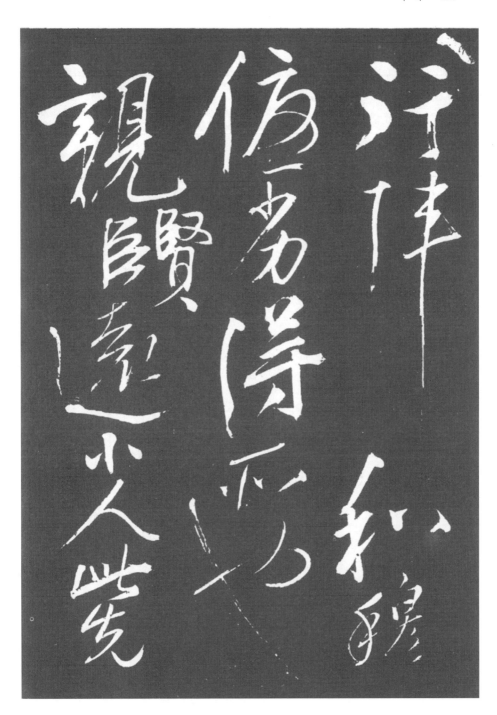

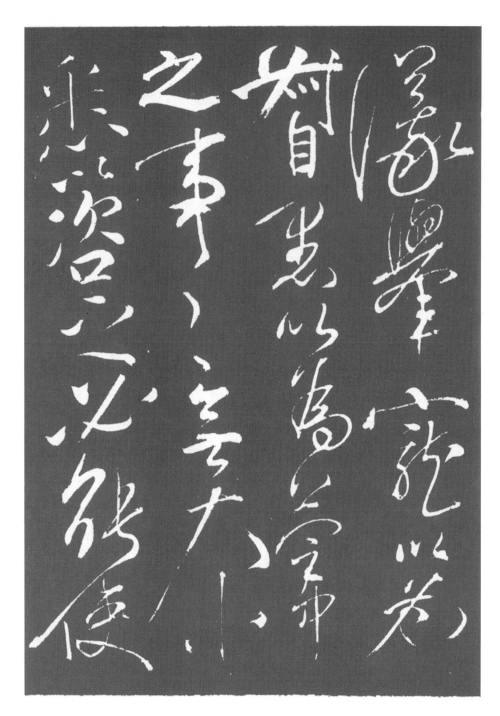

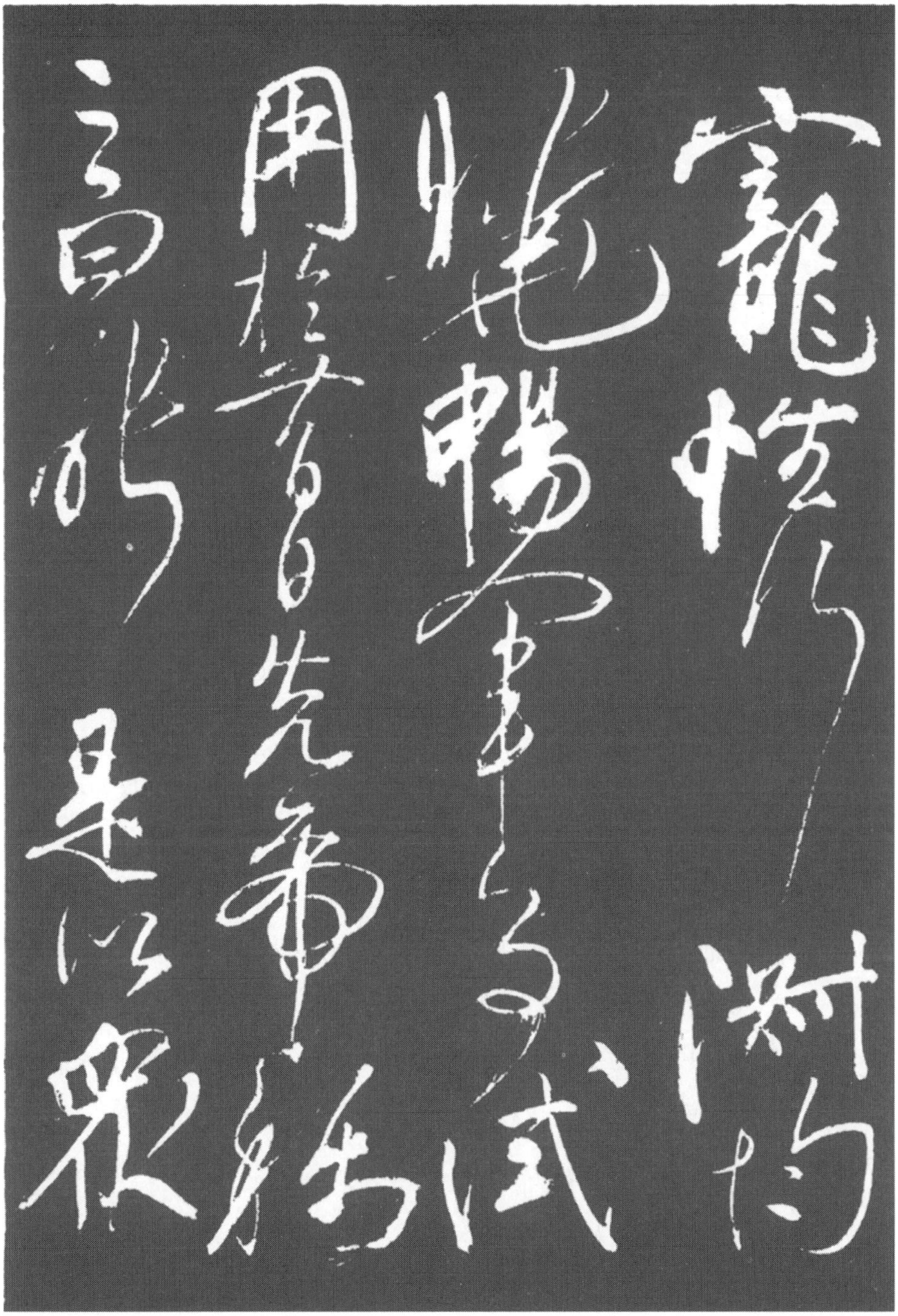

後披り姿晚
裡補羅看
禰廣蓋將車
向

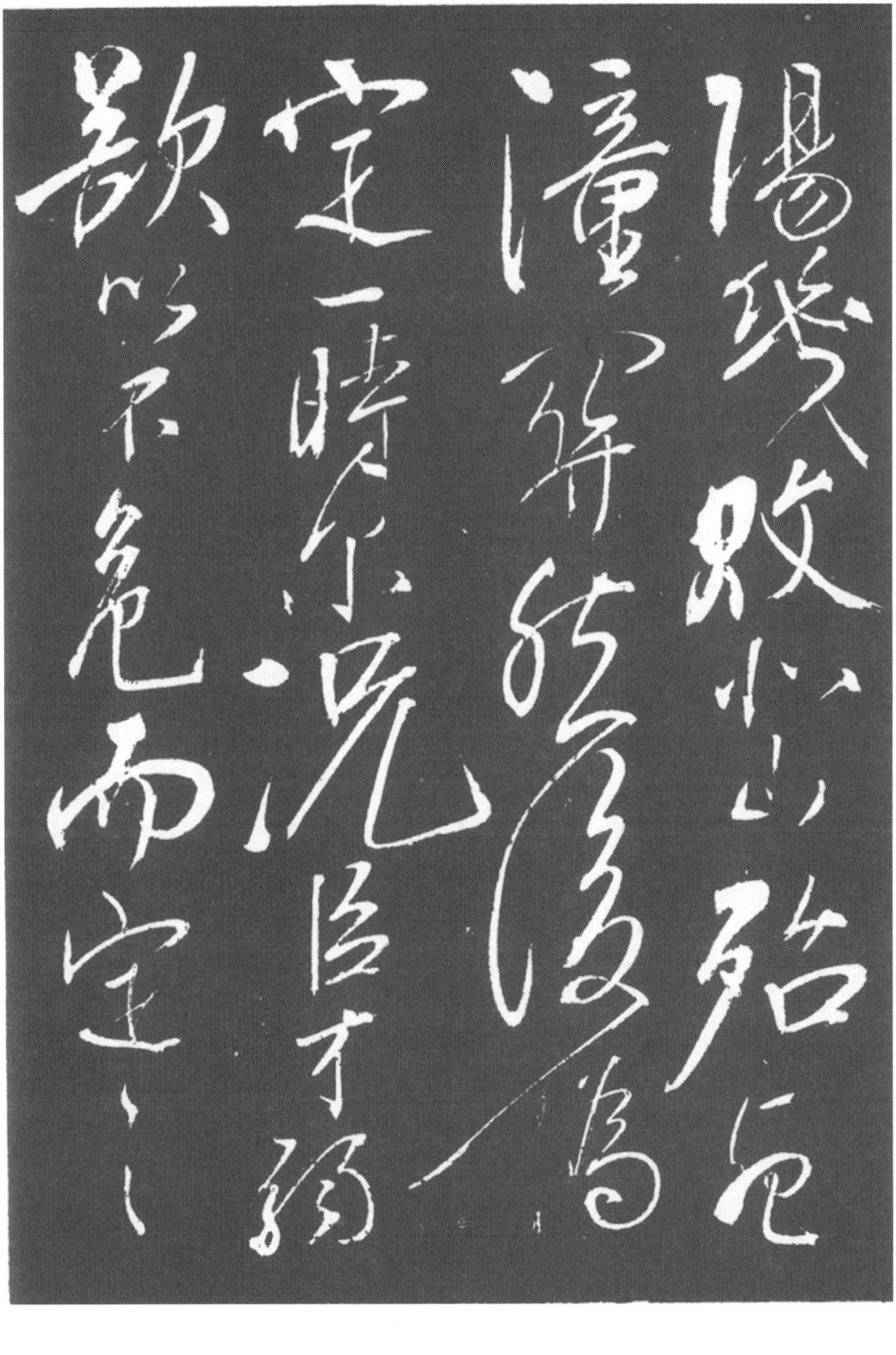

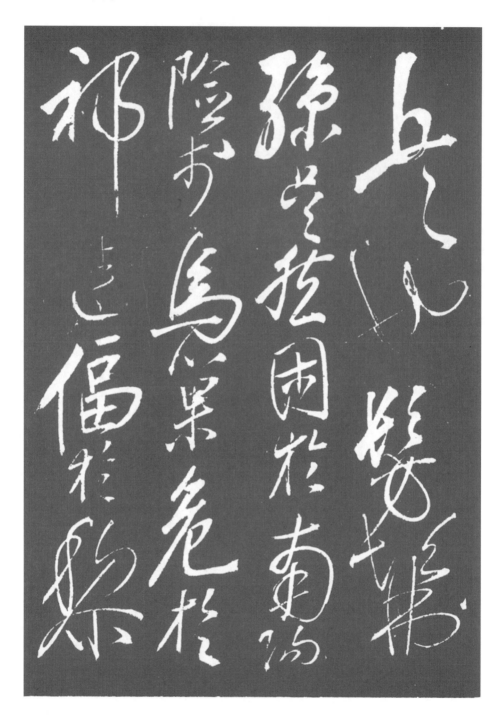

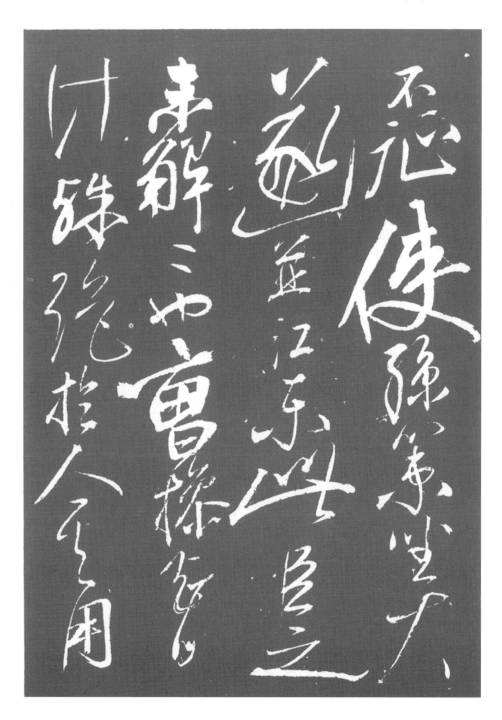

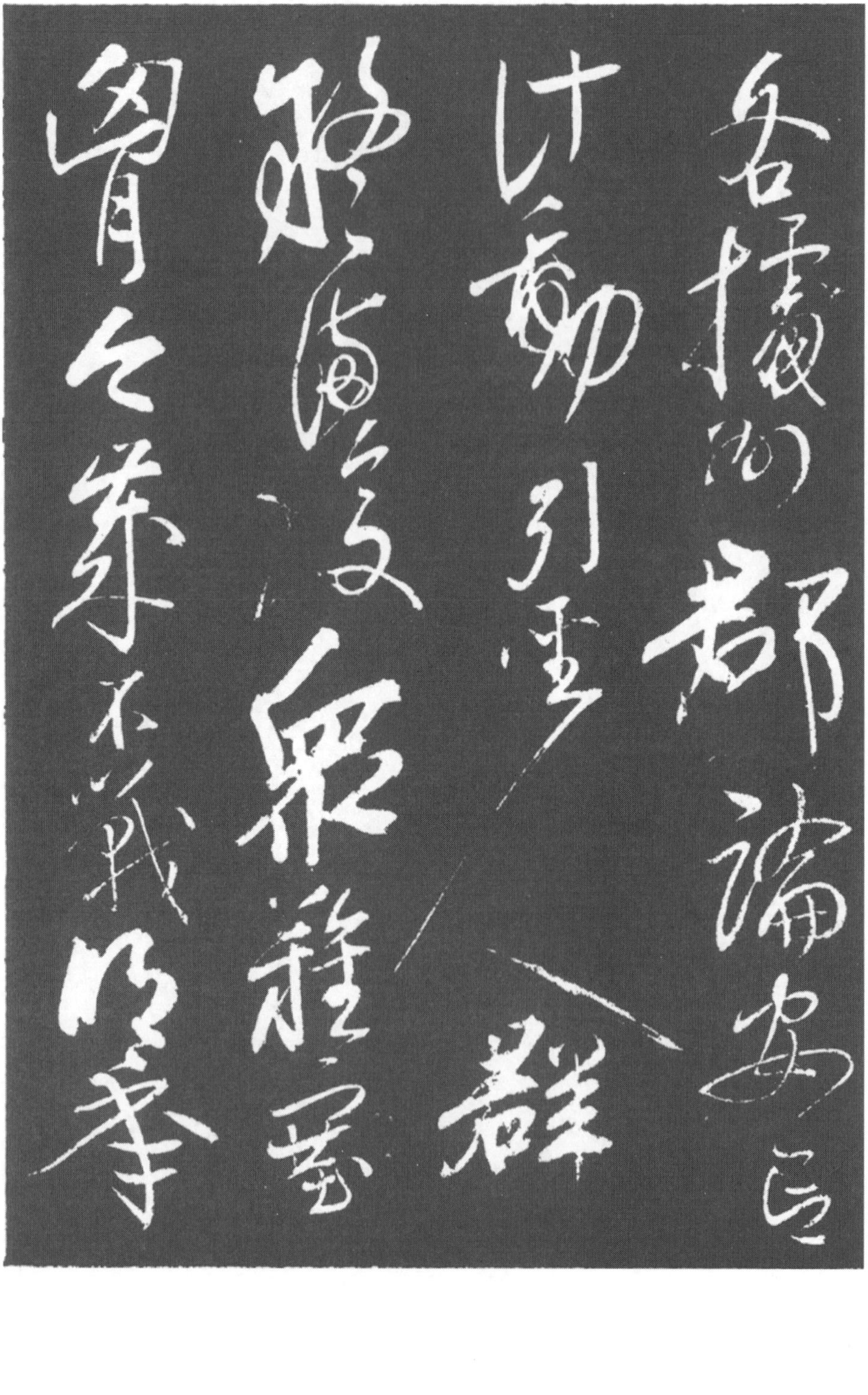

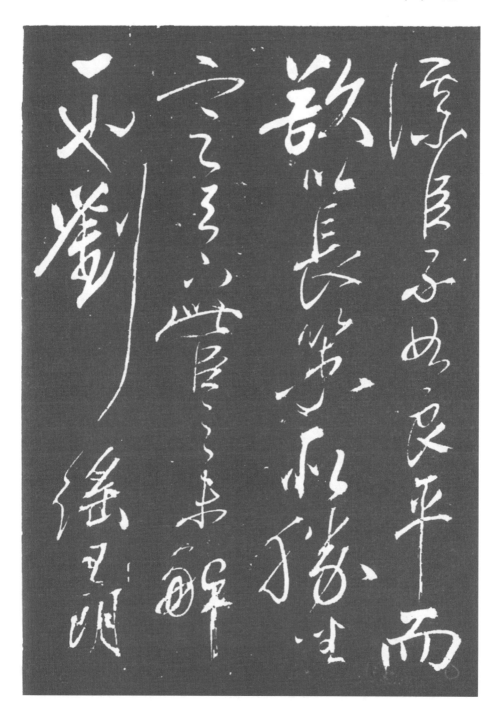

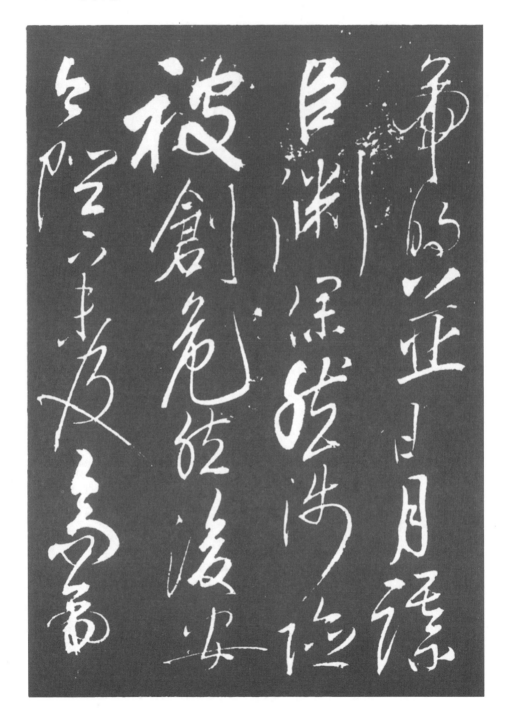

身遒疫於一二六劬

拄東吳法蒙男此

進趣好也溢

陳其事如之高

不可偏女寸蜀专

石冒九蒋ーツア

先申く専るろ

者澗為北什

六

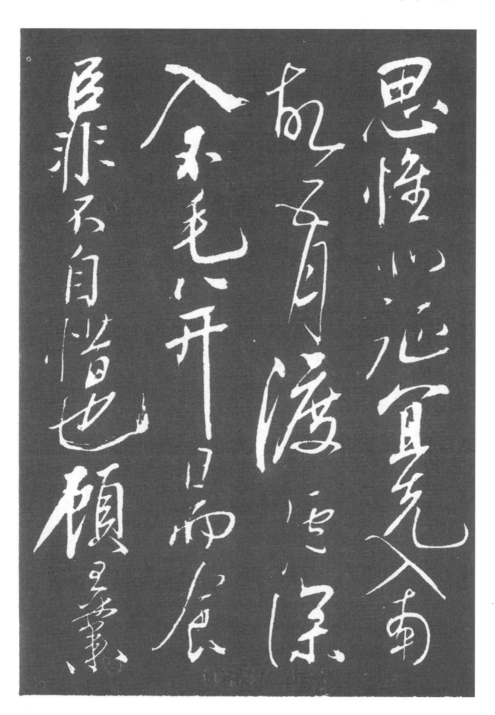

而待此亂 5伐之兒

右丕自稱 而為怖

良愛 5 知之曰 寢

不安 扇 居不甘

以先帝之明
量臣之才故知臣伐
賊才弱敵強也然不伐
賊王業亦亡惟坐

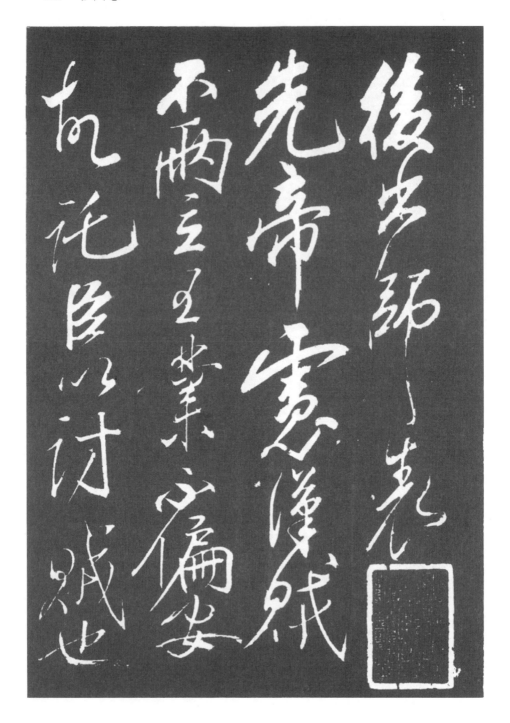

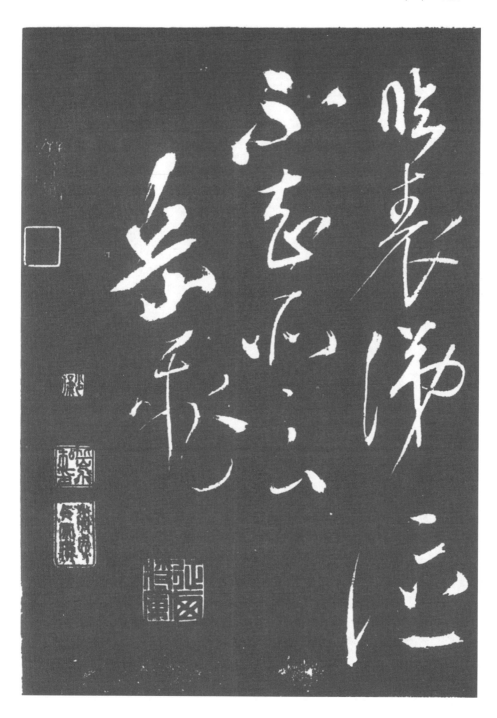

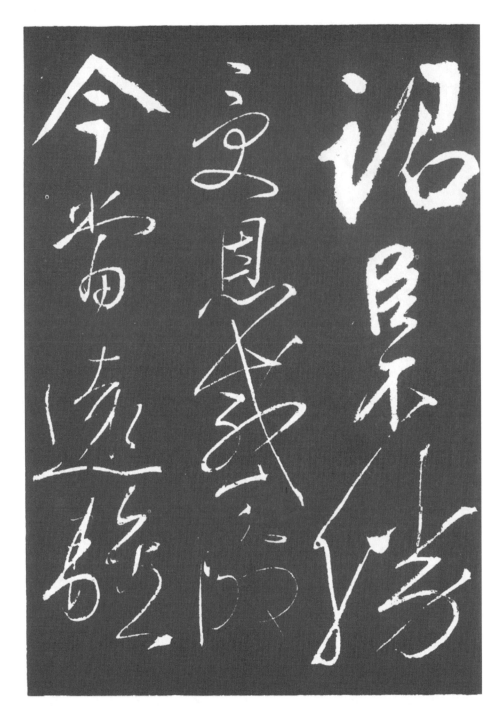

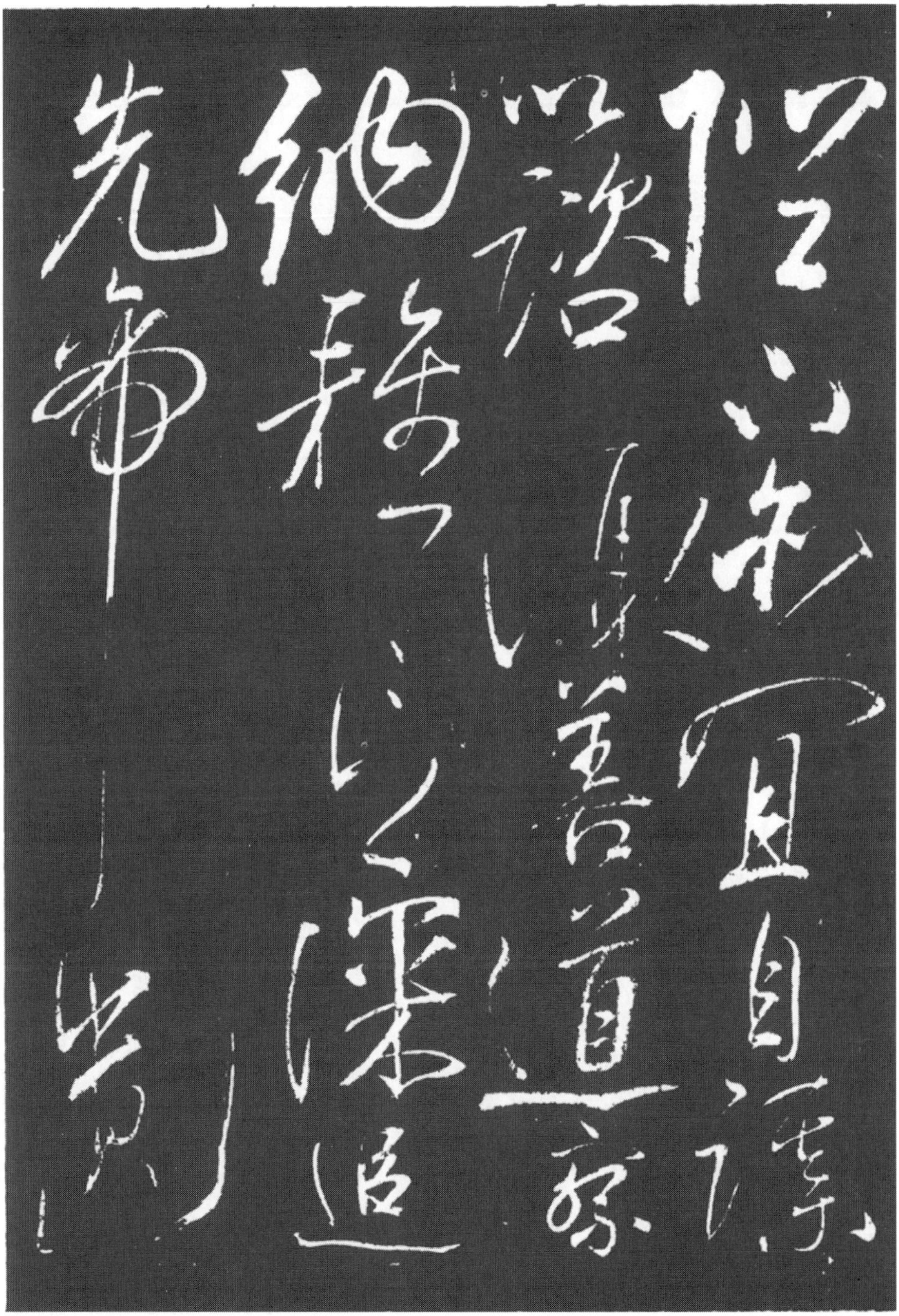

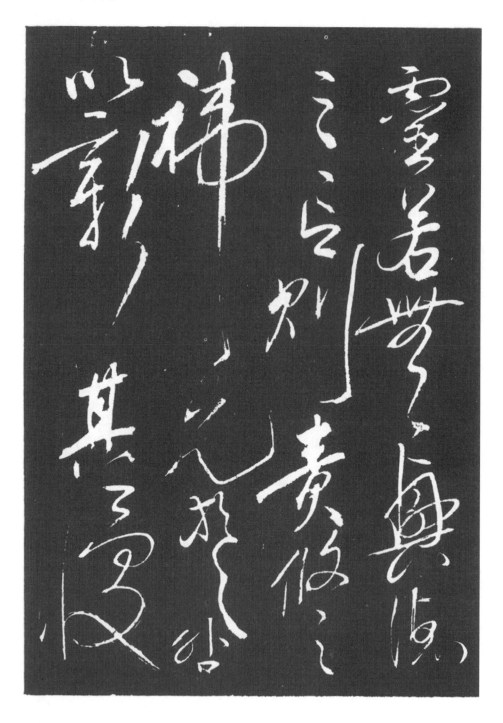

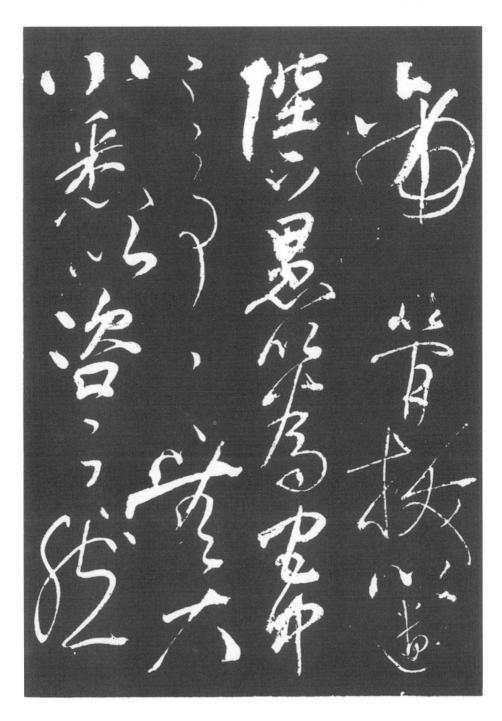

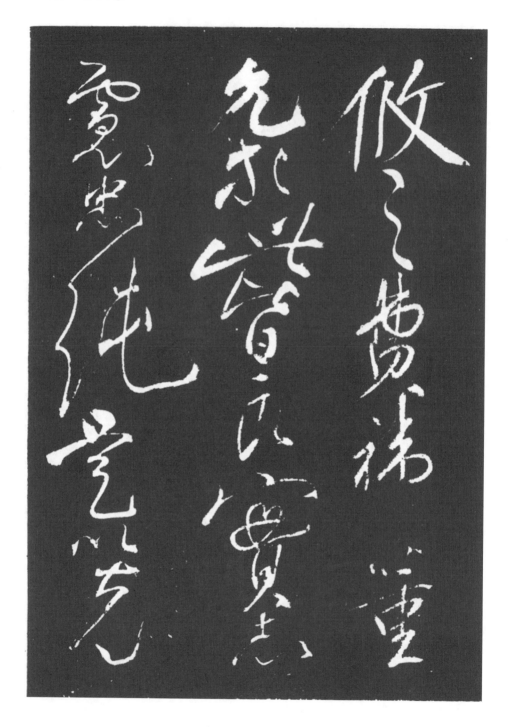

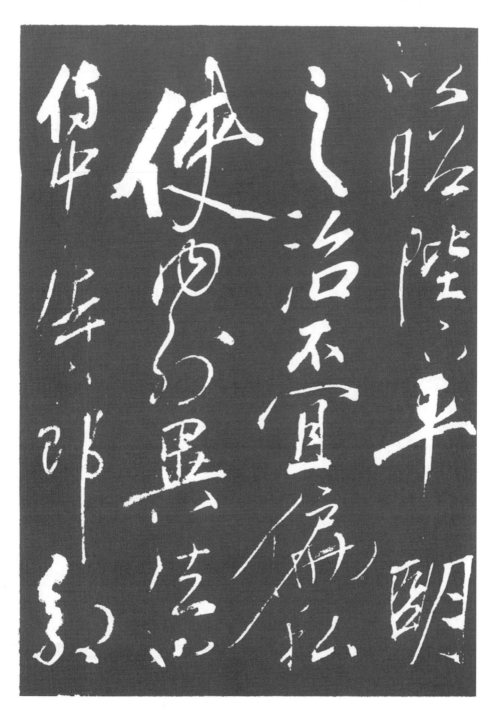

不宜異同若有作奸犯科及為忠善者宜付有司論其賞

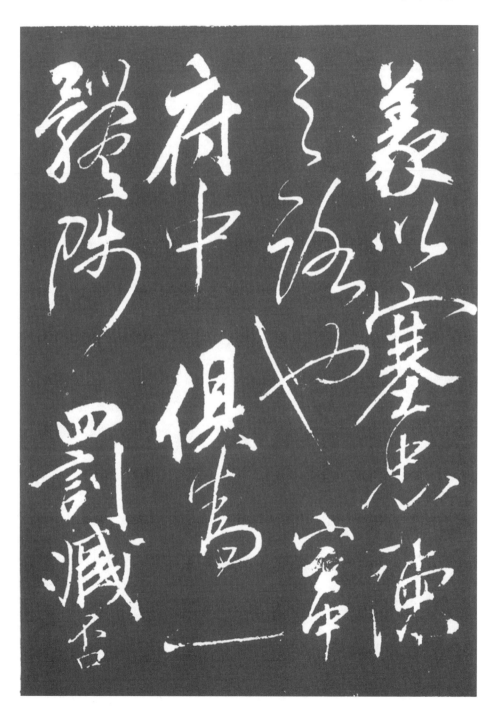

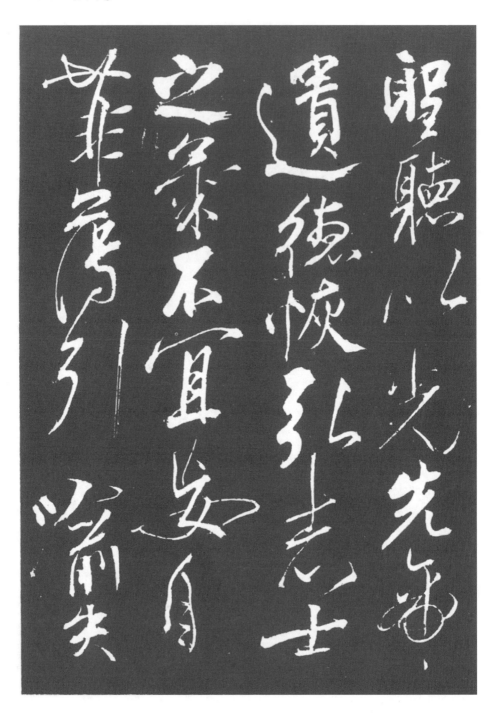

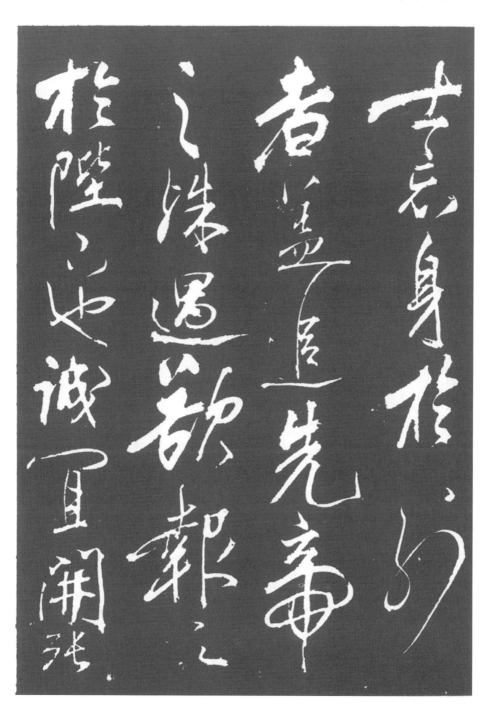

益州疲敝誠危急存亡之秋也然侍衞之臣不懈於内忠志之

前出師表

臣亮言先帝創業未半而中道崩殂今天下三分

524

　　이 부록에 실은 前後 出師表는 中國 南宋代의 유명한 書藝家이며
武將이었던 鵬擧 岳飛(1103~1141)가 쓴 것을 그대로 사진판으로 해서
全文 게재하는 것이다. 本文 속에 실린 문장과는 약간의 異同이 보인다.

◎ 옮긴이 황병국

경북 영주 출생.
서울대학교 문리과대학 중문학과 및 동 대학원 졸업.
중ㆍ고교 교사. 전 숙명여대 전임강사 역임.
한중 출판정보학회 회장, 한중 어문연구소장 역임.
저서 및 편저로는 〈한문학 개설〉(시사문화사), 〈사서삼경〉(대현출판사).
번역 및 편역서로 〈중국사상의 근원〉(문조사), 〈한국 명인시선〉
(을유문화사), 〈이조 명인시선〉(을유문화사).
논문으로는 〈왕적 연구〉 외 다수가 있음.

원본 삼국지 ⑤

1984년 11월 10일   초판 1쇄 발행
1993년   4월 20일   초판 5쇄 발행
1993년 12월 20일   2판 1쇄 발행
1997년   1월 30일   2판 3쇄 발행
1999년 11월 10일   3판 1쇄 발행
2015년   4월 10일   3판 6쇄 발행

지은이   나 관 중
옮긴이   황 병 국
펴낸이   윤 형 두
펴낸데   범 우 사

출판등록 1966. 8. 3. 제406-2003-000048호
413-120 경기도 파주시 문발동 출판단지 525-2
대표전화 (031)955-6900, 팩스 : (031)955-6905

* 잘못된 책은 바꾸어드립니다. ㆍ 교정ㆍ편집 : 이범수, 성기은, 박현진

ISBN 89-08-07172-5 04820 (인터넷) www.bumwoosa.co.kr
     89-08-07000-1 (세트) (이메일) bumwoosa@chol.com

시대를 초월해
인간성 구현의 모범으로
삼을 만한 책을 엄선

범우고전선

▶ 계속 펴냅니다

 범우사 서울시 마포구 구수동 21-1
전화 717-2121 FAX 717-0429

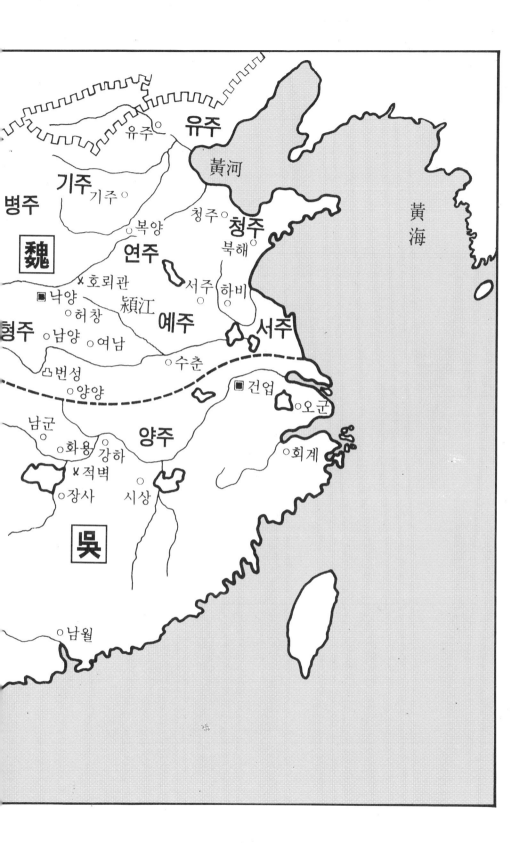

유주

유주

黃河

기주

기주

병주

청주

청주

魏

복양

북해

연주

x호뢰관

서주

하비

潁江

낙양

예주

서주

허창

형주

남양

여남

수춘

x번성

건업

양양

오군

남군

양주

화용

강하

회계

x적벽

장사

시상

吳

남월

黃海